HEYNE BÜCHER

D1923753

SCIENCE FICTION

Herausgegeben
von Wolfgang Jeschke

Von **Greg Bear** erschien in der Reihe
HEYNE SCIENCE FICTION & FANTASY

THISTLEDOWN-ZYKLUS:

Äon · 0604433
Ewigkeit · 0604916

AMBOSS-ZYKLUS:

Schmiede Gottes · 0604617
Der Amboß der Sterne · 0605510

SIDHE-ZYKLUS:

Das Lied der Macht · 0604382
Der Schlangenmagier · 0604569

Blutmusik · 0604480
Corona · 0604499
Königin der Engel · 0604954
Die Macht der Steine · 0605509
Köpfe · 0605347
Tangenten · (in Vorb.)

GREG BEAR

DER AMBOSS DER STERNE

Roman

Aus dem Amerikanischen übersetzt
von
WINFRIED PETRI

Deutsche Erstausgabe

WILHELM HEYNE VERLAG
MÜNCHEN

HEYNE SCIENCE FICTION & FANTASY
Band 0605510

Titel der amerikanischen Originalausgabe
ANVIL OF STARS
Deutsche Übersetzung von Winfried Petri
Das Umschlagbild malte Blair Wilkins

Umwelthinweis:
Dieses Buch wurde auf chlor- und säurefreiem Papier gedruckt.

Redaktion: Wolfgang Jeschke
Copyright © 1992 by Greg Bear
Erstveröffentlichung by Warner Books, Inc., New York
Mit freundlicher Genehmigung des Autors
und Paul und Peter Fritz, Literarische Agentur, Zürich
(# 46743)
Copyright © 1996 der deutschen Ausgabe und der Übersetzung
by Wilhelm Heyne Verlag GmbH & Co. KG, München
Umschlaggestaltung: Atelier Ingrid Schütz, München
Technische Betreuung: M. Spinola
Satz: Schaber Satz- und Datentechnik, Wels
Druck und Bindung: Elsnerdruck, Berlin

ISBN 3-453-10946-5

Für Dan Garrett,
Vetter und Freund

Prolog

Am Ende der SCHMIEDE GOTTES ist die Erde tot, ermordet von sich fortpflanzenden, im Weltraum reisenden Maschinen. Ein paar tausend Menschen sind von anderen Robotern gerettet worden, Maschinen, die die Wohltäter geschickt haben, um primitive Welten und Zivilisationen vor den Zerstörungen durch Planeten tötende Sonden zu bewahren. Den Maschinen der Wohltäter ist es gelungen, diese mörderischen Sonden im Sonnensystem auszurotten. Aber erst nach völliger Zerstörung der Erde.

Die Menschen werden an Bord einer riesigen Zentralen Arche, während der Mars für ihre Besiedlung vorbereitet wird, vom Gesetz informiert, einem galaktischen Codex, der das Verhalten der Zivilisationen kontrolliert. Das Gesetz fordert, daß Zivilisationen, die sich selbst vermehrende Killermaschinen herstellen, mit Ausrottung bestraft werden. Die Menschen müssen diese Bestrafung ausführen, mit Hilfe der Wohltäter. Jüngere Bewohner der Zentralen Arche melden sich freiwillig; und ihre Reise beginnt.

Auf diese Weise wird das Gleichgewicht aufrecht erhalten.

ERSTER
TEIL

MARTY SITZT VORN IM BUICK SEINES VATERS und fährt in der Dämmerung des Mittsommers über eine Autobahn in Oregon. Die Autobahn ist voller Wagen, und Regen glitzert auf der Straße. Graublauer Himmel, grellrote Schlußlichter, Reflexe auf feuchten dunkelblauen Fahrwegen, golden blitzende Verkehrszeichen, große Laster mit hellen Scheinwerfern und blitzenden Richtungsanzeigern, Scheibenwischer, die alles zu blendenden Streifen verschmieren, Regentropfen, in denen sich der Mikrokosmos spiegelt.

Er fühlt das glatte Fell und die Wärme seines Hundes Gauge, der zwischen die Sitze gedrängt ist. Seine Vorderpfoten und sein Kinn ruhen auf Martys Knie. Marty fragt: »Vater, ist der Weltraum leer?«

Arthur antwortet nicht. Es gibt keine Autobahnen mehr und keine Erde. Sein Vater ist mit der Arche aufgebrochen und inzwischen auf dem Mars, in ferner Zukunft.

Martin Gordon rührte sich und bemühte sich aufzuwachen. Er schwebte in seinem Netz, öffnete die Augen und entspannte die Fäuste. Eine einzelne salzige Träne, die aus der ruhigen, kühlen Luft in seinen Mund gesaugt wurde, geriet ihm in die Kehle. Er hustete und rappelte sich völlig wach. In der großen, hohen Kabine schlängelten sich Perlen und Ketten aus weißem Licht wie Reihen von Automobilen über die Wände.

Er drehte sich auf dem ihm plötzlich fremdartig erscheinenden Platz um. In dem Netz neben ihm schwebte eine Frau. Ihr dunkelbraunes Haar war fast schwarz, das Gesicht von Schlaf benommen; die nach oben gerichteten Augen öffneten sich, und die breiten Lippen lächelten. Sie fragte: »Geht es dir gut?«

Er sagte: »Ich denke, ja. Ich habe geträumt.« Martin hatte in letzter Zeit viel geträumt und noch mehr, seit er sich mit Theresa zusammengetan hatte. Er hatte von der Erde geträumt. Die Träume waren zugleich angenehm und verwirrend, während jeden Schlafs vier oder fünf.

»Wovon?«

»Von der Erde. Meinem Vater.«

Acht Jahre nach dem Tod der Erde hatten die Kinder die Zentrale Arche im Orbit um die Sonne verlassen; und ihre Reise auf dem Schiff des Gesetzes hatte begonnen.

Zwei Jahre nach der Abreise der Kinder, gemessen in Bordzeit der Arche, waren die Überlebenden der Erde, die zurückgeblieben waren, in Tiefschlaf versetzt worden.

Zwei Jahre für die Zentrale Arche hatten für die Kinder nur ein Jahr ausgemacht, während das Schiff des Gesetzes auf relativistische Geschwindigkeit beschleunigte. Jetzt, bei mehr als neunundneunzig Prozent der Lichtgeschwindigkeit, verging die Zeit noch langsamer relativ zum äußeren Universum, sechseinhalb Tage für jedes Jahr, und Jahre waren auf jeden Fall ein archaisches Maß, gemessen an den Bahndaten einer Welt, die nicht mehr existierte.

Falls noch am Leben, hatten sich Martins Eltern und alle Überlebenden in der Arche inzwischen auf dem Mars angesiedelt nach fast drei Jahrhunderten ununterbrochenen Schlafes.

Für Martin und die Kinder waren nur fünf Jahre vergangen.

Theresa rückte in dem für eine Person bestimmten Netz näher an ihn heran und murmelte: »Immer dieser Faden«, und schlief wieder ein, was ihr immer so leicht fiel.

Martin schaute sie an, immer noch verwirrt durch die Dissonanz zwischen der in allen Dimensionen unendlich fernen Vergangenheit und dieser Frau, deren Brust sich gleichmäßig hob und senkte, wobei die Augen im Traum zuckten.

Der Faden, die Nabelschnur für alle Kinder, wurde nur im Tode zerschnitten.

»Bitte dunkel!« sagte er, und die Lichtbänder wurden schwächer. Er wandte sich von Theresa ab, hustete noch einmal und sah hinter geschlossenen Augen rote Schlußlichter und mystisch blaue Fernstraßen.

Wenn die Fahrer nur gewußt hätten, wie schön dieser dichte Verkehr war, wie lieblich der Regen und wie wenige Dämmerungsabende ihnen noch blieben.

Das Schiff des Gesetzes war aus Erde hergestellt, geschmolzen und montiert aus den Fragmenten des Erdkörpers, eine Welt für sich, die ganz dicht an der Geschwindigkeit des Lichts fuhr, Hunderte von Jahren entfernt vom Staub und Schutt der Heimat.

Von den Kindern beim Beginn ihrer Reise *Dämmerungsgleiter* getauft, ähnelte das Schiff einer Schlange, die drei Eier verschlungen hat, und maß von Kopf bis Schwanz fünfhundert Meter. Jedes Ei, genannt Heimkugel, hatte einhundert Meter im Durchmesser. Zwischen den Heimkugeln, die wie Früchte in durch Hälse verbundenen Körben wirkten, enthielten in Vorratstanks die Reserven des Schiffs an flüchtigen Substanzen: Wasserstoff, Lithium, Helium, Stickstoff, Sauerstoff, Kohlenstoff, sowie Nahrung und Brennstoff.

Die ersten beiden Heimkugeln gehörten den Kindern – weite Räume, geteilt in eine Vielfalt von Kammern, die in Design und Größe flexibel waren.

Die *Dämmerungsgleiter* erinnerte Martin an einen großen plastischen Wohnkomplex, den seine Mutter in ihrem Haus in Oregon zusammengefügt hatte, zwei Hamster in einem Labyrinth aus gelben Kunststoffrohren, klare, mit Holzspänen belegte Kästen, einem zum Futtern und einen zum Schlafen, dazu ein Trainingsrad und etwas, das sein Vater als ›Modul für Ausflüge in die Ferne‹ bezeichnet hatte, eine Plastikkugel, in der ein Hamster aus dem Habitat herausrollen konnte, über die Fußböden und Teppiche und in Winkel hinein.

Die zweiundachtzig Kinder hatten noch mehr Platz im Verhältnis zu ihrer Anzahl. Es gab genügend Platz für jede Wendy oder jeden Lost Boy, um Dutzende von Quartieren in den Heimkugeln zu haben. Die meisten wählten einen Hauptwohnplatz und benutzten zwei oder drei weitere, wenn es sich gelegentlich ergab.

Das dritte, am weitesten hinten befindliche Ei enthielt Trainingszentren und Waffenlager. Die Hälse zwischen den Kugeln waren voller Leitungen und Rohre. An dem zweiten Hals waren Vorsprünge befestigt, die Martin für Teile des Schiffsantriebs zu halten beschlossen hatte. Wie diese Maschine funktionierte, oder wo sie sich auf dem Schiff befand, war nicht erklärt worden.

Es gab eine Menge Geheimnisse. Riesengroß aber leicht, bestand der größte Teil der Masse der *Dämmerungsgleiter* aus etwas, das die Roboter als Pseudomaterie bezeichneten. Diese hatte die Eigenschaften von Größe und Widerstandsfähigkeit gegenüber Druck, besaß aber keine Masse. Die Masse des Schiffs betrug ohne Treibstoff etwas mehr als zweitausendfünfhundert Tonnen.

Die Kinder trainierten mit Waffen, über deren innere Funktionsweise sie nahezu nichts wußten. Was sie nicht speziell wissen mußten, wurde ihnen nicht mitgeteilt.

Die Hälse – wegen der gewundenen Rohre als Wurmröhren bezeichnet – waren ideal für Gymnastik und Spiele; und dreißig Lost Boys und Wendys, zwei Katzen und drei Papageien lieferten sich sogar jetzt ein

Scharmützel, wobei sie Ballen nasser Kleidungsstücke als Geschosse benutzten. Wasserfolien glitten hinter einem transparenten Feld an der Außenwand hinab. Schatten lagen tief und schwarz allenthalben in den Wurmräumen und boten noch mehr Versteckplätze.

Martin sah seinen Kameraden zu. Sie hätten Teil einer Straßenbande sein können, die in einer Stadt auf und ab tobte. Er sog ihre Schönheit und Harmonie ein und konzentrierte sich dabei auf einige ausgewählte Personen: Hans Eagle von den Raptors, ein Jahr älter als Martin und der Älteste im Schiff, mit Stupsnase, breiten Schultern, kurzen Beinen und kräftigen Armen, das blonde Haar kurz geschnitten und borstig, die Haut blaß schimmernd; Paola Birdsong, klein und anmutig, mit langem schwarzen Haar, das in einen wedelnden langen Zopf geflochten war; Stephanie Wingfeather mit klugen grauen Augen, das Haar zu einem festen Knoten gebunden; Rosa Sequoia, groß, rothaarig, mit ihrer charakteristischen Miene verwirrter Konzentration.

Die Kinder kreischten, pfiffen und schrien Anweisungen an ihre Spielkameraden, schleuderten Bündel von nassem Zeug, traten rückwärts und vorwärts zwischen den Rohren – alle außer Rosa, die sich getrennt hielt.

Sie waren jetzt seit mehr als vier Jahren gewichtslos. Leiterfelder erlaubten ihnen, sich umherzubewegen, wo es unbequem war, sich wie ein Echo von Wänden und Flächen abprallen zu lassen oder an physischen Objekten emporzuklimmen. Sofern nur möglich versuchten die Kinder solche zu vermeiden. Das gehörte zum Spiel.

Katzen hüpften zwischen den Kindern oder versteckten sich in den Schatten. Vögel riefen und wirkten aufgeregt; aber sowohl Vögel wie Katzen folgten den Kindern, krabbelten über Leiterfelder oder glitten frei in der Luft.

Martin spitzte die Lippen und stieß einen schrillen Pfiff aus. Das Spiel wurde in einem Durcheinander von Gebrüll und Puffen abgebrochen, und die Kinder sammelten sich, mißmutig wegen der Unterbrechung. Die Luft zwischen den Rohren füllte sich mit Bändern und Streifen aus schwachem Licht, und Leiterfelder überschnitten sich wie zerknülltes dünnes Papier, das im Wasser treibt.

Die Kinder bildeten einen Knäuel um Martin. Die meisten waren nur halb bekleidet. Vier sammelten die feuchten zusammengeballten Kleidungsstücke ein.

Martin sagte: »Es ist Zeit für den Vorwachendrill. Der Rest kann weitermachen.«

Er war vor sechs Monaten zum Boss gewählt worden. Damit war er Chef aller strategischen Funktionen, von denen zur Zeit das Planen von Drill und Training der Mannschaft am wichtigsten waren. Vorher hatten nacheinander fünf Bosse die Kinder befehligt, angefangen mit Stephanie Wing Feather.

Rex Live Oak, Stephanie Wing Feather, Nguyen Mountain Lily, Jeanette Snap Dragon, Carl Phoenix, Giacomo Sicilia, David Aurora, Michael Vineyard, Hu East Wind, Kirsten Two Bites, Jacob Dead Sea, Attila Carpathia, Terry Loblolly, Alexis Baikal, Drusilla Norway, Thorkild Lax, Leo Parsifal, Nancy Flying Crow und Yueh Yellow River. Sie bildeten heute Martins Drillgruppe. Er übte jeden Tag mit einer anderen Gruppe. Es gab fünf Gruppen. Einmal im Jahr wurden diese umgruppiert. Manche Mitglieder mit gut geschliffenen Fähigkeiten wechselten von Gruppe zu Gruppe je nach Art der Drills.

Die Haut der Kinder, gelb und weiß, braun und schwarz, glänzte vor Schweiß. Schlank und untersetzt, groß und klein gewachsen, teils ungehorsam, teils nicht frech und im Rahmen der eingehaltenen Formen waren sie eine Familie und ein Team, durch fünf lange Jahre zu etwas geschmiedet, das Mutter und Vater nicht als eine nützliche Gesellschaft angesehen hätten. Aber sie funktionierte ... bisher.

Die zwanzig drehten sich um, hüpften in die Luft und schlüpften in feuchte Overalls. Wendys in Blau, Lost Boys in Rot. Angezogen folgten sie Martin durch den zweiten Hals zur dritten Heimkugel. Hinter ihnen drängte Hans Eagle die anderen, weiter zu spielen.

Die meisten Kinder trugen Abzeichen, meistens auf den Gesichtern oder bloßen Armen und Beinen, die nach Dingen gestaltet waren, wie es sie auf der Erde gab. Sie stellten Schiffsgemeinschaften dar, die auch in ihren Namen zum Ausdruck kamen: Katzen, Orte, Vögel, Pflanzen, Speisen – alles in allem einundzwanzig Familien. Manche hatten sich entschlossen, nicht beizutreten, oder waren Unabhängige wie Hans, obwohl der ursprünglich zu den Vögeln gezählt hatte.

Von einem Boss erwartete man, daß er umsichtiger war als andere Kinder. Martin erfüllte das von Natur aus. Er trug keine Abzeichen und hatte nie Farbe getragen, obwohl er halb offiziell zu der Familie der Bäume gehörte. Hinter ihm folgte mit einem Eichenblatt auf jeder Wange der stämmige und kräftige Rex Live Oak. Stephanie Wing Feather trug Papageienfedern im Haar und so weiter. In Reihen kletterten sie durch die düstern, engen Räume des zweiten Halses, indem sie Hände und Zehen in Leiterfelder steckten. Sie benutzten die Leitern, um vor dem Drill Disziplin zu wahren. Die gebündelten Farben von zwanzig Leitern – persönlich ausgewählte Tönungen in Rot, Grün, Blau und Gelb – bildeten einen matten Regenbogen im Mittelgang des Halses und verwischten sich wie Farbe, die in einen Abfluß gegossen wurde.

Die hinteren Wurmräume rochen nach Feuchtigkeit und Übungen; aber das wurde besser mit dem Luftstoß aus der Heimkugel im Heck des Schiffes. Um sie herum reflektierten dunkle Ausbuchtungen – Würfel, Halbkugeln, gewundene Leitungen – das Licht ihrer

Passage und ihre gemurmelten Gespräche. In den Wurmräumen gab es stets einen kühlenden, frischen Luftzug.

Die Kinder hatten einen scharfen Geruchssinn, und sogar kleine Unterschiede im Geruch fielen auf. Sie kannten einander nach Geruch ebenso wie vom Aussehen. Sie hatten sich seit den ersten Wochen nicht mehr erkältet, Es gab in der *Dämmerungsgleiter* nichts, das allergische Reaktionen bewirken könnte, mit Ausnahme der Katzen und Vögel; aber aus irgendeinem Grunde kam es nicht dazu.

Ihre physische Gesundheit war perfekt. Sie wurde durch die Gewichtslosigkeit nicht ungünstig beeinflußt. Kleine Wunden verheilten schnell. Wendys wurden nicht schwanger.

Seit fünf Jahren hatten die Kinder geübt und waren gedrillt worden. Zunächst unter der ständigen Obhut der Mütter und dann, als sich ihre soziale Struktur festigte, unter ihren eigenen Anführern und ernannten Lehrern. Zu Beginn der Reise waren die Kinder in vier Teams unterteilt worden: Navigation, Planung, Mannschaftsbetreuung und Forschung. Martin war für Navigation verantwortlich und hatte die Verfahren zur Kontrolle der Bewegung des Schiffs erlernt.

Aber nach den ersten paar Monaten war die Navigation überflüssig oder zur Routine geworden. Die *Dämmerungsgleiter* führte sich großenteils selbst, und alle Kinder wußten, daß ein großer Teil der Arbeit ihrem eigenen Wohl diente. Die Begeisterung war durch Drill und Studium abgelöst worden. Martin hatte sich immer mehr für Wartung und das Forschungsteam interessiert.

Den Einsatz, für den sie übten, war zugleich einfach zu formulieren und andererseits fast zu umfangreich gewesen, um ihn zu verstehen. Falls und sobald sie die Zivilisation orteten, welche die Maschinen hergestellt hatte, die die Erde vernichteten – die Killer –, würden sie das Urteil sprechen und das Gesetz erfüllen. Der Kern dieses Gesetzes war für die Kinder zu Beginn des Trainings so formuliert worden: »Alle Intelligenzen, die verantwortlich sind für die oder beteiligt sind an der Herstellung sich selbst reproduzierender destruktiver Geräte, werden vernichtet werden.« Diese Botschaft war tief eingedrungen. Sie drückte in nüchternen, kalten Worten den Haß und das Verlangen aus, das sie alle empfanden. Das Gesetz wurde ausgeübt von einer Allianz von Zivilisationen, den Wohltätern, die Maschinen bauten, um die Maschinen der Killer aufzuspüren, zu blockieren und zu vernichten und ihre Hersteller dingfest zu machen.

Das Gesetz verlangte, daß einige Überlebende der Erde an der Jagd und der Vernichtung teilnehmen sollten. *Die ihr die Erde gemordet habt, hütet euch vor deren Kindern!*

Die Vernichtung einer fortgeschrittenen Zivilisation war ein kühnes Unterfangen, selbst mit den Waffen, die das Schiff des Gesetzes enthielt. Indessen war es für die Kleinen und relativ Einfachen möglich, die Großen zu vernichten, die Mächtigen und die Komplexen. Die Mütter hatten sie Taktik und allgemeine Strategie gelehrt. Wie man die Waffen benutzte und wie man direkte Konfrontationen mit überlegenen Verteidigungen vermied.

Aber die Mütter hatten ihnen nicht alles beigebracht, das sie zu wissen verlangten. Und im Laufe der Zeit wurmte der Mangel an Vertrauen, oder wie man das auch nennen mochte, viele der Kinder.

Martin versuchte, keine Fragen zu stellen. Er versuchte, nicht zu scharf nachzudenken, sondern sich in die Drills und das Training zu vertiefen und darauf zu konzentrieren, ein guter Boss zu sein.

Indessen kamen die Träume und Erinnerungen an Theodore Dawn. Der war ein guter Freund von Martin gewesen, zu Anfang praktisch sein einziger

Freund. Geistreich, gelehrt, hatte Theodore Stunden allein mit Martin im Gespräch verbracht. Martin hatte Theodore geholfen bei der Untersuchung von Bottichen mit irdischem Teichwasser, in denen die Kleinlebewesen, Krustentiere und Insektenlarven lebten, die von den biologischen Aufzeichnungen des Schiffs geliefert wurden.

Aber nach zwei Jahren der Reise hatte Theodore ein Leiterfeld benutzt, um sich zu erhängen; und die Mütter hatten nicht versucht, ihn aufzuhalten. Es war seine freie Wahl gewesen.

Die Mütter straften die Kinder nicht und erteilten keine direkten Befehle. Sie schützten die Kinder auch nicht vor sich selbst.

Würden sie sich einmischen, wenn wir alle versuchten, uns umzubringen? Wie, wenn es unter uns zum Krieg käme?

Drei Kinder hatten seit Beginn der Reise Selbstmord verübt.

Einst waren sie fünfundachtzig gewesen.

Mit Martin, nachdenklich und still, an der Spitze erschien die Gruppe im Zentrum der dritten Heimkugel. Hier war das Licht so hell wie an einem sonnigen Tag. Linien und Flecke warmer Helligkeit änderten sich in Winkeln und Leuchtkraft, während die Kinder zu den Waffenlagern vorrückten.

Während der letzten drei Jahre hatten sie in denselben Vehikeln geübt, die sie bei einer wirklichen Konfrontation benutzen würden. Sie hatten sich noch nicht aus dem Schiff heraus begeben, um im Freien zu fliegen. Sie waren auf die Hemisphäre der Waffenlager beschränkt gewesen und hatten mit Simulationen geübt. Diese Simulationen waren überzeugend; aber die Kinder fingen an zu murren. Martin empfand ihre Frustration sehr deutlich. Wie lange müßten sie warten, bis sie wirklich fliegen könnten?

»An die Arbeit!« befahl Martin. Die Gruppe bildete

hinter ihm eine Halbkugel. »Heute kommt es darauf an.« Er richtete ihre Handys auf sich, und jedes Kind sah, was er einige Stunden zuvor geplant hatte. »Wir werden uns mit einer Offensive beschäftigen, kinetische Waffen mit passiver Zielsuche, Hinterhalt in Planetennähe. Der Planet ist ein Gasriese, und wir steuern die *Dämmerungsgleiter* in eine streifende Bahn, um Treibstoff zu tanken.«

Von seinem Handy projizierte Graphiken erläuterten die Maßnahmen. Sie hatten diesen Drill schon früher durchgemacht. Er benutzte Manöver, die auch bei anderen Szenarien nützlich waren und eine gute allgemeine Übung bildeten.

»Laßt uns anfangen! Vier Trainingsstunden heute, dreifach komprimiert.«

Die Kinder stöhnten. Das bedeutete eine Verkürzung der Drillzeit um zwei Drittel. Es war sehr anstrengend. Sie würden dadurch aber auch früher fertig sein; und Martin mußte seinen Zehntagesbericht für die Mütter vor der allgemeinen Essenszeit fertigstellen.

Das Waffendepot war eine breite Blase auf der Backbordseite der dritten Heimkugel. Martin führte seine Gruppe zu dem großen Schott, welches das Depot vom Rest der Heimkugel trennte. Er glitt zu einer glatten gebogenen unmarkierten Wand. Diese öffnete sich zu einem Kreis und stieß mit seufzendem Geräusch einen Schwall kühlerer Luft aus. Stephanie lächelte Martin zu und reckte großmütig einen Arm. »Du zuerst, Boss«, sagte sie. Martin klettere in den dahinterliegenden Hohlraum.

Hier waren alle von Piloten bedienten Waffen gehortet, sowie alles kleinere ferngelenkte und sonstiges mobiles Gerät. Martin blickte ins Innere. Bei Gewichtslosigkeit bedeutete ›aufwärts‹ ein Zeichen nach vorn oder in allen Richtungen von einer Tür weg. ›Abwärts‹ gab die Richtung zu einer Tür oder einem Durchlaß an oder einfach nach hinten. Man begab sich in einen

Raum aufwärts, aus ihm hinaus abwärts; aufwärts zum Bug oder abwärts zur dritten Heimkugel.

In dem Gelaß waren die blaßgrauen und braunen Wände von kleineren grauen Blasen gefleckt wie Farnblätter durch Sporenkapseln. Das war ein passender Vergleich. Sie enthielten Millionen winziger Roboter – Macher und Täter –, manche so klein wie Mikroben, manche ein Meter groß, aber zumeist nicht größer als ein menschlicher Fingernagel. Macher konnten sich tief in die Oberfläche eines Mondes oder Planeten bohren und aus den dort verfügbaren Rohstoffen Massenvernichtungswaffen herstellen. Täter konnten sich in viele Teile von Maschinen einschleichen und diese lahmlegen.

Am Ende von Masten oder in blasse Felder gesperrt hingen matte graue Rohre von drei Metern Dicke und zehn bis zwanzig Metern Länge. Graue Ovoide, Untertassen und wurstartig gepackte spitzige Zylinder von fünf bis fünfundzwanzig Metern Durchmesser waren zu zweit und zu dritt gestapelt, festgehalten von Feldern, die um Masten angeordnet waren.

Wenn er das Gelaß betrat, hatte Martin immer das Gefühl gehabt, er wäre in einem Museum für Skulpturen, das geometrischen Abstraktionen gewidmet war oder auf einem Objektträger mit Plankton und stark vergrößerten Bakterien. Der Stil war – wenn man bei so einfachen Formen überhaupt von Stil sprechen konnte – derselbe, wie Martin ihn mit den Müttern, der Zentralen Arche und dem allgemeinen Design der *Dämmerungsarche* zu verbinden sich angewöhnt hatte. Auf Zweckmäßigkeit gerichtet, gedämpfte Grundfarben, alle Flächen mit leicht metallischem Aussehen.

Martin zählte die hier gelagerten, von Menschen gelenkten Waffen. Nicht gerechnet die in den Blasen steckenden, waren es neunzig einzelne Stücke.

»Laßt uns mit dem Studium anfangen!« sagte Stephanie und schwang sich von der mittleren der aufgereihten Waffen herunter. Sie sammelten sich bei ihren Vehikeln.

Die Bombenschiffe und Jäger öffneten ihre Flanken mit leichtem Zischen.

Die Kinder stießen sich kräftig in die Cockpits. Leitern verschwanden, sobald sich die Luken sanft schlossen. Martin kletterte als Letzter in seinen Jäger und spürte, wie sich das weiche Innere seiner Figur anpaßte.

»Dieser Jäger gehört Martin Spruce«, sagte ihm die Maschine. Die Kinder kannten die Stimme der Mütter, warm und unpersönlich, während die Stimmen der Vehikel kühl und technisch waren, und die Stimme des Schiffs, die nur selten zu hören war, sanft und angenehm, fast weiblich. Martin glaubte, daß es eigentlich alle dieselben wären; aber das war eine jener Fragen, auf die man keine Antwort bekam.

»Alle Handys auf deines gerichtet, Simulationsdrill«, sagte ihm die Stimme seines Vehikels. »Können wir den Simulationsplan aus deinem Handy holen?«

»Ja«, sagte Martin.

Die Simulation fing an. Die Vehikel rührten sich nicht von ihren Andockplätzen. Die Kinder wurden in die Simulation eingeflochten, und die Zeit verging.

Sie streiften dicht über die Wolkengipfel eines riesigen Gasplaneten von dreifacher Jupitergröße, während das Schiff des Gesetzes, gehüllt in Plasmafeuer, die Atmosphäre vor ihnen streifte. Die flügelähnlichen Schöpffelder der *Dämmerungsgleiter* zogen aus der dichten Atmosphäre riesige Klumpen von Sauerstoff, Methan und Ammoniak. Sie bremsten das Schiff um dutzende Ge, drehten es Heck über Bug; und die kleineren Waffen eilten dem Schiff voraus, begegneten feindlichen Fahrzeugen und bildeten so einen Schutzschild. Sie zogen die Aufmerksamkeit kinetischer Waffen, die sie bei hoher Geschwindigkeit zertrümmern sollten, auf sich, wobei sie die Energien des durch die

Passage der *Dämmerungsgleiter* aufgewühlten Feuerballs benutzten, um Kraftstrahlen abzulenken …

Sie leisteten gute Arbeit, wie gewöhnlich.

Sie hatten sich schon seit Jahren bei dieser Art von Drill bewährt. Es war ihnen zur zweiten Natur geworden. Es war auch zu einem Spiel geworden, schwierig mit der Realität zu verbinden, mit der aktuellen Ausführung der eigentlichen Aufgabe. Wie überzeugend die Simulationen auch sein mochten – und das waren sie durchaus –, erweiterten sie nicht mehr die Sachkenntnis der Kinder.

Aber sie übten weiter, Woche um Woche und Jahr für Jahr …

Sie wurden älter. Martin konnte ihre Ungeduld spüren, und das machte ihm Sorgen.

Er war verantwortlich. Er war schon seit sechs Monaten Boss.

Martin begab sich stufenweise durch die Rohre und Leitungen in den langen ersten Hals vom Schiff des Gesetzes zur vorderen Heimkugel und in das Schulzimmer, um eine Mutter zu treffen und die Wochenmeldung zu erstatten.

An Bord der *Dämmerungsgleiter* hatte der Tag achtundzwanzig Stunden, der Monat hatte drei Zehntagewochen, und es gab im Jahr zwölf Monate.

Einmal alle zehn Tage war es Martins Pflicht als Boss, sich bei der Mutter zu melden. Er mußte berichten, was die Kinder getan hatten, und hören, ob die Mutter etwas zu sagen hatte.

Er kam, nachdem er durch den Hals geklettert war, in die Heimkugel und gelangte über einen langen zylindrischen Korridor in das Zentrum der Kugel. Sein Leiterfeld hielt vor einer weiten Luke an. Er stieß sich ab und packte einen Metallstab darin. Bis die Reibung seiner Hand ihn stoppte, schwang er elegant hin und her.

Das Schulzimmer war an der Peripherie kühl und dunkel. Licht aus dem Gang fiel schräg herein und bildete auf der gegenüberliegenden Wand einen Fleck.

Martin war zehn Minuten zu früh angekommen. Er war allein.

Bei Gewichtslosigkeit wirkte der Schulraum wie das leere Innere von zwei Rädern, die ineinander angeordnet sind und mit gegeneinander vertikalen Achsen ein gemeinsames Zentrum haben. Zwanzig Meter tiefer in der Nabe des Zimmers hing eine sphärische Finsternis voller Sterne, ein Fenster zu dem, was außerhalb des Schiffs lag, das man aber nicht direkt sehen konnte. Eine Simulation wie so viel anderes in ihrem Leben.

Bei der gegenwärtigen Geschwindigkeit glich das Universum außerhalb der *Dämmerungsgleiter* dieser hübschen Simulation nicht sehr. Draußen waren die wahren Sterne zerfranst und verdreht, rotiert und komprimiert in einen flimmernden Ring, der sich wie ein lockeres Armband um das Schiff wand, blau auf der einen Seite – in der Flugrichtung – und rot auf der anderen, mit einer verwaschenen und schmalen Mischung von Farben dazwischen. Voraus lag eine Grube, die dem unbewaffneten Auge leer erschien, aber in Wirklichkeit von harter Strahlung erfüllt war. Nach hinten lag eine weitere Grube, gesprenkelt von unheimlichen Funken nach Rot verschobener Röntgenwellen, fernen Galaxien, die starben oder neu gebildet wurden, von toten Sternen, die wie die Titanen ihre Kinder fraßen.

Der Sternenhimmel in der Sphäre sah nicht viel anders aus, als er auf der Erde erschienen war, bis Martin nach vertrauten Konstellationen Ausschau hielt. Es waren keine zu erkennen. Die *Dämmerungsgleiter* war zu weit gefahren. Die Gruppierungen der hellsten Sterne hatten sich gründlich verändert.

Martin holte sein Handy aus der Tasche und ließ es in der Luft hängen. Es schwebte in der warmen Dämmerung neben ihm. Martin und das Gerät machten eine langsame Präzessionsbewegung, angeblasen von trägen Luftströmungen. Martin griff mit einem Finger hin und schrieb groß zwei Namen in die Luft: *Theresa, William.* Diese leuchteten rosa, beziehungsweise stahlblau.

Unter Theresa schrieb Martin mit dem Zeigefinger: *Ich habe fünf Jahre lang mit dir oder in deiner Nähe gelebt. Aber erst in den letzten zehn Tagen habe ich erkannt, was ich für dich empfinde. Was du für mich empfindest. Seltsam, daß wir erst jetzt zusammengefunden haben! Ich denke immer an dich. Ich vermisse dich, wenn ich nicht in der Nähe bin, selbst nur ein paar Minuten entfernt. Das ist nicht einfach physisches Verlangen, obwohl es auch das ist, und es ist unendlich stark; aber es ist eine Verwandtschaft, ein Zusammenpassen wie von zwei Molekülen, die sich genau auf die rechte Art treffen. Und das ist seltsam, denn so habe ich oft über Gott gedacht. Ich hoffe, du denkst nicht, daß dies viel zu intensiv ist. Aber ist es durch dich, durch unsere Liebe, daß ich Gott wirklich fühle. Fürchte dich nicht! Ich habe ihn nicht verloren. Aber kannst du mir sagen, warum wir dies nicht schon früher gefühlt haben und es erst jetzt erkannten? So schnell!*

Die leuchtende Mitteilung unter *Theresa* schimmerte leicht. Das Handy fragte, ob er fortfahren oder aufhören und es senden wolle. Er hob seinen Finger wieder und schrieb weiter:

Ich habe es William mitgeteilt, und er billigt es oder gibt nicht zu erkennen, daß er dagegen ist. Ich weiß, daß du unserer Freundschaft keinen Abbruch tust, obwohl ich mich mit ihm jetzt weniger unbefangen fühle. Aber er weiß oder ahnt, was zwischen uns, mir und dir, ist; und das macht ihn weiser als mich. Er ist ein edler Geist. Ich erkenne, daß du widerstrebst, eine Dyade zu zerbrechen, die so stabil scheint; aber du kannst uns nicht nehmen, was am wichtigsten ist. William und ich sind Brüder, so wie ich nie einen Bruder gehabt habe. Das kannst du nicht zerbrechen und du kannst es nicht ersetzen.

Ich schicke dir dies, weil ich dich vermisse, selbst wenn ich im Dienst bin. Und ich habe hier nur noch wenig Zeit, bis ich der Mutter Bericht erstatte.

Ich fühle mich so naiv, aber meine Liebe zu dir ist stärker als jede positive Emotion, die ich bis jetzt empfunden habe; und ich möchte, daß du das weißt.

Er las die Mitteilung mehrere Male durch und kniff die Augen zusammen wegen ihrer Unbeholfenheit und ihrer Offenbarung. Selbst unter den Kindern zögerte Martin, sich so zu öffnen. Er fühlte sich wieder wie ein kleiner Knabe, obwohl er mit zweiundzwanzig einer der ältesten auf der *Dämmerungsgleiter* war. Theresa war drei Jahre jünger, William ein Jahr jünger.

»Senden!« sagte er. Die Mitteilung und Theresas Name verschwanden und ließen *William* allein hängen. Der Name flackerte. Martin sagte dem Handy: »Ich denke nach.« Konnte er wirklich mit William verbunden bleiben, wenn er so viel Aufmerksamkeit auf Theresa richtete?

Hier lag eine Ironie. Während der ganzen Reise hatte er versucht, sich aus dem Spiel von Emotionen herauszuhalten und seine Würde zu bewahren. Schließlich hatte er mit William eine Dyade gebildet, weil er dem Druck zur Herstellung einer Bindung nicht widerstehen konnte und sie zusammenpaßten.

Wegen seiner Zurückgezogenheit hatte Martin sowohl Respekt wie Isolierung erfahren. Er war zum sechsten Boss der Wache gewählt worden, in eine wichtige Position. Und nun (das schien jetzt unvermeidlich zu sein, wenn man Verehrung mit Stellung und Macht verband) hatten die Wendys ihn umschwärmt, und er hatte mit ihnen getändelt. Das wurde erwartet. William erhob keine Einwände. Er war wirklich davon fasziniert, was er tun würde, sollte er Boss werden.

Martin hatte seinen Schild verloren; und der Flirt mit Theresa – zunächst harmloser Sex – hatte ihn tief in das gestürzt, was er so lange vermieden hatte. Es hatte so kommen müssen.

In ihm schlummerte immer noch Furcht vor Verlust, nicht einfach durch Trennung, sondern durch Tod. Sie alle hatten die gleichen Verluste erfahren – die Erde selbst, die große Mutter von allem, was sie kannten und waren; dann Trennung von Familie und Freunden auf der Arche.

Sie waren mehr als nur Kinder, die man auf einen Kreuzzug durch die Zeit geschickt hatte. Sie waren Racheengel, geschulte, aber noch nicht im Einsatz erprobte Soldaten, denen man Zugriff auf unglaubliche Macht gegeben hatte, die sie nicht völlig verstanden. Letztendlich würden sie diese Macht gebrauchen, sobald sie ihren Auftrag erfüllen mußten; und einige von ihnen würden nicht überleben.

Was William betraf, so hatte Martin ihm nichts mitzuteilen, das er nicht besser persönlich sagen konnte. Er gab Anweisung: »Verschwinden!«. Der Name verblaßte. Er hob die Arme, krümmte einen Finger; und eine feine Leiter aus grünem Licht querte die Peripherie. Er deutete mit dem Finger, und das Licht strömte, brach ab und formte sich neu. Es umfloß ein Rad des Schulzimmers und schnitt die Sternsphäre.

Martin hatte die Natur seines Vaters und dessen langes, grimmiges Gesicht geerbt. Er besaß auch das sanfte Temperament und die geistige Schärfe seines Vaters. Aber seine mandelförmigen Augen und seine sinnlichen, vollen Lippen waren das Erbe seiner Mutter.

Ein gedrungener flacher Zylinder von etwa einem Meter Höhe aus Kupfer und mattiertem Messing mit einer Beule wie ein Kopf, aber ohne Merkmale, Arme oder Beine kam von unten herein und rückte lautlos neben ihn auf: eine Mutter.

Sie sagte: »Ich bin für deinen Bericht bereit.« Ihre Stimme war von Autorität, aber ohne Strenge. Sie gab nie Befehle oder Anweisungen, sondern unterwies nur und leitete. Eine Mutter sprach von sich selbst stets in der ersten Person, wie auch der Geist des Schiffs bei den seltenen Gelegenheiten, wo man ihn zu hören bekam. Die Kinder hatten als Hinweis nichts außer dem Ton der Stimme, ob Schiff und Mütter zu ihnen sprachen.

»Uns geht es gut«, berichtete Martin. »Die Kinder scheinen alle physisch gesund zu sein.« Er wandte den Blick ab. »Es gibt eine gewisse Spannung mit vier oder fünf Personen, die mit dem Rest nicht zurechtkommen. Rex Live Oak hat ab und zu Schwierigkeiten. Auch einige andere. Ich bleibe dran und versuche, sie wieder in die Gruppe zu integrieren. Rosa Sequoia ist am schlimmsten. Sie besucht die Versammlungen, macht ihre Übungen, hängt herum, wenn wir Spiele machen; aber sie hat jetzt wenige Freunde. Sie spricht nicht einmal viel mit den Wendys.

Die Übungen gehen gut voran. Wir haben die Navigation kleiner Vehikel im planetaren Raum geübt, Umlaufbahnen und Ausweichmanöver, sowie Macher und Tuer überwacht. Ich nehme an, daß du das weißt.«

»Ja«, sagte die Mutter.

Sein Hals versteifte sich. Jetzt kam es. »Ich möchte einige Übungen im Freien sehen. In Realität. Ich denke, wir sind bereit.«

Dies war das dritte Mal, daß er in seinen sechs Monaten als Boss einen solchen Vorschlag machte. Alle Kinder waren darauf erpicht, aus der *Dämmerungsgleiter* nach draußen zu kommen in dem Vehikel, dessen Gebrauch sie geübt hatten. »Fünf und ein halbes Jahr sind eine lange Zeit. Wir haben einen weiten Weg hinter uns. Wir wissen, daß es noch länger dauern könnte, aber… Wir sind ungeduldig.«

»Verstanden«, sagte die Mutter. »Weitermachen!«

»Ich denke, daß wir erwachsen und reifer werden. Es gibt weniger Streit… nicht soviel Gezänk über sexuelle Dinge. Weniger Diskussionen und Krach. Ich habe dir in der letzten Zehntagewoche davon berichtet.«

»Das sind alles erwartete Vorfälle.«

Martin sagte, gereizt durch die Haltung der Mutter: »Nun, aber sie sind doch bezeichnend. Ich versuche, diese … Ruhe, oder was auch immer, zu benutzen, um uns auf das Training zu konzentrieren. Jedenfalls funktioniert das etwas. Wir kommen in den Proben besser zurecht. Aber es wird immer noch darüber gemurrt, wie schlecht wir unterrichtet sind. Ich möchte größere Beteiligung vorschlagen. Das habe ich schon früher angeregt.«

»Ja«, sagte die Mutter.

»Soviel davon. Nichts Besonderes.«

»Ich sehe keine Anzeichen größerer Schwierigkeiten. Du machst deine Sache gut.«

Mit einem typischen Mangel an den Feinheiten gesellschaftlicher Bildung glitt die Mutter längs ihres unsichtbaren Leiterfeldes aus dem Schulzimmer.

Martin blies die Backen auf, atmete heftig aus und wandte sich zum Gehen, als er in der Tür unten Hakim erkannte.

Hakim wich der Passage der Mutter aus und nahm eine schwebende Lotoshaltung ein. »Wie geht es dir heute?«

»Wie gewöhnlich«, sagte Martin. Er biß sich in die Unterlippe und wies mit einer mürrischen Hand auf die Tür. »Die übliche freundliche Backsteinwand.«

»Ach ja.« Hakim war Leiter des Suchtrupps und sieben oder acht Zentimeter kleiner als Martin, mit glatter brauner Haut, einer schmalen spitzen Nase und großen kecken Augen so schwarz wie Onyx. Er sprach Englisch mit einem starken Oxfordakzent, wo sein Vater die Schule besucht hatte.

Hakim blinzeln zu sehen, war ein Wunder. Sein Gesicht verriet Jahrhunderte des Gleichmuts mitten in Bedrängnis; seine Lippen bildeten eine genialische Linie. »Ich freue mich, das zu hören.«

Er hatte vor einigen Jahren Martin im Arabischen unterrichtet, genug, damit er arabische Kinderbücher aus den Bibliotheken lesen konnte. Aber die lingua franca auf der *Dämmerungsgleiter* war Englisch wie schon an Bord der Zentralen Arche. Der Tod der Erde hatte das amerikanische Moment in der Geschichte eingefroren.

»Der Suchtrupp könnte einen Verdacht haben«, sagte Hakim. »Ich möchte dir und dann den Müttern das Beweismaterial präsentieren. Wenn du nicht zustimmst, werden wir unsere Gedanken den Müttern vorenthalten, bis bessere Argumente auftauchen.« Hakim war gewöhnlich vorsichtig und verschwiegen hinsichtlich eines Mangels in der Arbeit des Suchtrupps.

Martin nahm vor ihm eine weniger elegante Lotoshaltung ein. »Ich habe gerade meinen Zehntagesbericht erstattet...«

Hakim entschuldigte sich. »Wir können bei endgültigen Urteilen nicht sicher genug sein; aber hier gibt es genügend Hinweise dafür, daß das Schiff Fernsonden ausschicken sollte...« Er hielt inne, entschuldigte sich noch einmal und sagte: »Aber das mußt du entscheiden, Martin.«

»Ich bin nicht gekränkt, Hakim«, versicherte Martin.

»Das freut mich. Wir haben eine Gruppe von drei Sternen gefunden, die weniger als ein Lichtjahr von unserer gegenwärtigen Position entfernt sind. Die Spektren von zweien zeigen ein Gemisch von Spuren radioaktiver Elemente und Seltenen Erden in einem Verhältnis, das denen in den Überbleibseln der gefangenen Killermaschinen ähnlich ist.«

Hakim präsentierte die Fakten Martin mit seinem Handy. Sie schienen vor ihm zu schweben oder er zwischen ihnen – Worte, Bilder, Ikonen und Diagramme, eine von den Müttern geschaffene visuelle Sprache. Martin hatte sich auf der Arche an diese Lehrmethode gewöhnt. Jetzt bewältigte er sie in Nu.

Im Mittelpunkt der Darstellungen hingen Schaubilder von drei Sternsystemen. Ziffern daneben sagten ihm, daß diese Sterne nicht mehr als eine Billion Kilometer voneinander entfernt waren.

Die Mütter benutzten Sternklassifizierungen auf Grund von Masse, Durchmesser, Leuchtkraft, Alter und Prozentanteilen von ›Metallen‹, Elementen schwerer als Wasserstoff und Helium. Martin war mehr an diese Skala gewöhnt als an diejenige, mit der sein Vater vertraut gewesen war. Die Kinder hatten einige der technischen Ausdrücke der Mütter zu informalen Bezeichnungen umgewandelt. So war der nächste Stern eine Buttercup Seven von ungefähr neun Zehnteln der Masse von Sol, hellgelb und verhältnismäßig reich an Metallen. Der zweitnächste war eine Cornflower Two von anderthalbfacher Sonnenmasse und mit geringerem Anteil an Metallen. Der dritte Stern in der Gruppe war ein alternder Firestorm Three, ein heller aufgeblähter Roter Riese. Der Buttercup Seven besaß vier Planeten, von denen zwei eigenartig verkleinerte Gasriesen waren.

Hakim äußerte sein Interesse an diesen Welten. Er sagte: »Sie sind wesentlich kleiner, als man erwarten sollte. Vielleicht Anzeichen von Gasabbau.«

Martin runzelte die Stirn. Er war schwierig, das Schiff zu betanken in einem System, das schon von einer alten Zivilisation angezapft war.

Zwei steinige Planeten drängten sich dicht an Buttercup Seven. Außerdem gab es einige – vielleicht sogar fünf – unsichtbare Körper in Nähe des Sterns. Zusammen hätten sie die Masse des Erdmondes ausgemacht.

Cornflower Two, ein blaßgelber Riese, hatte zehn Planeten, von denen zwei offenbar Gasriesen waren. Firestorm Three war nur von etwas Geröll umgeben. Mit etwa neunzig Millionen Kilometern Durchmesser hätte er mehrere Planeten verschlucken können, wenn er sich aufblähte.

Zahlen flackerten vor seinem Bewußtsein und erloschen wieder. Seine Augen schweiften über die Darstellung und griffen sich heraus, was er wissen mußte.

Martin musterte die eigentümlichen Spektren der Sterne. Es gab faszinierende Beugungsmuster und unnatürliche Verhältnisse von infraroten Frequenzen gegenüber anderen. Eine technische Zivilisation war mindestens bei zwei dieser Sterne am Werk gewesen, Buttercup und Cornflower.

»Vor wie langer Zeit ist Firestorm expandiert?« fragte Martin.

»Wir schätzen fünftausend Jahre«, erwiderte Hakim.

»Waren sie bewaffnet?«

»Die Zivilisation um Buttercup herum war offenbar gerüstet. Aber für Cornflower haben wir keine direkten Hinweise.«

»Aber sie haben keinen alles absorbierenden Schild gebaut.«

»Nein«, gab Hakim zu. Eine Hülle um jeden Stern – eine Konstruktion à la Dyson aus vielen orbitalen Bauten, die den Stern in vielen Schichten umgeben, hätte die Bilder der Sterne zu trübem infrarotem Wärmeabfall geschwächt. Martin prüfte die über interstellare Teilchenströme in der Umgebung von Sternen verfügbare Energie – die stellaren Winde – und fühlte eine leichte Besorgnis.

Das Schiff des Gesetzes befand sich acht Billionen Kilometer vom nächsten Stern, dem Buttercup, entfernt. Martin berührte eine leuchtende geometrische Figur, die in Nähe der Sternbilder pulsierte. Ihr Bild entfaltete sich wie eine Blume zu einer Reihe fünfeckiger Blütenblätter. Er berührte diese nacheinander, bis er die gewünschte Information erhielt. »Buttercup könnte große Strukturen im Orbit haben außer diesen fünf dunklen Massen. Meinst du, daß das auf Bewaffnung hinweist?«

Hakim nickte. Martin rief auf und prüfte Bedeckungen, spektrale Veränderlichkeit und Helligkeitsfluktuationen, ferner Absorptionsspektren für die Sternatmosphäre, die äußere stellare Hülle, ›Wind‹ von Partikeln und Planetenatmosphären.

Das Schiff des Gesetzes hatte seine Fernsonden nicht ausgeschickt, und die erhaltene Information kam offenbar aus Winkeln und Distanzen, die nicht ihre eigenen waren.

Hakim sagte, als ob er seine Gedanken läse: »Ich habe diese zusätzliche Information von den Müttern erhalten. Sie überwachen diese Gruppe seit langem. Vielleicht seit Jahrtausenden.«

Die Maschinen der Wohltäter, die die Killer in Sonnenumgebung vernichtet hatten, hatten ein Fragment einer Killersonde aufgesammelt und seine Zusammensetzung analysiert, wobei sie nach feinen Spuren radioaktiver und Proportionen anderer Elemente suchten. Martin hielt es für wahrscheinlich, daß die Maschinen der Wohltäter die Merkmale von Sternen in Tausenden von Lichtjahren um Sol herum kannten und die *Dämmerungsgleiter* in eine Richtung entsandt hatten, wo man wohl auf Sterne treffen würde, welche der vermuteten Herkunft der Killersonden entsprachen. *Vielleicht wissen die Mütter sogar noch mehr …*

Martin gefiel es plötzlich nicht mehr, daß er allein mit Hakim im Schulraum über solche Dinge sprach. Er wollte, daß die anderen seine Verantwortung teilten und seine Schußfolgerungen unterstützten. Er wollte, daß eine Mutter zugegen wäre. »Wie steht es mit der Untersuchung?« fragte er erregt.

»Du kannst dich darauf verlassen.«

Er wurde rot, berührte eine andere Figur, die durch

ein rotierendes Atomsymbol markiert war; und die erblühte. Der Vergleich zwischen der Zusammensetzung der Sonde und den Spektren und der geschätzten planetaren Ausstattung von Buttercup war eng. Die Killermaschinen *hätten* in diesem System gebaut worden sein können.

Zusätzliche Information erschien zwischen seinen suchenden Fingern. Vier weitere bewohnte Welten innerhalb eines Umkreises von zweihundertneunzig Lichtjahren von der Gruppe waren von Killersonden angegriffen und umgewandelt worden, und das alles während der letzten tausend Jahre. Innerhalb dieses Radius gab es eine Million und dreihunderttausend Sterne, oder rund einen Stern auf je achtundsiebzigeinhalb Kubiklichtjahre. Vier Zivilisationen waren ermordet worden, einschließlich der Erde fünf. Nur auf zweien neben der Erde hatte es Überlebende gegeben.

Und wo sind diese Überlebenden? Auf anderen Schiffen des Gesetzes?

Die vier hingeopferten Sterne lagen innerhalb einer hypothetischen Sphäre, welche durch die Sterndichte innerhalb der möglichen Wege von Killersonden bestimmt war und durch komplexe Analysen, wie oft sich diese Sonden vermehren und wie rasch sie eine solche Sphäre sättigen würden.

Das Zentrum dieser Sphäre lag nicht mehr als zwei Lichtjahre von dieser Dreiergruppe entfernt: Buttercup, Cornflower, Firestorm.

Hakim hatte dieses Material schon durchgearbeitet. Mit wachsender Erregung und ausgemalten Details, die, wie er dachte, nicht in die Augen fallen würden.

»In Ordnung«, sagte Martin. Seine Hand zitterte. Er überwand das. »Es sieht … interessant aus.«

Hakim nickte lächelnd. Dann sah er aufmerksam zu, als Martin die Daten noch einmal durchging.

Auf der Erde hatte Martins Vater den Versuch, Killersonden zu zerstören, mit der Ermordung von Captain Cook durch mißtrauische Hawaiianer verglichen. Für die Insulaner war Cook der mächtige Repräsentant einer technisch fortgeschrittenen Zivilisation gewesen.

Falls bei einem oder mehr dieser Sterne noch Killer der Erde leben sollten, würde das Schiff des Gesetzes gegen eine Zivilisation antreten, die so fortgeschritten war, daß sie zwei oder vielleicht drei Sternsysteme beherrschte, den Energiestrom eines ganzen Sterns kontrollierte und vielleicht sogar fähig war, den Stern gegen die Expansion eines Roten Riesen zu wappnen.

Wenn dies die Heimat der Erdkiller war, würde das Unterfangen der Kinder viel schwieriger sein als bloß die Ermordung von Captain Cook.

Solche Gegner konnten dem menschlichen Intellekt so weit voraus sein, wie Martin es gegenüber seinem Hund Gauge gewesen war, der nun schon lange tot war und als Staub und Asche um den entfernten Sol kreiste.

»Die Stimmigkeit der Untersuchungsergebnisse ist … ich will nicht sagen einzigartig«, sagte Hakim leise, als sich Martins nachdenkliches Schweigen ausdehnte. »Andere Sterne in diesem Abschnitt des Spiralarms könnten auch dazu passen, da sie aus dem gleichen Segment der alten Supernovawolke gekommen sind. Aber es ist sehr dicht dran. Siehst du die Verhältnisse von Kalium zu Argon? Die Iridiumkonzentrationen?«

Martin nickte, hob den Kopf und sagte: »Es sieht gut aus, Hakim. Feine Arbeit.«

»Zunächst eine harte Entscheidung«, sagte Hakim und wartete auf seine Reaktion.

»Ich weiß«, sagte Martin. »Wir werden es erst den Kindern vorlegen und dann den Müttern.«

Hakim seufzte und lächelte. »So ist es.«

Der Ruf erging über alle Handys, und die Kinder sammelten sich in Gruppen zur ersten Vollversammlung in Martins sechs Monaten als Boss. Ein paar klebten an

Martins Spur, als er sich über Leitern zur ersten Heimkugel begab. Drei Katzen und vier Papageien kamen auch hinzu. Sie benutzten die Leitern der Kinder, um nach ihnen in den Schulraum zu kriechen.

George Dempsey, ein plumper neunzehnjähriger Bursche aus der Athletenfamilie, trat mit strahlendem Lächeln nahe an Martin heran. Er konnte Muskeln und Gesichtsausdrücke besser lesen als die meisten seiner Kameraden. »Gute Nachrichten?«

»Vielleicht haben wir einen Kandidaten«, sagte Martin.

»Etwas Neues und Aufregendes, kein Drill?« fragte die kleine mäuseartige Ginny Chocolate von der Food-Familie. Sie sprach zwanzig Sprachen der Erde und verstand die Mütter besser als jeder andere. Sie trug eine gescheckte Katze in den Armen. Diese beobachtete Martin mit schönen Jade-Augen und maunzte leise.

Zur angesetzten Zeit befanden sich achtzig im Schulzimmer. Zwei fehlten. Martin rief rasch Gesichter auf und sortierte Namen. Dann sprach er in sein Handy, um sich mit den ihrigen zu verbinden und sie an die Vorladung zu erinnern: »William Arrow Feather, Erin Eire.« Er hatte keinen davon in den Wurmräumen gesehen. Er fühlte einen Hauch von Schuld und fragte sich, was William wohl machte, daß er seine Aufforderung ignorierte. Das sah ihm nicht ähnlich. *Meinetwegen?*

Rosa war anwesend, stämmig, rotes zerzaustes Haar, kräftige Arme und große Hände. Sie war fast so groß wie Hans.

Auch Theresa war da, in den mittleren Reihen versteckt, schwarzes Kurzhaar und von kleiner, kräftiger Gestalt, die sofort Martins Auge auf sich lenkte. Ihr Anblick bewirkte eine Leere in seiner Brust.

Wie lange war es her, seit er sie zuletzt gesehen hatte? Knapp sieben Stunden... Aber sie war diskret und ausdruckslos bis auf eine leichte Vergrößerung der Augen, als er sie direkt ansah. Sie ließ kein Anzeichen der Leidenschaft erkennen, die sie geteilt hatten.

Andere in der Menge hatte Martin seit Wochen nicht gesehen.

Jeder trug in der Erinnerung den Stempel der toten Erde. Alle hatten die Erde sterben sehen, jene stundenlange Agonie von Brand und orbitalem Schutt. Manche waren nur vier oder fünf Jahre alt gewesen. Ihre Erinnerungen drückten sich häufiger in Alpträumen aus als in bewußtem Gedenken. Martin war neun gewesen.

Dies war jetzt die Aufgabe, und alle nahmen sie ernst.

Martin rief Hakim nach vorn. Dieser benutzte sein Handy, um die Gruppe der drei nahen Sterne zu zeigen und welche Information sie boten. Er schloß mit der Analyse toter Planeten bei der Gruppe.

»Wir müssen uns für Fernsonden entscheiden«, erläuterte Martin. »Wir können mit einer breiten Basislinie viel mehr Information gewinnen. Wir werden dann aber auch etwas auffälliger. Unsere erste Entscheidung geht dahin, ob wir jetzt das Risiko eingehen wollen ...«

Ariel Hawthorn sagte von hinten im Schulraum: »Die Mütter könnten uns wissen lassen, was sie denken. Man hat uns immer noch nicht alles mitgeteilt. Wir können keine endgültigen Entscheidungen treffen, ehe wir nicht wissen ...«

Ariel Hawthorn schien Martin nicht zu mögen. Martin vermutete, daß sie überhaupt keinen der Verlorenen Jungen mochte, aber er wußte sehr wenig über ihre sexuellen Neigungen. Sie war reizbar und eigensinnig, aber auch schlau.

»Wir sollten damit jetzt keine Zeit verschwenden«, erwiderte Martin.

»Wenn wir vor einer Entscheidung stehen, die mit einem Risiko behaftet ist, können wir es uns nicht leisten, Fehler zu machen«, beharrte Ariel.

Martin verbarg seinen Ärger. »Laßt uns nicht…«

»Du bist nur auf diesem Posten allein. Der nächste Boss sollte auch mitreden können.«

»Wenn wir uns in dieser Wachperiode entscheiden, wird Martin der Boss sein, bis wir mit dem Auftrag fertig sind«, erinnerte Hans sie.

Ariel schoß Hans einen vernichtenden Blick zu und sagte: »Wir sollten einen neuen Boss wählen, der uns in den Auftrag führt. Das sollte unser Recht sein.«

»Das ist nicht das richtige Verfahren. Wir vergeuden Zeit«, sagte Hans ruhig.

»Hol dich der Teufel, Farley!« explodierte Ariel.

»Schluß!« sagte Martin. »Wir brauchen eine Wendy zur Unterstützung bei der Abstimmung.«

»Beistand«, sagte Paola Birdsong mit einem Aufschlag ihrer großen, ruhigen Augen.

»Eine Stunde in den Wurmräumen«, sagte Martin.

Ariel zuckte die Achseln, reckte sich mit einem Staccato knackender Gelenke und verließ das Schulzimmer.

»Du wirst doch nachher mit ihr reden, nicht wahr?« sagte Paola sanft, ohne zu drängen.

Martin antwortete nicht sofort. Er schämte sich. *Ein Boss sollte ruhig sein und niemals in Wut Strafen verhängen.* »Ich werde ihr sagen, was wir beschließen.«

»Auch sie muß entscheiden. Es ist eine knappe Abstimmung. Du wirst sie doch nach ihrer Meinung fragen?«

»Natürlich«, sagte Martin. Er glaubte nicht, daß es eine knappe Abstimmung werden würde. Sie waren alle ungeduldig. Das war recht wahrscheinlich.

Paola fuhr fort: »Ihr werdet eure Meinungsverschiedenheiten beilegen, nicht wahr? Denn du bist jetzt der Boss. Du kannst sie nicht umgehen. Das kränkt.«

»Ich werde mit ihr reden«, versicherte Martin. Er hob wieder das Handy. »Wir wissen genug, um zu entscheiden, ob wir Fernsonden ausschicken. Das können wir uns selbst ausrechnen. Und ich denke, das sollten wir alle jetzt tun.«

Die Mathematik war kompliziert und garantierte keine eindeutige Lösung. Die Möglichkeit der Entdeckung, wenn sie die Fernsonden aussandten, war bei dieser Entfernung gering, mußte aber gegen die Wahrscheinlichkeit abgewogen werden, daß diese Gruppe den oder die Sterne enthielt, nach denen sie suchten.

Martin schloß die Augen und ließ noch einmal die Zahlen ablaufen. Er benutzte die Verfahren, welche ihn die Mütter gelehrt hatten, indem er deren angeborene Fähigkeit mobilisierte, Entfernungen und Geschwindigkeiten zu beurteilen mit Algorithmen, die normalerweise dem Verstand nicht zugänglich waren und viel mächtiger als bewußtes höheres Rechnen. Die Kinder hatten beschlossen, diese neuen Verfahren als Muttimathe zu bezeichnen, was Lewis Caroll vorgeschlagen hatte und für *Muttis arithmetische Mathematik* stand.

Martin löschte alle Gedanken und fiel in die Kontemplation einer Konvergenz von Räumen und Ebenen, Senken und Hügeln, von Kugeln, die über Flächen rollten und sich in farbigen Vertiefungen trafen.

Was Martin vor Augen hatte, als er mit seiner Muttimathe fertig war, fast so deutlich, als hätte es sein Handy projiziert, war die Gruppe der drei Sterne und eine Synopse der wichtigsten lokalen Sterne. Systeme, die von fremden Besuchern ausgebeutet waren, leuchteten hellrot; Systeme, die wahrscheinlich ausgebeutet, aber nicht verändert waren, leuchteten hellrosa; Systeme ohne Anzeichen äußerer Einwirkung leuchteten grün. Schiffe des Gesetzes erschienen nicht in dem mentalen Bild. Das taten sie nie. Die Mütter wußten immer, wo sie sich befanden.

Die Kinder beendeten ihre Muttimathe innerhalb einiger Minuten. Jennifer Hyacinth und Giacomo Sicilia öffneten die Augen und sahen als erste Martin an. Sie waren die tüchtigsten in Muttimathe oder jeder beliebigen Mathematik und physikalischen Theorie. Ihnen folgten Stephanie Wing Feather, Harpal Timechaser, Cham Shark, Hans Eagle und dann die anderen. Die letzte war Rosa Sequoia, aber sie schloß die Arbeit ab.

Fünf hatten Schwierigkeiten und sagten: »Nicht klar.« Das war normal. Sie würden an der Abstimmung nicht teilnehmen.

Hans als Christopher Robin zählte, als jeder zwei Hände oder keine hob. Er machte die Gegenprobe, und alle senkten die Hände. »Zweiundfünfzig dafür, zweiundzwanzig dagegen, drei abwesend«, verkündete Hans. »Jetzt hat der Boss das Wort.«

»Dies ist unsere erste Entscheidung«, sagte Martin. »Ich werde die Mütter bitten, die Fernsonden auszusenden. Wenn die Sterne verdächtig aussehen, wird unsere nächste Entscheidung sein, ob wir näher herangehen und in die Systeme eindringen ...« Einige Kinder räkelten sich und gähnten. Sie erwarteten ein langes, langweiliges Verfahren anstelle rascher Aktion. »Wir müssen sicher sein. Wenn wir in eine ...«

»Das wissen wir«, sagte Paola Birdsong. Sie wußten es alle auswendig: *Wenn wir in ein zivilisiertes Sternsystem eindringen, sind wir in Gefahr. Alle hinreichend fortgeschrittenen Zivilisationen bewaffnen sich. Nicht alle Systeme erkennen das Gesetz an. Nicht alle kennen das Gesetz.*

Die Bewohner dieser Sterngruppe wußten nichts vom Gesetz oder erkannten es nicht an.

»Aber zunächst ist beschlossen, die Fernsonden zu entsenden. Das ist ein Anfang.«

Martin schaute die im Schulraum versammelten Gesichter an. Alle waren feierlich ernst. Ungeduld und Ärger waren durch Erwartung und kaum verhohlene Furcht ersetzt. Sie waren seit fünfeinhalb Jahren unterwegs. Dies war das erste Mal, daß sie wirklich eine Entscheidung getroffen hatten, das erste Mal, daß das

Suchteam mit einer solchen Aussicht konfrontiert wurde.

»Dies ist keine Übung, Martin? Bist du sicher?« fragte Ginny Chocolate zitternd.

»Keine Übung«, bestätigte Martin.

»Was tun wir jetzt?«

»Wir warten und handeln«, sagte Hans.

Die meisten in der Gruppe hoben beide Arme. Andere saßen in betroffenem Schweigen da.

»Zeit, erwachsen zu werden«, sagte Paola und klopfte Martin auf den Arm. Martin legte einen Arm um sie und drückte sie. Theresa warf ihm einen scharfen Blick zu. Keine Eifersucht – er war der Boss und ermutigte alle.

Martin ließ Paola los und streifte Theresa leicht im Vorbeigehen. Die lächelte und sreichelte seine Schulter. Dann trennten sie sich; er ging nach hinten. Martin wünschte mehr als alles, mit ihr zu sein und seine Verantwortung los zu werden; aber sie würden erst nach Stunden wieder beisammen sein können.

Ungefähr zehn Personen gingen mit Hans, um in den Wurmräumen zu üben. Der Rest verschwand in den privaten Räumen im ausgedehnten Labyrinth von Hallen, Kojen und Kammern. Zwei Vögel blieben zurück. Sie putzten sich und schwebten herum mit Krallen, die sich an nichts klammerten.

Martin hatte jetzt drei Dinge zu erledigen: Mit Ariel sprechen, um sie, so gut er konnte, wieder in die Gruppe zu bringen, und dann William und Eire aufzusuchen, um mit ihnen zu reden.

Bis er mit ihnen fertig wäre, würde Theresa eine Party der Wendys in der ersten Heimkugel besuchen; und das würde sie noch weitere Stunden getrennt halten.

In den entferntesten Tiefen des Schiffs, wo sich der Schwanz der *Dämmerungsgleiter* zu einem Punkt verjüngte, zwischen den großen dunklen Gestalten, die nie erklärt worden waren, fand Martin Ariel in einer locker zusammengerollten Kugel schwebend und anscheinend im Schlaf.

»Du und ich, wir kommen nicht besonders gut miteinander aus, wie?« sagte er. Sie öffnete die Augen und blinzelte ihn kalt an.

»Du bist eine Mißgeburt der Mütter. Du schwimmst darin, nicht wahr?«

Martin versuchte, nicht auf ihren Ärger zu reagieren. Er wunderte sich indessen, warum man sie vor Jahren jemals für die Freiwilligen der Zentralen Arche ausgewählt hatte. Sie war am wenigsten kooperativ und stur und oft am aggressivsten.

»Es tut mir leid. Du kennst unsere Gruppengesetze. Ich freue mich ebenso sehr wie du, wenn ich nicht Boss bin. Vielleicht solltest du versuchen...«

»Ich bin es satt«, unterbrach sie ihn und bog die Beine in Lotoshaltung. »Wir sind nichts als Marionetten. Warum hat man uns an erster Stelle hierher gebracht? Die könnten alles selber tun. Wie können wir ihnen helfen? *Siehst du nicht, daß es ein Bluff ist?*«

Martin empfand ihre Worte wie eine Ohrfeige. Aber er war der Boss. Er mußte die Ruhe behalten oder durfte mindestens Ariel nicht merken lassen, wie wütend er war. »Es ist nicht leicht. Wir sind alle freiwillig dabei.«

»Ich habe mich gemeldet, ohne zu wissen, in was ich da hineingeraten würde«, erwiderte Ariel heftig.

»Man hat es euch doch aber gesagt«, erklärte Martin unsicher.

»Wir waren *Kinder*. Wir machten Spiele, in denen es um Glanz und Ruhm ging. Wir waren auf eine schnelle Vergeltung aus. Jetzt verlangen sie von uns, ernstzumachen, und wir wissen nicht einmal, warum... Weil sie uns nicht alles mitteilen.«

»Sie haben uns noch nicht aufgefordert, etwas zu tun. Hakims Team hat die Gruppe gefunden...«

»Die Mütter beobachten diese Sterne schon seit Jahrtausenden. *Wißt* ihr das nicht?«

Martin schluckte und schaute weg. »Sie sagen uns alles, was wir wissen müssen.«

Ariel lächelte bitter und schüttelte den Kopf. »Sie haben uns mit Absicht in dieses Gebiet geschickt, um diese Sterne aufzuspüren. Jetzt haben sie vor, uns jemanden töten zu lassen oder selbst getötet zu werden«, sagte sie. »Ich bin nicht allein. Andere halten das auch für Shit.«

»Aber du bist die einzige mit dem Mumm, damit herauszukommen.« Er fühlte, daß er bald völlig die Geduld verlieren würde.

Sie sah ihn abweisend an, aber nicht haßerfüllt, eher mitleidig, als wäre er ein unverständiger Demagoge, der für seine Taten nicht verantwortlich wäre.

Sie sagte: »Ich bin nicht allein. Bedenke das! Wir haben unsere … Zweifel über all dies. Die Mütter sollten lieber etwas daran tun.«

»Oder was sonst, Ariel? Wirst du abhauen?«

»Nein«, sagte sie. »Martin, sei kein Esel! Ich werde mich für immer empfehlen. Ich werde mich töten.«

Seine Augen weiteten sich. Sie wandte sich ab und stieß sich von einem gekrümmten Zylinder weg, der an einer inneren Leitung befestigt war. »Mach dir keine Sorgen wegen Blutvergießens während deiner Wache! Ich gebe ihnen Zeit. Ich hoffe immer noch, daß wir das werden tun können, weswegen wir nach hier herausgekommen sind. Aber meine Hoffnung schwindet rasch. Sie werden uns alles sagen müssen, Martin.«

»Du weißt, daß sie das nicht tun werden«, erwiderte er.

»Das weiß ich, und warum sollten sie nicht?« Sie drehte sich um und sprach das nach. Sie kam heran wie ein anschleichender Tiger. Sie dehnte ihr Leiterfeld aus und klammerte sich fest, kurz bevor sie zusammenstießen.

Martin zuckte nicht mit der Wimper. »Auch die Wohltäter haben eine Heimat. Sie kommen von irgendwo her.«

»Alles Shit!« sagte Ariel.

»Höre mich bitte zu Ende an! Du hast gefragt.«

Sie nickte. »Schon recht.«

»Wenn die ganze Galaxis voller Wölfe ist, geben die Vögel keinen Pieps von sich, nicht einmal die Adler. Die Mütter müssen ihre Schöpfer schützen. Wenn wir alles über die Wohltäter wüßten, in ein paar hundert Jahren, in ein paar tausend Jahren, dann könnten auch wir Wölfe werden. Wir würden wissen, wo sie sind, und würden kommen und sie erwischen.«

»Das ist so… zynisch«, sagte Ariel. »Wenn sie um uns so besorgt sind, warum haben sie uns überhaupt gerettet?«

Auf diese Frage gab es viele Antworten, von denen keine völlig überzeugend war. Sie hatten alle über diesen Punkt diskutiert; und Martin war nie mit irgendeiner Antwort zufrieden gewesen. Er versuchte aber, seine besten Theorien in Worte zu fassen.

Er sagte: »Sie glauben an ein Gleichgewicht. Wer sie auch immer sein mögen, sie haben die Schiffe des Gesetzes gemacht, um einzelne Zivilisationen daran zu hindern, die Galaxis zu durchstöbern und alles für sich in Besitz zu nehmen. Vielleicht hat es als Selbstverteidigung angefangen…«

»Vielleicht ist das auch jetzt noch alles«, sagte Ariel.

»Aber sie müssen glauben, daß wir letztlich etwas beitragen werden, wenn wir erwachsen sind.«

Ariel atmete tief aus.

»Die sagen uns alles, was sie können. Sie teilen uns mit, was wir wissen müssen. Wir könnten die Erde nie ohne sie rächen. Das weißt du. Es gibt keinen Grund, die Mütter zu hassen.«

»Ich hasse sie nicht«, erwiderte Ariel.

»Wir haben viel zu tun, eine Menge von Entscheidungen zu treffen und Überlegungen anzustellen. Ich möchte, daß wir alle beisammen sind.«

»Ich will niemanden enttäuschen.«

»Bitte, sprich nicht von Selbstmord! Das ist töricht.«

Sie sah ihn mit zusammengekniffenen Augen an. »Es ist hier draußen das einzige, was wirklich mir gehört. Soviel mußt du mir lassen.«

»Ich nehme dir nichts weg«, sagte Martin leise. Sein Ärger war verflogen und ersetzt durch ein tiefliegendes Bewußtsein dessen, auf das sie hinzielten und was sie zu tun planten. »Ich verlange von dir nichts, das du nicht freiwillig tun würdest.«

»Wie können wir erfahren, was wir verlieren würden?«

Martin schüttelte den Kopf. »Wir hatten nie Gelegenheit, ein Volk zu sein, geschweige denn *Kinder*. Wir haben keine Heimat mehr. Wir werden nicht viel älter werden, nachdem wir die Aufgabe erfüllt haben. Wenn wir in das Sonnensystem zurückkehren, werden für die dort Tausende von Jahren vergangen sein. Wir werden Fremde sein. Das gilt nicht bloß für dich, sondern für uns alle. Wir müssen zusammenbleiben.«

Sie wirkte aufgeregt.

Für was für eine Art von blindem, gefühllosem Monster hält sie mich? Er schloß: »Wir werden nie Kinder sein. Mach schon, Ariel! Wir dürfen nicht noch mehr verlieren, und ich brauche keine Drohungen.«

»Warum haben die Mütter sie nicht aufgehalten?« fragte sie kläglich.

Martin schüttelte den Kopf. »Sie wollen nicht, daß wir Vieh oder Zootiere sind. Vielleicht ist es das. Ich weiß nicht. Wir haben soviel Freiheit, wie sie uns geben können, sogar die Freiheit zu sterben.«

»Wir sind so traurig geworden«, sagte Ariel und blickte weg. »Es ist so lange her.«

Martin schluckte heftig. »Ich ...«

»Bitte, geh!« sagte sie.

Er stieß sich scharf ab und schwebte zu einer Wand, rief ein Feld auf und kletterte zur zweiten Heimkugel empor, wo William seine Unterkunft hatte.

»Warum bist du nicht in der Versammlung gewesen?« Martin bemühte sich, in ruhigem Ton zu sprechen. William Arrow Feather krümmte sich in seinem Ecknetz, zog sich heraus und stieß mit dem Kopf gegen ein ansteigendes Feld, das er mit einem mudra-artigen Handzeichen aufgerufen hatte.

»Ich wollte es dir nicht noch schwerer machen.«

»Man erwartet, daß du für Diskussionen über unseren Auftrag anwesend bist«, sagte Martin. »Und du hast nicht abgestimmt.«

William zuckte lächelnd die Achseln. »Kein Schaden. Ich habe die Information bekommen. Ich kann meine Entscheidung selbst fällen.« Seine Miene änderte sich leicht. »Hast du die deine getroffen?«

»Wir werden Untersuchungen anstellen.«

»Nicht das«, sagte William. »*Das* war ein vorgefaßter Entschluß. Ich frage, ob du dich entschieden hast, wer du bist, was du bist?«

»Ich verstehe nicht«, sagte Martin.

»Es ist wichtig für dich.« William wandte den Blick ab. »Und für Theresa.«

»Ich dachte, du hättest zugestimmt.«

»Ich sagte, daß ich es gebilligt hätte. Aber dann haben wir uns wieder geliebt, zum ersten Mal, seit du diese Sache mit Theresa angefangen hast. Und ich habe die Dinge etwas anders gesehen.«

Martin ließ sich grimmig in einer entgegengesetzten Ecke nieder, als ob er gezwungen wäre, Medizin einzunehmen. »Erkläre das!«

»Dein Herz war nicht dabei.«

»Ich habe dich immer gemocht.«

»Martin, wie viele Liebschaften hast du gehabt?«

Martin schaute weg und sagte: »Ich bin kein Lustmolch.«

»Stimmt. Du bist nicht schüchtern, hast aber nur etwas Bedenken … jemand anders zu verletzen oder verletzt zu werden.«

»Kluger William!« sagte Martin.

»Laß das!« sagte William nicht unfreundlich. »Du stellst dir mich als eine Art von heiligem Bruder vor, wie vielleicht den heiligen Franciscus. Das bin ich nicht. Ich bin ein Lustmolch wie die meisten von uns. Du … und Theresa … ihr seid es nicht.«

»Sie hat schon früher Liebhaber gehabt«, sagte Martin mit rollenden Augen.

»Stimmt. Aber nie nahe dem Durchschnitt.«

»Mehr als ich«, sagte Martin. Eine schwache Verteidigung.

»Wie viele hast du nun also gehabt?«

William hatte früher nie gefragt. Solche Dinge wurden selten erwähnt und waren in einer so kleinen und eng verbundenen Gruppe fast allgemein bekannt. »Das ist nicht wichtig.«

»Manche sagen, du wärst als Boss eine schlechte Wahl gewesen, weil es dir an Verbindungen mangelt. Daß du mit jemandem intim sein mußt, um ihn zu verstehen. Und du hättest nicht mit genügend von uns verkehrt, um zu wissen, wer wir sind.«

Martin runzelte die Stirn. »Das hat mir noch niemand ins Gesicht gesagt.«

»Das würden sie auch nicht, weil sie Klatschmäuler und Feiglinge sind wie alle *Menschen* auf diesem Schiff.«

»Bin ich etwa kein Mensch?«

»Du bemühst dich, keine Fehler zu machen.«

»Ach du lieber Himmel, William! Wovon sprichst du?«

William breitete seine muskulösen braunen Arme und Beine aus. Martin nahm das Spiel der Muskeln zur

Kenntnis, die wellenförmige Bewegung der Haut auf starken Armen, die Pracht der Oberschenkel – und empfand nichts Physisches –, eine brüderliche Bewunderung und Würdigung von Williams Gesundheit und geschmeidiger Vitalität. William sagte: »Ich bin die meiste Zeit homosexuell, als einer von acht männlichen und sieben weiblichen unter den Kindern. Du bist ein Querschläger. Du kannst schmusen oder dich verlieben oder was immer du willst mit so viel mehr Leuten... Aber ich weiß etwas von dir, Martin. Du bist wahrscheinlich leidenschaftlicher als ich. Ich bin fremdgegangen und habe die Erfahrung als angenehm empfunden, aber nicht als befriedigend. Darum habe ich es mit vielleicht zwölf der Kinder getrieben. Du hast fünf oder sechs gehabt, nehme ich an. Wovor hast du Angst?«

Martin stieß sich von der Ecke ab. Er war ärgerlich.

»Du haßt die Vorstellung, daß man dich zurückweist. Du magst die Leute gar nicht verstehen und so akzeptieren, wie sie sind. Warum?«

Martins Gesichtsmuskeln spielten. Er sagte betrübt: »Ich bin nicht grausam. Ich weiß nur, was passieren wird; und mir gefällt nicht, daß du es nicht weißt, wenn es dich so sehr bewegt... und Theresa. Du bist einer unserer Besten.« Williams Miene wurde wärmer wie immer, wenn er Martin lobte. »Mindestens denke *ich* so, und die Kinder haben dich als Boss gewählt.«

»Du wirst der nächste sein«, sagte Martin und vermied seinen Blick.

»Nein, das werde ich nicht.« sagte William sehr sanft. »Vielleicht Hans. Er wünscht sich das. Ich mache mir darüber Gedanken, daß dann vielleicht mehr Verlorene Jungen fremd gehen möchten... Aber ich nicht. Ich bin Soldat und kein General. Du bist ein General. Auch wenn du es nicht glaubst. Oder doch?«

Martin schüttelte den Kopf. »Ich habe nie Boss werden wollen.«

»Du hast es aber nicht abgelehnt. Du weißt, was ein

General tut? Im Gegenteil zu dem allgemeinen Tratsch auf diesem Schiff schmust er nicht mit allen Truppen herum. Er beobachtet sie von außen und lernt, wie er sie benutzen kann. Wie er sie in Sicherheit hält. Und wie er einige von ihnen opfern muß, um den Rest zu retten, oder alle opfern, damit der Job getan wird. Jedes Kind, das Geschichte studiert, weiß das. Martin, du bist in Geschichte bewandert. Stimmst du zu?«

Instinktiv stimmte Martin nicht zu; aber er hatte nie seinen Instinkt zu Wort kommen lassen.

»Stimmst du zu?« fragte William noch einmal.

»Einer für alle und alle für einen«, erwiderte Martin, obwohl er wußte, daß das nicht dasselbe war. William schien es dafür zu halten.

»Gut. Du brauchst jemanden, der dir zur Seite steht.«

»William, es ist zu viel Betriebsamkeit dabei. Ich kann nicht isoliert sein und zu etwas taugen …«

»Nicht isoliert, nur ein bißchen abseits. Mit einem Partner, der ab und zu deine Segel brassen kann. Ich bin für Theresa; aber du kannst nicht … – ich bemühe mich, es endlich deutlich zu sagen –, du kannst nicht das sein, was du mit mir gewesen bist, und mit Therese ein noch stärkeres Verhältnis haben.«

»Ich will dich nicht verlieren oder verletzen.«

»Du willst *nichts* verlieren oder *irgend jemanden* verletzen«, sagte William. Er schwebte mit einem Stoß des Fußes gegen das Eckpolster nach vorn und packte Martin an der Schulter. »Aber du bist immer noch ein General und wirst beides tun müssen.

Hör auf den klugen alten William! Darin liegt dein Fehler, Martin. Du denkst, wenn du mit jedem schmust, mußt du dich in ihn verlieben und sie *müssen* sich auch in dich verlieben. Du denkst, wenn du jemanden führst, mußt du sanft sein und ihn nie verletzen oder gegen dich aufbringen.«

»Quatsch!« sagte Martin scharf und warf den Kopf zurück.

»Und wenn sie dich nicht lieben, fühlst du dich zurückgewiesen und verletzt. Du willst jeden lieben, tust das aber nicht. Und das ist Heuchelei. Ich denke, du willst zu viel. Du willst die Seelen derer haben, die du liebst.«

»Du bist nicht so weise, William«, sagte Martin. Er stieß ihn grob zurück. »Du hast mich völlig falsch verstanden.«

»Theresa ist für dich vollkommen. Sie ist etwas schlauer als du und etwas lockerer. Sie sieht in dir etwas, das ich auch sehe. Aber ich stehe beiseite. Ich will nicht mit dir an zweiter Stelle stehen. Das führt zu nichts.«

Martin sah die Tränen in Williams Augen. Er schwebte näher heran und sagte: »Es tut mir leid.« Er streichelte William die Wange. »Du bist für mich ein Bruder.«

»Brüder werden wir sein. Aber bitte keine Zärtlichkeiten als Almosen!« sagte William und stieß seine Hand weg. »Respektiere mich so sehr, daß du glaubst, ich könnte ohne dich auskommen.«

»Was du sagst, ergibt immer noch keinen Sinn. Aber wenn es das ist, was du wünschst…«

»So laufen die Dinge bereits«, erwiderte William. »Wir werden Soldaten und Generale sein, und wir haben eine Aufgabe zu erfüllen; und ich denke, es wird für uns alle härter sein, als wir uns vorstellen oder befürchten können. Darum kein Unsinn und keine Untätigkeit. Martin, wir sind *wirklich* nicht unsere eigenen Herren, was auch immer wir gern glauben möchten und was auch immer die Mütter tun oder nicht tun, außer hinsichtlich der Personen, die wir lieben und Bruder oder Schwester nennen.«

Martin öffnete die Tür, drehte sich im Rahmen um und sagte: »Bitte, schwänze keine Versammlungen mehr!«

»Das werde ich nicht.«

Erin Eire war für Martin ein Rätsel: intelligent, vernünftig im Gespräch, klarsichtig, meistens angenehm, aber mit einem starken und bisweilen arroganten Zug für Unabhängigkeit. Martin fand sie in der Schwimmhalle, die Filtermaske gegen die Gischt über den Mund gespannt. Er mußte sie zweimal rufen, um ihre Aufmerksamkeit zu gewinnen.

»Bedaure«, sagte sie. Sie paddelte aus einem Wasserbecken heraus und über das grüne Leiterfeld, welches Wasser und Gischt aus dem Vorraum fernhielt. Das Wasser wurde durch den sphärischen Raum zurückgeworfen. Man schwamm manchmal in Luft, den größten Teil der Zeit in Wasser und den Rest der Zeit in Gischt und feinem wolkenartigen Nebel.

Martin hatte keinen besonderen Spaß am Schwimmen. Er war, als er vier Jahre alt war, in dem Fluß neben dem Haus seiner Familie in Oregon fast ertrunken. Diese Erinnerung verdarb ihm jedes Vergnügen in der Schwimmhalle.

»Ich hätte in der Versammlung sein sollen, nicht wahr?« Sie roch frisch, sauber und kräftig. Obwohl sie nackt war, ließ ihr Verhalten keinerlei Zweideutigkeit hinsichtlich sexueller Erregung aufkommen. Sie war unkompliziert, natürlich und nicht im geringsten schüchtern vor ihm. Dieser Gedanke kam ihr einfach nicht in den Sinn. Martin verglich sie rasch mit Theresa. Bei Theresa waren ihre Instinkte klar. Obwohl Erin gut gebaut war, übte sie einfach nicht viel sexuelle Anziehung auf ihn aus.

»Richtig«, sagte Martin. Er haßte es, unfreundlich zu sein. »Warum warest du nicht da?«

»Ich vertraue auf dein Urteil, Martin.«

»Das ist keine Entschuldigung, Erin.«

Sie tat das lächelnd und mit einem Achselzucken ab. »Theresa ist sehr hübsch. Ich hoffe, das macht die Zusammenarbeit weniger unangenehm.«

Martin war von der Anstrengung des Tages erschöpft. Sein Gesicht lief rot an. »Erin, warum bist du so verdammt starrköpfig?«

Sie hob den Blick und sagte: »Vielleicht, weil ich Angst habe.« Sie wickelte sich in ein Handtuch und trocknete sich mit einem Zipfel davon ihr Kurzhaar. Die meisten Wendys trugen das Haar kurz, aber das von Erin war kaum mehr als ein buschiger Flaum. Ihre grünen Augen tauchten zwischen den Falten des Handtuchs auf, in keiner Weise nervös oder verängstigt. »Ich stelle deine Autorität nicht in Frage. Ich bin *nicht* auf der Seite von Ariel. Das sind nicht viele von uns.«

»Ich zähle meine kleinen Wohltaten.«

»Hat sie den anderen zugestimmt? Wegen des Beschlusses? Ich bin gespannt.«

»Sie hält ihr Urteil zurück. Hast du mit deinem Handy die Versammlung gehört?«

»Natürlich. Ich bin kein Drückeberger. Es macht mir nur keinen Spaß, dort zu sein. Ich hasse formelle Dinge.«

»Es ist trotzdem wichtig«, erwiderte Martin. »Wir tun den Job zusammen. Ich brauche deinen Beitrag eben so, wie ich den von jedem anderen brauche.«

»Das weiß ich zu schätzen, obwohl ich es nicht glaube.« Sie faltete das Handtuch zusammen und ließ es schweben, während sie ihre Shorts und die Bluse anzog, deren Enden sie unter der Brust verknotete. Darüber zog sie den obligatorischen Overall. »Ich will die die Dinge in keiner Weise erschweren«, sagte sie und wandte sich ab.

Martin wollte noch etwas hinzufügen, verzichtete aber darauf. Mit einem Kopfnicken verließ er den Vorraum, froh wegzukommen.

Die Party der Wendys hatte länger gedauert als erwartet, und Martin, durch die wechselnden Empfindungen in den letzten Stunden erregt, arbeitete allein in seinem Quartier. Er wühlte sich durch die in den Bibliotheken des Schiffs verfügbaren Materialien über Training und Ressourcen hindurch.

Unfähig noch länger zu warten, machte er sich auf die Suche nach Theresa. Er fand sie an dem angegebenen Ort. Seine Erleichterung war ebenso groß wie seine Besorgnis darüber, daß er durch Ungeduld und Verlangen getrieben wurde, und durch eine unbestimmte Besorgnis, daß irgend etwas, daß alles schiefgehen könnte.

Die Wendys waren damit beschäftigt, aus Material, das die Mütter geliefert hatten, Kleider anzufertigen. In den Räumen von Paola Birdsong waren dreißig beisammen. Die Tür war offen, und Martin trat ein. Theresa kniete bei vier Frauen. Kimberly Quartz projizierte mit einem Handy Muster auf ein breites zusammengerafftes Stofftuch auf dem Boden. Theresa hielt eine Ecke des Tuchs und glättete es, während Paola mit einem blauen Stift darauf zeichnete. Ein paar Frauen bemerkten Martin und lächelten höflich. Paola schaute auf, und dann erblickte ihn Theresa. Für einen Moment fürchtete er, daß sie ärgerlich sein würde; aber sie gab ihre Ecke des ausgebreiteten Stoffs an Kimberly Quartz und kam zu ihm, um ihn an sich zu drücken.

»Die Zeit vergeht«, sagte sie. »Es tut mir leid, daß ich mich verspätet habe.«

»Kein Problem. Ich bin gegen Ziegelwände gerannt.«

»Kannst du noch ein paar Minuten warten?«

Er setzte sich nahe der Tür hin und sah sich Paolas Wohnung an, in der er noch nie gewesen war. Sie hatte die Wände mit Gemälden von Dschungeln bedeckt, breiten grünen Blättern, Blumen und Insekten. Ein Papagei flatterte im Zimmer herum, erfreut durch den Anblick.

Nur zwei Kinder waren nicht bei der Versammlung. Es hätte viel schlimmer sein können.

Martin schüttelte seine Grübeleien ab und betrachtete die ausgeschnittenen Stoffteile, die in einem transparenten farblosen Feld zur Besichtigung aufgehängt waren. Andere Wendys, die bisher geplaudert oder gesungen oder an Steppdecken gearbeitet hatten, brachen nun auf und verließen den Raum, wobei sie Martin im Vorbeigehen herzlich zunickten.

»Komm und schau!« sagte Theresa. Sie hantierte mit den projizierten Bildern des Musters und ordnete sie in der Luft an. Paola Birdsong und Donna Emerald Sea lächelten, als sie sahen, wie ihr Entwurf Gestalt annahm. Donnas Kakadu putzte sich auf einem Gestell, das Muster der Stoffe trug, welche die Mütter herstellen konnten.

»Das ist ein Kleid. So wird es aussehen, wenn es zugeschnitten und zusammengenäht ist«, sagte Paola und glättete die Stoffbahn. Martin hatte sie nie besonders beachtet, aber in Theresas Anwesenheit empfand er für sie eine plötzliche Zuneigung und darüber hinaus für alle Wendys; und er bedauerte es, diese Art von lockerer, wunschloser einsichtiger Zuneigung bisher nicht gehabt zu haben.

»Paola und ich haben es entworfen«, sagte Donna.

Der letzte Entwurf zeigte ein langes weißes Gewand mit kleinen Glasperlen, die in einem hinter der Projektion rotierenden, unsichtbaren Licht glitzerten. »Ein Zeremoniengewand«, sagte Theresa. Sie trat in die Projektion hinein.

»Jetzt bin ich dran«, sagte Paola. Theresa stellte es auf die kleinere Figur ein.

»Das ist dafür bestimmt, wenn wir unsere neue Erde finden, nachdem wir unsere Aufgabe erfüllt haben«, erklärte Paola. »Die erste Wendy, die den Planeten betritt, wird dies tragen. Die Vermählung der Kinder mit der neuen Erde.«

Martin hatte nichts von diesen Plänen gehört und fand sich selbst plötzlich voller Gemütserregung. »Es ist wunderschön.«

»Er freut mich, daß es dir gefällt«, sagte Theresa. »Glaubst du, die Verlorenen Jungen würden für ihren ersten Schritt eine Ausstattung mögen?«

»Ich weiß nicht.« Er hatte nie viel Gedanken auf jene Zeit verwendet. »Es würde uns gefallen. Wird jede das tragen?«

Donna sah Theresa an. »Wir haben nur ein einziges gemacht ...«

»Martin hat recht. Jede wird so eins haben wollen«, sagte Theresa.

»Dann sollten wir lieber mehr planen«, meinte Donna. »Ein triftiger Grund für mehr Parties.«

Sie probierten noch einige Stoffe aus, dann verabschiedete sich Theresa.

Martin geleitete Theresa durch einen schattigen Gang. Sie kamen an Rosa vorbei, die mit einem verstohlenen Nicken wegsah. Martin fragte sich, wann er mit ihr würde reden und verhandeln müssen. Sie hatte wenige Freundinnen und keine Liebhaber. Sie scherte langsam aus ihrer eng verbundenen Gesellschaft aus.

Theresa warf einen Blick auf sie und sagte: »Es wäre nett, auch für sie ein Kleid zu machen. Martin, sie braucht etwas.«

»Ich weiß.«

Theresa zupfte ihn leicht an den Ohrläppchen und zog ihn sanft herunter, damit er sie küßte. Sie sagte: »Wir sind hier allein. Du bist sehr geduldig gewesen ... Das muß schwer gewesen sein. Ariel kann hartnäckig sein.«

Martin blickte den Korridor auf und ab. »Laß uns ... in meine Wohnung gehen«, sagte er zwischen ihren Küssen.

»Warum?« fragte sie, und reizte ihn mit ihren Hüften.

»Weil ich schüchtern bin. Das weißt du.«

»Wird uns jemand sehen?«

»Komm schon!« Er zog leicht an ihrer Hand, während er den Weg führte.

»Es ist, weil du der Boss bist, nicht wahr?«

»Theresa ...«

»Schon recht«, sagte sie schmachtend. »Für die Geliebte eines Bosses keine Abenteuer.«

Er runzelte die Stirn. Dann zog er sie an sich und öffnete ihren Overall und flüsterte ihr ins Ohr: »Du wirst mich alles tun lassen, nicht wahr? Schamlos!«

»Irgendwer in dieser Dyade muß abenteuerlich sein.«

Er küßte sie, während er über das Wort *Dyade* nachdachte. Das waren sie bestimmt. Er hatte ihre Beziehung nicht so genannt, sondern das Wort für das bisherige Verhältnis zwischen sich und William reserviert. Aber für das, was er für Theresa empfand, traf es noch mehr zu.

»Hochzeitskleid«, sagte er und hob sie hoch.

»Für uns alle«, sagte Theresa mit geschlossenen Augen und rieb ihre Hüften an ihm. »Laß mich herunter!«

»Noch nicht. Nicht, bis du sagst, daß ich abenteuerlustig bin.«

»Du bist abenteuerlustig.«

Martin hörte etwas, einen Atemzug oder das Rascheln von Stoff. Als er sich umwandte, sah er Rosa zurückkommen. Ihre Wohnung war hier irgendwo in der Nähe. Sie warf ihnen einen zugleich betrübten und verwirrten Blick zu, machte kehrt und verschwand.

»Es tut mir leid«, rief Theresa ihr nach. »Rosa, entschuldige.«

Aber sie war fort. Martin ließ Theresa herunter und schnitt eine Grimasse.

»Du hattest recht«, sagte Theresa traurig. »Sie ist so scheu ... Sie hätte uns nicht sehen müssen. Aber dies hat nichts damit zu tun, daß du der Boss bist.« Sie zog ihren Overall hoch und sagte: »Zu deiner Wohnung.«

Er lag neben Theresa in der Dunkelheit und trieb in einer Selbstvergessenheit, die er seit längerer Zeit nicht mehr gefühlt hatte. Er war frei von Sorgen, gelöst in körperlichem Genuß. Alle Wünsche befriedigt oder dahin verdrängt, wo sie nicht lästig sein konnte. Theresa lag still da. Ihr Atem ging leicht, aber sie schlief nicht. Er spürte, wie sich ihre Lider öffneten und schlossen. Lange, schmachtende Blicke. *Wie ein gesättigtes Tier.*

Er sagte: »Ich danke dir.«

Sie streichelte sein Bein mit ihrem Fuß. »Du bist so still. Wo bist du?«

»Ich bin daheim«, sagte er.

»Denkst du an die Erde?«

»Nein. Ich bin zu Hause. Hier mit dir.«

Und das stimmte. Zum ersten Mal in dreizehn Jahren, hier in der Dunkelheit, fühlte er sich zu Hause. Das Zuhause lag ein paar Minuten zwischen äußersten Besorgnissen und Herausforderungen. Zuhause war ein Schweben ganz außerhalb von Zeit und Raum.

»Das ist entzückend«, sagte Theresa.

»Ich liebe dich.«

»Ich liebe dich, Martin. Aber ich bin nicht zu Hause. Noch nicht.«

Er zog sie an sich. Der Moment war flüchtig. Er wollte ihn festhalten, konnte das aber nicht. Zeitweilig, unauslöschlich. Nicht zu Hause. Unbehaust.

Martin betrat den Bug in kurzen Trainingshosen, ein Schweißtuch um den Hals gelegt. Er hatte gerade mit Hans Eagle und Stephanie Wing Feather in der Turnhalle der zweiten Heimkugel gearbeitet, als Hakim meldete, daß sie genügend Information hätten, um die nächste Entscheidung zu treffen.

Der lange Bug der *Dämmerungsgleiter* erstreckte sich über etwa hundert Meter von der ersten Heimkugel nach vorn, eine schlanke Nadel, die an der Spitze nur drei Meter Durchmesser hatte. Hakim Hadj und drei Leute vom Suchteam – Li Mountain, Thomas Orchard und Luis Estevez Saguaro – hielten Wache in der Bugspitze, umgeben von Projektionen.

Für sichtbares Licht durchsichtig, zeigte die Bugspitze eine extreme Dunkelheit wie eine klebrige Farbe, die aussah, als könne sie ihre Seelen beschmutzen.

Die Fernsonden, viertausend winzige Sensoren, waren zwei Tage zuvor von der dritten Heimkugel aus gestartet worden. Sie gaben ihre Signale an die *Dämmerungsgleiter* mit dem gleichen Punkt-zu-Punkt-Sendesystem, das ihre Waffen und Verhikel zu benutzen pflegten, wenn sie sich außerhalb des Schiffs befanden. Innerhalb einer Distanz von zehn Milliarden Kilometern »erschien« die Information einfach in einem Empfänger und konnte dazwischen nicht abgefangen werden. Daher kein Kanal. Die effektive Übertragungsrate war fast momentan. Die Kinder nannten diese momentane Übertragung *Mofix*.

Die Mütter, der Intellekt des Schiffs, und Bibliotheken antworteten nicht auf Fragen nach dem Wesen von Mofix. Es gehörte zu jenen Hilfsmitteln, die ohne Erklärung angeboten wurden.

Mit den Fernsonden hatte sich das ›Auge‹ der *Dämmerungsgleiter* enorm erweitert, hatte nun einen Durchmesser von neun Milliarden Kilometern, fast drei Drittel so weit wie das Sonnensystem, das sie studierten.

Hakim stieß durch den Schleier der Projektionen und glitt auf Martin zu. Li Mountain und Luis Estevez Saguaro hielten Wache, hantierten mit ihren Handys, beherrschten aber ihre Begeisterung genügend, um Hakim die Leitung zu überlassen.

Hakim sagte: »Es ist noch besser. Es ist wirklich sehr gut. Wir haben eine Auflösung bis zu tausend Kilometern und Schätzungen der Energiebilanz. Das nächste System ist bewohnt, verbraucht aber Energie, wie es eine blühende hochtechnische Zivilisation erwarten ließe. Es ist indessen das aktivste und befindet sich dort, wo wir es erwarten sollten.«

Hakim projizierte Graphiken und Zahlen für Martin. Das Resultat paßte in der Tat sehr gut. »Wir haben durch die Sternhüllen hindurchgeblickt und ein Bild der im Geburtszustand befindlichen Wolke in dieser Region entworfen. Stoßwellendurchgang von einer Supernova hat vor ungefähr neun Milliarden Jahren die Geburt eines Sterns bewirkt, und die Überbleibsel der Supernova haben schwere Elemente längs dieser Gradienten ausgestreut ...« Hakims Finger zeichneten eine projizierte purpurne Linie durch Zahlen, die Metalldichten angaben. Mit ›Metallen‹ waren Elemente schwerer als Wasserstoff und Helium gemeint. Er deutete auf eine Häufung von Zahlen. »Buttercup liegt genau in diesem Gradienten, in dieser magnetischen Senke, so daß er die einzige Dosis von genau diesen Proportionen erhält.« Rote Ziffern drängten sich in einer Vertiefung des Magnetfeldes der Galaxie, wo sich Gase sammeln konnten, um zu Sternen kondensiert zu werden. »Kein anderes Sternsystem innerhalb von hundert Lichtjahren nimmt es mit der Buttercup-Probe auf.«

Martin fühlte sich benommen. Er erkannte bei all seinen Fähigkeiten noch nicht, was das zu bedeuten hatte.

Es sagte nachdenklich: »Zeit für eine neue Zusammenkunft.«

»Ich werde den Müttern berichten«, erklärte Hakim.

Sie hatten zuvor nie mehr als drei Mütter beisammen gesehen, obwohl sie vermuteten, daß es viel mehr sein könnten. Mehrere Male hatten die Kinder in der *Dämmerungsgleiter* ihnen nachgespürt und als eine Art von Spiel versucht, sie zu zählen. Aber sie konnten nie ganz sicher sein, wie viele es gab. Jetzt versammelten sich alle zweiundachtzig Kinder – Verlorene Jungen und Wendys – im Schulraum, um die endgültige Entscheidung zu treffen: und da waren sechs identische Mütter, alle mit den gleichen geduldigen neutralen Stimmen.

Dies ließ mehr als alles, was zuvor geschehen war, Martin erschauern. Er persönlich hatte geschätzt, daß es im ganzen Schiff nicht mehr als vier Mütter gäbe. Jetzt hielt er es für möglich, daß die *Dämmerungsgleiter* die Roboter nach Belieben herstellen könnte. Aber dies bedeutete, daß das Schiff selbst eine Art von gigantischer Mutter war.

Sechs in das Schulzimmer zu bringen, war gewiß eine symbolische Handlung ... Und das beeindruckte mindestens Martin voll und ganz.

Vier Mütter schwebten an der Peripherie des Schulraums, schweigend und ohne Bewegung, wie Wachposten. Zwei Mütter schwebten im Zentrum des Schulzimmers neben der Sternsphäre. Sie warteten geduldig, bis die Kinder still waren, was weniger als eine Minute dauerte. Martin sah Ariel mit William und Erin hereinkommen, als die erste Mutter gerade zu sprechen begann.

Die Mutter links auf der Bühne rückte vor und sagte: »Die Information über die ins Auge gefaßte Sterngruppe ist mehr geworden. Wenn das Schiff jetzt seinen Kurs ändert und ein Bremsmanöver beginnt, befindet ihr euch weniger als drei Monate nach Schiffszeit von diesem System entfernt. Die Bremsung wird die meisten unserer Reserven verbrauchen, und wir werden in einem der Sternsysteme nachtanken müssen, Buttercup oder Cornflower. Es ist unwahrscheinlich, daß im Firestorm-System genügend flüchtige Stoffe verfügbar sind.«

Vor den Kindern breitete sich ein Diagramm ihrer orbitalen Bahn und Geschwindigkeiten aus. Eine Abbremsung mit einem Ge während dreier Zehntagewochen nach Schiffszeit würde ihre Geschwindigkeit auf etwa neunzig Prozent c senken und ihr *tau* beträchtlich erhöhen und sie in eine Position zum Eintritt in das Firestorm-System bringen. Danach negative Beschleunigung während dreiundzwanzig Tagen. Sie würden mit gerade etwas über dreiviertel der Lichtgeschwindigkeit in das System eindringen und dessen Durchmesser von elf Komma zwei Milliarden Kilometern in knapp vierzehn Stunden durchqueren.

Martin stellte fest, daß ihre Bahnkurve sie durch die dunklen Halos von vorgeburtlichem Material führen würde und dann unter den Südpol von Buttercup, der beträchtlich unter der Ebene der Ekliptik lag. Sie würden innerhalb von zweihundert Millionen Kilometern an einer Gesteinswelt vorbeikommen und hundert Millionen Kilometern an einer zweiten, direkt zwischen den beiden, wenn beide auf einer Seite des Systems fast in einer geraden Linie stünden.

»Die Sonden haben eurem Suchteam mehr Information geliefert. Ihr werdet jetzt mit den ergänzten Zahlen versehen werden, um eure nächste Entscheidung zu treffen.«

Ariel beobachtete Martin von der gegenüberliegenden Seite des Raumes aus. Ihre Miene verriet nichts, aber er spürte ihre Mißbilligung.

Hakim Hadj begab sich zum Forschungsteam nach vorn. »Die Information ist wundervoll… Sehr provokativ.« Er hob sein Handy; und die Handys aller stimmten darauf ein und warfen Bilder in ihre Augen.

Sie sahen:

Daß die zwei gelben Sterne veränderte Hüllen hatten – daß die von deren Oberflächen nach außen gehenden Teilchenströme zusammengeführt und wie Haarzöpfe verflochten wurden und lange Bänder über und unter den Polen bildeten. Die Magnetfelder der Sterne waren verändert, um deren Oberflächenaktivität zu kontrollieren und eine Feinabstimmung ihres

Strahlungsausstoßes zu ermöglichen. Keiner der Planeten wurde noch von Partikelströmen getroffen, und sie unterlagen auch nicht mehr den Launen des Sterneninneren. Dies war die Erklärung der veränderten Charakteristiken der Sterne – Spektrum gegenüber Größe und Helligkeit –, die zuerst auf die Anwesenheit einer fortgeschrittenen Zivilisation hingewiesen hatten.

Andere Details waren um den nächsten gelben Stern zu erkennen. Veränderte Planetenbahnen, wobei ein einzelner Gasriese näher an Buttercup herangestoßen wurde, vielleicht um die Ausbeutung an flüchtigen Substanzen zu erleichtern. Die Gasriesen waren noch mehr an solchen Stoffen verarmt, als man erst geschätzt hatte. Nachtanken würde in diesem System schwierig sein.

Zwischen der äußersten Gesteinswelt von Buttercup und dem ihm nächsten Gasriesen befand sich ein eine Million Kilometer dicker Halo aus leichten Strukturen, die hauptsächlich aus Silikaten bestanden, im Orbit. Eine oder mehrere Gesteinswelten oder vielleicht ein ganzer Asteroidengürtel hätten geopfert sein können, um den Halo zu bilden. Welchem Zweck er diente, konnte man noch nicht feststellen. Hakim spekulierte, daß man riesige Spiegel hätte, um Energie auf die inneren Planeten zu richten, oder vielleicht auch Strahlung von dem roten Riesen in seiner heftigsten Phase abzulenken.

Der entferntere gelbe Stern zeigte keine Veränderungen durch HighTech-Aktivitäten. Hakim sagte: »Da könnte sich jemand verbergen, aber wir haben keine Möglichkeit, das festzustellen.«

Die eindrucksvollsten Schaubilder hob er für den Schluß auf.

»Ein Teil der Information, die wir euch jetzt zeigen werden, wurde von den Wohltätern gewonnen, lange bevor die Erde zerstört wurde«, sagte Hakim. »Vor einigen tausend Jahren ... Die Mütter haben uns dies gegeben.«

In Simulation sahen sie um die zwei gelben Sterne trübe Eruptionen wie aus Hunderten oder gar Tausenden Lichtjahren Entfernung. Das war die Verausgabung ungeheurer Energien, die erforderlich waren, um die Planeten zu bewegen und die Sterne zu verändern. Die Eruptionen hatten nur einige Dekaden gewährt – in der Zeitskala der Galaxie nur ein Augenblick, aber deutlich, und scharfe Augen und Ohren hatten das Aufblitzen bemerkt.

Die Umwandlung eines der beiden Sternsysteme hatte gleichzeitig stattgefunden, ungefähr hundert Jahre ehe Firestorm – von doppelter Sonnenmasse – durch einen Heliumblitz in einem gigantischen heftigen Aufblähen, das fünf Planeten verschlang, ein roter Riese geworden war. Sie sahen schweigend zu, wie der rote Riese ungeheure Gaswolken auswarf und sein Gesicht pockennarbig und zerrissen wurde wie ein brennender, zerfallender Schädel.

Hans Eagle meldete sich. »Wenn die Killer hier leben, haben sie die Maschinen ausgeschickt, ehe oder nachdem sie diese Veränderungen bewirkt haben?«

»Wahrscheinlich vorher«, sagte die Mutter. »Unseres Wissens …«

»Niemand weiß, wieviel Erfahrung ihr hattet oder wie lange«, sagte Ariel in eisigem Ton.

»Bitte, Ariel!« sagte Hakim geduldig.

Die Mutter fuhr fort: »Unseres Wissens pflegen Wesen, die Killersonden bauen, dies zu tun, ehe sie die Technik beherrschen, um Rekonstruktionen von Sternen in großem Maßstab auszuführen.«

»Dann sind Jahrtausende vergangen, seit die Sonden gestartet wurden«, fuhr Hans fort.

»Sehr wahrscheinlich.«

Hans nickte befriedigt.

Die letzte Darstellung verfolgte die Wege der Killermaschinen, erfaßte aber tausend Lichtjahre anstelle eines Dutzends. Die bekannten und vermuteten Opfer waren durch rote Punkte markiert, und die Systeme, die sie nur passiert hatten, leuchteten grün. Angenäherte Daten bezüglich des Todes der Erde und der Entfernungen dieser Ereignisse von der Gruppe aus drei Sternen wurden strahlend weiß angegeben.

Martin war über die Fülle der Daten erstaunt, eine gewisse Antwort auf die Zweifel Ariels. Er versuchte zu erfassen, was daraus zu folgern war. Also brachen die Schiffe des Gesetzes doch manchmal ihr Schweigen, indem sie die Standorte von Killermaschinen mitteilten und ihre Zerstörungen bekannt machten. *Die Sendungen wären nicht verborgen geblieben. Die Entfernung waren zu groß für Mofix … Sie hätten riskiert, sich zu verraten …*

Hakim führte ihnen alle Darstellungen rund um die Sternsphäre vorn. Er sagte: »Das ist alles, was wir bis jetzt haben.«

Wieder machten sich die Kinder an ihre Muttimathe, und es wurde still im Schulzimmer.

Martin stellte sich die Wahrscheinlichkeitsräume hinter fest geschlossenen Augen vor. Er öffnete und schloß die Hände und sah die Zahlen und Bahnen. Er ließ sie zusammen und auseinander laufen. Jedes Mal, wenn er die Muttimathe wiederholte, kam er zu dem Schluß, daß die Killer mit hoher, vermutlich fünfundneunzigprozentiger Wahrscheinlichkeit aus dieser Sterngruppe gekommen waren. Die Sonden waren wahrscheinlich im System von Buttercup, dem nahen gelben Stern, gebaut worden.

Nachdem genügend Zeit verstrichen war – vielleicht zwei Stunden ständiger Konzentration in völliger Stille –, versammelten sich die Mütter im Zentrum des Schulraumes, und die eine sagte: »Wie lautet euer Urteil?«

»Erst Kommentare!« verlangte Paola Birdsong.

Die Bemerkungen waren eher private Äußerungen über persönliches Engagement und Emotionen als substantielle Fragen oder Einwände. Das hatte Martin auch erwartet. Er hatte beobachtet, daß die Gruppe Übereinstimmung bei anderen Dingen, die viel weniger wichtig waren als diese, erzielt hatte. Und das geschah, indem sie sich aussprachen und individuelle Rollen fanden.

Mei-li Wu-Hsiang Gemini, eine kleine ruhige Frau aus der Starsigns-Familie, fragte, ob es andere Zivilisationen nahe der Gruppe gäbe. Hakim ließ eine schon gezeigte Darstellung erscheinen. Alle Sterne innerhalb von fünfundzwanzig Lichtjahren um die Gruppe, die Planeten mit Leben haben könnten. Das war freilich nicht zwingend. Von sich aus hätten die Planeten vielleicht kein intelligentes Leben entwickeln können, obwohl die Chancen zwei gegen fünf standen für so viele Sterne, daß sich mindestens eine Zivilisation hätte entwickeln können.

Es bestand immer die Möglichkeit, daß eine intelligente Species der Menschheit geistig hätte überlegen sein können und sich still verhalten hätte, selbst in ihrer technologischen Jugend.

Aber zusammengenommen mit den anderen Indizien war die Lücke bemerkenswert.

George Dempsey fragte: »Wie stehen die Chancen, daß Zivilisationen sterben oder sich selbst umbringen würden bei so vielen Planetensystemen?«

Die Mutter sagte: »Angesichts der Anzahl der Systeme mit Planeten, der Wahrscheinlichkeit der Entstehung von Leben und der Wahrscheinlichkeit, daß Leben technische Fähigkeiten entwickelt...« – die Zahlen blitzten wieder vor ihnen auf. Martin machte sich nicht die Mühe, Muttimathe anzuwenden. Das hatte er schon beim ersten Mal gründlich getan. Chancen gab es auch laut Dempsey. Dies war Sozialisation, kein ernstes Kreuzverhör.

Es war an der Zeit, das zu akzeptieren, was, wie sie alle wußten, als nächstes kommen mußte...

Es folgte eine weitere Stunde mit Fragen, bis Martin die Augen und Muskeln schmerzten. Er spürte die Erschöpfung der Gruppe. Nach einem Blick auf die restlichen Kinder in seiner mentalen Warteschlange kam er zu dem Schluß, daß sie nichts Wesentliches mehr hinzuzufügen hatten, und sagte: »In Ordnung. Machen wir uns an die Arbeit!«

»Seid ihr bereit, eine Entscheidung zu treffen?« fragte die Mutter.

»Das sind wir«, sagte Martin.

Murrend und raschelnd ordneten sich die Kinder wieder in ihre Familien und Übungsgruppen ein. Sie fühlten sich inmitten ihrer gewählten Peers wohler; denn dies war keine leichte Sache, und niemand war glücklich, wenn er zur Eile getrieben wurde.

Die Mutter sagte: »Ihr entscheidet, ob unter erheblichem Treibstoffaufwand abgebremst und das Schiff in die Sterngruppe gelenkt wird, die wir beobachtet haben, um die intelligenten Wesen dort zu erforschen und zu beurteilen, ob sie die Maschinen gebaut haben, die eure Welt zerstört haben. Der Boss wird eure Stimmen zählen.«

Sie gaben einzeln ihre Stimmen ab, und Martin prüfte nach. Es konnte in der ganzen Gruppe nicht mehr als zehn Enthaltungen geben, sonst würde der Prozeß von vorn beginnen. Sieben enthielten sich, einschließlich Ariel. Einundsechzig stimmten dafür, abzubremsen und zu erkunden. Vierzehn waren dagegen.

Ariel erklärte: »Wir brauchen einen Boss der Opposition.« Paola Birdsong, die für Untersuchen gestimmt hatte, war dagegen.

Sie sagte: »Wir sind dem üblichen Verfahren gefolgt. Die Entscheidung ist gefallen.«

»Wir sind nach dem Verfahren der Mütter vorgegangen«, erklärte Ariel.

»Die erziehen und belehren uns. Ich verstehe nicht, worauf du hinauswillst«, sagte Ginny Chocolate.

»Sind wir Marionetten?« fragte Ariel und sah sich herausfordernd unter den Gruppen um.

Die anderen Kinder schienen verwirrt zu sein. Das Murren nahm zu. Martin fühlte, wie sich sein Magen umdrehte.

Jorge Rabbit mischte sich ein. Mit olivenfarbener Haut und dichtem schwarzen Haar, immer gern zu Späßen aufgelegt, war Jorge in der Gruppe beliebt. »Das reicht, ihr armen Kinder. Martin hat recht. Wir sind hier, um diese Arbeit zu leisten. Wir sind keine Marionetten; wir sind Studenten.«

Ariel biß die Zähne zusammen und sagte nichts weiter. Martin fühlte sich pervers zu ihr hingezogen.

»Es ist erledigt«, sagte er. »Die Kinder haben abgestimmt. Wir gehen.«

Martin war in der Cafeteria mit der Übungsgruppe des Tages beim Essen, als die Manöver begannen.

Die Kinder fühlten das erst als eine tiefe Vibration im Schiff, die in ihren Muskeln und Knochen widerhallte.

»O Mann!« sagte Harpal Timechaser. Er holte sein Handy hervor und ließ es in der Luft treiben. Langsam drehte es sich erst in dieser, dann in jener Präzessionsbewegung, als das Schiff die Steuerungsantriebe betätigte.

Die Vibration nahm zu. Der Körper der *Dämmerungsgleiter* erzeugte einen singenden melodischen Ton, tief und männlich, als alle Belastungen durch den Antrieb sein Gefüge beanspruchten. Das Handy stellte seine Dreh- und Rollbewegungen ein und trieb gegen die Wand. Die Zuschauer fühlten sich mit ihm ›gestoßen‹ und schrien aufgeregt. Dann stöhnten sie, als sich der Raum innerhalb des Schiffs ausrichtete, als würde er von Kardanringen gedreht. Die eine Wand wurde zum Fußboden, die andere zur Decke.

Sie reckten und räusperten sich, als die Antriebe in Tätigkeit traten und mit zehn Prozent Ge abbremsten.

Paola Birdsong sagte: »Mir wird schlecht. Warum machen sie es für uns nicht sanfter?«

»Weil wir das als noch unangenehmer empfinden würden«, ermahnte sie Martin.

Eine halbe Stunde später sang das Schiff wieder, in noch tieferem Ton. Martin beobachtete das Schiff in Muttimathe und merkte, wie seine Last an Treibstoff gleichmäßig abnahm und Partikeleruptionen und Strahlung in der bodenlosen Finsternis des Triebwerkskanals verschwanden. Das war eine Methode, die Ausscheidungen zu verbergen, indem man sie in die Lichtjahre der Umgebung verstreute als Zunahme der Energie des Vakuums.

Sie gingen dorthin, wo Treibstoff schwer zu finden sein würde.

Die volle Schwerkraft kam zurück. Die Gänge und Wohnräume füllten sich mit Klagen und größerer Erregung. Halb angekleidete Kinder verrenkten sich, rannten, stolperten, fluchten, schnitten Grimassen und versuchten zu springen. Sie fielen hin und fluchten wieder.

In den ersten zwei Stunden brachen sich zwei Kinder die Beine. Ihre Gipsverbände, die ihnen von einer Mutter nach dem Vernähen der Knochen angelegt worden waren, dienten den übrigen als Mahnung. Martin berief eine Vollversammlung in dem unter voller Schwere stehenden Schulraum ein; und die Verletzten zeigten stolz ihre Trophäen.

Die Verletzungen würden in zwei Tagen geheilt sein ... Die Medizin der Mütter war wirksam. Aber bis die Verbände abgenommen waren, konnten sie an den meisten Übungen nicht teilnehmen.

Das Schiff formte sich wie ein lebendes Wesen langsam um, gewöhnlich dann, wenn keiner aufpaßte. Die

Räume orientierten sich nach der Richtung gewichtslosen Schwebens.

Nachdem die anfängliche Aufregung vorbei war, fanden die Kinder die Veränderung nicht störend. Psychologisch war es eine Rückkehr zu den alten Mustern der Arche und zu ihrer jahrelangen Beschleunigung auf fast Lichtgeschwindigkeit in Nähe der Sonne. Von ihren Jahren auf der Erde ganz zu schweigen ...

Bald würden noch mehr Änderungen kommen – zwei Ge, eine schwere Belastung. Und wenn sie sich entschieden, in einen Orbit um das Buttercup-System einzutreten, würde das eine eindrucksvolle Aktion sein.

Sie hatten noch nie erlebt, wie das Schiff des Gesetzes seine volle Kraft und raffinierte Leistungsfähigkeit zeigte ...

Die *Dämmerungsgleiter* war ein einzelnes Virus, das sich anschickte, in einen stark geschützten und äußerst mächtigen Gast mit unbekannten Fähigkeiten einzudringen. Martin würde den Müttern jetzt täglich Bericht erstatten, und eine Mutter würde im Schulraum ständig verfügbar sein. Es war dieselbe Mutter, der Martin ein Identitätszeichen aufgemalt hatte auf Vorschlag von Jorge Rabbit und Stephanie Wing Feather hin, die glaubten, daß das die Moral heben würde.

Der Markierungszeremonie wohnten alle Kinder bei. Theodore Dawn hatte kurz vor seinem Selbstmord über diese erwartete Zeit geschrieben: ›Wir werden mit Kriegsbemalung und in Kriegsuniformen auftreten und einen Eid schwören wie legendäre Piraten oder die Drei Musketiere. Und das wird nicht alles Unsinn oder Kinderspiel sein. *Es wird etwas bedeuten.* Wartet nur ab und seht zu!‹ Die Suche nach einer bedeutungsvollen Zeremonie war für Theodor zu spät gekommen, dachte Martin.

Aber jetzt war für den Rest von ihnen dieser Moment da.

Die Kinder versammelten sich auf den Rängen eines Amphitheaters, das auf Martins Befehl hin vom Boden des Schulraums aufgestiegen war. Sie trugen auf Gesichtern und Unterarmen schwarze und weiße Farbe, »um die grauen Gefühle, die Neutralitäten und die Unentschiedenheit zu eliminieren«. Selbst Martin trug die Bemalung.

Eine Mutter schwebte zur Mitte des Schulraums. In der Sternsphäre blinkte ein roter Kreis um den weißen Punkt des Buttercupsterns. Martin trat an die Mutter heran mit weißer und schwarzer Farbe in der einen Hand und einem Pinsel in der anderen.

»Um unsere Entschlossenheit zu zeigen, um unseren Geist und unseren Mut zu stärken, erklären wir diese Mutter zu einer Kriegsmutter. Die Kriegsmutter wird zu jeder Zeit hier sein, um mit jedem von uns zu sprechen.

Jetzt ist *unsere* Zeit.«

Martin führte den Pinsel voll weißer Farbe über eine Seite des plumpen, keine bestimmten Merkmale tragenden Kopfes der Mutter. Die andere Hälfte malte er sorgfältig schwarz an. Um den Effekt zu vollenden, wie er es sich selbst ausgedacht hatte, malte er einen geteilten Kreis dorthin, wo das ›Gesicht‹ hätte sein können, wobei er die Farben umkehrte – schwarz in weiß und weiß in schwarz. Keine Grautöne, sondern sorgfältige Einhaltung von Alternativen.

Nachdem die Malerei beendet und die Kriegsmutter geschmückt war, wandte Martin sich an die Kinder auf den Rängen. Die standen schweigend auf, atmeten kaum hörbar, stark und schön und mit grimmigen Gesichtern voller Gedanken und Erinnerungen. Er stand vor ihnen und schaute in ihre Gesichter.

»Luis Estevez Saguaro und Li Mountain vom Suchteam haben für die Sternsysteme Namen vorgeschlagen. Sie denken, Buttercup sollte Wormwood genannt werden, Cornflower Leviathan und Firestorm Behemoth. Andere Vorschläge?«

»Das sind gute Namen«, sagte Joe Flatworm und kratzte sich seinen spärlichen Bartwuchs.

Niemand hatte etwas dagegen.

»Wir haben seit Jahren trainiert, aber nie draußen unter realen Bedingungen. Ich stelle an die Mütter jetzt das formale Ansinnen, daß wir so bald wie möglich mit Außenbord-Übungen anfangen, wenn wir können, noch vor Ende dieses Tages.«

Die Mütter hatten dieses Ersuchen immer abgelehnt. Martin hatte sich nicht mit ihnen besprochen. Indem er sie jetzt in Anwesenheit der Kinder fragte, ging er ein echtes Risiko ein und handelte nur auf Verdacht.

Die Kriegsmutter antwortete: »Ihr könnt mit drei Tagen externen Übungen anfangen. Ihr könnt in dem Gebiet um das Schiff eine Übung auf vollem Niveau abhalten.«

Hans machte ein frohes Gesicht und hob die Faust mit einem Jubelruf. Dann wandte er sich an die Kinder hinter sich. Alle außer Ariel jubelten, sogar Erin Eire. Ariel verzog keine Miene.

»Jetzt sind wir drin«, sagte Hans zu Martin, als die Gruppe aufbrach. Er lächelte breit und rieb sich die Hände. »Wir haben es wirklich geschafft!«

»Was für eine Art von Übung hast du vor?« fragte Martin die Kriegsmutter, als der Raum fast leer war.

Sie sagte: »Das muß zur Zeit der Übung bestimmt werden.« Martin zog sich verwirrt zurück.

»Keine Warnung?«

»Keine Warnung«, sagte die Mutter.

Während des Driftens war Martins primäre Wohnung – er hatte sie einst mit Theodore geteilt – sphärisch gewesen. Auf der einen Seite waren Netze voll mit den Gütern, die die Mütter hergestellt hatten, um den Kindern ein Gefühl von Platz und Zweck zu geben: Papierbücher und Juwelen. Seit die Abbremsung begann, hatte Martin die Wohnung mit einigen flachen Leisten ausgestattet, auf denen er sitzen oder gegen die er sich stützen konnte. Sein Schlafnetz war gegen einen Schlafsack ausgetauscht und hing an einer Schlaufe zwischen zwei Pfeilern.

Theresa kam zu ihm in seine primäre Wohnung in der zweiten Heimkugel nach einer zehnstündigen Periode selbst auferlegter Isolation. Sie trat vor seine geschlossene Luke und fragte diskret durch sein Handy, ob er erreichbar wäre. Er ballte stöhnend die Fäuste und hieb auf den elastischen Fußboden ein. Dann schwang er sich von der Leiste und öffnete die Tür.

»Ich wollte dich nicht belästigen...«, sagte sie mit verkrampftem Gesicht, zerzaustem Haar und glänzender Haut. »Wir haben trainiert. Harpal und Stephanie haben mir gesagt. daß du hier wärest...«

Er ergriff sie und drückte sie ungestüm an sich. »Ich brauche dich. Ich brauche jemanden, der mich im Gleichgewicht hält.«

Sie preßte das Gesicht an seine Schulter und sagte: »Ich freue mich.« Sie trug knappes Arbeitszeug, blaue Shorts und ein lockeres Oberteil. »Die Übungen sind gut«, sagte sie »Wir halten uns wirklich ran.«

»Ich bin auf dem Friedhof«, sagte er und wischte mit dem freien Arm über eine elektronische Tafel und Bücher, die in seiner Schlafecke aufgestapelt waren. Was sie ›Friedhof‹ nannten, war alles über die Menschheit, das in den Bibliotheken der *Dämmerungsgleiter* gespeichert war.

»Taktik?« fragte sie.

Er zog ein Gesicht. »Man kann es so nennen.«

Sie zog ihn noch einmal an sich, ehe sie sich durch den Stapel wühlte und die Tafel zur Hand nahm. Er hatte nichts gegen ihre Neugier. Sie schien sich für alles an ihm zu interessieren, und er fühlte sich geschmeichelt. Sie sagte: »Marshal Saxe«, während sie die Darstellungen durchsah. Sie hob ein Buch hoch. »Bourcet und Gilbert, Clausewitz, Caemerrer, Moltke, Goltz.« Sie zog eine Augenbraue hoch.

»Die Armeen sollten einander sehen und Ausfälle gegeneinander machen. Wir kämpfen nicht einmal mit Armeen.«

»Sie sind das Volk, welches T. E. Lawrence studierte, als er jung war«, sagte Theresa und überraschte ihn abermals. »Du hast Liddell Hart gelesen.«

Er lächelte bekümmert. »Du auch.«

»Ich und ungefähr zwanzig weitere. Ich habe nach Aufzeichnungen verlangt, zu denen die Besatzung Zugang hat.«

Martin grinste kläglich. »Ich hätte daran denken sollen. Zu sehen, was sie – denken und auf was sie sich vorbereiten.«

»Die meisten erledigen bloß deine Übungen. Sie respektieren dich. Sie denken, du weißt, was du tust. Hans betreibt eine Menge Extraforschung. Erin Eire. Ariel.«

»Ich freue mich, daß sie mir auf den Fersen bleiben.«

»Wir können es uns nicht leisten, Risiken einzugehen, selbst mit dir, Martin.«

Theresa hatte früher nie in einem solchen Ton mit ihm gesprochen. Wollte sie einen Mangel an Vertrauen andeuten? Sie lächelte; aber die Frage war aufgeworfen, und sie schaute weg, als ihr das bewußt wurde.

»Ich kritisiere dich nicht, Martin, aber du – wir – werden in Büchern der Erde über Strategie nicht viele Antworten finden.«

»Stimmt«, sagte Martin.

»Wir können nicht dauernd zurückblicken.«

»Das ist alles, was wir haben«, sagte Martin.

»Nicht so.«

Martin nickte. »Ich meine, es ist alles, was wir haben, das uns gehört.«

Theresa legte die Bücher zurück und stellte die Tafel wieder auf den Text, den er gelesen hatte. Sie sagte kopfschüttelnd: »Ich bin nicht hierher gekommen, um darüber zu sprechen.«

»Ich beschäftige mich nicht bloß mit Geschichten und Texten der Erde«, erwiderte Martin. »Ich habe alles durchgenommen, was uns die Mütter gelehrt haben. Sie haben keinen Drill für die Außenübungen aufgestellt. Sie wollen uns anscheinend überraschen. Das gefällt mir nicht, aber ich verstehe, worauf es ihnen ankommt.«

»Martin, du brauchst eine Pause.«

»Es ist keine Zeit!« erwiderte er heftig und ballte wieder die Fäuste.

»Kannst du klar denken?«

Er hielt inne, schüttelte den Kopf und preßte die Handflächen gegen die Schläfen. »Nicht sehr.«

Er schloß den Eingang. Sein Gesicht zeigte keine Reaktion auf die Andeutungen ihres Körpers; sie hatte die Unterlippe zwischen den Zähnen, bewegte die Hüften in graziösem Verlangen. Er fühlte die Geschmeidigkeit ihres Leibes, den Druck ihres lockigen Haares, die aufkommende feuchte Wärme, ihre kleinen Brüste waren fest gegen seine Brust gepreßt. Er suchte mit den Lippen den Hals hinter ihrem Ohr und wußte, daß sie die Augen geschlossen hatte.

Sie rollten halb absichtlich von der Leiste herunter, fielen in ein leuchtendes Leiterfeld und wurden sanft hinabgesenkt, um auf einem Haufen von Martins Kleidungsstücken zu landen.

»Ich möchte immer mit dir leben«, sagte Martin.

»Ich wollte nicht, daß du dächtest, ich…« Sie stockte. »Ich bin manchmal so ungeschickt. Ich vertraue dir. Es ist recht aufregend, wie sie dir vertrauen. Die früheren Bosse – Harpal, Stephanie, Sig, Cham… Joe. Sie kommen gleich nach dir.« Sie lächelte. »Hans tut nur seine Arbeit, denke ich. Manchmal verstehe ich ihn nicht. Er scheint etwas Wichtiges zu verbergen. Und Ariel wirkt immer entweder ärgerlich oder traurig.«

»Ist das so, weil du oft bei mir bist, weil man mir vertraut?« fragte er ruhig. *Das ist eine ganz, ganz dumme Frage.*

»Keineswegs«, sagte sie. »Ich bin nicht auf Status erpicht.«

»Das weiß ich. Es tut mir leid.« Er streichelte ihr Gesicht. »Ich würde das nicht so nennen.«

»O doch«, sagte sie. »Hab keine Angst davor.«

»Natürlich nicht«, flüsterte Martin und rückte näher, aber bemüht, sie nicht durch das Gewicht seines Körpers zu bedrängen. »Ich möchte, daß du mit mir lebst.«

»Als Dyade?« fragte sie.

»Ich will mehr als das«, sagte er. »Ich möchte dich auffressen.«

»Aha!«

»Ich verlange so sehr nach dir, daß es weh tut, wenn du nicht in meiner Nähe bist.«

»Oh!« Sie schaute weg und täuschte Verlegenheit vor.

»Ich will dich heiraten.«

Sie hörte auf, sich zu wälzen und lag still neben ihm. Ihre Brüste hoben und senkten sich, und ihre Augen huschten über seine Züge. »Wir werden nicht heiraten«, sagte sie.

»Nichts hält uns auf.«

»Bosse heiraten nicht.«

»Wir könnten auf eine neue Art heiraten. Ohne Priester und so was.«

»Verheiratet zu sein ist etwas anderes. Es war gut auf der Erde, oder auch auf der Arche. Auf der Arche haben Leute geheiratet.«

»Ich bezweifle, daß wir je zurückkommen.«

»Ich weiß es.«

»Wir befinden uns auf unserer eigenen Arche. Wir

haben hier alle Information. Alle lebenden Wesen im Speicher. Sie werden jedes lebende Ding herstellen, das wir brauchen, wenn wir unsere Aufgabe bewältigen wollen. Wir werden wie Kampfhunde sein.«

»Kampfhunde?«

»Zu wild, als daß man sie zurückpfeifen könnte. Wir müssen uns auf uns allein verlassen. Das heißt, wir können uns verheiraten, was auch immer das hier draußen bedeuten mag.«

»Wir sind erst seit wenigen Wochen ein Liebespaar.«

»Mir genügt das«, sagte Martin.

Theresa rückte wieder an ihn heran. »Schmusen ist so viel einfacher.«

»Wir pflegen der Liebe«, beharrte Martin.

Plötzlich warf Theresa ihm einen unschuldigen Blick zu und sagte: »Erinnerst du dich?«, wobei sie mit der Zungenspitze über die Lippen fuhr und ihn prüfend anschaute, »wie ernsthaft das auf der Erde sein würde? Wie belastet mit Bedeutung, ob man sich liebt oder nur schmust?«

»Ist das hier nicht ernsthaft?«

Sie führte die Finger an die Lippen, als hielte sie eine Zigarette. Sie senkte die Wimpern, sah ihn verführerisch an, lächelte mit tiefer sinnlicher Bedeutung, lehnte sich zurück, warf das Haar nach hinten und sagte: »Ich könnte eine Verführerin sein.«

»Eine Hure«, sagte er.

»Wenn wir einmal verheiratet wären, würden wir eine Menge Zeit damit verbringen, uns Sorgen zu machen, ob wir es richtig machten, ob wir stilvoll wären.«

»Hier leben wir auch stilvoll.«

»Und wir wissen, daß wir Kinder machen können. Das ist ernst.« Sie berührte sein erschlafftes Glied mit dem Finger, führte einen Tropfen Samenflüssigkeit zum Mund und leckte ihn genüßlich ab.

Martin lächelte. Seine Augen richteten sich jetzt nicht auf sie, sondern die ferne tote Erde. Er hatte auf der Erde nie an solche Sorgen Erwachsener gedacht oder sie sich vorgestellt. Er war ein Kind gewesen, als die Erde starb. Das gleiche galt für sie.

»Zu wissen, daß man Kinder machen kann, wenn man will. Das heißt, *wirklich* zu lieben«, sagte sie mit gepreßter Stimme. Sie schloß die Augen und legte wie ein Vogel ihre Wange an seine Brust.

Er beharrte: »Wir lieben uns. Und die Mütter werden uns Kinder haben lassen, wenn wir unseren Auftrag erledigt haben.«

Sie weinte in seinen Armen.

Wenn die Kinder zu dem Schluß kamen, Wormwood wäre die Quelle der Killersonden, würde das Schiff des Gesetzes sich teilen. Stephanie Wing Feather schlug vor, die getrennten Schiffe *Hase* und *Schildkröte* zu nennen.

Die beiden Schiffe würden unterschiedlich abbremsen. *Schildkröte,* das kleinere, würde Tage vor dem Erreichen des Systems mit Superverzögerung von eintausend Ge anfangen und mit Manövriergeschwindigkeit eintreten. *Hase,* das größere Schiff, würde mit dreiviertel c durch das System schießen, während der Passage zwischen den zwei Gesteinsplaneten Erkundungen durchführen, die Information an *Schildkröte* senden, dann das System verlassen und auf Resultate warten. Es würde langsamer abbremsen und seine Manövriergeschwindigkeit einige hundert Milliarden Kilometer auf der anderen Seite von Wormwood erreichen.

Sollte *Schildkröte* schwer beschädigt oder vernichtet werden, könnte *Hase* weitermachen und nach Treibstoff unter den anderen Sternen der lokalen Gruppe suchen.

Zuvor aber würde das Schiff des Gesetzes durch einen Abschnitt von äußeren Halos *Wormwoods* aus vorgeburtlicher Materie fahren, das man in Umgebung der Sonne als Oort- und Kuiperwolken bezeichnet hatte. Es war möglich, daß Bewohner von *Wormwood* sogar diese äußeren Bereiche aus prästellarem Material vermint hatten, wahrscheinlich in der Jugendzeit ihrer Zivilisation, als Kometen von ›Anhaltern‹ benutzt wurden, um unbemerkt ins innere System vorzudringen. Es war auch möglich, daß diese Wolken niemals reich an flüchtigen Stoffen gewesen waren. Selbst die mineralischen Überbleibsel waren dürftig im Vergleich mit der Sonnenwolke.

Die *Dämmerungsgleiter* würde Macher und Täter in diese diffusen Halos schicken, um Massenvernichtungswaffen herzustellen. Wenn dann das Urteil auf schuldig lautete, würden die Macher und Täter diese Waffen nach innen zu den Planeten schicken. Die Waffen würden Zeit haben, um den Preis eines Nettoenergieverlustes ihren Zerstörungsschlag auszuführen, falls *Hase* und *Schildkröte* versagen sollten.

Die für Herstellung und Bewegung der Waffen erforderliche Energie würde durch Umwandlung von Kohlenstoff und Silicium in Antimaterie gewonnen, die die Kinder als Anti-M bezeichneten. Elemente schwerer als Silicium verwandelten sich nicht ohne Energiegewinn. Elemente zwischen Lithium und Silicium verwandelten sich mit knappem Energiegewinn.

Um die geringe Menge der Wolke zu kompensieren, würden sie den Machern und Tätern beträchtliche Anteile des Treibstoffs der *Dämmerungsgleiter* abgeben müssen.

Sie mußten verzweifelt nach mehr Treibstoff in dem System suchen.

Sie würden so unsichtbar hineingehen, wie es die Technologie der Wohltäter erlaubte. Der Eintritt würde extrem gefährlich sein, gefährlich sogar dann, falls die Kinder zu dem Schluß kämen, daß hier nicht die Erdkiller lebten. Wie würden die Verteidiger dieser Sterne je erfahren, daß man ein Urteil über sie gesprochen hatte, oder ob sie nicht die *Dämmerungsgleiter* selbst für einen Killer halten würden, einen Wolf zwischen den Sternen?

Die Kinder betraten das Waffenlager und gingen zu ihren Fahrzeugen. In einem Durcheinander von Stimmen und gerufenen Namen begaben sie sich auf Leiterfeldern zu ihren Vehikeln nach oben und unten. Paola Birdsong verlor den Halt und fiel beinahe hin. Harpal Timechaser erwischte sie auf halber Strecke zur Vorderseite der Hemisphäre. Als sie sie in Sicherheit sahen, johlten die Kinder über ihre Unaufmerksamkeit. Paola krabbelte mit rotem Gesicht zu ihrem eiförmigen Bombenschiff und hakte beide Ellbogen in das matt leuchtende Feld der Leiter.

Martin stand neben seinem Schiff und sah zu, wie seine Brüder und Schwestern die ihren fanden. Er sah Theresa zu ihrem Jäger klettern und William sich mit Umberto Umbra in ihrem Zylinder zusammenfinden.

Fünfzig Kinder standen abseits. Sie würden in dem Schiff des Gesetzes bleiben, und Hans mit ihnen.

Martin bewegte sich auf seiner Leiter nach vorn und hing bei seinem zugewiesenen Vehikel, einem Jäger.

»Die Mütter haben ein Ziel versprochen. Ich weiß nicht, was das Ziel ist, oder wie wir es bekämpfen werden.«

Erin Eire fragte: »Gibt es keinen festgelegten Übungsplan?« Hans schaute Martin an. Sie hatten das schon diskutiert, und Hans hatte Bedenken gehabt. Ohne einen Plan erstmals hinauszugehen erschien beiden zunächst nicht ratsam. Und hinauszugehen ohne bekannte Ziele und klare Verhältnisse schien bestenfalls tollkühn zu sein.

»Die Mütter wollen uns nicht sagen, was es ist«, sagte Martin.

»Das ist blöde«, erklärte Erin Eire.

Rex Live Oak fragte: »Was haben sie mit uns vor?«

»Ich nehme an, uns weniger abhängig machen. Auf jeden Fall habe ich keinen Plan entworfen. Wir werden sehen, was sie vorhaben und wie gut wir reagieren. Sie nehmen an, daß wir gut trainiert sind.«

Kimberly Quartz und ihre Co-Pilotin, Ginny Chocolate, heulten laut auf. Kimberly rief: »Der Boss muß *zuversichtlich* sein!« Martin lächelte und hob beide Daumen.

Kai Khosrau, ein kleiner Kerl mit langem Kopf, langen Armen und muskulösen Beinen, fing an zu singen, und ein paar Dutzend fielen ein. Das Lied war eine Mischung von Melodien, an die sie sich aus ihrer Jugendzeit auf der Erde und in der Arche erinnerten, aber mit neuem Text.

Martin ließ sie singen und beobachtete Theresa an ihrem gewohnten Platz außerhalb des Haufens im Hintergrund. *Nur mit ihr allein sein, sonst nichts!*

Nachdem das Lied zu Ende war, kletterten sie in ihre Fahrzeuge, und die Luken schlossen sich. Martin nahm im schwarzen Innern des Jägers Platz, fühlte, wie sich die Oberfläche der Liege um seine Beine schmiegte und eine transparente Membran seine Kleidung und Haut umgab. Die Membran hatte Anschlüsse für Luftzufuhr und Beseitigung von Ausscheidungen.

Er schloß die Augen und holte tief Luft. Kühle frische Luft füllte seine Lungen. Ein schwaches grünes Feld umgab seinen Körper und ließ Arme und Kopf frei. Zwischen der Membran und dem Feld strömte Wasser ein und bildete um Beine und Rumpf ein fünf Zentimeter dickes Kissen. Ein leichter feuchter Nebel stieg kurz um sein Gesicht auf, bedeckte die äußere Fläche der Membran und verschwand sofort. Membran, Wasser und Feld schützten ihn vor Beschleunigungen bis zu fünfzig Ge. Alles über fünfzig Ge würde ein volumetrisches Feld erfordern. Er hatte diese Felder beim Training kennengelernt. Sie waren erträglich, aber nicht angenehm. Bei sehr hoher Beschleunigung kontrollierten sie die Bewegung bis hinab zum Niveau einzelner Moleküle.

Diejenigen, welche sich nicht in Vehikeln befanden, verließen die hemisphärische Kammer. Dann ertönte ein tiefer Baß. Aus der Kammer wurde rasch die Luft abgepumpt.

Es öffnete sich eine Luke in die Finsternis und ölige Lichtstreifen.

Sie waren nicht mehr außerhalb der *Dämmerungsgleiter* gewesen, seit sie die Arche verlassen hatten. Das Innere vom Schiff des Gesetzes war ihr Heim gewesen, ihr einziges festes Universum. Alles andere war Projektion, Simulation, Speicher und Phantasie gewesen.

Zehn Vehikel trennten sich von ihren Pylonen, wackelten, als sich die Manövriertriebwerke einstellten, und blaßgelbe Flammen pulsierten entgegen der Fahrtrichtung. Die Pylone zogen sich in die Wände zurück. Sporenbehälter trennten sich von den Wänden, und Leiterfelder griffen zu, um sie fest an den Fahrzeugrümpfen zu befestigen.

Die Vehikel verließen die *Dämmerungsgleiter* in geschlossener Formation, wobei sie sich fast berührten.

Martin flog in seinem Jäger. Durch die Membran und eine Öffnung nahe dem Gesicht sah er das äußere Universum – nicht in Simulation, sondern in echten, weit gereisten Photonen.

Die Wirklichkeit unterschied sich nicht merklich von den vorzüglichen Simulationen. Aber er wußte, daß dies jetzt real war. Er spürte es in den Verdrehungen und Beschleunigungen tief in seinen Eingeweiden, als das Fahrzeug um die dritte Heimkugel der *Dämmerungsgleiter* schwenkte.

Im Innern war die *Dämmerungsgleiter* ein allumfassendes Universum ohne psychologisch reales Äußeres. Von außen aus der Nähe betrachtet war sie einfach ungeheuer groß. Der Maßstab verwirrte Martin, der so lange in Räumen ohne unendliche Perspektiven eingeschlossen gewesen war.

Die Riesengröße des Schiffs wurde durch die Fremdartigkeit seiner Umgebung betont. Sie reisten immer noch mit fast Lichtgeschwindigkeit. Das Universum ›draußen‹ war noch verzerrt, mit einem seitlichen Gürtel, wo die Sterne blau und rot leuchteten, der ihm folgte, wohin immer er auch flog.

Wenn sein Bombenschiff rotierte, schien das ganze äußere Universum zu schwanken und sich umzubilden wie durch eine Verzerrungslinse gesehen. Aber die Kinder hatten gelernt, diese Verzerrungen zu erkennen und sich nach Achsen bezüglich der *Dämmerungsgleiter* zu orientieren, indem sie die verzerrten Bezugssysteme verglichen.

Jetzt, zwei Achtundzwanzigstundentage nach Beginn des Bremsmanövers, fuhren sie immer noch mit mehr als neunundneunzig Prozent der Lichtgeschwindigkeit. Tag für Tag, während das Schiff des Gesetzes langsamer wurde und sein *tau* zunahm, korrigierten sich allmählich die Sterne, der Lichtgürtel kehrte zur Normalität zurück, und die Tunneleffekte nach vorn und hinten hörten auf.

Martin wartete ungeduldig darauf, daß er wieder Sterne sehen konnte wie von der Erde aus; wenn sie auch nicht mehr alle dieselben Sterne waren und derselbe Himmel.

Die kleinen Fahrzeuge richteten sich aus. Ihre Piloten sahen andere als Silhouetten vor dem verzerrten Himmel und verständigten sich durch Mofix.

Martin erinnerte sich an die Lektionen vergangener Jahre, als er beobachtet hatte, wie seine Kameraden verschiedene Formationen exerzierten und sich für die eigentliche Übung warm machten, die nichts von dem gleichen würde, das sie vorher erlebt hatten. Die zu erwartenden Verteidigungen konnten altertümlich und direkt sein, orbitale Wachposten, Projektile mit kinetischer Energie, oder aber …

Die Verteidigungsmittel könnten vervollkommnet raffiniert sein über alles hinaus, was man eingeübt hatte. Fortgeschrittene Zivilisationen sind unendlich überraschend in der Vielfalt ihrer Errungenschaften, in der Entfaltung ihres Wissens, verwirrend in ihrer Kenntnis eines Areals und deren Ermangelung bei einem anderen Gebiet. Zivilisationen haben Persönlichkeiten, wenn man so sagen darf. Schwächen und Stärken, Talente und Blindheiten. Selbst eine technisch überlegene Zivilisation hat schwache Punkte.

Soviel hatte er beim Training gelernt. Es wurde ihm kristallklar wieder bewußt, als ob man es ihm ins Ohr sagte.

Die Ermordung von Captain Cook, Guerillataktik, Südostasiaten gegen B-52-Bomber. Aber sie würden keinen langen Guerillakrieg führen. Sie würden die Keime von Waffen aussäen, die nicht daran gehindert werden konnten, genau die Funktion auszuüben, für die sie bestimmt waren: Planetenkiller.

Er sah Theresas Jäger in dem unheimlichen Licht blauer Sterne schimmernd hinter dem Schiff des Gesetzes auftauchen. Theresa sollte mit fünf anderen Vorpostendienst tun und dreißigtausend Kilometer über das Schiff des Gesetzes hinausgehen. Er sah, wie der Jäger schrumpfte. Fliegen, die um ein Kriegsschiff summten, mächtige Fliegen; aber niemand konnte wissen, wie gut sie dem gewachsen sein würden, was da kommen mußte.

Das war die Frage, auf die es keine Antwort gab. Es war recht gut möglich, daß sie auf eine so fortgeschrittene Zivilisation stoßen würden, daß die Kraft im Schiff des Gesetzes bedeutungslos wäre.

Martin hatte Alpträume gehabt über das, was dann geschehen könnte. Würden sie eingefangen werden wie Kleinlebewesen, die man mit einer Pipette aus dem Wasser eines Teiches herausholt? Wenn die überlegene Intelligenz dies Wasser verschluckte, könnten sie Krankheiten verursachen und sogar tödlich sein. Wenn sich aber das angepeilte Opfer weigert zu schlucken, sind die Kämpfer isoliert, das Schiff des Gesetzes wird eingefroren, zerstückelt und untersucht, die Kinder werden Zelle um Zelle auseinandergenommen und examiniert – harmlos, geschlagen.

Martin verbannte solche Gedanken. Im Moment kam es nur auf die Übung an. Er stemmte sich gegen die Membran, die Wasserschicht und das ihn umgebende Feld. Bei der aktuellen Verteidigung würden sie unterstützt werden durch Macher und Täter und Robotfahrzeuge, die nicht durch menschliche Physiologie beschränkt wären. Aber eines oder mehrere Kinder würden den Auslöser betätigen. Die Exekution würde durch Überlebende der Erde vollzogen werden. Das war das Gesetz. Solange noch ein Mitglied der Crew übrig bliebe …

Paola Birdsong und Bonita Imperial Valley begleiteten einen Ring aus Sporenkapseln. Bei einem echten Kampf konnte ein solcher Torus eine Million Macher und Täter befördern. Ihre Aufgabe war es, den Torus zu bewachen, bis er bereit war, seinen Inhalt auszustreuen.

»Man hat Verteidigungen gesichtet, die statistische Szintillation zur Anpassung benutzen«, sagte ihm die Stimme der Mutter ins Ohr. Er sah und fühlte durch die Sensoren des Jägers Strahlungsimpulse, die auf ihre Position gezielt waren. Rauhe, aber wirksame Methoden. Die Pulse wurden in der Hülle der *Dämmerungsjäger* absorbiert; aber Beobachter hinter dem Schiff des Gesetzes konnten den Absorptionsschatten erkennen.

Beurteilung: Die Technologie war primitiver als die ihre, aber möglicherweise hinsichtlich destruktiver Kraft ebenbürtig, so wie eine Armbrust einem Gewehr an Kraft zu töten gleichkommen konnte.

Die Formation änderte sich sofort zu einem Schutzschirm um die *Dämmerungsgleiter*. Spähflugzeuge hatten sie auf nur zwanzigtausend Kilometer ausfindig gemacht, wie sie schwache Schweife von Reaktionsmasse, Partikeln und Strahlung hinterließ, die sich rasch auflösten, aber nicht schnell genug. Kleine Vehikel wie Jäger, Bombenschiffe und Späher konnten ihren Antrieb nicht durch Abzugskanäle verbergen. Tatsächlich war das Schiff des Gesetzes im Zentrum eines Sterns von Ionenspuren angepeilt worden.

Der Späher schwenkte ab, und die *Dämmerungsgleiter* änderte abrupt den Kurs und scherte aus der Formation. In einem Augenblick war sie innerhalb der Formation deutlich zu sehen, und im nächsten verschwunden.

Es würde höllisch zugehen im Schiff. Volumetrische Felder würden die noch an Bord befindlichen Kinder davor bewahren, nicht zu Mus zerquetscht zu werden, aber Nebeneffekte waren Schwindelanfälle und Desorientierung.

Gegen die verbliebenen Fahrzeuge wurde eine Waffe eingesetzt, die man ihm alsbald beschrieb. Es handelte sich um einen Hagel von Anti-M-Nadeln, die nur durch ihre Abreibung zu sehen waren, wenn sie auf einzelne Wasserstoffatome trafen, als Funken von Gammastrahlen und grellem weißen Licht. Fünf Jäger bildeten rasch eine Abschirmungsformation, die aber nicht wirksam war. Die fünf Vehikel – darunter das von William – wurden für diese Übung völlig außer Gefecht gesetzt … Und Martin war der nächste.

Er fühlte, wie Stimmen in seinen Kopf eindrangen. Seine Nervenreaktionen beschleunigten sich. Etwas, das ihm schon lange zuwider war. Aber er dachte tausend-, zehntausendmal schneller, als Felder virtuelle Neuronen erzeugten, die seine Denkmuster nachahmten. Seine Persönlichkeit spaltete sich. Er ließ das alte Ich hinter einem abgestoßenen Puppencocon zurück.

Es erschien einfach allzu real, als Licht alle seine Sinne erfüllte wie Nadeln, die auf Spreu trafen. Er warf diese Spreu ab und zog sich in Richtung auf die *Dämmerungsgleiter* zurück. Volumetrische Felder teilten ihn in Stücke, die so klein waren wie Moleküle, und hielten jede Partikel an Ort und Stelle. Der Jäger beschleunigte mit höchster Energie: fünf, zehn, hundert, tausend Ge. Sie prallten wie ein höllischer Floh auf eine unverhüllte Lichtsäule und tauchten in die Blumen sterbender Anti-M-Nadeln hinein und heraus.

Paola Birdsong behütete noch den Torus aus Sporenkapseln. Bonita Imperial Valley war desaktiviert worden. Durch die Sensoren seines Jägers sah Martin drei Bombenschiffe hinter Paola, die Spreu ausbreiteten, um die Nadeln zu behindern. Sie würden zerstört werden. Paola und der Torus könnte überleben. Die Nadeln trafen die verteilte Spreu. Eine böse Strahlungswelle setzte die drei Bombenschiffe außer Gefecht und beschädigte das Schiff von Paola. Beschädigt suchte sie mit dem Torus Schritt zu halten. Martin sah, wie der Torus heftig beschleunigte und Paola hinter sich ließ.

Der freigelassene Torus war jetzt sich selbst überlassen. Martin dachte daran, das Schiff des Gesetzes selbst zu benutzen und ihm Anweisung zu geben, seine Masse in eine Gravitationsfusionsbombe aus Neutronium umzuwandeln und auf die am wahrscheinlichsten bewohnte Welt zu zielen, um die Zerstörung durch den Torus zu ergänzen. Aber die Lage war für einen solchen Selbstmord noch nicht verzweifelt genug…

Nun strömten ihnen die Nadeln massenweise entgegen. Er war allein und dachte jede Möglichkeit durch. Ohne Kommando, ohne Kontakt, einfach allein. *Bloß eine Übung. Eine höllische Übung.* Jedes überlebende Vehikel hatte Anweisung, sich zu den nächsten bewohnten Himmelskörpern zu begeben und größtmöglichen Schaden anzurichten.

Kamikazes. Martin haßte den Gedanken einer solchen Vergeudung für einen so geringen potentiellen Effekt. Die gefährlichere Alternative war, das Schiff des Gesetzes wieder zu orten. Aber sein Vehikel konnte sich mit der Geschwindigkeit der *Dämmerungsgleiter* nicht messen. Das bedeutete, er mußte entscheiden, wohin das Schiff gehen sollte bei seinem erratischen Kurs, um den Nadeln zu entrinnen. Alle anderen Kinder würden ähnliche Entscheidungen treffen. Er vermutete, daß die meisten beschließen würden, nach dem Schiff zu jagen, und wenn das nicht gelang, Kamikaze zu üben.

Praktisch war er kein Boss mehr, nicht länger ein Führer.

Er würde jagen.

Der Rückstand der Strahlen aus den abgefangenen Nadeln hinterließ ein verrücktes Gewirr in einem Raum von einem Kubikkilometer, dem Zentrum der Schlacht. Wie viele weitere Nadeln – in wie vielen anderen Bahnen – waren für diese Übung eingesetzt worden?

Keine einzige solche Nadel ist real. Nichts davon ist real. Es ist eine Simulation, die nur für unsere Augen auf einen realen Hintergrund projiziert ist.

Macht nichts. Diese Übung so total zu verlieren, wäre eine Schande; und er konnte nicht ertragen, daß die Kinder vor den Müttern blamiert würden in so kurzer Zeit vor dem realen Einsatz. Martin konnte seinen Körper nicht fühlen. Sein beschleunigtes Denken erlaubte ihm lange Stunden für jeden Atemzug oder Herzschlag. Der Körper war jetzt von ihm getrennt. Sein gegenwärtiges Ich existierte als ein virtuelles Simulacrum, das sich mit dem physischen Selbst am Ende der Übung wieder verbinden würde.

Bei diesem Tempo wirkte das Fahrzeug, das er steuerte, entschieden langsam und störrisch. Und das war vielleicht ein Teil des Problems. Er war nicht in Übereinstimmung mit seinen Fähigkeiten, sondern übertraf sie. Er hatte in seinem Kopf zuviel Energie für die Waffe, die er benutzte. Er benötigte nicht die Extrabeschleunigung, um für alle kleinen Vehikel strategisch zu denken.

Er verlangsamte, brachte sich auf ein Drittel und dann ein Viertel seines höchsten Tempos, stellte den sensorischen Strom so ein, daß er dazu paßte, und beobachtete, wie die Information integriert wurde wie Steinblöcke, die ein gedankliches Schloß bilden. So bewegte er sich mit gemäßigter Geschwindigkeit durch die Trümmer der Schlacht. Es zeigten sich keine Nadeln mehr. Alles war geisterhaft, in Frieden bis auf die Nachwirkungen – Wolken von Schutt.

Simuliert. Nur eine Übung.Er fühlte einen Moment von Panik und blinder Angst. Es war keine Übung. Sie haben uns erwischt, während wir draußen waren. Aber das ergab überhaupt keinen Sinn.

Sie waren noch zehn Tagesintervalle entfernt von den äußeren Grenzen von Wormwood. Nadeln würden hier draußen nicht in geordneter Formation kreisen. Schon allein das für eine solche Abwehr notwendige Volumen an Anti-Neutronium würde Hunderte von Sonnenmassen erfordern. Er rückte von der Angst ab.

Ein Gefühl von Unwillen. Die Kinder hatten nicht gewußt, was sie erwartete. Keine Vorbereitung, kein Schlachtplan. Und das war recht unwahrscheinlich. Sie waren künstlich angegriffen und künstlich geschlagen worden.

Martin entdeckte einen aktiven Späher: Erin Eire. Er lenkte sich neben ihren Jäger und sandte ihr eine Mofixnachricht.

Sie sagte: »Wir haben verloren. Ich warte nur auf den Ruf zur Rückkehr.«

»Wir haben andere Optionen«, sagte er.

»Ich weiß. Kamikaze.«

»Ich meine noch andere Optionen.«

»Nenne sie mir, *Boss!*« Ihre Stimme war nur mäßig sarkastisch, aber dennoch schneidend.

Er ging die Szenarien durch, für die sie geübt hatten. »Die Killer wissen, daß wir hier sind, Wir haben gerade jetzt ihre Mittel zur Verteidigung erschöpft. Keine Nadeln mehr. Also schicken wir einen Mofixruf aus und machen ein Rendezvous.«

Sie dachte lange darüber nach. Er erkannte, daß sie ihren Geist keineswegs beschleunigte. Das ärgerte ihn.

Sie sagte: »All right.«

Er wies sie an: »Beschleunige deine Gedanken auf den fünften Gang!«

»Ich werde nicht ...«

»Tu das *sofort*, oder ich schließe dich von der Übung aus. Du kannst frei losfliegen.«

»Das kannst du nicht machen!«

»Versuche es mit mir! Gib Gas, Erin!«

Sie sagte nichts. Dann empfing er von ihr einen heftigen Ausbruch von Geplapper. Sie hatte nachgegeben.

»In Ordnung. Ich werde die Botschaft senden.«

Er sendete das Codesignal. Binnen Zehntelsekunden antworteten elf aktive Fahrzeuge. Sieben der toten versuchten zu signalisieren, aber er ignorierte sie. Die aktiven trafen sich an einem bezeichneten Punkt und gruppierten sich neu.

»Sie ist behindert«, sagte Paola und meinte die *Dämmerungsgleiter*.

Ein Chor wirrer Bemerkungen folgte. Martin befahl Ruhe und schlug vor, daß sie nachdenken und alle nacheinander Pläne anbieten sollten. »Und zwar rasch. Wir können es uns nicht leisten, hier draußen lange Minuten zu warten.«

Nur dreizehn Fahrzeuge. Keine imitierte Masse darin. Gesamtmasse knapp fünfzig Tonnen. Vollkommene Umwandlung in Neutronium, nämlich Körpermasse in Neutronium und Antimaterietreibstoff in Antineutronium, ergibt eine totale Sprengkraft, die kaum ausreicht, einen Kontinent auf einer kleinen Welt zu versengen. Das wäre etwas, aber …

In einem anderen Gedankenkanal erwog Martin *langfristige Guerilla-Tätigkeit.* Aber das lag völlig außerhalb des Themas der Übung. *Was sollen wir nach dem Willen der Mütter tun? Was werden sie billigen?*

Er erkannte, daß es darauf nicht ankam. Es war leicht zu vergessen, daß die Mütter weder erfreut noch verärgert werden konnten. Sie waren nicht menschlich. Auf der einen Seite – der menschlichen – machten sie sich keine Sorgen, hatten überhaupt keine Sorgen. Sie waren schlicht auf das Ziel orientiert. Er konnte es ihnen gleichtun. Das konnten sie alle.

Er hörte, wie Ariels Stimme sagte: *Und dann werden wir die Mütter, nicht wahr?*

Von den zwölf anderen äußerten vier Ideen, und acht schwiegen. Drei der vier Ideen wiederholten das, was er schon verworfen hatte: Suche nach den Energiespuren der *Dämmerungsgleiter*. Aus Millionen Kilometern Entfernung waren Energiespuren nicht zu entdecken, sofern man nicht die lokale Energie des Vacuums überwachen konnte, das durch jede Menge hochtechnischer Prozesse in wilde Fluktuation versetzt wurde. Eine Energiespur konnte nur lokalisiert werden, wenn man direkt drauf war, innerhalb von tausend Kilometern oder so.

Aber in dieser Distanz waren Energiespuren gefährlich. Eine eilig erzeugte neugebildete Spur konnte Strahlungsstöße über eine Lichtstunde im Raum durchsickern lassen, die kräftig genug waren, um kleine Fahrzeuge zu blenden oder sogar zu eliminieren.

Überraschenderweise kam die vierte Idee – brauchbar, wenn nicht frappierend – von Erin Eire. *Wir zerstreuen uns und machen Erkundungen rund um den Planeten. Die Dämmerungsgleiter kommt schließlich, um nach uns zu schauen; und wir könnten Information bieten.*

Das lag wohl außerhalb des Rahmens der Übung – aber wenn schon! Es war kein Planet postuliert oder in den Fahrzeugen oder durch das Schiff des Gesetzes projiziert, wo auch immer er sein mochte. Aber sie konnten ihren Teil der Übung durchführen und zumindest für Innovation Anerkennung finden.

»Also gut«, sagte Martin. »Wir gehen zum Planeten hinunter.«

»Es gibt keinen Planeten!« riefen die anderen im Chor.

»Dann erfinden wir einen. Paola, Erin, es ist ein Gesteinsplanet ohne Atmosphäre …«

»Schwer verteidigt durch Strahlung und kinetische Waffen«, schlug Erin vor.

»Gut …«

»Und Paolas Torus ist nirgends zu sehen«, regte Jack Sand an, der bei solchen Diskussionen gewöhnlich schwieg.

»In Ordnung. Was tun wir also?«

»Wir suchen den ganzen Planeten ab und notieren *ihre* Waffenpositionen …«

»Wie viele verlieren wir?« fragte Martin mit einen Anflug von Ironie.

Erin sagte: »Es ist meine Idee. Ich melde mich freiwillig.«

Es meldeten sich noch zwei.

»Das sollte reichen«, sagte Martin und fühlte sich leicht benommen. Die ganze Übung schien etwas verrückt zu werden. Was konnte er tun?

Sie schwärmten aus und gingen rings um einen fiktiven Planeten in Stellung in einer Sphäre von rund zehntausend Kilometern Durchmesser. Sie schwebten in rohen Bögen, um Umlaufbahnen zu imitieren. Martin dachte an einstige fröhliche Kinderspiele, die jetzt ernst geworden waren. Dieser Tanz von Vehikeln hätte seinen Lehrern der fünften Klasse auf der Erde mißfallen, die auf dem Spielplatz die verschiedenen Ballspiele beobachteten.

Ihre Handys erzeugten Bilder des hypothetischen Planeten und projizierten Bilder in die gewöhnlich für ihre Sensorenmeldungen reservierten Bereiche. Der Effekt war grob – kein echtes Kunstwerk –, aber bei ihrer Beschämung und ihrem Eifer irgendwie überzeugend.

Martin steuerte Feuerstellungen bei und bestreute den vor ihm schwebenden Planeten mit handgemalten Notierungen von Abwehr und Gefahren. Paola erzeugte eine Geologie, die zu der luftlosen ruinierten Oberfläche paßte; und in raschen laufenden Ergänzungen erschienen ihre Skizzen auf der Sphäre – kalte alte Kontinente, innere Wärmeströme und Spalten in der Kruste, die tief bis zum festen kühlen Kern hinunter reichten.

Sie betrieben einige Stunden lang ihr Spiel, gefesselt in den groben Hochgeschwindigkeitsräumen zwischen den Sternen und zwischen Kampfhandlungen.

Sie wurden schon müde, als die *Dämmmerungsgleiter* endlich aufkreuzte, um sie aufzunehmen. Martin empfand zuerst ein Kribbeln in Nacken, ehe das Schiff sie durch seine Präsenz alarmierte. Ihre Sensoren konnten die große versteckte Gestalt nicht anders aufspüren. Danach fühlte er eine Flut übermütiger Erleichterung und Erwartung und zuletzt ein neues Aufkommen von Beschämung.

Sie trafen alle ihre deaktivierten Kameraden wieder und kehrten zur dritten Heimkugel zurück, flogen zur Außenluke, machten an den Pylonen fest und fuhren in das Waffenlager.

Ihr Wasser wurde abgeführt, die Felder ausgeschaltet und die Membranen zurückgezogen. Martin verließ sein Fahrzeug mit einer Erektion infolge der Intimität der Membran. Sie begaben sich mit Leitern zum Schott und zogen sich triefäugig hinaus. Sie trennten sich schweigend, um sich zu säubern und einige Minuten zu rasten, ehe sie sich im Schulraum versammelten, um Martins Beurteilung anzuhören, Hans zu treffen, dem die *Dämmerungsgleiter* unterstanden hatte, und dann die Kritik der Kriegsmutter zu hören.

Hans traf sich mit Martin allein im zweiten Hals.

»Das war ein glorioser Streich«, bemerkte Hans trocken. »Eure Außenteams wurden vernichtet. Wir hatten kaum Zeit, das Schiff in Sicherheit zu bringen... Wir waren überhaupt nicht vorbereitet.«

Martin sagte: »Das erste Mal draußen. Freilich ist das keine Entschuldigung. Wir müssen es besser machen.«

»Offensichtlich«, erklärte Hans.

Die Kinder versammelten sich bedrückt im Schulraum, um ihre Kritik entgegenzunehmen. Die Kriegsmutter wartete, während Hans und Martin zuerst kamen und Fragen der Kinder entgegennahmen, tatsächlich mehr Geständnisse als Fragen. Einige waren den Tränen nahe. Besonders betrübt waren diejenigen, welche in den frühen Stadien der Übung deaktiviert worden waren. Sie waren ausgeschlossen, und Martin konnte ihren Mißmut und schwelenden Ärger empfinden.

Ariel, die an Bord der *Dämmerungsgleiter* geblieben war als Leiterin der für Aufspürung von Strahlung verantwortlichen Gruppe, übte scharfe Kritik. Sie sagte mit einem Seitenblick auf Martin mit heruntergezogenen Mundwinkeln: »Ihr hättet entdeckt werden können! Eure Beschleunigungsfackeln waren so verdammt hell. Was machen wir, soll uns eine *Übung* verraten?«

Die Kriegsmutter sagte: »Die Beschleunigungsfackeln waren zu klein, um mit irgendwelchen bekannten oder angenommenen Methoden aus der Distanz von Wormwood bemerkt zu werden.« Hakim stimmte zu. Ariel verstummte.

Martin schluckte, sagte aber nichts. Alle Stimmen mußten gehört werden. Die Reihe der Geständnisse ging weiter. William meldete sich zum Wort, nachdem der letzte Pilot gesprochen hatte, und sagte: »Wir waren zum ersten Male draußen. Wir sollten gegen uns nicht so streng sein. Die Mütter haben uns freie Hand gelassen, und wir haben das Spiel gemacht.« Er sah Martin im Zentrum der Formation an, zwinkerte mit einem Auge, faltete Arme und Beine und trat zur Seite.

Als sich die Stille fünfzehn Sekunden lang hingezogen hatte, sagte die Kriegsmutter: »Diese Beurteilungen sind nützlich. Diese Übung hatte keine detaillierte Struktur. Das Außenteam hat Initiative durch Entwicklung einer Struktur gezeigt, war aber nicht erfolgreich in den Anfangsmomenten des Kampfes. Wie lautet das Urteil des Bosses?«

Martins Ärger legte ihm einige scharfe Antworten auf die Zunge, aber er hielt sie zurück. »Die Übung zeigt uns, was wir lernen müssen. Wir sind nicht gut gewesen. Die Simulation war verwirrend, aber die Realität wird noch verwirrender sein.«

»Und wenn wir lernen zu sterben, bevor wir irgend etwas erreichen, wozu ist das gut?« fragte Ariel. Sie neigte den Kopf mit abweisendem Blick zur Seite.

»Wir lernen alles, was wir von uns aus können«, sagte Martin. Seine Stimme verriet seine Erschöpfung. »Die Mütter haben uns das wiederholt gesagt. Wenn wir dann auf den Auslöser drücken, ist das soweit wie möglich unsere Tat, nicht ihre.«

»Wann gehen wir wieder hinaus?« fragte Erin Eire und legte das Gesicht in Falten wie in angestrengtem Nachdenken.

»Sobald wie möglich«, sagte Martin und merkte jäh, daß er sich nicht mit der Kriegsmutter abgesprochen hatte. Er schaute auf den Roboter.

»In neun Stunden«, sagte die Mutter. »Zeit zum Schlafen, Essen und unabhängigen Studium.«

Martin nickte. »Alle raus!« rief er. »Private Zeit mit

der Kriegsmutter. Ihr Exbosse, ich muß mich mit euch besprechen, nachdem ich hier fertig bin. Wartet bitte draußen auf mich!«

»Das war unsere erste Übung«, sagte Martin zu der Kriegsmutter, als alle Kinder fort waren. »Wir dachten, sie würde irgendeine Struktur haben … Wir erwarteten nicht, daß wir irgendwohin verschlagen werden würden und man uns aufs Geratewohl angreift. Deshalb haben wir so schlecht abgeschnitten.«

»Wir sind nicht mehr eure Lehrer.«

Martin starrte auf den geteilten Kreis, wo das Gesicht der Kriegsmutter hätte sein können.

»Wir sind nicht mehr eure Lehrer. Du bist für die Ausführung des Gesetzes zuständig. Du sagst uns, was zu tun ist. Jetzt trainiert ihr euch selbst, und wir helfen, führen aber nicht länger.«

Martins Erstaunen war wie eine schmerzhafte schwarze Grube, und er brauchte einige Zeit, um darüber hinwegzukommen. »Wer hat entschieden, daß wir bereit sind?«

»Es waren fünf Jahre des Trainings. Ihr seid bereit.«

»Ich verstehe, daß ihr uns das Gesetz nach unserm freien Willen ausführen lassen wollt; aber ihr könnt uns jetzt nicht aufgeben und ganz uns selbst überlassen …«

»Ihr werdet nicht aufgegeben. Wir liefern die notwendige Information. Wir liefern die Werkzeuge. Ihr benutzt sie. Das ist das Gesetz.«

»Zum Teufel mit dem Gesetz!« schrie Martin. »Ihr könnt nicht einfach alles unter uns wegreißen!«

»Man hat euch von Anfang an informiert, was von euch verlangt werden würde. Wir sind jetzt in eine Situation eingetreten, wo ihr die Leitung übernehmen müßt, nicht wir.«

»Ihr warnt uns, indem ihr uns bei unserem ersten Drill hängen läßt?«

»Wir treffen diese Entscheidungen nicht. Sie werden durch die Umstände diktiert.«

»Also übernehmen wir jetzt ... für den ganzen Weg?«

»Es ist das Ende unserer Rolle als Lehrer.«

»Es hätte eine Vorwarnung geben sollen«, sagte Martin.

Die Kriegsmutter schwieg.

»Das wird ein Schock sein ... Für mich ist es ein Schock.«

Schweigen.

Martin tastete nach einem Mittel, wie er den Kindern erklären könnte, was er gerade gehört hatte. Eine vernünftige Erklärung. »Ihr versucht, uns mit Gewalt zur Aktion zu zwingen, und aus unserer Lethargie herauszureißen? Haltet ihr das für psychologisch angemessen?«

»Es muß sein. Wir können euch nicht weiter leiten.«

Zum ersten Mal in seinem Leben wurde Martin so wütend auf eine Mutter, daß er fühlte, er könnte die Beherrschung verlieren. Er drehte sich um und lief aus dem Schulraum.

Es hatte vorher fünf Bosse gegeben, jeden in einem Jahr ihrer Reise. Die hatten ihre einjährige Dienstzeit absolviert und waren dann zu ihren Gruppen und Familien zurückgekehrt als Gleiche mit allen Kindern. Aber Martin fühlte immer ihre Augen auf sich ruhen: Stephanie Wing Feather, der erste Boss, und ihre Nachfolger: Harpal Timechaser, Joe Flatworm, Sig Butterfly, Cham Shark.

Alle fünf folgten Martin vom Schulzimmer zu seiner Wohnung in der zweiten Heimkugel. Sie sprachen wenig, als sie die Leitern benutzten und gingen. Dies gab Martin Zeit, sich zu beruhigen und angestrengt nachzudenken. *Alles ist jetzt verdreht, alle unsere Bezugssysteme sind verbogen. Wie kann man in diesem Durcheinander führen? Wie führe* ich *da?*

In Martins Quartier bezogen die Exbosse Plätze im Zentrum, in einem kleinen Raum aus flexiblen Rohren, den Martin vor einigen Jahren angefertigt hatte. Bei Schwerelosigkeit schwebte dieser Käfig herein, während Martin wach war oder trainierte; oder für Gäste, damit sie nahe sein konnten, ohne zusammengedrängt zu werden. Jetzt, da das Auf und Ab sich beruhigt hatte, war der Behälter gerade groß genug, daß sechs Personen bequem sitzend Platz fanden.

Martin sagte: »Ich werde mehr Hilfe brauchen.«

»Warum?« fragte Stephanie. Sie war ein Jahr jünger als Martin, eine muskulöse, grauäugige Frau mittlerer Größe mit feinem Haar, das eng in einem Knoten zusammengerafft und gelöst zweieinhalb Meter lang war. Sie war auf ihr Haar stolz und pflegte es sorgfältig. Theresa hätte gesagt, es wäre ihr Lebensfaden.

»Die Mütter haben nichts von uns erwartet, und ich habe es auch nicht geliefert. Sie wollten, daß wir die Übung planten, ehe wir hinausgingen, daß wir unsere eigenen Fähigkeiten benutzen und unsere Schwächen herausfinden sollten. Darum war der Drill so ein Mißgeschick. Sie werden für uns keine weiteren Tests veranstalten.«

»Das hätten sie uns früher sagen sollen«, meinte Harpal.

Martin zuckte die Achseln. »Ich hätte es ahnen sollen. Sie wollen, daß wir unabhängiger werden. Zum Teufel, es tut mir leid. Ich drücke das nicht exakt aus. Ich kann es immer noch nicht glauben. *Sie werden nie wieder Lehrer sein.* Wir sind auf uns allein gestellt. Wir entwerfen Strategien, die darauf gegründet sind, was sie uns beigebracht haben, und wir kontrollieren die *Dämmerungsgleiter* und alle Waffen. Sie sagen, sie würden Fragen beantworten, uns Information zukommen lassen, aber ...«

»Wir haben schon Schwierigkeiten mit ihrem Geiz gehabt«, sagte Harpal. Er war mittelgroß, schwarz, mit einem langen, sympathischen Gesicht. Er trug Wickelröcke anstatt Overalls; und darin hatte er versteckte Taschen, die ständig Überraschungen boten. Jetzt zog er eine Orange heraus und schälte sie. Man hatte ihnen seit etlichen Wochen keine Orangen zu essen gegeben. Er mußte einen persönlichen Vorrat angelegt haben.

Stephanie schüttelte erstaunt den Kopf und sagte: »Das hätten sie uns zarter beibringen können.«

Sig Butterfly war weniger zurückhaltend. Er sagte langsam und ruhig: »Gott verdamme das alles in die Hölle!« Sig hatte dunkle Haut, feine Gesichtszüge und lange Hände, die beim Reden miteinander rangen. Er fuhr fort: »Ich glaube, sie haben die menschliche Psychologie begriffen. Das ist verheerend. Wir haben uns gründlich angestrengt, und jetzt sagen sie uns, wir hätten …« Er schüttelte den Kopf und schloß die Augen wie im Schmerz.

Joe Flatworm warf ein: »Vielleicht verstehen sie unsere Psychologie *wirklich.*« Joe erinnerte Martin an Surfer in Kalifornien. Es fehlte nur die Bräunung. Er ließ sein hellbraunes Haar zottig in sein freundliches Gesicht fallen, das einfach Freundschaft und Vertrauen weckte. Als Stephanie stöhnte, neigte Joe den Kopf zur Seite und lächelte. »Das meine ich ernst … Ich spiele den Advocatus diaboli.«

»Mir kommt es so vor, als hätte ich alles fallen lassen«, gestand Martin. »Ich hätte dies kommen sehen sollen.«

Harpal sagte: »Das hat niemand kommen sehen. Ariel liegt gar nicht so falsch. Die Mütter fangen an, mir auf die Nerven zu gehen.«

Martin runzelte die Stirn. »Sie tun das, was sie tun sollten – uns vorbereiten.«

Stephanie wollte etwas sagen, aber Cham Shank kam ihm zuvor. Der war kaffeebraun, hatte ein ausgeprägtes Kinn und kurzgeschnittenes Kopfhaar. Er war ein schwieriger, nicht sehr beliebter Boss gewesen.

Während seiner Zeit waren die Kinder verkrampft und unglücklich gewesen, und er sagte jetzt selten etwas. Er stockte und sah Stephanie an. Die machte ihm ein Zeichen fortzufahren, überrascht, daß er überhaupt etwas sagte.

»Die wollen, daß wir uns selbst vorbereiten«, sagte er. »Sie haben uns die Werkzeuge gegeben, aber benutzen müssen wir sie selber. Und das bedeutet, wir schaffen uns unsere eigenen Strategien in großem Maßstab … Unsere Spiele sind hinsichtlich allgemeiner Strategie immer schwach gewesen.«

»So hast du gesprochen, als du Boss warst«, erklärte Joe Flatworm.

Cham zwinkerte, nickte und verschränkte die Arme.

»Wenn Cham recht hat, wollen sie uns aus demselben Grund an keine weiteren Strategien heranlassen, aus dem sie uns nichts über ihre Maschinen verraten …«, fuhr Stephanie fort. Dann machte sie eine Pause. »Vielleicht könnten sie sagen, das wäre so, weil das Gesetz von uns verlangt, die schmutzige Arbeit zu tun … Aber warum keinen mehrfachen Vorteil annehmen? Ich habe mit Ariel gesprochen. Ich will dir keinen nachträglichen Rat geben, Martin, aber sie ist hitzig, und du hast sie nicht genügend eingewickelt. Ich verstehe, warum sie frustriert ist.«

»Sie ist eine Strafe«, sagte Martin mit uncharakteristischer Schärfe.

»Du verbringst zuviel Zeit mit Schmusen zwischen William und Theresa«, sagte Stephanie mit typischer Offenheit. »Zieh deinen Draht ein und öffne die Augen! Sie hat mir erzählt, was du mir gesagt hast, wonach das Wissen der Mütter zu subtil wäre, als daß sie alles erklären könnten. Sie denkt, daß du wahrscheinlich recht hast, fühlt sich aber nicht so selbstgefällig wie du.«

»Ich bin nicht selbstgefällig«, erwiderte Martin. »Ich weiß bloß nicht, was wir daran tun können. Es würde nicht helfen, wenn wir unter uns oder gegen die Mütter stritten.«

Joe sagte: »Sie wollen ebenso sehr wie wir, daß wir unseren Job zu Ende führen. Das müssen sie.«

»Dann sollten sie uns mehr vertrauen«, warf Cham ein. »Unser Unwissen ist eine ständige Frustration gewesen.« Er zwinkerte wieder und sah sich bei den anderen um, die ihn mit Überraschung betrachteten. »Ich bin kein Ziegelstein. Auch ich mache mir um all dies Sorgen.«

»Martin, wenn wir ganz unabhängig wären, sollten wir gleiche Partner sein«, sagte Stephanie. »Wir sollten ein Konzil der Kinder abhalten und abstimmen. Wenn wir nicht das bekommen, was wir wollen und was wir für uns als notwendig erachten, dann kommen wir nie über Übungen hinaus.«

Martin schloß die Augen und holte tief Luft. »Ich … wir können nicht einfach stehenbleiben, nachdem wir dafür gestimmt haben hineinzugehen. Sie müssen Gründe für das haben, was sie tun.«

»Vielleicht«, sagte Cham, »aber die Mütter sind nun mal Roboter. Vielleicht können sie sich keine Sorgen machen oder uns gut genug verstehen, um uns das zu geben, was wir brauchen.« Nachdem seine Schweigsamkeit gebrochen war, war Cham fast geschwätzig geworden.

»Ariel ist eine Rebellin«, sagte Martin, dem der Gedanke zuwider war, daß die Kinder sie ihm vorziehen könnten. »Sie ist hitzig, aber nicht klug. Wir können den Müttern nicht Trotz bieten. Was haben wir hier draußen anderes als sie?«

Stephanie sagte: »Das müssen wir klären.«

»Einverstanden«, meinte Harpal. »Martin, ich bin mit dir einig hinsichtlich Ariel. Sie ist bloß Schnauze mit wenig Menschenverstand. Ich stimme sogar zu, daß die Mütter wissen dürften, was sie tun. Aber wir sind lebendig und sie nicht. Wir haben am meisten zu verlieren.« Er beugte sich vor und legte Martin eine Hand auf die Schulter. »Meine Sympathien! Wir müssen sehr auf dem Posten sein.«

»Willst du, daß wir den Müttern drohen, nicht weiterzumachen?«

Stephanie sagte: »Wir brauchen volle Aufklärung. Besonders jetzt.«

Martin überrieselte es kalt. »Nach dem, was sie für uns getan haben, ihnen so drastisch drohen ... kommt mir wie ein Sakrileg vor.«

»Wir müssen gleiche Partner sein, nicht bloß ausführende Organe«, gab Cham zu denken.

»Ich hoffe, du denkst nicht, daß wir uns gegen dich verschwören«, sagte Harpal. »Du hast um unseren Rat gebeten. Besprich dich mit Hans!«

Martin senkte den Kopf. Sein Elend war deutlich. Stephanie berührte sein Kinn mit einem Finger und streichelte ihm die Wange. Sie erbot sich: »Ich werde mit dir hineingehen.«

»Nein, danke«, sagte er steif. »Es muß etwas geschehen. Wir müssen erfahren, was man von uns will.«

»Martin!« sagte Stephanie verwirrt.

»Verdammt, ich werde es tun! Ich denke bloß laut nach ... Wir haben immer angenommen ... oder vielmehr haben unsere Eltern immer angenommen, daß die Wohltäter unfehlbar wären, soviel mächtiger, unsere Retter und nicht menschlich. Wie Götter.«

»Götter bestehen nicht aus Metall«, sagte Harpal.

»Woher weißt du das?« meinte Joe, der wieder den Advocatus diaboli spielte. Das war seine Schwäche gewesen als Boss, die Unfähigkeit, einen einzigen Lauf der Tätigkeit zu verfolgen, zwar alle Seiten zu sehen, sich aber auf einen Plan zu konzentrieren. Martin sah, daß Joe mit ihm sympathisierte und sah sich gleichsam doppelt durch Joes Augen. Er empfand einen Hauch von Verdruß.

Er wurde durch Kräfte getrieben, denen er nicht widerstehen konnte, Aktionen zu ergreifen, die er nicht völlig durchdacht hatte und mit denen er nicht einverstanden sein konnte ... Das Schicksal eines Bosses. Das Schicksal aller Führer. Die Gruppe duldet nie rein individuelle Pläne und Initiativen, nicht einmal bei Diktatoren, sofern für die überhaupt ein Verständnis der menschlichen Geschichte irgendwie maßgeblich wäre.

Menschliche Geschichte. Welche Art von Geschichte hatten die Wohltäter erlebt?

Man soll seinen Feind kennen. Man soll auch seine Wohltäter kennen.

Martin sagte: »Ich werde zu der Kriegsmutter gehen.«

»Sprich erst mit Hans!« schlug Stephanie vor. »Übernimm nie die volle Verantwortung!«

Alle außer Cham nickten zustimmend.

»Jemand, der nie Boss gewesen ist, kann nicht verstehen, wie das ist«, sagte Harpal.

Cham meinte: »Sie werden einen Grund zum Schreien finden, ganz gleich was für einen.«

Theresa stand mit ausgebreiteten Armen unter rollenden Sphären aus sonnenhellem Licht. Sie hielt ihr kleines Zimmer sauber, ein Studierzimmer, wie sie es einmal genannt hatte; und Martin gefiel der Stil, obwohl er sich völlig von seiner ausufernden Schlampigkeit unterschied. Er trat in die offene Luke, ehe er sich ankündigte, erfreut, einfach in ihrer Nähe zu sein.

Sie sagte: »Hallo!« und kam nach vorn. Er nahm sie fest in die Arme und liebkoste ihren Hals. Seine Reaktion kam nicht sofort. Er hatte ein sauer brennendes Gefühl tief im Magen.

»Es war nicht so schlimm«, versicherte sie. Er ließ sich auf die Knie nieder, und sie fuhr ihm mit den Fingern durchs Haar, während er ihren Nabel und Bauch küßte. »Ich meine den ersten Drill.«

»Es war schrecklich«, sagte Martin. Er drückte seine

Wange gegen ihren warmen Leib. Sein Kinn koste gelocktes Haar. »Ich werde jetzt gleich mit Hans sprechen, und dann gehe ich zu den Müttern.« Er stand auf, neigte den Kopf, und sie legte die Arme um seine Taille.

»Keine Zeit?« fragte sie und streichelte ihn mit den Fingern. Sie rieb die Spalte zwischen seinen Hinterbacken. Sie drückte auf sein Steißbein und sagte: »Das ist schade. Das macht es durchaus nicht leichter.«

»Nein«, sagte er seufzend. »Gehst du heute abend zu einer Wendyparty?«

»Es findet eine statt. Ich würde gern hingehen. Ich werde auf dich warten.«

»Ich glaube, bis dahin wird es nicht fertig sein«, sagte Martin. »Aber wir sind ja so viel beisammen gewesen. Ich will dich nicht überfordern.«

»Mache ich einen solchen Eindruck?« fragte sie und zupfte mit den Lippen an seiner Nase.

Martin bückte sich unbeholfen, drängte sein Gesicht zwischen ihre Brüste und tastete nach den Warzen. Er zerrte mit den Lippen und nuckelte. Ihre Brüste waren fest und sahen fest aus, fühlten sich jedoch weich an. Er dachte an Verlorene Jungen, die sie berührt hatten und fühlte einen Augenblick lang vage Eifersucht. Er merkte, daß ihm dieser Gedanke nicht gefiel, und biß sie leicht, um seine Präsenz zu betonen. »Ich will dir nicht lästig fallen«, sagte er.

»Benehme ich mich, als ob ich Langeweile hätte?«

Sie packte seine Schultern, legte ihre Beine um seine Hüften und drückte ihr Schambein gegen ihn. Seine Erektion kam schnell, trotz der Ablenkungen, und er drückte sie auf das Polster zurück.

»Berühre mich zweimal!« sagte sie. »Dann kannst du gehen.« Er berührte jeden Schenkel mit zwei Fingern der linken Hand, hob sie leicht an die Lippen und leckte sie ab. Dann ließ er sie los, und Theresa rutschte auf den Fußboden.

»Entzückend!« sagte er. »Nach der Party?«

»Schlaf hier!«

»Bosse schlafen in Quartieren, wo man sie finden kann.«

»Stell ihre Handys ein! Sie werden es wissen.«

Martin hatte sich immer gescheut, das zu verkünden, was offenkundig war. »Vielleicht«, sagte er.

Theresa wandte sich wieder den rotierenden Lichtern zu. Einen Moment lang dachte er, sie könnte ihn völlig vergessen haben, so schnell und entschlossen war ihre Bewegung, als ob er leicht entlassen wäre. Aber sie lächelte und sagte: »Geh jetzt! Komm zurück, wenn wir beide Zeit haben!«

Martin zögerte an der Tür, ging dann hindurch und schritt den Gang hinunter. Er fand einen Hauptschacht und begab sich mittels Leitern nach außen zu dem Niveau, wo er sich mit Hans treffen würde.

Hans war nicht oft in seinem Quartier. Er schlief dort, wo ihn Erschöpfung überkam. Manche sagten, er schliefe selten und übte oder studierte einige Tage lang, bis er schließlich in einem Korridor zusammenbrach in einem improvisierten Bett, das er stets in seinem Rucksack mitführte.

Martin fand ihn im Schwimmraum. Das Wasser befand sich zur Zeit leicht gekräuselt auf dem Boden. Hans lag auf dem Rücken bis zum Hals untergetaucht, und stieß es gegen eine Wand mit weiten Bewegungen beider Hände. Das Wasser prallte von der Wand ab und spülte über seinen Kopf. Dann flutete es von der Gegenwand zurück und hob ihn sanft hoch, während er zum Rande des Beckens schwamm.

Martin beobachtete eine Zeitlang das Verhalten des Wassers, als ob es ihm völlig ungewohnt wäre. Hans stieg heraus und trocknete sich ab. Zuletzt sein kurzes blondes Haar, das in ungebändigten Stacheln hochstand.

»Die früheren Bosse meinen, wir sollten an die Mütter herantreten und volle Aufklärung fordern«, begann Martin.

»Tun, was Ariel will?« fragte Hans.

»Das nehme ich an.«

»Armer Martin!« sagte Hans und kicherte. »Was für eine Schinderei!«

»Mach dir keine Gedanken über Ariel!« sagte Martin ärgerlich.

Hans klebte das Handtuch zum Trocknen an die Wand, indem er es so schwenkte, daß es flach wurde und durch seine Nässe haften blieb. Als es anfing hinunterzugleiten, befestigte er es mit einem Leiterfeld. Selbst bei voller Schwere war Hans unglaublich geschickt bei diffizilen physikalischen Maßnahmen. Er hatte die beste Kontrolle von allen Kindern. Auf der Erde hätte er Akrobat werden können.

»Hast du irgendwelche Vorschläge, wie ich vorgehen sollte?« fragte Martin.

»Bring es den Müttern bei einer Zehntageskonferenz vor! Falls sie nicht zuhören und es schon wissen. In diesem Falle ignorieren sie uns oder tun etwas.«

»Die Mütter horchen nicht heimlich.«

Hans zog ein Gesicht, beschuldigte Martin aber nicht der Naivität.

Martin sagte: »Zum Donnerwetter, das tun sie wirklich nicht. Dafür haben sie keinen Grund.«

Hans zog seinen Overall an. Sein Gesicht war durch Martins Ton etwas gerötet. Er sagte knapp: »Wenn du meinst, Bruder. Ich meine bloß, daß sie über alles, was wir tun, auf dem laufenden sein wollen. Sie sind für uns verantwortlich, oder mindestens verantwortlich, dafür zu sorgen, daß unsere Aufgabe erfüllt wird gemäß dem Gesetz. Wenn ich sie wäre und es mit einem Haufen Verlorener Jungen und Wendys zu tun hätte, würde ich todsicher Kontrolle über uns behalten.«

Martin trat zurück, als Hans vorbeiging. Hans hob

die Arme und schüttelte den Kopf. »Aber du glaubst ihnen. Das ist okay.«

Martin war sprachlos und fragte dann: »Ist denn jeder auf diesem Schiff zynisch geworden?«

Hans wandte sich zu ihm um und zeigte mit dem Finger auf ihn. »Jedermann fühlt sich schlecht und verwirrt. Wie wäre es, wenn wir diesen ganzen Job sausen ließen? Wer trägt die Schuld? Du bist Boss.«

Martin sagte ohne Zögern: »Das bin ich.«

Hans starrte ihn an und grinste dann. »Wir sind die Führer, Bruder. Du und ich. Vielleicht werden sie uns kochen und fressen. Ich meine die Kinder, nicht die Mütter. Aber, zum Teufel, ich halte es für eine gute Idee, wenn wir um... volle Offenheit ersuchen, nicht wahr? Ich nenne das volle Partnerschaft. Mein Vater war Geschäftsmann. Hat Autos verkauft. Ich entsinne mich, wie er über Vertrauen sprach. Er sagte, er müßte glauben, daß das, was er täte, für den Kunden gut wäre, daß sie wirklich Partner wären; sonst könnte er sie nicht überzeugen. Selbst wenn er nicht die Wahrheit sprach, mußte er denken, daß er das täte, während er verkaufte... Ich war zehn. Die Wohltäter dachten nicht, daß er verdiente...« Er hob die Augen und sprach nicht zu Ende. »Laß uns es anpacken!«

Martin rieb mit dem Finger an die Stoppeln seiner Backe. Er hatte sich seit zwei Tagen nicht rasiert. Noch nicht viel Bart.

»Zusammen«, sagte Hans. »Auf diese Weise hat es mehr Schwung.«

Martin sagte: »Nicht zusammen.«

»Warum nicht?« Hans schien überrascht.

»Weil ich der Boss bin«, sagte Martin und schaute weg.

Hans rieb sich die Nase. »Besser du als ich, Bruder.«

Martin saß allein in seinem Abteil innerhalb der verdunkelten Unterkunft, hatte sein Handy in der Hand und konzentrierte sich. Was *waren* ihre Grenzen? Wieviel hatte man ihnen mitgeteilt, und wieviel hatten sie einfach versäumt zu fragen? Es war Zeit, das herauszufinden, ehe er zu den Müttern ging und sich zum Narren machte.

»Strategiediskussionen«, sagte er ins Handy. Eine Liste von Möglichkeiten schwebte vor seinem Gesicht in der Luft, und er griff zwei heraus: *Panzer und Täuschung im Weltraumkrieg* und *Galaktische Ökologie und galaktische Verteidigungsstrategie.* Er hatte beide Themen bereits studiert wie fast alle Kinder. Theodore hatte einige nützliche Bemerkungen eingetragen. Aber niemand hatte seines Wissens aktiv die Frage verfolgt, woher diese literarischen und visuellen Produktionen eigentlich stammten.

Martin fragte: *Autoren und Quellen, bitte.*

Das Handy projizierte: *Autoren und Quellen nicht relevant.*

»Ich möchte sie auf jeden Fall erfahren. Als Boss. Als Anführer der Kinder.«

Autoren und Quellen: Übersetzungen und Neuinterpretationen von Materialien, die von Zivilisationen stammen, welche Vertragspartner des Gesetzes sind.

»Bitte mehr Details. Welche Zivilisationen? Wann?«

Nicht relevant.

»Ich fordere die Antwort und bitte nicht darum«, sagte Martin, immer noch ruhig. Aber er verstand Ariels Frustration noch besser. Er hatte dies nie versucht. In seiner Ignoranz war er damit zufrieden gewesen, seine Vorurteile nicht zu hinterfragen.

Die Grundtexte und entsprechenden sensorischen Ergänzungen wurden vor dreitausendvierhundert Jahren geschaffen. Eine einzige Zivilisation war für die primären Quellen verantwortlich. Andere Zivilisationen haben etwas hinzugefügt und sie angepaßt. Namen der aktuellen Autoren der Grundtexte sind nicht bekannt.

»Welche war die erste Zivilisation?«

Martin hatte schon nach Details für recht viele Zivilisationen gefragt und war immer gespannt gewesen auf die Antworten, aber nicht so sehr, daß er respektlos sein mochte. Jetzt war es seine Pflicht gewesen.

Die ursprüngliche Zivilisation wurde in einem Konflikt schwer geschädigt, bei dem Seitenzweige raumfahrender Verwandtschaften beteiligt waren.

»Seitenzweige? Du meinst, ihre eigenen Kolonien? Bitte Details.«

Ja, ihre eigenen Kolonien. Weitere Details sind dieser Quelle nicht bekannt.

Er war nie so weit vorgestoßen und hatte darum auch nie eine solche Antwort bekommen.

»Öffne dann eine andere Quelle«, forderte Martin und ergriff die vage Chance. »Eine andere Bibliothek oder was auch immer.«

Bitte wende dich an die Mütter.

»Ich frage jetzt. Diese Fakten sind für uns wichtig. Wir brauchen psychologische Einsicht.«

Details über Zivilisationen, die am Gesetz beteiligt sind, sind für deinen Job nicht relevant.

»Ich sage, daß sie es sind«, beharrte Martin mit erhobener Stimme. »Ich bin der Boss.«

Bitte, wende dich an die Mütter.

Das war es dann also. Die Mauer, an die Ariel und andere zweifellos gestoßen waren. Martin konnte erkennen, weshalb die Mütter über manche Dinge geheimnisvoll taten. Die dem Gesetz angeschlossenen Zivilisationen konnten sich leicht eine neue Runde von Tod und Vernichtung ausdenken, wenn ihre Wohnsitze und die Details ihrer Verteidigung bekannt würden.

Die Erde war ein leichtes Ziel gewesen wegen ihrer arglosen Ausstrahlung von Energie in den Raum, ihres kükenartigen Zirpens im ungeschützten Nest ihres Sonnensystems.

Martin empfand eine müde Trübsal, ein Echo all jener Trübsal, die er seit dem Tode der Erde kennengelernt hatte. Gab es jemals einen Punkt auf der Skala galaktischer Zivilisationen, wo Fremde einander vertrauen konnten? Würden Zivilisationen jemals hinreichende Skrupel entwickeln, daß keine von ihnen daran dächte, Maschinen zur Massenvernichtung zu schaffen?

Vielleicht. Aber menschliche Wesen befanden sich bestimmt nicht auf dieser Stufe.

Martins Kenntnis menschlicher Geschichte machte es leicht sich vorzustellen, daß Planeten vernichtende Sonden von seiner Species geschaffen und gegeneinander gerichtet werden könnten. Und wenn *er* sich das vorstellen konnte, konnten die Mütter das ebenso gut.

Welche Art von Gleichheit konnte es unter solchen Verhältnissen zwischen Kindern und Wohltätern geben?

Martin wartete in dem leeren Schulraum, unbehaglich und nervös, mit einem Tic im linken Auge. Er stand in Nähe der Sphäre. Die Sterne sahen jetzt normal aus, und die Sphäre bot einen unveränderten Blick in Richtung auf Wormwood, das er sogar ohne Hilfe als einen etwas helleren Lichtfleck unter den Myriaden ausmachen konnte. Noch heller war das rote Brennen von Behemoth. Leviathan war aus diesem Winkel nicht zu sehen.

Die Kriegsmutter kam herein.

Sie sagte: »Hallo, Martin! Wie geht es den Kindern?«

»Physisch gut. Ein paar soziale Probleme. Manche fügen sich nicht vollkommen ein.« Er schien die Lage immer zu beschönigen, so daß es besser klang, als er wirklich meinte. War dies ein Teil von dem, was Ariel als *Kriecherei* vor den Müttern bezeichnet haben würde?

»Hast du Pläne für weiteres Training entwickelt?«

Er schluckte und sagte: »Nein. Wir fühlen uns blockiert.«

»Warum?«

»Wir können unsere Arbeit nicht tun, ohne zu wissen, was uns da unten vielleicht erwartet.«

»Alle Information, die ihr benötigt, wird geliefert, sobald wir sie empfangen.«

»Ich meine Hintergrund. Information über andere Zivilisationen, andere Vorfälle, wie die Strategien entwickelt wurden, wie wir sie unseren Bedürfnissen anpassen können …« Er schluckte wieder. Für einen Boss zeigte er nicht viel Tapferkeit. »Ihr müßt uns alle eure Information anvertrauen. Wir verlangen volle Offenheit.«

Zu Martins Überraschung und Besorgnis sagte die Kriegsmutter mehrere lange Sekunden lang nichts. Schließlich antwortete sie: »Die gelieferte Information dürfte angemessen sein.«

»Man verlangt von uns, unabhängiges Denken zu zeigen, unsere eigenen Strategien zu entwerfen … Und die Bibliotheken gehen nicht ins Detail. Wie haben andere gegen die Planetenzerstörer gekämpft? Wie haben *eure* Erbauer gegen sie gekämpft?«

Weitere Sekunden des Schweigens. Es erforderte sicher nicht so viel Zeit, um eine Antwort zu berechnen oder auszudenken.

»Wir können euren Forderungen nicht nachkommen. Die von euch verlangte Information ist gefährlich.«

Martin war erstaunt über das Wort ›gefährlich‹ und sagte: »Das ergibt keinen Sinn.«

»Es war Kooperation erforderlich, um die Schiffe des Gesetzes zu bauen. Um die Zusammenarbeit vieler Zivilisationen und Wesen anzuregen, bedurfte es gewisser Vorsichtsmaßnahmen, zu denen auch die Aufrechterhaltung von Sicherheit gehörte. Schiffe des Gesetzes könnten gekapert und deren Information dazu benutzt werden, jene, welche die Schiffe gebaut hatten, ausfindig zu machen und zu schädigen.«

Martin hatte nie daran gedacht, *gekapert* zu werden. Von Anfang an hatte es so ausgesehen, als ob wenigstens die Kinder sicher wären, wenn sie in einem Schiff des Gesetzes reisten, der höchsten Macht und früheren Siegerin in dem Krieg, der die Erde vernichtet hatte. *Aber natürlich war das kein Krieg gewesen, sondern bloß eine Schlacht. Wahrscheinlich sogar eine unbedeutende Schlacht.*

Martin wollte nicht nachgeben. »Ihr müßt alle eure Informationen mit uns teilen.«

Die Kriegsmutter sagte: »Ihr hofft sicher, diese Mission zu überleben.«

»Natürlich.«

»Martin, wenn deine Brüder und Schwestern überleben, dann könntet auch ihr gefährlich sein. Wenn man euch solche Information gibt, könntet ihr auch die Erbauer solcher Instrumente werden.«

Martin schluckte. »Wir können keine Strategien aus dem hohlen Bauch entwickeln. Ich habe Fragen gestellt, die beantwortet werden *müssen,* und keine Antworten bekommen.«

»Ihr habt mit der besten verfügbaren Information gearbeitet. Es gibt keine Hinweise darauf, wo man die Wohltäter finden könnte. Die Information, die ihr braucht, steht zur Verfügung. Benutzt sie!«

»Man hat mir gesagt ...«

»Du bist Boss«, sagte die Mutter.

Er schluckte wieder, und seine Zunge schien dick zu werden. »Dann werden wir stoppen.«

»Was heißt ›stoppen‹?« fragte die Mutter.

»Wir werden uns weigern, dem Gesetz nachzukommen.«

»Wenn das eure Entscheidung ist, wird das Schiff seinen jetzigen Kurs ändern.«

Martin entspannte seine verkrampften Fäuste. Er war den Müttern nicht böse und auch nicht den Kindern. Hinsichtlich seiner selbst fühlte er nichts. Er wandte den Blick von dem kupferbronzenen Roboter ab und erkannte allzu deutlich, wie naiv sie alle waren.

Dann sagte er, bemüht um einen ruhigen Ton: »Wir bitten nur, daß man uns Vertrauen schenkt.«

»Wir sind ermächtigt zu vertrauen oder nicht. Wir können euch keine Information geben, die das Schiff nicht befördert. Martin, wir können nicht das Unmögliche tun.«

Er fühlte sich krank und erschöpft. Warum hatte er sich von den Kindern dies auferlegen lassen? Weil er Boss war und sie repräsentierte? Das schien keineswegs ausreichend, seinen jämmerlichen Zustand zu erklären.

»Warum wurden wir auf diese Mission geschickt, wenn wir nicht die Information haben, die wir brauchen, um sie zu vollenden?« sagte er verdrießlich. Das war ihm zuwider.

»Was euch fehlt, ist eine Information, die ihr, wie unsere Erbauer annehmen, nicht benötigt.«

Martins Verstand arbeitete wild, um in diesem dicken Panzer von Logik eine Lücke zu finden. *Ich hätte das Schiff genau so entworfen! Wir alle hätten das getan!*

»Aber das Schiff enthält Information über die Erde. Wenn es gekapert würde, könnten die Killer ...«

»Dieser Auftrag wäre unmöglich, wenn ihr nicht Zugang zu eurer eigenen Kultur, eurer Geschichte und planetaren Erinnerungen hättet.«

»Ihr wollt unser Sonnensystem riskieren, aber nicht eure ... Schöpfer? Euren Planet oder eure Planeten?«

»So muß es nun einmal sein.«

Eine neue Mauer, riesig und unnachgiebig. In der Tat zwei Mauern, zwischen denen er gefangen war. »Wir fühlen uns für die Aufgabe nicht geeignet«, sagte er leise mit abgewandtem Blick.

»Geh zurück zu den andern und sage ihnen, daß sie nicht inadäquat sind! Sie haben die Ressourcen, die sie benötigen.

In diesem Schiff gibt es etwas, das über Wissen hinausgeht. Es ist verborgen in seiner Struktur und der Art, wie es operiert. Dies erlaubt dem Schiff, mit hoher Genauigkeit die Chancen für einen Erfolg der Mission zu beurteilen. Nenne es einen mechanischen Instinkt! Deine Leute sind sehr tüchtig. Sag ihnen das!«

Martin hob den Kopf, trat zurück und erwiderte: »Ich werde es versuchen.«

Mit rotem Gesicht verließ er den Schulraum. Er war dazu genötigt worden, einen Fall zu vertreten, ohne selbst daran zu glauben. Das zeigte seine Schwäche als Führer. Wenn er dabei versagte, das zu bekommen, was er wollte, würde er in den Augen mancher Kinder schwach erscheinen, insbesondere Ariel. Aber er kümmerte sich nicht darum, was sie dachte.

Was würde aber Theresa denken? Und William?

Was würde Rosa Sequoia denken? Rosa, die einen starken Führer brauchte, der sie wieder in die Gruppe zöge?

Martin saß auf einer Tischkante und beendete seinen Bericht für die Crew. Die schwierigsten Minuten waren ihm frisch in Erinnerung. Die meisten Kinder – zweiundsiebzig an der Zahl – saßen in der Hauptcafeteria, dem einzigen Raum außer dem Schulzimmer, der groß genug war, um sie alle zugleich aufzunehmen.

Die Abbremsung des Schiffs war verstärkt worden, und sie waren jetzt mit gleichmäßigen zwei Ge konfrontiert. Sie waren erschöpft und hörten sich seinen Bericht ruhig an.

»So sieht es aus«, schloß er und schaute von Gesicht zu Gesicht, um visuellen Kontakt mit so vielen wie möglich zu halten. Dann gab er das auf. Er könnte den Eindruck machen, nervös zu sein. Statt dessen konzentrierte er seinen Blick auf vier oder fünf in den vorderen Reihen.

Hans Eagle und Erin Eire saßen ganz vorn. Die

Miene von Hans war spöttisch. Erin kraulte ihren Kater, ein fettes graues Ding mit müden, gelangweilten Augen und verfilztem Haar.

»Hast du mit ihnen diskutiert?« fragte jemand aus der Mitte. Martin schaute rasch auf und versuchte, das Gesicht zu entdecken. Er antwortete aber, noch ehe er Terence Sahara identifiziert hatte.

»Ich habe mein Bestes getan, unseren Fall vorzutragen. Entweder glauben wir ihnen oder nicht. Und wenn wir ihnen nicht glauben ...« Er ließ den Satz unbeendet.

Theresa saß auf einer Bank zu seiner Rechten. Er schaute sie an. Sie lächelte aufmunternd. William, auf der anderen Seite, ungefähr ein Drittel tiefer in der Menge, hatte die Hände hinter den Kopf gelegt. Die Ellbogen sahen wie Stummelflügel aus. Er hatte die Augen geschlossen.

Niemand trat gegen die unterdrückende Macht auf. Niemand bemühte sich einen Deut mehr, als er mußte.

»Es ist erschreckend«, sagte Erin Eire. Sie schluckte. Schon das Reden schien sie zu ermüden. »Wir haben gedacht, sie wären allweise und allmächtig. Wenn das Schiff des Gesetzes es nicht weiß, wußten die Maschinen, die uns gerettet haben, es wahrscheinlich auch nicht ... und wissen es nicht.«

»Was wissen die Wohltäter überhaupt? Irgendwas?« fragte Jack Sand.

Felicity Tigertail, in der vordersten Reihe, Martins erste Geliebte damals auf der Zentralen Arche während eines kurzen zweitägigen Flirts, hob die Hand wie in der Schule. Martin nickte ihr zu. Er bemerkte, daß ihr Arm verletzt war. Sie hatten alle Beulen, weil sie gelegentlich Waffen fallen ließen. Felicity senkte den Arm vorsichtig und sagte: »Wir sind verloren, wenn wir ihnen keinen Glauben schenken. Wir müssen ihnen glauben. Das sollte klar sein.«

»Wir müssen nicht an irgend etwas glauben«, widersprach Ariel von hinten. Ihre Stimme erhob sich über das Gemurmel. Sie klang rauh und wütend. »Wir müssen Fragen stellen. Wir sollten weiter Fragen stellen! Ich halte das für ausgesprochenen Quatsch. Sie können sich vor der Art Maschinen verteidigen, die die Erde zerstört haben. Warum sich Sorgen machen wegen der Information, die sie haben? Die Mütter – die Wohltäter – haben einfach Angst vor *uns*. Sie wollen nicht, daß wir etwas über sie oder ihre Schöpfer erfahren.«

Martin wollte antworten; aber Paola Birdsong inmitten der Gruppe brüllte zuerst: »Hört auf! Hat jemand hier genügend Phantasie, um zu erkennen, was die Mütter *wirklich* sagen? Martin, weißt *du*, was sie uns da erzählen?«

»Sie sind nicht allmächtig«, sagte Jack Sand.

»Ich frage Martin!« beharrte Paola.

Martin musterte die Gruppe von seinem Platz am oberen Ende des Tisches und stand dann mit großer Mühe auf, die Hände hinter dem Rücken. Der Tisch schien sehr hoch zu sein. Falls er hinfiele, könnte er sich ein Bein brechen. Oder den Hals… »Sie scheinen zu sagen, daß es hier draußen wilde Killer gibt aus Zivilisationen, die technisch weit fortgeschrittener sind als diejenige – oder diejenigen –, die die Schiffe des Gesetzes gebaut haben.«

»Es hört nie auf! Niemand lernt je etwas dazu!« schrie Erin Eire. Ihr Kater sprang vor Schreck von ihrem Schoß. »Niemand wird je alt genug, um freundlich oder weise zu sein.«

»Schluß!« sagte Martin mit erhobener Hand. Durch die Reihen pulsierte Lärm, Worte von Schock und Mißmut. »Schluß! Ruhe!« rief er mit rauher Stimme.

»Ruhe!« wiederholte Hans. Seine Stimme klang in der Cafeteria wie das Brummen eines Bären.

Die Kinder wurden still. Ariel stand auf und polterte aus dem Raum. Ihr folgten noch zwei Typen, deren Gesicht Martin in dem trüben Hintergrund nicht erkannte.

»Um die Genehmigung zum Bau dieser Maschinen zu erhalten, müssen die Wohltäter Sicherheit haben. Sie müssen wissen, daß die Aussendung der Schiffe und Maschinen nicht auf sie zurückschlägt und noch größere Wölfe auf sie hetzt. Das ist einfach Vorsicht. Vielleicht gibt es hier draußen keine Wölfe, die wirklich größer sind. Aber sie müssen auf der Hut sein. Und natürlich werden wir mit der Zeit vielleicht gefährlich werden, wie ein Löwe, der sich gegen seinen Wärter wendet.« Er sah Felicity an und lächelte. Sie nickte.

»Wir sollten nicht zynisch sein«, sagte Martin. »Die Mütter sagen uns, daß wir gut sind und haben, was wir brauchen. Wir müssen trainieren. Wir müssen uns unsere Übungen selbst entwerfen auf der Grundlage dessen, was man uns schon gelehrt hat. Die Mütter sind Risiken eingegangen, indem sie uns beigebracht haben, was sie selbst haben. Wir sind mächtig mit den Waffen, deren Gebrauch wir gelernt haben. Das zeigt doch ein gewisses Vertrauen, nicht wahr?«

»Wir haben, was wir brauchen«, wiederholte Hans. »Wir haben Arbeit zu leisten.«

»Stimmt darüber ab!« Ariel war zurückgekehrt und sah Martin aus den Schatten im Hintergrund an.

Martin bekam ein rotes Gesicht. Er sagte: »Nein! Wir machen nicht alles aufgrund irgendeiner blöden allgemeinen Meinung. Wenn es euch nicht gefällt, wie die Dinge gehandhabt werden, dann wählt euch einen anderen Boss! Wenn ihr wollt, könnt ihr das jetzt sofort machen. Die Mütter sagen, wir werden zerstreut, wenn wir innehalten. Wer will nach fünf Jahren diese Chance vertun?«

Schweigen.

»Verdammt, wir haben das Recht abzustimmen!« sagte Ariel. Sie schien den Tränen nahe.

»Nur über eines abstimmen«, betonte Martin. »Ob ich Boss bleibe.« Er schwenkte die Arme und kreuzte sie über der Brust, wobei ihm bewußt war, daß das eine törichte klassische Pose aufgeblasener Führerschaft war. Er wartete auf eine Antwort, halb in der Hoffnung, daß ihm eine Woge der Ablehnung das Gewicht vom Rücken nehmen würde.

Schweigen.

»Gott verdamme euch alle!« schrie Ariel laut. Die Kinder duckten sich und sahen sich ärgerlich zu ihr um. Aber sie blieb im Raum.

Martin krümmte sich in einem momentanen Schwindelgefühl und sagte mit sanfterer Stimme: »Wir haben schon dafür gestimmt, hineinzugehen. Dies ändert nichts. Wir müssen bloß härter arbeiten.«

»Die Zeit ist kurz«, sagte Hans. »Wir erarbeiten jetzt einen Übungsplan und drillen nach unseren eigenen Entwürfen. Wir halten eine Arbeitsbesprechung ab über das, was wir in diesem System finden könnten, und wir *planen* dafür und nehmen alles an, was uns die Mütter an Hilfe bieten!«

Martins Herz wandte sich in perverser Weise Ariel zu, die hinten im Raum stand, das Gesicht von Tränen glänzend. Er hatte seinen Auftritt gehabt, und sie hatten zugestimmt, zumindest schweigend, weiterzumachen. Er hatte sich als Führer erwiesen und eine gewisse Übereinstimmung erzielt. Wie lange würde das aber dauern, und wie stark war ihre Entschlossenheit?

In diesem flauen Moment merkte er, daß er im Unrecht gewesen war, den Müttern zuzustimmen und sie nicht herausgefordert zu haben – und daß Ariel recht hatte.

Er holte tief Luft. Hans kam an seine Seite. Hinter ihm saßen Stephanie Wing Feather und Harpal Timechaser, ohne ihn anzusehen. Schließlich drehte sich Stephanie um.

»Zeit zu gehen«, sagte sie.

»Ignoriere sie!« meinte Hans

»Du hast sie jetzt gewonnen«, sagte Stephanie ohne Aufrichtigkeit, als Martin sich anschickte zu gehen. Sein Kopf fühlte sich heiß an. Er drehte sich jäh um. »Verdammt, was hättest du getan?«

Stephanie blieb sitzen, als er näherkam.

»Was hättest du getan?« wiederholte Martin weniger laut. Die anderen Kinder waren inzwischen hinausgegangen. In der Cafeteria blieben nur Stephanie, Harpal, Hans und Martin.

»Ich weiß nicht«, sagte Stephanie und schluckte. »Ich hätte es härter versucht.«

»Nein«, sagte Martin, wischte sich die Augen und reckte sich. »Nein, das hättest du nicht getan.«

Stephanie stand auf und fuhr mit den Händen an den Seiten ihres Overalls hinunter, um den Stoff zu glätten. Sie sagte: »Martin, es ist das Gewicht. Ich wollte nicht sarkastisch sein. Tut mir leid.«

Martins Ärger verschwand nicht so leicht. Er ging zurück und sah Hans an, der die Lippen zusammenzog und den Kopf schüttelte. »Mir tut es auch leid«, murmelte er und ging hinaus. Hans folgte ihm.

In fünf Tagen, während sie durch die vorgeburtliche Wolke flogen, die Wormwood umgab, würden die Kinder den nächsten Punkt der Entscheidung erreichen, nämlich zu beurteilen, ob das System die Quelle der Maschinen wäre, die die Erde vernichtet hatten, und ob sie die *Dämmerungsgleiter* in *Hase* und *Schildkröte* trennen sollten.

Während der zehn Tage drückender Schwere übten die Kinder unentwegt. Martin verbrachte viel Zeit in den Vehikeln, um die volumetrischen Felder zu entlasten. Hakim trieb das Suchteam geduldig an, um soviel Information wie möglich über Wormwood zu erhalten, ehe sie die Fernsonden einsetzten.

Hakim konnte etwas Licht auf das ungelöste Problem der fünf dunklen Massen in Nähe des Sterns werfen, die in fast vollkommenen Kreisbahnen um ihn liefen.

Martin grübelte allein über all dies nach und bereitete die vorläufige Schlachtordnung in seiner Wohnung vor. Er hatte Theresa seit achtzehn Stunden nicht gesehen und seit dreißig Stunden nicht geschlafen. Sex kam unter diesen Umständen nicht in Frage.

Die Kinder waren ohne ihn mit Routinedrills beschäftigt. Er mußte seine Arbeit rasch beenden, in höchstens ein paar Stunden, um Zeit für abschließende Praxis und eine letzte Übung im Freien zu gewinnen, ehe sie in die vorgeburtliche Wolke eindrangen.

Sie waren fünfeinhalb Jahre lang geflogen; und dennoch war da jetzt die unvermeidliche Dringlichkeit und Panik, etwas, das ihre Menschlichkeit erwies. Er hegte den Verdacht, die Außenübung wäre absichtlich vorgesehen gewesen, um verheerend auszufallen, daß die Mütter in ihrer subtilen Art die Kinder hatten schockieren wollen, um sie in Kampfbereitschaft zu bringen …

Aber das konnte er sich nicht vorstellen. Vielleicht waren die Mütter ebenso kühl, wie sie in der Konversation wirkten, da sie sich völlig auf die Leidenschaft der Kinder verließen, das Gesetz zu erfüllen. Den Job zu tun.

Er rieb sich sein von Schweiß verklebtes Haar. Manchmal konnte er kaum denken. Er rollte sich auf dem Fußboden zusammen und versuchte, mit fest geschlossenen Augen die Erschöpfung zu ignorieren, das frustrierte Verlangen nach Theresa, und sich zu konzentrieren.

Trotz diesen Ablenkungen kam er hinsichtlich des Schlachtplans zu einer Entscheidung.

Der Boss war Leiter der allgemeinen Planung. Es würden keine Abstimmungen stattfinden, nachdem von allen Kindern das Urteil gefällt worden war. Der

Boss und Christopher Robin würden die volle Kontrolle haben und durch die Divisionsleiter agieren, die fünf früheren Bosse. Zwei Teams würden bei der *Hase* bleiben. Drei Teams würden die *Schildkröte* fliegen.

Die *Schildkröte* würde die Hauptarbeit leisten. In die vorgeburtliche Wolke geschickte Macher würden das verfügbare Material benutzen, um Waffen herzustellen, Gravitations- oder mit Nahzündern versehene Neutroniumbomben, die einen zweiten automatischen Angriff ausführen sollten, falls der erste Angriff fehlschlagen würde.

Die *Schildkröte* würde kleine Vehikel starten. Deren Aufgabe wäre es, jegliche Verteidigungsmaßnahmen auf sich zu ziehen und/oder auszuschalten und Erkundungen auszuführen. Zwei Exbosse würden die Teams aus kleinen Fahrzeugen anführen.

Martin erlitt einen tiefen Konflikt beim Studium von Strategie und Taktik. Ihm begegneten zu viele Möglichkeiten Er konnte seinen Weg durch eine klare Angriffslinie nicht erkennen. Mit einigem Kummer erkannte er den Grund für diesen Konflikt. Er betrachtete die massive, mit Krieg im Weltraum verbundene Vernichtung, die unausweichliche totale Eliminierung eines Feindes als einen im Grunde unmoralischen Akt. Dennoch verlangte er Gerechtigkeit für die Ermordung der Erde ebenso wie alle anderen Kinder.

Es war sehr schwierig, über diese Sache klar zu denken. Er vertraute einfach nicht seinen eigenen Instinkten.

Viele Kinder hatten im Lauf der Jahre theoretische Taktiken geschaffen und archiviert. Martin hatte sie fast alle konsultiert, besonders die von Theodore Dawn aufgestellten.

Theodore war ein brillantes Kind gewesen, in mancher Hinsicht klug, aber mit äußerst starkem Willen und verantwortungslos gegen andere, eine Ergänzung zu Martins Unentschlossenheit und später Einsicht.

Effektiver, als Martin je sein konnte, ignorierte er fröhlich Fragen der Moral. Theodore hatte eine Mathematik der Taktik von Raumkriegen geschaffen, die fast alle Eigenschaften der Muttimathe sehr vorteilhaft nutzte. Seine Schemata umfaßten viele Möglichkeiten, die alle durch von den Müttern gelehrten Prinzipien angeregt waren. Die Grundlagen der Kriegführung im Weltraum, wie sie von den Müttern gelehrt wurden, waren in Theodores Geist zu einem graziösen Tanz ohne jegliche Konsequenzen erblüht.

In Theodores Plänen war Geheimhaltung der einzige Schutz. Geheimhaltung, die Theodore als ›Schweigen‹ bezeichnete, war unter hochtechnologischen Zivilisationen eine hohe Kunst. Schweigen bedeutete völlige Dämpfung von Strahlung. Unsichtbarkeit bedeutete Replikation von Strahlung ohne Aberration. Vorteile über einen Gegner konnten mathematisch daran gemessen werden, wie still ein jeder war. Schweigende Zustellung von Waffen – und das Schweigen der Waffen selbst – waren an zweiter Stelle bedeutsam.

Theodore hatte Lehrbücher der Kriegführung mit U-Booten auf der Erde studiert. Aber der Weltraum war weitaus gefährlicher als ein tiefes Meer; denn er war ungeheuer weit, für alle Strahlungen durchlässig und ein perfektes Medium für Waffenlieferung. Aber der Raum bot auch viele Vorteile über den Ozean. Er war dreidimensional ohne Grenzen, Reisewege wurden auf Umlaufbahnen beschränkt, und selbst die größte getarnte Waffenplattform war bei hinreichender Entfernung winzig im Vergleich mit dem Hintergrund.

Im interstellaren Raum gab es kein Wetter; und wenig änderte sich sein Charakter während des Zeitraums eines Konflikts. Interplanetarer Raum – die am allerwahrscheinlichsten angegriffene und verteidigte Region – war den Launen von Sternatmosphären und stellaren Partikelströmen unterworfen. Aber raumfahrende Nationen wurden dadurch nicht behindert.

Die Bibliotheken erzählten ihnen, daß nur primitive Zivilisationen wie die der Erde ihre Existenz marktschreierisch verkündeten.

Wenn Täuschung und Tarnung versagten, ließ sich die Kriegführung im Raum als vergleichsweise sauber und von den Ausgangsbedingungen abhängig ansehen. Das Wissen um die technologischen Unterschiede legte mögliche Ergebnisse für die meisten Konfrontationen nahe, sogar noch vor Beginn der Schlacht.

Für einen Angreifer konnte das zum Vorteil gewendet werden. Wenn eine Invasionsmacht in einem System entdeckt wurde, konnte es den irreführenden Eindruck von Übermacht erzeugen und damit seinen Gegner zu unwirksamen und Energie verzehrenden Taktiken zwingen, verbunden mit einem Gefühl von Unterlegenheit. Psychologische Waffen waren schwierig zu planen, weil man die Psychologie eines Gegners vielleicht nicht kannte, oder weil es sie im Falle von Maschinen als Feinden praktisch nicht gab. Selbst die Methoden der Wahrnehmung eines Gegners könnten problematisch sein.

Theodore postulierte, daß bisweilen ein Anschein von Schwäche oder geringerer technologischer Fähigkeit wirksamer sein könnte. Bei einem Angriff könnte ein Teil zur Täuschung eingesetzt werden, während andere Teile still aufmarschierten. Wenn der Gegner durch dieses ›Kiebitzmannöver‹ getäuscht würde, könnte er seine Kräfte vorzeitig, unangemessen oder überhaupt nicht ins Feld führen.

Das waren solide, aber nicht glänzende Reflexionen von dem, das die Mütter sie gelehrt hatten. Der Genius von Theodore Dawn leuchtete aber echt auf bei der Darstellung der Maßnahmen eines Gegners unter den eingebildeten Verhältnissen einer Konfrontation. Theodore schien ein Geschick dafür zu haben, fremde Psychologien zu erschaffen und auf Kriegsführung im Weltraum anzuwenden.

Er schuf vier Kategorien von Gegnern: unterlegen, gleich, überlegen und nicht erkennbar. Nicht erkennbar konnte eine jede der anderen Kategorien enthalten. Zum Beispiel könnte ein schwacher Gegner mit wenig entwickelter Technologie auf wirksame Methoden des Einhaltens von Stille oder der Täuschung verfallen sein.

Unterlegen war leicht definiert und – wenn auch bei gebotener Vorsicht – zu behandeln. Aber es war unwahrscheinlich, da die Killer den Wohltätern unterlegen sein könnten. Theodore schilderte ein paar einfache Beispiele, warnte vor Gefahren und kam dann auf Gleichheit und Überlegenheit zu sprechen.

Für Gleichheit zu planen, war am schwierigsten, einfach deshalb, weil man dafür planen *konnte*. Martin wählte das wahrscheinlichste Szenarium und studierte Theodores Schriften und Schaubilder über die Taktik des Angriffs auf Gleiche. Worauf es ihm ankam, war nicht Gleichheit der Kraft, sondern Gleichheit von Technologie und Intelligenz. Nicht Gleichheit von Verlangen oder Furcht, nicht einmal gleiche Kreativität, sondern Gleichheit der Rohmaterialien der Kriegsführung, in Kapazitäten ausgedrückt. Auf diese Weise war ein Torpedo kleiner und weniger komplex als das U-Boot, für dessen Zerstörung er konstruiert war; er war aber gleich hinsichtlich *technologischer Herkunft*.

Ein einfaches Gerät konnte geschickt auf dem gleichen Niveau hergestellt werden wie ein komplizierteres, viel stärkeres Gerät. Es konnte gegen die größere Macht wirksam sein, seine Anwendung verhindern oder es vernichten.

Einem überlegenen Gegner stellte man sich am besten nicht direkt oder überhaupt nicht (obwohl es hier keine Wahl gab; sie müßten gegen eine solche Macht losstürmen wie eine Motte gegen ein Glasfenster sofern notwendig, mit Hingabe, aber völlig verständnislos). Aber der überlegene Gegner könnte vielleicht gar kein Gegner sein – so wie eine übernatürliche Macht, eine gottgleiche Potenz, welche die sorgfältigste Planung und den am besten koordinierten Angriff wie die Launen eines Kindes hinwegwischen konnte.

Indessen bestanden die Mütter darauf – und Theodore stimmte ihnen zu –, daß die Konfrontation mit einem technisch überlegenen Gegner nicht unbedingt töricht wäre. Man denke an die Ermordung von Captain Cook.

Die Taktik des Umgangs mit Überlegenheit bestand weitgehend in Schweigen und Zermürbung, wie bei einem infizierten Floh, der in die Kleider eines Menschen kriecht, um dort eine Seuche zu verbreiten. Die Macher und Tuer könnten als Bazillen wirken.

Aber Martin wurde immer wieder durch Theodores Schriften daran erinnert, daß alle von ihnen angestellten Vergleiche – selbst der Vergleich mit Cooks Ermordung – trügerisch waren.

Es war möglich, daß der überlegene Gegner jede ihrer Waffen zunichte machen oder ihr entrinnen konnte.

Martin schloß die Augen und versuchte, seine Frustration zu unterdrücken. Es würde nie genug Information geben. Und er – Martin – würde nie genügend vorbereitet sein.

Die *Dämmerungsgleiter* benutzte jede ihr zur Verfügung stehende Information, um die langen Tage im Raum zu verbringen und ihre Treibstoffvorräte zu sparen in Vorbereitung auf die Schlacht. Martin führte die Kinder wieder aus dem Schiff heraus und hatte diesmal das Gefühl, sie wären besser vorbereitet. Er hatte einen besonders widerlichen Gegner konstruiert, einen, den Theodore vor Jahren vorgeschlagen hatte.

Martin blieb im Schiff und dirigierte die Bemühungen seines Feindes zusammen mit zwei anderen – Harpal Timechaser und Stephanie Wing Feather.

Draußen führten vierzig Kinder ihre Flugzeuge um die *Dämmerungsgleiter* herum und bereiteten sich für den Eintritt in ein simuliertes System vor, das dem von Wormwood sehr ähnlich gestaltet war.

Die fünf unbekannten Massen um den gelben Stern waren in Martins Plan versteckte Verteidigungsposten; und Theodores Gegner, rein maschinelle Intelligenzen, die längst an die Stelle ihrer biologischen Schöpfer getreten waren, hatten das Kommando.

Martin beobachtete, wie das Szenarium von sich aus ablief.

Planeten fanden ihr Ende in komprimierter Zeit. Ihre Oberflächen waren geschmolzene Schlacke, und die meisten Kinder überlebten. Die *Hase*, dargestellt durch die noch intakte *Dämmerungsgleiter*, kam mit minimalem Schaden davon.

Das am weitesten verschlagene Vehikel kam fünfzehn Minuten nach dem Ende der Simulation herein.

Die Kinder versammelten sich in der Cafeteria der ersten Heimkugel und analysierten ihre Leistungen unter Aufsicht von Martin und Hans. Die Selbstkritik floß gleichmäßig dahin ohne Verletzung von Gefühlen; und Martin fühlte, wie sich die Teams, die zur Übung ausgezogen waren, zusammenfügten.

Danach aßen sie und lauschten einer von Joe Flatworm und Kees North Sea gespielten Musik – rauher, flotter Volksmusik aus der Ukraine und Tennessee, die durch die Extraschwere kaum verlangsamt wurde.

Ihre Körper waren kräftiger und stämmiger geworden. Man brauchte nicht zu fragen, ob die Mütter dafür verantwortlich waren.

Die Vorführung dauerte weniger als eine halbe Stunde. Danach ruhten sie aus. Martin in Theresas Quartier in der schweren Dunkelheit. Er blickte an die Decke und ließ im Geist die Ereignisse des Tages vorbeiziehen.

Er schlief friedlich ohne Träume.

In zwei Tagen würde das freie Driften wieder aufgenommen werden. Fünf Tage bis zur Passage durch das vorgeburtliche Material.

Martin trainierte im zweiten Hals. Er kletterte längs der Leiterfelder, anstatt sich von ihnen auf und ab ziehen zu lassen. So kroch er fast die ganze Distanz von der zweiten zur dritten Heimkugel und genoß die Anstrengung, an die Schwere fast gewöhnt, als er plötzlich schwach und weit entfernt das durch die Gestalten im Wurmraum in gespenstische Echos zerteilte Schreien hörte.

Theresa war in der dritten Heimkugel über ihm und übte privat in einem Bombenschiff. Sie kam schnell auf einem Feld herunter, hielt neben ihm an und lauschte mit gerunzelter Stirn. »Hast du das gehört?« fragte sie.

Er nickte und hoffte, daß es nichts Ernstes wäre. Aber es klang schrecklich, und noch schrecklicher, weil es verzerrt war. Und sie waren die Verzerrungen von Stimmen in den Hälsen gewohnt.

Sekundenlang nichts. Dann ein kaum hörbares schrilles Geräusch. Besorgte Stimmen von zwei oder drei Personen, die bemüht waren zu trösten.

Sie kamen rasch herunter. Leitern beförderten sie zur zweiten Heimkugel.

Im Hauptkorridor fanden sie Rosa Sequoia, die weinte, umgeben von fünf anderen, zwei Wendys und drei Verlorenen Jungen. Ihr breites, starkes Gesicht war von Tränen benetzt. Rosa konnte nur ein paar Worte stammeln.

»Wir haben nichts gesehen«, sagte Min Gio Monsoon und klopfte sie auf die Schulter. »In den Gängen ist nichts!«

»Was ist los?« fragte Martin.

»Rosa hat etwas gesehen«, erklärte Kees North Sea mit verkniffenem Gesicht und unruhigen Augen. »Sie ist vor Angst von Sinnen.«

»Was hast du gesehen?« fragte Theresa und rückte näher an Rosa heran. Die krümmte sich noch enger auf den Knien zusammen. Ihre Gestalt bildete ein rundes Hindernis im Korridor.

»Rosa, hör auf!« sagte Martin in scharfem Ton. »Bitte, nimm dich zusammen!« Sie hatte draußen ein Schiff gesteuert und bei den Übungen gut abgeschnitten. Er hatte gedacht, daß sie zurechtkäme. Jetzt war er verwirrt und schämte sich dessen. *Weiß sie nicht, daß sie es für uns schwieriger macht?*

Aber darauf kam es sicher nicht an, und er gab sein Mißfallen über ihre Schwäche auf. Er kniete sich neben sie und berührte ihre feuchte Wange.

»Nein!« schrie sie, wollte sich aufrichten und fiel schmerzhaft wieder auf den Arm. Sie sah so unbeholfen aus, so jämmerlich überreizt, daß Martins Ärger fast zu schnell hochkam, als daß er ihn hätte verhehlen können. Sie sagte: »Ihr habt nichts gesehen. Ihr werdet mir nicht glauben... Aber ich habe es gesehen!«

»Was *hast* du gesehen?« fragte Martin mit zusammengebissenen Zähnen.

»Etwas Großes und Dunkles. Es war keine Mutter.«

Martin blickte auf. Seine Schultern und der Hals spannten sich, weniger wegen Rosas Äußerung als durch eine Intuition, daß etwas völlig schiefginge und er es nicht anhalten konnte.

Sie sagte: »Ich habe noch nie etwas Derartiges gesehen.«

»Hat es etwas getan?« fragte Theresa. Martin zuckte innerlich zusammen bei ihrer indirekten Bestätigung, daß da etwas gewesen sein könnte.

»Es hat mich angestarrt... denke ich. Es hatte aber keine Augen. Es hat Spuren hinterlassen.«

»Wo?«

Rosa erhob sich, wischte sich die Augen, nahm die Schultern zurück und stand aufgerichtet da. Sie entschuldigte sich mit kaum hörbarer Stimme: »Ich war im C-Flügel... Die Lichter waren gedämpft. Ich weiß nicht, warum.«

»Die Lichter im C-Flügel sind immer gedämpft«, sagte Martin. »Niemand wohnt dort.«

»Auf diesem Weg komme ich hierher«, sagte Rosa und schaute ihn vorwurfsvoll an. *Sie vermeidet die Stelle, wo sie Theresa und mich beim Liebesspiel gesehen hat.* »Es war im Dunkeln. Ich war nur da, saß oder stand. Ich weiß nicht. Ich habe nie etwas Derartiges gesehen.«

»Zeig es uns!« sagte Martin. Er wandte sich an die Kinder, die sich inzwischen um sie versammelt hatten, und sagte: »Ich werde mich darum kümmern.«

»Wir möchten gern helfen«, sagte Anna Gray Wolf eifrig. Irgend etwas Ungewöhnliches zog sie an, zog sie alle an. Sie starrte Rosa eulenhaft an.

»Es ist okay«, erklärte Martin. »Theresa und ich werden das übernehmen.« *Falls sie zweifeln, wird der männliche Effekt genügen.*

Die Kinder gingen auseinander, und Martin ergriff Rosa am Ellbogen.

»Du glaubst mir nicht, daß ich etwas gesehen habe?« fragte Rosa, als er sie durch die Halle zu dem leeren C-Flügel führte.

»Ich weiß nicht, was du gesehen hast«, erwiderte er. Dann, bemüht einen Scherz zu machen: »Vielleicht hast du eine Mutter ohne Make-up gesehen.«

Rosa sah ihn vorwurfsvoll und bekümmert an. Dann richtete sie sich auf und zeigte auf die Stelle des Gangs, wo sie die Gestalt gesehen hatte. Martin ordnete an, den Gang zu erleuchten. Er fragte sich, warum Rosa das nicht schon getan hatte. Er prüfte die Wände. Nie schmutzig, nie staubig, denn die Wände säuberten sich im Schiff des Gesetzes selbst. Das hielten die Kinder für selbstverständlich. Die Wände zeigten keine Spuren.

Rosa sagte: »Ich habe etwas vorbeistreifen sehen, als ich hier durchkam.«

»Es war dunkel«, sagte Martin.

Rosa fing verzweifelt wieder an zu weinen.

Er sagte: »Du hättest die Lichter anmachen sollen und sehen, was es sein könnte.«

»Wir glauben dir schon«, sagte Theresa, hielt Rosas Schulter fest und massierte sie mit den Fingern. »Aber warum hast du kein Licht gemacht?«

»Ich hatte Angst! Ich wollte es nicht sehen, was immer es sein mochte ... Ich wollte nicht, daß es mich sähe.«

»Wie groß war es?« fragte Martin. *Gefährlich, gefährlich.*

Rosa streckte den Arm zur Decke. »Es füllte diesen Teil des Gangs.« Der Gang war zwei Meter breit und mit blauen Kreisen markiert, wo man sich Wohnungen ausgesucht hatte und vom Schiff auf Verlangen Türen gemacht worden waren.

Das ganze Schiff hatte sich völlig auf Verlangsamung eingestellt. Die Kreise, welche einst Türen in Decke und Boden bezeichnet hatten, waren vom Schiff absorbiert worden. Nur Kreise an den Wänden gab es noch. Vielleicht hatte Rosa irgendeine Funktion des Schiffs falsch verstanden oder etwas gesehen, das niemand sonst bemerkt hatte.

Martin versuchte das diplomatisch auszudrücken. »Das Schiff macht gewöhnlich sauber oder verändert sich, wenn wir nicht hinsehen. Vielleicht hat es durch Zufall erlaubt, daß du etwas gesehen hast.«

»Es war kein Teil des Schiffs ... Ich glaube nicht, daß es das war«, sagte Rosa. Sie hatte ihren hysterischen Ton verloren. Ihr Gesicht wirkte jetzt ruhiger, und sie schien bereit zu kooperieren und ihnen zu helfen, das Geheimnis zu lösen.

Theresa fragte: »War es Metall oder etwas anderes?«

»Es war wie ein Schatten. Ich habe keine Details gesehen. Ich weiß nicht, was es gewesen sein könnte. Es erschien mir lebendig.« Rosa verschränkte die Arme.

Martin sah sie noch vor sich, wie sie gewesen war, als die Reise anfing: sechzehn Jahre alt und noch nicht voll erwachsen, schlanker, von einer derben Attraktivität, die jetzt zu einer verwundbaren Fülle geworden war. Er fragte sich wieder, warum die Mütter sie erwählt hatten. Sie hatten so viele andere abgelehnt, viele, die Martin für eine gute Wahl gehalten hatte. Sie schluckte hart und blickte mit ihren großen schwarzen Augen immer verlorener. »Vielleicht war es ein Teil des Schiffs. Vielleicht gehört es nicht hierher.«

»Stop!« sagte Theresa streng. Martin war ihr dankbar, daß sie einen kritischen Tonfall benutzte, den er sich nicht anzuschlagen getraute. »Wir sollten jetzt zu Folgerungen kommen.«

»Ich habe es gesehen«, sagte Rosa mit ablehnender Sturheit.

»Das stellen wir nicht in Frage«, versicherte Theresa, obwohl Martin wie sie vom Gegenteil überzeugt war. »Wir haben jüngst alle unter Stress gestanden, und ...«

Rosa zog sich wieder in ihr Inneres zurück.

Sie sagte: »Ich habe es gesehen. Ich denke, das könnte wichtig sein.«

»Gut«, erwiderte Martin. »Aber vorerst und bis wir mehr wissen, möchte ich, daß hierüber nicht gesprochen wird.«

»Aber warum denn?« fragte Rosa. Martin erkannte nun ihr Problem deutlicher. Sie würde auf seine nächste Bitte nicht gut reagieren; aber er sah keinen Weg, der daran vorbei führte.

»Bitte, sprich nicht darüber«, bat er.

Rosa kniff die Lippen zusammen, machte Augen, die zu Schlitzen verengt waren, und ein trotziges Gesicht. Aber sie sagte nichts mehr. Dann fragte sie wie ein kleines Mädchen, das Klassenzimmer verlassen zu dürfen: »Kann ich gehen?«

Martin sagte: »Du kannst gehen.« Rosa ging durch den Gang zum Zentralkorridor, ohne zurückzublicken.

Martin holte tief Luft, hielt den Atem an und beobachtete sie wie ein Ziel. Dann atmete er aus, als sie zu weit entfernt war, um das zu hören.

»Mein Gott!«

»Nein, das denke ich nicht«, sage Theresa. Sie grinste. Martin befühlte noch einmal die Wände, als ob dort noch ein Kennzeichen geblieben wäre, eine Spur von Rosas Schatten.

»Ich glaube nicht, daß dort wirklich etwas war«, sagte er und bemühte sich, sehr vernünftig und vorsichtig zu wirken.

»Natürlich nicht«, sagte Theresa.

»Aber wir sollten nicht *allzu* sicher sein«, bemerkte er ohne Überzeugung.

»Du meinst, sie ist… Wir wollen nicht sagen hysterisch«, sagte Theresa. »Dies Wort hat die falschen sexuellen Nebenbedeutungen. Sagen wir: überanstrengt. Sie hat sich in etwas hineingesteigert. Ist es das, was du meinst? Sei kein Heuchler, Martin! Nicht mit mir.«

Martin schnitt eine Grimasse. »Wenn ich sagte, was ich denke, könnten wir beide zu falschen Schlußfolgerungen kommen. Es gibt Hinweise, ist aber nicht sicher. Vielleicht hat sie einen Lichteffekt gesehen. Etwas, von dem wir nichts wissen.«

»Frag die Kriegsmutter!« schlug Theresa vor.

Das war ein naheliegender erster Schritt. Er sagte: »Rosa sollte fragen. Sie glaubte etwas gesehen zu haben. Sie soll es tun.«

Theresa drückte ihre beiden Zeigefinger aneinander und bog sie zurück, bis sie senkrecht zum Gelenk standen – eine gelegentliche Geste, die Martin faszinierte. »Eine gute Idee. glaubst du, daß sie Ruhe bewahren wird?«

»Sie hat nicht viele gute Freunde.«

»Armer Martin! Du liegst auch auf der Lauer.«

Martin nahm die Hände von den unmarkierten Wänden. »Stimmt«, sagte er.

»Vielleicht Ariel ...«, sagte Theresa. »Sie scheint die einzige Freundin zu sein, die Rosa hat.«

»Wir sind alle Freunde«, sagte Martin.

»Du weißt, was ich meine. Stell dich nicht so dumm!«

Theresa wurde, je länger ihre gemeinsame Zeit währte, immer kritischer und kritischer, aber auf eine sanfte Art, die Martin zu gefallen begann.

Es gab Dinge, die er nicht direkt aussprechen konnte, auch nicht vor Theresa. Eine wachsende Angst. *Rosa drückt es auf ihre Weise aus. Ich wünschte fast, ich könnte ebenso direkt sein.*

In dem zentralen Licht des Schulzimmers betrachtete die Kriegsmutter Martins Bericht. Sie waren in dem großen Raum allein. Martin stand, und die Mutter schwebte, beide in einem hellen Lichtstrahl. Die Türen waren geschlossen. Niemand sonst konnte sie hören. Rosa hatte sich geweigert, zur Kriegsmutter zu gehen, und schien wegen der diesbezüglichen Bitte gekränkt zu sein. Und unvermeidlicherweise hatte sich die Kunde von ihrem Erlebnis verbreitet.

Die Kriegsmutter sagte: »In dem Schiff ist kein solches Phänomen bemerkt worden.«

»Rosa hat also nichts gesehen?«

»Was sie sah, tritt für unsere Sinne nicht in Erscheinung«, sagte die Kriegsmutter.

»Ist es möglich, daß wir an Bord des Schiffs etwas sehen könnten, etwas von objektiver Realität, das ihr nicht bemerken würdet?«

»Die Möglichkeit liegt sehr fern.«

»Dann ist es ein psychologisches Problem«, sagte Martin. *Und daran wollt oder könnt ihr nichts tun.*

»Es ist deine Sache, zu entscheiden.«

Martin nickte, weniger erregt durch eine solche Haltung, als er es vor ein paar Wochen noch gewesen wäre. Anstelle eine Schnittstelle mit dem Schiff zu liefern, taten die Mütter jetzt wenig. Er konnte direkte Anweisungen erlassen, direkte Antworten fordern; aber kritische Urteile von ihren früheren Lehrern gab es nicht. Das war Unabhängigkeit und Verantwortung.

»Der Stress ist gewaltig. Wir trainieren tagein, tagaus. Die Übungen gehen gut voran, und jeder tut seinen Job. Niemand fehlt mehr, nicht einmal Rosa. Aber mir gefällt nicht, wie die Kinder auf das reagiert haben, was Rosa … gesehen haben will. Eine Vision. Sie waren fasziniert davon.«

Die Kriegsmutter sagte nichts.

»Es hat seither nicht viel Gerede gegeben, aber es macht mir Sorge.«

Die Kriegsmutter erwiderte nichts. Martin schaute auf die schwarze und die weiße Farbe auf ihrem Nicht-Gesicht. Er wollte hinlangen, wenigstens einmal, tat es aber nicht.

Die zehnte Schiffstrennungs-Übung ging glatt wie der erste. Im Bug projizierte Martin das Schema der Vorbereitungen zur Behandlung der *Dämmerungsgleiter*. Paola, Hans und Joe rückten näher heran, um es von seinem Handy aus zu beobachten, was irgendwie spezieller war, als es durch ihr eigenes Gerät zu sehen.

Das Bild der sich verändernden *Dämmerungsgleiter* ragte im Korridor empor, ein lebendiger Geist in drei Dimensionen. Das Schiff hatte sich zusammengezogen. Die Hälse waren kürzer geworden, Heck und Bug stumpfe Knubbel; Einbuchtungen schnitten in die zweite Heimkugel ein wie bei den Zellteilungen einer Keimblase. Auch die dritte Heimkugel zeigte Vertiefungen. Eine beschriftete Portion des zweiten Halses war mit einer Orangenscheibe der zweiten Heimkugel verbunden.

Die Triebwerke würden in zwei Einheiten zerlegt werden, deren Größen proportional zu *Schildkröte* und *Hase* waren. Die *Hase* war etwa doppelt so groß wie die

Schildkröte. Diese beanspruchte den größten Teil der zweiten Heimkugel und den verkürzten Hals dazwischen.

In dem Bild leuchteten neue Schotts vor dem allgemeinen Grün auf. Sie breiteten sich aus wie Wachs in warmem Wasser, bis die Einheiten vollständig konfiguriert waren und bereit zur Trennung.

Martin sagte: »Statusanzeige!« Die Trennungen schmolzen weg, die Hälse wurden länger, und die Heimkugeln wurden wieder rund. Von der dritten Heimkugel gingen wie Barthaare Magnetfelder aus. Innere Linien des Schöpffeldes glühten rot um den Bug herum.

»Sieht gut aus«, sagte Hans. »Wann willst du zur endgültigen Strategie übergehen?«

»Das Suchteam hat uns noch mehr zu zeigen. Wir werden es anhören. Dann werden du, ihr und die Exbosse ein Palaver abhalten.«

»Palaver«, sagte Paola und lächelte Hans ebenso.

Martin war erfreut, daß wieder eine gewisse Begeisterung aufkam.

Rosa Sequoia hatte ihre letzten Dienste makellos versehen; und es wurde nicht mehr viel über das geredet, was sie gesehen hatte. Der Vorfall schien ihr peinlich geworden zu sein, und sie antwortete nicht auf Fragen der Kinder.

Das Gesicht von Hakim Hadj zeigte weniger heitere Ruhe als sonst, und sein Verhalten war weniger höflich, wenn auch kaum schroff. Er sah müde aus. Er schien mindestens leicht gereizt zu sein, vielleicht durch einen kleinen Juckreiz, an den er nicht herankommen konnte. Der transparente Bug der *Dämmerungsgleiter* zeigte jetzt Sterne anstatt abgrundtiefer Finsternis. Der Raum war dicht gefüllt von Projektionen, die über Simulationen und Karten gestapelt waren, welche ihrerseits über Neongeschreibsel lagen.

Hakim und zwei Assistenten, Min Giao und Thorkild Lax, schienen sich in der Konfusion zurechtzufinden. Martin stand im Hintergrund und ließ Hakim auf sich zukommen.

»Wir sind dicht daran, eine Beurteilung abzugeben«, sagte Hakim mit schwarzen rollenden Augen. »Wir werden unsere Fernsonden bald zurückziehen müssen, ehe wir in die Wolke eintreten; aber ich denke, wir werden bis dahin genügend Material haben. Unsere Information über das System ist gewaltig, Martin. Ich habe für dich wichtige Details herausgezogen. Du kannst dir die orbitalen Strukturen zwischen den Planeten zwei und drei ansehen. Die sind sehr interessant, scheinen aber nicht aktiv zu sein, vielleicht unbewohnt. Wir haben immer noch keinen Hinweis darauf, was die fünf inneren Massen sind.«

»Kraftwerke in der Nähe?« schlug Martin vor.

Hakim lächelte höflich. »Es könnten Reserven umgewandelter Antimaterie sein. Wenn ja, sind sie stark abgeschirmt. Sie sind praktisch unsichtbar. Sie reflektieren weniger als Kohlenstaub und senden keine Strahlung aus. Das wäre wenig sinnvoll, wenn sie irgendwelche Vorräte darstellen.«

»Was ist deine beste Theorie?« fragte Martin.

»Ich postuliere nichts«, sagte Hakim ruhig. »Das Unbekannte macht mir Sorgen, besonders wenn es so auffällig ist.«

»Zugegeben.«

Hakim fuhr fort und rückte aus dem Stapel der Projektionen Simulationen der Oberflächen der inneren Planeten näher an Martin heran Er tadelte Thorkild und Min Giao für ihre Beiträge zu dem Durcheinander, aber sie ignorierten ihn und machten weiter, indem sie noch mehr Projektionen, Listen, Tabellen und Simulationen hinzufügten, die blinkten, aufblitzten und sich in wohltuend stummen Darstellungen bewegten.

»Diese Welten sind nicht sehr aktiv, selbst für eine

stille und fortgeschrittene Zivilisation. Seismische oder andere Geräusche durch die Krusten sind minimal. Der Planet wirkt alt. Keine nennenswerten Aktivitäten unter dem Boden, natürlich oder unnatürlich. Solche Bewegungen würden Vibrationen durch Setzung der Kruste erzeugen. Es sind also auch keine die Planeten verändernden Arbeiten im Gange, Martin. Vielleicht sind sie damit schon vor Jahrtausenden fertig geworden.«

»Fahr fort!« sagte Martin.

»Strahlungsfluß von den Planeten überschreitet keine erwarteten natürlichen Stärken. Beide mineralischen inneren Welten sind entweder tot oder im Ruhezustand. Das deutet vielleicht auf eine Zivilisation im Dauerzustand hin, bei der alle Aktivitäten auf Informationsübertragung durch stille Verbindungen oder durch Handys wie bei uns beschränkt ist.«

»Keine physischen Körper? Nichts Organisches?« fragte Martin.

»Nichts Sichtbares. Wenn es organische Wesen unter der Oberfläche gibt, so produzieren sie keine Spuren auf der Oberfläche selbst, und das ist seltsam. Aus dieser Distanz könnte uns extrem leichte organische Aktivität entgehen, aber nach den teleskopischen Bildern zu urteilen... Hier.« Er ließ eine Projektion erscheinen und lächelte, als das Bild schwankte. »Mein Handy macht Überstunden. Thorkild, mach bitte einige Kapazität frei oder schließe es an die Systeme der Mütter an!«

Thorkild, versunken in Muttimathe und Graphiken, schaute hoch. Einige Bildaggregate wurden schwächer oder gingen aus.

Der zweite Planet rotierte einmal alle dreihundertundzwei Stunden, die Oberflächentemperatur betrug hundertsiebzig Grad Celsius, die Albedo war 0, 7, die Farbe hellgrau und bräunlich. Es gab natürlich keine Ozeane. Die dünne Atmosphäre bestand größtenteils aus Kohlendioxid und Stickstoff. Kein Sauerstoff und keine geologische Aktivität. Die Gebirgsketten waren alt und zeigten keine jungen Ergänzungen und keine sichtbaren Strukturen von mehr als hundert Metern Größe. Oder auch keine Gebilde von mehr als zehn Metern Höhe ...

»Danke«, sagte Martin und unterdrückte heftig seinen Enthusiasmus. »Beide innere Planeten sind ruhig.«

Hakim sagte: »Ich schlage vor, wir nennen in biblischem Stil den inneren Planeten Nebukadnezar, den zweiten Ramses und den dritten Herodes.«

Martin zog ein Gesicht. »Findest du das nicht ein bißchen voreingenommen?«

»Es war nur ein Vorschlag«, sagte Hakim. Seine Züge erhellten sich. »O ja, ich sehe, worauf du hinaus willst. Herodes hat die Erstgeborenen getötet... Nebukadnezar hat den ersten Tempel in Jerusalem zerstört... Ich verstehe.«

»Ich habe nichts gegen diese Namen«, erklärte Martin.

»Gut!« Hakim schien erfreut zu sein. »Ramses ... der nächste mineralische Planet, zweiter nach außen hin, ist wie dies ...« Er holte eine andere Tabelle hervor und ging sie durch. »Dem ersten ähnlich, aber kühler – minus fünf Grad Celsius Durchschnittstemperatur, Albedo 0, 7, Atmosphäre ohne Sauerstoff oder Wasserdampf. Keine seismische Aktivität, alte Gebirge – alte Welten.«

»Sie könnten verlassen sein.«

»Das nehmen wir nicht an. Der stärkste Hinweis auf anhaltende künstliche Einwirkung liegt in ihren Temperaturen gegenüber ihren Entfernungen von Wormwood und der Zusammensetzung ihrer Atmosphären. Es handelt sich um aktiv kontrollierte Milieus; aber durch welche Art von Organismen oder Mechanismen – falls überhaupt –, kann ich nicht sagen.«

»Sehr kleine Maschinen«, grübelte Martin.

Hakim nickte. »Das ist natürlich schwer festzustellen. Falls es sie gibt, ist ihr Werk von der Oberfläche isoliert.«

»Aber die Welten *sind* aktiv.«

»Aktiv, gewiß, aber sie können, wenn überhaupt, nur sehr wenige physische Bewohner, lebende Kreaturen beherbergen. Die Mütter lehren uns, daß viele Zivilisationen ihre Präsenz auf Informationsmatrizen beschränken, ihre physischen Gestalten aufgeben und als reine Mentalität leben.«

»Ungefähr die Hälfte aller fortgeschrittenen Zivilisationen ...«, erinnerte sich Martin und fuhr sich mit der Hand über die Wange.

»Ja. Das könnte hier der Fall sein.«

Vielleicht sind sie zu Geistern geworden. Martin schauderte es bei dem Gedanken, die physische Form aufzugeben, das Leben für immer in neutraler Simulation zu verbringen. Was würde man dadurch gewinnen? Ein niedriges Profil, eine Art von Unsterblichkeit – aber keine Notwendigkeit, die Systeme physisch zu kolonialisieren, die sie für künftigen Gebrauch ›sterilisiert‹ hatten. »Du sagtest, wir könnten uns fast ein Urteil bilden.«

Hakims Gesicht erhellte sich. »Martin, ich habe Spaß gemacht. Ich habe das Beste bis zuletzt aufgehoben. Das ist sehr gut. Aber du mußt urteilen.«

Er zeigte eine Reihe von Tabellen über Trümmer, die zwischen fünfzig und siebenhundert Millionen Kilometern über die Ekliptik von Wormwood verteilt waren. »Staub und größere Partikeln, die vom Stern erhitzt wurden, chemische Reaktionen, die durch den schwachen stellaren Wind angeregt wurden, der hindurchgeht ... Sehr interessant.«

Der Staub und die Trümmer deuteten auf intensive industrielle Aktivität im Weltraum in der Vergangenheit des Systems. Viele der Trümmer bestanden aus einfachem Abfall – mineralischem Material ohne alle

Metalle und flüchtigen Bestandteile, aber reich an Silikaten.

Bei Produktionsprozessen durch Formen und Bearbeiten mischten sich unvermeidlich Spurenelemente in den Staub und reflektierten noch genauer als im Spektrum von Wormwood selbst die Proportionen von Spurenelementen in den Killermaschinen.

Martin sagte: »Das ist mehr als ein enges Zusammentreffen.«

Hakim hob aufgeregt eine Augenbraue.

»Es ist exakt«, sagte Martin.

»Nahezu«, bestätigte Hakim.

»Sie haben die Killermaschinen in der Umgebung von Wormwood hergestellt.«

»Vielleicht auch bei Leviathan. Wir sind nicht nahe genug, um das zu beurteilen.«

»Aber bestimmt hier.«

»Das Beweismaterial ist zwingend.«

Martins Haut erwärmte sich, und seine Augen wurden feucht – eine Reaktion, die er bisher nur selten erlebt hatte und keiner besonderen Emotion zuschreiben konnte. Vielleicht kam sie aus einem Komplex von Gefühlen, die so tief saßen, daß er sie nicht bewußt wahrnehmen konnte.

»Keine Verteidigungseinrichtungen?«

»Keine«, sagte Hakim. »Keine Anzeichen von Abwehr auf der Oberfläche der inneren Welten. Der ausgebeutete Gasriese zeigt noch weniger Aktivität, ein großer Klumpen von kaltem Abraum und mineralischen Trümmern mit einer dünnen Heliumatmosphäre, festem Kohlendioxid, Brom und wenigen Kohlenwasserstoffen. Hier ist eine Liste.«

»Wo sind die flüchtigen Substanzen geblieben?« fragte Martin. Auf der Liste fehlten Wasserstoff, Methan und Ammoniak. Der dünne Hauch von Helium war so diffus, daß er nutzlos war. *Kein Herunterstoßen, um Treibstoff aufzuschöpfen, wie Robin Hood sich aus einem Baum schwang, um eine Geldbörse zu schnappen.*

»Eine gute Frage, aber ich kann genau wie du nur Vermutungen anstellen. Der Stern ist gut über sechs Milliarden Jahre alt. Die flüchtigen Bestandteile hätten bei der Geburt verlorengehen können, während die äußeren Welten entsprechend dünnere Atmosphärenhüllen bekamen. Aber das wäre ungewöhnlich für einen gelben Zwerg in dieser Umgebung.«

»Selbst in einer vielfachen Gruppe?«

Hakim nickte. »Selbst dann. Die flüchtigen Stoffe könnten als Treibstoff für frühen interstellaren Verkehr in der Gruppe gedient haben. Die vorgeburtliche Wolke ist auch sehr arm an flüchtigen Stoffen, mußt du bedenken. Oder ...«

Martin blickte auf.

»Das meiste hätte in Anti-M umgewandelt sein können, um Killersonden herzustellen.«

»Das wären sehr viele Sonden«, sagte Martin.

Hakim stimmte zu. »Milliarden, aufgetankt und in die stellare Nachbarschaft ausgesandt. Die Ausbeutung der äußeren Wolke, der Kometen, der Eismonde, des Gasriesen, von allem ... Man könnte vielleicht sagen, eine massive und boshafte Kampagne mit großen Risiken und hohem Aufwand. Der logischerweise eine Welle von stellarer Erkundung und Kolonisation folgen mußte.«

»Aber wir sehen keine bewohnten Systeme jenseits der Gruppe ... Eine solche Kampagne zu beginnen, würde nicht sinnvoll sein, wenn man sie nicht weiter verfolgt.«

»Ah!« Hakim hob einen Finger. »Jahrhunderte mußten vergehen, während sie darauf warteten, daß die Sonden ihre Arbeit verrichteten. Wie, wenn die Zivilisation sich inzwischen verändert?«

Martin meinte: »Es scheint sicher, daß sich einiges verändert hat.«

»Vielleicht eine Veränderung des Herzens oder eine plötzliche Furcht vor dem Haß anderer Zivilisationen. Feigheit. Viele Möglichkeiten.«

»Welcher Prozentsatz umgewandelter flüchtiger Stoffe könnte in den fünf Massen gespeichert sein?«

»Ein winziger Teil der gesamten geschätzten Gase, die das System verloren hat«, sagte Hakim. »Wir sind uns der Größe nicht sicher, aber eine jede Masse scheint mehrere tausend Kilometer Durchmesser zu haben. Damit käme Neutronium nicht in Betracht, falls die Dichten gleichmäßig sind.«

Thorkild Lax warf ein: »Ich beende gerade die Arbeit an der äußeren Wolke, und Min Giao wiederholt unsere Arbeit über den inneren Staub und Schutt.«

»Staub und Schutt... Wie lange würde es dauern, das meiste davon aus dem System hinauszustoßen?«

»Das würde nicht geschehen«, erwiderte Thorklid. »Die meisten Staubkörner und größeren Trümmer sind zu groß, um durch Strahlung ausgestoßen werden zu können. Bedenkt, daß der stellare Wind durch die Pole von oben nach außen kanalisiert wurde.«

»Ein gutes Argument«, sagte Hakim.

»Wieviel Zeit braucht ihr noch?«

»Einen Tag?« fragte Hakim seine Kollegen.

»Ich muß eine Pause machen«, sagte Min Giao. »Meine Muttimathe verschwindet jetzt.«

»Anderthalb Tage«, sagte Hakim.

»Fein!« erklärte Martin.

Sie würden nach drei Tagen in das vorgeburtliche Material eintreten. Sie würden ihre Entscheidung treffen. Martin zweifelte nicht, wie sich die Kinder entscheiden würden. Die *Dämmerungsgleiter* würde sich genau jenseits der diffusen inneren Grenze der Wolken aufteilen. Die *Schildkröte* würde unmittelbar nach der Trennung mit der Schnellbremsung beginnen.

Sie konnten ihre Waffen verteilen, das Gesetz vollstrecken, und die *Hase* würde außerhalb des Systems sein, ehe irgendeine Verteidigung herankommen könnte.

Die zweite Stufe der Verzögerung ging zu Ende. Martin fühlte, wie sein stärkerer Körper plötzlich frei wurde wie eine voll geladene Batterie. Einige Kinder fühlten sich ein paar Stunden leicht übel, aber das ging vorüber.

Jennifer Hyacinth war eine schlanke, redselige Frau, die auf Martin bei ihrer ersten Begegnung keinen Eindruck gemacht hatte. Mit dreieckigem Gesicht, weder hübsch noch unangenehm anzuschauen, mit verkniffenen Augen und der Gewohnheit zu blinzeln, wenn man mit ihr sprach, als ob sie gekränkt würde. Mit dünnen Armen und breitem Brustkorb. Die Brüste saßen auf den Rippen wie ein nachträglicher Einfall. Jennifer hatte allmählich Martins Respekt gewonnen durch die ausgefallenen und scharfen Beobachtungen, die sie über das Leben auf dem Schiff machte, und ihre Bereitschaft, sich für Jobs zu melden, die andere nicht mochten, und vor allem durch ihre außergewöhnliche Beherrschung von Muttimathe.

Wie Ariel vertraute Jennifer Hyacinth den Müttern nicht mehr, als sie mußte, wenn sie mit ihnen arbeitete oder in einer von ihnen geschaffenen Umgebung leben mußte. Aber sie hatte dieses Mißtrauen auf eine Art geistiger Guerilla-Aktion konzentriert, indem sie ihren Kopf benutzte, um Einsicht in solche Dinge zu gewinnen, welche die Mütter den Kindern nicht sagten.

Martin fügte ihre Bitte, ihn zu sprechen, in eine kurze Reihe von Terminen für die erste Hälfte des nächsten Tages ein und traf sie am frühen Morgen, während Theresa Torustransferdrills für die Piloten der Bombenschiffe organisierte.

Jennifer kam über Leitern in seine Unterkunft in der ersten Heimkugel mit angespanntem Gesicht und sichtlich verlegen.

»Was gibt's?« fragte Martin beiläufig in der Hoffnung, ihr Erleichterung zu geben. Sie machte große Augen, zuckte die Achseln, verengte die Augen wieder, als ob sie eigentlich nichts zu sagen hätte. Sie war verwirrt, weil sie dringend um das Treffen gebeten hatte.

»Jennifer …«, sagte er ungeduldig.

»Ich habe nachgedacht«, platzte sie heraus, als ob er für ihr Unbehagen die Schuld trüge. »Ich habe Muttimathe gemacht und bloß nachgedacht. Ich bin zu einigen Schlußfolgerungen gekommen – eigentlich nicht gerade Schlußfolgerungen, aber doch interessant; und dachte, du würdest sie gern hören … Das hoffte ich wenigstens.«

»Ja, gern«, sagte Martin.

»Sie sind nicht endgültig, aber recht zwingend. Ich denke, du kannst bei den meisten folgen …«

»Ich werde es versuchen.«

»Die Mütter sagen uns nicht alles.«

»Das scheint die allgemeine Meinung zu sein«, sagte Martin.

Sie blinzelte. »Das stimmt. Sie haben uns nicht gesagt, wie sie gewisse Dinge tun – zum Beispiel Materie in Anti-M umwandeln. Oder wie sie gewöhnliche Materien zu Neutronium verdichten. Oder wie sie mit Handy senden ohne eine Möglichkeit des Abfangens.«

»Sie denken anscheinend, daß wir das nicht zu wissen brauchen.«

»Nun, Neugier ist Grund genug.«

»Stimmt«, sagte Martin.

»Ich denke, ich weiß, wie sie manches machen. Nicht, wie sie es wirklich *tun,* aber welche Theorie dahinter steht.« Sie riß die Augen auf, um ihn zu hindern, ihre Bemühungen für trivial zu halten. »Es ist gute Muttimathe. Es ist selbstkonsistent, denke ich. Ich habe sogar etwas davon in formale Mathematik übersetzt.«

»Ich höre.«

Er wußte, daß seine Fähigkeit in Muttimathe gegenüber der von Jennifer dürftig war. Sie war vermutlich die schnellste und einfallsreichste Mathematiker/in auf dem Schiff, gefolgt von Giacomo Sicilia.

»Ich habe einige Dinge zusammengefügt, als ich die Mütter beobachtete. Ich meine die Technologie der Wohltäter. Was sie auf der Erde, auf der Arche und auf dem Mars getan haben. Sie haben Wege, um Materie auf fundamentalem Niveau zu verändern. Das ist natürlich klar, da sie Materie in Anti-M umwandeln können. Ich glaube allerdings *nicht,* daß sie über Raumfaltung verfügen oder Massepunkte durch höhere Dimensionen rotieren lassen können. Das würde auf Reisen mit Überlichtgeschwindigkeit schließen lassen, die sie *anscheinend* nicht haben.«

»Okay«, sagte Martin.

»Die Art, wie Muttimathe strukturiert ist – ich meine die formale Seite, nicht die psychologische –, enthält Zweige der Disziplin, die an menschliche Informationstheorie erinnern. Es gibt ein Argument, wonach die Physik auf die Gesetze zurückgeführt werden kann, welche den Transfer von Information beherrschen. Aber daran habe ich nicht gearbeitet.

Was ich aber getan *habe,* ist, daß ich mir angesehen habe, wie sie Grundlagenphysik in ihrer Drillanweisung behandeln. Wir müssen *gewisse* Dinge wissen, zum Beispiel die Reparatur von Fertigungssystemen der Macher mittels Fernsonden, für den Fall, daß diese in einem Gefecht schwer beschädigt werden. Es ist komisch, aber die *Dämmerungsgleiter* kann sich selbst reparieren, und die Bombenschiffe können das nicht... jedenfalls nicht ohne Fernsonden. Ich vermute, sie wollen nicht, daß Bombenschiffe von selbst losgehen, mutieren...«

»Ja«, sagte Martin in einem Ton, der sie drängte, auf das Hauptthema zurückzukommen.

»Was den Anti-M-Konversionsprozeß angeht, so denke ich, daß sie Wege entwickelt haben, um an die Bit-Struktur einer Partikel heranzukommen, an ihre Selbstinformation. Zu diesem Zweck mußten sie an den sogenannten privilegierten Kanälen herumbasteln. Kanäle ist natürlich nicht das richtige Wort. Ich nenne sie Bänder – aber ...«

Martin sah sie ausdruckslos an.

»Einige radikalere Theoretiker auf der Erde dachten, Raumzeit könnte eine gigantische Computermatrix sein, in der Information momentan über privilegierte Bänder oder Kanäle übertragen wird, und wo Bosonen – Photonen und so weiter – andere Arten von Information mit nicht mehr als Lichtgeschwindigkeit befördern. Baryonen breiten sich nicht aus, wenn das Universum expandiert. Sie sind nur lose mit der Raumzeit verbunden. Aber Bosonen – Photonen und so weiter – sind in mancher Hinsicht streng an die Raumzeit gebunden. Ihre Wellenlängen dehnen sich, wenn das Weltall expandiert Die privilegierten Bänder sind überhaupt nicht an Raumzeit gebunden, und sie befördern gewisse Arten von spezieller Information zwischen Partikeln. Eine Art kosmischer Buchhaltung. Die Wohltäter scheinen zu wissen, wie man Zugang zu diesen Bändern erhält und die von ihnen beförderte Information kontrollieren kann.«

»Ich folge dir noch nicht ganz.«

Jennifer seufzte, hockte sich in der Luft neben Martin hin und hob die Hände, um ihre Erklärung mit Gesten zu unterstützen. »Partikeln müssen gewisse Dinge wissen, wenn ich das Wort in seiner Grundbedeutung benutzen darf. Sie müssen *wissen,* was sie sind – Ladung, Masse, Spin, Strangeness und so weiter – und wo sie sind. Sie müssen auf Information reagieren, die von anderen Partikeln transportiert wird, Information über ihren Charakter und ihre Position. Partikeln sind die fundamentalsten Bearbeiter von Information. Bosonen und die privilegierten Bänder sind die fundamentalen Träger von Information.«

»Na gut«, sagte Martin, obwohl ihm die vollen Implikationen dessen bei weitem nicht klar waren und er keineswegs der Theorie zustimmte.

»Ich denke, die Wohltäter – und wahrscheinlich auch die Planetenkiller – haben Wege gefunden, um die privilegierten Bänder zu kontrollieren. Das ist an sich schon bemerkenswert, weil man annimmt, daß privilegierte Bänder nur für die Partikeln und Bosonen zugänglich sind, für die sie arbeiten. Man könnte sie ebenso gut *verbotene* Bänder nennen. Sie tragen Information über den Zustand einer Partikel, die hilft, daß sich Dinge auf einem Quantenniveau abspielen – Buchhaltung und Hausreinigung sozusagen. Sie müssen Information momentan befördern, weil... nun in manchen Experimenten scheint diese Art von Bilanzierung über große Distanzen augenblicklich zu erfolgen. Die meiste Information kann nicht schneller reisen als das Licht. Nun, diese Art kann das; aber es ist etwas ganz Besonderes, eine Ausnahme von der Regel.

Bosonen reisen mit Lichtgeschwindigkeit. Sie tragen Information über Änderungen in Position, Masse und so weiter, wie ich schon sagte. Wenn man ihre Zustände und ihren Informationsinhalt verändern kann, kann man sie zum *Lügen* bringen. Wenn man die gesamte Information kontrolliert, die von Bosonen und längs der privilegierten Bänder übertragen wird, kann man anderen Partikeln etwas *vorlügen*. Wenn man an der internen Information einer Partikel herumspielt, kann man diese Partikel *verändern*. Ich denke, genau das tun sie, wenn sie Anti-M herstellen.«

»Sie sagen einem Atom einfach, es sei Anti-M?«

Jennifer lächelte strahlend. »Nicht so einfach, aber ich denke, das ist der Kern der Sache. Sie murksen mit privilegierten Bändern herum, spielen gleichzeitig mit den Gedächtnisspeichern riesiger Anzahlen von Partikeln in Atomen und erzeugen Anti-M. Ich habe die Muttimathe …«

»Wie lange würde ich brauchen, um diese zu absorbieren?«

Sie zog die Lippen zusammen. »Du würdest vielleicht drei Zehntagewochen brauchen.«

»Jennifer, ich habe keine Zeit. Aber ich möchte jedenfalls die Aufzeichnung haben …« Ihre Theorie erschien ihm jetzt weniger wichtig. »Klingt aber doch unmöglich.«

Jennifer grinste. »Nicht wahr? Das ist gerade so hübsch. Unter bestimmten Annahmen, die man durch die Muttimathe laufen läßt, *verschwinden* diese Unmöglichkeiten. Es wird ein kohärentes System und hat kolossale Implikationen, von denen ich die meisten nicht verfolgt habe. Zum Beispiel – welches Koordinatensystem würde eine Partikel benutzen? Relative, absolute? Kartesische? Wie viele Achsen? Ich bin sicher, daß es kartesisch sein würde – es könnte es aber auch nicht sein. Und bedenke, die Koordinaten, oder wie auch immer du sie nennen willst, müssen *Selbstbewußtsein* besitzen. Die Partikel muß das sein, was sie ihres Wissens nach ist; und sie muß *dort* sein, *wo* sie ihres Wissens nach ist. Sofern wir nicht vom Beobachter induzierte Phänomene aufrufen, was ich in meiner Muttimathe tue … obwohl das noch nicht zu Ende ist.«

»Wieviel Information muß eine Partikel befördern?« fragte Martin.

»Um sich von jeder anderen Partikel zu unterscheiden durch eine singuläre Partikelsignatur und seinen Zustand, seine Bewegung und so weiter zu kennen … etwa zweihundert Bits.«

Martin blickte kurz zur Seite. Er wurde trotz seiner Müdigkeit interessiert. »Wenn das Universum ein Computer ist, wie ist dann die Hardware?«

»Die Muttimathe verbietet ausdrücklich, für dieses

System eine Matrix anzusetzen. *Es kann keine beschrieben werden*. Es gibt nur die Regeln und die Wechselwirkungen.«

»Es gibt keinen Programmierer?«

»Die Muttimathe sagt darüber nichts. Einfach keine Hardware und keine explizit reale Matrix. Die Matrix gibt es, aber sie ist von dem getrennt, was geschieht. Du bist doch interessiert, nicht wahr?«

Das war er; aber es schien so wenig Zeit zum Nachdenken zu geben, selbst nur über das, was er bedenken und unbedingt planen mußte. »Ich werde mir die Arbeit ansehen, wenn ich kann. Du weißt, ich stecke fest.«

»Ja, aber dies könnte wichtig sein. Wenn wir etwas sehen, das paßt, vielleicht etwas in der Umgebung von Wormwood, etwas Hochtechnisches, das nur Sinn ergibt, wenn ich recht habe, dann können wir ganz neue Ideen einsetzen.«

»Offenbar«, sagte Martin. »Danke!«

Jennifer lächelte strahlend, beugte sich vor und küßte ihn auf die Wange. »Du bist süß, aber ich dachte, du würdest nach etwas fragen ...«

»Was denn?«

»Über den Mofix. Wie wir mit nahen Fahrzeugen und den Fernsonden kommunizieren.«

»Über die privilegierten Bänder?«

Sie schüttelte den Kopf. »Nicht genau. Es gäbe keine Entfernungsbeschränkungen, wenn die Mütter die privilegierten Bänder zum Schwatzen benutzen würden. Bedenke, wir können nicht über zehn Milliarden Kilometer sprechen.«

»Nun ja, wie dann?«

»Indem wir eine Resonanz herstellen. Man kann den Bit oder die Bits verändern, die eine Partikel von der anderen unterscheiden. Die Partikeln scheinen in Resonanz zu stehen, um sich für sehr kurze Zeit anderswo zu befinden. Auf diese Weise könnte man Signale senden. Aber es gibt eine Grenze, wie weit. Ich weiß noch nicht warum, aber ich arbeite daran.«

»Laß mich wissen, wenn du etwas gefunden hast!« sagte Martin.

»Kann ich darüber mit den anderen sprechen? Andere daran arbeiten lassen?«

»Wenn sie Zeit haben«, sagte Martin.

Sie lächelte wieder, machte mitten in der Luft eine feierliche Verbeugung wie ein Taucher und verschwand durch die Tür.

Es gab wenig Zeit für anderes als Arbeit, Drill und Schlaf. Theresa schlief mit ihm; aber sie waren zu müde, um sich davor mehr als einmal zu lieben – viel weniger als früher.

Martin kuschelte sich an sie in der warmen Dunkelheit seiner Wohnung im Netz. Sein schlaffes Glied ruhte zwischen ihren Schenkeln dicht unter den Hinterbacken. Seine klebrige Vorhaut blieb an ihrer Haut haften. Seine Hand lag auf ihrer Hüfte. Er streichelte sie leicht mit den Fingern. Sie lag schon im Schlaf mit flachen und gleichmäßigen Atemzügen. Ihr zerzaustes Haar kitzelte seine Nase. Er zog den Kopf ein paar Zentimeter zurück, öffnete die Augen und sah eine schwache Erinnerung an die Muttimathe, die ihn während der ganzen Zeit beschäftigt hatte, da er draußen die aktiven Teams drillte und betreute. Die persönliche Muttimathe. Was jetzt alle Kinder taten, indem sie ihren Weg zu einem individuellen Urteil suchten, zu der wichtigsten Entscheidung ihres Lebens.

Es gab viel mehr zu tun, als bloß die Daten zu analysieren, die Hakim lieferte. Intuition ging über rationales Denken. Der unbekannte Prozeß persönlicher Überzeugung, von menschlichen Fähigkeiten bei der Arbeit, war es, der ihre Urteile von dem unterschied, das die Mütter selbst entschieden haben könnten.

Sie hatten wahrscheinlich die Macht, jedes mögliche um Wormwood existierende Leben zu vernichten. Das System schien nicht stark verteidigt zu sein. Und strategisch konnte der Anschein für alles sprechen. Ein Anschein von Stärke konnte wichtig sein … Schwächer zu scheinen, als man wirklich war, könnte einen Angriff *provozieren*, was nie nützlich wäre.

Martin dachte das immer und immer wieder durch. Allmählich kam der Schlaf.

Das Universum besteht aus Hochplateaus und Tälern. Die Sterne sind in Tälern eingebettet, und die weiten Räume zwischen den Sternen schaffen breite, fast flache Plateaus, denen orbitale Bahnen nahekommen, die sie aber nie erreichen. Martin schwebte im Bug der *Dämmerungsgleiter*. Das schlafende Forschungsteam war hinter ihm in Netzen und Säcken verteilt. Durch die transparente Nase blickte Martin in das Tal um Wormwood auf ihr Ziel, das jetzt der hellste Stern im Gesichtsfeld war.

Binnen zwanzig Stunden würde die Trennung in *Schildkröte* und *Hase* beginnen. Martin würde sich in der *Schildkröte* befinden, Hans die *Hase* befehligen. Fünfunddreißig Kinder würden Martin begleiten, einschließlich Theresa, William und Ariel. Die *Hase* würde vor ihnen durch das System von Wormwood tauchen und Information sammeln zur Weitergabe an *Schildkröte*.

Martin fühlte jemanden hinter sich. Er wandte sich um und erblickte Ariel. Sie sah ärgerlich oder verängstigt aus, er konnte nicht sagen, was von beidem, und sie war außer Atem.

»Was ist denn?« fragte er.

»Rosa hat wieder die schwarze Gestalt gesehen. In der zweiten Heimkugel. Alexis Baikal sah sie vor ihr in der dritten Heimkugel, nahe dem Hals und dem Lager.«

»Shit!« sagte Martin.

»Beide halten sie für real. Sie sprechen zu anderen … Ich bin als erste hierher gekommen.«

»Warum jetzt, in Gottes Namen?«

»Vielleicht ist sie real. Vielleicht weiß sie, wann sie uns zertrümmern soll.«

»Wo sind die anderen? Haben sie gesehen, ob die Gestalt etwas tat oder irgendwohin gegangen ist?«

»Ich weiß nicht. Ich bin hergekommen, so schnell ich konnte.«

»Warum nicht das Handy benutzen?«

»Die Mütter …« Sie schien leicht verlegen zu sein, aber immer noch trotzig. »Niemand will, daß sie es erfahren.«

»Warum denn nicht?« fragte Martin.

Sie schüttelte energisch den Kopf. »Ich werde dich dahin bringen, wo sie sind. Sie denken, daß die Mütter vielleicht … übernommen worden sind. Daß man uns zum Selbstmord zwingen wird.«

Martin nahm sein Handy und rief nach Hans und den fünf Exbossen. »Das ist so wahnsinnig blöd«, murmelte er und folgte Ariel durch den langen Bug zum Zentralkorridor und die erste Heimkugel. Er stellte fest, daß die Risse schon hergestellt waren. Sie zogen sich in schmalen Rinnen längs der Wände der Hälse und um Rohre und Vorsprünge hin, da sich das Schiff schon vor der Zeit auf die zu erwartende Trennung vorbereitete. »Wenn die Leute derartig verrückt spielen, sollten sie mindestens ihre Köpfe benutzen …«

»Ich weiß«, sagte Ariel vor ihm zustimmend und benutzte dann Leiterfelder, um sich schnell durch den langen Korridor zu treiben. »Das meiste von dem, was sie sagen, ergibt keinen Sinn. Martin, ich stimme vielem davon nicht zu. Aber manches … ist erschreckend. Sie haben *irgendwas* gesehen.«

Martin folgte ihr grimmig auf Leiterfeldern nach.

Sie betrat vor ihm den Korridor zu Rosas Unterkunft

an der Peripherie der zweiten Heimkugel. Hans traf zu ihnen und sah Martin fragend an. Der zuckte die Achseln und sagte: »Wieder Schatten.« Hans machte ein enttäuschtes Gesicht.

Stephanie Wing Feather und Harpal Timechaser warteten vor der geschlossenen Tür zu Rosas Wohnung. Martin nahm sein Handy und versuchte, sich mit Rosa in Verbindung zu setzen.

Ariel sagte: »Sie wird nicht hören. Sie sind sehr in Angst.«

»Sie können sich nicht selbst absondern.« Martin und Hans klopften an die Tür und erzeugten einen dumpfen hallenden Lärm. Martin wußte nicht, ob die drin es hören würden.

Die Tür öffnete sich leise, und Rosa stand vor ihnen. Ihr Gesicht strahlte von einer neu gewonnenen Zuversicht. Sie war groß und ansehnlich, das rote Haar hinten zusammengeknotet, gekleidet in ein dunkelgraues Gewand, das sie massig erscheinen ließ.

»Was, zum Teufel ...«, begann Martin. Wut übermannte ihn.

»Halt den Mund!« sagte Rosa. Ihre tiefe Stimme krächzte vor Erregung wie die eines Jungen. »Du stellst mich als Narren hin; aber jetzt hat jemand anders es auch gesehen. Was sagst du dazu? Es ist *real*.«

Martin versuchte, sich an ihr vorbeizudrängen, aber sie blockierte den Eingang mit einem Arm und sagte: »Wer hat dich aufgefordert einzutreten? Was denkst du, wer du bist?«

Martin wich zurück und zügelte seinen Zorn. »Wenn du etwas gesehen hast, muß ich erfahren, was es ist.«

»Rosa, Martin ist Boss, und er hat dir überhaupt nichts getan. Sei kein Esel und laß uns hinein«, sagte Stephanie.

»Laß sie ein!« rief Alexis hinter Rosa. Die trat widerstrebend zur Seite und funkelte sie an, als sie hereinkamen. Martin hatte Rosas Wohnung noch nie von innen gesehen. Das hatten nur wenige. Was er sah, verblüffte ihn.

Der Raum war voller Blumen, Unmengen von Töpfen und Sträußen, echten und künstlichen Blüten aus Stoff, Papier und Drahtstücken. Die Luft war warm und feucht. Sonnenhelle Lampen schienen vom Zentrum zur Peripherie, wo die Blumen rings um die Wände in Reihen übereinander angeordnet waren.

Zehn Wendys und zwei Verlorene Jungen warteten in der Wohnung zusammen mit Rosa und Alexis. Zwei Wellensittiche spielten zwischen den Topfpflanzen Verstecken.

Martin bemerkte die Ungleichheit der Geschlechter, und seine Besorgnis wurde fast zur Verwirrung. »Alexis, was hast du gesehen?«

Alexis Baikal, dunkelhäutig und mit sandfarbenem Haar, von mittlerer Größe, mit kräftigen Beinen und großen Händen, hing mit gekreuzten Beinen verzagt an einem Netz nahe dem Fußboden. »Eine große dunkle Gestalt im Hauptkorridor auf dem Weg zu den Lagerräumen.«

»Wie sah sie aus?«

Rosa ging aus keinem erkennbaren Grund drohend auf ihn zu, und Martin hob den Arm. Sofort begann sie triumphierend zu lächeln und rief mit einer Stimme wie eine Trompete: »Er glaubt keinem von uns!«

»Jetzt hör auf, Rosa!« sagte Ariel ruhig. »Er versucht zuzuhören.«

»Es war viel größer als ein Mensch, hatte aber keine reale Gestalt«, sagte Alexis.

»Habt ihr die Mütter gefragt?« wollte Hans wissen. Rosa funkelte ihn an, rührte sich aber nicht. Ariels Hand ruhte auf ihrem Ellbogen. Martin wunderte sich darüber. Ariel hätte eine Chance genossen, ihn aus der Fassung zu bringen und die Mütter zu diskreditieren. Aber statt dessen handelte sie auf seiten der Vernunft –

zumindest, soweit er sehen konnte. Noch mehr Besorgnis, die sich ins Mentale verlagerte.

»Nein«, sagte Alexis. »*Wir haben irgend etwas gesehen.* Wir haben das nicht erfunden.«

Alexis hatte mit Rosa gesprochen, wie Martin vermutete. Er war mit ihrem Bericht erst zu Rosa gegangen, ehe er andere Kinder aufsuchte. Kein Wunder, daß Rosa defensiv war. Wenn Alexis etwas gesehen hatte, war das eine Bestätigung und Rechtfertigung.

»War es etwas Lebendiges?« fragte Hans und bückte sich, um mit Alexis mehr auf gleicher Höhe zu sein.

»Es hat gelebt. Es strömte ... wie eine Flüssigkeit.«

»Hatte es irgendwelche Merkmale – Gesicht, Arme, Beine, was auch immer?« fragte Stephanie. Sie versuchten, Martin von der Konfrontation zu distanzieren, die sich ergeben hatte; und Martin stimmte zu – vorläufig. Es war am besten, unparteiisch zuzuhören, bis die wenigen verfügbaren Fakten herausgefunden waren.

Rosa schaute sie an – beunruhigt, aber still.

Alexis sagte mit einiger Anstrengung: »Es war schwarz. Groß. Lebendig. Es machte kein Geräusch.« *Sie weiß, was sie sah, ist nicht glaubhaft.*

»Ist das alles, was du gesehen hast?«

Alexis Baikal sah Stephanie fest in die Augen und nickte. »Das ist alles, was ich sah.«

Hans stand auf, reckte die Arme und bog die Schultern, als ob sie verkrampft wären. »Wohin ist es gegangen?«

»Ich weiß nicht. Ich habe mich umgedreht, um davonzulaufen; und es war weg.«

Die Tür ging auf, und drei Wendys kamen herein. Nancy Flying Crow, Jeanette Snap Dragon und als Anführerin Kirsten Two Bites. Kirsten sagte: »Diese beiden haben etwas zu melden.«

Nancy Flying Crow sagte: »Wir sind *keine* Feiglinge.«

Kirsten Two Bites beschwerte sich: »Ihr hättet es uns sagen sollen. Martin, die haben auch was gesehen.«

Nancy erklärte: »Wir haben nichts gesehen, das wir identifizieren konnten.«

»Habt ihr etwas gesehen, als ihr beisammen wart?« fragte Stephanie.

»Nein«, erklärte Jeanette.

Rosa schaltete sich ein: »Frag sie, was sie gesehen haben!«

Martin deutete auf Nancy. »Du zuerst.«

»Es war ein Mann. Keiner von uns. Ich meine, keines der Kinder. Er war dunkel und trug dunkle Kleidung.«

»Wo hast du ihn gesehen?« fragte Martin.

»In der zweiten Heimkugel. In dem Gang vor meiner Wohnung.«

»Und du?« fragte Martin Jeanette.

Jeanette Snap Dragon schüttelte den Kopf. »Das möchte ich lieber nicht sagen, Martin.«

»Es ist sehr wichtig«, sagte Martin sanft.

»Es ergibt keinen Sinn. Ich kann es nirgends einordnen«, sagte Jeanette mit ängstlichem Gesicht. »Bitte! Rosa hat damit angefangen ... Ich habe nicht das gesehen, was Rosa erblickt hat.«

»Was soll das heißen: Rosa hat damit angefangen?« fragte Hans.

Jeanette jammerte: »Verschwört euch nicht gegen mich! Ich wollte es nicht sehen und weiß nicht einmal, ob ich es *wirklich* gesehen habe.«

»Schwester, ich habe nicht angefangen«, zischte Rosa im Flüsterton und schüttelte den Kopf. »Mach mir keine Vorwürfe!«

»Ich habe meine Mutter gesehen«, sagte Jeanette und senkte den Blick. »Martin, sie ist tot. Sie starb, als ich fünf war. Ich sah sie schwarz gekleidet, mit einem Koffer oder etwas dergleichen.«

»Das ist Quatsch!« sagte Rosa.

»Sei still!« sagte Stephanie.

»Rosa, bitte!« rief Ariel«

»Das ist alles Blödsinn! Das hätte sie nicht sehen können«, sagte Rosa.

»Warum, zum Teufel, denn nicht?« fragte Ariel mit rotem Gesicht. »Muß denn ein jeder das sehen, was du gesehen hast?«

»Sie wollen bloß mit drin sein. Sie erfinden das. Was Alexis und ich gesehen haben...«

»Das reicht!« sagte Martin und hob die Hand.

»Wir haben etwas gesehen!« schrie Alexis. »Das ist alles verrückt!«

Hans brummte: »Jawoll!«

Martin hob die Hand noch höher und nickte mit zusammengepreßten Lippen. »Ruhe, ihr *alle!* Rosa, niemand beschuldigt jemanden wegen irgend etwas; und dies ist kein Wettbewerb im Zaubern. Verstanden?«

Rosa fuhr auf: »Du hast mir gar nichts zu sagen. Du...«

»Unterdrück das, Rosa!« riet Ariel. Sie sah Martin scharf an. *Nimm diese Kooperation nicht als gewährleistet an!*

»Warum hackt jeder auf mir herum?« schrie Rosa unter Tränen. »Haut doch endlich alle ab! Laßt Alexis und mich in Ruhe!«

Alexi sagte: »Nein, danke. Ich weiß nicht, was ich gesehen habe, oder was das bedeutet. Ich habe es bloß berichtet.«

Martin roch den süßen Duft der Blüten aus Rosas Garten und versuchte, sich einen Weg auszudenken, um diese Zusammenkunft zu beenden, ohne zarte Egos zu verletzen.

»Niemand weiß, was jemand gesehen hat«, sagte er. »Niemand macht jemandem einen Vorwurf, weil er etwas gesehen hat. Rosa, du hast berichtet, was du gesehen hast, und das entspricht den Regeln. Was auch immer jemand sieht, der komme zu mir und erstatte mir sofort Meldung. Verstanden? Keine Behinderumg, kein Versteckspiel, keine Scham. Ich will es wissen.«

Stephanie nickte beifällig. Hans schien nicht ganz überzeugt zu sein.

»Hat es noch weitere Beobachtungen gegeben?« fragte Martin. »Das ist kein Verpetzen. Gab es welche?«

Niemand antwortete.

»Ich werde in der nächsten Stunde mit jedem von euch einzeln in meinem Apartment sprechen. Wir dürfen jetzt keine Zeit verlieren. Wir müssen diszipliniert sein und an unsere Aufgabe denken. Ist das klar?«

Ringsum Kopfnicken – außer seitens Ariel und Rosa.

»Wir müssen ein Urteil fällen – sofern wir das vor der Trennung tun wollen – bis morgen früh. Dies ist eine sehr ernste Zeit, deshalb sind wir hierher gekommen. Nicht um uns über unsere geistige Gesundheit und unsere Egos Sorgen zu machen. Denkt an die Erde!«

Sie kamen einzeln in seine Wohnung. Martin notierte ihre Worte in seinem Handy. Alexis Baikal kam zuerst, voller Zweifel und tränenreich in ihrer Entschuldigung dafür, daß sie *irgend etwas* gesehen hatte. Martin versuchte erneut, sie zu überzeugen, daß es sich dabei um kein Vergehen handelte; aber seine Bemühungen schienen nicht ganz den gewünschten Erfolg zu haben.

Ariel war kühl, als ob sie ihre stillschweigende Unterstützung von Martin in Rosas Wohnung bedauerte. Sie sagte, während sie die Hände faltete und wieder öffnete: »Ich denke, die Mütter machen etwas mit uns. Ich glaube, sie experimentieren mit uns so ähnlich, wie sie uns beim ersten externen Drill unter Druck gesetzt haben.«

»Du wirst ihnen nie vertrauen, oder?« fragte Martin.

Ariel schüttelte den Kopf. »Wir stecken in der Falle.

Das ist es, was auch Rosa denkt. Sie hat es aber nicht direkt ausgesprochen. Sie ist verzweifelt.«

»Denkst du, daß sie Dinge sieht und erfindet?«

Ariel nickte widerstrebend.

»Das ergibt keinen Sinn. Du denkst, die Mütter halten uns zum Narren, aber du denkst *auch*, daß Rosa Dinge erfindet?«

»Ich denke, sie jäten die Schwachen aus. Die könnten die Ausführung unseres Jobs gefährden. Ich sage nicht, daß ich weiß, was passiert. Du hast nur unsere Meinung hören wollen.«

»Ist Rosa schwach?«

»Ich möchte nicht, daß sie in Schwierigkeiten gerät.«

»Ariel, sie hat ernste Probleme.«

»Das weiß ich.«

»Kann sie ihre Arbeit verrichten?«

»Sie ist doch recht tüchtig, nicht wahr?«

»Wird sie das durchhalten?« fragte Martin.

»Ich denke, ja. Aber die Kinder müssen sie akzeptieren.«

»Ich habe den Eindruck, daß sie nicht die Kinder akzeptiert.«

»Was auch immer«, sagte Ariel.

»Du bist ihre Freundin. Kannst du ihr zureden?«

»Wir sprechen. Sie erzählt mir nicht alles. Ich glaube nicht, daß sie überhaupt jemandes Freund ist. Mir gelingt es aber, zu ihr zu sprechen. Dir nicht. Keinem sonst.«

Das konnte Martin nicht abstreiten. »Ich werde mit ihr als nächster reden.«

Ariel warf das Kinn zurück. »Wirst du ihr ein Freund sein wollen?«

Du bist ein verdammtes Biest. »Ich werde es versuchen.«

Ariel ging. Rosa Sequoia kam ein paar Minuten später in seine Wohnung, mit steinernem Gesicht, die Augen vor Furcht geweitet und jenem stets präsenten

Trotz, für den Martin ihr gern einen Tritt gegeben hätte.

»Erzähle mir, was du gesehen zu haben glaubst! Bloß mir«, forderte er sie auf.

Sie schüttelte den Kopf. »Du glaubst keinem von uns.«

»Ich höre.«

»Die anderen ... die haben etwas anderes gesehen. Warum solltest du einem von uns glauben?«

Martin hob die Hand und machte mit gekrümmtem Finger ein aufmunterndes Zeichen. Mach schon!

»Du denkst, ich habe damit angefangen.«

»Das denke ich nicht. Glaubst du, daß du damit angefangen hast?«

»Ich habe es zuerst gesehen.« Und leise: »Es gehört mir.«

»Wenn es dir gehört, kannst du es kontrollieren?« Das Gespräch wurde lockerer und munterer. Wie weit würde er gehen, um sie in Stimmung zu bringen? Rosa war zu intelligent, um sich irreführen zu lassen. »Beanspruchst du es für dich?«

»Ich habe es nicht. Ich habe gar nichts.« Sie ließ den Kopf hängen. »Ich weiß nicht, was ich getan habe.«

Dieser Meinungsumschwung überraschte ihn. Er machte den Mund auf und wieder zu. Dann schlug er die Beine unter sich zusammen. »Mein Gott, Rosa!«

»Ich sage nicht ... Ich sage nicht, daß *wir* etwas gesehen haben.«

»Nein ... Setz dich, bitte! Sprich einfach!«

Rosa schaute zur Seite und schüttelte den Kopf. »Ich will nicht gegen den Job angehen. Ich fürchte, daß uns dies schaden könnte. Dem Job schaden.«

»Was ist es? Weißt du das?«

Sie seufzte. »Ich habe es nicht erfunden. Das schwöre ich bei der Erde, Martin. Ich würde das nicht tun. Über die anderen weiß ich nichts.«

»Ist es real?«

»Für mich ist es das. Ich habe es allerdings nur einmal gesehen. Es war realer als ich. Es war realer als der Job. Es hat mir Angst gemacht, aber es war schön. Sollte ich mich dessen schämen?«

»Das weiß ich nicht. Sprich weiter!«

»Ich tue meine Arbeit. Ich versuche kompetent zu sein. Du hältst nicht viel von mir, weil ich Unruhe verursache … Aber niemand hat *irgendwas* von mir gehalten, als ich überhaupt nichts war.«

»Du kannst kein … – was auch immer es sein mag – besitzen. Es kann nicht dir allein gehören.«

»Wenn es wichtig war, würde es mich nützlich machen. Die Leute würden mich nicht übersehen.«

Martin bat sie, sich zu entspannen, und wieder weigerte sie sich. »Ich will, daß der ganze Vorfall vergessen wird.«

»Was ist mit Alexis? Was hat sie gesehen?«

»Ich weiß es nicht. Es klingt so wie das, was ich gesehen habe, aber es könnte auch etwas anderes sein.«

»Du hast das nicht erfunden. Das weiß ich. Aber ist es real?«

Rosa schüttelte den Kopf. »Alexis hält es dafür.«

»Vielleicht ist es das. Ich werde nicht bezweifeln, was meine Kameraden sehen. Du und Alexis. Ihr werdet weiter euren Pflichten nachgehen und an allen Übungen teilnehmen. Wenn ihr dienstfrei habt, könnt ihr Ausschau halten. Euch im Schiff umsehen. Bis zur Abtrennung. Wenn es sich danach nicht mehr sehen läßt, vergessen wir es. Okay?«

»Was ist mit Jeanette und Nancy?«

»Jeanette hat ihre Mutter gesehen«, sagte Martin. »Nancy sah … einen Mann. Sie haben nicht das gesehen, was du gesehen hast.«

»Vielleicht kann es verschiedene Gestalten annehmen … unsere Gedanken lesen.«

Martin überwand seinen Schauder. Das war ein echtes Risiko. Das Geschwür aufstechen – seine Existenz zugeben –, könnte die Infektion zwar austrocknen, es könnte sie aber auch weiter verbreiten.

»Du bist ein Teil von uns; und alles, was dir passiert, ist wichtig.«

»Ich bin ein großes... Ding«, sagte Rosa und streckte ihre Arme mit geballten Fäusten aus. »Ich war schon als Kind groß. Alle haben mich angestarrt und gemieden. Ich dachte, wenn ich hierher käme und den Job machte, würde ich für die Mädchen und Jungen wichtig sein können, die mich ignoriert haben und auf der Erde gestorben sind.«

Martin ergriff eine der Fäuste und versuchte, sie durch Massage zu öffnen. Sie starrte auf seine Hände und ihre Faust, als wären sie körperlos.

»Ich wollte für sie wichtig sein. Als ich auf die *Dämmerungsgleiter* kam, hat sich nicht viel geändert. Ich merkte, daß es nichts gab, das ich tun könnte, um irgend jemandem zu beweisen, ich sei wichtig.«

»Du bist ein Teil von uns«, sagte Martin. Er zog sie an sich, legte seine Arme um sie, fühlte ihre harten, dicken, fleischigen Schultern, den breiten Brustkasten und kleinen Brüste an seinem Körper, die Stärke, Spannung und warme Haut ihres Halses. Er tätschelte sie, das Kinn auf ihrer Schulter. Er roch sie, streng wie ein großes verängstigtes Tier. »Wir wollen dich nicht verlieren noch sonst jemanden. Tu, um was ich bitte, und wir werden sehen, ob es zu etwas kommt.«

Sie schob ihn mit ihren kräftigen großen Händen von sich und zwinkerte ihm zu. »Das werde ich«, versicherte sie. Sie lächelte wie ein kleines Mädchen. Vielleicht hatte sie seit Jahren niemand in die Arme genommen. Wie konnten nur alle die Kinder eine der ihrigen so ignoriert haben? Als er den Schmerz und die Hoffnung in ihren Augen sah – eine verzweifelte, verlorene Hoffnung –, fragte sich Martin, ob er recht gehandelt und die richtige Art von Einfluß ausgeübt hatte.

So wenig Zeit.

Rosa ging, wieder in ihre alte Stille versunken, und Alexis Baikal kam herein, und danach Jeanette und Nancy. Sie sprachen nicht viel, und er drängte sie nicht. Irgendwie hatte er das Gefühl, die Kette der Ereignisse zerbrochen zu haben, und daß alles jetzt glatter laufen würde. Aber hatte er das Letzte von Rosa geopfert?

Nur noch Stunden. Die Zeit flog schneller vorbei, mehr in Übereinstimmung mit dem äußeren Universum. Eine weitere Trennungsübung verlief ebenso erfolgreich. Auch ein Drill im Freien klappte auf Anhieb. Die Kinder schienen so gut vorbereitet zu sein, wie sie jemals sein könnten.

Stunde um Stunde lieferte Hakims Team immer mehr Information.

Die Zeit des Urteils war gekommen.

Im Schulraum und in Gegenwart der Kriegsmutter gab Martin die Regeln für das Urteil bekannt. Im ersten Jahr hatten Stephanie Wing Feather und Harpal Timechaser die Regeln vorbereitet und dabei versucht, den Widerhall der auf der Arche etablierten Rechtssysteme einzufangen, die auf menschlichen Gesetzen bis zurück zu den Tafeln Hammurabis beruhten …

Durch das Los wurde eine Jury von zwölf Kindern gebildet. Jedes Kind konnte die Ernennung ablehnen, aber das tat niemand. Mit mehr Bedenken als Genugtuung sah Martin, wie Rosa als Jurorin eingeführt wurde und den Eid ablegte, den Stephanie selbst geschrieben hatte.

Ich werde treulich auf Grund der Indizien urteilen; und was ich urteilen werde, wird lauten, ob das Material ausreicht und ob es jenseits eines vernünftigen Zweifels Schuld beweist. Ich werde nicht zulassen, daß Befangenheit, Haß oder Furcht mein Urteil trüben; noch werde ich durch irgendwelche Emotion oder Rhetorik seitens meiner Kameraden schwankend werden. So helfe mir, im Namen von

Wahrheit, Gott, der Erinnerung an meine Familie und alles dessen, was mir am teuersten ist, gegen die ewige Schuld meiner Seele, falls ich irren sollte…

Die Auswahl und Vereidigung dauerte eine kostbare Stunde. Ein Verteidiger wurde von Martin bestimmt. Martin wählte Hakim zu dessen Verdruß. Martin sagte: »Niemand kennt die Schwäche deiner Evidenz besser als du.« Er war sich stark der Roheit und Willkür dieses von ihnen gewählten Systems bewußt. Sie konnten es nicht besser.

Als Ankläger bestimmte er Luis Estevez Saguaro, den zweiten Mann in Hakims Suchteam. Martin selbst hatte den Vorsitz als Richter.

Die Kriegsmutter hörte dem Prozeß schweigend zu. Ihre schwarz und weiß aufgemalten Kennzeichen traten in dem hell erleuchteten Schulraum deutlich hervor. Alle zweiundachtzig Kinder saßen in stiller Erwartung, als Martin die Regeln durchging.

Luis präsentierte die alten Indizien und skizzierte dann die neuen. Ihre Daten über das Trümmerfeld hatten sich enorm vermehrt. Die Resultate paßten widerspruchslos zusammen.

Hakim stellte die Schlüssigkeit der Daten bei dieser Distanz in Frage. Luis Estevez rief Li Mountain auf, noch einmal die Funktion der Fernsonden und Sensoren der *Dämmerungsgleiter* zu erklären, die Genauigkeit der Beobachtungen und die hinter den verschiedenen Methoden stehende Wissenschaft. Die Kinder hatten schon viel darüber gehört. Dennoch brachte man es ihnen in Erinnerung.

Luis Estevez hielt seine Trumpfkarte zurück bis zur letzten Phase des sechsstündigen Prozesses. Hakim kämpfte heftig, um sein letztes bißchen an Evidenz zu diskreditieren, indem er die Statistik der Fehler auf solche Distanz erläuterte. Aber die Nachricht ließ die Kinder nichtsdestoweniger nach Luft schnappen, mehr aus Angst denn aus Überraschung.

Weniger als zwei Stunden entfernt bei ihrer derzeitigen Geschwindigkeit von dreiviertel c bot die Wolke des vorgeburtlichen Materials um Wormwood eine noch aufregendere Bestätigung.

Das Überbleibsel von Wormwoods Geburt, ein roh gestalteter Ring um das System mit Flecken und Auswüchsen, die Milliarden Kilometer über die Ekliptik reichten, war erwartungsgemäß sehr stark ausgebeutet worden, und es gab nur wenige flüchtige Stoffe. Es waren keine Kometenbrocken übriggeblieben, um langsam um Wormwood herunterzukommen. Die Zivilisation hatte vor vielen Jahrtausenden diese Ressourcen im Zuge eines Programms interstellarer Erkundung erschöpft.

Einige Reste dieses Programms schwebten noch in dem abgetragenen Staub des unregelmäßigen Ringes, hier und da über die Milliarden von Kilometern verteilt wie Sand in einer Meeresflut.

Das Suchteam hatte bei der Erforschung der nächsten Erstreckung des Ringes künstliche nadelförmige Körper entdeckt, deren größte nicht mehr als hundert Meter lang waren. Sie waren jetzt inaktiv, wahrscheinlich Versuchsmodelle, vielleicht auch Schiffe, die versagt hatten und aufgegeben worden waren, nachdem man ihren Treibstoff und ihre inneren Anlagen ausgeschlachtet hatte.

Luis projizierte für die Jury und alle Zuschauer Graphiken, wie diese Nadelschiffe in ihren alten staubigen Schrottplätzen aussahen. Danach zeigte er Bilder, mit denen sie alle vertraut waren – die Gestalten der Killermaschinen, als sie in das Sonnensystem der Erde eintraten, als sie sich in die Asteroiden zwischen Mars und Jupiter hineinbohrten und in die Erde selbst.

Lange Nadeln, in Form und Größe identisch.

Hakim argumentierte tapfer, daß diese Gestalten rein zweckmäßig seien und alle möglichen Zivilisationen Vehikel wie diese produzieren könnten, dazu bestimmt, zwischen den Sternen zu fliegen. Aber die Formen von Schiffen des Gesetzes, einschließlich der *Dämmerungsgleiter,* widersprachen diesem Argument. Der Weltraum gestattete viele Konstruktionen für interstellare Fahrzeuge.

Die Schlußfolgerung schien unausweichlich, daß orbitale Killermaschinen den äußersten Bereich des Wormwoodsystems umkreisten.

Hakims nächster Vorschlag war, daß dieses System selbst von Killern überfallen worden sein könnte, daß seine Bewohner und ihre Welten ausgelöscht worden wären und daß sie nicht Verbrecher, sondern Opfer gewesen seien.

Luis entgegnete, daß es in einem solchen Fall ihre Pflicht wäre, die letzten Spuren der Killer im Leichnam des Opfers auszutilgen.

Wenn es aber Überlebende geben sollte?

Das sah nicht wahrscheinlich aus, nach dem zu schließen, was der Erde widerfahren war.

Aber die Erde war, wie Hakim argumentierte, ein Extremfall gewesen. Die Killer waren mit einer starken und letztlich tödlichen Opposition konfrontiert worden. Vielleicht würden sie sich anders verhalten bei mehr Zeit zur Erreichung ihrer Ziele. Vielleicht gab es Überlebende.

Luis verwies auf die natürliche Zusammensetzung von Wormwood und seinen Planeten und die augenscheinliche Herkunft der Maschinen selbst.

Und wenn die Maschinen hier bloß hergestellt wurden?

Die Debatte drehte sich immer weiter; aber diese Argumente waren nicht überzeugend, so sehr Hakim sich bemühte.

Hakim fragte in seinem letzten Versuch einer Verteidigung: »Wenn Wormwood wirklich der Ursprung der Killermaschinen ist, warum sollte man dann diese Wracks als Beweis dafür da lassen? Warum nicht die

Wolke reinfegen und für die Rache jener herrichten, die man nicht hatte töten können? Könnte es keine andere Erklärung für dieses Indiz geben, die einen vernünftigen Zweifel gestattet?«

Niemand konnte darauf eine Antwort geben. Niemand bezweifelte aber die Evidenz.

Die Jury zog sich in unbenutzte Räume nahe dem Schulzimmer zurück.

Das Urteil kam nach zwei Stunden.

Es war einstimmig.

Wormwood muß von allen Spuren von Killern und deren Herstellern gesäubert werden. Selbst wenn sie zu Geistern geworden sind, verloren in ihren Maschinen …

Hakim wirkte in perverser Weise verzweifelt, daß er seinen Fall nicht überzeugender vertreten hatte. Er ging im Raum nach hinten und kauerte sich mit großen Augen ernst hinter den Kindern zusammen.

Martin trat vor die Kinder. Auf seinen Schultern ruhte jetzt das Gewicht des Urteils. Die Stille im Schulzimmer war fast absolut. Kein Husten, kaum ein Hauch von Atmen. Die Kinder bewegten sich nicht und warteten darauf, daß er die Befehle erteilte.

Er sagte: »Wir beginnen mit der Verteilung, sobald wir uns trennen. Das Waffenteam an Bord wird Macher in das Wormwoodsystem starten. Es gibt keine sichtbaren Verteidigungen, aber wir werden auf jeden Fall vorsichtig sein. Anstatt es mit drei oder vier Gravitationsfusionsbomben großer Masse zu versuchen, werden wir von den Machern ein paar tausend kleinere aus den Felsen und Trümmern herstellen lassen. Wenn das nicht klappt, werden Macher in der äußeren Wolke ihre Waffen zusammenziehen und später hineinschicken.«

»Das wird viel mehr Treibstoff kosten«, wandte Hans ein.

Stephanie und Harpal nickten.

»Es gibt nicht genug flüchtige Stoffe, um genügend Bomben herzustellen und rasch zu entkommen. Wir sollten so bald wie möglich handeln. Wir werden zuerst die Gesteinswelten zerstören und uns dann auf die kahlen Gasriesen konzentrieren ...«

»Sie auch vernichten?« fragte Ariel von hinten.

»Wenn wir genug Waffen haben«, erwiderte Martin. »Wir können später die restlichen flüchtigen Stoffe für Treibstoff aus den Trümmerwolken einsammeln.«

»Alle?« fragte William.

»Jede Welt«, entgegnete Martin.

Die Kinder dachten finster darüber nach. Sie würden die Schlacht um die Sonne nach Jahrhunderten wiederholen. Diesmal würden sie die Mörder sein.

»Es ist kein Mord«, sagte Martin. »Es ist eine Exekution. Es ist das Gesetz.«

Das machte die Realität nicht weniger beunruhigend.

Als sie in ihrer Wohnung beisammensaßen und aßen, sagte Theresa: »Du mußtest mich nicht in deine Crew aufnehmen.« Dies war das letzte Mal, daß sie allein beisammen sein konnten, bis ihre Aufgabe erledigt war. Dies waren die letzten Stunden für die *Dämmerungsgleiter* als ein einziges Schiff, so wie sie es immer gekannt hatten. Falls sie überleben sollten, könnten sie das Schiff wieder herstellen. Aber es sah so aus, als ob sie es viel kleiner würden machen müssen, vielleicht zu einem Zehntel seiner jetzigen Größe, und in vergleichsweise gedrängter Enge leben würden ...

»Ich hatte keinen Grund, dich *nicht* bei mir zu haben«, erwiderte Martin.

Theresa sah ihn mit leuchtenden Augen an.

»Der Boss muß ab und zu auch an sich denken«, sagte Martin leise. »Ich werde besser arbeiten, wenn ich weiß, daß du mit mir bist.«

»Wohin werden wir gehen, wenn wir unsere Aufgabe erfüllt haben?« fragte sie und verspeiste den Rest ihrer Pastete. Das Schiff war ein hervorragender Versorger; aber dieses Mahl schmeckte besonders gut. Nach der Trennung würde es wenig Zeit zum Essen geben, und die Mahlzeiten würden schnell und klein sein.

»Ich weiß es nicht. Sie haben uns nie gesagt, wohin sie uns schicken würden.«

»Wohin möchtest du *gerne* gehen?«

Martin kaute nachdenklich seinen letzten Bissen, schluckte und schaute auf den leeren Teller. Er lächelte, klopfte mit den Knöcheln auf den kleinen Tisch und sagte: »Ich möchte sehr weit fort reisen. Nur frei sein und schauen, was es da draußen gibt. Wir könnten Tausende, Millionen Jahre lang reisen … Weg von allem.«

»Das wäre herrlich«, sagte sie, schien aber nicht überzeugt zu sein.

»Und du?« fragte Martin.

Sie sagte: »Zu einer neuen Erde. Ich weiß, daß das töricht ist. Alle erdähnlichen Welten sind wahrscheinlich erobert; aber vielleicht könnten die Mütter uns zu einem Ort schicken, wo niemand gewesen ist, und einen Planeten finden, wo wir allein sein könnten. Wo wir eine neue Erde schaffen könnten.«

»Und Kinder haben«, sagte er. »Wo die Mütter uns erlauben könnten, Kinder zu haben.«

»Keine Mütter«, sagte Therese. »Nur wir selbst.«

Martin erwog das, sah Nationen erstehen, Menschen sich streiten, die Geschichte ihr häßliches Haupt erheben und die unausweichliche Runde von Eden enden und die Realität beginnen. Aber er sagte Theresa nicht, was sie schon wußte. Phantasien waren fast ebenso wichtig wie Treibstoff in diesem Moment.

»Glaubst du, sie wissen, daß sie bald sterben werden?« Martin verstand, wen sie meinte. *Unten auf dem Boden der Gravitationssenke, auf den Planeten. Die Killer.*

»Falls sie noch am Leben sind …«, sagte Martin und

hob die Brauen. »Wenn jemand noch dort ist ... nicht eine Maschine.«

»Glaubst du, sie könnten Bewußtsein haben, wenn sie zu Maschinen geworden sind?«

»Ich weiß nicht. Sie können gefährlich sein.«

»Falls einige noch in Körpern existieren, noch so wie wir leben, denkst du, sie sind ... Führer, Propheten ... oder bloß Sklaven?«

»Maschinen brauchen keine Sklaven«, erwiderte Martin grinsend.

Theresa schüttelte den Kopf. »Das meine ich nicht. Ich denke an Sklaven für ihre eigenen Körper. Die anderen könnten so viel mehr frei sein, unsterblich, imstande zu denken und zu tun, was immer ihnen gefällt. Hast du dich denn nicht schon manchmal als Sklave deines Leibes gefühlt?«

Martin schüttelte den Kopf. »Ich glaube nicht.«

»Daß du alle paar Stunden urinieren mußt, immer wieder Stuhlgang haben mußt ... Essen.«

»Sex«, sagte Martin.

»Perioden haben«, fügte Theresa hinzu.

Martin berührte ihren Arm.

Sie sagte: »Ich habe nie eine Periode gehabt. Ich bin erwachsen geworden; aber sie haben mir das entfernt.«

»Die Wendys scheinen das nicht zu vermissen«, sagte Martin.

»Wie könnten wir das wissen?«

»Meine Mutter hat sie nicht auf der Arche vermißt«, sagte Martin. »Sie sagte, daß sie froh wäre. *Hat sie Kinder gehabt, seit wir fortgegangen sind ... auf dem Mars?* Er hatte nie daran gedacht, Brüder oder Schwestern zu haben. Er würde das nie erfahren.

Wie, wenn sie sehr tief nachdächten, sehr große Probleme lösten und die ganze Zeit arbeiteten, ohne sich um Körper zu kümmern?«

»Keine Leidenschaften, keine Sorgen«, sagte Martin und versuchte, ihren Phantasien zu folgen.

»Vielleicht empfinden sie sehr große Leidenschaften, größer als wir ahnen. Leidenschaften ohne physische Grenzen. Neugier. Vielleicht sind sie nie dazu gekommen, das Universum wirklich zu *lieben,* Martin.«

»Wir wissen nichts über sie, außer daß sie still sind.«

»Haben sie Angst? Hoffen sie, nicht bemerkt zu werden?«

Martin zuckte die Achseln. »Es lohnt sich nicht, darüber nachzudenken.«

»Aber alle Strategen sagen, daß wir unsere Feinde kennen und auf alles vorbereitet sein sollten, was sie tun könnten, indem wir wissen, was sie tun müßten.«

»Ich hoffe, daß sie sterben, ehe sie überhaupt erfahren, daß wir hier sind«, erwiderte Martin.

»Hältst du das für möglich?«

Er machte eine Pause und schüttelte verneinend den Kopf.

»Denkst du, daß sie es schon wissen?«

Wieder ein deutlich unbehagliches Kopfschütteln.

»Wir haben noch eine Stunde, ehe du zurück gehst. Auch ein Boss muß seine planmäßige Freizeit haben. Um gesund zu sein.«

»Das würde ich nicht bestreiten, auch du nicht«, sagte Martin.

»Laß es uns miteinander treiben. Jetzt auf der Stelle. Als ob wir frei wären und unser eigenes Volk.«

Als sie es versuchten, klappte es. Wenigstens teilweise. Mindestens war es intensiv, noch intensiver als in ihren ersten gemeinsamen paar Tagen.

»Wenn ich frei bin«, sagte Martin, als sie nebeneinander in der Dunkelheit schwebten, »werde ich dich wählen.«

»Ich *bin* frei«, sagte Theresa. »Für diese Minute. Ich bin so frei, wie ich je sein werde. Und ich erwähle dich.«

Eine Stunde vor der Abtrennung stand Rosa im Schulraum bei der Sternsphäre und weniger als zwölf Meter von der schweigenden Kriegsmutter entfernt. Ihre Lider waren schwer und ihr Haupt gebeugt. Ihre Hände bebten wie Blätter in einer leichten Brise. Sie war nackt bis auf einen um den Hals gebundenen Schal. Mattes Licht von der Sternsphäre zeichnete ihre blasse Haut.

Liam Oryx kam in den Schulraum, um nach Hakim zu schauen. Sie sah Rosa und rief sofort Martin auf seinem Handy an. Der rief auch Ariel.

Martin traf mit Theresa ein, aber William war zuerst angekommen. Er ging langsam auf Rosa zu, ohne etwas zu sagen.

Rosa sagte: »Ich brauche euch nicht.«

»Ist etwas nicht in Ordnung?« rief Ariel hinter William. »Rosa?«

»Ich habe es wieder gesehen. Es hat zu mir gesprochen. Ich kann nicht aufhören, Dinge zu sehen, die nicht real sind.«

William blieb drei Meter vor ihr stehen, neben der Kriegsmutter, die nichts sagte und sich nicht bewegte. Er fragte: »Was hat es gesagt?«

Martin biß sich auf die Lippe und sah schweigend zu. Sein Magen wurde schwach. *So wenig Zeit. Jedes Kind ist kostbar.*

Theresa kletterte im Schulraum herum und hockte sich neben Ariel hin. Andere Kinder kamen herein, bis schließlich fünfzehn im Zimmer waren, die ganze Familie von Rosas Sippe und noch fünf weitere.

William wiederholte: »Was hat es gesagt?«

»Es ist lebendig. Es lebt hier draußen«, sagte Rosa. »Es sieht und hört Dinge, die wir nicht wahrnehmen können. Es ist sehr groß. Ich denke, es könnte ein Gott sein. Manchmal haßt es uns, manchmal liebt es uns.«

Martin schloß die Augen. Jetzt wußte er – in seinem Fleisch und Gebein –, was er schon intellektuell gewußt hatte. Sie hat sich innen gesehen. *Sie hat nichts gesehen, das für uns real ist.*

»Es hat gesagt, daß Martin ein schlechter Führer ist.« Sie hob den Kopf. »Er weiß nicht, was er tut. Er wird uns in den Tod führen. Er versteht nicht.«

»Wie will jemand anders wissen, wie gut Martin ist?« fragte William.

»Rosa, hör auf!« rief Ariel.

Alexis Baikal sagte: »Das stimmt nicht. Das ist es nicht, was ich gesehen habe.«

»Ruhe!« sagte William, den Blick fest auf Rosa gerichtet. »Rosa, jeder hat etwas anderes gesehen. Das bedeutet, sie haben das gesehen, was sie sehen wollten.«

Rosa schüttelte hartnäckig den Kopf.

William sagte: »Ich denke, wir haben etwas Panik. Das war nur zu erwarten. Wir sind jung, und all dies ist sehr fremdartig und schwierig.«

»Sei still!« sagte Rosa und warf den Kopf zurück – eine nackte Walküre in der Oper. Sie wirkte so verwundbar; und dennoch konnte Martin ihre Bedrohung für den Job so greifbar empfinden, als wäre sie eine Wespe, die ihm ins Fleisch stechen würde. *Keine Zeit zu verlieren.*

Er sagte nichts und beobachtete William.

William nickte Ariel zu und sagte: »Ariel, sie ist unsere Freundin. Sie braucht unsere Hilfe.«

»Sie ist ein Opfer«, sagte Ariel.

»Schluß damit!« schrie Rosa.

William fuhr unbeirrt fort: »Du empfindest unsere Panik, unsere Angst. Du bist sehr auffassungsfähig. Rosa, du siehst, was wir fühlen.«

»Rosa, komm mit mir!« sagte Ariel.

»Ich will nicht kämpfen«, sagte Rosa. »Keiner von euch sollte kämpfen. Des Boss hat unrecht. Er ist …«

»Genug, bitte!« sagte Ariel mit vor Erregung heiserer Stimme.

Martin sah Theresa und Alexis Baikal weinen. Und als William sich umdrehte, sah Martin, daß sein Gesicht feucht war. Ihm stockte der Atem. Er trat vor.

»Du brauchst nicht zu kämpfen, Rosa«, sagte er.

Rosa Sequoia blickte auf die fünfzehn Gefährten rund um sich, faltete die zitternden Hände und sagte: »Aber ich habe trainiert. Ich verdiene es ebenso sehr wie jeder von euch. Der Boss kann mich nicht von meiner Pflicht entbinden.«

Pan ... Boss ... Panik. Die Worte hüpften. *Wenn sie fortfährt, wird es sich verbreiten, und wir werden alle verrückt werden. Wir sind nahe daran.*

»Ich hasse dich«, sagte Rosa zu Martin mit zusammengekniffenen Augen und aufgeworfenen Lippen. »Ich hasse alles, für das du stehst.«

Ariel nahm sie am Arm. William ergriff ihren anderen Arm. Sie führten sie gemeinsam fort.

Theresa stand an Martins Seite, als Rosa den Raum verließ. »Wer wird ihre Aufgaben übernehmen?« fragte sie.

»Das kann Ariel tun«, sagte er und blickte dorthin, wo Rosa gestanden hatte. »Rosa erhält Stubenarrest.«

»Und wenn wir uns trennen?«

»Sie bleibt auf der *Hase*. Die *Schildkröte* kann sie sich nicht leisten.«

»Dann solltest du lieber mit Hans sprechen«, sagte Theresa.

»Warum haßt sie mich?«

»Das ist verrückt«, sagte Theresa und nahm seine Hand. »Du kannst das, was sie sagt, nicht persönlich nehmen ...«

»William hatte recht«, erwiderte er. »Ich will nicht, daß mich jemand haßt. Ich will, daß alle mich lieben ... Für einen Boss eine verteufelte Sache. Hans hätte dieses Problem nicht.«

Theresa zupfte ihn am Arm und zog ihn zur Tür. »Fünfundvierzig Minuten«, erinnerte sie ihn. Martin starrte auf die Kriegsmutter, ehe er ihrem Druck nachgab. Während dieser ganzen Zeit hatte die Kriegsmutter nichts unternommen. *So wenig Zeit.*

Die Kriegsmutter ging vor Martin und Hans durch den zweiten Hals, als sie die abschließenden Inspektionen der Punkte machten, wo die *Dämmerungsgleiter* sich teilen würde. Die Kriegsmutter würde an Bord der *Schildkröte* fliegen.

Hans und Martin schüttelten sich die Hand und umarmten sich. Hans sagte: »Tu es, Bruder! Wir werden zum Aufräumen zurückkommen. Ich beneide dich, Martin.«

»Ich beneide mich selbst nicht.« Er errötete. »Ich wünsche, sie hätten dich zum Boss gewählt.«

»Ich habe für dich gestimmt«, sagte Hans lächelnd, nicht ganz ehrlich. »Ich bin bloß ein geborener Faulpelz. Du wirst den Job schaffen.«

William wartete hinter Martin. Die Kinder rückten an, um sich zu verabschieden mit Umarmungen, Küssen und Schulterklopfen.

Rosa war nicht anwesend.

Nach ein paar Minuten teilten sich die Kinder in dem engen Raum bei dem Waffenlager auf. Das Team der *Hase* rechts hinter Hans. Das Team der *Schildkröte* links hinter Martin. William und Theresa waren beisammen, als sich die Teams trennten. Martin ahnte plötzlich Böses und nahm beide mit sich. Diese Zeit brachte nichts als Bedenken.

Die Teams traten weiter zurück um die Kurve des Waffenlagers. Die Kinder hinten in jeder Gruppe konnten einander schon nicht mehr sehen.

Die Trennung erfolgte.

Seiner ganzen Länge nach machte das Schiff des Gesetzes ein Geräusch wie Stöhnen, als ob es eine gewaltige Last nur ablegte, um eine andere aufzunehmen. Die Kinder der *Schildkröte*-Crew umringten Martin in einem neu frei gewachsenen Raum neben dem Waffenlager. Sie warteten ängstlich und lauschten auf die Geräusche des Schiffs. Einige hielten sich gegenseitig fest. Trotz der Drills fürchteten sie sich – Martin fielen die Worte Theodores ein: *»Keine Maschine arbeitet vollkommen. Jede Maschine kann versagen. Jeden Tag sind wir in Gefahr.«* Aber Theodore hatte noch hinzugefügt: *»Kein Planet lebt für immer. Jeden Tag auf der Erde war unser Leben in Gefahr …«*

Nirgendwo Sicherheit. Aber das Schiff des Gesetzes hatte sie noch nie im Stich gelassen …

Es war auch noch nie entzwei gebrochen worden.

Martin saß auf einer niedrigen Couch in der Mitte des Raums. Rings um ihn schwebten die Kinder, hockten, streckten sich aus, sahen einander an oder starrten ins Leere, spielten mit ihren Handyprojektionen und warteten, warteten.

Das Stöhnen wurde zu einem kräftigen Wind, der durch die Gänge außerhalb ihrer Kammer fuhr. Der Luftdruck war verteilt worden, ehe sich die Wände versiegelten.

Theresa rückte dicht an Martin heran. Er hielt sie vor allen fest und bestätigte damit ihren Bund. Nur wenige schienen es zur Kenntnis zu nehmen, nicht einmal William, der mit Andrew Jaguar ein Spiel mit zusammenpassenden Farben spielte.

»Was tust du?« fragte Martin Theresa. Sie schüttelte heftig den Kopf, als ob sie die Frage wegscheuchen wollte.

»Ich warte«, sagte sie. »Und du?«

Der Fußboden unter ihnen vibrierte. Ihre Kabine rotierte, als sich die Orientierung dieses Teils der sich auftrennenden *Dämmerungsgleiter* änderte. Wieder brüllte der Wind außerhalb der Wände wie ein Sturm. Dies war ihr einziger sicherer Platz, ihre ruhige Zelle in dem turbulenten Körper.

»Wie wird sich die Superbremsung anfühlen?« fragte Patrick Angelfish, der neben Martin stand.

»Ich nehme an so, wie wir uns beim Start fühlten«, sagte Martin. »Nur stärker und länger.«

»Das Gefühl mag ich nicht«, erklärte Patrick.

Martin sah ihn mit gespielter Strenge an. Patrick grinste zurück.

»Ich weiß. Ich bin ein Waschlappen«, sagte er.

»Hoffen wir, daß du ein Waschlappen mit starkem Magen bist!« sagte Martin und kontrollierte seinen Ton. Er wollte nicht allzu sarkastisch sein, wollte in seinen Worten nicht die vielen Besorgnisse anklingen lassen, die er selbst empfand, indem er den richtigen Kommandoton annahm, gemischt mit Zuversicht und kameradschaftlichem Scherz. *Ich bin kein Führer von Natur aus. Ein Führer von Natur aus würde sich um solche Dinge überhaupt keine Gedanken machen …*

Die Kinder rückten dichter zusammen, als die Vibrationen anhielten, die Geräusche, welche die neuen Schiffe machten. Klingeln und Scharren, Brummen und leichtes Kratzen. Die Wärme in der Kabine stieg an. Dann wurde es wieder kühl. Die Luft roch anders. Martin schnupperte, erwähnte es aber nicht. Ariel kam mürrisch nach vorn und sagte: »Es riecht komisch.«

Paola Birdsong und Stephanie Wing Feather stimmten ihr zu.

»Riecht nach Regen«, sagte Theresa.

Andrew Jaguar sagte: »Wir brauchen einen Hanswurst. Wer könnte das in dem Schiff sein?«

»Wer ist am beliebtesten?« fragte Martin. Er schaute sich um und sagte: »Ich nicht.«

Mei-Li stöhnte und sagte: »Bosse eignen sich dafür nicht.«

»Wie wäre es mit Ariel?« schlug William vor.

»Quatsch!« sagte Ariel prompt.

Mei-Li stimmte zu. »Sie ist sehr schnuckelig.«

Ariel sah sich im Kreis um – unsicher, ob sie ärgerlich sein oder es ablehnen sollte.

Hakim sagte lächelnd: »Wir halten das für eine feine Idee. Du mußt der Hanswurst sein.«

»Schluß mit dem Blödsinn!« schimpfte Ariel.

»Wir meinen es ernst«, sagte Mei-Li mit ungewohntem Nachdruck, und Andrew Jaguar fügte in einem Ton, in dem eine Drohung anklang, hinzu: »Du bist gewählt.«

Martin wußte nicht, ob er eingreifen oder das Spiel weitergehen lassen sollte. Er wußte nicht, ob Ariel verstand, daß die Neckerei ein Ausdruck von Zuneigung war. *Immer ebene Bahn. Keine Stöße.*

»Also gut!« Ariel breitete die Arme aus, spazierte an den Kindern im Kreis vorbei und fing mit Mei-Li an, die kicherte und zurückwich. »Komm zu Mama! Komm und umarme den Hanswurst!« Sie attackierte und bedrohte sie mit grimmigem Lächeln. Niemand bot sich ihren Armen an, bis sie zu William kam. Der seufzte, schaute zur Decke und sagte: »Nimm mich! Ich gehöre dir.«

»Oh, oh, *Christopher Robin!*« schrien die Kinder.

Ariel nahm William in die Arme, und sie tanzten Walzer und flogen durch die Kabine. Sie schwangen sich durch die Kinder, als ob sie monatelang geprobt hätten. Ein Wunder: Martin hatte nicht gewußt, daß William tanzen konnte, und noch viel weniger, daß Ariel es konnte. Sie sahen sogar selbst überrascht aus.

»Darf ich abklatschen?« fragte Mei-Li und klopfte Ariel auf die Schulter.

»Hau ab!« sagte die hochnäsig zurückweichend. »Ich bin der Hanswurst.«

»Hau ab! Du kannst *fliegen*«, sang Andrew Jaguar. »Du kannst *fliegen,* du kannst *fliegen,* du kannst *fliegen!*«

William packte Ariel um die Taille und schwang ihre Beine hoch über die Köpfe einiger sitzender Kinder, die sich duckten und lachten.

»Bravo!« rief Theresa.

Martin klatschte im Rhythmus des Tanzes in die Hände. Die Kinder fielen ein, machten Musik und summten eine Walzermelodie. Ariel nahm eine Pose würdiger Kunstbeflissenheit ein, mit erhobenem Kinn, vorgereckter Nase und halb geschlossenen Augen. Ihre Fingerspitzen trommelten über Williams Finger. Sie wirbelte unentwegt dahin.

Martin bemerkte, daß die Kriegsmutter den Raum betreten hatte. Der Tanz ging weiter, bis William sagte: »O Gott, genug! Ich bin todmüde.« Ariel ließ ihn los; und er prallte an der Wand ab, packte ein Leiterfeld und wedelte mit der Hand im Takt des gesummten Walzers.

»Wer ist der nächste?« rief Ariel und schlenkerte näher zur Mitte. Ihr Gesicht glühte vor Anstrengung, und sie richtete ihre Aufmerksamkeit unerwartet auf Martin. Sie klimperte verführerisch mit den Wimpern und bog sich mit ausgestreckten Fingern s-förmig zurück. »Du, Boss? Mit dem Hanswurst tanzen?«

Martin errötete, lachte und streckte die Hand aus. Ariel berührte sie mit einer Miene, die alles andere ausdrückte als plump bärenhafte Zuneigung, und wollte ihn gerade mit sich reißen, als die Kabine heftig schwankte. Die Kinder warfen sich instinktiv auf den Boden. Ihre Finger klammerten sich vergebens fest. Martin fühlte, wie ihr Gewicht zunahm. Ein zehntel Ge, ein halbes, dreiviertel…

Er schaute auf Ariel, die vor ihm ausgebreitet hingestreckt lag mit großen Augen, verängstigt. Dann rollte er hinüber, um Theresa auf seiner anderen Seite zu finden. Die Couches waren im Boden versunken und hatten eine gepolsterte Umgebung ohne Hindernisse hinterlassen.

Die Kriegsmutter traf auf den Fußboden und machte sich fest. Leiterfelder sprangen hoch, und die Luft vibrierte in milchigen Regenbogenfarben.

Martin stellte sein Handy auf das Äußere der *Schildkröte* ein. Die *Dämmerungsgleiter* hatte sich wie ein Holzklotz unter dem Schlag einer Axt von der dritten Heimkugel an aufgespalten. Das letzte Verbindungsstück – Martin bemerkte die Flexibilität dieser Verbindung, gar nicht metallähnlich – löste sich, und die *Hase* kam frei.

»Trennung!« fragte Theresa, obwohl die Antwort klar war. Dem Sehen folgte nicht unbedingt der Glaube.

»Das Schiff des Gesetzes besteht jetzt aus zwei Schiffen«, sagte die Kriegsmutter. Sie hatten sich schon ein Dutzend Kilometer von der Hase entfernt, und die Distanz nahm rasch zu.

»Wir haben es geschafft«, sagte Martin.

Die Kinder hockten da und legten vor sich wie Buddhas die Hände zusammen. Martin langte nach Theresas Hand und hielt sie fest. Sie lächelte ihm zu.

Alle sehr mutig. Keine Wahl.

»Packen wir's an!« sagte Martin.

»Die Abbremsung beginnt in einer Minute«, verkündete die Kriegsmutter.

»Zählen!« rief Andrew Jaguary, und sie zählten, während die Ziffern von Martins Handy vor ihnen in der Luft schimmerten.

Fünf, vier, drei, zwei ...

Martin holte tief Luft und schloß die Augen. Wie eine sanfte elektrische Hand, die seinen Körper abtastete, durchdrangen ihn die volumetrischen Felder. Er hörte ganz kurz ein entferntes Winseln im Innenohr, fühlte, wie das Blut in seinen Adern stockte und alles Protoplasma in seinen Zellen aussetzte. Dann strömte das Blut wieder, hielt inne und strömte erneut. Er merkte die vibrierende Sprunghaftigkeit von Feldern, die den Weg eines jeden Moleküls beherrschten und sich an normale Vektoren anpaßten, um die Wirkungen der gewaltigen Verzögerung aufzuheben. Zeitweilig setzten seine Gedanken aus, blockierten seinen Geist mit halb bewußten Impulsen und schleuderten ihn ins Leere.

Er sah nichts mehr. Seine Augen schmerzten, aber er

konnte den Schmerz nicht völlig erkennen. Sie würden tagelang in diesem Zustand bleiben, aber zum Glück würden die Felder bald einem Schein von Normalität weichen. Sie würden sehen, sich bewegen, sprechen, essen können – wenn auch nur langsam und vorsichtig.

Wenn alles gut geht. Keine Maschine funktioniert perfekt. Jede Maschine kann versagen.

Die Handys arbeiteten während der Bremsung nicht. Die Kriegsmutter würde inaktiv sein. Sie würden nur noch sich selbst haben in dem kleinen Raum während der Tage, da sie aus dem Gipfel des Universums auf seinen Boden fielen, während sie ihren Impuls in massive Senkgruben abließen... während sie sich leiten ließen wie Tauben im Kopf einer Bombe – bereit, ihre letzten Ziele anzupicken, ihre letzten Urteile zu gurren und denen die Augen auszuhacken, die ihre Eier gefressen hatten, ihre Jungen, ihre Brut.

Theodore kam in den Raum, wo Martin alleine saß.

»Ist es Kummer, daß du so von deinem Feind denkst?«

»O Gott, Theodore! Du fehlst mir. Warum hast du dich umgebracht?«

»Weil wir bloß Tauben sind. Das ist alles.«

»Du hast nie so gesprochen.«

»Martin, ich war nie allwissend. Du hast, wie du weißt, originelle Gedanken, die zum Teil besser sind, als meine jemals waren. Der Tod macht mich bloß größer, und das ist seltsam, denn ich bin jetzt eigentlich sehr klein als Toter. Ein Stäubchen in deinem Geist.«

»Ich hätte dich gern wieder nicht nur in meinen Träumen...«

»Das ist wohl kein Traum. Du bist wach.«

Martin seufzte und schüttelte den Kopf. »Ich denke, wir haben das Schlimmste hinter uns; und dies bin ich. Ich schlafe und träume und warte darauf, daß das alles ein Ende nimmt. Langeweile kann uns das antun. Ich denke, wir schlafen jetzt alle, einander überdrüssig und verdrießlich, in einem winzigen Raum zu sein.«

»Du hast doch an Ariel gedacht, nicht wahr?«

»Das nehme ich an... Was kannst du mir über sie sagen?«

»Nichts, was du nicht schon weißt. Das ist der Nachteil, wenn man tot ist. Ich kann nur deine Gedanken spiegeln.«

»Was weiß ich also über sie, das ich nicht erkennen kann?«

»Sie ist zäh, sie behält den Kopf, sie glaubt an sehr wenig, und sie ist zu Großem fähig.«

Liebe ...

... für einzelne, für Familie, für Gruppen, für Gefährten, für das Schiff, für die Welt, für die Erde.

Wie kommt man dazu, eine Welt zu lieben? Man ist in sie hineingeboren, von ihr durchtränkt, ist die Welt ein Teil von allem und nicht differenzierbar. Die *Dämmerungsgleiter* war eine Welt, auf ihre Weise so groß wie ein Menschenleben, voller Plätze zum Leben, voller Träume zum Träumen, sogar Fragmente der Erde bietend. Wissenschaftlich und neugierig hat Theodore Dawn, ständig beobachtend und Notizen machend, sich über seine Linsen und klaren Wassertanks gebeugt in der Wohnung, die er mit Martin teilte, sein persönliches Äquivalent für die Katzen und Papageien, die andere Kinder als Schoßtiere und Maskottchen hielten. Die Linsen – das Äquivalent der Mütter für Mikroskope – schwebten in der Luft vor Theodores Gesicht wie kleine weiße Juwelen, lichtbrechende Felder von einer besseren optischen Kraft und Klarheit als Fluorit. In einem kleinen sphärischen Feld festgehalten, das Sauerstoff hereinließ, aber Wasser am Entweichen hinderte, waren einige Exemplare von *Chaoborus*, den Larven von Phantom-Mücken, die Theodore so sehr schätzte. Die Exemplare wurden durch sanfte

Felder am Fliehen gehindert ... Felder innerhalb von Feldern, die Theodore Zugang zu diesen lebendigen Kreaturen gestatteten, wie es auf der Erde unmöglich gewesen wäre.

»Recht hübsch«, sagte Theodore. »Und noch besser – harmlos. Freust du dich nicht, daß ich keine Moskitos züchte? Du würdest dich nachts einschleichen und meine Tanks zerstören.«

»Wir würden damit zurechtkommen«, sagte Martin.

»Nein, das würdet ihr nicht«, sagte Theodore. »Ihr seid viel zu schlau ...« *Chaoborus,* Zooplankton, Phytoplankton, Spielarten schöner Algen und über dem Teich summende Phantom-Mücken, die fast unsichtbar sind und sich an den Wänden putzen, ohne zu wissen, daß sie nicht auf der Erde befinden.

Martin fragte: »Glaubst du, wir wissen, wo wir sind?«

»Du meinst, daß wir es nicht wissen und nicht können, nicht da, wo es darauf ankommt. Nicht in unseren Eingeweiden und Zellen. Wir tragen die Erde immer mit uns. Wenn ein Elternteil stirbt, bleiben die Gene und die Erinnerungen zurück, die nur geringere und schwächere Fäden sind.«

»Meine Eltern leben wahrscheinlich noch, aber ich kann sie nicht fühlen.«

»Wir befinden uns auf entgegengesetzten Seiten eines Golfs der Physik, der für uns Mücken schwer in unseren Eingeweiden zu verstehen ist«, sagte Theodore. Er grübelte über seinem sphärischen, durch ein Feld gebundenen Teich und rührte darin mit einem Glasstab. Er beobachtete die Algen, die sich um den Stab wickelten und machte Geschichte unter den Mikroorganismen, den Pantoffeltierchen, Rädertierchen, Euglenoiden, Kieselalgen, Desmiden, Amphipoden und Ostrakoden, die zwischen den Wasserflöhen umhersausten.

Die vergleichsweise großen *Chaoborus*-Larven, dünn

wie Geister, mit arg gekrümmten Schnäbeln und Köpfen mit schwarzen Augen sowie schön gemusterten Paaren von Schwebeorganen vorn und hinten, huschten vor den Strömungen davon.

Martin rollte sich auf die andere Seite, öffnete die Augen und fühlte das Prickeln in seinen Lidern. Bei manchen Bewegungen fand er Widerstand. Plötzliche Rucke alarmierten vielleicht die Felder, obwohl sie seine Substanz nur um einige Zehntausendstel in den verbotenen Schlund von eintausend Ge einsenkten.

Am besten war es, sich überhaupt nicht zu bewegen wie die meisten Kinder.

Theresa und Ariel plauderten im Sitzen ruhig über Hans den Ewigen und andere. Währenddessen erblickte Martin Hans und Theodore beisammen. Sie hatten, obwohl sie enge Freunde waren, nur selten miteinander gesprochen. Hans fragte Theodore, was er von Martin hielte, und ob Martin das hätte, dessen er bedurfte, um Boss zu sein.

»Er ist nicht dieser Meinung«, sagte Theodore und zwinkerte über die Schulter Martin zu. »Er meint, daß er sich zu viele Sorgen macht.«

»Denkst du, daß ich das habe, was nötig ist?«

Theodore sagte: »Niemand, der Boss sein möchte, sollte es sein.«

»Ich will nicht …« Aber das Gesicht von Hans zeigte nur wenig Hoffnung.

Theresa und Ariel diskutierten über die Gewänder, die die Wendys tragen würden, wenn alles getan wäre und sie einen Bund mit einer anderen Welt eingingen.

Theresa trug dieses Gewand, während sie durch den Mittelgang einer großen Kathedrale schritt. Das Kleid war weiß drapiert wie ein Gewebe aus Quarzkristallen und Diamanten, übernatürlich leicht und schön. In ihrem Haar trug sie Rubine, Smaragde, Opale, Berylle und Blumen aus Selenit, Celestit, Amethyst, Granat, Achat und Saphir. An den Händen hatte sie Kombinationen von isländischem Doppelspat, weißem Aragonit, grünem Azurit, und blauem Lapis, welche die Mitgift ihrer Mutter darstellten. Und Theodore war Brautführer in einem Anzug, der ganz aus schimmernden Mücken, Schmetterlingen und Motten gewoben war. Martin wartete am Altar. Hinter ihm öffneten sich die Arme einer anderen Welt, noch schöner als die Erde, was kaum glaublich war.

Jetzt redeten die Frauen darüber, eines Tages Kinder zu haben. Ariel schüttelte hartnäckig den Kopf und sagte, sie würde keine gute Mutter sein; sie wäre zu grob zu anderen und genösse keine Sympathie. Aber Theresa sagte, daß Instinkte ihr Teil dazu beitragen würden und daß sie zärtlich sein würden.

Drei Tage in diesem kleinen Raum nur schlafen und reden, nur wenige Male essen; denn Speise wurde schlecht verdaut unter der Tyrannei volumetrischer Felder, die murrend neue Moleküle der Gleichung des Körpers zufügten.

Der Boden des Universums war perverserweise hell, und das obere Ende war dunkel. Die *Dämmerungsgleiter* war aus der Dunkelheit herausgefallen, weg von dem verschwommenen und verdrehten Ring aus Sternen. Aber es galt noch, diese steile Klippe hinunterzusteigen aus drei Vierteln der Lichtgeschwindigkeit zu nicht weniger als einem Hundertstel eines Prozents von c – eine verschwenderische Abgabe von Impuls, der später aus Treibstoff wiedergewonnen werden mußte in demselben System, das zu töten sie versuchen würden.

Sie taumelten auf den zentralen Herd zu. Ihr fast geradliniger Kurs krümmte sich allmählich wie ein geschickt gezogener Draht. Sie verlangsamten auf ein halbes c, ein viertel, ein zehntel, ein hundertstel und dann ein tausendstel und ein zehntausendstel.

Bremsen und Eindringen, auf Mord erpicht.

Die enorme Last des Impulses verschwand, und die Kinder waren nicht mehr schnelle Götter, sondern Tauben im Kopf einer sehr ruhigen dunklen Bombe, die durch das Haus schlich, das Sonnensystem von Wormwood.

Martin öffnete die Augen, breitete Arme und Finger aus und genoß die Freiheit, ohne nervöse Erregung und Tyrannei zu sein.

Therese beugte sich, schon wach, über ihn und sagte: »Es ist vorbei. Wir sind da.«

In den ersten Stunden der Freiheit von dem verkrampften Raum extremer Bremsung machten sich die Kinder wieder mit dem Schiff vertraut. Martin führte sie vom Bug zum Heck und folgte dabei der von seinem Handy projizierten Karte.

Die Schildkröte hatte die Gestalt einer gedrungenen Hantel angenommen. Die dritte Heimkugel hatte sich in zwei Hemisphären geteilt und den zweiten Hals absorbiert und neu disponiert als verbindende Röhre dazwischen. Der Bug war nur eine Blase auf der stumpfen Front der vorderen Hemisphäre, und der Schwanz war verschwunden.

Hakim richtete das Suchabteil im Bug der *Schildkröte* ein, um zu sehen, was es zu sehen gab. Die neue Sternsphäre war rasch mit Information gefüllt, und Hakim musterte sofort ihre Zielwelten eine nach der anderen durch, während Martin beobachtete. Den felsigen Nebukadnezar ganz innen, Ramses als nächster und weit draußen auf der entgegengesetzten Seite von Wormwood Herodes, der massive ausgebeutete Gasriese. Auf diese Entfernung gab es noch keine größeren Überraschungen, eine halbe Milliarde Kilometer von Nebukadnezar entfernt; aber die Bilder in der Sternsphäre waren erfreulich klar und rein.

Hakim sagte zu Martin: »Was würden wir gern wissen?«

»Die Macher in der äußeren Wolke könnten in ein paar Wochen fertig sein«, erwiderte dieser. »Wir müssen unser erstes Ziel bestätigen oder die Macher durch gebündelten Strahl unterrichten, daß wir ein anderes ausgesucht haben.«

Die Macher waren außer Mofixreichweite. Eine gebündelte Lichtbotschaft würde Tage brauchen, um sie zu erreichen. »Wir müssen wissen, welches die aktivste Welt ist und ob es irgendwelche Verteidigungen gibt.«

Die *Schildkröte* war nur ein Sechstel so groß wie die *Dämmerungsgleiter,* aber immer noch groß genug für die Kinder, um darin herumzutoben. Die ungewohnten Korridore rochen neu, wie frische, von den Müttern angefertigte Kleider. Martin nahm von der neuen Konstruktion so viel auf, wie er konnte, beurteilte ihre Brauchbarkeit für ihre Bedürfnisse, fand sie inadäquat, aber mit einer starken kindischen Art von Enttäuschung. Er vermißte die großen Räume der *Dämmerungsgleiter.* Er schob diese Enttäuschung beiseite.

Unter Führung von Martin begaben sich die fünfunddreißig Kinder in der *Schildkröte* auf Leiterfeldern zu einem kleineren und kürzeren Hals hinunter zu dem neu entworfenen und eingerichteten Waffenlager, wo die Container mit den Machern und Tuern, welche in die inneren Welten von Wormwood vorstoßen würden, ganz nach vorn gerückt waren.

Paola Birdsong und Stephanie Wing Feather schafften die ersten Container in die sechs Bombenschiffe. Das gehörte zu dem von den Müttern geforderten Ritual, wonach die Kinder soviel wie möglich Verantwortung für ihre Waffen und ihre zugewiesenen Aufgaben übernehmen sollten, um den Job selbständig auszuführen. Martin bestätigte die Ladung, und die Kriegsmutter inspizierte die Ergebnisse. Das Training machte sich bezahlt. Es war perfekte Arbeit geleistet worden.

Nachdem der erste Teil der Arbeit erledigt war, gab Martin Erlaubnis, neue Unterkünfte einzurichten und die Dinge herzustellen, derer sie bedurften. Keine persönlichen Güter oder Schoßtiere waren zur *Schildkröte* mitgebracht worden.

Das erste gemeinsame Essen würde in einer Stunde beginnen.

Binnen drei Tagen, während die *Schildkröte* weiter in die Senke der Gravitation von Wormwood hinunterglitt, wären vielleicht ihre Eingewöhnung, Unterkunftseinrichtung und Güterherstellung nichts mehr wert gewesen. Das Schiff könnte sich wieder verändern müssen, um es mit allen Verteidigungen aufzunehmen, welche die Planetenkiller aufzubringen imstande wären.

Aber bis dahin wollte Martin ein Gefühl von Normalität schaffen, um seine Kinder so stabil und zufrieden zu halten, wie er konnte.

Sie wußten aber alle, daß ihr Heim dahin war. Die Chancen, daß die *Dämmerungsgleiter* wieder so zusammengefügt werden würde, wie sie gewesen war, waren gleich Null. Die Chancen, daß sie alle überleben würden... daß Wormwood keine Verteidigungen hätte und keine Sensoren, um ihre Anwesenheit zu entdecken, waren auch gleich Null.

Hakim kam zu Martin ins Waffenlager, als er seine Inspektion beendet hatte, wartete geduldig und trat an den Boss mit vor Begeisterung strahlendem Gesicht heran. Er sagte: »Es gibt Neuigkeiten, mehr und noch dazu sehr interessante Information.«

Martin besah sich die Anordnungen von Fahrzeugen im Lager, die Bombenschiffe auf ihren Pylonen und die Container mit Tuern, die an Ringen befestigt waren. Stephanie Wing Feather und Paola Birdsong schwebten zwischen den Schiffen wie Vögel zwischen zwei grauen Fußbällen und lauschten. Alle Kinder im Lagerraum hörten zu.

»Wir sollten die Nachrichten alle zusammen anhören«, entschied Martin. »Wir werden uns beim Essen auf den neuen Stand bringen lassen.«

Hakim projizierte seine Information nach ihrer hastigen Mahlzeit. Zuerst zeigte er ihnen Nebukadnezar, wie er von der *Hase* aus beim Durchqueren des Systems gesehen wurde. Eine gelbbraune Welt mit rötlichbraunen Flecken und schmalen grünen Bändern.

Hakim sagte: »Wie wir schon aus größerer Entfernung festgestellt haben, ist dies der aktivere der beiden Planeten nach den Vibrationen seiner Kruste zu schließen. Nebukadnezar ist sehr ruhig, aber entschieden bewohnt, wenn auch nur von Maschinen. Die Sensoren der *Hase* verraten uns bei ihrer Passage, daß sich höchstwahrscheinlich verschiedene Arten von Maschinen im Innern des Planeten befinden. Wir denken, daß sie die obere Kruste einnehmen aber nichts darunter, und daß sie sehr leistungsfähig sind. Sie benutzen Felder, um Substanzen zu befördern – möglicherweise Gase, Wasser und andere kühle Flüssigkeiten, geschmolzenes Gestein, geschmolzene Metalle, feste Körper und Brei. Wir können nicht beurteilen, wie viele individuelle biologische Kreaturen von diesen Maschinen bedient werden könnten, aber an der Oberfläche sind keine zu erkennen. Die Oberfläche ist täuschend ruhig. Allzu ruhig, wie ein Soldat oder Westernheld wohl gesagt hätte. Vielleicht fühlen sie sich genötigt, sich zu verstecken ...«

Martin schüttelte den Kopf. »Im Verstecken sind sie nicht sehr gut. Wenn wir etwas entdecken können, können andere das ebenso gut.«

Hakim gab das zu und fuhr fort: »Dem Planeten fehlen, wie wir schon früher bemerkt haben, deutliche Wettererscheinungen. Seine Luftströmungen sind fest und stabil, eine höchst unnatürliche Situation. Was einmal ein Ozeanbecken war, ist seit Jahrtausenden leer, und es gibt keine Reservoire. Zum größten Teil, mit

Ausnahme einer alten Bautätigkeit, scheint die ganze Oberfläche eine verlassene Wüste zu sein. Wir schließen daraus, daß Wasser in den alten Beständen entweder durch jähe Wetteränderungen verlorenging – unwahrscheinlich – oder jahrtausendelang geopfert wurde, um flüchtige Substanzen zu liefern.«

»Zur Umwandlung in Anti-M?« fragte Martin.

»Vielleicht«, räumte Hakim ein. »Nun kommt unsere Überraschung des Tages. Die Schiffe müssen zu klein sein, als daß man sie früher bemerkt hätte und viel zu wenige, um wirklich von Handel sprechen zu können. Vielleicht zehn Schiffe verkehren in Bahnen geringer Energie zwischen Nebukadnezzar und Ramses, und nur eines fährt nach außen zu Herodes. Sie alle scheinen radioaktive Partikel nachzuschleppen, was auf primitiven Anti-M-Antrieb oder vielleicht Fusion schließen läßt. Die Schiffe müssen trivial sein. Spielzeug, wie ...«

»Boote in einer Badewanne«, meinte Stephanie Wing Feather.

»Ja. Wenn es sich wirklich um Spielzeug handelt, dann gibt es keinen Raumfahrt treibenden Handel mehr im Wormwoodsystem ... keinen, den wir entdecken können.«

»Falls es irgendwelche Bewohner gibt, sind die physisch?« fragte Martin.

»Ich schätze, nein. Jedenfalls nicht in diskreten biologischen Körpern. Alle Mitteilungen der Mütter über andere Welten und die Merkmale ihrer Entwicklung besagen, daß Nebukadnezar und Ramses alt sind, vielleicht eine Milliarde Jahre älter als die Erde; und daß ihre Zivilisationen, falls es sie noch gibt – sofern es sich um Intelligenzen handelt, die die planetare Aktivität kontrollieren –, zu einer nichtbiologischen Matrix übergegangen sind.«

»Vielleicht haben sie Wormwood gänzlich verlassen«, meinte Paola Birdsong.

Hakim runzelte die Stirn. »Irgend etwas geht da unten vor. Wenn die primären Zivilisationen Nebukadnezar und Ramses aufgegeben haben, haben sie Maschinen für den einen oder anderen Zweck hinterlassen.«

»Das ergibt keinen Sinn. Wenn niemand da ist und wir diese Welten zerstören, was erreichen wir damit?« fragte Ariel.

»Ich glaube, daß hier Intelligenzen sind«, sagte Hakim. »Es herrscht Aktivität; sie ist nur sehr schwach. Vielleicht leben sie schon lange versteckt und sind einfach nachlässig geworden ...«

Martin dachte kurz darüber nach und sagte: »Wir setzen die Macher und Tuer ab und rekognoszieren, sofern möglich. Immer noch kein Anzeichen von Verteidigungen?«

»Keines«, sagte Hakim.

»Und die fünf Massen innerhalb der Bahn von Nebukadnezar?«

»Immer noch unbekannt«, sagte Hakim. »Ich widme mich ihnen jetzt mit Vorrang.«

Das System der Planeten um Wormwood umfaßte fünfzehn Milliarden Kilometer mit der Großen Achse der Bahnellipse des äußersten Planeten. Die *Schildkröte* würde nur im Notfall zu extremer Beschleunigung übergehen; und das machte das System so ausgedehnt hinsichtlich ihres derzeitigen Zeitverlaufs wie die Räume zwischen den Sternen. Die Erkundung könnte für sie Jahre beanspruchen ... Oder sie könnten ihren Job tun und so gut wie möglich hinausfahren, um sich wieder mit der *Hase* zu treffen und vielleicht das neue Leben zu beginnen.

Martin machte seine Unterkunft klein und dürftig, gerade groß genug, um zwei Personen einen angenehmen Aufenthalt zu bieten. Er beanspruchte nicht viele Sachen und hoffte, den anderen damit ein Beispiel zu geben.

Es waren noch viele Entscheidungen zu treffen, aber nicht durch Abstimmung unter den Kindern. Das lag jetzt allein bei ihm. Das Urteil war gefällt worden und das System zum Untergang verdammt. Aber wieviel würden sie zu der gesamten Bemühung gegen die Planetenkiller beitragen können? Wie viel konnten sie hier über Entwicklung und Wachstum solcher Zivilisationen erfahren, über Intelligenzen, die so auf Vernichtung und Mord aus waren?

Martin beratschlagte mit sich selbst: Wenn Wormwood Hinweise auf die Morphologie solcher Zivilisationen böte, wäre es ihre Pflicht, möglichst viel in Erfahrung zu bringen, um den Wohltätern zu helfen. Das bedeutete Zeit und Untersuchungen – unter stark erhöhtem Gefahrenrisiko.

Martin sagte seinem Handy: »Ich möchte mit der Kriegsmutter sprechen.« Einige Minuten später erschien diese an der Türöffnung seiner Unterkunft, und er bat sie hereinzukommen. Die schwarze und weiße Farbe auf ihrer Oberfläche hatte angefangen abzublättern. Man würde sie bald erneuern müssen.

Martin legte in ein paar kurzen Sätzen seine Gedanken dar und bat um Rat.

Die Kriegsmutter sagte: »Jede gewonnene Erkenntnis könnte nützlich sein, falls wir je in die Lage kommen, das, was wir lernen, einem anderen Schiff des Gesetzes weiterzugeben.«

»Wäre das *kritisch entscheidend?*« fragte er.

»Das läßt sich unmöglich sagen, ehe das Wissen gewonnen ist.«

Martin lächelte schief und fragte sich, weshalb er überhaupt auf solche Gespräche einging. Als Boss lag alles bei ihm, bei seinen Instinkten, denen er nicht traute.

Er biß sich nachdenklich auf die Lippe und füllte die Lunge mit einem Zug kühler Luft. Wenn die Dinge auf Mars und Venus schiefgingen, wenn das Sonnensystem angegriffen würde (oder inzwischen angegriffen worden *war*) und die Wohltäter verlören (oder verloren hatten), wären die Kinder und die Aufzeichnungen in den Schiffen des Gesetzes alles, was übrig bliebe ...

Es könnte viel mehr auf dem Spiel stehen als bloß ihre individuellen Personen. Er überlegte, ob in einem entscheidenden Augenblick die ganze Erde durch ihn schreien könnte, die Welt in seinen Genen an seine Seele herantreten und der Geist der irdischen Schöpfung Überleben um jeden Preis verlangen würde.

Martin wischte sich mit dem Ärmel Schweiß von der Stirn.

Ich fürchte den Geist der Erde.

Er sagte: »Dann konzentrieren wir uns auf unseren Job und lernen, was wir können.«

Diesmal war er der Kriegsmutter für ihr Schweigen dankbar.

Die *Schildkröte* trieb ruhig dahin wie ein Stein. Innen bereiteten sich die Kinder vor, hielten Wache, lauschten auf das natürliche Grummeln von Nebukadnezar, Ramses und Herodes und das hohe Summen und Quietschen von Wormwood und verfolgten die feinen Lichtpunkte, welche Schiffe darstellten.

Driften, immer weiter um die flache Welt von Wormwood durch seine weite und leicht gekrümmte Prairie von Gravitation.

Die Kinder wurden ruhiger und nüchterner.

Theresa und Martin fanden noch Gelegenheit für einen Geschlechtsakt; er fiel hektisch aus und war mehr von Notwendigkeit geprägt als von Enthusiasmus. Ramses, etwas größer als Nebukadnezar, mußte einst in einem dichten vulkanischen Dunst gehüllt gewesen sein, mit hohem Gehalt an Schwefelsäure, wovon sich in seinem Boden noch Spuren fanden. Irgendeine innere Anomalie – ein großer unverdauter Klumpen von Uran, hatte den Planeten bis in sein hohes Alter warm und stark vulkanisch aktiv gehalten. Er war nur durch Einwirkung von Zivilisation gebändigt worden, vielleicht von Nebukadnezar aus, falls sich dort zuerst Leben um Wormwood gebildet hatte, vielleicht von Leviathan, dem nächsten Sternsystem, oder sogar Behemoth, ehe er zum roten Riesen wurde.

Martin studierte die Berichte des Forschungsteams über Nebukadnezar Stunde um Stunde. Hakim schlief nicht. Martin befahl ihm schließlich, sich auszuruhen, als er ihn kaum imstande, sich zu bewegen, auf einem Leiterfeld gefunden hatte.

Abwärts, abwärts …

Die Zeit verging rasch genug, zu schnell für Martin. Es gab keine Zeit für die notwendigen Gedanken und die Folgerungen, die er ziehen mußte.

Das Ziel ihrer Reise, vielleicht der Hauptzweck ihrer Existenz, näherte sich allzu rasch.

Die Macher deponierten in dem vorgeburtlichen Material um Wormwood Gesteinsschotter, das in genügend Neutronium umgewandelt war, um die Oberfläche eines Planeten zu schmelzen.

Nachdem sie der *Schildkröte* in stundenlangem Gebrumm geringer Informationsdichte über Kanäle, welche das kosmische Geplapper entfernter Sterne nachahmten, ihre Lage gemeldet hatten, verstummten die Macher. Die Zeit, ihnen andere Anweisungen zu geben, war vorüber.

Ob die *Schildkröte* erfolgreich sein würde oder nicht – die Macher würden verstohlen ihre Waffen in das System einführen. Diese Waffen könnten jahrelang unterwegs sein …

Martin schwebte in einem Netz neben Theresa. Beide waren wach. Lange Zeit – fünfzehn, zwanzig Minuten – sprachen sie beide nicht, zufrieden (wenn dies das Wort dafür war), sich bloß nebeneinander ausstrecken zu können, Fleisch an Fleisch zu wärmen und dem Ein- und Ausströmen ihres Atems zu lauschen.

Schließlich sagte Martin: »Wir schaffen es.«

»Du meinst, es ist fast getan.«

»Ja. Die Mütter haben uns gut trainiert.«

»Zum Zerstören.«

Martin knurrte. »Um *was* zu zerstören? Die Killer haben sich ausgeräuchert oder sind abgehauen. Um wie viele Jahrtausende waren sie uns voraus?« Er knurrte noch einmal und streichelte ihren Arm. »Warum haben sie die Erde getötet, wenn sie noch ihre Heimatwelten hatten und nicht einmal die anfüllen konnten? War es einfach Habgier?«

»Vielleicht war es Angst«, sagte Theresa. »Sie fürchteten, wir könnten Maschinen schicken, um *sie* zu töten.«

Martin stimmte zu. »Im Wald hat ein jeder Angst. Töten oder getötet werden.«

»Töten oder getötet werden«, wiederholte Theresa.

Nach einer Pause sagte Martin: »Mir gefällt es nicht, was ich geworden bin. Was ich tue.«

»Hast du *mich* gern?«

»Natürlich.«

»Mir geht es genauso.«

Er zuckte die Achseln, nicht imstande, den Widerspruch zu erklären.

»Fühlst du dich schuldig?« fragte Theresa.

»Nein«, erklärte Martin. »Ich will ihre Welten in Schutt und Asche legen.«

»Hm«, sagte Theresa.

»Und du?«

»Fühlst du dich schuldig?«

»Nein. Ich möchte zusehen.«

Sie antwortete einige Zeit nicht. Ihr Atem ging regelmäßig wie im Schlaf. Dann sagte sie: »Nein. Aber ich werde es tun. Für jene, die es nicht können.«

Fallen, fallen. In das helle Untergeschoß von Wormwood, um den Herd herum, hundert Millionen Kilometer von Nebukadnezar entfernt, schweigend wie ein Gespenst, kleiner als eine Mücke, mit schneckenartiger Langsamkeit. Beobachtend konzentrierten sich Hakim und sein Team auf die Disziplin und die Aufgabe, hielten ihre Gedanken eng auf dieses eine Ziel gerichtet.

Martin ging von Kind zu Kind, von Wendy zu Verlorenem Jungen, redend, ermutigend, bis seine Kehle heiser und seine Augen trübe waren. Während dieser Tage sprach er das eine oder andere Mal zu allen und hielt, wie sein Vater es getan hätte, den Kontakt über jene räumliche und zeitliche Kluft, wo Gleichzeitigkeit sinnlos war außer in dem betrogenen, träumenden Geist.

Alles wie ein Traum, unheimlich irreal. Die neuen Räume der Schildkröte wirkten ihrem Gefühl entgegen, daß sie zugehört hatten und dreifach entfernt waren von den Realitäten, die ihr Körper zu verstehen gelernt hatte: Erde, Arche, *Dämmerungsgleiter*. Sie gehörten nur noch zu ihrem Werk.

Theodore hätte dies sehr mißfallen, dachte Martin. Er hätte sich über die monomane Lebensillusion geärgert und nach einer überbrückenden Wahrheit verlangt, einem zusammenhängenden Zweck zwischen dem, was einst auf der Arche gewesen war, und jetzt, wo Zweck und Zusammenhang verlorengegangen waren.

Er hätte wenig Erfolg gehabt; oder er hätte sich verändert wie sie alle, wie Ariel sich verändert hatte, indem sie ihre offenkundigen Bedenken unterdrückte, sich kaum je beklagte und mit den übrigen auf der absteigenden Bahn der *Schildkröte* dahintrieb.

Aber später dachte Martin, *Theodore hätte Erfolg gehabt, besser als ich. Er wäre zum Boss gewählt worden. Er würde seine Verantwortung tragen. Er würde seine Wasserbecken und den Chaoborus vermissen, wundervoll glasige häßliche Bewohner der Erde. Aber er würde seine Energien konzentrieren. Die Kinder würden ihn respektieren, und er würde nicht erwarten, daß alle ihn liebten.*

Die Erde sprach nicht für Rache. Sie sprach für Überleben.

Hinunter, hinunter.

Martin ging durch die *Schildkröte* von Kind zu Kind, geführt vom Bild seiner Eltern und im Versuch, für die Kinder das zu sein, wozu die Mütter nicht fähig waren.

Seltsamerweise stellte Martin fest, daß sich ihm alte Erfahrungen eröffneten, wenn er zu seinen Schiffskameraden sprach, plötzlich wiederbelebte Blumen der Erinnerung. Das Saugen an der Brust seiner Mutter, ihr warmer voller Geruch wie von Rosen, das Lächeln auf ihrem Gesicht, wenn sie ihn in ihren Armen anschaute – ein alles billigende Lächeln, das die Mütter nicht hervorbringen konnten. Alles vergebend, alles liebend, die sanfte Ekstase des Flusses ihrer Milch.

Er erinnerte sich an die Disziplin und Liebe seines Vaters, weniger sanft als die seiner Mutter. Die Schuld seines Vaters, wenn er Martin züchtigte, besonders wenn dieser das provoziert hatte. Die stille Depression seines Vaters, wenn er sich vor Frau und Sohn abschloß, während die Mutter friedlich mit Martin dasaß. Die späteren Jahre mit weniger Prügel – nicht nachdem er sechs war – und die Tage des Beisammenseins in den Sommern vor dem Tod der Erde; und die Rückkehr seines Vaters aus Washington, D.C., die Erkundung eines Flusses auf einem Floß, die Durchforschung des Waldes ums Haus herum, reden, bisweilen die Schweigsamkeit und Feierlichkeit seines Vaters, der zu anderen Zeiten überquellend und sogar zu Späßen aufgelegt war.

Arthurs Liebe für Francine, die Martins Kindheit ständig wie Sonnenschein erfüllte. Martin vergaß nicht die Streitigkeiten, die Dispute in der Familie; aber die gehörten ebenso zum Bild wie Runzeln in der Haut oder Gebirge auf der Oberfläche der Erde oder Wellen im Meer ... auf und ab in einem emotionalen Terrain.

Die Erinnerungen halfen Martin, jenen Sinn für Zielstrebigkeit zu behalten, den sie hatten, als sie die Arche verließen und aus dem Keller der Sonne in die endlose Dunkelheit hinaufkletterten.

»Wir haben immer noch nichts gefunden, das eine Verteidigung darstellen könnte«, erklärte Hakim am achtzehnten Tage. Die Kinder der *Schildkröte* schwebten in der Cafeteria um ihn und hörten den letzten Bericht des Suchteams. »Planetare Aktivität hat nicht zu- oder abgenommen. Wir sind nicht von irgendeiner künstlichen magnetischen Strahlung bestrichen worden, die wir kennen. Wir scheinen sie durch Überraschung zu erwischen.«

Martin hing mit gekreuzten Beinen hinten in der Gruppe, Theresa neben ihm. Er begab sich mit Leiterfeldern zum Zentrum der Cafeteria, als Hakim fertig war.

»Wir haben einige Möglichkeiten zur Wahl«, sagte Martin. »Wir können Macher und Tuer erst in Nebukadnezar absetzen, dann desgleichen bei Ramses, und hoffen, daß sie genügend Rohmaterial finden, um ihre Arbeit zu tun. Oder wir können unseren ganzen Treibstoff und den größten Teil des Schiffs in Bomben verwandeln und darauf konzentrieren, einen Planeten abzuhäuten. Wegen des Mangels an flüchtigen Substanzen können wir wahrscheinlich nicht mehr als einen beschädigen. Schon die Abschälung *eines* Planeten wird wahrscheinlich den größten Teil unseres Treibstoffs und große Brocken der *Schildkröte* erfordern. Oder wir können schlafen und darauf warten, daß uns die Macher und Tuer in der vorgeburtlichen Wolke ihre Waffen herunterschicken.«

»Laßt uns abstimmen!« sagte Ariel, als er eine Pause machte.

»Nein!« Er schüttelte energisch den Kopf. »Das ist keine Sache der Abstimmung.«

»Warum nicht?« fragte Ariel leidenschaftslos. *Wir*

haben alle Mordgesichter. Gesichter, die zeigen, daß niemand daheim und niemand verantwortlich ist.

»Weil der Boss jetzt alle Entscheidungen trifft«, mahnte sie Stephanie Wing Feather.

Martin erwartete fast, daß Ariel die Cafeteria wütend verlassen würde. Aber das tat sie nicht. Sie entspannte sich, schloß die Augen, seufzte, öffnete sie wieder und beobachtete prüfend sein Gesicht.

Martin sagte: »Das ist eine harte Sache. Wenn wir lange genug warten, könnten wir erfahren, ob wir Herodes angreifen oder uns sogar auf ihn konzentrieren sollen. Wenn es dort keine Verteidigung gibt, ist das Risiko klein. Wir können alle flüchtigen Substanzen aus Nebukadnezars Atmosphäre heraussaugen, *ehe* der Planet vernichtet wird – viel leichter und schneller, als wenn wir ihn zuvor explodieren lassen …«

»Die Atmosphäre demontieren …«, sagte Andrew Jaguar schaudernd. »Wie Vampire.«

Mei-li erinnerte ihn mit kleiner zirpender Vogelstimme: »Wir werden den Planeten ohnehin zerpulvern.«

»Hakim, wie nahe müssen wir sein, um nachzuforschen?«

»Ich glaube nicht, daß es wirklich etwas bringt, wenn man näher als ein paar tausend Kilometer ist. Wenn es sein muß, können wir aus dieser Distanz Sonden ausschicken und eine größere Basislinie schaffen, um so viel Information zu bekommen, wie wenn wir bis zur Oberfläche hinunterflögen … Aber sicher würden wir ein stärkeres Echo in allen Sensoren erzeugen, die sie vielleicht haben.«

»Welche Basislinie?« fragte Martin.

Hakim beriet sich ein paar Sekunden lang mit seinem Team. »Wir denken auf diese Distanz etwa zehn Kilometer. Wir könnten bis zu Käfern in der Luft auflösen, falls es welche gibt.«

»Die Macher und Tuer müssen aus einer Entfernung von nicht mehr als einhundert Kilometern ausgesetzt werden«, warf Stephanie ein. »Die Bombenschiffe haben voll betankt eine Reichweite von vierzig Ge-Stunden; und das kann bis zu beliebig vielen Kilometern im Orbit ergeben, wenn wir geduldig sind ... Wir wissen, daß niemand von uns länger als ungefähr vier Zehntagewochen in einem Bombenschiff leben kann, ohne verrückt zu werden. Wir könnten Schlaf erzwingen, aber das wäre nicht optimal.«

Die Parameter waren jetzt allen Kindern klar. Es mußte jeder Vorteil gegen ein Risiko aufgewogen werden. Martin hatte Tage zuvor mit Muttimathe gearbeitet und verschiedene Kurse gefunden, die hinsichtlich Gefahr und Nutzen gleichermaßen paßten. Theresa hatte seine Berechnungen geprüft, ebenso wie Stephanie Wing Feather und, wie er vermutete, auch Hakim Hadj.

Er sagte: »Wir schicken Fernsonden aus und vergrößern unsere Basislinie. Das scheint das geringste Risiko zu enthalten. Wir können alle benötigte Information in ein paar Tagen sammeln. Wir ziehen die Sonden zurück, lassen uns ruhig treiben, entsenden die Bombenschiffe, nehmen sie wieder auf, nachdem sie Nebukadnezar die Waffen injiziert haben, setzen unsere Tuer aus, um in den Ruinen flüchtige Stoffe aufzusammeln, beschleunigen so schnell wie möglich nach außen zu Ramses und exekutieren wieder. Wenn wir keine weiteren Anzeichen von Aktivität auf Herodes gefunden haben, treffen wir uns mit den Robotern nach einer Runde um Wormwood wieder. Danach messen wir unsere Ressourcen, berichten der *Hase,* schicken Tuer aus, um das wenige aufzunehmen, was es an Ressourcen auf Herodes gibt, und beschleunigen hinaus. Die beste Schätzung für ein Rendezvous mit der *Hase* lautet zwei Jahre. Noch ein Jahr, um uns wieder nach Wormwood zurückzuschwingen und die Roboter und das, was sie aufgelesen haben, einzusammeln.«

Die Kinder stöhnten. Sie hatten selbst viel Muttimathe gemacht, aber die Wahrheit traf sie hart, als sie sie von Martin erfuhren. Sie verloren jede Hoffnung auf schnelle Aktion und das Opfern von Treibstoff, um rasch wegzukommen. Sie erfuhren, was sie schon vermutet hatten, daß er nämlich den konservativsten und praktikabelsten Kurs wählen würde, auch wenn dieser viel Zeit kostete.

Über drei Jahre. Wach und wachsam. Und dann, da es unwahrscheinlich aussah, daß der Treibstoff für Beschleunigung bis nahezu Lichtgeschwindigkeit reichen würde, vielleicht noch Jahrhunderte, um nach Leviathan zu kommen …

Mindestens würden sie unter diesen Umständen schlafen müssen. In einem so langen Schlaf lagen Gefahren. Selbst ein Schiff des Gesetzes konnte altern.

Wenn er den Plan laut aussprach, nachdem er ihn kaum selbst klar durchdacht hatte, erschien dieser zugleich realer und seltsam über das Reale hinausgehend. Junge menschliche Wesen sagen solche Worte und planen solche Dinge.

Wie um die Absurdität zu betonen, kicherte Mei-li. Ihr Kichern erstarb rasch und fand im Raum kein Echo.

Hakim sagte: »Wir werden in sechs Tagen in Position sein, um die Bombenschiffe loszulassen.«

Nebukadnezar war für das bloße Auge leicht zu erkennen als ein heller Diamant unter den schwächeren Sternpunkten. Tag für Tag wurde er noch heller; und Martin ließ in der Cafeteria eine Sternsphäre einrichten. Während sie beim Essen waren oder sich in ruhigen geselligen Gruppen trafen, sahen sie ihr Ziel wachsen.

Die Fernsonden breiteten ihre Photonen abfangenden Felder aus wie Gewebe und sammelten klare Bilder der braunen Welt ein wie ein zehn Kilometer weit geöffnetes Auge.

Es gab keine Käfer in der Atmosphäre und kein auf der Oberfläche krabbelndes Leben oder organische chemische Vorgänge in den oberen Bodenschichten.

Die feinen Bewegungen von Nebukadnezar ähnelten einem leichten unregelmäßigen Herzschlag; aber die Profile der inneren Vibrationen paßten nicht zur Tektonik. Anders als bei Ramses war das Herz von Nebukadnezar kühl. Jede innere Wärme war längst entflohen.

Martin beendete das Studium von Hakims Zahlen, während die anderen schliefen, zwei Tage vor der Stunde H.

Die fünf inneren Massen blieben rätselhaft. Von diesem Winkel zur Ekliptik aus konnten sie nicht die Objekte messen, die an Wormwood vorbeigingen; aber eine zufällige Sternbedeckung erlaubte Hakim zu bestätigen. daß eines der dunklen Objekte einen Durchmesser von dreitausend Kilometern hatte bei einer Masse von ungefähr vierzehn Trillionen Kilogramm und nur einer Dichte wie Wasser. Die Dunkelobjekte könnten Haufen von Neutronium sein mit großen Zwischenräumen, umgeben von einer Hülle... oder es könnten mit Wasser gefüllte Ballons sein – eine faszinierende Idee, aber unwahrscheinlich.

Hakim sagte kopfschüttelnd mit grimmigem Gesicht und erschöpft: »Ich habe keine Vorstellung, was sie sind. Sie machen mir große Sorge, Martin.«

Martin spielte die Aufnahme von der inneren Masse bei der Sternbedeckung noch einmal ab und fügte graphische Darstellungen und Meßergebnisse hinzu im Versuch, mit übernatürlicher Intuition das herauszufinden, was man nicht sehen konnte. »Die Kriegsmutter hat keine Vorschläge?«

»Ich denke, diese Objekte liegen außerhalb der Erfahrung der Mütter«, sagte Hakim. Er sah aus, als ob er nachdächte, wollte aber nicht sagen: *Oder sie wollen es uns nicht mitteilen.*

Aber das wäre absurd.

Martin sagte mit leichtem Schauder: »Wir sollten jetzt die Fernsonden einholen.«

»Immer noch keine Anzeichen von Verteidigung, keiner Erkenntnis unserer Anwesenheit, keine Kampfvorbereitungen«, erklärte Hakim.

»Nichts, das wir entdecken können«, sagte Martin.

»Ich hätte gern mehr Zeit mit den Fernsonden, um etwas zu finden ...«

Martin dachte einen Moment lang darüber nach und nickte dann. »Noch weitere zwölf Stunden. Aber laß jemand anderen Wache halten! Du schläfst.«

»Nein«, sagte Hakim. »Dies ist meine einzige Pflicht. Ich wache, ich rechne, ich halte dich auf dem laufenden ... Vorläufig brauche ich keinen Schlaf.« Seine Augen starrten Martin aus tiefen Höhlen an. Sein Haar war zerzaust, sein Gesicht glänzte von Schweiß, und er roch leicht säuerlich.

Martin tätschelte seine Wange und sagte: »Schlaf fünf Stunden und mach dich sauber! Du wirst Fehler begehen, wenn du dich zu sehr antreibst. Fehler brauchen wir nicht.«

»Ich werde mit zwei Stunden Schlaf auskommen«, erwiderte er. Mit seinem engelhaften Lächeln fügte er hinzu: »Und ich werde mich duschen, um nicht Anstoß zu erregen.«

»Okay. Laß Jennifer Wache halten! Sie wird ein wachsames Auge haben.«

»Das ist, weil ich so besorgt bin«, sagte Hakim. »Was wir nicht wissen ...«

Als die Fernsonden eingeholt waren, beriet sich Martin mit Stephanie Wing Feather und Harpal Timechaser. Theresa und Jorge Rabbit hockten an der Peripherie der sonst leeren Wohnung. Sie repräsentierten die Kinder an Bord der *Schildkröte* bei dieser abschließenden Zusammenkunft des Bosses und der letzten Exbosse auf der *Schildkröte*.

»Stephanie...«, sagte Martin. »Was denkst du. In zwölf Stunden lassen wir die Bombenschiffe los. Was habe ich zu tun versäumt?«

»Nichts«, sagte Stephanie.

»Harpal?«

»Nichts. Wir haben alles getan, was man uns gelehrt hat, und alles, von dem wir wissen, wie es gemacht werden muß... Aber...«

»Es sieht zu gut aus«, warf Stephanie ein. »Keine Verteidigungen, keine Reaktion, ruhig und fast tot. Nichts von dem, was wir hätten erwarten sollen, und gegen das zu kämpfen wir geübt haben. Und...«

»Keine flüchtigen Substanzen«, sagte Harpal. »Das Nachtanken wird verdammt schwierig werden.«

»Stimmt. Wenn hier überhaupt etwas ist, so ist es eine müde, alte Zivilisation, die in ihrem Hightechgrab träumt«, sagte Stephanie. »Es bereitet keine große Genugtuung, einen alten Kerl zu töten, dem das nichts ausmacht.«

»Wormwood paßt in keins der Profile, nicht wahr?«

»Allerdings nicht«, sagte Martin. »Die Kriegsmutter hat nichts vorzuschlagen, außer dies könnte...«

»Ein fauler Zauber«, sagte Stephanie. »Etwas, das uns in ein totes System locken soll, aus dem wir uns nicht herausarbeiten können, etwas, um unsere Energie und Zeit zu verschwenden. Ein Fliegenleim mit der häßlichen Evidenz früherer Sünden als Köder.«

Martin legte den Finger an die Nase und zuckte die Achseln. »Die Kriegsmutter findet das Beweismaterial sehr zwingend.« Er sah Theresa an. Sie schien in Tagträume verfallen zu sein und starrte auf die Wand hinter ihm.

Jorge Rabbit sagte: »Wie, wenn es eine Falle ist, und wir werden für nichts geopfert?«

Martin antwortete nicht.

Stephanie sagte ruhig: »Wir haben unsere Entscheidung getroffen. Wir haben keinen Beweis dafür, daß es eine Falle ist. Wir wissen bloß nicht alles ganz genau.«

»Die fünf Massen«, gab Jorge zu bedenken.

»Nichts ist für immer sicher«, meinte Harpal.

Martin konnte das unvergrößerte Bild von Nebukadnezar mit der Hand bedecken. Eine Handbreite oder Faust genügte. Eine zartbraune Welt wie ein schmutziger Gummiball. Das Suchteam beriet unter sich in der Cafeteria. Es hatte den Bug vorübergehend verlassen; und Martin hatte die Gelegenheit ergriffen, um ihr Ziel allein zu betrachten durch Photonen, die direkt in seine Augen fielen.

Wir können euch töten, was immer ihr seid oder wart. Warum reagiert ihr nicht? Warum so schweigsam?

»Ich halte es nicht für eine Täuschung«, sagte William. »Ich denke, sie haben Wormwood als eine Art Opfer verlassen.« Er hatte den Bugraum betreten, ohne daß Martin es bemerkte. »Ich glaube, dies war ihre Heimatwelt; aber die ist jetzt alt, und sie sind es auch. Vielleicht haben sie die verantwortlichen Typen zurückgelassen, die Erbauer und Planer, um auf die Exekution zu warten.«

Martin sah William über die Schulter unwillig an.

William reagierte darauf mit einem entrückten Lächeln und hob die Hand, als sie aneinander vorbeischwebten, und schaute durch die transparente Nase des Schiffs. »Falls wir landen sollten und ihre … Kavernen, Tunnels, oder was immer sie haben, durchforschen, werden wir die Schuldigen antreffen, die auf uns warten, bereit für Gerechtigkeit.«

»Mein Gott, William!« sagte Martin und wandte sich ab.

»Das ist ein seltsamer Gedanke, nicht wahr?«

»Du sagst es.«

»Die Planer würden sich uns ausliefern, und die ganze Welt... Und das wäre noch nicht genug. Wir wollen doch, daß *sie alle* sterben, nicht wahr? Es würde nicht ausreichen, nur die Planer und Anführer zu erwischen.«

Martin wurde ärgerlich und sagte nichts. Diese Art von Phantasieren war mehr als nutzlos; sie war kontraproduktiv und vielleicht sogar schlecht für ihre Moral.

»Ich hoffe, du hast niemandem davon erzählt.«

»Ich behalte meine blöden Gedanken für mich... Sie sind nur für dich bestimmt.«

»Gut!« sagte Martin, vielleicht schärfer als nötig.

»Sei nicht so hart! Kannst du dir vorstellen, welche Schuld die Killer empfinden, falls überhaupt? Vielleicht sind sie aufgewachsen nach dem Start ihrer Maschinen, als es zu spät war. Oder vielleicht hat eine tyrannische, fanatische Regierung die Maschinen gebaut und gestartet und hat dann die Macht verloren, und andere sind gekommen und haben beschlossen, es wäre am besten, all dies für uns hierzulassen, damit wir ihre Heimatwelt vernichten könnten und vielleicht die Anführer... Das wäre doch hübsch, nicht wahr.«

»Hübsch ist nicht das richtige Wort«, sagte Martin, dessen Ärger abflaute. William war immer bereit, dieses merkwürdige Spiel zu spielen, etwas zwischen einem Advocatus diaboli und einem ungezügelten Kobold.

»Ich mache eigentlich keinen Spaß. Ich denke, daß es das sein muß. Wenn es eine Falle ist, sind wir schon zu nahe... Welche Art Falle funktioniert einmal, wenn vielleicht Dutzende oder sogar Hunderte von Schiffen des Gesetzes anrücken? Wir sind schon zu weit herangekommen, als daß dies eine Falle sein könnte. Wir haben sie erwischt.«

Martin nickte ganz knapp.

»Du mußt dich jetzt sehr eigenartig fühlen«, sagte William leise und neigte den Kopf. »Es ist so nahe.«

»Wir sind hier, hierauf haben wir gewartet, und hierfür sind wir ausgebildet worden.«

»Wir sind niemals für etwas so Leichtes trainiert worden«, sagte William. »Wenn es Lockvögel sind, wenn sie bloß ihre Brüste entblößen oder sonst etwas und brüllen *mea culpa*... Was wird uns das ausmachen? Gerade, wie wenn man sich vorbereitet, über eine hohe Mauer zu springen, und dann feststellt, daß es bloß eine Bordschwelle ist. Dann jahrelang in Frieden warten und darüber nachdenken. Wir könnten verrückt werden. Ich könnte verrückt werden.«

»Wir werden es schaffen«, sagte Martin. »Wie fühlst *du* dich?«

»Stumpf«, erwiderte William. »Ich will mit Fred Falcon auf einem Bombenschiff sein. Wir werden die Macher und Tuer gleich absetzen. Und dann nichts wie weg.«

»Ich wünsche, ich könnte bei dir sein«, sagte Martin.

William nickte. »Ich denke, wir sind privilegiert, den Auslöser zu betätigen, um die Erde zu rächen.«

»Mir geht es gut, William«, sagte Martin nach ein paar Minuten des Schweigens auf eine nicht ausgesprochene Frage. »Es macht keinen Spaß, aber das Leben soll jetzt auch keinen Spaß machen. Ist es das, worauf du hinauswillst?«

William streichelte Martin den Nacken. »Es sollte nicht so sein. Es müßte Lärm, Action, Gefahr, Aufregung geben.«

»Du bist einsam, nicht wahr?«

William schloß die Augen und sagte: »Ich empfinde wie Rosa Sequoia. Ich frage mich, wie sie auf der *Hase* zurechtkommen. Sie haben noch weniger zu tun als wir. Truppen der zweiten Linie.«

»Bist du einsam?«

»Nein, Martin, eigentlich nicht. Ich habe das alte sinnenfrohe Leben irgendwie aufgegeben. Es kommt mir so trivial vor. Ich denke, ich werde die Libido einfach abschalten und diese Zweideutigkeiten absorbieren. Nicht, daß es keine Möglichkeiten gäbe, die alte Libido zu betätigen. Du hast sehr wohlbedacht einige Landsleute in diese Seite der Trennung eingeschlossen. Die sind weniger gehemmt, als ich zu sein scheine. Es hat Angebote gegeben.«

»Aber keine Liebe«, sagte Martin.

William schloß wieder die Augen und nickte. »Es gibt zwischen uns jetzt nicht viel Liebe. Wie steht es mit dir und Theresa?«

»Immer noch Liebe«, sagte Martin und beobachtete prüfend das Gesicht seines Freundes.

»Muß ein Trost sein.«

»William, ich habe nie aufgehört, dich zu lieben!«

»Ich brauche noch keine Schmusereien als Trost«, sagte William mürrisch.

»Das meine ich nicht. Du bist ein Teil von mir.«

»Kein ausschließlicher Teil«, sagte William und sah Martin aus dem Augenwinkel an. Ein entschuldigendes Lächeln huschte über seine Lippen.

»Recht exklusiv«, sagte Martin. »Sex mit dir ist … *war,* als hätte man eine wundervolle Art von Bruder, ein Double, nicht gefährlich, bloß empfänglich.«

»Als wenn man mit einer Fernsonde davonstürmt«, meinte William. Martin kannte diesen Ton. Scharf, aber nicht boshaft.

»Keineswegs.«

»Männer kennen Männer. Frauen kennen Frauen. Das ist die große Rechtfertigung für homosexuellen Verkehr.«

»Hör auf, William!«

»Okay«, sagte William, wieder gemildert.

»Wenn ich über etwas nachdenke, bist du in meinem Kopf; und ich versuche, darüber nachzudenken, was du in einer gegebenen Situation sagen oder tun würdest. Ich spreche in meinem Kopf zu dir, und ich rede mit Theresa. Bruder und Schwester und mehr als das.«

Er log eigentlich nicht, aber das war strenggenommen nicht wahr. Er hatte wenig an William gedacht, wollte aber nicht, daß William das erführe oder es sich selbst zugäbe. Daß er William mit einem so geringen Trauma übergehen und ihn dennoch mit immenser Zuneigung betrachten konnte. Was für eine Art von Liebe war das?

»Du sagst, daß du an mich denkst, aber du lebst mit Theresa.«

Beide schauten auf Nebukadnezar, den Planeten, dessen wahren Namen sie nicht kannten falls er überhaupt einen hatte.

»Ob sie je geliebt haben?« fragte William.

»Dafür gebe ich keinen Pfifferling«, sagte Martin. *Meine Freunde und meine Heimat. Sie haben die Fische im Meer und die Vögel in der Luft umgebracht. Sie haben uns unsere Kindheit geraubt. Sie haben meinen Hund getötet.* »Es ist Zeit, daß wir dies hinter uns bringen und beginnen, unser eigenes Leben zu führen. Wir werden zu Schatten, wenn wir immer so weitermachen.«

»Amen«, sagte William. »Willst du, daß Therese jenes Kleid trägt auf einer anderen Welt, auf unserer Welt?«

»Allerdings«, sagte Martin.

»Das würde ich gern sehen. Auch ich möchte etwas Besonderes tragen.«

»Ich denke, das möchten wir alle«, sagte Martin.

»Aber erst ...«

Martin sah Williams Lippen arbeiten wie in stillem Gebet. *Für sichere Fahrt? Oder um Vergebung?*

Wird sichere Fahrt ein Zeichen von Vergebung sein?

Keine Zeichen, kein Trost, keine Vergebung. Keine Schuld. Der Wald war voller Wölfe.

Kein gütiger und gerechter Gott konnte so etwas erlauben. Die Natur konnte es: aber die hielt ein Gleichgewicht aufrecht.

Der Wald war auch voller Jäger.

Die Piloten der Bombenschiffe sammelten sich in den Waffenlagern. Martin und die Kriegsmutter hatten den Vorsitz. Zwischen ihnen hing ein projiiziertes Bild von Nebukadnezar, dessen Aussehen sich änderte, während durch seine langsame Rotation aus Nacht Tag wurde und die sichtbare Sichel erkennbar anwuchs. Noch zwei Stunden bis zum Start.

Theresa und William schwebten neben ihrem Fahrzeug mit ausdruckslosen Gesichtern. Fred Falcon kam zu William. Stephanie war allein neben ihrem Schiff und Yueh Yellow River neben seinem. Theresa würde ein Bombenschiff allein fliegen. Nguyen Mountain Lily und Ginny Chocolate waren beisammen, ebenso Michel Vineyard und Hu East Wind, Leo Parsifal und Nancy Flying Crow. Sieben Schiffe für diese Exkursion.

Martin bewahrte eine ausdruckslose Miene und verbarg den Knoten in seinen Eingeweiden, jenen Alptraum von Erregung und nackter Angst, den Drang zu zittern und wegzulaufen und um Vergebung seitens des häßlichen übernatürlichen Wesens, was immer es auch sein mochte, zu bitten, das die Dinge lenkte. In seinem Tagebuch hatte Martin geschrieben:

Wir haben heute morgen geschmust und uns geliebt und zusammen gefrühstückt. Ich habe sie in der Robe für den Abschluß gesehen, und wir haben geschworen, daß wir verheiratet, daß wir verbunden sind. »Wir werden Kinder haben«, sagte sie; und ich stimmte zu. Wenn wir nicht mehr den Müttern unterstellt sind, wird es Fruchtbarkeit geben, und wir werden Kinder haben. Wir werden lieben und leben und diskutieren und Verzweiflung und Heiterkeit empfinden. Aber so etwas wird uns nicht noch einmal widerfahren. Wir werden unsere Aufgabe erfüllt haben; und man wird von uns nie wieder etwas derartiges verlangen. Bitte, Gott, wir verstehen nicht das Warum …

Die Kinder versammelten sich in dem verkleinerten Raum des Waffenlagers. Die Felder waren fast bis zur Unsichtbarkeit gedämpft, um nicht die angetretenen

Wendys und Verlorenen Jungen zu überstrahlen. Für Martin kam die Zeit zum Sprechen, eine unbeholfene, nicht die erwartete, feurige Rede, ehe das kosmisch tödliche Spiel begann.

Seine Stimme stockte, und er konnte für einen Moment nichts sagen, sondern nur mit arbeitendem Kehlkopf und Kiefer seine Leute anstarren. *Los, tu es.* Er räusperte sich schmerzhaft und sagte mit rauher Stimme: »Ihr seid die besten Leute, die ich je kennengelernt habe. Ihr seid alle Freiwillige und meine Freunde. Wir sind jetzt seit mehr als fünf Jahren Freunde und Liebhaber und wir haben immer gewußt, was wir jetzt tun werden... Das ist der Grund, warum... wir hier sind. Wir sind die Besten, die es gibt, und die Mütter wissen das.«

Er wandte sich an die Kriegsmutter. Es hatte keine Probe gegeben, keine vorausgegangene Diskussion zwischen ihnen, wie diese Zeremonie sein würde; und Martin dachte: *Verdammt sollst du sein, wenn du dich nicht jetzt einsetzt und etwas sagst.*

Die Kriegsmutter enttäuschte ihn nicht. Sie sagte: »Ihr seid wirklich die Besten. Ihr seid ausgebildet und mit einer ungeheuren Verantwortung betraut worden und habt euch außerordentlich gut gehalten. Es gibt unter all jenen, die das Gesetz gemacht haben und ausüben, keine Rasse von Lebewesen, deren Sympathien jetzt nicht mit euch wären.«

Sie haben Sympathien? Sie empfinden wie wir?

»Das Schiff des Gesetzes ist erfreut, mit euch verbunden zu sein und mit euch zu arbeiten«, sagte die Kriegsmutter. »Ihr seid keine Kinder mehr. Heute seid ihr Partner im Gesetz.«

»Gut!« meinte Ariel.

Martin sagte: »Wir haben abgestimmt und müssen jetzt handeln.« Er hob die Faust, sich des symbolischen Charakters dieser Geste und ihrer verwirrenden Nebenbedeutungen wohl bewußt. Er wurde größtenteils von Leidenschaft und Energie erfüllt, als die Faust höher stieg, bis sein Arm direkt über seinen Kopf zeigte. »Für die Erde und für uns und alle unsere Erinnerungen und unser zukünftiges Leben!«

Seine Augen waren feucht. Theresa weinte nicht. Aber William und auch ein paar der Kinder, einschließlich Ariel, deren Augen denen Martins kurz begegneten. Sie wischte sich die Augen mit dem Ärmel ab in einer steifen Geste und mit bekümmerter Miene, als ob sie sagen wollte: *Gott verdammt, auch ich bin menschlich, du Schuft*.

Die nicht Waffen zugeteilten Kinder verließen den Raum. Martin ging als letzter nach der Kriegsmutter. Sein Blick traf den Theresas, und sie sahen sich sehnsüchtig an, als ob sie in diesem Moment ihr ganzes Leben leben könnten. Das Schott schloß sich. In den Projektionen ihrer Handys sahen sie, wie die Piloten die Bombenschiffe bestiegen.

Sie sahen, wie sich die Außenluken des Schiffs öffneten. Leuchtende Felder stießen die Bombenschiffe aus der *Schildkröte*.

Die Kinder kletterten rasch in die erste Hemisphäre und die Cafeteria. Martin, plötzlich unfähig, seine Pflicht zu erfüllen, verließ sie dort und ging zum Bug. Dort waren Hakim und Jennifer, aber sonst niemand vom Suchteam. Die waren alle in der Cafeteria versammelt und beobachteten die Flugzeuge außerhalb der *Schildkröte*.

Hakim lächelte Martin zu. Jennifer schwebte zusammengekauert hinter die Sternsphäre, die jetzt zeigte, wie die Bombenschiffe ein paar hundert Meter hinter der *Schildkröte* zurückblieben.

»Sind alle in der Cafeteria versammelt?« fragte Hakim vielleicht schärfer als beabsichtigt.

Martin nickte und sagte leise: »Ich kann nicht dort sein. Ich fühle mich gerade jetzt ganz miserabel. Ich kann mich nicht in einer Menge aufhalten.«

Hakim legte Martin eine Hand auf die Schulter. Jennifer streckte sich vor der transparenten Nase aus und rollte sich wieder zusammen. Der Bug war von Nebukadnezar abgekehrt.

»Werden sie es schaffen?« fragte Martin.

Jennifer zuckte die Achseln. »Ich bin keine Hellseherin.«

Hakim sagte mit ruhiger Zuversicht: »Sie werden es schaffen.«

»Bist *du* etwa ein Hellseher?« fragte Jennifer mit einem Anschein von Unschuld, als ob er das wirklich sein könnte.

»Nein«, erklärte Hakim.

Jennifer runzelte die Stirn und konzentrierte sich auf die Sternsphäre. Sie sagte: »Vielleicht würde Rosa es wissen.«

Martin machte es sich im Bugraum so bequem wie möglich, entfaltete ein Netz und hakte es an die Wand. Dann wickelte er sich hinein. Andrew Jaguar steckte den Kopf durch die Luke, sah Martin und sagte: »Wir warten.«

Martin erklärte: »Ich werde hierbleiben.«

»Ich meine, wir warten auf Befehle.«

»Für die nächste Stunde gibt es keine. Wir driften dicht hinein, und die *Schildkröte* ist auf Automatik geschaltet. Die Bombenschiffe tun ihre Arbeit, und wir ziehen uns zurück und beobachten. Das weißt du.«

»Das wissen wir«, sagte Andrew. »Aber wir warten immer noch. Wir möchten alle beisammen haben, Martin. Einen jeden.«

Jennifer rümpfte die Nase. Martin schloß die Augen und machte sich mit einer gewaltigen Anstrengung, da er nichts stärker begehrte als Einsamkeit oder höchstens die Gesellschaft einiger weniger, vom Netz frei.

Nichts war passend oder unpassend, nichts wurde verurteilt. In der Cafeteria bumsten vier Paare gleichzeitig mit theatralischem Geschrei. Martin umging sie und ließ sich zu der Stelle treiben, die die Besatzung der *Schildkröte* nahe der Sternsphäre der Cafeteria freigemacht hatte. Die meisten Augen ruhten auf ihm, und seine Mattheit und Frustration wichen der Benommenheit eines Lamms unter dem Messer. Man opferte die eigenen Bedürfnisse denen der Gruppe bis hinab zum geringsten Verlangen nach Einsamkeit.

Das Warum. Dies ist das Warum.

Hakim und Jennifer folgten. Harpal Timechaser setzte sich neben Martin bei der Sphäre hin, der einzige frühere Boss jetzt an Bord der *Schildkröte,* da Stephanie die Bombenschiffe anführte.

Die *Schildkröte* verstärkte alle ihre passiven Sensoren. Die Sternsphäre teilte sich, um die Bombenschiffe zu zeigen, die Planetenoberfläche, den Himmel dahinter und konzentrierte sich dann auf die Bomber.

»Immer noch keinerlei Verteidigung«, sagte Hakim kopfschüttelnd.

»Vielleicht sind es Feiglinge«, sagte Jennifer.

Martin sah sich im Raum um und empfand plötzlich Widerwillen gegen seine Kameraden. Er schüttelte das Gefühl ab und versenkte sich in eine rastlose Neutralität von Emotionen. Er wartete.

Die Kriegsmutter schwebte nahe einer Wand, bewegungslos wie ein Denkmal. *Wenn all dies vorüber ist, können wir eine Mutter mitnehmen und mitten in unserer Stadt auf der neuen Welt auf einen Sockel stellen?*

Das Bild wechselte. Sie sahen alle sechs Bomber aus der Nähe, einen hinter dem anderen. Martin erkannte Theresas Schiff. Er bemühte sich, die Neutralität zu wahren, aber seine Brust schien mit Stroh ausgestopft zu sein, und seine Hände waren feucht. *Keinerlei Verteidigung.*

Andrew Jaguar sagte: »Das ist *grausam*. Wir müssen etwas *tun!*«

Martin schwieg. Es gab für sie nichts zu tun. Man

konnte sie nur alle an einer Stelle halten, alle wachsam und dessen gewahr, was geschah.

Die Bombenschiffe waren inzwischen bis auf viertausend Kilometern an die Oberfläche von Nebukadnezar heruntergegangen. Der Planet hatte immer noch nicht sein Aussehen geändert. Staubig braun mit grauen Flecken, grünen mineralischen Streifen und schwarzen Stellen, wo Wasserreservoire waren. Die Atmosphäre war klar und ruhig.

»Hakim«, sagte Martin leise, »berichte über seismische Störungen!«

»Nichts Neues. Die gleichen schwachen Rhythmen«, meldete Hakim.

»Projiziere sie für uns!«

Die Spuren von Aktivität in Kruste und Mantel bewegten sich in graphischer Darstellung neben der Sternsphäre.

»Kannst du das für uns akustisch wiedergeben?« fragte Martin.

»Ich werde die Frequenz erhöhen müssen und es wie ein Echo wiederholen.«

»Fein«, sagte Martin.

So behandelt wurde das tiefe Brummen Nebukadnezars einem Herzschlag sehr ähnlich. Es summte und tickte. Die Wiederholung war falsch, aber aufschlußreich. Die Ohren lieferten hier eine natürlichere Interpretation als die Augen. Martin erfaßte die aktuellen Rhythmen der Taktschläge, wie sie plötzlich zu einer höheren Frequenz anstiegen, sich dann senkten, wieder anstiegen und sanken.

Jennifer meldete: »Ein kleines Schiff zwischen Nebukadnezar und Ramses schießt Raketen ab.« Mit besorgter Miene projizierte Hakim die Szene, kontrollierte Bilder und Interpretation, nickte und sah mit hochgezogenen Augenbrauen Martin an.

Eine sehr schwache Reaktion.

»Freisetzung der Container in zehn Minuten«, sagte

Harpal und bestätigte damit, was sie alle wußten, da sie mit ihren Handys die Zahlen verfolgten.

Im Raum wurde es still. Drei der vier Paare waren fertig mit ihren Liebesspielen. Das vierte war immer noch voll zugange.

Die ficken seelenruhig weiter.

Martin wurde unwohl.

Der Puls von Nebukadnezar änderte sich. Hakim ließ das Signal zyklisch einige Verstärkungen und Interpretationen durchlaufen, was den meisten Crews nichts zu sagte, und erklärte: »Die Oberflächenaktivität scheint abgenommen zu haben.«

»Abgenommen?«

In der Sternsphäre schimmerte die Atmosphäre Nebukadnezars. Irgend etwas tönte durch den Rumpf der *Schildkröte,* etwas zwischen einem Glockenton und dem Kratzen eines Fingernagels auf Schiefer.

Martins Körper verkrampfte sich, und er rieb sich mit der Hand die Augen. Keiner bewegte sich. Auch die Kriegsmutter rührte sich nicht. Es vergingen Sekunden.

»Mein Gott!« murmelte Harpal Timechaser.

»Ruhe!« gebot Martin.

Auch das vierte Paar war inzwischen zum Höhepunkt gelangt, hatte sich getrennt und Overalls angelegt.

Es vergingen lange Minuten. Noch zwei Minuten bis zum Freisetzen der Container und Ausstreuen der Minen.

Die Atmosphäre kräuselte sich wieder. Der simulierte Rhythmus ging abrupt auf ein dumpfes Zirpen über, und ein Glocken- und Kratzton tat ihren Ohren weh.

Hakim meldete: »Die Kruste des Planeten hat sich um ein paar Zentimeter gehoben und gesenkt.«

»Die ganze Kruste?« fragte Andrew Jaguar ungläubig.

»Alles, was wir sehen können«, sagte Hakim. »Ich nehme an, die ganze …«

Die Planetenoberfläche schien plötzlich zu zersplittern. Weiße Linien schossen von den Polen äquatorwärts und trafen sich dort. Sie markierten ausgezackte Polygone und verfärbten sich danach zu kleinen laufenden rötlichen Linien, um schließlich wieder zu normalem Braun zu verblassen.

Hakim wurde blaß. »Ich weiß nicht, was das war … Die Minen sind ausgeklinkt.«

Jennifer sagte: »Alle elf Schiffe im äußeren Sonnensystem haben ihre Raketen gestartet.«

Martin sah sich im Raum um und schaffte es, seinen Atem zu beruhigen. Er sagte: »Da ist etwas im Gange.«

Die Sternsphäre folgte dem Vorrücken eines Containers mit Minen von einem Bombenschiff. Der abgeworfene Container explodierte zu einer Wolke; und Tausende von Minen breiteten sich schimmernd aus, um rasch zu verschwinden. Dreißig Sekunden später zogen helle Lichtblüten durch die Atmosphäre. Rotierende Feuerbälle stürzten wie in pyrotechnischen Kaskaden herab und blendeten das Auge – zu viele, um sie zu zählen.

Das hatte man nicht erwartet.

Einige Bombenschiffe schienen in brennenden Halos Feuer zu fangen.

Hakim sagte: »Starke Spuren von Anti-M-Reaktionen. Extreme Gammastrahlung. Gespaltene Kerne bilden Alphateilchen und größere Ionen. Tscherenkowstrahlung in der Atmosphäre … Ich denke, daß der ganze Planet aus Anti-M bestehen könnte …«

»Nein«, erklärte die Kriegsmutter. Alle Gesichter wandten sich dem bemalten Roboter zu. »Die Sensoren stützen diese Deutung nicht.«

»Es gibt aber Anti-M-Reaktionen«, sagte Hakim mit bebender Stimme. »Die Minen sind vorzeitig detoniert …«

»Haben ein paar Minen die Oberfläche erreicht?«

»Keine«, erklärte Hakim.

»Ziehen sich die Bomber zurück?«

Die Sternsphäre zeigte, daß die Schiffe sich tatsächlich entfernten, vier von ihnen in glühende Halos gehüllt. Diese Halos verblaßten, als die Schiffe Höhe gewannen.

»Vier unserer Schiffe zeigen starke Anti-M-Spuren«, berichtete Hakim.

»Das ergibt keinen Sinn«, sagte Martin. »Gibt es in der Atmosphäre etwa eine Schicht aus Antimaterie ...?«

»Unmöglich«, erklärte Hakim und sah fragend zur Kriegsmutter zwecks Unterstützung. Die stimmte zu.

Die *Schildkröte* hatte Nebukadnezar passiert und tauchte jetzt unter die Ekliptik. Die Bomber hatten nacheinander ihre Lasten abgeladen. Drei Schiffe hatten nach dem Ausstreuen ihrer mit Machern und Tuern gefüllten Minen nur das Aufblühen gewaltiger atmosphärischer Explosionen über Tausende von Kilometern bewirkt und turbulente Narben auf der Planetenoberfläche hinterlassen.

Die frischen Narben machten aber kaum etwas aus.

Der Planet sieht aus wie eine riesige Narbe, die im Laufe der Zeit geglättet wurde.

Harpal Timechaser bemerkte: »Er ist schon früher angegriffen worden, nicht wahr?«

Martin schüttelte den Kopf. »Ich weiß es nicht.«

»Das ist es. Wir sind hierfür gedrillt worden. Nebukadnezar ist schon früher angegriffen worden. Er hat immer überlebt.«

Aber drei der Waffen des Schiffs hatten ihre Ziele erreicht und waren auf die Oberfläche gefallen, ohne Strahlungsblüten zu hinterlassen. Ihr Fall und Eintritt war aus dieser Entfernung nicht gesehen worden, konnte aber von den jeweils verantwortlichen Bombenschiffen verfolgt werden. Die Schiffe stiegen von ihrer dichten Annäherung empor und waren für jeden Beobachter des Planeten deutlich sichtbar, auch für die *Schildkröte,* von Lichthöfen abgesehen.

Die Bomber begannen mit ihrer Beschleunigung, um von der *Schildkröte* aufgenommen zu werden. Nichts folgte ihnen. Nichts griff an. Die Verteidigungsschiffe rings um die *Schildkröte* behielten ihre Formation bei, ohne herausgefordert zu sein.

Martin fragte: »Wie lange bis zum Aufnehmen der Bomber?«

»Zwanzig Minuten«, sagte Hakim. »Sie müssen im Gefechtsstil beschleunigen und bremsen. Sie werden fast keinen Treibstoff mehr haben. Wir sollten damit vielleicht etwas mäßiger umgehen.« Aber er klang nicht überzeugt. Es waren unerklärliche Dinge vorgefallen. Nicht alle Minen hatten den Weg zur Oberfläche von Nebukadnezar geschafft.

Martin biß sich in den Fingernagel und sagte leise: »Wir sind in etwas hineingeraten.«

»In was denn?« fragte Hakim.

Sie warteten. Die Crew in der Cafeteria schwieg oder flüsterte leise. Harpal trat an die Sternsphäre und musterte den Planeten genau. »Wir haben versagt, nicht wahr? Jetzt werden die Saaten von der äußeren Wolke die Arbeit verrichten müssen.«

»Das wird Jahrzehnte dauern«, sagte Martin. »Wir können uns von Nebukadnezar keine flüchtigen Substanzen holen. Wir werden uns zu Ramses begeben müssen und es noch einmal versuchen. Wißt ihr, was passiert ist?«

Die Kriegsmutter sagte: »Hier ist Täuschung im Spiel.«

»Wie das?« sagte Harpal.

»Die Bombenschiffe kehren zurück. Da stimmt etwas nicht«, gab Hakim bekannt.

In der Sphäre konnte Martin sie in Form winziger Funken aus weißem Licht bemerken.

»Was ist mit der Entladung?« fragte Martin die Kriegsmutter.

»Unbekannt«, lautete die Antwort. »Der Effekt erzeugt starke Gammastrahlen, ganz ähnlich wie Reaktionen von Antimaterie.«

»Halten wir die Bombenschiffe heraus?« fragte Hakim.

Martins Gesicht verriet äußerste Konzentration, die Augenbrauen zusammengezogen, die Lippen zusammengepreßt und vorgeschoben, rauher Atem in den Nasenlöchern. »Das ergibt keinen Sinn«, keuchte er.

Die sechs Bomber rückten näher an die *Schildkröte* heran, kamen in Position zur Aufnahme und signalisierten ihren Zustand mit Mofix. Alle waren intakt, alle Waffen ausgeklinkt. Das erste Schiff zur Bergung in der Reihe war das von William und Fred Falcon.

Williams Stimme kam über Mofix: »Minen abgefeuert. Habe rings um mich Funken. Glaube, in der oberen Atmosphäre etwas aufgeschnappt zu haben. Warum haben sich meine Minen entladen? *Schildkröte?*«

»Ist es möglich, daß die Minen defekt waren?« fragte Martin.

Hakim schüttelte den Kopf. »Ich glaube nicht.«

»Wir sind in keine Kämpfe verwickelt worden. Könnte etwas auf dem Planeten die Minen deaktivieren?« Er wandte sich an die Kriegsmutter.

»Es sind keine Schlußfolgerungen möglich. Deaktivierung der Minen ist nicht unvorstellbar. Aber einfache Deaktivierung würde keine Explosion bewirken. Die Atmosphäre könnte Such- und Aktionssysteme für den Angriff gegen hereinkommende Waffen enthalten; aber wir haben nichts dieser Art entdeckt. Abgeschirmter Antimateriestaub ist nicht wahrscheinlich.«

Hakim schlug vor: »Die Waffen könnten getarnt oder versteckt sein wie unsere eigenen Schiffe.«

»Das ist möglich«, sagte die Kriegsmutter.

»Dann haben sie wirklich Verteidigungsmittel«, sagte Harpal. »Vielleicht versuchen diese, zu den Bombenschiffen durchzustoßen – vielleicht tragen einige von ihnen sie mit zurück.«

»Tragen sie etwas mit sich?« fragte Martin.

Hakim examinierte die Bomber noch einmal. »Es ist kein atmosphärisches Überbleibsel um sie vorhanden. Wir schleppen selbst einen Rest nach, eine sehr schwache Wolke aus entladenen Ionen und Molekülen … Das ist alles, was ich entdecke. Ich weiß nicht, was die Funken sind. Sonst sehen die Schiffe sauber aus.«

Martin knirschte mit den Zähnen, entspannte das Gesicht, öffnete und schloß langsam den Mund, fand seinen Brustkorb verkrampft und atmete aus.

Er sagte: »Bringt sie herein, eins nach dem anderen! Fred und William zuerst. Haltet sie mit einem Einwegfeld isoliert, aus dem nichts herauskann.«

»Martin, ich fühle mich nicht besonders wohl«, sagte Fred über Mofix. »Meine Haut verändert die Farbe, oder mein Sehvermögen läßt nach. William ist auch unwohl.«

Da stimmte etwas ganz und gar nicht. *Laß sie nicht herein.*

Hakim und Jennifer schwebten in der Nähe. Martin wies die Kriegsmutter an: »Bring Fred und William herein! Isoliert, wie ich sagte.«

Die Bombenschiffe gingen hinter der heckseitigen Heimkugel der *Schildkröte* in Stellung und warteten auf Anweisungen. Das Schiff von Fred und William war in der Reihe das erste.

Hakim erkundigte sich bei den anderen Bombern. »Theresa, Stephanie, irgendwelche Reaktionen? Probleme?«

Auch deren Schiffe funkelten wie von Feuerwerk umgeben. Die anderen vier funkelten nicht. Martin dachte: *Die Minen von diesen Schiffen sind nicht in der Atmosphäre explodiert.*

Stephanie Wing Feather antwortete: »Ich fühle mich

ein bißchen schlecht. Wir könnten etwas Strahlung erwischt haben. Die Felder hätten sie abhalten sollen, aber da war eine solche Explosion von unseren Minen …«

»Theresa?«

»Ich bin okay. Ich bin etwas benommen, aber sonst okay.«

Das erste Bombenschiff kam in die Schleuse. Der Haltemast, der von einer isolierenden Feldblase glühte, langte hin, um das Fahrzeug festzumachen.

Hakim schaltete die Sternsphäre auf ein Bild des Waffenlagers um. Martin kniff die Augen zusammen.

Die Kriegsmutter sagte: »Es besteht Gefahr von …«

Die Zeit lief ab.

Der Haltemast berührte Williams Bombenschiff. Die Sternsphäre füllte sich mit Licht und erlosch. In ihren Augen schwammen dunkle Blendflecken. Hakim fluchte laut auf arabisch.

Eine heftige Erschütterung schleuderte die Crew gegen die Wände. Sofort entstanden zwischen ihnen Felder und bewahrten sie vor jedem Schaden. Aber schon hörte man Schmerzensschreie und sah Blutflecken.

Anti-M, sagte Martins innere Stimme. *Die Bombenschiffe und Minen waren in Antimaterie* verwandelt worden.

Die Sternsphäre flammte eine Sekunde lang wieder auf und zeigte einen Klumpen aus Trümmern, hell wie Fackeln, der durch das Waffenlager torkelte und überall, woran er stieß, heftige Explosionen und Schrapnelle auslöste. Der Bomber zerfiel in zischende, fauchende Scherben. Ambiplasma erfüllte das Waffenlager, und die Sphäre verschwand wieder.

Martins Handy tönte von Warnungen und Meldungen – zu viele, um sie auf einmal zu projizieren. *Das Schiff will etwas unternehmen, ohne uns zu konsultieren.*

Theresa sagte von draußen: »Das Waffenlager und die Hemisphäre verschwinden. Was ist geschehen?«

Die anderen Bombenschiffe trugen zu dem Gebrabbel bei.

Stephanie Wing Feather hörte man als letzte: »*Schildkröte,* die hintere Hemisphäre zerbricht...«

Die *Schildkröte* rotierte heftig wie eine gewirbelte Hantel und beschleunigte sich außer Kontrolle. Mitteilungen seitens der Bomber hörten auf.

Der Lärm, der jetzt durch die *Schildkröte* tönte, war mehr, als er ertragen konnte. Schreiend schloß Martin die Augen und erwartete den Tod.

Die Schutzfelder um sie verschwanden jäh, und sie wurden zu einer gequälten Masse in eine Ecke der Cafeteria gedrückt. Arme, Knie, Köpfe und Rümpfe verklemmten sich gewaltsam ineinander wie durch Einwirkung eines gigantischen Spielzeugmachers. Knochen krachten, und blutiger Nebel stieg auf.

Die Felder kamen wieder, preßten die Crew aber zusammen, außerstande, die Leute einzeln zu packen und getrennt zu tragen. Alles versagte. Die Steuerung war dahin. Sie konnten nichts sehen und fühlen außer ihren Quetschungen und Schmerzen.

Das Schiff zuckte hin und her wie eine Schlange. Martin öffnete die Augen und versuchte vergeblich, sich zu bewegen. Er lag da, verknäuelt mit Andrew Jaguar, und wurde von hinten durch Hakim gedrückt. Martins Gesicht warf in der flackernden Dämmerung Kügelchen aus Blut gegen ein Schott. Es waren kaum zwei oder drei Sekunden vergangen. Er umklammerte immer noch sein Handy. Hakims Faust und Handy bohrten sich in seine Wade. Er konnte sich weder bewegen noch nachdenken.

Alles war wieder tierisch geworden, zu Protoplasma.

Angst und Blutgeruch. Druck wie von einer ungeheuren Hand preßte sie in die Wand der Cafeteria.

Es tut mir leid
Theresa
William.
Erleichterung. Gesegnetes Nichts.

Ich nehme an, es hat uns auseinandergenommen und hierhergebracht, war sein erster Gedanke, als er erwachte und sich von einem grünen Netz und leicht pulsierendem Feld umgeben fühlte. In dem Feld hängend, sein ganzer Körper eine riesige Beule. Medizinische Roboter, wie kleine goldene Würmer hin und her flitzend, berührten sein wundes Fleisch. Sein Mund war trocken, aber nicht ausgedörrt. Seine Schädeldecke brannte.

Sie hingen alle in Finsternis. Eine kühle Brise berührte die Haare auf seinem Kopf und seiner Brust. Einen Augenblick lang dachte Martin, er sei tot und die Körper zum Ausstoßen in den Weltraum bereitgelegt. Aber die grünen Felder pulsierten sanft, und Tuer machten sich um sie herum zu schaffen. Er konnte die Gesichter nicht sehen oder gar identifizieren, noch alle Körper zählen, die so dahingen.

William ist tot. Und Fred Falcon.

Jetzt waren auch andere wach und machten Geräusche, die nicht wie Stöhnen klangen, sondern ehe nach Seufzen und Wimmern. Alle waren zum Sprechen zu schwach.

Neben Martin schwebte eine Mutter. Er wußte nicht, ob sie plötzlich aus dem Nichts erschienen war, oder ob seine Aufmerksamkeit nachgelassen hatte. Das Bewußtsein unterlag manchmal der Einwirkung der goldenen Würmer.

Er fragte: »Wie lange ist es her, daß wir verletzt wurden?«

»Zwei Zehntagewochen«, sagte die Mutter. Er bemerkte an ihrer Stirn einen Rest von schwarzer und weißer Farbe. Es war also noch die Kriegsmutter.

»Wo sind wir?«

»Wir haben uns in einen weiten Orbit um Nebukadnezar zurückgezogen. Es hat keinen weiteren Versuch gegeben, das Schiff zu beschädigen.«

»Weshalb nicht? Sie hätten uns töten können.«

»Ich weiß nicht«, antwortete die Kriegsmutter.

»Wie viele von uns sind gestorben?«

»Niemand an Bord der *Schildkröte* ist gestorben, aber alle sind verletzt. Die Hälfte der *Schildkröte* wurde zerstört. William Arrow Feather und Fred Falcon sind als erste gestorben. Das Schiff von Yueh Yellow River hat sich in seine Bestandteile aufgelöst.«

»Sie wurden zu Anti-M verwandelt, nicht wahr?«

»Ja.«

»Antimaterie verhält sich nicht genau so wie normale, sogenannte Koinomaterie ... Ihre Chemie hat versagt, nicht wahr? Das hätte ich wissen sollen. Ich hätte die Anzeichen erkennen sollen, die Funken ... Die Reaktion unserer Gasverluste und Treibstoffreste mit dem Bombenschiff. Ich hätte es *sehen* müssen.«

Die Kriegsmutter sagte: »Ich habe auch nicht die richtigen Schlüsse gezogen, bis es zu spät war. Dir ist kein Vorwurf zu machen.«

»Es waren vier. Die anderen beiden ... Was ist mit Stephanie und Theresa passiert? Kannst du sie wieder in Materie zurückverwandeln?«

»Das können wir nicht«, sagte die Kriegsmutter. »Die *Schildkröte* ist während der Explosion mit einem der ungeschützten Flugzeuge kollidiert. Nguyen Mountain Lily und Ginny Chocolate starben. Stephanie und Theresa haben überlebt. Hu East Wind, Michel Vineyard, Leo Parsifal und Nancy Flying Crow sind wieder an Bord und in Sicherheit.

Stephanie wurde später durch meinen mißlungenen Versuch getötet, ihr Flugzeug wieder in Materie zu verwandeln. Wir haben nicht die Technik oder die

Kenntnisse, um zu verstehen, wie die Konversion zustande kam …«

Martin wandte sich von der Kriegsmutter ab. Er wußte jetzt, daß auch Theresa tot war.

»Stephanie Wing Feathers Flugzeug war nur teilweise umgewandelt. Es explodierte und verursachte noch größeren Schaden an der *Schildkröte.*«

»Dann hast du es mit Theresa noch einmal versucht.«

»Nein. Theresa befindet sich noch in ihrem Flugzeug.«

Martin drehte jäh den Kopf herum. »Lebt sie?«

»Sie ist noch am Leben.«

Martins schwache Bemühung um Bewußtsein schwankte, und die Kriegsmutter schien vor ihm zu flimmern. Er stieß den finsteren Druck fort und sagte: »Laß mich mit ihr sprechen!«

Die Kriegsmutter führte ihm mit einem dünnen grünen Leiterfeld sein Handy an die Hand. Dieses brachte ihm ein Bild von Theresas Bombenschiff vor die Augen. Die Haut des Schiffs funkelte noch, aber scharfe Lichtimpulse traten viel seltener auf. Das Flugzeug driftete etwa hundert Kilometer von der *Schildkröte* entfernt.

Martin sah Theresas Gesicht, eingehüllt in die Falten ihrer Liege. Um sie herum leuchteten unregelmäßig Leiterfelder.

Martin sprach ihren Namen aus. Sie hantierte, um die Mofixverbindung herzustellen.

»Du bist wach«, sagte sie träge. Ihr Gesicht war gelb geworden, an den Händen hatte sie Geschwüre, ihr Antimaterie-Make-up, das auf eine etwas andere Physik eingestimmt war, paßte nicht zu ihrem biologischen Aussehen. Sie war sehr krank. Sie sagte: »Ich kann dich auch gut sehen. Bist du schwer verletzt worden?«

»Ich denke, daß ich gesund werde. Ebenso die anderen.« Seine Stimme schwankte vor Erregung, und er schluckte, um sie zu beherrschen. »Theresa, ich bin in die Klemme geraten.«

»Das hättest du nicht wissen können.«

»Ich glaube, das Schiff ist schwer beschädigt.«

»Die Kriegsmutter sagt mir, daß noch etwa die Hälfte davon übrig ist«, sagte Theresa. Ein Bild der *Schildkröte* aus ihrer Perspektive entstand über dem Bild Theresas. Eine Hemisphäre, ein abgestumpfter, durch Trümmer verkratzter Pylon; keine Antriebe. Theresa sagte: »Einige erstaunliche Dinge. Die Mütter haben die Explosion – von William und Fred – ausgenutzt, um das Schiff von Nebukadnezar zu entfernen. Das Schiff hat sich hineinbewegt und sie verwendet. Ich folgte nach ... wir alle folgten.«

»Wie ... wie fühlst du dich?« fragte Martin.

»Ich stecke seit zweimal zehn Tagen in dieser Büchse. Das wäre nicht so schlimm, aber ich kann nicht essen. Ich bin ziemlich schwach. Ich habe gewartet ...«

»Ich werde die Kriegsmutter bitten. Wir werden alles versuchen.«

Theresa schüttelte den Kopf. »Sie haben uns gründlich erwischt. Sie haben Kenntnisse, die den Wohltätern fehlen.«

Oder sie sind nicht gewillt, sie uns zu lehren, dachte Martin. Aber das ergab keinen Sinn. Die Kriegsmutter hätte ihr Flugzeug umwandeln können, während die verletzte Crew schlief und niemand etwas erfahren hätte. Theresa hatte recht. *Man hat uns voll erwischt.*

Martin sah die Kriegsmutter an. »Du hast es versucht, und es hat nicht geklappt?«

»Stephanie Wing Feather hat einem Experiment zugestimmt.Sie ist tot. Wir können keine Antimaterie in Koinomaterie umwandeln.«

»Man erwartet, daß ihr Bescheid wißt. Wie könnt ihr hierüber in Unkenntnis sein?«

»Das Verfahren ist uns fremd.«

»Mein Gott, ich verlange doch nicht allzu viel! Nur *lernen, wie es gemacht wird!* Sie liegt im Sterben!«

Die Kriegsmutter schwieg. Martin bedeckte das Gesicht mit den Händen.

Theresa sagte: »Ich habe darauf gewartet, daß du aufwachen würdest. Ich bin froh, daß du aufgewacht bist, bevor ... Ich habe einen Plan. Das ist nicht viel, aber etwas. Ich habe die Kriegsmutter gebeten, ein starkes Feld zu erzeugen und Kügelchen aus Materie hineinzutun zusammen mit mir. Ich befinde mich hinter dem Feld. Du bist geschützt. Die Explosion könnte noch stärker sein als bei Stephanie. Das ist es, worum Stephanie gebeten hat. Das Experiment hat damals allerdings nicht funktioniert. Aber es hat geholfen, euch zu stoßen ...«

»Nein!« schrie Martin.

Therese schloß die Augen, als ob sie schliefe. »Ich habe so lange ausgehalten, um mit dir zu sprechen. Vielleicht wäre es einfacher gewesen, das einfach zu tun, während ihr schlieft. Die Kriegsmutter sagt, das wäre vorteilhaft.«

»Wir werden dich mitnehmen, in einem Feld tragen«, sagte Martin. »Wir werden irgendeinen Weg ausarbeiten, um dich wieder umzuwandeln. Jennifer kann sich etwas ausdenken, wenn die Kriegsmutter nicht dazu imstande ist.«

»Ich bin selbstsüchtig gewesen«, fuhr Theresa fort, als ob sie ihn nicht gehört hätte. »Ich wollte dir manches sagen und dir versichern, daß du recht gehabt hast. Ich wollte dich wiedersehen und mit dir sprechen.«

»Bitte!« heulte Martin. Er befand sich wieder in dem überfüllten Raum an Bord der Arche, sah die Erde sterben und erkannte schon als junger Bursche, was er verlor. Er strampelte; aber alles, was er tun konnte, war, sich im Feld zu winden.

»Gerade jetzt bin ich zu nichts gut und verletzt. Ich

hatte erwogen, nach Nebukadnezar zurückzugehen und nach einem Ziel Ausschau zu halten. Aber die Kriegsmutter und ich waren uns einig, daß ich nur versagen und dem Planeten eine weitere nutzlose Narbe zufügen würde.«

»Gottverdammt!« schrie Martin.

Theresa legte den Nacken auf die Kopfstütze und sagte: »Bitte, laß uns nur reden, solange noch Zeit ist!«

Martin fühlte sich alsbald beschämt und ernüchtert. Mit rauher Stimme sagte er: »Ich liebe dich. Ich will nicht, daß du fortgehst.«

»Martin, ich kann nicht zu dir zurückkehren; und dies bedeutet, daß ich schon tot bin.«

Er kämpfte wieder gegen die Felder an, behielt aber sein Gesicht unter Kontrolle. »Wir müssen nachdenken.« Er starrte die Kriegsmutter an mit der verzerrten Miene eines enttäuschten Kindes. »Nichts?«

Die Kriegsmutter sagte: »Sie leidet und will nicht mehr weiterleben.«

Theresa erklärte: »Ich war selbstsüchtig. Ich habe dich mehr verletzt, als wenn ich bloß ...«

»Nein, nein! Ich freue mich, daß du geblieben bist.« Er rückte näher an ihr Bild heran. »Ich ... ich werde dir etwas sagen. Ich werde dir von der neuen Heimat erzählen.« Er bemühte sich mit all seinen Kräften, eine Miene von Hoffnung und Freude aufzusetzen. »Es wird von hier weit entfernt sein und so schön, Theresa. Wir werden es schaffen. Wir werden es schaffen und dorthin gehen. Ich schwöre, es wird wundervoll sein. Wir werden den Planeten betreten und uns das neue Heim zu eigen machen. Wir werden uns an alle erinnern, und sie werden mit uns sein. Wir werden Nahrungsmittel züchten und Wein herstellen. Wir werden Babies haben, und wir werden ... O mein Gott, das wird so ein Fest werden, Theresa!«

Ihre Züge entspannten sich. Sie sagte: »Ich sehe es vor mir.«

»Schatz, du wirst mit mir dort sein.«

»Ich denke, ja.«

»Wir werden es schaffen«, sagte er. Er fand keine Worte mehr.

»Martin, die *Schildkröte* sagt mir, daß es soweit ist. Ich möchte jetzt gehen. Ich will dir helfen, die neue Heimat zu erreichen. Kann ich das jetzt tun, mein Liebster?«

Martin konnte nicht sprechen. Er konnte kaum sehen. Er stieß gegen das Feld wie eine Fliege im Spinnennetz. Die heilenden Tuer summten.

»Leb wohl!« Theresa warf ihm einen gehauchten Kuß zu.

Ihr Bild wurde durch einen Blick aus dem Heck der *Schildkröte* ersetzt. Theresa brachte ihr Bombenschiff in Stellung.

Martin schüttelte ungläubig den Kopf.

Er wollte sie solange wie möglich am Leben erhalten, um die Ungeschicklichkeit und Unangepaßtheit seiner letzten Worte an sie wieder gut zu machen. Er wollte schreien, tat es aber nicht.

Martin schloß die Augen und wandte sich ab. Aber er konnte sie nicht geschlossen halten. Er wollte den Stoß sehen, fühlen und *billigen,* um ihretwillen als den ersten Schritt in den Kummer erkennen, daß aus Theresa etwas so Absurdes und Simples wurde wie Beschleunigung.

Er flüsterte ihren Namen. Sie hätte es hören können.

Theresas Bombenschiff hing still da, als Schrotkugeln aus Materie sich näherten. Die Sterne bewegten sich friedlich und gleichmäßig hinter ihr her. Wormwoods Korona flackerte ruhig hinter einer beschatteten und zerrissenen Kante vom Schweif der *Schildkröte*.

Die Kugeln kamen an.

Ambiplasma erstrahlte heller als Wormwood. Theresas Bomber verschwand in den Feldern, durch Unregelmäßigkeiten der Glut zur Raserei getrieben. Licht fraß sie. Sie wurde von reinem und kompromißlosem Licht verzehrt, dem Gegenteil von Raum, von Nacht und Ende. Alles Licht, alles Farben.

Der Schiffsrumpf sang hoch und lieblich wie das Tremolo einer Flöte.

Martin mußte schreien und erstickte daran, gegen die Gnade der heilenden Tuer ankämpfend.

Die *Schildkröte* bewegte sich langsam zwischen den Welten. Ihre Kinder wurden von Nebukadnezar, Ramses und Herodes ignoriert. Das Schweigen dieser grimmigen, unfruchtbaren Welten verkündete Niederlage.

Inzwischen, während das Schiff sich selbst reparierte und die Wendys und Verlorenen Jungen gesundeten, dachte Martin an die Killer, die unpersönlichen und unsichtbaren Verbrecher.

Wie auf der Erde, so war es mit den Fallen von Wormwood. Lauernd, prüfend, zerstörend, tötend. Perfekt.

Er schlief unterm Summen der goldenen Tuer, die ihre Arbeit vollendeten.

Diesmal erschien William. »Du träumst von mir, nicht wahr?«

»Das scheint so.«

»Martin, ich freue mich. Ich war ziemlich sicher, daß du mich nicht vergessen würdest.«

Aber er konnte nicht von Theresa träumen.

Bis jetzt hatte Martin nach Rache gedürstet, aber nicht das außerordentliche Brennen von *Haß* gespürt.

Diese Monster hatten ihn zu viele Welten gekostet, zu viele geliebte Menschen.

Die Kinder waren mit einem beiläufigen Schlag weggewischt worden, verkrüppelt durch einen Feind, der mehr Tricks kannte als ihre Wohltäter. Die Überlebenden waren dem Verhungern in einer leergeräumten Welt überlassen.

Dutzende Milliarden von Kilometern entfernt fiel die *Hase* auf die Helligkeit zu, in die Tiefe.

Martin verließ sein heilendes Feld, um Dinge zu ordnen und über Mofix mit Hans zu sprechen, der eine ungeheure Erregung in seiner Stimme unterdrückte, während Martin keine Emotion darin erkennen ließ. Und dann führte er die Kinder in einen langen Schlaf. Keine Träume, nur Kälte.

Die *Schildkröte* stieg aus der Senke von Wormwood auf, um sich mit ihrer Schwester zu treffen.

Es war keine Niederlage, kein Aufgeben.

Das würde es nie geben.

Und keinen Frieden.

ZWEITER TEIL

ZEHN JAHRE IN DER KÄLTE, einander am Rande einer flachen Senke verfolgend: *Schildkröte* und *Hase*. In Niederlage und Vorsicht, Ressourcen konservierend. Zehn Jahre würden in diesem Krieg von Jahrhunderten keine Rolle spielen.

Während die Crew schlief, kamen die Schiffe wieder zusammen und formten eine neue *Dämmerungsgleiter*, halb so lang wie die frühere – nur zwei Heimkugeln, verbunden durch einen kurzen Hals. Manche alten Räume kamen wieder, allerdings ohne Schoßtiere und persönliche Dinge.

Schulraum und Cafeteria blieben. Es zeigte sich kein Schaden; aber die rund um den Hals angebrachten Reserven waren arg reduziert.

Martin erwachte eine Woche nach der Wiedervereinigung, um sich mit den Müttern zu beraten. Durch ein Feld in ein Kissen aus warmer Luft gehüllt, bewegte er sich auf Leitern durch die kalten, evakuierten Kammern des Schiffs des Gesetzes und billigte Veränderungen oder machte Vorschläge. Er war sich nicht sicher, weshalb man ihn geweckt hatte. Vielleicht interessierten sich die Mütter für die veränderte Psychologie einer Besatzung, die Niederlage und Tod vor Augen gehabt hatte, und wollten die Reaktion eines Individuums studieren. Falls ja, fanden sie Martin schweigsam.

Er hatte durch den langen Kälteschlaf keine üblen Einwirkungen erlitten. Sie würden alle erwachen mit der Katastrophe frisch in der Erinnerung, mit unverarbeiteten Emotionen, und mußten sofort an die Arbeit gehen. Martin war ärgerlich, erschreckt und derart gepeinigt, daß er sich fragte, ob er krank wäre. Wieviel psychischen Schaden hatte er erlitten? Er konnte es nicht ermitteln. Es gab keine Zeit für Kummer und Wiederherstellung.

Keine der Mütter hatte eine Farbmarke. Entweder waren die Marken während der zehn Jahre völlig abgeblättert, oder die Kriegsmutter war zu dem Rumpf des Schiffs zurückgekehrt und mit Martin zusammen aus einer anderen Form von Schlaf herausgekommen.

Martin beendete seine Inspektion in fünf Stunden. Eine Mutter begleitete ihn zu der Kammer, in der die Crew schlief. Sie sagte: »Es ist Zeit, einen jeden aufzuwecken. Die letzte Bremsung wird einsetzen, ehe sie wiederbelebt sind. Wir werden uns den inneren Welten binnen einer Zehntagewoche nähern.«

»Gut!« sagte Martin. »Gehen wir!«

Er lauschte auf die Winde, die durch das Schiff bliesen, als Atmosphäre und Wärme zurückkehrten. Isoliert in einem kleinen Raum neben der Schlafkammer fühlte er, wie das Gewicht wiederkam, und stand zum ersten Mal seit zehn Jahren wieder auf seinen Füßen.

Die anderen wurden in Fünfergruppen wach, wurden von den Müttern auf gesundheitliche Beeinträchtigungen untersucht und freigegeben. Sie versammelten sich langsam und ruhig im Schulzimmer.

Der Boden des Schiffs fühlte sich unter ihren nackten Füßen kalt an.

Martin hielt sich von der Crew entfernt, bis sie im Schulzimmer zusammenkamen. Sein Geist wanderte. Er dachte an die Schoßtiere der Kinder, die nicht wiederkommen würden. Die *Dämmerungsgleiter* hatte keine Reserven übrig. Martin wußte nicht, wie das die Moral beeinflussen würde. Er dachte, sie hatten zunächst mit anderen und größeren Kümmernissen fertig zu werden.

Er konnte sich kaum dazu bringen, der Crew entgegenzutreten und zu sagen, was geschehen war. Er wollte weder ihre Trauer noch seine eigene empfinden.

Aber mindestens gab es noch die Pflicht, wenn auch keine Anweisungen oder Gefühle. So sprach er zu ihnen vom Anfang bis Ende über das, was, wie er wußte, getan werden mußte.

Er sagte zu ihnen: »Wir sind keine Kinder mehr.« Wenigstens hatte sich das Schulzimmer nur wenig verändert mit einer Sternsphäre im Zentrum und gefüllt von achtunddreißig Männern und siebenunddreißig Frauen. »Wir haben gekämpft und verloren. Vielleicht sind wir noch nicht reif oder schlau genug, aber wir sind keine Kinder mehr.«

Die Leute lauschten schweigend.

Martin sagte: *»Ich habe gekämpft und verloren.* Mir ist entgangen, was hätte offenkundig sein müssen.«

»Den Müttern ist es auch entgangen«, sagte Hakim. Aber Martin schüttelte den Kopf.

»Eine Dekade ist vergangen. Meine Amtszeit als Boss ist längst abgelaufen. Es ist Zeit, einen neuen Boss zu wählen. Das sollten wir jetzt tun.«

Ariel saß da und schaute in ihre gefalteten Hände.

»Ich benenne Hans«, sagte Martin. »Hans ist meine Wahl als Boss.«

Hans stand in einer Gruppe der Crew der *Hase,* die großen Arme untergeschlagen, mit leicht zusammengepreßten Lippen und errötender blasser Haut. Er sagte: »Gewöhnlich messen wir die Zeit danach, wie lange wir wach sind. Danach verbleiben dir noch einige Monate.«

Martin ignorierte die Bemerkung und sagte: »Hans hat sehr gute Arbeit geleistet als Kommandant der Hase. Seine Instinkte sind besser als meine.« Er warf Hans einen kurzen Blick zu: *Laß es mich nicht noch deutlicher sagen.* Hans blickte zur Decke.

Alexis Baikal unterstützte die Nominierung.

Martin fuhr fort: »Wir nehmen weitere Nominierungen entgegen.«

Die Leute schauten sich an. Dann sagte Kimberly Quartz: »Ich nenne Rosa Sequoia.«

Rosas breites Gesicht wurde rot, aber sie sagte nichts. Lehne ab, suggerierte Martin im stillen und schluckte ein noch tieferes Angstgefühl hinunter. *Keine vernünftige Person würde Rosa nominieren.*

Jeanette Snap Dragon sagte: »Ich unterstütze die Nominierung.«

Martin musterte die Crew.

Paola Birdsong sagte: »Ich bin für Hakim Hadj.«

Das war ein recht guter Vorschlag, dachte Martin. Hakim blickte überrascht auf und sagte: »Ich lehne ab. Ich habe meinen Platz – und der ist nicht als Boss.«

Joe Flatworm sagte: »Ich nominiere erneut Martin, den Sohn von Arthur Gordon.«

»Ablehnung«, entgegnete Martin.

Es gab keine weiteren Nominierungen.

Martin sagte: »Abstimmung durch Handys.« Es ging rasch. Siebenundsechzig für Hans, acht für Rosa. Martin projizierte die Resultate und begab sich per Leiter zu Hans, um ihm die Hand zu reichen. Hans schüttelte die leicht und zog sie schnell wieder weg.

»Hans ist der neue Boss«, sagte Martin.

»Ich wünsche keine Zeremonie«, sagte Hans. »Es gibt Arbeit zu tun. Ich bestimme Harpal Timechaser zum Christopher Robin.«

»Ich lehne ab«, sagte Harpal.

»Du wirst den Teufel tun!« wies Hans ihn zurecht. »Wir haben schon genug emotionalen Mist gehabt. Nimm den Job an, oder wir sind alle verdammt.«

Harpal japste. Ohne auf seine Antwort zu warten, drängte Hans sich durch die Menge zum Rande des Schulzimmers und zur Tür und sagte: »Martin hat recht. Wir sind keine Kinder mehr. Und wir sind Versager. Wir haben Mist gebaut und haben Freunde verloren. Ich verdamme uns alle in die Hölle, bis wir alle diese verfluchten Welten vernichtet haben. Wir sind schon tot. Der Treibstoff reicht nicht, um aus dieser Schwerkraftsenke herauszukommen und zu einem anständigen Ort zu gelangen. Laßt uns dann wenigstens diese Hurensöhne mitnehmen!«

Die Leute sahen einander an, erst schüchtern und dann mit wachsendem Grinsen.

»Gottverdammt!« sagte Paola Birdsong, als ob sie die Größe dieses Ausdrucks ausprobieren wollte. Für sie war das ein viel zu starkes Wort. Aber die Feierlichkeit verschwand von ihrem Gesicht und machte grimmiger, lebhafter Entschlossenheit Platz.

Rosa Sequoia schwebte still wie eine Statue mit einem Gesicht so undurchdringlich wie das einer Mutter.

»Sehen wir, was Sache ist«, sagte Hans.

Hakim näherte sich Martin, während die Crew das nachsprach und den Raum verließ. Mit verschwörerischer Miene sagte er: »Es hat Veränderungen gegeben. Ich möchte, daß du beim Suchteam mitmachst.«

»Hans sollte ...«

»Hans hat nichts zu sagen, sofern er nicht das Suchteam auflösen und neu anfangen will. Martin, ich glaube nicht, daß er das verlangen wird. Ich würde gern mit dir arbeiten.«

»Ich nehme dankend an«, sagte Martin.

Hakim lächelte. Er berührte Martins Schulter und sagte: »Mein Freund!«

Es hatte tatsächlich Veränderungen gegeben. »Ich glaube nicht, daß wir unsere Zeit vergeudet haben«, sagte Hakim, als Hans, Harpal und das Suchteam sich im Bugraum vor der Sternsphäre versammelten.

Nebukadnezar war nicht mehr eine braune Welt. Markiert durch hellrote Streifen, die in Länge von Pol zu Pol verliefen, bedeckten dunkle Linien wie Risse die Oberfläche.

»Er sieht krank aus«, sagte Thomas Orchard.

»Er *ist* krank«, sagte Martin erstaunt. »Einige unserer Macher und Tuer sind durchgekommen.«

Hans betrachtete die Sternsphäre stirnrunzelnd mit dem Kinn in der Hand. »Ich dachte, alles, was wir hinuntergeschickt haben, wäre zu Anti-M geworden und explodiert.«

»Drei Container sind durchgekommen«, sagte Martin. »Wir dachten, sie wären auf irgendeine andere Weise vernichtet worden. Das war aber offenbar nicht der Fall.«

Hans schwieg nachdenklich.

Hakim sah Martin fast schüchtern an, als ob er ihn sich immer noch lieber als Boss vorstellte. Er sagte: »Vielleicht ist nicht alles verloren.«

»Quatsch! Wir waren tot«, sagte Hans. »Aber vielleicht war unser Tod nicht vergeblich.«

»Das meine ich ja«, sagte Hakim.

»Gut«, erklärte Hans. »Wie lange würde es dauern, bis Samen von den äußeren Halos herunterkommen?«

»Mindestens Jahre«, erklärte Martin. Harpal pflichtete ihm bei.

»Der Planet ist noch da. Entweder sind die noch nicht angekommen, oder sie wurden deaktiviert. Können wir ihnen ein Signal senden?«

Harpal sagte: »Sie sollten das Mofix empfangen. Falls sie nicht vernichtet wurden.«

»Dann sollten wir's versuchen«, sagte Hans. Hakim nahm an seinem Handy die erforderlichen Einstellungen vor. Die Resultate kamen fast augenblicklich. Ein Signal wurde ausgeschickt, und ein Signal erreichte von einem Samenträger die Mofixempfänger des Schiffs. Der Träger meldete, daß elf Samen zum Inneren Nebukadnezars ausgeschickt waren, genügend, um die ganze Oberfläche des Planeten bis in fünfzig

Meter Tiefe zum Sieden zu bringen. Die Detonation der Samen stand unmittelbar bevor. Innerhalb zweier Zehntagewochen würden Samen an Ramses gehen.

»Die kommen gerade rechtzeitig für die Show«, sagte Hans.

Das Suchteam und Martin rückten näher an die Sternsphäre heran.

»Wir wollen Fernsonden ausschicken und näher hinschauen«, sagte Hans. »Wie weit sind wir entfernt?«

»Vierhundert Millionen Kilometer von Ramses. Zweihundertfünfzig von Nebukadnezar. Nebukadnezar muß ein sehr kranker Planet sein«, sagte Hakim. »Wir waren erfolgreicher, als wir je gehofft haben.«

»Ich vertraue auf nichts«, sagte Hans. »Martin hat keine offenkundigen groben Fehler gemacht, und wir haben schlimme Prügel bezogen. Ich muß um so besser sein.« Er lächelte Martin fast schüchtern zu, als ob sie ein gemeinsamer Scherz verbände, von dem nur sie wußten. Sein Lächeln nahm wirklich eine Last von Martins Schultern. Er war nicht verfemt, wenigstens nicht bei Hans. »Wenn der Planet krank ist und unsere Tuer seine Verteidigungen zermalmt haben, brauchen wir uns keine Sorgen zu machen. Aber wir haben keine Macher auf Ramses geworfen; und dort könnte alles mögliche passieren, wenn die Samen eintreffen, um eingesenkt zu werden. Habe ich recht?«

Harpal und Martin nickten. Hakim war damit beschäftigt, Fernsonden auszuschicken, um ihre Basislinie zu vergrößern. »Was ist mit diesen dunklen Massen im Orbit?«

»Die haben sich nicht verändert«, sagte Hakim und unterbrach seine Tätigkeit. »Die gleichen Orbits, die gleichen Massen, die gleichen Größen, nach Bedeckungen zu urteilen.«

»Und die kleinen Vehikel?«

»Wir sind derzeit gar nicht weit von einem solchen

entfernt«, sagte Hakim. »Sie befinden sich noch im Orbit und sind zum Status quo zurückgekehrt.«

»Ich möchte das in der Nähe Befindliche gern sehen«, sagte Hans.

»Ich habe Aufzeichnungen von den letzten paar Wochen, die das Schiff gemacht hat«, erwiderte Hakim. »Ich werde sie abspielen.« Die Sternsphäre teilte sich, und sie sahen einen kleinen hellen Punkt im Zeitraffer zu einem langen stumpfen Zylinder anwachsen, von grauer Farbe, ohne besondere Kennzeichen und knapp zehn Meter lang. Hakim sagte: »Es driftet ruhig dahin, ohne Antrieb.«

»Können wir es vernichten?« fragte Hans.

Hakim sah Harpal und Martin an.

Harpal sagte zweifelnd: »Das nehme ich an. Aber weshalb die Mühe?«

»Ich möchte es versuchen«, sagte Hans trocken. »Ich denke, daß ich den Befehl erteile. Habe ich recht?« Er hob sein Handy. »Wie nahe sind wir diesem kleinen Burschen?«

»Zwei Millionen Kilometer.«

»Ich möchte mit zwei Jägern etwas Treibstoff riskieren und sehen, ob wir es vernichten können. Das wird die Hundesöhne aufwecken, falls sie noch schlafen oder wenn sie noch schlapp sind von der Beschäftigung mit unseren Tuern. Falls sie nicht reagieren, erfahren wir etwas.«

»Was denn?« fragte Martin.

»Daß diese orbitalen Schiffe nicht wichtig sind, oder...« Hans zuckte die Achseln. »Daß die Planeten Lockvögel darstellen.«

»Oder etwas anderes«, warf Harpal ein.

»Laß den Mut nicht sinken!« sagte Hans nicht unfreundlich. »Fall mir nicht weiter auf den Wecker! Was sonst noch?«

Er geht viel schneller ran als ich früher. Gut! dachte Martin.

»Oder sie haben eine andere Falle aufgestellt.«

»Das vermute ich. Aber... Ich bin dabei, den gleichen Fehler zu begehen wie Martin. Ich werde ihre Falle auslösen und sehen, was sie uns antun können. Wir haben die erste überlebt. Vielleicht können wir auch die zweite überleben. Und wenn nicht, na gut...« Er rieb sich die Hände, als ob er Schmutz wegwischen würde. »Unser Kummer ist kürzer, hm?«

Martin erschauerte. Das hatte er als Boss nie gefühlt: Fatalismus. Auch Hakim fühlte es, schluckte und schaute weg. Das war eine Reaktion, die weitere einschließen könnte. Eine Hingabe an Pflicht in wagnerschem Stil, ein mächtiger Schlag gegen den Feind, tapfer aber nutzlos und mit dem Tod endend.

»Zu stark, he?« fragte Hans, als ob Martin etwas gesagt hätte. »Gut. Ich werde es herunterspielen; aber ich brauche da draußen immer noch zwei Jäger. Tötet es!« Er sah Harpal an. »Geh hin, Christopher Robin!«

Harpal verließ den Bugraum. Hans konzentrierte sich kurz auf den Zylinder und runzelte die Stirn. »Ich kann mir vorstellen, welchem Zweck sie dienen. Außer... Hakim, könnten sie als Massendetektoren funktionieren? Sehr empfindlich für Bahnänderungen, die durch den Eintritt von etwas Großem in das System bewirkt werden?«

Hakim dachte darüber nach. »Ich kann es nicht mit Sicherheit sagen, aber ich meine, es gibt bessere Möglichkeiten, um das zu tun...«

»Du könntest Jennifer fragen«, schlug Martin vor.

»Die macht mir eine Gänsehaut«, entgegnete Hans heftig. »Aber du hast recht. Welcher andere Zweck? Sie haben Stunden vor unserem Angriff beschleunigt... Psychologische Waffen. Das kaufe ich ihnen nicht ab. Diese Dinger geben keinen Furz auf unsere Psychologie. Sie wollen uns killen.«

»Ich habe eine Idee«, sagte Thomas Orchard. Die anderen Mitglieder des Suchteams hatten sich zurückgehalten und die Maßnahmen von Hans akzeptiert, weil er jetzt der Boss war.

»Heraus damit!« sagte Hans.

»Ich denke, es sind Stationen für Fernsignale. Etwas geht in der Falle schief, und sie überleben etwas länger ... Sie erregen keine große Aufmerksamkeit, weil sie klein sind und primitive Antriebe zu haben scheinen.«

»Und ...«, sagte Hans und klopfte wieder mit dem Finger, »sie beschleunigen kurz vor einem Angriff, um bereit zu sein, von hier weg zu zischen, wenn alles zum Teufel geht ...« Er lächelte und fuhr mit der Hand durch sein steifes Blondhaar. »Verdammt, das gefällt mir. Es ergibt Sinn.«

»Aber wir können nicht sicher sein«, sagte Thomas, der auf den Beifall von Hans stolz war.

Ein geborener Führer, dachte Martin neidvoll.

»Wir können an diesem elenden Ort über nichts sicher sein«, sagte Hans. »Ich schlage vor, wir nehmen uns eines vor; und wenn sie verwundbar sind, nehmen wir sie uns alle vor. Inzwischen, unser Planet da unten ... vielleicht. Es interessiert mich, wie Ramses antworten wird.« Er hob die Faust und schnitt eine Grimasse. »Die können mich alle mal.«

Martin ging mit Harpal aus dem Bugraum, um zwei Jägerpiloten für die Aufgabe auszusuchen. Martin brach in Schweiß aus. Er trödelte ein paar Meter hinter Harpal her und wischte sich mit dem Ärmel das Gesicht ab.

Zehn Jahre. Theresa und William waren seit zehn Jahren tot – und die anderen. Aber er hatte Theresa erst vor ein paar Tagen gesehen. Sie war in seinem Geist frisch, wie auch ihre Worte.

Ihn überkam egoistische Bitterkeit. Er stand am Rande eines mentalen Golfs voller Leere. Er schloß die Augen und erblickte diesen Golf wirklich als eine melodramatische Vorspiegelung, die nichtsdestoweniger real und schmerzlich war. Schuld an dieser privaten Bitterkeit konnte sie nicht vertreiben. Andere hatten Kummer; warum sollte sein Kummer schlimmer sein?

Martin ermunterte sich, auf Harpal aufzuschließen, der jetzt fast um ein Drittel der Länge des Halses vor ihm war. Sein Körper weigerte sich, sich zu bewegen.

»Was machst du?«

Er wandte sich um und erblickte Ariel. Die Verzweiflung auf seinem Gesicht mußte deutlich gewesen sein. Sie wich zurück, als litte er an einer ansteckenden Krankheit. »Was fehlt?«

Martin schüttelte den Kopf.

»Müde?« fragte sie versuchsweise.

»Ich weiß nicht. Freudlos.«

»Sei froh, daß du kein Boss bist!« sagte sie, ohne zu verzeihen oder anzuklagen.

»Hans wird gute Arbeit leisten«, sagte Martin automatisch.

Ariel war hartnäckig. »Irgend etwas stimmt nicht. Was ist los?«

»Nichts, weswegen du dir Sorgen machen mußt.«

»Du leidest an deiner Reaktion, nicht wahr? Du warst stark und tüchtig, und jetzt mußt du dafür bezahlen.«

Er zog eine Grimasse und sagte, ehe er daran denken konnte, den Mund zu halten: »Du hast schon immer eine Schandschnauze gehabt.«

»So bin ich, kleiner Stinker«, sagte Ariel ruhig. »Wenigstens werde ich nicht angebunden wie ein Lamm vor dem Metzger.«

»Ich bin okay.« sagte er unwirsch.

»Wo gehst du hin?«

»Mit Harpal, um Jägerpiloten auszusuchen.«

»Dann laß uns mitgehen! Wir müssen in Bewegung bleiben.«

Sie behandelte seinen Kummer als etwas Triviales.

Sein Haß gegen sie brannte wie Feuer Aber er folgte ihr durch den Hals zur hinteren Heimkugel, immer noch traurig, aber wenigstens in Bewegung und handelnd.

Paola Birdsong und Liam Oryx meldeten sich freiwillig, die Jäger zu fliegen. Ihr Einsatz würde einen Tag dauern, wie von Hans und Harpal vorgesehen.

Hans und Ariel begleiteten die ausgesuchten Pilotinnen zum neuen Waffenlager. In dem kleineren Raum befanden sich nur dreißig Flugzeuge, alle neu angefertigt nach der Vernichtung von Williams Bomber. Aber die Konstruktionen waren vertraut. Martin und Ariel sahen zu, wie die zwei Freiwilligen in die kleinen Vehikel stiegen, mit Handys die Systeme durchprüften und hinter Leiterfeldern standen, als die Schiffe auf Pylonen durch die Schleuse stießen.

Die Jäger begannen ihren Flug über Hunderttausende von Kilometern.

Ariel sagte: »Ich fühle mich schuldig, weil ich meine Zimmertemperatur jetzt über dem Gefrierpunkt halte. Wir haben so wenig Treibstoff. Ich hoffe, daß sich dieses Unternehmen wirklich lohnt.«

Martin zuckte die Achseln und ging aus dem Waffenlager ins Schulzimmer.

»Wohin gehst du?« fragte Ariel. Er sagte es ihr. »Kann ich mitkommen?«

Martin war überrascht. Er sagte: »Du kannst überall hingehen, wo du willst. Wir kommen zusammen, um zu sehen, ob mit Nebukadnezar etwas passiert.«

»Du brauchst Gesellschaft. Ich will dich nicht wieder trübselig sehen.«

Er schloß ein Auge, zwinkerte ihr zu und sagte wieder ohne nachzudenken: »Ich kann aus dir nicht klug werden. Du warst eine solche Hexe, als ich Boss war. Jetzt bist du ganz Süßigkeit und Licht. Bist du noch verrückter als ich?«

Sie wich zurück und sagte: »Wahrscheinlich. Was ist jetzt los?«

Darauf hatte er keine Antwort.

Die Crew kam um die Sternsphäre im Schulzimmer zusammen, alle außer Hakim und Luis Estevez Saguaro, die im Bug weiterarbeiteten. Thomas Orchard erklärte: »Was wir im Training gelernt haben, bringt uns auf den Gedanken, daß dieser Planet durch unsere Tuer wirklich krank geworden ist.« Er wies auf große braune und rote Flecken auf Nebukadnezar. »Was auch immer unsere Leute in Anti-M verwandelt hat, könnte versagt haben. Es hat nicht verhindert, daß einige Container von Tuern abgeworfen wurden. Und es hat nicht alle unsere Schiffe umgewandelt. Wir denken, daß jetzt die Maschinen für Verteidigung dahin sind.«

David Aurora fragte: »Wie lange, bis er explodiert?«

»Er wird nicht explodieren«, erwiderte Harpal. »Er ist nur zum Sieden gebracht.«

»Das ist es, was ich meine«, sagte David grinsend. Martin beobachtete die Crew genau, unbehaglich, immer noch trübselig trotz Ariels Gesellschaft.

»Jetzt ist es jede Minute soweit«, sagte Thomas.

»Dann haben wir einen Gewinn erzielt«, fuhr David fort und hob die Faust zum Salut des Siegers.

»Von wegen! Noch zwei Planeten zu erledigen, und zu wenig Treibstoff, um auszureißen«, warf Ariel ein.

»Es ist immerhin etwas«, meinte Harpal.

»Ich finde nicht, daß es viel ist«, sagte Erin Eire im Hintergrund. Martin hatte sie seit dem Erwachen noch nicht gesehen, nicht deutlich genug, um sie aus der Menge herauszukennen. »Ich denke, wir alle wissen, daß dieser Ort nicht das eigentliche Ziel ist.«

»Wie kommst du darauf?« fragte Thomas.

Eine Mutter kam in den Schulraum. Die Crew verstummte, als sie zum Zentrum schwebte. Aber als sie nichts weiter sagte und tat, ging das Gemurmel wieder los.

Erin sagte: »Wormwood ist wie ein Fliegenfänger. Wir kleben fest. Wir können einiges davon wegpusten. Aber er wird immer noch klebrig genug sein, um die zu erwischen, die danach kommen.«

Die Mutter erklärte: »Ein Samenträger meldet über Mofix, daß die Zerstörung anfängt.« Die Crew jubelte, aber nicht so fröhlich, wie es hätte sein können. »Wir werden die Resultate binnen zehn Minuten sehen.«

Thomas schaltete von dem Bild des Planeten um und erwischte die Jäger auf dem Weg zum nächsten orbitalen Zylinder. Sein Handy sang, und die Nachricht erschien nur visuell. Er sagte: »Das ist Hakim. Jetzt geht es wieder los …«

Martin folgte Thomas in den Bug. Hans schwebte da, die Arme um die Beine geschlungen, und beobachtete, wie das Suchteam die Information zusammenfügte.

Hakim bediente die Handys und die Datenbänke wie Musikinstrumente.

»Laß Jennifer herkommen«, sagte Hans. Thomas rief Jennifer in den Bugraum.

Martin las schnell die von Hakims Handy projizierte Information. Die fünf inneren orbitalen Massen hatten sich zu langgestreckten Wolken ausgedehnt.

Harpal schloß die Augen. Die Luft roch nach Anspannung. Hans erschien in dem Wirbel um die Sternsphäre wie ein ruhender Punkt. Er sah der projizierten Information mit unbewegten Augen entgegen, ohne sie richtig zu erkennen. Martin merkte, was Hans vorhatte. Er versuchte, aus dem Wirrwarr und der Ungewißheit ein deutliches Bild zusammenzufügen.

Jennifer Hyacinth erschien ein paar Minuten später im Bug. Sie drängte sich neben Hans, um in der besten Position für die Betrachtung der Information zu sein.

Sie runzelte die Stirn und sagte: »Die Massen sind der nächste Teil der Falle.«

»Braves Mädchen!« sagte Hans. »Wir sind dicht dran, der Planet verschwindet, und so sind wir offenbar gefährlich; und sie wollen uns nicht entkommen lassen. Sie wissen nicht, wieviel Treibstoff wir noch übrig haben oder wozu wir fähig sind ...«

Martin sagte: »Wir haben uns besser gehalten als frühere Kämpfer.«

»Vielleicht«, erwiderte Hans. »Harpal, was ...«

Jennifer sagte: »Die dunklen Massen könnten locker gepackte Neutroniumbomben sein. Die Messungen stimmen ziemlich genau.«

»Mein Gott!« sagte Harpal. »So viele Bomben könnten jeden Planeten in dem System fünf- oder zehnmal auslöschen. Wenn wir sie kriegen könnten ...«

»Sie fallen in Wormwood hinein«, sagte Hakim.

Frische Diagramme schwebten in der Luft und zeigten die Umgruppierungen der inneren Massen, ihre Drift auf den Stern zu und geschätzte Eintrittszeiten in die Heliosphäre. Jennifer sagte: »Sie werden hineingestoßen. Ich denke ...«

»Wormwood ist dabei zu verschwinden«, sagte Hans. »Jennifer, stell mit etwas Muttimathe fest, was das für uns bedeuten wird! Martin, besprich dich mit den Müttern! Sag den Jägern, sie sollen zurückkommen, und zwar schnell!«

»Der Partikelwind von Wormwood ist zum Teil auf die Pole hin gebündelt«, berichtete Jennifer. »Es müssen starke Felder sein, die sein Inneres kontrollieren. Wenn er bläst, falls diese Felder noch an Ort und Stelle sind – und ich glaube nicht, daß sie einfach ausgeschaltet werden können –, wird der Planet sich nicht einfach wie eine Kugel ausdehnen ...«

Martin trat zurück und sprach über sein Handy zu den Müttern.

Hakim zeigte ein Bild der Oberfläche von Nebukadnezar, die durch das innere Plasma ihrer Samen glühte. Aber das erschien jetzt unwichtig. Der zweite Teil der Falle war tatsächlich dabei, sich zu schließen.

Die *Dämmerungsgleiter* war in Orbit weniger als zweihundert Millionen Kilometer von Wormwood entfernt. Wenn der Stern zur Supernova würde, müßte ein gewaltiger Ausbruch von Neutrinos seine äußeren Schichten davonblasen.

Neutrinos waren in normalen Mengen weniger substantiell als jedes Gespenst, imstande, ungehindert Blei in der Dicke von Lichtjahren zu durchdringen. Aber in so großer Anzahl wären ihre Wechselwirkungen mit Materie – bei der *Dämmerungsgleiter* und allem anderen in der Nähe von Wormwood – tödlich.

Martin hatte keine Ahnung, was so viele Neutrinos ihrer Chemie antun würden, aber die reine Kraft der Neutrinoexplosion könnte sie schon in Stücke reißen.

Jennifer schien in einer Ekstase des Rechnens versunken zu sein.

Im Bug erschien eine Mutter. Sie sagte: »Wenn diese Information korrekt ist, gibt es sowohl Gefahr wie eine außergewöhnliche Gelegenheit.«

Jennifers Gesicht erhellte sich. »Es könnte eine Kanalisation der Explosion in verschiedene Gebiete geben. Neutrinos werden nach allen Richtungen ausströmen; aber der größte Teil der Sternenmasse könnte durch die Pole gepreßt werden und wie ein Quasar zwei Jets erzeugen.« Sie legte die Hände zusammen und stellte es mit den Daumen nach oben und nach unten dar.

»Ich stimme zu«, sagte die Mutter.

Hans schaute zwischen Jennifer und der Mutter hin und her, biß sich auf die Unterlippe und streckte sich. »Was tun wir?«

Die Mutter sagte: »Wir benutzen allen verfügbaren Treibstoff für schnelle Beschleunigung in einen neuen Orbit über dem Südpol des Sternes.«

Jennifer lachte, als wäre dies die komischste Sache

der Welt. Ihr traten Tränen in die Augen, und sie sagte: »Richtig, richtig!«

Die Mutter fuhr fort: »Wir können den Inhalt des Schiffs gegen die meisten Wirkungen eines Neutrinosturms schützen. Wir werden Neutrinodruck benutzen, um uns aus diesem System zu treiben.«

»Wir werden wie Samen im Winde sein«, meinte Jennifer. »Wenn wir zusammenhalten, werden wir in den tiefen Weltraum hinausgepustet werden.«

»Die Umwelt nach der Explosion wird reich an flüchtigen Substanzen von Wormwood sein«, fuhr die Mutter fort. »Wir werden welche aufsammeln, selbst wenn wir nach außen getrieben werden.«

»Sie wollen uns vernichten, aber vielleicht werden sie uns retten«, erwiderte Jennifer.

»Warum tun sie es dann? Warum uns diese Gabe zukommen lassen?« fragte Harpal

Die Mutter sagte: »Höchstwahrscheinlich *wollen* sie uns vernichten. Aber die Gelegenheit gibt es, wenn wir geschickt und sehr schnell sind. Alarmiert die Crew wegen Feldkapselung und Superbeschleunigung. Wir werden in ein paar Minuten anfangen.«

Martin beobachtete die Sternsphäre. Die Oberfläche Nebukadnezars war jetzt von Dunst bedeckt, durchzogen von Blitzen grellweißen Lichtes. Die Samen von Neutronium und Antineutronium tief drinnen erhitzten die Oberfläche des Körpers zu Plasma. Es würde nicht genügend Energie freigesetzt werden, um etwas vom Material des Planeten von selbst in eine Umlaufbahn zu bringen, wie es bei der Erde geschehen war. Die Welt Nebukadnezars würde ihre sphärische Gestalt behalten. Aber in den nächsten paar Millionen Jahren würde die Oberfläche des Planeten aus erkaltendem Magma bestehen.

Martin konnte über diesen kleinen Sieg nicht jubeln. Beihilfe zum Selbstmord war kein Triumph. Selbstaufopferung, um Brandstifter in die Falle zu locken, war lächerlich absurd. Aber wenn das Feuer ihnen eine Chance zum Leben bot, sich fortzubewegen und den Job zu beenden…

Er fing an zu lachen. Jennifer stimmte ein. Harpal machte eine Grimasse und verließ den Bug, um die Crew zu koordinieren. Hans starrte sie an, als wären sie übergeschnappt, schüttelte heftig den Kopf und stieß einen lauten Ruf aus.

Theresa hätte das erfreut, dachte Martin. *William wäre einfach entzückt gewesen.*

Sie brachten ihr Vehikel in Schuß und bereiteten sich auf den Sturm vor.

Der Todeskampf von Wormwood währte sieben Stunden. Das Magnetfeld des Sterns – umgebaut, um den solaren Wind durch die Pole zu jagen – peitschte umher wie Haar, das im Winde weht, deutlich zu sehen, weil die Oberflächenschichten kochten, quirlten und tanzende Bänder emporwarfen. Der Stern ähnelte immer mehr einer feurigen Rübe mit Oberteil aus Blättern und rasenden Wurzeln.

Drinnen fraßen sich Milliarden von Neutroniumwaffen durch die dichten inneren Schichten und beendeten ihre unsichtbaren und unbekannten Umlaufbahnen. Sie vereinten Positives mit Negativem, Anti-M mit Materie. Das durch diese tödlichen Kopulationen gebildete Ambiplasma marschierte stetig nach außen.

Die Mütter hatten alles zeitlich abgestimmt.

Hans beorderte die Crew ins Schulzimmer und verstummte. Er saß neben der Sternsphäre und verfolgte mit halb geschlosenen Augen, wie Dinge jenseits seiner Befehlsgewalt und Kontrolle – sogar jenseits seines Verständnisses – sich abzuspielen begannen.

Martin saß dicht daneben. Sein Körper war vor Angst ganz starr, aber sein Geist zu sehr in Sorge versunken, um sich um das zu kümmern, was gleich geschehen würde. Er schaute zu Rosa Sequoia, die in einer Ecke in umbequemer Lotosposition hockte, leicht schaukelnd, mit geschlossenen Augen. Er beneidete sie um ihren persönlichen Schatz an geistlichem Trost und ihre Fähigkeit, sich in einer inneren Realität zu verlieren, die sich nicht mit der äußeren messen konnte. Was hatte sie gefunden, das Martin nie bekommen würde?

Die Bilder in der Sternsphäre übermittelten nur eine abstrakte Bedeutung. Was waren die Energien eines sterbenden Sterns, wenn nicht unbegreiflich? Ein Menschenleben – das Leben von ihnen allen – konnte mit einem winzigen Bruchteil der Energie weggeputzt werden, die jetzt freigesetzt werden würde.

Sie hatten vor Jahren den Kamm einer ungeheuren Woge erklommen; und jetzt brach die Woge zusammen. Jede kleine Blase in diesem schäumenden Mahlstrom würde völlig ausreichen, ihnen das Lebenslicht auszublasen. Für immer Finsternis, kein Amen.

Das Besondere an Martins Geisteszustand war, daß er diese Dinge nicht so sehr dachte, als vielmehr *fühlte*. Dazu kam noch seine körperliche Angst als eine anatomische Konsequenz.

Furcht bildet ihr eigenes Opiat. Emotionen können nicht für immer mit hoher Intensität bestehen. Binnen einer Stunde verminderte sich der Schrecken zu Dumpfheit mit klarer selbstloser Wahrnehmung. Die Todesgewißheit wurde ersetzt durch leichte Neugier und eine Intensität nicht engagierten Denkens, die noch Minuten zuvor undenkbar gewesen war.

Verstreute Teile dieses bezwungenen Ichs machten ironische Bemerkungen: *Dies ist die dunkle Nacht der Seele. Nicht auf die harte Art. Dies ist bloß aufs Extreme gesteigerte Panik. Schau sie dir an. Sie erleben das nicht so wie du. Sie müssen. Sie müssen.*

Stöhnen der Eingeweide erfüllten das Schulzimmer, als sie fühlten, wie die Felder sich schlossen. Martins Körper prickelte, und alle inneren Emotionen verlangsamten sich.

Aber irgend etwas blieb zurück. Was hätte ihm etwa noch bleiben können? Undefinierte Erinnerung, vielleicht eine Illusion. Wer konnte sagen, wo diese Erinnerung anfing? Während ihrer Einziehung, oder später als eine Bilanz der chemischen Buchhaltung seines Gehirns ...

An was er sich später erinnerte, war ein märchenhafter Faden persönlicher Kontinuität, alle Gedanken auf Gleichnisse reduziert und ein extraphysisches Bewußtsein des Sterns in seinen letzten Phasen. Daß eine solche Erinnerung und Wahrnehmung unmöglich waren, machte es nicht weniger zwingend.

Wormwood

erblühte wie eine Narzisse

mit zwei Strähnen intensiv blonden Haars

und einem Seufzen von Neutrinos, Phantompartikeln jetzt in solchen Anzahlen, daß sie millionenfach stärker bliesen als Orkane

über das Klingen in seinem Körper, die Schlacht der Neutrinos, um seine Chemie zu ändern, stärker als Materie durch das Schiff fegend; ein leichtes Flüstern von Überredung, wie eine Schar autistischer Kinder, die, nie gehört, plötzlich alle auf einmal ins Ohr schreien; die Stillen in Raum und Zeit in ihrer Befreiung eine Stimme gewinnend, die von Flüstern zu drängendem Geschrei wurde.

Die wiederhergestellte *Dämmerungsgleiter* hatte einen Punkt über dem Südpol des Sterns erreicht, wo sie sich stoßen ließ, zunächst sehr langsam, mit aufgefülltem Treibstoffvorrat, auf dem Ansturm der Neutrinos reitend. Ihre Besatzung wurde an ihrem Platz gehalten gegen die Überredung dieser Winde und gegen das subnukleare Argument für tödliche Veränderung. Sie akzeptierte nur die Kraft und nicht die Überredung.

Der Fuchs spricht mit dem Orkan und ruft: »Ich muß weit und schnell reisen. Kannst du mich mitnehmen?« Der Orkan betrachtet den kleinen Fuchs mit seinem riesigen und ruhigen Auge und fragt: »Was kannst du für mich tun?«

»Nun, ich werde dich mir deine Träume zuflüstern lassen.«

»Aber ich muß alles töten, was ich trage. Du bist ein Lebewesen und willst nicht sterben.«

»Wenn du mich nicht sterben läßt, werde ich deinem innersten Ich lauschen und es allen Tieren erzählen, damit sie Sympathie für dich empfinden.«

»Was kümmert mich Sympathie? Ich bin allmächtig.«

»Jawohl, aber eines Tages werden deine Winde sterben, und meine Kinder werden diese Geschichte erzählen, wenn du dahin bist, von der Zeit, da der Ururgroßvater Fuchs von den Winden getragen wurde und lebte und ihre Geheimnisse erfuhr.«

»Aber dann werden sie keine Angst vor mir haben, und wozu bin ich gut, wenn ich keine Furcht einflöße?«

»Oh, kein Lebewesen könnte je so stark sein, daß es sich nicht vor dir fürchten würde. Ich gebe dir etwas mehr. Ich gebe dir eine Stimme durch die Zeit, die mehr ist als ein wortloses Wutgebrüll.«

Die *Dämmerungsgleiter* fuhr in Spiralen durch die Fahnen aus Gasen, die nach Süden vom Scheiterhaufen Wormwoods aufstiegen, und sammelte Treibstoff. Sie schöpfte Hunderttausende Tonnen an Wasserstoff, Helium und Lithium auf, komprimierte sie und speicherte sie in Hüllen um ihre Taille, wie eine Biene Pollen sammelt.

Es lag eine gewisse Freude in ihrem Flug fort von dem sterbenden System. Sie hatte den letzten Sturmangriff der Killer abgewehrt, deren Falle zu einem Füllhorn geworden war.

Die Leute verbrachten ein stilles, ruhiges Jahr im Schulraum. Ein weiterer Zeitabschnitt war ihnen zuerteilt.

Hinter ihnen, in ein rötliches Loch schrumpfend, begrub Wormwoods Nebel die entferntesten Bereiche des Systems. Alle Spuren alter Verbrechen waren getilgt: Planeten, orbitale Warnsysteme, Wolken ausgebeuteten vorgeburtlichen Materials, Nadelschiffe.

Alles wurde zu kosmischer Asche. Allein das war ihren Tod wert, aber sie starben nicht.

Die Asche von Gasen strömte um sie herum und ihnen voraus, und sie atmeten sie in vollen Zügen ein, wie ein ertrinkender Mensch dankbar tief Luft holt.

Martin nahm ein Glas Wasser von Hakim entgegen.

Zehn Leichen lagen nebeneinander um die Peripherie des Schulraumes. Hans stand über ihnen, schweigend, das Kinn in der Hand, schon eine halbe Stunde lang. Alle paar Minuten schüttelte er den Kopf und grunzte wie in frischer Verwunderung. Die Toten: Jorge Rabbit, David Sasquatch, Min Giao Monsoon, Thomas Orchard, Kees Northsea, Sig Butterfly, Liam Oryx, Giorgio Livirno, Rajiv Ganges und Ivan Hellas. Sie trugen keine Anzeichen von Gewalt, bis auf kleine purpurne Flecken auf Gesicht und Händen. Sie lagen mit geschlossenen Augen da.

Sie waren während der Starreperiode gestorben.

Dreiundzwanzig der Überlebenden knieten bei den Leichen, immer noch benommen.

Martin erkannte plötzlich, daß wieder volle Schwere herrschte. Die *Dämmerungsgleiter* beschleunigte wieder.

»Wie ist das geschehen?« fragte er. Seine Kehle war noch trocken und rauh.

Hakim nahm einen tiefen Schluck aus seiner Wasserbirne. »Ihre volumetrischen Felder müssen schwächer geworden sein. Der Neutrinofluß könnte einige ihrer Elemente umgewandelt haben. Sie wurden vergiftet oder vielleicht bloß ...« – er schluckte – »verbrannt. Ich habe sie nur kurz angeschaut. Es sind keine Mütter da, mit denen man reden könnte.«

»Konnten die Mütter sie nicht am Leben halten?«

Hakim schüttelte den Kopf.

Rosa Sequoia ging zwischen der Crew herum und machte seltsame und sinnlose Handbewegungen, welche die meisten anderen ignorierten. Jeanette Snap Dragon und Kimberly Quartz folgten ihr mit gesenkten Köpfen.

Cham trat zu Martin und deutete auf den Leichnam von Sig Butterfly, still und grau in der Reihe. Er sagte: »Einer von uns.«

»Es sind alle die Unseren«, entgegnete Martin.

»Das habe ich nicht gemeint.« Cham verzog das Gesicht. »Wir verlieren die Erfahrung unserer Führer. Wir sollten eine gründliche Untersuchung durchführen. Wir müssen erfahren, was geschehen ist. Warum die Mütter uns wieder im Stich gelassen haben.«

Martin sagte: »Ich glaube nicht, daß sie uns im Stich gelassen haben. Wir sind hier, und die meisten von uns leben.«

»Wir müssen die Fakten erfahren«, sagte Cham, der immer wütender wurde.

»Ich stimme zu«, sagte Martin. »Aber Hans ist der Boss, und er hat jetzt das Sagen.«

Cham entgegnete: »Er ist jetzt zu benommen, um sich zu bewegen. Wo ist Harpal?«

Sie suchten nach dem Christopher Robin, aber er befand sich nicht im Schulraum. Die meisten der überlebenden Crew waren anderswohin gegangen, vielleicht um sich ungestört zu erholen. Martin drängte es, die Dinge in Gang zu bringen. Aber er widerstand. Er sagte: »Ich werde Harpal finden. Hakim, sag Hans, daß wir den Bug und die Sternsphäre untersuchen müssen! Wir sollten ihm etwas Konkretes zum Nachdenken geben.«

»Dann werde ich das Suchteam zusammenholen«, erwiderte Hakim.

In den Korridoren des Schiffs roch es, als ob ein Feuer durch die *Dämmerungsgleiter* gezogen wäre. Der Neutrinosturm des sterbenden Wormwood hatte bei ihnen mehr Schaden angerichtet, als Martin zuerst vermutet hatte. Und das bedeutete, ihre Flucht war für die Mütter etwas Neues gewesen, irgendein Experiment.

Sie hätten noch viel mehr Leute verlieren können.

Ich könnte Anstalten für die Bestattung der Leichen treffen, dachte Martin. Zuvor hatten die Mütter immer für die Beseitigung von Leichen gesorgt. Warum ließ man sie jetzt herumliegen?

Martin blieb in einem Korridor stehen und wandte sich an sein Handy. Wo waren die Mütter? Er rief nach einer. Keine erschien. Das Handy funktionierte an sich tadellos, aber seine Projektionen waren schwach und flimmerten.

Er wartete einige Minuten lang und wurde neuerlich von Angst erfaßt, daß das Schiff ernsthaft Schaden erlitten hätte, daß seine Ressourcen abgenommen hätten und daß sie alle in einem Fahrzeug würden sterben müssen, ohne ein Gehirn des Schiffs oder die Mütter.

Er wollte schon weiter zu Harpals Räumen gehen, als eine Mutter ein paar Meter vor ihm schwebend in Sicht kam. »Gott sei Dank!« sagte Martin und umklammerte das Handy vorsichtig, als ob es zerbrechen könnte. Die Mutter reagierte nicht auf seine Erleichterung.

Martin sagte: »Ich sehe mich nach Harpal um. Wir müssen viel organisieren und haben eine Menge … psychologische Arbeit zu tun.«

»Eine Beschreibung des Schadens ist erforderlich«, erwiderte die Mutter. »Wir werden vor der gesamten Crew eine Beurteilung geben.«

»Die Toten …«

»Wir können gegenwärtig nicht aufbereiten. Reparaturen sind derzeit im Gange. Einige unserer Möglichkeiten sind eingeschränkt oder außer Kraft, bis die Arbeit getan ist. Die Toten werden in Feldern aufbewahrt werden…«

Martin schüttelte den Kopf und hob die Hand, um nicht die unwesentlichen Details anhören zu müssen. Er sagte: »Wir brauchen bloß beruhigende Zuversicht. Es könnte eine aggressive Reaktion geben, wenn wir nicht bald eine Besprechung abhalten.«

»Verstanden«, sagte die Mutter.

»Wo ist Harpal?«

»Er ist im Heck«, sagte die Mutter.

»Ich werde ihn holen.«

Ariel erschien hinter ihnen, ging um die Mutter herum, als wäre sie eine Wand, und sah Martin direkt an. Sie sagte: »Hans flippt aus. Er macht der Crew Sorgen. Laß uns Harpal finden, und zwar schnell!«

Sie gingen schweigend nach hinten zu den Räumen der zweiten Heimkugel. Hier war der Geruch nach Angesengtem noch stärker.

Ariel rümpfte die Nase und fragte: »Sind wir so schlecht dran, wie es riecht?«

»Du hast gehört, was die Mutter gesagt hat.«

»Du weißt, wie ich über die Mütter denke.«

Martin zuckte die Achseln. »Sie haben uns gerettet.«

»Sie haben uns zunächst hierher gebracht. Wie dankbar sollte ich sein, daß sie uns herausgebracht haben?«

»Wir wollten…«

»Wir wollen nicht streiten! Nicht, solange Hans am Daumen lutscht und Rosa sich da hinten wie eine Priesterin gebärdet. Wir müssen uns bewegen, sonst kommen wir in mehr Schwierigkeiten, als wir uns je vorgestellt haben – Schwierigkeiten unserer eigenen Art. Die Mütter werden uns nicht aus der Klemme helfen. Sie wissen nicht, wie.«

»Hans lutscht nicht am Daumen«, entgegnete Hans. »Er… fügt alles zusammen.«

»Du sympathisierst mit allem und jedem, nicht wahr?« sagte Ariel. Sie lächelte wie in Bewunderung;

aber dann bekam das Lächeln einen Anflug von Mitleid.

Harpal Timechaser sah sie fassungslos an, als sie näher kamen. Er war in einem dichten Gewirr von Rohren versteckt.

Martins Nervenkostüm war dünnhäutig geworden. Er war wütend auf Harpal, wütend auf jeden, und nicht zuletzt auf dieses Weib, das ihn bei jedem Schritt verspottete und ihm aus Gründen folgte, die er nicht verstehen konnte.

»Was ist los?« fragte Harpal allzu laut, als ob er diese Frage als einen Wall oder einen Schutz benutzte.

Ehe Martin sprechen konnte, sagte Ariel: »Wir müssen die Crew zusammenholen.«

»Schwamm drüber«, erwiderte Harpal. »Wir hätten tot sein können. Wir hätten es uns erkaufen können, solange wir in diesen verdammten Feldern steckten.«

»Die meisten von uns haben überlebt«, sagte Martin.

»Jesus, ich war dicht neben Sig«, sagte Harpal. »Es ist mir nie so nahe gekommen. Was immer ihn gesotten hat, hätte mich treffen können.«

»Ich war dicht neben Giorgio Livorno«, sagte Ariel. »Die Mütter sind uns einige Erklärungen schuldig.«

»Das Schiff ist beschädigt«, sagte Martin.

Harpal schrie, während ihm Tränen über die Wangen liefen: »Sag ihnen, sie sollen, zum Donnerwetter, damit Schluß machen! Es hätte niemand sterben sollen, oder wir alle hätten dranglauben sollen!«

Martin und Ariel standen schweigend zwischen den dicken gekrümmten Rohren. Die Stille wurde nur durch Harpals leises, krampfhaftes und hilfloses Weinen unterbrochen. Ariel warf Martin einen Blick zu, machte ein resigniertes Gesicht und ging zu Harpal. Sie nahm ihn in die Arme und schaukelte ihn sanft.

Martin war beeindruckt. Er hatte diese mütterlich betreuende Seite an ihr nicht vermutet.

Sein Handy meldete sich. Wenigstens funktionierte jetzt die Kommunikation. Er antwortete und hörte Cham.

»Wir haben Probleme.« Im Hintergrund waren Geräusche zu hören. Hans brüllte und weinte. »Hans dreht durch.«

Harpal wischte sich das Gesicht ab und entzog sich Ariels Umarmung. Er sagte: »Shit! Zeit, es in Schwung zu bringen.« Er kroch aus der Rohrkrümmung heraus. Sie begaben sich mit Leitern nach vorn.

Als sie in den Schulraum kamen, war Hans zu seinem Quartier gegangen. Die zehn Leichen waren auf dem Boden verteilt wie hingeschmissen. Fünf der Crew, darunter Jeanette Snap Dragon und Erin Eire, hatten verletzte Gesichter. Die Hälfte der Mannschaft war übrig geblieben. Martin hatte eine üble Vorahnung. Hier bahnte sich etwas an. Theodore hatte von langer Zeit davon gesprochen von etwas, das Martin für unmöglich gehalten hatte. Von einer zerbrechenden Familie.

Rosa Sequoia war dageblieben. Hans hatte sie nicht angerührt. Jetzt, da Harpal, Hans und Ariel wieder erschienen waren, ordnete sie sorgfältig die Leichen, rückte ihre Arme und Beine zurecht, schloß Augen, die sich geöffnet hatten, und zog die Overalls glatt.

Martin sah ihr zu und rastete beinahe aus. Er riß sich mit erheblicher Anstrengung zurück, schluckte und kniff sich ins Bein, bis es schmerzte.

»Was ist geschehen?« fragte Harpal.

Cham sprühte einen Schnitt in der Wange zu. »Die Wendys haben angefangen zu jammern. Hans sagte, sie sollten aufhören. Sie machten weiter, und ein paar Verlorene Jungen fielen ein, weinten und jammerten, und Hans ... hat ein paar Arschtritte ausgeteilt. David Aurora hat zurückgeschlagen, und Hans hat ihn sich richtig vorgenommen. David ...«

»Wo ist er?« fragte Ariel.

»Ihm geht's gut. Mit Schnitten und Beulen; aber wie ich sagte, er hat einiges abbekommen. Hans ist abgehauen.«

»Wo ist Aurora?« fragte sie wieder.

»Ich nehme an, in seinem Quartier.«

Martin fiel es schwer, sich zu bewegen. Er schüttelte sich plötzlich, warf die Lähmung der Benommenheit ab und sagte zu Ariel: »Hol Wasser und hilf Rosa beim Verarzten der Crew! Halte sie von den Leichen fern!«

»Sehr wohl«, stimmte Ariel zu.

»Ich bin nicht Boss«, sagte Martin, um das klar zu stellen. Die Leute im Schulraum hatten sich ihm erwartungsvoll zugewandt, wenn er sprach. »Harpal, such Hans und laß alle früheren Bosse zusammenkommen! Ich möchte eine Mutter hier haben.«

»Wer gibt hier welche Anordnungen?« fragte Harpal weder ärgerlich noch anklagend.

»Tut mir leid.«

»Verstehe«, sagte Harpal. »Los!«

Ariel veranlaßte Rosa mit sanften Worten zum Gehen. Versuchte sie, ihn zu beeindrucken? Er konnte sich jetzt nicht damit beschäftigen. Er gestattete sich, ein paar Sekunden die Augen zu schließen und bemühte sich, die Gesichtszüge Theresas zu einem vollständigen Bild zusammenzufügen. Aber es funktionierte nicht.

Er folgte Harpal.

Hans hatte seine Tür nicht abgeschlossen. Sie betraten seine Wohnung, auf alles gefaßt außer dem, was sie antrafen. Er saß mitten auf einem angehobenen Teil des Fußbodens, trank aus einer Wasserblase und begrüßte sie mit mattem Lächeln.

»Ich habe es richtig vermasselt«, sagte er fast fröhlich.

»Das hast du«, stimmte Harpal zu.

»Wollt ihr mich abwählen?« fragte Hans.

»Warum hast du es getan?« fragte Martin.

Hans schaute weg. »Sie haben angefangen zu jammern. Männer und Frauen. Ich konnte es nicht glauben, als ich herauskam und die Leichen vorfand. Das war mehr, als ich ertragen konnte. Es tut mir leid.«

»Sag es ihnen!« meinte Martin.

»Ich sag es euch.«

Cham und Joe Flatworm kamen herein. Joe sagte: »Du Schuft. Du erbärmlicher Schuft. Wir sollten dich davonjagen. Gib das Amt an Martin zurück, und schleich dich davon wie eine Ratte!«

Hans errötete, und seine Kaumuskeln verkrampften sich, aber er sagte nichts und rührte sich nicht von seinem Sitz.

»Wir sind alle durch die Hölle gegangen«, sagte Martin, der fühlte, wie reduziert die Gruppe der Anführer der *Dämmerungsgleiter* geworden war, und das so rasch. »Hans ist bereit, sich zu entschuldigen.«

»Zur Hölle mit Entschuldigungen! Er soll zurücktreten! Martin, du übernimmst den Titel wieder.«

»Nein!« erklärte Martin. »Hans, überzeuge uns, sofort!«

»Ich weiß nicht, ob ich diese Katastrophe auf mich nehmen sollte«, sagte er lässig, stand auf und reckte die Arme. »Ich denke ernsthaft daran, endgültig Schluß zu machen. Mir die Pulsadern zu öffnen – und das wär's dann gewesen.« Er sah Martin an. »Die Mütter scheinen keinen Pfifferling für das zu geben, was wir machen. Wir sind bloß Werkzeuge.«

»Ich bin nicht zufrieden«, sagte Joe. Er schien drauf und dran zu sein, Hans einen Hieb zu versetzen, stand da mit angewinkelten Armen, geballten Fäusten und vorgeschobenem Kinn.

Harpal sagte: »Schluß jetzt mit diesem Scheiß und redet vernünftig! Hans, sag uns, was wir jetzt tun werden! Und gib deinem Ego einen Ruck!«

Hans wich vor Harpals Ton und kompromißloser

Wortwahl zurück und sagte: »Ich werde mich wieder dranmachen. Ich weiß, daß wir in Schwierigkeiten stecken, wenn wir die Dinge jetzt treiben lassen. Größere Verantwortlichkeiten.«

»Für einen Anfang gut. Was sonst?« sagte Harpal.

»Ich werde Buße tun«, erwiderte Hans. »Ich ziehe mich für eine Woche in die Einsamkeit zurück, nachdem wir wieder auf den Füßen stehen. Ich sage den Kindern ...«

»Der Crew«, korrigierte Martin.

»Ich werde der Crew sagen, wenn ...«

»Wenn was?« fuhr Joe dazwischen.

»Ich will, daß die Trauernden auch die Zeit in Einsamkeit verbringen. Einen Tag lang. Diejenigen, die mich in Rage versetzt haben.«

»Das ist Quatsch«, sagte Joe.

Harpal meinte: »Das war ihre Art, damit fertig zu werden.«

»Ich habe da eine andere Art zurechtzukommen ...«, fing Hans an. Ließ das aber mit einem Achselzucken sein Bewenden haben. »Also gut. Nur ich selbst. Eine Woche in der Einsamkeit. Ich bin immer noch Boss. Ich erteile Befehle. Auch damit bin ich einverstanden. Harpal, kann ich mich auf dich um Hilfe verlassen? Fest verlassen?«

»Ich werde alles tun, was ich kann«, erwiderte dieser.

»Das ist alles, um was ich bitte«, sagte Hans.

Jetzt fangen wir wieder von vorn an, dachte Martin, und bei diesem Gedanken fühlte er sich erleichtert. Sie hatten sich scharf von der katastrophalen Vergangenheit getrennt. Hans hatte auf gewisse Weise den richtigen Kurs gewählt, indem er einen klaren Bruch zuließ, Sühnung durch den Anführer und ein neues Spiel, das von diesem Punkt an begann.

Wenn Hans das von Anfang an gewußt hätte, von der Zeit an, da er aus der Starre herauskam – wenn

Hans das geplant hätte –, dann war er viel schlauer, als jeder ihm zugetraut hatte.

Martin schüttelte sich. Er hoffte, daß es nicht so wäre.

Die einzelne Mutter – alles, was das Schiff jetzt produzieren konnte – teilte der Crew mit, was mit ihr und dem Schiff geschehen war. Sie hatten die Explosion von Wormwood mit erheblichem Schaden überlebt – bis zur Hälfte waren die Fähigkeiten des Schiffs gemindert wegen Versagens von Schutzfeldern unter extremem Neutrinobombardement. Zehn Leute der Besatzung waren gestorben, und erst jetzt wurden ihre Körper wiederverwertet. Sie hatten genügend Treibstoff, um nach Leviathan weiterzufliegen, falls sie dafür stimmten. Die Reise würde mindestens ein Jahr dauern nach Schiffszeit.

Die Mutter erklärte: »Wegen des Schadens werdet ihr nicht imstande sein, euch den erwarteten Verteidigungen allein zu stellen. Deshalb schlagen wir eine Kombination von Ressourcen vor.«

Martin riß die Augen auf. Dies war das erste Mal, daß er von so etwas hörte.

»Ein weiteres Schiff des Gesetzes befindet sich in zwei Lichtjahren Entfernung. Wir können uns dessen Kurs anpassen und die Kräfte vereinigen. Auch dieses Schiff hat Schaden erlitten und wird von einer Vereinigung der Kräfte profitieren.«

»Woher weißt du all dies?« fragte Hans. »Du kannst auf Mofix nichts davon gehört haben.«

»Wir haben die Ergebnisse ihres Scharmützels entdeckt und ihren wahrscheinlichen Fluchtweg korreliert. Als Fernsonden die Fähigkeiten dieses Schiffs erweiterten, benutzten wir sie, um den Kurs des Schiffs zu bestätigen.«

»Ohne uns etwas zu sagen«, meinte Hans.

»Das war damals nicht wichtig.«

Hans zuckte die Achseln und blickte aufs Deck hinunter. Er sagte: »Wenn wir es wissen, wissen die Killer es ebenso gut.«

»Die Killer wissen nicht, daß wir entkommen sind, obwohl sie vielleicht vom Überleben des zweiten Schiffs wissen. Sie kennen aber nicht seine gegenwärtige Position. Mit beiden Schiffen vereint werden wir die Fähigkeiten eines voll ausgerüsteten Schiffs des Gesetzes haben.«

Erin Eire fragte: »Auf dem anderen Schiff ... sind die menschlich?«

»Sie sind nicht menschlich«, sagte die Mutter.

Paola Birdsong fragte: »Brauchen sie dieselben Dinge wie wir? Ich meine, atmen sie Sauerstoff und so weiter?«

»Mit leichten Anpassungen können die Milieus vereinigt werden«, erwiderte die Mutter.

»Wie sehen sie aus?« fragte David Aurora.

»Weitere Information über dies Schiff und seine Insassen wird verfügbar sein, ehe wir die Kräfte vereinigen.«

»Werden wir abstimmen?« fragte Ariel.

»Eine Abstimmung ist nicht verboten. Aber ihr müßt verstehen, daß wir unsere Mission in unserer derzeitigen Lage nicht erfüllen können.«

»Kein Scheiß!« sagte jemand im Hintergrund, den Martin nicht sehen konnte. Es klang nach Rex Live Oak.

»Müssen wir wirklich abstimmen?« fragte Hans. »Ich bin noch bereit zu kämpfen. Wenn das unsere einzige Chance ist, sollten wir sie ergreifen.«

»Abstimmen!« beharrte Ariel; und Rosa Sequoia stimmte mit ruhiger, tiefer Stimme, als spräche sie aus einer Höhle, zu.

»Also gut«, sagte Hans. »Martin, Harpal, zählt die Stimmen!«

Die Crew stimmte rasch ab, ohne Schwung. Von den

fünfundsechzig Verbliebenen stimmten dreißig mit nein und fünfunddreißig mit ja. Ariel stimmte dafür. Rosa Sequoia war gegen weitere Aktion.

»Das war knapp«, stellte Hans fest und trat vor. »Jetzt bin ich hier, um meine Prügel zu beziehen. Ich habe heute durchgedreht. Ich habe tatsächlich das Nest beschmutzt. Ich entschuldige mich. Ich werde mich für eine Woche in die Einsamkeit zurückziehen. Ich bestimme Harpal als Boss für die Zwischenzeit. Er wird mit Martin arbeiten. Ich schlage vor, daß wir alle uns Ruhe gönnen. Laßt die Mutter ihre Arbeit vollenden! Wir nehmen Abschied von jedem, den wir bei Wormwood verloren haben und denken gründlich über die Dinge nach.«

Er nickte den am nächsten sehenden Mitgliedern der Crew zu, als er an ihnen vorbeiging in Richtung auf die Tür. Harpal schaute Martin an. Dies war kaum das, was sie erhofft hatten. Martin fühlte sich innerlich krank. Krank mit seinem ungelösten Schmerz und krank wegen der Auflösung, die ihnen bevorzustehen schien.

»Wir müssen gründlich darüber sprechen«, sagte Harpal zu Martin.

Martin lehnte ab. Er sagte: »Ausruhen. Wir haben zuviel durchgemacht, und ich kann jetzt nicht vernünftig reden. Aliens!« Er zitterte plötzlich – ob vor Erregung oder Erschöpfung, konnte er nicht sagen. Harpal ließ die Schultern hängen und das Kinn sinken.

»Wir werden alle ausruhen«, sagte Martin und berührte sanft seinen Arm. »Und trauern.«

Martins Koje war kahl und kalt. Es hing noch der Brandgeruch darin, der Geruch von durch Neutrinos versengter Materie. Er trat ein, und die Tür glitt hinter ihm zu. Zumindest in diesem Moment hätte er, den Geruch ignorierend, am Beginn seiner Reise sein können, als die *Dämmerungsgleiter* zum ersten Mal den

Kindern präsentiert wurde, und sie sich hier ihr neues Heim eingerichtet hatten.

Mit einiger Erleichterung und einiger Besorgnis erkannte er, daß dies nicht das gleiche Quartier war, in dem er und Theresa sich geliebt hatten. Das Schiff hatte sich zu ausgiebig umgerüstet und repariert. Die Plattform, auf der ihr Bett geruht hatte, war jetzt um Meter verlagert und zum Teil recycelt worden. Welche Verbindung hatte er noch zur Vergangenheit?

Keine.

Martin schloß die Augen und rollte sich auf dem Boden zusammen, legte seine Wange gegen die glatte, kühle Fläche, drückte seine Fingerspitzen dagegen und wartete auf Schlaf.

Er dachte kurz vor dem ersehnten Schlaf an den verletzten Körper von Jorge Rabbit und was er einst enthalten hatte; Reden und Lachen und große Verläßlichkeit, Beliebtheit bei den Kindern. Der Crew.

Jorge Rabbit und die anderen könnten bald in der Luft sein, die sie atmeten, der Nahrung, die sie aßen, und dem Wasser, das sie tranken. Aber nicht William und Theresa.

Martin langte nach Theresas Hand. Er konnte sie beinahe fühlen. Seine Finger streiften durch die Luft, wo sie gewesen war; ein schwacher Hauch von Sinneserregung überkam ihn. Dann zog er entschlossen die Hand zurück und faltete sie über der Brust. »Leb wohl!« flüsterte er und schlief ein.

Hinter der *Dämmerungsgleiter* dehnte sich der Leichnam von Wormwood aus als ein bunter Dampf wie in Wasser quirlende Milch, von vielen Lichtern erhellt.

Hakim betrachtete die Sternleiche mit kühlem Interesse und verschränkten Armen. Neben dem Bild rollte die Sternsphäre ab und ließ Bilder, Tabellen, und gedrängte Darstellungen aufleuchten, welche die Eigenschaften des toten Körpers mit einer interstellaren

Autopsie von unglaublicher Tiefe und Komplexität vermittelten.

Hakim sagte zu Martin: »Wenn ich jetzt auf der Erde lebte, wäre ich Astronom, könnte aber nie so etwas sehen. Was meinst du, wo ich lieber sein würde. Hier und jetzt, wo ich dies sehe, oder …?«

Martin sagte: »Du wärest lieber auf der Erde.« Sie waren im Bugraum allein. Der Rest der Crew erwartete das Ende der von Hans sich selbst auferlegten Woche der Isolation und erlebte die eigenen Isolierungen, Wiedergruppierungen und Neubewertungen.

Hakim stimmte zu. Sein Gesicht hatte sich seit dem Scharmützel verändert, wie Erin Eire ihren teuren Sieg nannte. Seine Miene war härter geworden, die Augen funkelten heller, das ständige Lächeln war angespannter, und die Falten um Lippen und Augen schärfer.

Er sagte: »Vielleicht war es ein fairer Tausch. Wie viele Schiffe des Gesetzes wurden von Wormwood eingefangen und vernichtet?«

»Wir haben Glück gehabt«, sagte Martin. »Die Falle fing an zu rosten.«

»Du weißt so gut wie ich, daß es gleichermaßen eine Sache von Glück wie von Strategie gewesen ist. Wir sollten uns die Befriedigung nicht versagen, weil wir auf einen geschwächten Feind getroffen sind.«

»Wir wissen nicht, ob der Feind schwach ist. Er könnte noch stark sein«, erwiderte Martin.

»Warum versuchen sie dann, sich hinter Fallen zu verstecken?«

»Um Schwierigkeiten zu vermeiden. Vielleicht war das für sie nicht wichtiger als der Verlust eines Fliegenfängers auf der Veranda.«

Hakim lächelte boshaft. »Mir gefällt dieser Vergleich. Wir sind Moskitos, aber wir bringen Gelbfieber … Und jetzt ist der große Fänger erledigt, und wir fliegen auf das Haus zu …«

»Um uns mit einer Schar von Motten zu vereinigen«, meinte Martin.

»Wespen wären mir lieber«, sagte Hakim kichernd. Ihm versagte die Stimme, und er wandte sich ab, um sich zu räuspern. »Entschuldigung!«

»Du hast jemanden geliebt«, sagte Martin nach einem Moment. Er hatte nie die romantischen Affären Hakims verfolgt – teils aus Respekt, teils weil Hakim und seine Partner immer höchst verdächtig gewesen waren.

»Es war schwer für mich, es Liebe zu nennen«, sagte Hakim. »Min Giao Monsoon. Sie war mir gleich, und ich konnte nicht... Ich wußte nicht, wie ich damit fertig werden könnte. Aber sie war für mich sehr wichtig. Wir waren nicht sehr offen.« Hakim ließ für einen Augenblick tiefen Schmerz erkennen.

Martin betrachtete das schöne Bild. Grün und Rot herrschten vor, Aschen von Planeten, die aus dieser Entfernung nur in den Graphiken und Verstärkungen sichtbar waren. Spiralen aus Plasma von den Polen hatten sich schnell ausgebreitet und mit geschwungenen Bögen eine riesige Sphäre umgeben. Die künstlichen Felder, die Wormwood beherrschten, entwichen und ordneten sich in der Gewaltsamkeit neu an. Der Körper von Wormwood hatte schließlich das Aussehen eines natürlichen Sterntodes angenommen. Vielleicht war auch das von den Killern geplant gewesen...

Im Walde braucht man kein Signallicht anzuzünden, das heller ist als absolut notwendig.

»Immerhin hast du wirklich geliebt«, sagte Martin.

Hakim bestätigte das mit gemessenem Kopfnicken. »Ich habe große Hoffnung, daß unser neuer Boss in seine Position hineinwachsen wird.« Er sprach ruhig, als ob Hans lauschen könnte.

»Das ist nicht leicht.«

»Es gibt viele Herausforderungen, noch ehe wir unser Ziel erreichen. Ich frage mich, wie er auf neue nichtmenschliche Kollegen reagieren wird ... vielleicht besser zu sagen: *inhumane.*«

»Das Schiff und die Mutter wissen nicht allzu viel über sie«, sagte Martin. »Sonst würden sie uns mehr mitteilen.«

»Ich stimme zu«, sagte Hakim. »Ich habe nie geglaubt, daß die Mütter etwas vor uns zurückhielten.«

»Oh ... so weit würde ich nicht gehen«, wandte Martin ein. »Sie sagen uns immer, was wir wissen müssen, aber ...«

»Entschuldige, wenn ich das sage; aber du hörst dich an wie Ariel.«

Martin runzelte die Stirn. »Ich bitte dich!«

»Sollte keine Kränkung sein«, fügte Hakim mit einem Hauch seiner alten Lausbüberei hinzu.

Rosa Sequoia saß in der Cafeteria in einer Gruppe von zweiundzwanzig Leuten der Besatzung und leitete eine Zeremonie für die Toten, wobei sie – soweit Martin sagen konnte – ihren eigenen Regeln und Ritualen folgte. Er konnte nichts einwenden. Ritual war an dieser Stelle heilsam.

Sie hatte aus alten Liedern Hymnen zurechtgemacht oder entliehen und projizierte Verse zum Singen für die Crew. Martin sah von außen nahe der Tür zu und sang nicht mit, fühlte aber sein Herz bei dem Schwall der Stimmen angesprochen.

Rosa blickte auf. Ihre Augen begegneten sich, und sie lächelte – breit und ohne Groll – schön.

In unserem Leid und Kummer findet sie sich selbst, dachte er. Aber vielleicht war das zu unfreundlich.

Hans kam nach sechs Tagen aus seiner Isolation heraus, finster und unrasiert, mit struppigem Blondhaar und einem Gesicht, das von einer trübseligen Miene verzerrt war, die niemandem Vertrauen einflößte, am wenigsten Martin. Er bat um eine private Konferenz mit Hakim und den übrigen des Suchteams. Danach kam er hinter Martin und Erin aus dem Bug, ohne ein Wort zu sagen.

»Er hat sich keine Geliebte genommen, seit er Boss wurde«, sagte Erin.

Martin schaute sie an: »So?«

Erin zwinkerte. »Das ist ungewöhnlich. Er ist nicht direkt keusch gewesen, Martin. Eine Menge Wendys mag lieber einen großen Kerl als Intelligenz.«

»Er ist nicht dumm«, entgegnete Martin.

Erin meinte: »Er benimmt sich immer noch wie ein blöder Hund.«

»Vielleicht wartet er darauf, daß ihm das richtige Mädchen begegnet«, sagte Martin und merkte, wie töricht das klang.

Erin lachte spöttisch. »Oh, gewiß. Auf eine, die er noch nie getroffen hat.«

»Wir werden bald Besuch bekommen«, sagte Martin mit harmloser Miene.

»Verschone mich!« sagte Erin und machte über die Schulter beim Weggehen noch eine Grimasse.

Ariel legte ihr Eßtablett in der Cafeteria Martin gegenüber auf den Tisch. Neue Zeitpläne für die Wachen von Hans hatten sie in einen entgegengesetzten Schlafzyklus gebracht. Er aß sein Abendessen, während sie frühstückte. Aber das Essen sah ziemlich gleich aus.

Das Schiff war noch nicht für die breite Vielfalt von Gerichten eingerichtet, die es früher anbot. Was ihnen serviert wurde, war schlicht, aber sättigend. Ein bräunlicher brotartiger Pudding wechselte gelegentlich mit Suppen ab.

Sie begrüßten sich sehr knapp. Ariel machte Martin unbehaglich, indem sie ihn scharf anblickte, wenn er nicht hinsah.

Als sich ihre Augen begegneten, fragte sie: »Was denkst du jetzt von Hans?«

»Er macht sich gut.«

»Besser als du?« fragte sie.

»In mancher Hinsicht«, erwiderte Martin.

»Wie denn? Ich bin neugierig. Ich wollte dich nicht in Verlegenheit bringen.«

»Das hast du auch nicht. Er ist wahrscheinlich geschickter als ich und mehr aufgeschlossen für die wechselnden Stimmungen der Crew.«

Sie machte eine Kopfbewegung, die weder Zustimmung noch Enttäuschung ausdrückte.

»Und du?« fragte er.

»Ich behalte mir ein Urteil vor. Er ist geschickter als manche Bosse, die wir hatten. Rosa schätzt ihn. Sie spricht in ihren Predigten über die Pflicht gegenüber unserem Anführer.«

»Predigten?«

»Ich bin noch bei keiner gewesen, aber ich höre davon.«

»Sie predigt?«

»Noch nicht«, sagte Ariel, »ist aber dicht davor. Sie berät. Hilft einigen der Crew, dem Scharmützel und dem, was es bedeutet, zu trotzen.«

»Beschimpft sie die Mütter?«

»Nicht unbedingt.«

»Beschimpft sie sie alle?«

»Sie erwähnt sie nicht einmal, soweit man mir erzählt hat. Sie spricht über Verantwortung und freien Willen und unseren Platz in dem breiten Schema. Vielleicht sollten wir hingehen und zuhören.«

»Vielleicht werde ich das tun«, sagte Martin.

»Vielleicht sollte auch Hans hingehen.«

»Wünschst du, daß ich sie für Hans ausspioniere?«

Ariel schüttelte den Kopf. »Ich denke nur, es ist typisch, was passiert.«

»Vielleicht ist es unvermeidlich«, sagte Hans leise und stand auf, um in sein Quartier zu gehen.

Theodore Dawn besuchte ihn in seinen Träumen und war sehr geschwätzig. An manches davon erinnerte sich Martin, wenn er wach war.

Sie saßen in einem Garten unter einem voll erblühten Baum. Theodore in einer kurzen weißen Tunika, die Beine gebräunt von langem Verweilen in der Sommersonne, die jetzt über ihren Köpfen im Zenit stand. Sie aßen Weintrauben und hätten Römer sein können. Theodore hatte gern etwas über die Römer gelesen.

Theodore sagte: »Der Rosa wird etwas Schreckliches widerfahren. Weißt du, was das ist?«

»Ich denke schon«, antwortete Martin und ließ eine Traube auf den Kies zu ihren Füßen fallen.

»Das Schlimmste, was einer Prophetin passieren kann, ist, nicht ignoriert und vergessen zu werden. Es ist, wenn ihr Fall aufgegriffen und von den Massen durchgekaut wird. Was auch immer sie sagt, paßt nicht und wird erst recht durchgehechelt werden. Irgendein Opportunist wird kommen und einen Widerspruch ersinnen, eine scharfe Meinungsäußerung aufpolieren; und dann wird es passen. Die Leute glauben an alles außer den ursprünglichen Worten.«

»Rosa ist keine Prophetin.«

»Du sagtest, du wüßtest, was geschieht.«

»Sie ist keine Prophetin. Schau sie dir bloß an!«

»Sie hat die Vision gehabt. Dies ist für dich eine besondere Zeit.«

»Unsinn!« erklärte Martin wütend. Er erhob sich von der Marmorbank und brachte ungeschickt seine Robe in Ordnung, deren Falten ihm ungewohnt waren. »Übrigens – ist Theresa hier bei dir?«

Theodore schüttelte traurig den Kopf. »Sie ist tot. Man muß leben, um zu sterben.«

Paola Birdsong und Martin befanden sich allein im Heck des Schiffs. Sie hatten einen Sendetest mit Handy für die Mutter beendet und saßen ohne weitere Anweisungen da und plauderten, froh, von der dumpfen Geschäftigkeit der Crew getrennt zu sein.

Das Gespräch ebbte ab. Sie blickte weg. Ihre olivenfarbene Haut wurde dunkel. Die Lippen hatte sie zusammengepreßt. Martin hob die Hand, um ihre Wange zu streicheln, damit sie sich entspannte. Sie neigte sich dem Streicheln zu. Dann kamen ihr die Tränen. Sie sagte: »Ich weiß nicht, was ich tun oder fühlen soll.«

Sie hatte einen Flirt mit Sig Butterfly gehabt. Martin wollte nicht nachfragen aus Furcht, Wunden aufzureißen. Darum blieb er still und ließ sie reden.

Sie sagte: »Wir waren nicht sehr eng verbunden. Ich habe nie ein wirklich tiefes Verhältnis mit einem Liebhaber gehabt. Aber er war ein Freund und hörte mir zu.«

Martin nickte.

Sie fragte: »Würde er wünschen, daß ich mich seinetwegen schlecht fühle?«

Martin wollte gerade den Kopf schütteln, lächelte dann aber und sagte: »Vielleicht ein bißchen.«

»Ich werde ihn in Erinnerung behalten.« Sie erschauerte bei dem Wort ›Erinnerung‹, als wäre es eine Realisierung oder ein Verrat oder beides, da Erinnerung so anders als direktes Sehen ist und in dem Fall eine Feststellung des Todes enthielt.

Es war für Martin natürlich, sie in die Arme zu nehmen. Paola Birdsong hatte ihn nie besonders angezogen, und vielleicht deshalb erschien ihm diese Geste nicht wie eine Verletzung seiner Erinnerung an Theresa. Paola mußte hinsichtlich Martins ebenso empfunden haben. Die Umarmung wurde auf unbeholfene Weise direkter; und sie lagen Seite an Seite in den Windungen von Rohren. Der Brandgeruch war schon fast zu schwach, um bemerkt zu werden.

Wo sie lagen, war es trocken, still und einsam. Martin fühlte sich fast wie eine Maus in einem riesigen Gebäude, die einen sicheren Platz weit entfernt von so vielen Katzen gefunden hat; und Paola selbst war klein wie eine Maus, ohne Ansprüche, ihn auf eine Weise berührend, die weder entmutigte noch einlud. Der Impuls der Situation war vom Instinkt getrieben. Er entkleidete sie nicht völlig, noch sich selbst. Aber er rollte sich über sie; und mit einer direkten Bewegung vereinten sie sich. Sie schloß die Augen.

Martin liebte sie langsam, ohne Hast. Sie hatte keinen Orgasmus, der dem seinen entsprach, der überraschend kräftig ausfiel. Und er bedrängte sie nicht deswegen. Sie schien nicht mehr als das zu erwarten, ein zeitweiliger kleiner Verrat der Erinnerung, eine kleine Rückkehr zu vollem Leben. Danach, ohne ein Wort darüber, was sie getan hatten, brachten sie ihre Overalls wieder in Ordnung.

Er fragte: »Wovon hast du in letzter Zeit geträumt?«

»Nichts Ungewöhnliches«, sagte sie, zog die Knie an, umklammerte sie mit den Armen und stützte das Kinn darauf.

»Ich habe recht lebhafte Träume. Schon seit langer Zeit. Recht spezielle Träume, fast instruktiv.«

»Wie was?«

Martin merkte, daß es ihm viel mehr widerstrebte, die Träume zu beschreiben, als sie zu charakterisieren. »Erinnerungen mit realen Personen darin. Leute vom Schiff, meine ich, die zu mir sprechen. Mich beraten, als wären sie lebendig.«

Paola stieß mit den Kinn auf ihre Knie, als sie nickte. Sie sagte: »Ich habe ähnliche Träume gehabt. Ich denke, dies bedeutet, daß wir in einer besonderen Zeit leben.«

Martin gab es bei diesem Satz einen Ruck.

»Was meinst du damit?« fragte er.

»Es erscheint einfach richtig. Wir sind von unserem Volk so weit entfernt. Wir verlieren immer mehr Verbindungen. Es muß sich etwas ändern.«

»Was wird sich verändern?« fragte er.

Sie streckte sich und zog einen nackten Fuß an, um einen Zehnagel zu untersuchen. Sie sagte: »Unsere Psychologien. Ich weiß nicht. Ich rede bloß so dahin. Eine besondere Zeit ist, wenn wir wieder lernen, wer wir überhaupt sind.«

»Die Vergangenheit abschütteln«, schlug Martin vor.

»Vielleicht. Oder sie anders sehen.«

»Kommt Sig in deinen Träumen zu dir?« fragte er.

»Nein«, erwiderte sie. Ihre dunklen Augen beobachteten ihn.

Er hielt es für unwahrscheinlich, daß sie sich wieder lieben würden.

Danach, in seiner Wohnung, um sich auf eine Wache im Bug vorzubereiten, fühlte er sich melancholisch. Aber das war eine Verbesserung. Es waren nur Wochen in seinem persönlichen bewußten Leben gewesen; aber die Wolken lichteten sich, und er konnte für Momente hintereinander klar denken ohne den Schatten von Theresa oder William.

Im Bugraum schlief Hakim, während Li Mountain und Giacomo Sicilia den Leichnam von Wormwood beobachteten. In einigen Monaten würden sie die Gashülle nur noch als einen zurückweichenden Flecken in der Schwärze sehen.

»Irgend ein Anzeichen von einem Neutronenstern?« fragte Martin Li Mountain.

»Nein«, sagte sie. »Jennifer glaubt nicht, daß sich einer bilden wird. Sie denkt, das Innere des Sterns war schwer gestört, und alles wurde herausgeschleudert.«

Giacomo Sicilia sagte: »Es muß eine ganz erhebliche Explosion gewesen sein.« Er hatte, fast so geschickt wie Jennifer bei Muttimathe, Thomas Orchard beim Suchteam ersetzt.

Sie konnten nicht viel mehr tun als wissenschaftlich zu arbeiten, was Hakim freute, Martin aber leicht unbefriedigend fand. Wissen um des Wissens willen war nicht ihre Aufgabe. Aber Hakim beharrte darauf, daß das Studium der Leiche von Wormwood sie etwas über Killertechnologie lehren könnte.

Es waren noch viele Monate zu reisen bis zur Begegnung mit dem zweiten Schiff. Training war in ihrer gegenwärtigen Lage nicht angezeigt. Die Heilung und Wiederverbindung der Crew würden ihre Hauptbeschäftigungen sein.

Martin archivierte mit Giacomo die Darstellungen und starrte zurück in die Vergangenheit, auf die schönen Fühler und Schalen aus Gas und Staub.

Kein Zeichen von Killertätigkeit um Wormwood.

Die folgenden Monate vergingen langsam und waren hart in ihrer Fadheit. Der Zustand von relativem Luxus, den sie vor dem Scharmützel und dem Neutrinosturm genossen hatten, kehrte nicht wieder. Die alleinige Mutter sagte ihnen, daß das Schiff auf eine Weise beschädigt wäre, die nicht schnell zu beheben sei. Die Speisen waren nahrhaft, aber ohne Abwechslung. Der Zugang zu den Bibliotheken war auf Textmaterial beschränkt, und Handygraphiken waren streng gestutzt.

Martin argwöhnte, daß das Schiff Teile seiner entscheidend wichtigen Erinnerungen verloren hatte und nur noch ein Schatten seines früheren Selbstes war. Die Mutter konnte sich nicht vervollkommnen. Auch sie schien in eine Art von Dumpfheit verfallen zu sein; und Dumpfheit war an der Tagesordnung. Martin störte diese Schwierigkeit nicht. Sie gab ihm reichlich Zeit zum Denken. Und diese Zeit nutzte er.

Hans war deutlich unwohl dabei.

Die Exbosse hielten alle fünf Tage in seiner Wohnung ein Colloquium ab. »Es ist mir zuwider, als der Exerzierboss zu gelten«, sagte Hans. »Wir haben drei Monate bis zum Rendezvous mit unseren neuen Partnern. Wir haben ungefähr alles erforscht, was mit

Wormwood zu tun hat – zumindest hat das ein jeder getan außer Jennifer und Giacomo… Wir langweilen uns, es gibt nur noch eine Mutter; und das beunruhigt mich. Habe ich recht?«

Hans hatte dies in letzter Zeit immer wieder gefragt mit leicht nasalem Ton. »Habe ich recht?« fragte er mit einer hochgezogenen Augenbraue. »Wir brauchen auch eine mentale Beschäftigung. Das Schiff wird keine große Hilfe sein.« Er sah Cham an, aber der zuckte die Achseln.

»Martin?« fragte Harpal.

Martin zog ein schiefes Gesicht. »Ohne die Fernsonden können wir nicht viel mehr über Leviathan erfahren.«

Harpal schlug vor: »Das Essen ist langweilig. Vielleicht können wir es selbst kochen.«

Joe Flatworm brummte: »Die Mutter wird uns nicht an Rohstoffe heran lassen.«

»Hast du irgendwelche Vorschläge?« fragte Hans.

»Wir sitzen in einem langen öden Trott fest«, sagte Joe leise. »Wir sollten schlafen.«

»Ich halte das sicher für eine Möglichkeit…«, fing Martin an.

»O ja. Die Mutter macht sich Sorgen.« Das war eine andere Redensart, die Hans jetzt oft benutzt hatte, und andere in der Crew hatten sie aufgegriffen. Die richtige Form war: *Problem festgestellt oder Unzufriedenheit;* Antwort: *»Na ja, die Mutter macht sich Sorgen.«*

»Ich denke, wir sollten…«, fing Martin noch einmal an.

»Aufhören, uns um das Schiff Gedanken zu machen«, sagte Hans.

»Das war es nicht, was ich…«

»Fein!« unterbrach ihn Hans.

»Verdammt, laß mich ausreden!« brüllte Martin. Joe und Cham zuckten zusammen, aber Hans grinste, hob die Hände und schüttelte den Kopf.

Er sagte: »Du hast das Wort.«

»Wir können das Schiff nicht dafür tadeln, daß es uns das Leben gerettet hat«, sagte Martin. Er drückte damit keineswegs das aus, was er hatte sagen wollen, erkannte jetzt aber, daß es unter den derzeitigen Umständen nutzlos war, dies auszusprechen.

»Ich glaube nicht, daß irgendeiner von uns Bossen an diesem Rang wirklich Freude gehabt hat«, sagte Hans und trommelte mit den Fingern auf dem Tisch zwischen ihnen. »Habe ich recht? Aber ich bin mit Problemen konfrontiert, die keiner von euch gehabt hat. Politischen Problemen. Psychologischen Problemen. Wir haben keine richtige Arbeit zu tun. Uns steht sehr viel Zeit zur Verfügung. Das einzige, was mir einfällt, um uns beschäftigt zu halten, ist Sport. Das gefällt mir nicht, aber so ist es.«

Cham hob die Hand.

»Ja?«

»Wir sollten über das Nachher nachdenken.«

»Nach was?«

»Nachdem der Job getan ist. Wir sollten an einer Verfassung arbeiten, an Gesetzen und so weiter. Uns darauf vorbereiten, wie wir uns nach einer anderen Welt umsehen ...«

Hans dachte darüber in einer Weise nach, die Martin nicht gänzlich überzeugte. Er sagte: »Richtig. Joe, mach dich dran! Cham, um deiner Sünden willen organisiere einige Spiele und Wettbewerbe! Fang an mit Wettläufen von Bug zu Heck, wie wir es zu tun pflegten. Denke dir Preise aus! Schüttele sie durch! Halte ihr Blut in Gang! Martin, du solltest vielleicht an intellektuelle Spiele denken ... Das liegt dir doch mehr, oder nicht? Tu dich mit Hakim zusammen! Wenn wir auf unsere eigenen Hilfsquellen angewiesen sind, müssen wir Ressourcen haben.«

Habe ich recht? prophezeite Martin. Hans lächelte und sagte nichts.

Rosa Sequoia saß behaglich inmitten von zweiunddreißig Besatzungsmitgliedern, einer breiten Auswahl, einschließlich Erin Eire und Paola Birdsong. Martin stand an einer Seite des Schulzimmers, hörte zu und beobachtete.

Bei allen ihren Worten machte sie sanfte, gleitende Handbewegungen, die anziehend, aber nicht verlangend oder dogmatisch waren. Ihre Stimme beruhigte, tief und weich, aber dennoch autoritär. Für sie hatte sich etwas zusammengefunden, wie Martin erkannte. Und ihre neu gefundene Grazie und Leichtigkeit beunruhigten ihn.

Hans kam hinter ihm herein, lehnte sich neben Martin an die Wand und nickte ihm einen Gruß zu. Er kreuzte die Arme und hörte zu.

»... Indem wir die Heimat verloren, die wir alle liebten und in der wir aufwuchsen, geht es uns wie dem Bauern, der seinen Hof verloren hat, als der Wind kam und ihn fortblies. Eines Tages wachte er auf und ging vor die Tür, um unfruchtbaren Staub zu sehen, die Getreidefelder flach gewalzt, tot und braun. Da sagte er sich: ›Ich habe mein ganzes Leben lang dies Land bearbeitet, warum hat der Wind nicht auch mich mitgenommen? Diese Farm ist für mich wie ein Arm oder ein Bein. Warum wurde ich nicht mit ihr weggerissen?‹«

Martin hörte aufmerksam zu und wartete, ob Rosas Märchen oder Gleichnis oder was auch immer es war, dem nahe kommen würde, was er in den volumetrischen Feldern erlebt hatte.

Rosa blickte nach unten und senkte die Arme, als ob sie ausruhte. »Der Bauer wurde erbittert. Er wollte gegen den Wind ankämpfen. Er errichtete Mauern gegen den Wind, immer höher und höher. Er machte sie aus dem Staub und Stroh und dem Schlamm, der in Bächen über die toten Felder strömte. Aber der Wind stieß die Mauern um, und der Bauer lebte immer noch. Der Wind raubte ihm seine Familie. Seine Leute starben, einer nach dem andern; und der Bauer lebte immer noch. Er verfluchte den Wind und begann schließlich, den Herrn des Windes zu verfluchen ...«

»Er wurde ein Windbrecher!« rief Rex Live Oak.

Rosa lächelte. »Er versuchte es mit Magie, als die Mauern nicht funktionieren wollten. Er beschwor den Wind und sang Lieder. Inzwischen kam er dazu, das Land, den Wind und das Wasser zu hassen. Er verfluchte sie alle und wurde immer verbitterter, bis es schien, daß Wasser in seinen Adern floß und sein Geist von Haß, Furcht und Veränderung vergiftet war. Er vermißte seine Familie nicht länger. Er vermißte nicht mehr den Hof. Es schien, daß ihm nichts mehr etwas bedeutete, als die Rache am Wind.«

»Klingt für mich aufrührerisch«, flüsterte Hans Martin zu.

»Und er wurde von Tag zu Tag immer dünner, immer schrumpliger, bis er aussah wie ein toter Getreidehalm ...«

Bonita Imperial Valley sagte: »Ich kann mich nicht erinnern, wie Getreide ausgesehen hat, das auf einem Halm wuchs. Ich bin in einem Bauerndorf aufgewachsen und kann mich einfach nicht erinnern.«

»Er konnte sich auch nicht erinnern«, fuhr Rosa besänftigend fort. »Er konnte sich nicht erinnern, wie das Getreide aussah, oder was ihm wichtig gewesen war. Er kämpfte gegen den Wind mit der einzigen Waffe, die er noch hatte, mit nutzlosen leeren Worten. Und der Wind heulte und heulte. Schließlich wurde der Bauer so bitter und innerlich trocken und tot, daß der Wind ihn wie ein Blatt in die Luft hob und davontrug. Er lebte im Innern des Windes, leer wie eine Hülse; und der Wind füllte seine trockenen Lungen und griff in seinen trockenen Magen und dann in seinen trockenen, klappernden Kopf.«

»Was ist nun die Pointe?« fragte Jack Sand und sah sich in der Runde mit verwirrter Miene um.

»Es ist eine Geschichte«, sagte Kimberly Quartz. »Höre nur zu!«

»Ich höre mir keine Geschichten an, wenn sie keine Pointe haben. Das ist Zeitverschwendung«, sagte Jack. Er stand auf und ging, sah Hans und Martin an und schüttelte den Kopf.

Rosa fuhr, fast ohne einen Takt auszulassen, fort. »Im Wind erkannte der Bauer, gegen was er gekämpft hatte, und daß er machtlos war. Er hörte auf zu fluchen und fing an zuzuhören. Er hielt mit dem Widerstand inne – ich meine, wie kann man etwas so Mächtigem widerstehen – und fing an, im Wind zu leben als ein Teil des Heulens, Wirbelns und Rauschens. Er begegnete anderen Leuten im Wind ...«

Hans machte Martin ein Zeichen, ihm nach draußen zu folgen. Martin ging durch die Tür, und sie gingen im Gleichschritt durch den Korridor, an Andrew Jaguar und Kirsten Two Bites vorbei, die miteinander beschäftigt waren.

Außer Hörweite der anderen sagte Hans: »Als ich ein kleines Kind war, nahmen meine Leute mir Fernsehen und Videospiele für eine Woche weg, um mich für etwas zu bestrafen, das ich getan hatte. Ich wurde verrückt. Ich fing sogar an, Bücher zu lesen. Nun«, sagte er, »unser Fernsehen ist jetzt weg. Rosa ist besser als nichts.« Er schüttelte den Kopf. »Aber nicht sehr.«

»Hast du es mit Paola Birdsong getrieben?« fragte Ariel. Martin nahm sein Essenstablett und ging mit errötendem Gesicht von ihr weg.

»Hast du?« fragte sie arglos und kam mit ihrem Tablett hinterher.

Er setzte sich, stand auf, als sie sich in seiner Nähe hinsetzte, ging zu einem anderen Tisch, schlug mit der Faust auf die Tischplatte und sage: »Wen, zum Teufel, geht das etwas an?«

Dann aß er und versuchte, sie zu ignorieren.

»Ich will nicht neugierig sein«, sagte Ariel. »Ich möchte nur wissen, was es heißt, jemandem lange hingegeben zu sein, selbst nach dem Tode.«

Martin fand die Lage höchst lästig. Er sagte: »Ich möchte in Frieden essen.«

»Es tut mir leid. Ich störe dich. Ich entschuldige mich.« Sie stand auf, trug ihr Tablett aus der Cafeteria und ließ ihn schuldbewußt, ärgerlich und verwirrt zurück.

Diesmal weinte er im Schlaf wieder. Er dachte an Theresa, konnte sich aber an keine Träume erinnern.

Zum nächsten Zehntagebericht der Crew erschienen zwei Mütter im Schulraum. Es hatte keine Ankündigung gegeben, keine Fanfare, aber die Leute jubelten. Sie nahmen es als Anzeichen dafür, daß die Lage besser wurde.

Hans verkündete die Ergebnisse der Rennen von Bug bis Heck am Vortag.

Hakim hatte fünf Minuten, einen wissenschaftlichen Kurzbericht zu geben.

Jennifer Hyacinth kam nach dem Meeting zu Martin.

»Vielleicht möchtest du gern Bescheid wissen, was wir machen«, sagte sie fast verschwörerisch, aber er konnte sich nicht vorstellen, daß Jennifer in eine Intrige verwickelt wäre.

»Worüber?« fragte er.

»Das Mofix. Wir haben eine kleine Konferenz, um die Resultate zu besprechen.«

»Oh!« Er hatte vorgehabt, der nächsten Probe für das Haupttrennen beizuwohnen; aber das war sicher trivial genug, um ignoriert zu werden.

»Sicher«, sagte er.

»In zehn Minuten im Bugraum. Hakim Hadj, Giacomo Sicilia und Thorkild Lax werden kommen.«

»Ich werde dort sein«, sagte er.

Hakim, Giacomo, Thorkild und Jennifer hatten vor einigen Wochen eine Gesellschaft für Mofixstudien gegründet. Martin hatte die Versammlungen nicht besucht. Sie waren dem Vernehmen zufolge trocken und mathematisch. Das Aufregendste wären Muttimathe-Herausforderungen.

Die Berichte waren falsch.

Jennifer hatte mit Giacomos Hilfe eine umfassende Darstellung davon gegeben, wie das Mofix arbeiten würde, wie Materie ihren Charakter unter dem Einfluß von durch Mofix übermittelter Information ändern könnte, und was das für die letzte Gestalt von Wohltätergesellschaft bedeutete, wie sie sich die vorstellte.

Hakim brauchte ein paar Minuten, um für Martin Graphiken zu projizieren, die ihn über die wesentlichen Punkte ins Bild setzten.

Jennifer und Giacomo hielten sich an den Händen und betrachteten Muttimathe, bis Thorkild die Versammlung eröffnete.

Er begann: »Wir haben versucht, einen Überblick über die Technologie der Wohltäter zusammenzustellen. Jennifer hat den größten Teil der harten Arbeit geleistet und für uns übrige ein Fundament gelegt. Gioacomo hat darauf den Rahmen errichtet …«

Giacomo lächelte.

Thorkild fügte hinzu: »Man könnte sagen, daß sie eng zusammenarbeiten.« Hakim schlug Giacomo auf die Schulter wie zum Gratulieren. Jennifers Gesicht blieb streng neutral, aber ihre Augen blitzten auf.

Thorkild schloß: »Hakim hat die Seitenverkleidung gemacht, und ich habe sie bemalt. Bedenkt, daß nichts von dem, was wir gefunden haben, für unsere Mission große Bedeutung hat. Es ist alles theoretisch …«

»Ich bin anderer Meinung«, warf Jennifer ein.

»Was ich gerade noch sagen wollte …«, erklärte Thorkild.

»Ich denke, daß es für den Job sehr bedeutsam sein

könnte«, sagte Jennifer. »Wir wurden überrascht, als die Killer unsere Schiffe in Anti-M verwandelten. Wir nehmen an, die Mütter wurden auch überrascht. Je mehr wir über die Technologie und Theorie hinter unseren Waffen erahnen können, desto mehr können wir zu der Planung beitragen.«

Martin rieb sich die Nase. »Wie sieht das aus?«

Hakim projizierte eine Liste. »Zuerst das Mofix – momentane Kommunikation auf Distanz. Dies wird dadurch ermöglicht, daß man zwei Partikeln – in diesem Falle Atomkerne – dazu bringt, daß sie ›glauben‹ identisch zu sein. Zweitens erzeugt man aktuell eine Partikel in einer Distanz – indem man die Matrix glauben macht, daß eine Partikel in einer bestimmten Position existiert und eine bestimmte Vorgeschichte hat. So könnte es sein, wie falsche Materie geschaffen wird – Widerstand gegen Druck, aber kein Widerstand gegen Beschleunigung. Expansion, aber keine Masse.«

Jennifer sagte: »Mofix könnte der Schlüssel zu all diesem sein. Um eine Mofixbotschaft zu senden, muß man das Make-up der Bits einer Partikel verwirren, ihre darin enthaltene Information über Charakter, Position und Quantenzustand.«

»Was meint ihr damit, daß eine Partikel etwas ›glaubt‹?« fragte Martin.

»Das Bit-Make-up einer Partikel bestimmt ihr Verhalten«, erklärte Hakim. »›Verhalten‹ ist ein schlechter Ausdruck wie ›Glaube‹. Wir denken nicht, daß Partikeln lebendig sind oder denken. Aber sie zeigen natürlich ein einfaches Verhalten – eine Natur oder einen Charakter, was für alle ähnlichen Partikeln gilt, und eine Geschichte in Raumzeit.«

»Angenommen, es wäre so, wie kommen wir da zu den übrigen Fähigkeiten in dieser Liste?« fragte Martin.

»Um falsche Materie zu erschaffen, werden Grundelemente in der Matrix davon überzeugt, daß sie einige

Eigenschaften von Materie haben«, erklärte Giacomo. »Für Mofixmitteilungen bastelt man an den privilegierten Kanälen herum, die von Partikeln benutzt werden, um eine Partikel in einiger Entfernung davon zu überzeugen, daß sie die gleiche wie – oder in Resonanz mit – einer anderen Partikel unter unserer lokalen Kontrolle wäre.

Es könnte verschiedene Wege geben, eine Partikel in eine Antipartikel umzuwandeln. Ein Boson, das sich einer Partikel nähert, trägt Information von seiner Quelle, von welcher einiges schon durch Information entlang sogenannter privilegierter Bänder befördert wurde. Das Boson befördert auch Energie, die auf die Daten der Partikel einwirkt und eine spezielle Bitsequenz ändert.«

»Energie ist Information?« fragte Martin.

»Energie ist ein Katalysator für Informationswechsel. Sie ist nur in beschränktem Sinne Information. Um eine Partikel in eine Antipartikel zu verwandeln, kann man ihr Bit-Make-up entweder dadurch verändern, daß man die Information des privilegierten Bandes pervertiert, etwa durch Entsendung eines Bosons, das darauf zugeschnitten ist, falsch zu reagieren, was es dazu veranlassen kann, eine Serie von Bits auf Konsistenz umzuschalten, oder indem man eine Resonanz mit äußeren Antipartikeln herstellt.«

»Resonanz ...?«

»Man prägt die Daten einer Antipartikel einer Partikel in anderer Position auf, indem man sie kongruent oder koextensiv macht«, erklärte Hakim.

»Das *denken* wir uns«, warnte Jennifer.

Martin konnte mit ihrer projizierten Muttimathe nicht Schritt halten noch gar all ihren Erklärungen. Er sagte müde: »Arbeitet das für euch im Privaten aus! Ich werde einiges davon gutgläubig annehmen müssen.«

»O bitte, nein!« sagte Hakim. »Arbeite es für dich

privatim aus! Wir könnten falsch liegen, und wir brauchen Kritik.«

»Nicht von mir, fürchte ich.«

»Wir alle haben hier wirklich den Boden unter den Füßen verloren«, sagte Hakim. »Wir dürfen dies bloß als eine hübsche Arbeitshypothese ansehen.«

Martin gab einige Ausdrücke in die Muttimathe ein, die er gerade zu enträtseln anfangen konnte. »Müßten sie eine Menge von Anti-M haben, um etwas anderes in Anti-M zu verwandeln – jeweils eine Partikel für eine andere?«

»Das glauben wir nicht«, sagte Hakim. »In Jennifers Muttimathe könnte eine einzige Partikel als Schablone dienen, um viele andere Partikeln zu verwirren und umzuwandeln. Möglicherweise wäre es genug, bloß die Struktur einer Partikel zu kennen.«

»Selbst auf Distanz«, sagte Thorkild.

»Aber wie es nun eben geschieht, dafür haben wir keinen Hinweis«, sagte Jennifer. »Das ist der Unterschied zwischen Theorie und Praxis.«

»Oh!« sagte Martin.

»Hübsch, nicht wahr?« fragte Thorkild.

Martin schloß die Augen und schüttelte den Kopf.

Danach saß Martin allein in einem leeren Raum, beschäftigte sich mit Muttimathe, konnte sich aber nicht darauf konzentrieren. Statt dessen dachte er daran, wie sehr sich die Mitglieder der Crew in nur wenigen Monaten verändert hatte. Sie verhielten sich wie Passagiere, die auf einer Kreuzfahrt ins Blaue harte Zeiten durchmachten, oder wie Studenten in einer besonders nachlässigen Hochschule unter einem Chef, der trübseliger war, als ihnen gut tat.

Er sehnte sich danach, den Zeitablauf zu beschleunigen, damit das Rendezvous einträte und *irgend etwas* geschehen würde, das bedeutsam wäre und nicht theoretisch.

Rosas Geschichten wurden besser. Die Rennen wurden abgeschlossen, indem Hans selbst gegen den schnellsten aus drei Läufen im Inneren des Schiffs vom Bug bis zum Heck, Rex Live Oak, antrat und um zwei Sekunden gewann. Hans war über den Sieg außerordentlich stolz und nahm zwei Wendys in seine Koje mit nach einer privaten Runde gratis für alle. Das waren die ersten Partner, die er gehabt hatte, seit er Boss geworden war.

Martin nahm nicht zur Kenntnis, wer diese Wendys waren. Er war der ständigen Abhängigkeit von Klatsch zwecks Aufregung überdrüssig. Es war ihm gleich, mit wem Hans schmuste, oder ob Hans Harpals Liebesinteresse gestohlen hatte, oder wer sich bald als nächster an Rosa heranmachen würde.

Rosa, um fünf Kilo leichter, mit zugleich ernstem und fröhlichem Gesicht, wurde für Martin jetzt die interessanteste und zugleich beunruhigendste Person an Bord der *Dämmerungsgleiter*.

Martin kam in den Bugraum, als er leer war, und schaltete die Sternsphäre aus, um das äußere Universum ohne Interpretation zu betrachten. Die Sterne voraus hatten sich noch nicht merklich verändert. Hell und für immer eingefroren vor maßlos schwarzem Hintergrund.

Jennifers Theorien hatten ihn sehr tief erregt. Er hatte von Feinden geträumt, die sie nicht sehen konnten, boshaften Wesen, die sie aus der Ferne verwirrten und pervertierten wie Puppenspieler.

»Was, zum Teufel, tun wir hier eigentlich?« fragte er sich. Er war in den Bugraum gegangen, um zu beten. Aber er konnte sich nicht irgend jemand oder irgend etwas vorstellen, zu dem er beten könnte. Nichts berührte ihn, nichts fühlte ihn oder wußte, daß er sich im Bug befand, daß er allein war. Nichts und niemand wußte, daß er verwirrt war und Hilfe brauchte, daß Martin, der Sohn von Arthur Gordon, jeden Weg verloren hatte, den er jemals kannte, und daß nur die Erledigung des Jobs ein höchst ungenügender Grund war zu leben.

Sein Vater hätte sich diesen Anblick des tiefen Weltraums vielleicht als die eindrucksvollste und schönste Sache, die er sich wünschen könnte, vorgestellt. Martin konnte darin nichts erkennen als gestreutes Licht, das auf erschöpfte Augen traf.

Er hatte nun schon seit vielen Zehntagewochen gegen das Ende dieser Quälereien gekämpft, aber der Kummer nahm seinen natürlichen Verlauf wie eine verheilende Wunde. Endlich würde sogar das Jucken vorbei und Theresa wirklich tot sein – und auch William...

Er seufzte leise; denn er schuldete William so viel mehr, als er emotional geben konnte, jetzt oder jemals.

Wenn der Kummer seine zerfransten Ränder zusammengeknüpft hätte, würde er von nichts mehr definiert werden als dem traurigen Nichts seines Innersten, das finsterer war als jede Schwärze zwischen Sternen, eine behagliche Leere, um hineinzufallen, eine sanfte Negation und Auflösung.

Er dachte, er würde gern sterben, wenn der Tod ein Ende an sich wäre und nichts weiter.

Wozu er dann beten würde, war eine schwache Kerze der Hoffnung, daß es in diesen mächtigen Bereichen wettstreitender Zivilisationen irgendwo etwas gab, das überwachte, urteilte und sympathisierte; das weise war auf eine Art, die er sich nicht vorstellen konnte; das gegebenenfalls vielleicht eingreifen würde, wenn auch nur auf mysteriöse Weise.

Irgend etwas, das in seiner Brust seine toten Geliebten hegte und pflegte, das aber auch seine Unwürdigkeit erkennen und ihm eine Finalität, ein Ende, gestatten würde.

Er dachte an den kraftvollen Orgasmus mit Paola, um viele Grade heftiger, als er mit Theresa erlebt hatte.

Konfusion und Sterne. Was für eine Kombination, dachte er.

Er ermunterte den Kummer, daß er zurückkehren und Depression über ihn kommen lassen möge, bis sein Herz langsamer zu werden schien, ihm die Augen zufielen und er in eine behagliche Decke von Verzweiflung gehüllt war, so viel greifbarer als Erinnerung oder Verantwortung oder die alltägliche Traurigkeit des Lebens an Bord.

Nichts kam dazwischen.

Nichts und niemand kümmerte sich um ihn.

Das war in gewisser Weise beruhigend. Es könnte ein Ende der Komplexität des Universums sein, ein Ende des Zwistes und der Verwirrung der Intelligenz.

Mitten in den Sportveranstaltungen und Wettkämpfen, mitten in Martins Verzweiflung, verschwand Rosa Sequoia.

Kimberly Quartz und Jeanette Snap Dragon fanden sie fünf Tage später nackt und halb tot vor Durst. Sie brachten sie ins Schulzimmer. Ariel kniete sich auf den Boden, packte ihr Haar, zog ihr den Kopf zurück und zwang sie, Wasser zu trinken. Ihre Augen wanderten im Raum umher, um sich auf Punkte zwischen den Anwesenden zu heften. Ariel fragte: »Was, zum Teufel, machst du?«

Rosa lächelte sie von unten her an. Wasser troff ihr vom Mund, und träge bluteten Tropfen aus aufgesprungenen Lippen. Ihr Gesicht war mit angetrocknetem Blut beschmiert. Sie hatte sich in die Unterlippe gebissen. Sie sagte: »Es ist gekommen und hat mich berührt. Ich war gefährlich. Ich hätte jemanden verletzen können.«

Hans kam wütend ins Schulzimmer gestürmt und wischte Ariel beiseite. »Steh auf, verdammt noch mal!« Rosa stand wackelig auf. Sie roch sauer und hatte angetrocknete Bluttropfen auf den Brüsten.

»Bist du wahnsinnig?« fragte Hans.

Sie schüttelte den Kopf. Durch ihr Lächeln rissen die Bißwunden auf und bluteten stärker.

Hans packte Rosas Arm und schaute sich hilfesuchend im Raum um. Ariel trat vor, und Hans legte den keinen Widerstand leistenden Arm in ihre Hände. »Füttere und säubere sie! Sie hat Stubenarrest. Jeanette, bewach ihre Tür und sorge dafür, daß sie nicht herauskommt!«

»Ich könnte euch Geschichten erzählen«, sagte Rosa bescheiden. »Deshalb bin ich zurückgekommen.«

»Du wirst mit niemandem sprechen«, sagte Hans, drängte sich an allen vorbei und verabschiedete sich von der Szene durch eine nach hinten gerichtete Handbewegung.

Martin folgte ihm aus dem Schulraum. Seine trübe Stimmung wich Ärger. Er sagte zu Hans: »Sie ist krank. Sie ist nicht verantwortlich.«

»Ich bin auch krank«, sagte Hans. »Wir sind alle krank. Aber sie ist abscheulich *verrückt*. Was ist mit dir?« Er wandte sich jäh an Martin. »Mein Gott, du bläst Trübsal wie eine verdammte Schnecke. Harpal ist nicht besser. Was, zum Teufel, geht eigentlich vor?«

»Wir sind in ein Loch gefallen«, sagte Martin.

»Dann laß uns um Gottes willen herausklettern!«

»Es gibt keinen Gott. Das hoffe ich. Niemand hört uns.«

Hans warf ihm einen vernichtenden Blick zu und sagte scharf: »Rosa wäre da anderer Meinung. Ich wette, daß sie jetzt Gottes Empfehlungskarte in ihrem Overall hat. Wo auch immer der ist.« Hans schüttelte heftig den Kopf. »Von allen Frauen in diesem Schiff mußte ausgerechnet *sie* ihre Kleider abwerfen. als sie einen Anfall kommen fühlte.« Er blieb nach ein paar Metern im Korridor mit zusammengezogenen Schultern stehen, als ob Martin ihn mit etwas bewerfen wollte.

Martin hatte sich nicht bewegt, gehüllt in eine wunderbar dicke und schützende Melancholie und mit dem Gefühl, über die starre Wut auf Hans ein klein wenig hinaus zu sein.

Hans drehte sich mürrisch um und fragte: »Du sagst, wir sind in einem Loch. Wir verlieren doch, nicht wahr? Verdammt, ich will das nicht!« Er winkte Martin zu und ging.

Martin erschauerte wie vor Kälte. Er kehrte ins Schulzimmer zurück. Rosa plauderte munter mit den fünf, die geblieben waren. Ariel hatte ihr einen Overall gebracht, der nicht paßte. Sie sah lächerlich aus, aber das kümmerte sie nicht.

Sie sagte: »Es tut mir leid. Ich entschuldige mich für meinen Zustand. Ich konnte nicht einmal denken. Ich war an einen großen Generator angeschlossen. Ich war nicht menschlich. Mein Körper spielte keine Rolle.« Sie sah Martin an, die großen kräftigen Arme ausgestreckt, als ob sie versuchen würde zu fliegen. »Ich habe mich zuvor so häßlich gefühlt«, flüsterte sie und senkte das Kinn auf die Brust. »Jeanette, bitte, bring mich in mein Zimmer. Hans hat recht. Laß mich einige Zeit nicht hinaus und laß niemanden außer dir – oder Ariel – herein, um mich zu besuchen!« Sie hob die Hand, deutete auf die drei, einschließlich Martin und sagte: »Ihr seid meine Freunde.«

Hakim sagte: »Es ist ein sehr schwaches Signal.« Er ließ Hans, Harpal und Martin, die alle im Bug der *Dämmerungsgleiter* versammelt waren, die Analyse sehen. »Mit unseren Fernsonden draußen hätten wir es schon vor Monaten aufnehmen können… Vielleicht selbst aus der Umlaufbahn um Wormwood. Aber wir hatten nicht in diese Richtung gezielt…«

»Okay«, sagte Hans ungeduldig. »Es ist ein Schiff. Es ist in unserer Nähe. Wie nahe?«

»Vierhundert Milliarden Kilometer. Wenn wir den

Kurs nicht ändern, werden wir innerhalb von hundert Milliarden Kilometern vorbeikommen. Es folgt einem dem unsrigen ähnlichen Kurs, bewegt sich aber viel langsamer. Es beschleunigt nicht.«

»Es ist seltsam, eine solche Nadel im Heuhaufen zu finden«, sagte Hans. »Warum ist es unserem Kurs so nahe?«

Hakim wagte keine Vermutungen.

Harpal schlug vor: »Vielleicht ist das ein vernünftiger Kurs zwischen den beiden Sternen. Mit ein paar hundert Milliarden Kilometern Spielraum.«

»Quatsch!« sagte Hans. »Sie hätten auch einen weiten Bogen machen können. Wir sind von den Polen aufgestiegen. Ein vernünftiger Kurs wäre gewesen, die Vektoren geringster Energie zwischen den Ebenen der Ekliptik zu benutzen. Wie groß ist unsere Relativgeschwindigkeit?«

Hakim zeigte die Zahl auf der Karte. Die Differenz in ihren Geschwindigkeiten betrug ein Viertel c, also rund siebenundfünfzigtausend Kilometer in der Sekunde.

»Selbst wenn wir den Kurs ändern würden, hätten wir keine Lust, so viel Geschwindigkeit für das Rendezvous auszugeben... Seid ihr sicher, daß es ein Schiff ist?«

»Die Ausmaße passen. Es ist weniger als ein Kilometer lang. Wir hatten das gute Glück, eine Sternbedeckung zu erwischen.«

Hans summte leise vor sich hin und rieb sich die Wangen mit den Handflächen. »Warum ein Signal senden? Warum sich nicht einfach verstecken und die Arbeit ausführen? Was für eine Arbeit das auch sein mag...«

Niemand hatte eine Antwort.

»Können wir das Signal deuten?«

»Es ist keine Sprache irgendeiner Art. So viel wissen wir. Es könnte eine Reihe von Zahlen sein, vielleicht Koordinaten.«

»Du meinst, daß es Bergungsleuten mitteilt, wo es ist?«

»Ich denke, nicht. Wenn diese Pulse Zahlen sind, so wiederholen sie sich... Es gibt etwa hundert solcher Zahlengruppen, wenn wir annehmen, daß eine lange Pause – von ein paar Mikrosekunden – eine neue Gruppe bezeichnet. Giacomo und Jennifer arbeiten jetzt an den Möglichkeiten.«

»Was für eine Art von Koordinaten?« fragte Hans.

»Jennifer denkt, sie könnten ein zweidimensionales Bild beschreiben.«

»Du denkst an Fernsehen?«

»Digital, nicht analog, unmoduliert.«

»Ein grobes Bild«, meinte Martin.

»Vielleicht nur ein paar Dutzend Bilder in Folge«, erklärte Hakim. »Wir können aber noch nicht sicher sein.«

»Ruft mich, wenn ihr es seid«, sagte Hans.

Jennifer kam in den Bug. Sie zwinkerte ihnen zu und fletschte die Zähne in einer wölfischen Miene des Triumphs. Giacomo kam hinter ihr herein. Sie hob ihr Mofix und sagte: »Wir haben es. Wirklich zu einfach zu erkennen. Polarkoordinaten, keine rechtwinklige. Spirale in einem Kreis, ein Gleitpunkt, Winkel Theta, Radius, Folgen von Zahlengruppen: Theta, Radius, gemessen vom Zentrum, Grauskalenwerte. Theta ändert sich alle einhundertzwanzig Zahlen. Der Grauwert liefert etwa dreißig Stufen. Die Signale übermitteln ungefähr hundert graphische Bilder, ehe sie sich wiederholen. Das ist umständlich, aber so einfach, daß fast ein jeder es entziffern kann.«

»Wollt ihr sehen?« fragte Giacomo.

Hans klopfte ihn ungeduldig mit angespannter Höflichkeit auf den Arm. »Zeig es uns!«

Jennifer hob ihr Mofix.

Das erste Bild war schwer zu erkennen, eine Reihe von Wischern und Schattenblöcken. Harpat deutete auf einen ovalen weißen Fleck und sagte: »Das halte ich für ein Gesicht. Die Auflösung ist sehr gering, nicht wahr?«

»Wir können mit einigen sogenannten Laplaceverstärkungen interpolieren«, sagte Giacomo. »Aber ich dachte, wir sollten uns die Originalbilder zuerst ansehen.«

»Verstärkt es!« bat Martin. »Um Verzerrungen können wir uns später kümmern.«

Giacomo griff einfache Verstärkungen heraus, indem er mit dem Finger sachkundig auf ein Menu tippte, das nur er sehen konnte. Das Bild wurde sofort kontrastreicher und leichter zu erkennen, aber reduziert auf schwarze und weiße Töne mit ein paar Schattierungen von Grau. »Fünf Gesichter, denke ich«, sagte Harpal und zeigte darauf. Martin nickte. Hans sah nur mit gefalteten Händen brummig hin.

Harpal sagte: »Sie sind nicht menschlich, aber bilateral symmetrisch.«

»Ich denke, es gibt noch mehr Gesichter, aber die sind zu unscharf, um sie zu erkennen«, warf Giacomo ein.

»Augen. Vielleicht ein Mund«, meinte Jennifer.

Hans sagte noch mürrischer: »Ich gebe keinen Pfifferling für das, nach was sie aussehen. Was haben sie zu *bedeuten?*«

»Vielleicht ist es die Besatzung von …«, sagte Jennifer und hielt inne.

Martin beendete für sie den Satz: »… von dem anderen Schiff des Gesetzes. Unsere künftigen Kameraden.«

»Wenn sie es sind, so sind sie schrecklich stupide, wenn sie ein Signal wie dieses senden, das ein jeder empfangen kann.«

»Dies könnte eher zu einem letzten Testament gehören«, sagte Hakim. »Ein sterbendes Schiff, das Energie kanalisiert, um ein schwaches, aber wahrnehmbares Signal zu senden … Jemand, der sich keine Sorge mehr macht, daß man ihn findet.«

»Die Mütter könnten uns doch wenigstens so viel sagen, ob sie tot sind oder noch am Leben. Nicht wahr?« sagte Harpal.

»Das sind nicht unsere Partner«, erwiderte Hans. »Es sind bloß einige andere arme Schweine, die hier draußen verloren sind.«

Noch mehr Gesichter. Dunkle Innenräume mit hell beleuchteten Figuren. Sie fingen an, die allgemeine Gestalt der Wesen zu erkennen. Runde Körper mit vier dicken stämmigen Beinen, verlängerten pferdeartigen Köpfen auf langen Hälsen, einem Paar schlanker Gliedmaßen, die an den ›Schultern‹ saßen und in vierfingrige Hände ausliefen. Sie trugen harnischartige Kleidung, die mehr zum Tragen von Dingen nützlich schien als zur Verhüllung.

»Zentauren«, sagte Jennifer.

»Mir kommen sie eher wie Dinosaurier vor«, sagte Giacomo. »Sauropoden.«

»Legt noch einen Zahn zu!« befahl Hans.

Giacomo und Jennifer arbeiteten zusammen, um noch mehr Detail zu interpolieren. Für einen Moment verschwamm das Bild in Grau, und dann kam es in künstlicher Klarheit um Vorschein, alle Gestalten auf plastische Vereinfachungen reduziert. »Ich werde die Schatten verstärken, da die Lichtquelle aus diesem Winkel zu kommen scheint«, sagte Giacomo und zeigte versuchsweise auf das Bild.

Hans machte weiter ein mürrisches Gesicht. Martin dachte: *Etwas Neues, und das gefällt ihm nicht.*

Giacomo tastete auf dem Menu und gab kurze verbale Befehle, die von seinem Mofix interpretiert wurden.

Der Bildkonstrast wurde noch dramatischer, die Schatten schärfer ausgeprägt, und die Szene gewann plötzlich an Tiefe. Fünf der Sauropoden schwebten in einem schlecht definierten Innenraum. Sie verbanden sich zu einem fünfzackigen Stern mit den

Köpfen zur Mitte und verbunden durch handartige Anhängsel.

»Ein Gruppenbild«, sagte Martin.

»Nächstes Bild, und nehmt es ebenso in die Mangel«, sagte Hans.

Es erschienen noch mehr Figuren, zusammen mit Maschinen, die ebenso schwierig zu verstehen waren, wie das Innere der *Dämmerungsgleiter* an die Erde gewohnten Augen vorgekommen wäre. Das zehnte Bild war ein Diagramm: Sterne und größere Kugeln vor einem gesprenkelten dunklen Himmel. Anordnungen von Punkten und Schlitzen, die Beschriftungen für das Bild gewesen sein mochten, schienen durch die Verstärkungen gelitten zu haben; aber als Giacomo die Verstärkungen ausschaltete, ergaben die Symbole nicht mehr Sinn als zuvor.

»Wozu das Ganze?« fragte Hans. »Das Schiff ist tot – das muß es sein! Seit zweitausend Jahren.«

Die Stimme ihres Schiffs antwortete: »Es ist ein Schiff des Gesetzes. Die übermittelte Information ist wahrscheinlich viel weniger als das, was in dem Schiff selbst gespeichert ist. Es wird verlangt, daß alle Schiffe des Gesetzes zusammenkommen und Informationen austauschen, falls ein solches Rendezvous möglich ist.«

Hans hob die Augen, dann die Hände und gab auf. Er fragte: »Wer möchte gehen?«

»Wir können auslosen«, schlug Hakim vor.

»Nein, wir werden nicht losen«, sagte Hans. »Martin, ich nehme an, du möchtest gehen?«

»Ich weiß nicht«, sagte Martin.

»Ich hätte es gern, wenn du gingst. Nimm Hakim und Giacomo mit!«

Jennifer stockte der Atem.

Giacomo fragte: »Eine wie lange Reise?«

»Einen Monat nach eurer Zeit«, sagte die Schiffsstimme. »Für dieses Schiff vier Monate. Es wird Superbeschleunigung und -bremsung geben.«

»Eine Menge Treibstoff«, sagte Hans leise.

Giacomo berührte Jennifers Hand. »Nicht gerade ein Abstecher. Verleiht Zuversicht.«

Giacomo sah keineswegs überzeugt aus.

»Wenn Leute fahren, wird es mehr Treibstoff verbrauchen«, sagte Martin. Er fragte sich, ob Hans ihn aus dem Weg haben wollte.

»Das ist korrekt«, sagte die Stimme des Schiffs. »Aber das spielt keine entscheidende Rolle. Ihr werdet viel lernen, das durch Entsendung eines unbemannten Fahrzeugs nicht ermittelt werden kann. Eure Beobachtungen werden wertvoll sein.«

»Das ist es«, sagte Hans. Er legte den Arm um Martin und sagte: »Es wird dich aufheitern.«

»Wie denn?« fragte Martin. »Ein Wrack zu besuchen …«

»Schaff deine verfluchte trübe Visage von Bord!« sagte Hans.

»Klingt nicht so, als ob ich eine Wahl hätte.«

»Ich könnte Rosa schicken«, sagte Hans.

Martin sah ihn vernichtend an und sagte: »Okay.« Hakim versuchte, die Spannung zu mildern.

»Es wird eine sehr ungewöhnliche Reise sein. Während wir fort sind, wird die Crew etwas zu tun haben. Sie werden diese Bilder studieren und …«

»Quatsch!« sagte Hans. »Wir zeigen sie jetzt noch niemandem. Wir können nicht vermeiden, sie wissen zu lassen, daß es ein Schiff gibt, aber alles andere … Mund halten!«

»Warum?« fragte Jennifer verwundert.

»Unsere Moral steht so tief, daß die Bilder uns töten könnten«, erwiderte Hans. »Martin, Giacomo, ihr studiert sie zusammen mit Hakim und Jennifer. Niemand sonst sieht sie vorläufig. Nicht einmal ich möchte sie betrachten. Berichte nur an mich!«

»Hans, das ist Betrug«, sagte Jennifer, immer noch erstaunt.

»Es ist ein Befehl, falls das jetzt noch etwas zu bedeuten hat. Sind wir uns einig?«

Jennifer wollte weitersprechen, aber Hans fuhr dazwischen: »Schluß damit! Falls jemand jetzt einen anderen Boss wählen will – bitte sehr! Ich wäre froh, wieder ein relativ normales Leben führen zu können und Befehle entgegenzunehmen, anstatt sie zu erteilen«, sagte er gleichmütig. »Habe ich recht?«

Niemand hatte Lust, die Sache auf die Spitze zu treiben. Sie stimmten zögernd zu. Jennifer übertrug die Bilder auf ihre privaten Handys.

Zum ersten Mal auf ihrer Reise hielt eine Gruppe Information vor einer anderen zurück.

Martin begab sich benommen und mit perverserweise mehr tröstendem Kummer denn je wieder in sein Quartier und sah sich die Bilder noch einmal alle an, bemüht, die Ernsthaftigkeit von dem zu ergründen, das soeben geschehen war, und warum er so rasch mit Hans einig geworden war.

Er hegte keine Erwartungen hinsichtlich der Reise. Die Bilder waren verheerend. Die Wohltäter hatten dieses Schiff des Gesetzes offenbar nicht retten können. Die Sauropoden waren fast sicher schon seit Jahrtausenden tot.

Die Wohltäter hätten von Wormwood und Leviathan seit Jahrtausenden wissen können.

Sie hatten vorher andere hierhergeschickt. Sie hatten hinsichtlich Wormwood Verdacht gehabt. Jetzt war er bestätigt.

Die *Dämmerungsgleiter* war nur ein weiteres Schiff in einer Reihe.

Kein Schiff hatte Erfolg gehabt. Keines war bis jetzt auch nur so weit gekommen, das Teerbaby zu verbrennen.

Aber was sie bei Leviathan erwartete, konnte noch viel trügerischer sein, noch komplexer, wo noch viel mehr auf dem Spiele stand …

Das in der zweiten Heimkugel geschaffene Vehikel war ein wenig größer als ein Bombenschiff – zehn Meter lang, mit einem knolligen Abteil von vier Metern Durchmesser, in dem Martin, Giacomo und Hakim einen Monat verbringen würden – einen großen Teil dieser Zeit schlafend oder in volumetrischen Feldern.

Sie verabschiedeten sich. Die Crew wußte immer noch fast nichts, außer, daß es ein anderes Schiff des Gesetzes gab, wahrscheinlich ein Todesschiff, und daß die drei es untersuchen wollten.

Hans zog sich aus dem Innern des neuen Schiffs zurück, sah Martin mit schmalen Augen an und sagte: »Du kannst aussteigen, wenn du willst. Das wird kein Picknick.«

Martin schüttelte den Kopf. Er fühlte sich über eine so offenkundige Manipulation gereizt, zum Rückzug herausgefordert. Er lehnte es ab, vor Hans so schwach dazustehen. Hans neigte den Kopf zur Seite. »Giacomo, paß gut auf. Vielleicht können wir etwas erfahren, das sie uns vorenthalten wollen.«

Hakim fragte: »Warum sollten sie uns zum Kommen aufgefordert haben, wenn sie Geheimnisse für sich behalten wollen?«

»Ich weiß es nicht«, sagte Hans. »Vielleicht werden wir paranoid.«

»Vielleicht«, sagte Martin.

»Aber ich bezweifle das.«

Er schüttelte allen die Hände. Giacomo und Jennifer hatten sich privat verabschiedet.

»Wir sind bereit«, sagte Martin. *Auch eine Reise von einer Billion Kilometern beginnt mit einem ersten Schritt.* Er zog sich in das Schiff und stieß sich mit einem Tritt vom Leiterfeld in das sphärische Innere, Giacomo folgte und dann Hakim.

Als sie Platz nahmen, sagte Hakim: »Die *Dämmerungsgleiter* gibt uns ein Viertel ihres Treibstoffs.«

Martin nickte. Eine solche Verschwendung schien jetzt unpassend zu sein.

Hakim fuhr fort: »Wir werden wie ein Fisch sein, der einen Dottersack mitschleppt. Sehr ungelenk. Und dieses Vehikel besteht zu sechzig Prozent aus falscher Materie ...«

»Bitte!« sagte Giacomo. »Mir ist schon so schlecht.«

»Ein großes Abenteuer«, schloß Hakim seufzend. Seine Haut war blaß, und er zitterte etwas.

Die Luke schloß sich. Sie lösten sich aus dem Waffenlager. Die *Dämmerungsgleiter* schrumpfte zu einer Nadelspitze vor den Sternen.

Die Stimme einer Mutter ertönte. »In drei Minuten beginnen wir mit der Superbeschleunigung.«

Das Schiff war kaum mehr als eine vergrößerte Mutter mit Siebenmeilenstiefeln, dachte Martin.

»Dies werdet ihr vielleicht sehen mögen«, sagte Hans über Mofix.

Sie wurden Zeugen ihrer Abfahrt aus dem Blickwinkel der *Dämmerungsgleiter,* als eines winzigen Wurfpfeiles mit knolliger Mitte, umgeben von blaßgrünen Treibstofftanks.

Volumetrische Felder umhüllten die drei Passagiere in erstickender Sicherheit. Martins Sehvermögen verschlechterte sich wie üblich, aber er verfolgte noch die Mofixsendung. Ein Sumpf verschluckte ihre Flamme. Es zeigte sich kaum mehr als ein Rand aus intensivem Weiß, der rasch verblaßte.

»Gute Reise!« sagte Hans.

Martin verbrachte die Beschleunigung in einer Phase des Nichts, aus der nur einige wenige unzusammenhängende Träume an die Oberfläche kamen – Begegnungen mit Mädchen beim Tanz auf der Zentralen Arche, Mutter und Vater –, tiefe Schwenks seines Gehirns von erschöpfender Banalität. Als sie fast Lichtgeschwindigkeit erreicht hatten, drifteten sie mit gefalteten Feldern und sahen einander als klägliche verkrampfte Reisegefährten. Das Schiff zeigte die Sternfelder wieder normal, um ihnen etwas Gutes zu tun.

»Wie lange noch bis zu unserer Ankunft?« fragte Giacomo, der sich in dem engen Quartier sichtlich unbehaglich fühlte.

»Zehn Tage etwa«, sagte Hakim.

»Ihr könnt, wenn ihr wünscht, die ersten sechs Tage schlafen«, sagte ihnen die Stimme der Mutter.

»Astronauten der Erde haben das monatelang hintereinander getan«, warf Hakim ein.

»Nun ja, aber wir sind verratzt«, erwiderte Giacomo.

»Laßt uns schlafen«, sagte Martin.

Der Schlaf kam und ging, ein neuer Streifen des Vergessens. Martin wachte desorientiert auf, trank einen Becher gesüßter Flüssigkeit, machte Übungen in der Schwerelosigkeit und betrachtete die Gesichter seiner schlafenden Gefährten.

Er hatte erwartet, daß die Reise die Last seiner Trübsal noch schwerer machen würde. Statt dessen erlebte er Aufheiterung und Freiheit, wie er sie nie zuvor gekannt hatte.

Hakim benahm sich so, als wäre die Bürde von Martin auf ihn übergegangen. Er arbeitete ruhig, aber ohne Enthusiasmus. Giacomo verbrachte den größten Teil seiner Zeit mit Betrachtung der kleinen Sternsphäre.

»Wir sind von unseren Kameraden weiter entfernt als jemals einer zuvor«, sagte er nach dem Erwachen an ihrem zweiten Tage. Das Wrack war nur noch zwei Tage entfernt.

»Noch weiter«, sagte Hakim rasch.

»Was auch immer«, sagte Giacomo. »Ich fühle mich nicht isoliert. Ihr etwa?«

Martin bemerkte: »Die *Dämmerungsgleiter* ist hübsch isoliert.«

»Jawohl, aber die haben einander … zu viele, um dran zu bleiben. Wir haben bloß drei.«

Im Traum sah Martin Rosas dunkle Schattengestalt durch ein unmöglich grünes Feld gehen, von dem der Wind Stücke fortriß wie Flaum von einem Löwenzahn. Der erhob sich über Bäume und Hügel, war aber dennoch zerbrechlich und irgendwie verwundbar …

Nach dem Aufwachen half er Hakim, sich auf ihre Untersuchung vorzubereiten. Die Mutter des Schiffs unterrichtete sie über Konstruktionen von Schiffen des Gesetzes, die im Laufe der letzten paar tausend Jahre gestartet worden waren, allerdings ohne jede Angabe über ihre Herkunft und ihre Ziele. Martin hielt das für Schwindel. Er kam zu der Annahme, daß ihre Anwesenheit bei dieser Reihe mehr mit internen Beziehungen der Crew zu tun hatte, als praktischen Zwecken diente.

Aber die Crew war der ganze Grund für die Existenz der *Dämmerungsgleiter*. Vielleicht nahm der Verstand des Schiffs den Eindruck von Furcht und Verdacht bei der Crew wahr und bemühte sich, diese zu reduzieren.

»Laßt uns etwas versuchen«, sagte Hakim, als gegen Ende des zweiten Tages des Driftens Langeweile eingekehrt war. »Lassen wir uns in der Mitte des Nichts treiben und sehen, was wir darüber denken!«

Giacomo warf Hakim einen gequälten Blick zu. »Willst du, daß wir verrückt werden?«

»Das wird amüsant sein«, sagte Hakim. Seine düstere Stimmung war verflogen, aber sein Sinn für Humor hatte einen seltsamen Zug angenommen, in dem auch teils Fatalismus und teils Schalkhaftigkeit steckte. Sein Gesicht blieb ruhig, die Augen groß und nicht aggressiv; aber seine Worte richteten sich manchmal auf Ziele, die keiner seiner Kameraden sehen konnte.

»Ich bin mir nicht so sicher«, sagte Giacomo.

Hakim sagte lächelnd: »Du bist groß und stark, ein strammer theoretischer Bursche. Kann ein Katholik nicht ein Geschenk von einem Muslim annehmen?«

Giacomo kniff die Augen zusammen und sagte: »Quatsch! Meine Eltern sind nicht einmal in die Kirche gegangen.«

»Niemand erwähnt meine Religion«, sagte Martin. Die Konversation wurde für seinen Geschmack zu grob; aber er konnte sich nicht einfach heraushalten.

Hakim sagte: »Wir wissen nicht, was du bist.«

Martin dachte kurz nach und erwiderte: »Das weiß ich selbst nicht. Ich glaube, meine Großeltern waren Unitarier.«

»Ich fordere uns alle auf, sich mitten in einer Projektion des Außenraums unverändert hinzusetzen und von dem zu sprechen, was wir erleben«, sagte Hakim.

Giacomo und Martin schauten sich an. Martin sagte: »Okay.«

Die Schiffsmutter tat ihnen den Gefallen. Binnen weniger Minuten umgab sie die Außenwelt. Intensive scheckige Finsternis voraus, dann eine verdrehte Schleife unscharfer Sterne und schlammige Wärme hinten.

Martin wurde sofort schwindlig. Die Schwerelosigkeit hatte ihm bis dahin nichts ausgemacht, und er klammerte sich an die Lehne seines Sitzes und fühlte, daß er in Schweiß ausbrach. Sie schauten einander mehrere Minuten lang nicht an, aus Angst, ihr Unbehagen zu offenbaren.

Seltsamerweise war es Hakims Stimme, die Martins Empfindung eines endlosen Fallens vertrieb. »Es war schlimmer, als ich dachte. Sind alle in Ordnung?«

»Fein«, erwiderte Giacomo knapp. »Wer wird saubermachen, wenn ich kotze?«

Martin sagte: »Hakim hat uns herausgefordert.«

»Gib mir den Mop!« sagte Hakim. Nervöses Gekicher überkam sie.

»Es ist ziemlich merkwürdig«, sagte Giacomo. »Ich wandte mich nach links, und ... Jesus! Das ist unglaublich seltsam. Alles verdreht sich und rotiert wie ein Karussell.«

Martin versuchte nach rechts zu blicken. Das Drehmoment zuckte, und eine Unendlichkeit von Sternen fügten sich gesellig zusammen wie kleine Knoten in Streifen sich auflösender Farbe. Alles schien ozeanisch, das Glühen eines Unterwasservulkans von hinten und das unheimliche Schimmern von Tiefseefischen voraus. Galaktische Fische, Röntgenstrahlenfische in der Tiefe beginnender Zeit.

»Was denkt ihr?« fragte Hakim nach ein paar Minuten des Schweigens.

»Ich denke, ich möchte nach innen gehen«, erwiderte Martin.

Aber sie blieben ›draußen‹. Eine Minute folgte der anderen, und ihre Hände streckten sich aus und tasteten. Ihr Atem ging im Gleichtakt. »Oho!« sagte Giacomo. »Ich schlafe nicht, oder doch?«

»Nein«, sagte Martin.

»Ich sehe ständig Dinge im Augenwinkel, wo das Sternenhalsband sich bildet. Dinge recken sich aus, um mich zu berühren. Ziemlich gespenstisch.«

Hakim sagte: »Ich höre die Muezzins die Gläubigen zum Gebet rufen. Das ist sehr schön. Ich wünschte, ihr könntet es hören.«

»Bist du immer noch ein Muslim?« fragte Martin.

»Wir alle sind Muslims«, sagte Hakim. »Das ist unser natürlicher Zustand. Wir müssen uns irgendwann Allah hingeben und gehorsam sein. Allah schaut nach uns, das fühle ich ... Und Muhammed ist sein Prophet. Aber welche Gestalt Allah hat, wer kann das sagen? Und es hat keinen Zweck, sich nach Mekka zu verneigen.«

Martin sagte: »Ich denke, dies bedeutet, daß du ein Muslim bist.«

»Der Papst ist mit der Erde gestorben«, sagte Giacomo. »Ist das nicht etwas? Die Mütter haben den Papst nicht gerettet. Ich frage mich, warum.«

Martin sah Gras am Rande eines Tunnels wachsen. Das Grün war hell und willkommen heißend, zur Mitte hin blendend.

»Erinnerst du dich, wie du dich freiwillig gemeldet hast?« fragte Giacomo.

»Das war für mich eine schwierige Zeit«, gestand Hakim. »Meine Mutter wollte nicht, daß ich ginge. Mein Vater sprach ernst mit ihr, und sie weinte. Ich sagte mir, daß ich gehen müßte, und meine Mutter ... ignorierte mich von jenem Tage an. Sehr traurig.«

»Die Tests?«

»Ich habe nicht viele Tests gemacht«, sagte Martin.

Giacomo sagte: »Ich erinnere mich an eine Menge Tests, Physisch ...«

»Ach die«, sagte Martin. Er erinnerte sich, daß er in Felder gehüllt wurde, die kitzelten, während die Mütter erwartungsvoll schwebten und nie sagten, ob die Ergebnisse gut oder schlecht waren.

Martin erinnerte sich an das Gesicht seines Vaters, stolz und traurig, am letzten Tag. Die Familien in der Arche versammelten sich an der Ankerbucht des neuen Schiffs des Gesetzes. Hinter der Krümmung der dritten Heimkugel waren Sterne zu sehen. Einige Kinder, noch kaum im Alter von Teenagern, wurden von Aufregung gepackt. Martin entsann sich, wie es Rex Live Oak schlecht wurde und ein eilig ausgebreitetes Feld seinen Mageninhalt packte und wegwischte. Er lächelte. Die Mütter disqualifizierten die Kinder nicht, wenn sie Nervenschwäche oder Furcht zeigten.

Schlaflose Nächte in der *Dämmerungsgleiter* erhoben sich in der Dunkelheit und kletterten fast ein Jahr lang auf einer Fackel, die in einen Sumpf getaucht war. Die Klassen. Wiederholungskurse in Muttimathe. Martins erstes Rendezvous mit Felicity Tigertail, ungeschickt und entzückend, für ihn etwas erschreckend, wie stark er von ihr gefesselt war. Mit etwas mehr angeborener physischer Weisheit legte sie sich nicht auf ihn fest, wies seine weiteren Annäherungen sanft zurück und stellte ihn ohne Verlegenheit ihren anderen Freunden vor …

Seltsam, daß er sich nicht viel früher von Theresa angezogen gefühlt hatte. Fünfundachtzig junge Besatzungsmitglieder, die subtile oder auch gar keine Führung durch Mütter erhielten, welche ihre Schutzbefohlenen auf menschliche Art zu Weisheit gelangen lassen wollten, nicht nach Art der Wohltäter, wie die auch immer sein mochte …

»Martin, erinnerst du dich, wie du zum ersten Mal Jennifer getroffen hast?« fragte Giacomo.

»Ja.«

»War es auf der Arche?«

»Nein«, erwiderte Martin. »Auf dem Schiff.«

»Wie war sie damals? Ich erinnere mich nicht sehr an sie …«

Sie plauderten stundenlang in der eigenartigen Stimmung, und allmählich verstummte ihr Gespräch. Sie starrten einfach geradeaus oder schliefen fest. Das Universum schien mit Martins Herz zu beben. Es blinzelte wie ein lebendiges Halsband, ein dünnes ausgebreitetes Gewebe von Leben. Seine eigene Skala vergrößerte sich entsprechend. Martin wurde galaktisch, und mit seiner neuen Größe stellte sich eine nervöse Euphorie ein.

Wie lange sie da so saßen, konnte Martin zuerst nicht sagen. Aber Gioacomo brach die Nachtwache und sagte: »Das reicht mir.«

Hakim grunzte leise und sagte: »Warum?«

»Weil ich gerade einen feuchten Traum gehabt habe. Verdammt!«

Sie stimmten überein, Schluß zu machen; und die Projektion faltete sich zu einer kleinen Sternsphäre zusammen, die sie in die engen und viel bequemeren Gemächer des Schiffs zurückbrachte.

Ihre Abbremsung war kurz, kaum zwei Stunden, um Kurs und Geschwindigkeit dem Wrack anzupassen. Als die volumetrischen Felder abklangen, warteten sie ungeduldig auf einen ersten Anblick des Schiffs aus ein paar Kilometern Entfernung.

Was zuerst erschien, war unmöglich zu verstehen. Das Schiff ähnelte einem verdrehten und zusammengeknüllten Stück Papier im Feuer, bedeckt mit Löchern, deren Kanten orange und rot brannten. Skelette von Heimkugeln, in einer Wolke treibende Trümmer ...

»Großer Gott!« sagte Giacomo.

»Was ist passiert?« fragte Hakim.

Die Mutter führte sie in einer langen Schleife um das Wrack herum und sagte: »Dies Schiff ist sehr alt. Die zentrale Kontrolle seiner Gestalt hat versagt. Falsche Materie zerfällt. In ein paar hundert Jahren werden nur noch die Hülsen aus echter Materie da sein.«

»Gibt es keine Überlebenden?« fragte Hakim.

»Das haben wir schon vermutet«, sagte Martin.

»Nicht mit Sicherheit«, behauptete Hakim.

Die Mutter sagte: »Es gibt keine Überlebenden. Der Verstand des Schiffs ist nicht mehr in Tätigkeit. Wir werden nach Erinnerungsspeichern aus tiefer Zeit suchen.«

In der Seite ihres Schiffs öffnete sich ein Loch. Martin schob sich zuerst hindurch, in ein sphärisches Feld mit einem grünen Lebenserhaltungsballon gehüllt.

Er sagte: »Das ist, als wäre man in einer Seifenblase.« Sie hatten mit diesen Feldern noch keine praktische Erfahrung. Martin zog ein zeitweiliges Kontrollpaneel herunter und berührte Pfeile, welche die Richtung angaben, in die er sich bewegen wollte. Die Blase entfernte sich von ihrem Schiff mit kaum hörbarem *tink* und einem schwachen Lichtblitz – individuell einander angepaßte Atome von Anti-M und Materie, deren Explosionen gebündelt auf ein spiegelndes Feld von der Größe seiner Hand gerichtet waren.

Giacomo kam als nächster heraus, danach Hakim. Bis auf ein paar Worte und die Atemgeräusche waren sie wieder vom Universum eingehüllt, wenn auch in Form eines unverzerrten Sternenfeldes. Martin sah das Sternbild der Orchidee. In dieser Richtung lag innerhalb eines Grades der den Menschen als Beteigeuze bekannte Stern und in der gleichen Blickrichtung die *Dämmerungsgleiter*.

Er drehte seine Blase zu der Konstellation, die Hakim als ›Philosophen‹ bezeichnet hatte. Das Wrack überquerte gerade dessen Hand.

»Wie ist sein Name?« fragte Giacomo.

Die Stimme der Schiffsmutter antwortete: »Ich weiß nicht.«

Sie bewegten sich langsam die zwei Kilometer vorwärts. Martin folgte Giacomos Ballon und beobachtete das Staccato des knallfroschähnlichen Feuerwerks sterbender Atome.

»Ich komme mir vor wie ein Engel. Das ist unglaublich«, sagte Hakim, der Martin folgte.

Martins Aufmerksamkeit konzentrierte sich auf die zerfallende Hülle, die vor ihnen aufragte. Er konnte die drei Heimkugeln erkennen, die zu psychedelischen Blattskeletten geschrumpft waren, bei denen alle Ränder rot, orange und weiß glühten.

Giacomo sagte: »Ich wußte, daß es Energie entnahm, um die falsche Materie zu erhalten ... Ich wußte nicht, daß es an Spannung verlieren würde.«

Martin drehte sich um und trieb seine Blase zu der dritten Heimkugel. Giacomo und Hakim ließ er in Nähe der mittleren. Er hatte ein Loch entdeckt, das groß genug war, daß er seine Blase hindurchquetschen konnte; und mit Billigung der Schiffsmutter wollte er versuchen hineinzukommen.

Neben ihm folgte eine kupferne Mutter von halber Größe. Er hatte nicht gesehen, daß sein Schiff den kleinen Roboter hergestellt hatte, aber Erklärungen waren nicht notwendig. Die Minimutter bewegte sich mit eigenen Feuerwerksstößen.

»Nach was soll ich mich umsehen?« fragte er die kleine Mutter.

»Das Gehirn des Schiffs wird eine Markierung hinterlassen haben, die mit nahen Feldern in Wechselwirkung steht. Der Gedächtnisspeicher für tiefe Zeit wird wahrscheinlich in der dritten Heimkugel hausen, in den dichtesten Konzentrationen realer Materie.«

Seine Blase passierte das, was früher die Luke des Waffenlagers gewesen sein mußte. »Dies Schiff wurde nicht angegriffen. Oder doch?«

»Nein«, sagte die Minimutter. »Es hat die Ausführung seiner Mission eingestellt.«

»Weshalb?«

»Wir haben für eine Antwort nicht genügend Information«, sagte die kleine Mutter. Martin sah, wie ein Vorsprung aus glühendem Schrott gegen seine Blase stieß. Er bremste und ging tiefer hinein durch eine schimmernde Schicht nach der anderen: Wände, verzerrte Einzelzellen, verbogene Bauteile. Folien aus abgelöster Materie – echter Materie, die keinem Verfall unterlag – hingen herum, stießen gegen seine Blase, bauschten sich lautlos zur Seite und wurden wellig wie Stoff. Er konnte jetzt erkennen, wie wenig reale Materie die falsche in einem Schiff des Gesetzes bedeckte, nicht dicker als Farbe.

»Ich bin in der zweiten Heimkugel«, berichtete Giacomo.

Hakim sagte: »Ich gehe in den ersten Hals hinein. Es wird hier draußen wirklich dünner. Nicht viel da, was es zusammenhält. Ich dringe weiter vor.«

In einem dunklen Hohlraum, der von Folien aus narbiger Materie umhüllt war, sah Martin einen interessanten Schatten, der nicht ein Teil des Schiffs zu sein schien. Er streckte ein grünes Feld aus, um die Folien beiseitezuschieben. Ein kaltes runzliges Gesicht starrte ihn an. Die Augen waren eingesunken, und ein langer Hals zu Knoten aus vertrockneter Haut und von Muskeln um scharf ausgeprägte Knochen geschrumpft.

Er sagte: »Ich habe ein Besatzungsmitglied gefunden.«

»Gefriergetrocknet?« fragte Giacomo.

»Nicht genau. Sieht aus wie gestorben und mumifiziert, und dann vielleicht Jahrhunderte später dem Weltraum ausgesetzt.«

»Einer unserer Sauropoden?«

Martin übertrug ein Bild, um ihre Neugier zu befriedigen. Ein flatterndes Stück Stoff klatschte auf den Leichnam und wirbelte Staubbänder auf.

Martin schob sich um die Leiche herum und drang tiefer vor.

Plötzlich fing seine Blase an zu pulsieren, leuchtete blaßgrün auf und wurde dann wieder normal.

Die kleine Mutter sagte: »Das ist die Signalboje. Wir sind nahe bei einem Tiefzeitspeicher.«

»Ich habe noch mehr Leichen gefunden«, berichtete Giacomo. »Dutzende. Sie sehen aus, als wären sie eingeschlafen oder ruhig gestorben – als ob sie sich hingelegt hätten.«

»Das Schiff muß im Zustand der Beschleunigung gewesen sein, als sie starben«, sagte Hakim. »Falls wir nicht besondere Anzeichen von Starre sehen.«

Martin wischte sich mit einem Ärmel die Augen und murmelte: »Wirklich schrecklich.«

Giacomo fragte: »Glaubst du, daß sie einfach aufgegeben haben oder daß ihnen der Treibstoff ausgegangen ist?« Niemand konnte das beantworten. »Was ist mit ihnen geschehen?«

Martins Blase rückte durch gekrümmte Rohre und Kanäle vor. Der Schiffsantrieb, reale Materie, keine vorgetäuschte. Er war in die eigentlichen Eingeweide des Schiffs eingedrungen.

Die Blase pulsierte wieder. Der Tiefzeitgedächtnisspeicher war ein weißes Dodekaeder, umgeben von einem intakten Gehäuse aus realer Materie, nahe dem Zentrum der dritten Heimkugel. Er sagte: »Ich glaube, ich habe das gefunden, wonach wir suchen.«

Der Roboter von halber Größe schob sich näher heran und benutzte Felder wie Hände und Finger, um das Dodekaeder loszumachen, und stieß es aus seinem Gehäuse. »Ich werde es im Schiff unterbringen. Ihr könnt noch weiterforschen, wenn ihr wollt.«

Martins Schrecken und Jammer hatten sich so weit vermindert, daß nun die Neugier überwog. Er bewegte sich durch den Hals zur zweiten Heimkugel voran und sah, wie Giacomo sich einen Weg durch etwas bahnte, das einst ein großer Raum gewesen sein mußte – eine Art Schulzimmer –, um an das heranzukommen, was darin lag. Noch mehr Leichen, eine verborgen durch Membranen aus Oberflächenmaterie, alle zusammengeschrumpft, die Glieder in Todesstarre verkrampft, die Hälse zurückgezogen wie in Verzweiflung oder Agonie – auch Starre, wie er hoffte –, gegen etwas angeordnet, das ein Fußboden gewesen sein könnte. Der Boden war unter dem Aufprall losgerissener Partikeln gewellt. Die Körper trieben einige Zentimeter über ihren Ruheplätzen, beleuchtet durch das gespenstische Kaminlicht zerfallender falscher Materie.

Giacomo murmelte ständig etwas vor sich hin.

»Sprich nur!« sagte Martin gereizt.

»Es ist so viel mehr … offenkundig, wie sie es machen.«

»Wie wer was macht?«

»Wie die Wohltäter Schiffe des Gesetzes machen. Da muß es eine Art von Mofixsender geben, und der macht eine Gestalt … veranlaßt die privilegierten Bänder dazu, daß sie andere Partikeln informieren, Materie sei vorhanden, aber der Job nicht vollendet. Daß Masse fehlt. Dann malt etwas reale Materie auf die falsche, und voilà! Ein großer Ballon aus falscher Materie. Das ist alles, woraus unsere *Dämmerungsgleiter* besteht. Unser Schiff dürfte in ein paar tausend Jahren auch so aussehen.«

»Ich denke, es müßte fünfzig oder sechzig Besatzungsmitglieder gegeben haben«, sagte Hakim. »Ich zähle da, wo ich bin, nahe dem Bug, dreizehn. Sie scheinen alle geschlafen zu haben, ehe sie starben.«

»Sie sind ganz gewiß nicht im *Kampf* gestorben«, sagte Giacomo.

»Unsere Mission ist vollendet«, sagte die kleine Mutter. »Es ist Zeit umzukehren.«

Wieder in ihrem Schiff, nahmen sie Teile des Tiefzeitspeichers auf, soviel, wie sie verstehen konnten. Martin bestätigte, was sie schon vermutet hatten. Die Repräsentanten der Wohltäter, die Mütter, selbst auf diesem Schiff des Gesetzes, mischten sich sehr wenig bei ihren Schutzbefohlenen ein und machten keine täglichen Aufzeichnungen von deren Aktivitäten. Aber sie speicherten Aufzeichnungen seitens der Crew; und das beschäftigte Martin, Giacomo und Hakim in ihrer Freizeit während der Rückkehr.

Sie bremsten, sahen die zwei Heimkugeln der *Dämmerungsgleiter* und wurden auf dem Schiff von einer fit aussehenden Crew begrüßt.

Martin hatte es nicht eilig, Hans zu unterrichten. Hans brachte sie sofort in seine Unterkunft, ohne ihnen Zeit zur Erholung zu lassen. Harpal und Jennifer kamen auch, aber sonst niemand.

Hans fragte: »Haben euch die Mütter sehen lassen, was ihr erreicht habt?«

»Ja, soweit wir verstehen konnten«, erwiderte Martin.

»Das meiste im Speicher sind Daten des Schiffsgehirns«, sagte Hakim. »Wir wissen nicht, was es enthielt.«

Martin nahm sein Handy. »Wir haben versucht, es zu übersetzen und zu redigieren. Du kannst die Aufzeichnungen der Besatzung im Detail durchsehen... Zwecks Unterrichtung. Ich dachte, dies würde die wichtigen Punkte enthalten.«

Sie beobachteten schweigend, wie sich Bild und Ton entfalteten. Die ungewohnte visuelle Sprache der Aufzeichnungen erschwerte die Betrachtung. Andere Farbwerte, andere Vorstellungen von Perspektive und ›Redigieren‹, Versuche mit dreidimensionalen Bildern, die nicht zu menschlichen Augen paßten – das alles vermehrte ihre Probleme.

Aber die springenden Punkte waren klar.

Sie verfolgten Stunde um Stunde Geschichte, Rituale und Zeremonien einer sauropodischen Crew. Und während sich das andere Schiff des Gesetzes immer weiter von Leviathan und ihren Begegnungen mit der dortigen Zivilisation entfernte, wurde die soziale Struktur der Sauropoden immer unschärfer.

Martin wies auf etwas hin, das Akte von Mord gewesen sein mußten. Die Sauropoden brauchten etwas der Reproduktion Analoges ohne volle Fortpflanzung. Unfruchtbare Eier lieferten offenbar wichtige Nährstoffe. Aber die Eierproduktion sank, und das Eier produzierende Geschlecht – nicht eigentlich Weibchen, da drei Geschlechter beteiligt waren – erlitt Strafen, Isolation und dann Tod für sein Versagen.

All dies war mit einer feierlichen und unverwandten Aufmerksamkeit für Detail aufgezeichnet, aus menschlicher Sicht ein kleines Stück der Hölle, aber alltägliches Leben für die Sauropoden.

Jennifer fragte entsetzt: »Sehen die nicht, was sie tun?« Sie beobachteten die ritualisierte Exekution des letzten Eiproduzenten durch zahlreiche Hammerschläge seitens einer Gruppe von Dominierenden, die alle einem Geschlecht angehörten.

Hans grunzte und wandte sich von den flimmernden Bildern ab.

Giacomo faßte Jennifers Hand und sagte: »Wir werden lange Zeit brauchen, um etwas davon zu enträtseln.«

»Eines scheint mir recht klar«, sagte Hans. »Sie flogen zu Leviathan, wurden von einer Stelle zur anderen geschickt, gaben dann auf und verschwanden. Spiel noch einmal die Meetings ab!«

In viel klarerem Detail sahen sie Bilder und Filmszenen von Leviathans Welten, Konferenzen mit vieläugigen zweibeinigen Kreaturen, die die Zivilisation zu repräsentieren schienen. Diese Abschnitte waren besonders verschwommen und für eine lineare Geschichte fast unbrauchbar.

Eine Mutter betrat die Kabine von Hans und sagte: »Das Schiff hat alle Aufzeichnungen von Wohltätern und Schiffsprache übersetzt. Wir könnten diese Wesen als ›Rote Baumläufer‹ bezeichnen.«

»Warum sollten wir das?« fragte Hans.

»Das ist dem Sinne nach eine Übersetzung ihrer Selbstbezeichnung. Ihr Heimatsystem wurde nach Bezugszeit der *Dämmerungsgleiter* vor viertausenddreihundertundfünfzig Jahren überfallen. Sie hatten bereits einen Pakt mit Vertretern der Wohltäter abgeschlossen. Die Killersonden wurden besiegt, und ihre Welten nahmen keinen wesentlichen Schaden. Vielleicht die Hälfte ihrer ursprünglichen Bevölkerung überlebte, und sie konnten wiederaufbauen. Sie wurden mit Schiffen und Waffen ausgerüstet, die für das Aufspüren der Killer geeignet waren. Sie wurden Teil der Wohltäterallianz.«

»Aber waren sie denn nicht selbst Wohltäter?« fragte Hakim.

»Nein. Ihr könnt sie als Juniorpartner bezeichnen.«

Hans kicherte. »Ein höherer Rang als wir.«

»Ein anderes Arrangement unter anderen Verhältnissen. Die Roten Baumläufer reisten über hundert Lichtjahre, eine Fahrt, die nach irdischem Bezugssystem dreißig Erdjahre dauerte.«

»Und?« fragte Hans.

»Sie kamen vor neunzehnhundert Jahren bei Leviathan an. Leviathan hat sich seitdem beträchtlich verändert.«

»Das haben wir bemerkt«, sagte Giacomo.

»Die Gründe für die Veränderung sind nicht klar. Aber sie kamen zu der Überzeugung, daß Leviathan nicht ihr Ziel sei, bekamen Treibstoff von den Bewohnern einer der Welten und reisten ab.«

Martin schüttelte den Kopf. »Ist das alles?«

»Der Gedächtnisspeicher ist erheblich verfallen. Die Roten Baumläufer haben vielleicht entdeckt, wie das Gehirn des Schiffs deaktiviert werden oder seine Operationen beeinflußt werden können. Über neunzig Prozent der Aufzeichnungen sind zu schlecht, um wiederhergestellt werden zu können. Ein Drittel der Aufzeichnungen an Bord des Schiffs hat überlebt. Aber die sind alle biologisch oder historisch. Bibliothekarische Aufzeichnungen ihrer Zivilisation sind zerstört.«

»Natürlich«, sagte Hans trocken.

Jennifer sagte: »Sie sind zerfallen. Sie haben es verloren und sich selbst getötet. Oder beschlossen zu sterben.«

Martin erinnerte sich an die mumifizierten Körper, die Letzten der Besatzung, und sah sie daliegen, wie sie das Ende erwarteten.

»Bei Gott, das wird uns nicht passieren«, sagte Hans.

Die Mutter fragte: »Wird diese Information allen Mitgliedern der Crew zugänglich gemacht werden?«

Hans schien durch diese Frage überrascht zu sein. Er grübelte einen Moment, kniff ein Auge zu, sah Martin an, als ob er ihm für eine unqualifizierte Kränkung einen Verweis erteilen wollte, und sagte dann: »Nun ja.

Offen für jedermann. Warum nicht? Eine Warnung für uns alle.«

Harpal sagte: »Es wird unser Albatros sein. Ich weiß nicht, was die anderen denken werden …«

»Es ist ein verdammt schlimmes Zeichen vom Himmel«, sagte Hans. »Rosa wird einen Ball veranstalten.«

Die Wilde Nacht wurde nicht, wie der Name nahelegte, eine hemmungslose Orgie. Langeweile mit Vergnügen hatte sich eingenistet. Die Veranstaltung galt zugleich als eine Begrüßungfeier für die drei Reisenden und eine Gelegenheit für die Crew, Dampf abzulassen, nachdem sie die Nachricht von dem toten Schiff verdaut hatte. Um wieder zur Autorität zurückzukehren – gegenüber allen Müttern und indirekt auch Hans, mit seiner Planung und Billigung.

Seit dem Scharmützel genoß die Besatzung in der Cafeteria das erste Dinner, das nach etwas schmeckte.

Martin hatte sich nicht an der Planung der Wilden Nacht beteiligt und war daher ebenso überrascht wie jeder andere über die Zurechtweisung, die Hans widerfuhr. Rex Live Oak hatte sein Haar nach der Art von Hans geschnitten und lieferte einen Sketch mit drei Wendys über die sexuellen Eskapaden von Hans. Die Witze waren ausführlich und nicht sehr lustig, ernteten aber Zurufe und Gegacker seitens der Crew. Hans lächelte grimmig und warf in gespieltem Ärger den Kopf zurück.

Martin hatte vor dem dritten Sketch gehen wollen, erkannte aber deutlich, daß man das nicht schätzen würde. Gruppenaktion war die Losung des Abends, Kooperation und Koordination. Gemeinsam Lachen, gemeinsam Ulken und gemeinsam Aufstehen im Parterre. Die ganze Atmosphäre vertiefte nur Martins Trübsal. Auf der Erde hatte er nie erlebt, daß eine gesellschaftliche Veranstaltung mißtönend wurde. Aber so müßte das wohl gewesen sein. Gezwungene Heiterkeit. Beleidigungen und Kränkungen, die als Humor gelten sollten, Bitterkeit und Traurigkeit als Kameraderie verkleidet. Hans präsidierte über dem allen mit sturem Gleichmut. Er saß getrennt von den anderen an einem Tisch.

Das Unerwartete kam natürlich von Rosa Sequoia. Sie war in den Monaten, da Martin, Giacomo und Hakim fort gewesen waren, ruhig gewesen. Sie hatte ihre Zeit abgewartet, wie Hans sagte. Als jetzt die Darsteller des Sketsches eine Pause machten, stieg sie auf den Tisch in der Mitte und fing an zu sprechen.

Die Veranstalter der Show konnten sich nicht einmischen, ohne die zerbrechliche und falsche Stimmung gründlich zu zerstören. Sie hatten etwas angefangen, und Rosa nutzte das zu ihrem Vorteil.

Sie sagte: »Ihr kennt mich. Ich bin die Verrückte. Ich sehe Dinge und erzähle Geschichten. Ihr findet *Hans* drollig und haltet euch auch dafür. Was ist mit mir?«

Keiner sprach ein Wort. Unbehagliches Scharren.

»Was ist mit *uns?*« Rosas loses Gewand verbarg nicht, daß ihr Körper muskulös geworden war, daß sie, weder mager noch anmutig, in den letzten vier Monaten viel stärker geworden war und viel selbstsicherer.

Ihr Gesicht strahlte reine Freude aus, weil sie vor ihnen stand. Von allen Leuten in der Crew konnte jetzt nur Rosa ein echt freundliches Lächeln aufbringen.

»Wir sind Fleisch und Blut, erlauben aber, daß wir über Hunderte von Billionen Kilometern gezerrt werden, um mit Gespenstern zu kämpfen... um uns an Leuten zu rächen, die nicht hier sind. Das ist lustig.«

Die Miene von Hans wurde starr und bedrohlich. Den Kopf hatte er eingezogen, als ob er einen vorbeifliegenden Käfer mit den Zähnen schnappen wollte.

Aber in Rosas Ton lag etwas, das sie auf ihren Sitzen hielt. Sie wollte ihnen weder Torheit vorwerfen noch den Unglückspropheten herauskehren, der die Leiche eines Schiffs des Gesetzes als Beispiel benutzte, um sie zu läutern. Sie hatte etwas anderes im Sinn.

Sie fragte: »Wie viele von euch haben seltsame Träume gehabt?« Das traf ins Schwarze. Niemand antwortete oder hob die Hand; aber eine Versteifung der Körper und ein Abwenden der Augen zeigten, daß die meisten welche gehabt hatten. Martin sah seine Kameraden an, deren Haar sich im Nacken sträubte.

»Ihr habt von Leuten geträumt, die gestorben sind, nicht wahr?« fuhr Rosa fort und lächelte entwaffnend.

»Was ist mit dir?« kläffte Rex.

»O ja, ich habe geträumt – wenn man das Träumen nennen kann, die verrückten Dinge, die mir passieren. Mich hat es schwer erwischt. Ich rede nicht einfach mit toten Leuten. Ich spreche zu toten Ideen. Ich besuche Orte, an die niemand von uns gedacht hat, seit wir kleine Kinder waren. Aber das ist doch verrückt!«

»Rosa, setz dich hin!« sagte Hans.

Rosa reagierte nicht darauf, änderte ihr Lächeln nicht und kniff nicht die Augen zusammen. Sie beachtete ihn einfach nicht.

Jeanette sagte: »Ich habe von Leuten geträumt, die auf der Erde gestorben sind. Die erzählen mir von Dingen.«

»Was erzählen sie dir denn?« fragte Rosa. Ziel erfaßt, Publikum reagiert; mindestens einige erwärmen sich bei dieser Veränderung und begrüßen Erleichterung von der vorangegangenen grausamen Absurdität.

Kai Khosrau kam dazwischen, ehe Jeanette antworten konnte, und sagte: »Meine Eltern.«

»Was erzählen dir deine Eltern?«

»Meine Freundinnen, als ich ein kleines Mädchen war«, rief Kirsten Two Bites. »Sie müssen tot sein. Sie waren nicht auf der Arche.«

»Was sagen sie dir, Kirsten?«

»Mein Bruder auf der Arche«, sagte Patrick Angelfish.

»Was sagt er dir, Patrick?« Rosas Gesicht rötete sich vor Begeisterung.

Martin prickelte die Haut. *Theodore.*

»Sie alle sagen uns, daß wir in einem Irrgarten stecken und vergessen haben, worauf es ankommt«, antwortete Rosa triumphierend. »Wir befinden uns in einem Labyrinth der Qual und können keinen Ausweg finden. Wir wissen nicht, was wir tun oder warum wir überhaupt noch hier sind. Früher wußten wir das. Wer weiß, warum wir hier sind?«

»Wir alle wissen das«, sagte Hans. Er zwinkerte, schaute jedes Gesicht um sich herum an, verschmitzt und abschätzend. »Wir erledigen unseren Job. Wir haben schon mehr getan als alle anderen vor uns …«

Er brach ab, sah Martin an und zog eine Grimasse.

»Hier oben wissen wir Bescheid«, sagte Rosa und klopfte sich an den Kopf. Dann legte sie die Hand auf die Brust: »Hier wissen wir es nicht.«

»O Jesus!« stöhnte Hans. Niemand sprach ein Wort.

»Wir spielen und versuchen zu lachen. Wir lachen über Hans, aber er verdient unser Lachen nicht. Er ist der Boss. Seine Aufgabe ist hart. Wir sollten über uns selbst lachen. Über unsere Trübsal.«

Paola Birdsong rief: »Rosa, du bist krank. Einige von uns trauern immer noch. Wir wissen nicht, was wir denken sollen … Schluß jetzt mit diesem Unsinn!«

»Wir sind alle traurig«, erwiderte Rosa. »Unser ganzes Leben ist Trauer. Kummer und Rache. Haß und Tod. Keine Geburt, keine Erlösung. Wir sind wie hirnlose Messer und Kanonen, Bomben und Tauben in Raketen.«

»Sprich dich aus und verschwinde!« sagte Hans, der den Eindruck hatte, daß ihre gewaltsame Entfernung auf starke Mißbilligung stoßen würde.

»Zu mir spricht etwas anderes«, sagte Rosa, senkte das Kinn und hob die Schultern.

»Monster in den Korridoren?« rief Rex Live Oak.

»Laß sie reden!« verlangte Jeanette Snap Dragon ärgerlich.

Hans stand auf.

Rosa hob die Arme. »Die Dinge, gegen die wir kämpfen, hätten wir früher wohl Götter genannt. Damit hätten wir aber unrecht gehabt. Es sind keine Götter. Sie sind es nicht einmal annähernd. In der letzten Woche habe ich etwas gesehen, das mich beinahe lebendig verbrannt hat.«

»Der Gott unserer Mütter und Väter!« seufzte Jeanette.

Martin rutschte aus seinem Sitz und schickte sich an zu gehen. Er wollte nicht da bleiben und dies erleben.

»Nein!« schrie Rosa. »Es hat eine Stimme wie Glöckchen, wie Flöten, wie Vögel; aber es durchquert diese Spanne von Sternen wie ein Wal das Meer.«

Martin erstarrte mit hervorquellenden Augen. Ja. So riesig und dennoch rührend besorgt.

»Es berührt alles, und um es herum schwärmen Teile von ihm wie Bienen um eine Blüte. Es ...« Sie nickte in Selbstbestätigung und wischte sich die Augen.

»Schluß jetzt damit!« befahl Hans. »Genug!«

»Es liebt mich!« schrie Rosa mit ausgestreckten Händen und krallenden Fingern. »Es liebt mich, und *ich bin seiner Liebe nicht wert!«*

Einige Jungen gingen kopfschüttelnd und brummend hinaus. Die Frauen blieben alle da, obwohl Ariel aussah, als könnte sie Feuer speien. Ihr Körper bebte vor Zorn, aber sie sagte nichts.

»Es hat zu mir gesprochen. Seine Worte haben mir den Kopf zerrissen. Selbst wenn es sanft war, hat es mich überfordert.«

»Bitte für uns!« rief Kimberly Quartz. Andere kreischten: »Zurück zur Show! Hau ab!« Gequälte, blökende, wütende Stimmen.

»Dann hat es sich mir selbst gezeigt«, sagte Rosa in einem weithin hörbaren Flüstern.

»Wie sah es aus?« fragte Kirsten Two Bites.

»Es kam nicht als ein Schatten. Das war meine Erwartung, meine Krankheit. Ich wurde krank und verlangte zu sehen. Krank und verzweifelt und völlig verloren. Es kam zu mir, als ich am meisten bereit war, am schwächsten und am wenigsten ich selbst. Es war kein Schatten, keine Präsenz, sondern etwas Umfassendes. Es hüllte mich ein. Ich sah, daß es nicht bloß ein Wal unter den Sternen war. Es bedeckte alles Bekannte. Die Teile von ihm, die ich wie Bienen herumschwirren sah, waren größer als Galaxien und tanzten so langsam in endloser Nacht beim Versuch, wieder in das Zentrum zurückzukehren …«

»Sie können es nicht! Wir können es nicht!« sagte Kirsten Two Bites.

Hans stand auf, sah Martin an und machte ihm ein Zeichen zu folgen.

Martin folgte ihm aus dem Schulzimmer. Hans fragte kopfschüttelnd: »Was, zum Teufel, soll ich machen? Einige von ihnen stecken mit drin. Ich hätte das tote Schiff geheimhalten sollen.«

»Wie?« fragte Martin.

Hans schüttelte den Kopf. »Wenn ich jetzt jedem befehlen würde, hinauszugehen, was würde geschehen?«

»Es würde noch schlimmer werden«, erwiderte Martin. Er konnte noch das Kribbeln und die Gänsehaut fühlen. Er war verwirrt. Er fürchtete Rosa; aber ein Teil von ihm wollte hören, was sie zu sagen hatte. Er erkannte, daß ihre Botschaft vage war und daß sie ohne Zweifel verrückt war. Aber sie hatte eine Botschaft – und niemand sonst.

»Wenn wir nichts unternehmen, was wird uns dann geschehen?« fragte Hans. »Wir könnten wie diese armen Kerle enden und Jahrtausende lang dahintreiben!«

Martin senkte den Kopf. Er wollte nicht zugeben,

was eine so unbeholfene und unattraktive Person ihn hatte fühlen lassen: Die Tiefe ihrer Verlorenheit.

Hans starrte ihn an und zischte: »Du auch, he?«

»Nein«, sagte Martin und schüttelte den Kopf. »Wir sollten damit jetzt Schluß machen.«

»Nur du und ich?«

»Ich werde Ariel und die früheren Bosse holen. Du bleibst draußen. Wir werden uns hier treffen, wieder hineingehen und verkünden...«

»Training«, sagte Hans. »Wenn wir wieder auf irgendein Training zurückgreifen können...«

»Einverstanden«, sagte Martin. Ihm wollte nichts Besseres einfallen.

Rosa stieg vom Tisch und brach in den Armen von Jeanette Snap Dragon und Kirsten Two Bites zusammen.

Das Meeting brach auf mit zerstreutem harten und brüchigen Gelächter. Jeanette und Kirsten halfen Rosa aus der gegenüberliegenden Tür, entfernten sie aus der Menge. Martin unterdrückte einen Drang, ihnen zu folgen und holte statt dessen Cham, Harpal und Ariel zusammen, sagte ihnen, daß sie sich mit Hans treffen würden. Ariel war erstaunt und fragte:

»Warum wünscht Hans, mich zu sprechen?«

»Vielleicht weiß er das jetzt noch nicht«, erwiderte Martin. »Aber ich weiß es.«

»Wir befinden uns zwei Monate vor dem Rendezvous.« Hans verschränkte die Arme hinter dem Kopf und lehnte sich auf einem Sessel zurück, der aus dem Fußboden aufstieg. In seiner Unterkunft waren sechs Personen versammelt. Die früheren Bosse, auf Martins Drängen hin Ariel und Rex Live Oak, den Hans eingeladen hatte. »Wir verlieren unsere Schärfe. Martin sieht das, und ich bin sicher, auch ihr anderen alle. Das ist eine miserable Art zu kämpfen. Rosa ist gar nicht so sehr im Unrecht. Wir kämpfen gegen Gespenster, wir verlieren unsere Freunde und erreichen nichts, das wirklich im Grunde befriedigt. Nur ein weiterer Schritt in unserem Job. Und jetzt haben wir monatelang nichts zu tun.

Wir finden ein Schiff voller Leichen, und die Mütter zwingen uns, das aus der Nähe anzusehen und unsere Nasen in den Gestank des Versagens zu stecken. Inzwischen warten wir darauf, Fremde zu empfangen – neue Crewkameraden, die nicht einmal menschliche Wesen sind. Ist es da ein Wunder, daß wir auch anfangen, Rosa zuzuhören?«

Die sechs sagten nichts und warteten darauf, daß sie eine wichtige Bemerkung machen könnten. Hans kniff die Lippen zusammen und sagte: »Habe ich recht?«

»Jawohl«, sagte Rex.

Hans hob die Hand über den Kopf, spreizte die Finger und betrachtete sie.

Sehr melodramatisch, dachte Martin. *Kindisch.*

Die Stimmung von Hans war nicht zu erkennen. Niemand sonst wagte zu sprechen. Martin fühlte, daß in ihrem Boss eine furchtbare Entschlossenheit zum Ausdruck kam. Zäh, entschlossen und vielleicht ein wenig pervers und sogar rücksichtslos.

Hans sagte: »Die Mütter sagen, daß wir während einer oder vielleicht zweier Zehntagewochen keine Simulationen üben werden. Zum Teufel mit der Warterei! Wir vergessen Spiele und Gratisrunden. Ich will nicht, daß jemand herumschmust, bis dies Schiff voll vorbereitet ist. Ich wünsche einige echte Spannungen und Fälle von Ärger, nicht die falsche, elende Langeweile, in der wir jetzt stecken. Ich werde diese Crew anpeitschen durch Arbeit, wenn notwendig harte Arbeit. Martin, hast du eine Ahnung von den Müttern?«

Martin zeigte sich überrascht. »Verzeihung?«

»Irgendwelche weiteren Erkenntnisse, was sie vorhaben?«

Martin überlegte kurz, zuckte die Achseln und sagte schließlich: »Sie sind noch mit Reparaturen beschäftigt. Ich weiß nicht, was du …«

»Reparaturen zum Teufel! Sie haben uns ein Rennboot hergestellt, um das tote Schiff zu besuchen. Sie haben ein Viertel des Treibstoffs, den wir um Wormwood gesammelt haben, hergegeben – auf Kosten von wieviel Leben? Halten sie sonst noch etwas Wichtiges vor uns verborgen?«

»Ich glaube nicht«, sagte Martin. Ariel reagierte nicht. Sie wirkte wie erstarrt, lauschte und wartete ab.

»Wir trainieren uns selbst, ohne Simulationen. Wir drillen Disziplin und halten uns in Form. Wir kämpfen physisch gegeneinander. Ihr alle werdet Instrukteure des Drills sein. Martin, Rex und ich werden ein Schema für physische Ausdauer und Kampf ausarbeiten. Hand in Hand. Gewinner können sich amüsieren. Niemand sonst. Wir werden um Freiwillige für die Belohnungen bitten.«

Nur Rex erwiderte sein Lächeln. Der Rest war erstaunt, ausdruckslos und schwieg. Ariel schloß die Augen und schluckte.

Bisher hatten die Führungsinstinkte von Hans bis auf seinen Ausbruch nach dem Neutrinosturm immer scharf gewirkt. Aber jetzt reagierte Martin in seinem Innersten auf diese Ankündigung mit Entsetzen und Abscheu. Mannschaftskameraden in läppischen Spielen und physischen Übungen im Wettstreit um die Gunst einiger weniger – er fand dafür keine anderen Worte – Prostituierter, Huren einzusetzen, schien das Allerletzte zu sein.

Aber niemand machte Einwände, nicht Martin und nicht einmal Ariel. Das entsetzte Martin mehr als alles andere.

Hans sagte: »Dann laßt uns die Spiele beginnen!«

Martin trat Jimmy Satsuma entgegen. Sie verbeugten sich voreinander, gingen langsam im Kreis herum und packten sich.

Im Schulzimmer begegneten sich fünfzehn weitere gegnerische Paare, schlichen umeinander und gingen in Clinch. Der Raum füllte sich mit Grunzen und Scharren, Keuchen, wenn Körper auf den elastischen Boden prallten, und Klatschen von Fleisch auf Fleisch. Wendys rangen mit Wendys und Verlorene Jungen gegeneinander.

Die Familiengruppen, die bereits durch die Todesfälle reduziert und geschwächt waren, wurden noch schwächer, als Katzen gegeneinander antraten, Bäume und Orte miteinander ragen und Fische und Blumen gegen Fische und Blumen kämpften.

Das Schiff fand eine neue soziale Ordnung. Sieger tauchten auf. Martin wurde Sechster der besten fünfzehn Verlorenen Jungen.

Hans griff die besten fünfzehn als Lehrer heraus, und die nächste Runde begann mit zusätzlichen Wettbewerben: Laufen, Varianten von amerikanischem und europäischem Fußball und Handball.

Es war für Martin eine gewisse Genugtuung zu sehen, daß die meisten Gewinner die Belohnungen von Hans verschmähten und mit müden, verlegenen Blicken die Kampfstätten verließen. Rex Live Oak lehnte nicht ab und nahm Donna Emerald Sea in sein Quartier mit.

Erschöpft, mit einigen Beulen bedeckt und wund verbrachte Martin eine halbe Stunde in seiner Unterkunft, ehe er vor dem Schlaf die Bibliotheken der *Dämmerungsgleiter* durchforschte. Die Bibliotheken waren in den letzten paar Tagen wieder geöffnet worden. Es gab Lücken, aber keine sehr großen. Ungefähr neunzig Prozent der Bestände waren gerettet oder aus beschädigten Gebieten rekonstruiert worden. In die Bibliotheken waren auch die Reste des Tiefzeitgedächtnisses des Schiffswracks integriert worden.

Nach Wiederherstellung der Bibliotheken merkte Martin, daß etwas von dem Druck, sich nach innen zu wenden, wich. Er konnte sich wieder nach draußen wagen durch das Informationsuniversum des Schiffs.

Die Wettkämpfe waren nicht annähernd so entzweiend, wie Martin gefürchtet hatte. Es gab Unfälle und Rückzieher. Rosa Sequoia und ein paar ihrer Gefolgsleute nahmen nicht an den Wettkämpfen teil, und Hans drängte sie auch nicht dazu. Manche weigerten sich nach ein paar Versuchen, und Hans machte sie nicht lächerlich.

Es vergingen Tage.

Niemand sprach viel von dem bevorstehenden Rendezvous. Das wäre so, als lüde man Fremde in eine Familie ein, die ohnehin genug Schwierigkeiten hatte. Dieser Gedanke erschreckte Martin; doch er stellte befriedigt fest, daß er sich zumindest jetzt echt behaglich fühlen konnte, daß die Reise und die Exzesse von Hans ihn aus der Trübsal herausgerissen hatten, die seit der Fahrt zu dem toten Schiff wiedergekehrt war. Alle Trübsal war so weit behoben, daß er andere Emotionen haben konnte als nur zu bequeme Verzweiflung.

Vielleicht hatte Hans wieder recht gehabt.

Vierundsechzig Leute der Crew hörten sich Rosas Geschichten an. Hans war nicht da. Ariel und Martin waren auf seine Bitte hin anwesend.

Ariel hatte den Versuch von Hans und Martin, sie mit Autorität auszustatten, mit überraschender Haltung akzeptiert. Martin dachte an zwei Erklärungen für ihre Willfährigkeit: Die Nähe zum Zentrum der Dinge gab ihr Zugang zu entscheidender Information, und Ariel war nicht dumm. Und sie wollte Martin näher sein.

Ariel saß neben Martin in der Cafeteria. Martin war sich ziemlich sicher, daß sie sich auf ihre besondere Art ihm angenähert hatte seit dem Scharmützel.

Er hatte seit Paola Birdsong zölibatär gelebt. Die Lockung des Fleisches war nichts im Vergleich zu den anderen Konflikten, die er zu lösen hatte.

Die Crew kam in die Cafeteria einzeln und zu dritt. Nur wenige kamen paarweise. Die dyadische Struktur war bei den Übungen und Belohnungen von Hans zerbrochen worden. Diejenigen, welche im Scharmützel Partner verloren hatten, hatten noch keine neuen gefunden; und nur eine oder zwei neue Dyaden waren erkennbar.

Rosa begann ihre Sitzung mit einer Parabel.

»Einmal vor langer Zeit, als die Erde noch jung war, trafen drei Kinder im Wald auf einen kranken Wolf. Das erste Kind war ein Mädchen. Sie hieß Penelope und war jünger und süßer als die anderen. Sie lispelte. Das zweite war Kim, ihr Bruder, der nicht wußte, wohin er im Leben gehen sollte, und sich immer um Kämpfen und Siegen kümmerte. Das dritte war Jakob, ein Vetter, der älteste, der vor seinem Schatten Angst hatte.

Sie gingen um den Wolf herum, und Penelope sah, daß die Pfote des Wolfs in einem auf dem Boden befestigten stählernen Schlageisen steckte. ›Bitte, befreie mich!‹ sagte er.

Kim sagte: ›Warte eine Minute! Wie, wenn uns der Fallensteller sieht? Wir werden in Schwierigkeiten geraten.‹

Der Wolf erwiderte: ›Der kommt nur einmal in der Woche.‹

›Wenn du das weißt, dann mußt du auch wissen, wo er die Fallen aufstellt. Wieso bist du in eine Falle geraten, wenn du wußtest, wo sie waren?‹ fragte Kim.

Der Wolf sagte: ›Du bist ein sehr kluger Junge. Darum will ich dir etwas erzählen. Etwas sehr Wichtiges. Aber erst mußt du mich befreien.‹

›Bist du ein Zauberwolf?‹ fragte Penelope. Sie hatte von solchen Dingen gehört.

›Ja, ich bin ein Zauberer, der so tut, als wäre er ein Wolf. Ich kann meine Gestalt beliebig wechseln, sofern ich nicht durch Eisen gefangen bin – und das hier ist Eisen.‹

›Ich denke, wir sollten ihn befreien‹, sagte Jakob. ›Ich mag es nicht, wenn Lebewesen gequält werden.‹

›Warte!‹ sagte Kim. ›Vielleicht ist dies der Wolf, der unsere Schafe getötet hat. Vielleicht erweist uns der Trapper einen Gefallen.‹

Der Wolf sagte: ›Das war der Puma, nicht ich. Habt ihr kein Vertrauen?‹

›Ich traue niemandem und kümmere mich um nichts, weil ich einmal verwundet worden bin, als ich vertraut habe‹, sagte Kim.

›Ich vertraue dir‹, sagte Penelope.

Jakob sagte: ›Ich weiß nicht, ob man ihm vertrauen darf oder nicht, aber er leidet Schmerzen.‹

›Was wirst du uns geben, wenn wir dich befreien?‹ fragte Kim.

Der Wolf antwortete: ›Ich kann keinen Wunsch gewähren, solange ich in Eisen gefangen bin.‹

Kim sagte: ›Also kannst du nicht beweisen, daß du ein Zauberer bist. Ich sage, wir lassen ihn hier für den Trapper.‹

Aber Penelope griff nach unten, um so oder so die Falle zu entfernen. Kim sah es und versuchte sie aufzuhalten; aber Jakob kämpfte mit ihm, und sie öffnete die Falle, und der Wolf kroch ins Freie, lag mit heraushängender Zunge im Gras und sagte: ›Ich bin sehr krank. Ich werde gleich sterben, weil ich so lange in der Falle gesteckt habe. Aber ich will in euren Träumen zu euch kommen und einem jeden das geben, was er mir gegeben hat.‹

Und der Wolf starb. Penelope trauerte und begrub ihn im Walde, wo der Trapper ihn nicht finden konnte. Kim ging davon, ärgerlich über Jakob. Und Jakob war traurig, weil sie den Wolf nicht gerettet hatten und er dabei Kims Freundschaft verloren hatte.

In dieser Nacht kam der Wolf zu Penelope in ihren Träumen. Er war aber ein hagerer alter Mann in einem Pelz aus Wolfsfell, mit scharfen grauen Augen und weisem Lächeln. Der alte Mann sagte: ›Dir gebe ich langes Leben und Kinder; und in deinem Alter, wenn deine Zeit zum Sterben kommt, wirst du zufrieden sein mit den Männern, die du geliebt hast, den Kindern, die du geboren hast und dem Leben, das du gelebt hast … Das gebe ich dir.‹

Zu Jakob kam der Zauberer als Wolf und sagte: ›Du wirst ein langes Leben haben, und es wird reich und verwirrend sein, mit Trübsal und Freude so vermischt, daß du oft nicht dazwischen unterscheiden kannst. Das Leben wird dich zu einer weisen Seele machen, weil es hart sein wird; und wenn du stirbst, wirst du auf Gottes bevorzugter Seite sitzen, um in Angelegenheiten der Menschen Rat zu erteilen. All dies wirst du haben. Aber folgendes wirst du verlieren. Du wirst nie wissen, was Wahrheit ist und nie Sicherheit kennen. Alle Dinge werden zweideutig sein; denn das ist der Lauf der Weisheit.‹

Auch zu Kim kam der Wolf als Wolf und knurrte ihn in seinen Träumen an, bis die Träume finster wie Alpträume wurden. Und der Wolf sagte zu ihm: ›Dein ganzes Leben lang wird die Welt ihre Hand gegen dich erheben. Du wirst Ränke um Ränke ersinnen, aber keinen Vorteil erlangen und nichts aus deinen Fehlern lernen. Du wirst nicht bis in ein reifes hohes Alter leben, sondern jung sterben, bitter und enttäuscht, von niemandem geliebt. Das gebe ich dir.‹

›Und was gibst du dir selbst?‹ rief Kim in seinem Traum. ›Du hast so viel Macht und kannst so viel Leid bewirken?‹

›Für meine Torheit, in die Falle geraten zu sein, habe ich nichts als Vergessen. Denn um diese Macht zu gewinnen, habe ich vor langer Zeit meine Seele verkauft. Ich besitze jetzt nichts. Und wenn mein Geist aus deinem Traum entschwindet, werde ich weniger sein als das Echo des Windes.‹«

Rosa neigte den Kopf. Der Crew schien die Geschichte zu gefallen, aber sie applaudierte nicht. Die Leute standen auf, um zu gehen, und Jeanette Snap Dragon sagte mit theatralischer Stimme: »Rosa hat in der letzten Nacht wieder Besuch gehabt. Irgend etwas ist zu ihr gekommen.«

Die Leute blieben stehen, starrten Rosa an, die mit in die Ferne gerichteten Augen den Kopf gehoben hatte.

Rosa sagte: »Wir sprechen nicht darüber, aber wir denken jetzt viel an das tote Schiff. Wir fragen uns, warum sie alle gestorben sind, und es gibt keine Antworten. Ich spende heute abend keinen Trost. Unsere größte Heimsuchung kommt noch. Eine andere Art von Intelligenz wird sich mit uns verbünden. Wir werden von Unschuldigen besucht werden und sie Schmerz lehren.«

Schweigend, ohne Diskussion, verließ die Crew die Cafeteria.

Ariel folgte Martin zum Quartier von Hans. »Nun?« fragte Rex Live Oak und nickte ihnen zu, als sich die Tür öffnete.

»Sie war … harmlos«, sagte Martin.

»Was soll das heißen?« fragte Hans. »Nichts, was Rosa tut, kann jemals harmlos sein. Was meinst du?« Er sah Ariel an.

Ariel sagte: »Sie wird besser. Viel stärker. Jeanette und Kirsten sind mit ihr jetzt die ganze Zeit beisammen. Sie fragt nicht oft nach mir. Sie weiß, daß ich mit Martin und dir spreche. Sie sammelt Schüler. Ich denke, daß sie etwas aufbaut.«

Ariel lächelte Martin flüchtig zu, als ob sie um Billigung bäte, aber erkannte, daß er sie nicht erteilen würde.

»Stimmt das?« fragte Hans Martin.

»Was immer sie auch aufbauen mag«, entgegnete Martin, »sie ist noch nicht darin. Sie spinnt eine gute Geschichte, aber bislang ist das bloß Unterhaltung. Märchen.«

Hans überlegte kurz. »Sie wird nicht beim Geschichtenerzählen bleiben. Sie dürfte eine andere Offenbarung erhalten. Ich bin nicht sicher, ob wir ihr freie Hand lassen sollten. Wir sind immer noch hart an der Kante; und es wird keineswegs einfacher, wenn man Besucher hat.« Er grübelte, preßte die Handflächen zusammen und machte kleine schnalzende Geräusche. »Was Rosa braucht, ist ein guter Fick. Gibt es Freiwillige?«

Diese Grobheit stieß Martin ab, und Ariels Halsmuskeln spannten sich, aber sie antworteten nicht.

»Ich nicht«, sagte Rex Live Oak lässig.

»Genau, wie ich es mir gedacht habe. Ich werde die Glocke läuten und die Katze freilassen. Ein Teil der alten Bürde, nicht wahr?«

»Die Bibliotheken sind offen, das Essen wird besser, und die Mütter sagen uns, daß wir Fernsonden benutzen können, um unsere Basislinie zu vergrößern«, sagte Rex Live Oak und sah sich in der Cafeteria um. »Ich denke, wir sind bereit, unsere neuen Kameraden zu treffen. Irgendwelche Bemerkungen, ehe ich das Suchteam berichten lasse?«

Die Crew bewegte sich einige Sekunden lang unruhig, als ob sie dagegen wäre, eine Frage zu ermutigen. Dann hob Paola Birdsong die Hand.

Sie sagte: »Man erwartet, daß der Boss Bericht erstattet. Warum ist Hans nicht hier?«

»Hans ist jetzt mit Forschungsarbeit beschäftigt«, erwiderte Rex.

»Warum dann nicht Harpal?« fragte Erin Eire.

»Ich weiß nicht«, antwortete Rex frech. »Harpal?«

Harpal zuckte die Achseln. Er wollte sich nicht reizen lassen. »Der Rang hat seine Privilegien. Hans kann jeden herausgreifen, wenn er einen Sprecher haben will.«

Erin beharrte: »Wir brauchen keinen Sprecher. Wir wollen den Boss selbst.«

»Ich werde eure Fragen Hans direkt übermitteln«, erbot sich Rex.

Martin sah sich im Raum um. Ihm fielen zwei Abwesende auf: Hans natürlich und Rosa Sequoia.

»Meinst du, daß er Rosa ihre Medizin gibt?« flüsterte Ariel Martin ins Ohr. Der antwortete nicht. Wenn Hans mit Rosa beisammen war, mußte ihm klar sein, daß ihre gemeinsame Abwesenheit auffallen würde. Wenn Rosa in die ›Medizin‹ von Hans einwilligte, riskierte sie ihre ungewöhnliche Stellung; und vielleicht war das die Absicht von Hans.

Hakim räusperte sich und trat vor, als Rex den Weg großzügig mit einer weiten Armbewegung frei machte. Er sagte: »Wir sind mindestens eine halbe Billion Kilometer von dem anderen Schiff entfernt. In ein paar Tagen werden wir unsere Tarnung aufgeben. Die Mütter denken, es wäre sehr zweifelhaft, daß uns jemand da draußen entdecken könnte. Wir sollten imstande sein, ein paar Stunden vor dem Rendezvous eine Mofixverbindung herzustellen.«

»Suchen wir nach der Cornflower?« fragte Alexis Baikal.

Hakim bestätigte, daß das Leviathansystem untersucht würde.

»Gibt es etwas Neues?« fragte Bonita Imperial Valley.

»Es gibt zehn Planeten um Leviathan«, sagte Hakim. »Wir haben über sie wenig Details außer ihrer Masse und Größe. Fünf Gesteinswelten von weniger als zwölftausend Kilometern Durchmesser. Die Planeten sechs bis zehn sind Gasriesen. Sie strahlen wenig oder nichts in Radiofrequenzen aus. Auf die Vernichtung von Wormwood hat es keine Reaktion gegeben. Keine Panzerung, nichts. Das ist alles, was wir derzeit sagen können.«

Erin Eire fragte: »Gibt es andere Strukturen im Orbit?«

»Keine, die wir entdecken können.«

»Irgendeine Erklärung, weshalb sie sich verändert haben, seit das Todesschiff dort war?« fragte Rex.

Hakim schüttelte den Kopf. »Vielleicht hat es massive Ingenieurtätigkeit gegeben, wie früher um Wormwood. Das möchte ich vermuten. Zwei Planeten könnten für Rohmaterial zerbrochen worden sein.«

»Sind die Planeten bewohnt?« fragte Paola.

»Keine Anzeichen von Bewohntheit, aber das ist zu erwarten. Wir vermuten, daß sie es sind«, sagte Hakim mit abgewendetem Blick. »Vorerst gibt es wirklich nicht viel mehr zu sagen.«

»Okay«, sagte Rex und stand wieder mit verschränkten Armen da. »Bemerkungen? Etwas, das ich Hans übermitteln soll?«

Jack Sand sagte: »Wir haben die Ringkämpfe satt.«

»Ich werde es ihn wissen lassen«, erwiderte Rex mit breitem Lächeln.

Harpal kam eine Stunde nach der Versammlung in Martins Quartier. Ariel folgte ihm. Er sagte: »Ich werde als Christopher Robin zurücktreten«, und stapfte durch die Tür mit locker schlenkernden Armen und geballten Fäusten.

»Ich brauche wohl nicht zu fragen, warum«, sagte Martin. Ariel saß mit den Händen zwischen den Knien in Gedanken verloren da.

»Das hoffe ich«, sagte Harpal. »Du bist so schlau. Er sucht mich aus und bevorzugt dann Rex. Und Rex macht alles, was ich tun sollte; und ich tue nichts. Gibt das einen Sinn?«

»Er empfindet das so«, sagte Ariel. Harpal wandte sich ihr zu.

»Und wo stehst du, kritisches Fräulein?«

Ariel hob die Hände.

»Mein Gott, als Martin Boss war, warst du so voller Mist, daß wir in deinem Mund hätten Pilze ziehen können!« sagte Harpal.

»Harpal!« mahnte Martin.

»Das meine ich wirklich. Was ist mit der plötzlichen Stille?«

Ariel sagte: »Ich habe Martin vertraut. Er würde mir nichts verheimlichen. Nicht so weit, daß er mich verletzte. Ich bin kein Idiot.«

Dies stopfte Harpal den Mund. Er starrte sie bloß an, dann schaute er zu Martin und warf die Hände in die Luft. »Nichts davon ergibt Sinn.«

Martin machte Ariel ein Zeichen: *Komm her! Laß es raus!*

»Martin war ehrlich. Er hat nicht auf Wirkung spekuliert.«

»Vielen Dank!« sagte Martin mit etwas Schärfe.

»Das meine ich wirklich. Du hast nicht jedermann für seinen Sarg vermessen. Hans hat sich nicht geändert... Er ist nur in seine Aufgabe hineingewachsen. Alles wird nach politischem Vorteil abgewogen.«

»Selbst, als wir nach dem Neutrinosturm explodierten«, fragte Harpal.

»Das war echt«, räumte sie ein, »aber es hat den Leuten ihren Platz zugewiesen. Wir wollten, daß sie... vor etwas Angst haben sollten. Er ist groß. Er schlägt zu, wenn er wütend ist. Er ist unberechenbar. Darum sind die Leute mehr mißmutig und nehmen kein Blatt vor den Mund. Groß, schlau und bullig. Oder ist euch das entgangen?« Sie sah Harpal anklagend an.

»Ich verstehe nicht, warum er solche Ausbrüche planen sollte«, sagte Martin.

Sie entgegnete mit funkelnden Augen: »Du kannst

mir nicht sagen, daß dir seine Fähigkeiten entgangen wären.« Martin erkannte wieder die frühere Ariel und sah, daß sie ihren Ärger und Mißmut im Zaum hielt; und er fühlte ein neues Aufkommen von Besorgnis.

»Er ist ein besserer Boss, als ich gewesen bin.«

»Vielleicht besser im Manipulieren. Er weiß, was er will.«

»Er hat uns aus der Klemme geholfen«, sagte Martin und erkannte seine Rolle als Advocatus diaboli. Er wollte sehen, wie weit Ariels Ansichten mit den seinen zusammenfielen – alles unausgesprochen, sogar in seinem Kopf nicht bestätigt.

Sie konterte: »Er hat uns vor allem hierher gebracht.«

Harpal saß mit gekreuzten Beinen da. Martin und Ariel sahen ihn an und warteten auf eine Bemerkung. »Guter Boss, schlechter Boss«, sagte er leise.

»Die Crew setzt viel Vertrauen auf den Boss. Martin war gut – wenn auch ein wenig leichtgläubig –, weil jeder wußte, daß er mit ihnen reden konnte und er sie nicht verletzen würde. Er würde nicht einmal daran denken«, sagte Ariel. »Ich habe mich frei geäußert, weil ich dachte, ich könnte ihn dazu bringen, gewisse wichtige Dinge zu sehen ...«

»Du bist ziemlich forsch herangegangen«, sagte Martin.

»Ich habe nie behauptet, behutsam zu sein. Wann wirst du resignieren?«

Harpal kniff die Augen zu und sagte: »Wenn die Zeit reif ist. Kann jemand sagen, warum er Rosa den Hof macht?«

»Er tut mehr, als ihr bloß den Hof zu machen«, erwiderte Ariel. »Rosa ist noch in seinem Zimmer. Wißt ihr, daß sie seit Jahren keinen richtigen Freund gehabt hat?«

Martin nickte. »Er denkt, daß sie etwas im Schilde führt.«

»Was denn?« fragte Harpal.

»Etwas, das wir brauchen«, sagte Martin, und Ariel nickte.

»Was wäre das?« fragte Harpal noch einmal. Er war echt verwirrt.

»Glaube«, sagte Martin.

Harpal fuhr zurück, als ob man ihn gebissen hätte. »Du machst Witze.«

»Keineswegs«, entgegnete Martin. »Sie kommt der Grenze immer näher. Ich habe es selbst gefühlt.« Er klopfte sich an die Brust.

Harpal sagte: »Jetzt bin ich völlig durcheinander. Ich verdiene es nicht, an zweiter Stelle zu stehen. Ich habe keinen Kontakt mehr.«

»Die Dinge werden recht bald erheblich komplizierter werden«, sagte Martin. »Sehen wir zu, wie er mit der Situation zurechtkommt.«

Ariel überraschte ihn durch völlige Zustimmung. »Er hat Fehler gemacht... Aber er trägt noch die Verantwortung, und wir sind immer noch bereit, den Job zu tun.«

Harpal trat in die Tür und sagte: »Wenn er meinen Rücktritt annimmt, so freut mich das. Aber warum hat er Rex ausgewählt? Rex ist nicht die klügste Person auf dem Schiff. Er hat keine Ahnung von Führerschaft.«

Martin hielt die nächstliegende und finsterste Antwort zurück, die er sich ausdenken konnte: *Rex wird nicht nein sagen.*

Hans war hinten in der Cafeteria und lächelte huldvoll. Rosa stand an einem Tisch. Dreiundsechzig Mitglieder der Besatzung hörten aufmerksam zu.

Rosa sagte: »In zwei Tagen werden wir mit unseren neuen Kollegen zusammenkommen... Können wir sie aufnehmen? Mit ihnen zusammenarbeiten? Was sind *wir* für *sie?*«

Die Leute antworteten nicht. Martin saß ein paar

Meter von Hans entfernt neben Harpal und Ariel. Hans zwinkerte Martin zu.

Rosa sah strahlend aus. Die Schönheit heftiger Leidenschaft. Die unbeholfene Rosa war endlich dahingeschmolzen und hatte einer neuen Frau Platz gemacht. War in den Armen von Hans der entscheidende Moment gekommen? Hans ließ nichts erkennen.

Rosa predigte pathetisch: »Auf der Skala der Intelligenz sind wir die allerkleinsten, die schwächsten Leuchten. Aber wie das Plankton in den Meeren der Erde legen wir die Fundamente für alle die komplexe Gloriole über uns. Wir sind Speise, Eier und Saat aller Intelligenz, bis hinauf zu und einschließlich jenes strahlende Zentrum jenseits allen Verstehens. Eine Störung im Meer kleiner denkender Kreaturen kann die Säule geistiger Nahrung mit verheerenden Konsequenzen erschüttern, obwohl das ein ganzes Zeitalter erfordern mag. Und so betrachtet das Höchste das Niederste mit mehr als nur desinteressierter Liebe, denn wir sind letztlich *sie,* Teil ihres Fleisches, falls sie Fleisch haben, Teil ihrer Geschichtsabläufe und ihrer Zukünfte …

Die Kollegen, die zu uns stoßen, haben zweifellos gelitten wie wir. Sie haben ihre Heimatwelt verloren, sind jahrhundertelang in fremden Hülsen gewandert, haben gekämpft und geliebte Personen verloren – das alles, um das Gift zu besiegen und den Tod der Eroberer zu erreichen. Wir vereinigen uns jetzt mit ihnen, und die kleinen Intelligenzen verschmelzen … Und das wird von denen hoch über uns bemerkt, von jenen, die den Allerhöchsten dienen, den Galaxien strahlender Spiritualität, die um das unvorstellbar ferne Zentrum rotieren … Und wenn sie es so bemerken, ist das nicht bloß eine Art von Liebe, es *ist* Liebe, im Vergleich mit der die Liebe, die wir für die Teile unseres Körpers, für unser eigenes Fleisch empfinden, eine billige Imitation ist.

Unser Erfolg oder Versagen hat eine tiefere Bedeutung. Wenn wir sterben, sind wir nicht einfach verloren. Ich habe gefühlt, wie die Wiege der Allerhöchsten zu unseren Toten kommt, um ihre Erinnerungen und ihre Essenz aufzunehmen und zu dem Zentrum zu ziehen, wo es ewige Bewegung und ewige Ruhe gibt, Frieden und das Zentrum jeder Aktion.«

Ariel flüsterte Martin zu: »Sie hat ihren Thomas von Aquin nicht gelesen.«

Aber was Rosa sagte, klang für ihn gut. Martin hatte das Bedürfnis zu wissen, daß Theresa und William glücklich wären, daß sie Ruhe gefunden hätten, daß der zynische und messerscharfe Theodore und alle andern irgendwo geschätzt würden und daß sie vielleicht in einem Meer endloser Wechselwirkung schwimmen und ihre Qualitäten einem Etwas zeigen würden, das sie schließlich würdigen könnte ...

»Wenn unsere Schiffe zusammenkommen, werden wir auch die Absichten verbinden. All unsere Ziele müssen sich verflechten. Wir sind hier nicht, um die Mütter zu befriedigen, sondern um die Meere von einem Gift zu reinigen, das bis ins eigentliche Zentrum hineinreichen könnte. Nennt es das Böse, nennt es sinnlose Gier, nennt es schlechte Anpassung ... Es ist von dem Allerhöchsten getrennt, und dieses schätzt es nicht.

Die Mundschenke des planetaren Todes sind nicht unter den Lichtern, welche dem Allerhöchsten aufwarten. Sie sind in einem unheilvollen Kreis von Pein und Angst gefangen. Wir haben ihre Angst gespürt. Sie hat unseren Heimatplaneten getötet und unsere Freunde. Die Zeit ist gekommen, die Killer wieder dahin zurückzuschicken, wo sie wieder ein Teil der Säule werden können, um sich wieder dem Allerhöchsten zum Nutzen zu erheben.

Aber wir werden keine göttliche Hilfe erhalten. Obwohl es Dinge gibt, die Widersacher der höchsten Intelligenzen, der größten Geister, sind, geben sie uns nicht ihre Macht und Einsicht, wenn wir gegen die Widersacher kämpfen.

Das würde ein Wechselspiel zeitigen, das noch böser wäre als sinnloser Mord, eine Verwirrung der Maßstäbe, wobei das Allerhöchste das Potential des Niedrigen erstickt, wo alle Kreativität und alle Schöpfung beginnt. Wir sind auf uns selbst angewiesen, aber unser Kampf ist nicht sinnlos.«

»Wie denken die Mütter hierüber?« fragte Harpal Martin leise.

Martin schüttelte den Kopf. Rosa fuhr fort:

»Die Geschichte, die ich heute abend erzähle, handelt vom Krieg. Nichts Sanftes, nichts Beruhigendes. Es erinnert uns an das, mit dem wir noch konfrontiert sind und vielleicht noch viele Jahrhunderte lang konfrontiert sein werden, ehe wir unsere Waffen niederlegen und die Pflichten aufnehmen können, daß wir für uns selbst leben.«

»Warum kann ich nicht die Berührung empfinden und das sehen, was du gesehen hast?« fragte Nguyen Mountain Lily.

Rosa sah einen Moment verwirrt aus. Dann lächelte sie wieder und hob die Hände mit einer die ganze Runde umfassenden Geste. »Das Allerhöchste berührt uns nie. Aber es sagt uns, was zu tun ist, und spricht zu uns nicht in Worten. Seine Präsenz ist die Überzeugung, die wir alle empfinden, daß es einen liebenden Beobachter geben muß, dem wir sehr wichtig sind und der uns liebt.

Die Liebe, welche der Allerhöchste fühlt, ist nicht die Liebe der Sexualität und Fortpflanzung – es ist Liebe, die wir jeweils für unsere eigenen Körper empfinden, unsere Zellen, eine konstante Liebe aus Fürsorge und Ernährung. Aber wir kommen nicht in Konflikt mit unseren Zellen.«

Martin hätte in diese Ergüsse Löcher stoßen können

wie mit dem Finger durch vermoderten Stoff, aber das wollte er nicht. Er erklärte sich die Widersprüche und schlechten Metaphern als Schwächen in der Auffassung Rosas, nicht in ihrer Botschaft.

Thorkild Lax sagte: »Ich glaube nicht, daß irgendwer mich beobachtet oder sich um mich sorgt. Ich passe selbst auf, für mich und meine Kameraden.«

»Ich habe auch dieses Gefühl gehabt«, entgegnete Rosa. »Ich fühlte mich verloren. Ich dachte, daß sich niemand Sorgen macht – meine Kameraden bestimmt nicht. Ich war schlampig und ohne Kontakte. Ich gehörte nicht richtig dazu. Niemand war verlorener als ich. Aber in mir war diese finale Liebe, der Drang, es zu ergreifen.« Sie faltete die Hände vor sich und breitete sie dann aus und hob sie mit gespreizten Fingern hoch wie zwei Tauben, die sich trennen. Sie sagte: »Ich habe mitten in meine Qual hineingegriffen …«

»Genug von diesem Scheiß!« rief eine männliche Stimme. »Erzähl die Geschichte!«

Die Menge wandte sich um, und Martin sah George Dempsey, der durch das allgemeine Anstarren errötete. Er stand auf und schickte sich an zu gehen; aber Alexis Baikal griff zu, hielt ihn an der Hand fest, zog ihn sanft herunter, und er setzte sich wieder.

Martin empfand Wärme und dann ein Zittern des Unbehagens. Der Gruppengeist, das Sich-wieder-Verbinden – das Verlangen nach starken Antworten und übersinnlicher Liebe. *Die besondere Zeit.*

Er dachte an seine Eltern, an die Berührung, die sein Vater geben konnte, und die Wärme seiner Mutter, weit und allumfassend, die Art, wie sie Kleider trug, um ihre üppige Figur zu bedecken, die Süße ihres runden Gesichts, das von dunklem seidigen Haar gerahmt war, die komplexe und gebende Liebe beider. Und er dachte an diese reich ausgeprägte Liebe, an den Ursprung dieser Art von Liebe.

»Wie kann ich in die Höhe und Weite greifen?«

fragte Terry Loblolly. Ihre Stimme klang in der Cafeteria schwach.

Rosa sagte: »Wenn du mußt, dann wirst du es tun, wie eine hungrige Blume unter der Sonne erblüht. Wenn du es nicht dringend genug mußt, dann wirst du es nicht tun, weil deine Zeit noch nicht gekommen ist.«

»Wenn wir nicht lieben, wird uns dann der Allerhöchste tadeln? Haßt er uns?«

»Der Allerhöchste ist weder männlich noch weiblich. Er tadelt nicht und richtet nicht. Er liebt und er sammelt.« Sie bog die Arme, als ob sie unsichtbare Kinder an die Brust drücken und herzen wollte.

»Ich brauche diese Berührung dringend«, sagte Drusilla Norway. »Aber ich fühle sie nicht. Ist das mein Fehler?«

»Du hast keine Fehler außer in deinen eigenen Augen. Alle Fehler sind menschliches Urteil.«

Alexis Baikal fragte mit von Gram verzerrter Stimme: »Wer wird uns dann für unsere Sünden bestrafen?«

»Nur wir selbst. Strafe ist unsere Methode, uns für dieses Niveau des Lebens auszubilden. Der Allerhöchste erkennt keinen Gerichtshof und kein Strafgericht an. Wir erhalten Vergebung, ehe wir sterben, in jedem Moment eines jeden Tages, ob wir Vergebung suchen oder nicht.«

Martin dachte an Theresa, die am Ende dieses langen Weges wartete, um ihm diese Dinge zu erklären, als ein Teil der allumfassenden Wärme. Er legte Theresas Gesicht über das von Rosa und wünschte, in dem Trost dieses Gedankens zu schlafen in der Hoffnung, daß er nicht verschwinden würde.

Michael Vineyard fragte: »Ist Jesus Christus der Sohn des Allerhöchsten?«

»Ja«, sagte Rosa mit breiter werdendem Lächeln. »Wir alle sind seine Kinder. Christus muß diese Wärme wie ein Fusionsfeuer empfunden haben, noch stärker als ich. Sie leuchtet aus seinen Worten und Taten. Auch Buddha hat die Wärme gefühlt, wie auch Muhammad …«

Hakim schien es nicht zu gefallen, den Namen des Propheten in Rosas Munde zu hören.

»… Und die vielen Propheten und Weisen der Erde. Sie waren Spiegel der Sonne.«

»Sie alle?« beharrte Michael.

»Jeder kannte einen Teil der Wahrheit.«

Michael fragte: »Kennst du auch nur einen Teil?«

»Einen kleinen Teil. Den Rest müßt ihr mir erklären. Sagt mir, was ihr in euch selbst findet!«

Während der nächsten zwei Stunden sprach und bekannte sich die Crew mit Murmeln, Herausforderungen und Fragen zu Rosas Parabeln und Erklärungen in wechselseitigem Geben und Nehmen. Durch den Raum ging ein Strom wie etwas Greifbares, als ob sie ein Baum wäre und der Wind des Gefühl um und durch sie wehte. Wenn andere in der Menge weinten, fand Martin Tränen in seinen eigenen Augen. Wenn andere in freudiger Erregung lachten, lachte er auch.

Rosa sagte: »Ich bin kein Prophet. Ich bin nur eine Stimme, nicht besser als die euren.«

»Wie können wir unsere Feinde hassen, wenn sie genau so sind wie wir?« fragte jemand.

»Wir hassen sie nicht; aber sie sind nicht genau wie wir. Sie sind verzweifelt im *Unrecht*, und wir kämpfen gegen sie mit all unserer Kraft; denn das ist es, wie wir die Ungleichgewichte korrigieren. Wir dürfen nie grausam sein und nie hassen; denn das schadet uns. Wir dürfen nie unsere Pflichten vergessen.«

Martin fühlte, wie in seinen Gedanken der Job an seinen Platz rückte. An Tod und Vernichtung war nichts heilig, aber das war ein notwendiger Teil ihrer Existenz und ihrer Pflicht. Ein natürlicher Akt, Aktion auf Reaktion.

Nichts von dem, was sie taten, war gutzuheißen.

Nichts davon wurde beurteilt, außer von ihnen selbst und nach den Standards, die aus dem Licht des Allerhöchsten über sie fluteten. Die Leidenschaft der Rache hatte hier keinen Platz. Sie war ein Greuel. Wohl aber die Pflicht zur Korrektur des Gleichgewichts, das so existentiell wichtig war wie der Atem in seinen Lungen und das Blut in seinen Adern.

Gruppen, die sich an den Händen hielten, drängten sich dicht um Rosa. Sie sangen gemeinsam Hymnen, das wortlose Om, christliche Choräle, Balladen, alles, an was sie sich erinnerten, während andere in den Bibliotheken nach mehr Liedern suchten. Alle ihre Musikinstrumente waren in der Notlage dahingegangen, aber ihre Stimmen waren geblieben.

Das Singen währte eine Stunde. Manche hatten rauhe und müde Stimmen, und andere schliefen auf dem Fußboden ein; aber Rosa unterstützte sie noch. Jeanette Snap Dragon brachte ihr einen Sessel, und sie saß darin am oberen Ende des Tisches. Ihr rotes Kraushaar strahlte um ihren Kopf. Jeanette und andere standen zu ihren Füßen um sie herum. Jeanette legte den Kopf auf Rosas Knie und schien zu schlafen.

Andere kamen hinzu, bis fast die gesamte Crew die Cafeteria füllte. Manche sahen verwirrt aus. Sie fühlten den Strom, ließen ihn aber noch nicht durch sich hindurch gehen, hoffnungsvoll aber benommen, widerstehend aber verlangend.

Die besondere Zeit. Ariel kam dicht an Martin heran, und er drückte sie wie eine Schwester an sich. Sie schaute zu ihm auf, den Kopf an seine Schulter gelehnt; und er lächelte in Liebe zu allen seinen Gefährten.

Auf Rosas Bitte hin ebnete sich der Boden. Die Leute lagen zusammen um den Tisch herum da, als die anderen Tische und Sessel sich senkten und absorbiert wurden. Jeanettes Handy projizierte Licht hinter Rosa, und der Raum wurde dunkel.

»Schlaft!« sagte Rosa. Ihr Haar war ein undeutlicher Schatten in dem rosigen Schimmer. »Bald beginnen wir wieder mit unserem Dienst. Schlaft in Frieden, denn es gibt Arbeit zu tun. Schlaft und greift in eure Träume, um die Wahrheit zu finden. Wenn ihr schlaft, seid ihr für die Wünsche eurer Freunde am meisten offen und die Liebe des Allerhöchsten. Schlaft!«

Martin schloß die Augen.

Jemand tippte ihm auf die Schulter. Hans kniete neben ihm. Er schüttelte Martin und flüsterte ihm ins Ohr: »Laß das! Komm mit mir mit!«

Martin stand auf. Es durchfuhr ihn wie ein elektrischer Schlag. Er schien zwischen zwei Welten gefangen, Scham und Ekstase. Die grimmige Miene von Hans und angespannte Marschhaltung schienen ein Vorwurf zu sein. Ariel folgte, und es schien zuerst, als ob Hans sie wegschicken könnte. Aber er sagte: »Okay. Ihr beide.«

Rex Live Oak stand mit wölfischem Grinsen im Korridor.

»Phantastisch!« sagte Hans und schüttelte den Kopf. »Sie ist wirklich gut. Sie hat sie jetzt alle gewonnen.«

Martins Kopf wurde klar wie durch einen Guß kalten Wassers.

Hans sagte: »Sie brauchte nur etwas Hilfe und Zuspruch.« Rex kicherte. »Ich habe es beinahe selbst gefühlt. Ihr auch? Ich denke, daß wir diese Lage jetzt unter Kontrolle haben.«

Ariel berührte Martins Schulter; aber er schüttelte sie ab.

»Alles, was sie brauchte, war ein kleiner Grund zu leben, etwas genau für sie«, sagte Hans.

»Schmuse nicht zu viel mit ihr herum! Halte sie schlank und hungrig«, sagte Rex.

Hans schüttelte kleinlaut den Kopf. »Ich muß meine Segnungen rationieren. Es gibt so viele, zu denen ich nett sein muß.«

Rex und Hans gingen den Gang entlang. Ariel beobachtete Martin und sah den Ärger auf seinem Gesicht. Verwundert fragte sie: »Hast du das nicht gewußt? Martin, er hat ihr Anweisungen gegeben und seit Tagen ins Ohr geflüstert.«

Seine Augen füllten sich mit Tränen, und er wischte sie ab. Dann wandte er sich ab und bog in einen anderen Korridor ein.

Ariel kam hinterher und sagte: »Es tut mir leid. Ich dachte, du wüßtest es. Es war so offenkundig …«

»Was war offenkundig?« fragte Martin, immer noch auf der Flucht.

»Er hat Rosa gelenkt und dazu gebracht, den Job zu unterstützen. Sonst könnte sie uns auseinanderbringen. Er denkt …«

»Denkt was?« fragte Martin und blieb an der Verbindung zum Hals des Schiffs stehen. Es erschien ein Leiterfeld. Er packte es mit der Hand, um hinunterzusteigen.

Ariel holte ihn ein, immer noch erstaunt über seine Arglosigkeit. Sie senkte die Stimme und murmelte, als wäre sie in Verlegenheit: »Hans ist sehr schlau. Er sieht, daß diese Vision ihm helfen kann, die Crew zu kontrollieren. Das hat er uns gesagt. Erinnerst du dich?«

»Na und?« fragte Martin grob.

»Sie ist in seinen Armen warm und zutraulich. Er sagt etwas über unseren Auftrag und unsere Beziehung zu Gott – irgend so etwas. Sie ist glücklich und fühlt sich geschmeichelt. Sie ist nie aus freier Wahl eine Asketin gewesen. Sie lauscht und geht seinen Weg.« Ariel breitete mit schmalen Augen verwirrt die Arme aus. »So ist für ihn alles großartig.«

Martin ballte die Fäuste und hatte Lust, um sich zu schlagen. »Warum folgst du mir? Warum, zum Teufel, bleibst du mir nicht einfach fern?« rief er.

»Hans ist gefährlich«, sagte Ariel verschwörerisch.

»Er ist innen hohl, und je mehr er sich ins Zeug legt, desto hohler wird er. Er hält die Wendys für Vieh. Er hält uns *alle* für Vieh.«

»Unsinn!« erwiderte Martin.

Ariel bekam einen roten Kopf, und kniff wütend die Augen zusammen. Sie platzte heraus: »Was bist du denn? Ein *Zölibatär?* Willst du für den Rest der Reise allein bleiben? Ist es das, warum du mich haßt?«

Martin zog ein Gesicht und begab sich auf Leitern in den Hals. Ariel ließ er zurück.

»Gott möge dich verdammen!« schrie sie ihm nach.

Giacomo und Jennifer hingen neben der Sternsphäre im Schulraum. Das Schiff hatte zwölf Stunden zuvor die Beschleunigung eingestellt, und alle drifteten jetzt frei. Leiterfelder querten die Peripherie des Raums und schimmerten längs dessen, was zuvor Fußboden und Decke gewesen war.

Hakim, Li Mountain und Luis Estevez Saguaro trafen Vorkehrungen, um Echos von der Sphäre im Schulraum erscheinen zu lassen.

Martin kam herein, blickte auf die zentrale Sphäre und holte tief Luft.

Sie waren neun Milliarden Kilometer von ihren künftigen Kameraden entfernt, etwa drei Tage vor der Vereinigung. Die zwei Schiffe hatten ihre Kurse angeglichen und kamen einander langsam näher.

Harpal kam hinter Martin herein. »Warum so viele?« fragte er und wies mit dem Arm auf die fünf Sphären.

»Hans zielt auf den Effekt«, sagte Martin.

Hakim kletterte über ein Leiterfeld, hakte den Fuß ein und hing neben ihnen. »Sind die Rennen vorbei?« fragte er.

Hans vergewisserte sich, daß die Crew erschöpft war, ehe er sie in den Schulraum brachte.

»Beinahe«, sagte Martin. »Noch zehn, fünfzehn Minuten.«

»Mir kommt diese ganze Ubung verrückt vor«, murrte Hakim. »Wir sollten Wissenschaft treiben, anstatt wie Meerschweinchen im Käfig herumzurennen.«

»Hans hat seine Pläne«, sagte Harpal.

»Wer gewinnt?« rief Jennifer quer durch den Raum.

»Rex«, sagte Martin sorglos. Er kletterte näher an die Hauptsphäre heran. Das Bild des anderen Schiffs erschien deutlich, ungefähr zwei Handbreiten groß, wie drei Eier, die eine Schlange verschluckt hat. Er sagte: »Sie sehen nicht beschädigt aus.«

»Das Schiff ist kleiner, als die *Dämmerungsgleiter* früher war«, stellte Giacomo fest. »Etwa halb so groß. Es muß einige schwere Treffer erlitten haben. Ich frage mich, ob sie gekämpft haben. Was haben sie getan?«

»Ich sehe überhaupt keine Treibstoffzellen«, sagte Harpal.

Eine Mutter kam in den Schulraum. Sie hatten in den letzten Wochen so wenig von den Müttern gesehen, daß Martin überrascht war. Sie sagte zu Martin und Harpal ganz sachlich, ohne eine Kritik anzudeuten: »Hans hat keinen Zehntagebericht erstattet. Stimmt etwas nicht?«

Martin schluckte. Wenn Hans die Zehntage ignorierte, so war das… Was? Was erwarteten sie? Hans hatte die Gesellschaft der *Dämmerungsgleiter* verändert, gerade während das Schiff umgebaut wurde. Warum sollte etwas Martin überraschen?

Hakim sah Martin an. Kein Anzeichen von Erregung. Die Augen waren müde und verrieten nichts.

»Ich denke nicht«, sagte Martin. Er wollte nicht mehr den Fürsprecher für das Amt des Bosses spielen und Hans verteidigen, um die Lage im besten Lichte zu sehen. Er konnte nicht jedesmal den Knoten in seinem Magen ignorieren, wenn er die zuversichtliche Miene von Hans sah oder die berauschte Schönheit Rosas.

Die Mutter sagte: »Es gibt Information, die der Crew

mitgeteilt werden muß. Ich bin hier, um zu berichten. Ist eine Versammlung anberaumt?«

»Ja«, sagte Martin.

Harpal knurrte: »Hans sollte seine Meldungen machen.«

»Gibt es Probleme?« fragte die Mutter. Martins Unbehagen wurde plötzlich zu Wut. Er kreuzte die Arme und schüttelte den Kopf.

Er sagte: »Keine Probleme.« *Ich kann nichts in Worten fixieren. Hans tut nichts offenkundig. Das Schlimmste, was er tut, ist, daß er Veränderungen vornimmt, ohne sich mit uns zu beraten ... Und warum sollte er das auch? Die Crew folgt ihm blindlings. Er handelt nicht wie ein Tyrann. Er blickt nur finster, und das genügt.*

Wir sind jetzt wieder Kinder. Hans ist der Papa und Rosa die Mama. Wie wollen wir die Mütter jetzt nennen? Tantchen?

Wir sind eine große glückliche Familie.

»Wann wird die Crew zusammenkommen?« fragte die Mutter.

»In ein paar Minuten«, erwiderte Hakim.

»Ich werde warten.«

Eine halbe Stunde später kamen die Wendys und Verlorenen Jungen, schwitzend und mit geröteten Gesichtern. Hans hatte darauf bestanden, unter Schwerelosigkeit neue Sportarten auszuprobieren. Drei oder vier Personen hatten die Arme in behelfsmäßigen Schlingen. Sie sammelten sich in losen Gruppen, nicht mehr nach Familien oder Namensvettern. Hans hatte solche Verbindungen aufgelöst.

Hans und Rex traten als letzte ein.

Aller Augen richteten sich auf die Sphären, müde, interessiert, aber ohne Reaktionen erkennen zu lassen.

Hakim begann seine Beschreibung. Länge, Masse und geschätzte Treibstoffmenge, die darin war. Er schaute nervös auf die Mutter und überlegte, ob sie nur das wiederholen würde, was er sagte. Er fürchtete anscheinend weitschweifig zu werden. Hans hatte sich nur selten mit dem Suchteam beraten.

»Ich denke, die Mutter hat uns etwas zu sagen«, erklärte Hans, als Hakim verstummte. Der nickte und zog sich zurück.

Die Mutter sagte: »Wir wollen euch jetzt auf die Begegnung mit euren neuen Partnern vorbereiten. Mofixverbindungen sind mit diesem Schiff des Gesetzes eingerichtet, welches von seiner Besatzung *Journey House* genannt wird. Wir haben noch viele Details mehr. Darf ich mich der Displays bedienen?«

»Natürlich«, sagte Hans.

Das erste Bild in den Sphären verwunderte die Crew. Ein langes schwarzes Kabel. Martin mußte sich konzentrieren, um das zu verstehen, was er sah. Die erste Vermutung wäre ein Tentakel gewesen oder vielleicht eine Schlange. Aber näheres Hinsehen zeigte, daß es mehr als ein individuelles Wesen war. Das Bild bewegte sich, und die Crew reagierte erschrocken.

Das Kabel teilte sich in einen wimmelnden Haufen von Schlangen auf und fügte sich dann rasch wieder zusammen. Martin fragte sich, ob dies eine Simulation war oder das Bild einer realen Kreatur.

Die Mutter sagte: »Dies sind koloniale Intelligenzen. Eine solche Konfiguration ist nicht ungewöhnlich. Auf vielen Welten gibt es Bionten, die sich zu größeren Bionten verbinden, selbst in fortgeschritteneren Phasen der Entwicklung. Eure neuen Partner sind von diesem Typ. Zwischen zehn und zwanzig Komponenten kommen zusammen, um ein intelligentes Individuum zu bilden. Die Komponenten …« – eine einzelne Röhre mit stumpfen Enden und Greifhaken an der einen und tausendfüßlerartigen Beinchen an der anderen Seite – »sind siebzig bis achtzig Zentimeter lang und an sich nicht intelligent, obwohl sie viele soziale und praktische Rollen spielen. Sie sind verantwortlich für das Sammeln von Nahrung, wenn auch nicht für Ackerbau oder Zubereitung von Speisen. Sie sind ferner verantwortlich für Fortpflanzung und Ernährung ihrer Nachkommen. Wenn diese reif werden, führt man sie in die Grundlagen der Bildung von Kombinationen ein; und diese Kombinationen werden dann von voll gereiften Aggregaten erzogen.«

Weitere Bilder: Aggregate, deren Größe (nach einer menschlichen Silhouette zum Vergleich) von zwei Metern Länge, zehn verbundene Komponenten umfassend, bis zu fünf Metern betrug, bei einer Dicke von fünfzig Zentimetern bis zu einem Meter.

»Es sind Sauerstoffatmer. Eine Atmosphäre, die beiden Species, Menschen und Aggregaten, bekömmlich ist, wird in allen allgemeinen Räumen des Schiffs aufrecht erhalten, obwohl auch getrennte Quartiere zur Verfügung stehen werden.«

Martin schaute Hans an. Keine Andeutung einer ausgefallenen Spekulation und keine Spur von irgend etwas außer Schock. Die Fremdartigkeit überforderte Hans' Erwartungen.

»Ihre Nahrungsmittel sind für Menschen nicht eßbar, noch genügen eure Speisen ihren Bedürfnissen. Kontakt ist nicht gefährlich, sofern gewisse Regeln befolgt werden. Sie können sozial nicht reagieren jenseits einer beschränkten …«

»Wie mein Dackel«, krächzte Rex Live Oak. Einige lachten nervös.

»Ein begrenzter Bereich von Wechselwirkungen mit ihrer eigenen Art, hauptsächlich durch Instinkt geleitet. Komponenten können gefährlich sein, wenn man sie belästigt. Sie können einen schmerzhaften Biß zufügen. Wir wissen noch nicht, wie Toxine dieser Species Menschen schaden können …«

»Mein Gott, sind sie auch noch giftig?« fragte Rex entsetzt.

»Das ist möglich. Aber sie werden nicht angreifen, wenn man sie nicht ernsthaft belästigt. Aggregate sind hoch intelligent und komplexer sozialer Wechselwirkungen fähig. Wir sind zuversichtlich, daß sie die menschliche Sprache besser nachahmen können, als Menschen ihre Kommunikationsweisen zu lernen vermögen, die chemisch und akustisch sind. Für eure Sinne sollte ihre Vielfalt von Gerüchen angenehm sein.«

Das Versprechen angenehmen Geruchs brach nicht viel Eis. Die Crew betrachtete die Bilder mit vor Erstaunen aufgerissenem und kaum verhohlenem Widerwillen.

»Wie nennen wir sie?« fragte Ariel.

»Eine gute Frage«, kommentierte Erin Eire. »Ich glaube nicht, daß es eine gute Idee wäre, sie als Schlangen zu bezeichnen.«

»Oder Würmer«, ergänzte Jeanette Snap Dragon.

»Was, zum Teufel, sind sie eigentlich?« fragte jemand.

Die Mutter sagte, ohne das Geheimnis irgendwie zu lüften: »Es sind Aggregat-Intelligenzen.«

»Was, zum Teufel, ist das?« fragte Rex. »Wie denken sie? Wie kämpfen sie?«

Hans sagte: »Die richtige Frage lautet, wie – und ob – wir mit ihnen kooperieren werden.«

Martin trat vor. Er sagte, als ob er Hans direkt herausforderte: »Natürlich werden wir kooperieren.« Hans nahm die Herausforderung an, ohne zu zögern.

»Martin hat recht. Wir werden zurechtkommen, wie immer man sie nennt. Das bringt uns wieder zu einer früheren Frage. Wie nennen wir sie?«

Erin Eire unter brach: »Wie werden sie *uns* nennen?«

Hans ignorierte sie. »Vorschläge? Die Mütter scheinen das uns zu überlassen. Ich nehme an, sie nennen uns keinen Namen, den wir *riechen*, geschweige denn aussprechen könnten ...«

Rosa fragte mit einer klar das Gemurmel übertönenden Stimme: »Haben sie Geschlechter?«

»Die Komponenten können männlich, weiblich oder beides sein, je nach den Umweltbedingungen. Sie setzen alle zwei Jahre zwischen einem und vier Jungen in die Welt. Aggregate betätigen sich nicht sexuell. Sex gibt es nur unter getrennten Komponenten.«

Die Crew verarbeitete das schweigend. Es wurde immer seltsamer, vielleicht immer alarmierender.

Paola schlug vor: »Wir könnten die Komponenten Saiten nennen. Die Aggregate wären dann ›Flechten‹.«

»Gut«, sagte Hans. »Andere Vorschläge?«

»Wir werden sie Brüder nennen«, sagte Rosa, als ob das endgültig wäre. Ein neuer Teil unserer Familie.«

Hans zog eine Augenbraue hoch und sagte: »Klingt gut.«

Die Namen blieben hängen: Saiten, Flechten, Brüder. Ein neuer Zuwachs zu der Familie von Wendys, Verlorenen Jungen und Müttern.

Die *Dämmerungsgleiter* und die *Journal House* würden sich zu einem einzigen Vehikel vereinigen, fast so groß, wie die *Dämmerungsgleiter* ursprünglich gewesen war.

Die Kommunikation zwischen den beiden Schiffen lief mit hoher Geschwindigkeit über Mofix. Stunde um Stunde vergrößerten sich die Bibliotheken.

Martin durchstöberte kurz vor dem Schlafengehen die neuen Ergänzungen der Bibliotheken und fand sich in Gefilden, die es vorher nicht gegeben hatte, voller flatternder Bänder mit projizierten Farben, bei denen Rot und Grün bevorzugt waren; Tönen wie gehauchte Musik – bezaubernd, süß und verwirrend zugleich; bewegte Bilder von enormer Komplexität, die schwammen und strömten, als ob sie auf dichten Nebel projiziert würden. Manche Bilder waren ausgeprägt in gedrehten und verschobenen Vielfachen, als ob sie von vielen Augen betrachtet würden, wobei jedes eine etwas andere Funktion hatte.

Martin sah nach, wie viele der Crew wohl diese frischen Territorien erkunden würden. Das Handy meldete fünfzehn Personen, die damit beschäftigt waren, einschließlich ihm selbst. Der Rest, so schien es, wartete wohl darauf, daß man ihn anstieß.

Die Größe der Bibliotheken hatte sich in einem Tag verdreifacht. Falls die Bibliotheken während des Neutrinosturms um ein Zehntel reduziert worden waren, dann hatten die Bibliotheken der Brüder gerade etwas mehr als doppelt so viel Information enthalten wie die ihrigen. Martin war sehr daran interessiert, daß sie, so weit das möglich war, übersetzt würden. Vielleicht würden sie lernen müssen, unterschiedlich zu sehen und zu verstehen.

Ehe er das Handy ausschaltete, verlangte er von den Bibliotheken eine gewisse Beurteilung, wie die Brüder im Vergleich mit anderen Wesen wären, die die Wohltäter nannten.

Die Bibliotheksstimme antwortete: »In einem Spielraum der Abweichung von eurer Norm liegen die Brüder vielleicht auf halber Strecke auf einer grob festgesetzten Skala biologischer Unterschiede.«

Martin spürte in dieser Antwort etwas Neues, das frisch und vielleicht nützlich war. Sie könnten mit den verschmolzenen Intelligenzen beider Schiffe operieren; und er hielt es für durchaus möglich, daß die neue Kombination aus irgend einem Grund besser informiert sein könnte und eher gewillt, die Crew zu informieren.

Ehe er in verschwommene Träume sank, erkannte Martin, was das bedeuten könnte, falls es stimmte.

Sie sind vertrauensvoller. Wir kommen heran. Es sind nicht mehr viele Überraschungen übrig.

Eine andere Stimme – es hätte die Theodores sein können – schien ironisch zu lachen. *Wie falsch möchtest du sein? Arbeite weiter daran … Du könntest einen Rekord brechen …*

Hans versammelte die restlichen Exbosse – und Rex Live Oak. Sie trafen sich im Bug, während das Suchteam abwesend war, und blickten zur *Journey House.*

Hans sagte: »Die Schiffe kommen morgen um fünfzehn Uhr zusammen. Wir werden alle in der Cafeteria warten.« Sein Gesicht sah angespannt und älter aus. Er hatte Ringe um die Augen. »Aber wir werden erst einige der Brüder treffen. Sie kommen in zwei Stunden in einem ihrer Vehikel herüber. Drei von ihnen, drei von uns. Die Mütter sagen, sie können nicht voraussagen, wie wir aufeinander wirken werden. Ich denke zunächst, daß sie mit uns absolut offen sein werden. Ich möchte, daß Martin und Cham bei mir sind. Wir werden ihnen zusammen begegnen. Zuvor werden uns die Mütter Hintergrundinformation über die Personen geben.« Er sah mit einer erhobenen Augenbraue die Gruppe an, als ob er eine Äußerung erwartete, und fragte ruhig: »Irgendwelche Vorschläge?«

»Als Zweiter des Bosses möchte ich gehen«, sagte Harpal.

Hans erklärte: »Cham ist besser geeignet, mit lebenden Seilen umzugehen.« Es war den anderen nicht klar, ob er einen Witz machte oder nicht.

»Dann möchte ich als Christopher Robin zurücktreten«, sagte Harpal.

»Gut.«

Harpal wartete, daß jemand Einspruch erheben und zu seiner Verteidigung auftreten würde. Das geschah nicht. Er nickte, biß die Zähne zusammen und zog sich zurück.

Hans sagte: »Es ist nicht so, daß du keine gute Arbeit geleistet hättest. Ich ernenne niemanden an deiner Stelle. Sollte ich unsere neuen Freunde etwas fragen, das du wissen möchtest?«

Harpal sagte: »Frage sie, was sie für eine tödliche Beleidigung halten! Ich möchte nicht auf der falschen Seite stehen, wenn sie giftig sind.«

»Harpal kann warten – vorerst. Ich möchte gern sehen, wieviel Persönlichkeit die Flechten wirklich haben. Was für Burschen sie sind.«

»Ich meine, eine Frau sollte dabei sein«, sagte Martin. »Ein anderer Gesichtspunkt.«

Hans dachte kurz nach und antwortete: »Keine schlechte Idee. Ich habe die Wendys genau beobachtet und denke, daß sie länger brauchen, sich anzupassen, als die Verlorenen Jungen. Vielleicht weil sie so etwas wie Schlange oder etwas Phallisches sind. Sieh nur ihre Gesichter an, wenn die Brüder sich bewegen.«

»Mir gehen sie auch auf die Nerven«, gestand Rex.

»Folgendes sollten wir meines Erachtens nach tun«, sagte Hans und sagte es ihnen.

Martin, Hans und Cham warteten im Waffenlager. Die Luft in der Hemisphäre war bis kurz über den Gefrierpunkt abgekühlt worden und roch leicht nach Metallen und Salz. Hans zog seine Overalls glatt und räusperte sich. Er sagte: »Wir werden ihnen sachlich begegnen. Kein Hinhalten der Hände, nichts. Mögen sie die erste Geste machen!«

Cham fragte: »Was ist, wenn wir hier bloß dastünden?«

»Ich habe Geduld«, sagte Hans.

Eine Mutter kam ins Lager und schwebte zu Hans. »Das Vehikel nähert sich jetzt«, verkündete sie.

»Mein Gott, bin ich nervös!« sagte Hans.

Ein Feld erglühte um den Pylon, der durch eine Dunkelheit im Schott stieß. Schwaches Klappern und Summen ertönte durch die Kammer. Der Pylon kam zurück und trug an seiner Spitze wie eine Fliege auf der Zunge eines Frosches ein rundes Vehikel von ungefähr drei Metern Durchmesser mit einem kegligen Vorsprung. Es erinnerte an eine flache Birne. Der Pylon setzte das Vehikel sanft in ein Feld. Dies hüllte es in Purpur und senkte es auf den Boden der Kammer.

Die Mutter sagte: »Unsere Schwere wird für sie etwas stark sein. Aber sie sind sehr anpassungsfähig.«

»Gut«, sagte Hans. Sein Kehlkopf hüpfte.

Das birnenförmige Vehikel öffnete eine Luke. Darin waren, wie Taue in einem Schiffsverschlag, drei der Brüder zusammengerollt: rot und schwarz, Saiten wie schönes Leder schimmernd. Erst bewegten sie sich nicht. Dann entrollte sich mit unheimlicher Grazie eine Flechte aus der Masse und glitt auf den Boden. Das vordere Ende erhob sich und machte ein schwaches zirpendes Geräusch wie eine Grille.

Die zweite und dritte Flechte folgten und richteten sich in nur wenigen Metern Entfernung vor ihnen auf. Martin roch fruchtige Süße, wie schweres Parfum. Er fühlte keinen Widerwillen oder gar Furcht, nur kindliche Faszination, als ob dies schöne neue Rätselspiele wären. *Ich mag sie.*

Die zentrale Flechte rollte ihr hinteres Stück zusammen und hob ihr vorderes Ende zwei Meter über den Boden. Dann sagte sie in einem vogelähnlichen zwitschernden Englisch: »Wir sind sehr erfreut, bei euch zu sein.«

Hans schluckte und sagte: »Willkommen auf der *Dämmerungsgleiter!* Auf unserem Schiff.«

Die zentrale Flechte sagte: »Ja. Wir sind darauf gespannt, etwas zu lernen. Ich sehe keinerlei Weibchen. Es muß wirklich sehr merkwürdig sein, zwei Geschlechter zu haben, wenn ihr zusammen denkt.«

Cham grinste. Hans schluckte wieder und sagte: »Nicht gar so merkwürdig.«

Der Bruder fuhr fort: »Laßt uns näher zusammenrücken und einander berühren! Das ist vielleicht das Beste, um zu erfahren, was wir sind.«

Cham und Martin traten vor, als die zentrale Flechte sich neigte und die anderen zwei sich neigten, bis sie in voller Länge auf dem Boden lagen.

Der Bruder sagte: »Ihr könnt jeden von uns berühren. Ich spreche für uns, weil dieses Individuum derzeit in eurer Sprache am geschicktesten ist. Ich werde dies anderen Individuen weitergeben, indem ich lehre und Teile von mir selbst gebe.«

Martin beugte sich zu der Flechte ganz links hinab und streckte die Hand aus. Die Saiten schimmerten, ihre glatten Häute waren fein gerunzelt. Hans stand hinter Martin, ohne sich zu bücken.

Cham berührte die Flechte ganz rechts und streichelte sie mit der Handfläche. Er sagte: »Die Haut ist warm. Fast heiß.«

Martin konnte die Hitze spüren, noch ehe der Kontakt hergestellt war. Wie einen schwachen Ofen.

Die Flechte verschob sich unter seiner Berührung, und eine Saite entfaltete langsam vier Beine, die Martins Hand berührte – und kratzte. Die Berührung war wie von spitzen Fingernägeln. Er erschauerte.

Der Geruch wurde erst scharf und dann süß wie von Traubenmost.

Der zentrale Bruder sagte zu Hans: »Du berührst nicht. Tu es!«

Hans schloß die Augen und nahm seinen Mut zusammen. Er langte hin, legte in einer Bewegung, die Martin völlig überraschte, seine Arme um den Bruder und drückte sanft. Der Bruder schlängelte sich unter dem Druck.

Die Luft roch wie frisches Erdreich.

»Wie sehen wir für euch aus?« fragte Hans und schaute zum Vorderende auf. Die Saiten bildeten dort eine Art Knoten. Kleine schwarze Augen, vier je Saite, erhoben sich, als sich der Knoten löste und die Saiten sich hinzogen, um das Gesicht von Hans zu inspizieren.

Der Bruder sagte: »In eurem sichtbaren Licht seid ihr ganz uninteressant. Wie nichts, das uns vertraut ist.«

»Wir haben Kreaturen, die Schlangen oder Würmer genannt werden«, sagte Hans heiser. Auf Wangen und

Stirn hatte er Schweißperlen. »Ihr erinnert uns an sie…«

»Ihr mögt Schlangen oder Würmer nicht? Sie bedeuten für euch etwas Negatives oder Unheil?«

»Ich werde darüber hinwegkommen«, sagte Hans und sah auf Martin hinunter. »Nicht allzu schlimm, he?«

»Du machst dich gut«, versicherte Martin.

»Danke!« erwiderte Hans und trat zurück. »Ihr Burschen wäret in einer kalten Nacht großartig.«

Cham sagte: »Er meint, daß ihr uns recht warm und angenehm vorkommt.«

»Ihr seid angenehm kühl«, sagte der Bruder. »Jetzt werden Gefährten sprechen. Verzeihung Sprache. Fehlen Zungen, wir machen Töne mit Luft ausgestoßen zwischen Teilen von Komponenten und mit der Reibung von Beinen in unserem Vorderteil.«

»Wie Hörner und Violinen«, sagte Martin.

»Ich will verdammt sein!« meinte Hans.

»Ist es wahr, daß ihr immer seid?« sagte die Flechte ganz rechts mit scharfem, kratzendem Ton, die Vokale nur Auslassungen zwischen Lauten.

Martin, Cham und Hans sahen einander verwirrt an. »Ich denke, daß wir immer dieselbe Person sind«, erwiderte Cham. »Laufen eure Arme und Beine weg, wenn wir nicht hinsehen?«

Hans machte eine Grimasse und sagte: »Wir sind immer dieselben.« Die zentrale Flechte zirpte wie eine Grille, und die Luft roch nach etwas Kräftigem, das vielleicht nicht ganz frisch war. »Unsere Körper bleiben beisammen.«

Das mittlere Aggregat sagte: »Unser Führer sagt uns das. Es ist für uns schwer, sich so etwas vorzustellen.«

»Ich verstehe«, sagte Hans. »Euer Lebensstil… euer Leben ist auch für uns schwer vorstellbar.«

»Aber wir sind freundlich«, zirpte und sang das Aggregat ganz rechts.

»Freundlich sind wir auch«, sagte Hans und lächelte übermütig Martin und Cham zu.

Das ganz rechts fragte: »Ihr habt nichts wie wir?«

»Nichts wie wir«, erläuterte das Mittlere.

Martin fing an: »Woher wir ... kommen, gekommen sind, koloniale Aggregatkreaturen – Wesen ...« Er hielt inne und holte tief Luft. Auch die drei Aggregate ließen ein Atemgeräusch hören. »Kreaturen, die aus Teilen bestehen, existierten nur in Form einfacher Pflanzen und Tiere.«

»Insekten«, sagte Cham.

»Was?« fragte Martin.

»Schluß damit!« sagte Hans leise.

Das Mittlere fragte: »Können wir eine Aufzeichnungen dieser Kolonialwesen sehen?«

»Gewiß«, sagte Hans.

Das Mittlere fragte: »Betrachtet ihr sie mit Mißfallen?«

»Ich habe tatsächlich noch keines davon getroffen«, sagte Hans. Martin bewunderte die Sorglosigkeit dieser Antwort und hoffe, daß sie ihren neuen Partnern nicht entginge oder von ihnen mißverstanden werden würde.

»Haltet ihr euch in Wirklichkeit für kolonial, wobei nur ein Individuum eine große soziale Gemeinschaft bildet?« fragte das Wesen rechts.

Cham sagte: »Ich denke, er meint, daß wir Teile einer sozialen Gruppe sind, welche das wirkliche Individuum bildet. Eine interessante Idee. Vielleicht können wir sie erörtern, wenn wir einander besser kennen.«

»Kämpft ihr untereinander?« fragte das Mittlere.

Lange Sekunden antwortete keines der menschlichen Wesen. Dann sagte Martin: »Gewöhnlich nicht. Und ihr?«

Das mittlere Aggregat sagte: »Konstituierende Teile können außer unserer Kontrolle kämpfen. Mischt euch nicht ein! Das ist normal.«

Hans überwand ein Schaudern. »Wir machen Spiele und Wettkämpfe, um uns in Form zu halten«, erklärte Martin. »Das ist eine Art von Kämpfen, aber im allgemeinen wird niemand verletzt.«

Das Mittlere sagte: »Komponenten können gewalttätig sein. Keine Einmischung. Das ist normal. Sie haben allein keinen Verstand.«

Hans sagte zu Martin im Spaß: »Mach eine Notiz: Nicht auf sie treten!«

Das Mittlere sagte: »Es interessiert uns, wie unsere Komponenten auf euch reagieren.«

»Uns auch«, erwiderte Hans.

Die Flechte ganz rechts berührte ›Köpfe‹ mit der mittleren Flechte und löste sich sanft auf. Die Luft roch nach Essig und Obst. Die Komponenten, vierzehn an der Zahl, lagen in einem verflochtenen Haufen wie Tausendfüßler oder Schlangen, die Makramee gelernt haben. Langsam krochen die Teile auseinander und breiteten sich auf dem Boden aus, bis sie zu den Menschen kamen.

Hans troff das Gesicht, und er roch ranzig. Martin fühlte sich nicht besser.

Cham sagte: »Mist, Mist, Mist!« Aber er blieb stehen.

Die Saiten stupsten leicht an ihre Füße und Knöchel. Einige Saiten nutzten die Gelegenheit, um sich in der Länge zusammenzuschließen und rückwärts und vorwärts zu rollen.

»Paarung?« fragte Hans.

Die mittlere Flechte antwortete: »Es geht um die Dominanz auf ihrem Niveau. Es ist kein Kampf bis auf den Tod. Ihr könnt es ein rohes Spiel nennen.«

»Dein Englisch ist prima«, versicherte Martin, bemüht, seine Furcht zu verbergen.

»Ich habe gute Komponenten und bin mit innerer Harmonie gesegnet«, antwortete die Mittlere.

»Gratuliere!« sagte Hans.

Die zwei Aggregate zirpten und pfiffen untereinander. Die Luft roch nach Brotbacken und Schwefel.

Eine Komponente rückte mit breit gespreizten Fühlern auf Chams Hosenbein vor. Martin hatte bemerkt, daß die Fühler in hintere Scheidenöffnungen paßten, wenn sich die Saiten verbanden.

Cham konnte kaum sein Zittern unterdrücken

Martin sagte: »Unser Kamerad fühlt sich schlecht.«

»Mir geht es gut«, widersprach Cham.

Die mittlere Flechte sagte: »Wir empfinden Elend. Müßt euch gewöhnen.«

»Wir müssen«, sagte Hans – mehr zu Cham denn als Antwort.

»Richtig«, sagte Cham. Die Saite kroch an seinem Bein seitlich hoch.

Die mittlere Flechte versicherte: »Es benimmt sich nicht gewaltsam.«

»Übrigens«, sagte Cham mit hoher und zittriger Stimme, »wir benutzen Namen, um uns anzureden.« Die Saite kroch um seine Brust herum, rutschte und hielt sich am Stoff des Overalls fest.

»Du kannst sie berühren«, sagte die Mittlere. »Wenn jeder von uns Sprache erlernt, werden wir Namen aussuchen. Ihr könnt mich Stonemaker nennen. Zerlegte Flechte, wenn wieder beisammen, könnte Shipmaker sein. Andere vielleicht Eye on Sky.«

Martin sagte: »Unsere Namen sind Klänge, manchmal ohne Bedeutung. Ich bin Martin, dies ist Hans, und dies ist Cham.«

»Brot und Jam Nahrung«, sagte die Linke.

»Cham, nicht Jam«, berichtigte Cham.

»Martin Tier«, bemerkte Stonemaker. »Nach Wortlisten.«

»Hände, um etwas aufzuheben«, sagte Eye on Sky.

Hans lächelte steif.

Die mittlere Flechte fragte Cham: »Gefällt dir Komponente?«

»Sie tut weh, wenn sie zupackt. Kannst du zu ihnen sprechen?« Die Fühler der Saite erkundeten sein Gesicht. Cham bog den Hals so weit zurück, wie er konnte.

»Nein«, sagte Stonemaker. »Aber wir machen, daß sie sich verbinden. Scheint Menschen zu mögen.«

»Wundervoll«, sagte Cham.

»Kein Beißen«, bemerkte Stonemaker.

»Doch, uns macht das einige Sorge … deswegen«, sagte Hans. »Können sie uns verletzen?«

»Das wäre betrüblich«, erwiderte Stonemaker.

»Ende von Aggregat, dessen Teil Unrecht tat«, fügte Eye on Sky hinzu.

Cham sagte: »Würden wir nicht wollen, nicht wahr?« Er hob die Hände, um die Saite zu streicheln, die weiter nach unten gekrochen war. Sie hatte sich um seine Brust geringelt, den Schwanz unter seinem rechten Arm, Kopf und Fühler unter dem linken, und hörte auf, sich zu bewegen.

»Ihr gefällt es, wie du riechst«, sagte Martin, um seinen Kameraden zu beruhigen.

»Sehr richtig«, sagte Stonemaker. »Für mich riechst du freundlich.«

Sie kennen uns nicht. Wir stinken vor Angst, dachte Martin.

»Gut«, sagte Hans. »Wenn Stonemaker zustimmt, werden wir als nächstes eine größere Gruppe probieren. Zwanzig aus unserer Crew und zwanzig von seinen Individuen. Dann werden wir *Dämmerungsgleiter* und *Journey House* kombinieren und mit unserem Auftrag weitermachen.«

Stonemaker zirpte, und der Raum roch nach Tee und Flieder. Die Saite ließ sich abrupt von Chams Brust herunterfallen und landete mit einem hohlen Schmatzen auf dem Boden. Dann richtete sie sich mit den anderen Saiten neben Stonemaker aus und fügte sich wieder zusammen. Die Flechte bäumte sich auf und streckte sich, bis sie die Basis des Pylons berührte, zwölf Fuß über ihren Köpfen.

Stonemaker sagte: »Meine Komponenten haben sich vermehrt und Shipmaker gemacht. Er ist entweder Bruder oder Sohn, mit dem wir manchmal reden.«

Zwanzig der menschlichen Crew und zwanzig Brüder versammelten sich im Schulraum. Martin konnte die Brüder noch nicht auseinanderhalten. Klicken und Zirpen und Töne gestrichener Violine als Sprache. Rosa Sequoia näherte sich und umarmte einen Bruder. Paola Birdsong sang einem anderen etwas vor. Bei dieser Zusammenkunft herrschte eine Karnevalatmosphäre, die Martin beruhigte. Wie fremdartig die Brüder auch scheinen mochten, es gab genügend gemeinsamen Boden und gefällige Züge für beide Seiten, um eine schnelle und fast leichte Freundschaft zu demonstrieren.

Ariel blieb nach den ersten zehn Minuten bei Martin stehen und sagte: »Es geht gut.«

»Scheint so.«

»Ich dachte, es würde eine Weile dauern.«

»Ich auch. Sie haben sich noch nicht in Saiten aufgeteilt. Saiten sind nicht ganz so persönlich.«

»Das hat mir Cham gesagt. Der Unterschied zwischen Tieren und Menschen. Wird das Probleme bringen?«

Martin schob die Lippen vor, runzelte die Stirn und sagte: »Wahrscheinlich. Ich denke, wir können uns anpassen.«

Jennifer sagte: »Wir sind schon so lange beisammen gewesen. Es ist nett, jemanden Neuen zu haben, mit dem man reden kann.« Sie ging an Martin und Ariel vorbei. Ein Bruder folgte ihr dicht nach und plapperte in gebrochenem Englisch über Zahlen. Martin roch gekochten Kohl und rümpfte die Nase.

Giacomo machte mit einer anderen Flechte ein Fingerspiel. Er hob die geschlossene Hand, schüttelte sie zweimal und öffnete zwei Finger. Das Aggregat wich zurück, schüttelte sich mit einem Geräusch wie von Maishülsen, schwenkte den Kopf in einer Achterfigur und sagte: »Ich bin falsch, falsch.«

Rex Live Oak trat an Martin heran. »Hans wünscht, daß die früheren Bosse in ein paar Minuten in seinem Quartier zusammenkommen.«

Cham und Joe Flatworm begleiteten Martin durch die Verbindungsgänge. Joe war überschwenglich. »Mein Gott, es sind Schlangen, aber sie sind wirklich zauberhaft.«

»Schlangen, die uns bezaubern, ist das so?« fragte Cham.

»Viel leichter, als ich dachte«, sagte Joe. »Wir können mit ihnen arbeiten.«

Hans wirkte düster, als sie in seine Unterkunft kamen. Sie setzten sich in einem offenen Kreis hin, und Hans schloß die Lücke. Rex Live Oak stand mit gefalteten Armen außerhalb des Kreises.

Hans sagte: »Stonemaker und ich haben uns etwas unterhalten. Sein Englisch ist immer noch am besten. Ich habe nach ihrer Komandostruktur gefragt. Hier ist das, was ich bisher erfahren habe: Alle paar Tage – unsere Tage, nicht ihre – schaffen sie einen Kommandorat, indem sich Saiten zusammentun, wobei jede Flechte zwei beisteuert. Die verbundenen Saiten bilden eine große glänzende Flechte, die ›Meister der Übereinkunft‹ oder so ähnlich genannt wird. Die benutzt Erinnerungen von allen Flechten und trifft Entscheidungen. Die Saiten übermitteln diese Entscheidungen zurück an ihre Flechten. So etwas wie Erteilen von Befehlen gibt es nicht. Das beunruhigt mich.«

»Weshalb?« fragte Joe.

»Weil darin keine Flexibilität steckt. Wie wäre es, wenn wir mitten in einer Krise wären und mit ihnen rasch kommunizieren müßten? Ich denke, sie werden sich an das halten, was ihr Meister der Vereinbarung ihnen gesagt hat, ganz gleich, wie sich die Dinge verändert haben … Solange sie nicht wieder den ganzen Prozeß ablaufen lassen und wir mit dem Meister der Vereinbarung direkt sprechen können, könnte ich keine klare Antwort bekommen.«

»Denkst du, daß sie das in der Schlacht tun?«

Hans zuckte die Achseln. »Es ist noch zu früh, das zu sagen; aber es ist nicht zu früh, sich Sorgen zu machen. Das ist alles, was ich zu sagen habe.«

Cham blickte auf seine übergeschlagenen Beine hinunter und sagte: »Wir sollten herausbekommen, wie ihre Katastrophe gewesen ist. Wo sie versagt haben.«

»Ich arbeite daran«, sagte Hans. »Martin, du scheinst dich mit keinem von ihnen angefreundet zu haben … Paola und ein paar andere haben schnell Freundschaften geschlossen.«

»Ich habe auch keine Freundschaften geschlossen«, sagte Joe.

»Je mehr wir zusammenhalten, desto schneller können wir lernen. Wie in der Ehe«, sagte Hans.

Joe sagte: »Und wir sollten ihnen helfen, ihnen unsere Sprache besser beizubringen.«

»Sie sind flink, daran besteht kein Zweifel«, sagte Hans. »Sie könnten erheblich schneller sein als wir. Aber es gibt noch höllisch viel zu lernen, ehe wir uns mit ihnen im Kampf verbinden können. Habe ich recht?«

»Absolut«, warf Rex ein.

»Ich möchte herausfinden, wie der Verstand unseres Schiffs und die Mütter sich mit dem Verstand der *Journey House* verbinden werden, ob es noch Mütter geben wird oder eine für beide Gruppen akzeptable Form.«

»Die Bibliotheken sind riesig groß geworden«, sagte Martin.

»Etwas, das wir brauchen können?« fragte Hans.

»Vorerst ist es nur eine große Lightshow«, erwiderte Martin. »Ich hoffe, daß man sie wird übersetzen können.«

Hans nickte. »Ich bin mit unserem Fortschritt bis jetzt zufrieden. Aber die Crew sollte sich nicht in eine Begeisterung über unsere neuen Freunde hineinsteigern, daß wir die Probleme aus den Augen verlieren.«

Cham und Joe nickten. Martin fummelte am Aufschlag der Hose seines Overalls herum.

»Noch etwas hinzuzufügen?« fragte Hans, der dies beobachtete.

»Du betreust jetzt Rosa«, sagte Martin.

Hans zögerte und nickte dann mit bitterer Miene. »Das tu ich. Es ist nicht leicht, das kannst du mir glauben.«

Rex knurrte. Hans sah ihn mit scharfer Mißbilligung an; und Rex errötete und wich zurück.

Martin fragte: »Wie wird Rosa die Brüder in ihrem Weltbild … ihrer Religion integrieren?«

»Sie wird einen Weg finden. Bei so etwas ist sie gut.«

»Ich weiß«, sagte Martin. »Aber was du tust, ist gefährlich. Es ist ein Spiel, das jeden Tag fehlschlagen kann.«

»Besser, als ihr die Zügel schießen zu lassen, wenn ich recht verstehe?« fragte Hans.

Keiner der Exbosse antwortete.

»Oder sich ihrer zu entledigen«, sagte Hans. »Natürlich, es wäre mir zuwider, das zu tun. Wenn aber schlimme Dinge sich häufen, besteht immer diese Möglichkeit.«

Martin erblaßte. Lange Zeit sagte niemand etwas.

»Nicht sehr geschickt«, sagte Joe endlich, »einen Märtyrer zu schaffen.«

»Nun gut, zum Teufel, es wird etwas geschehen«, sagte Hans. »Wir sind mit vielen Problemen konfrontiert, die viel schlimmer sind als Rosa.«

Hans lud Stonemaker ein, mit der Crew der *Dämmerungsgleiter* in voller Besetzung zusammenzukommen, um sie mit einem Bruder vertraut zu machen und persönlich die Geschichte der Brüder zu schildern, insbesondere ihre Erfahrungen mit den Killern.

Hans führte Stonemaker in den Schulraum und durch Leiterfelder zur zentralen Sternsphäre. Die Crew wartete in höflichem strengen Schweigen, als der Bruder sich durch sein eigenes Leiterfeld in ihre Mitte schlängelte.

Martin hatte gelernt, Stonemaker zu identifizieren durch die Farbmuster zweier Komponenten in seinem ›Kopf‹ – hellgelbe und schwarze Streifen auf der Vorderseite.

»Stonemaker ist ein Freund«, sagte Hans, den Arm um den Hals der Flechte geschlungen. Es roch nach angebranntem Kohl – ein Zeichen von Zuneigung, wie Martin wußte, und er hoffte, es im Lauf der Zeit angenehmer zu empfinden.

Diejenigen der menschlichen Crew, die noch keinem Bruder begegnet waren, rümpften ängstlich die Nase.

Martin nickte.

»Ich werde euch etwas von unserem Leben mitteilen«, fuhr Stonemaker fort. »Wenn wir zusammenarbeiten, um jene zu töten, die unsere Vergangenheit getötet haben« – Geruch von etwas wie Terpentin –, »werden wir gemeinsames Denken und Stärke finden. Wir glauben, daß unsere Welten eurer Erde und Mars sehr ähnlich waren.«

Im Innern der Sternsphäre erschienen die Bilder von zwei Planeten. Der erste in üppigem und fast gleichmäßigem Grün, der zweite halb so groß und gelbocker und braun gefärbt. »Unsere Art wuchs jung zuerst auf der grünen Welt auf, die Leafmaker genannt wird. Unsere Vergangenheit war lang, hunderttausendemal Jahr.« Geruch von warmem Staub in der Sonne. »Eure Zeit Vergangenheit kürzer als unsere. Aber wir waren imstande, oft zwischen Welten zu reisen, wie ihr nicht tatet. Wir waren jung auf anderem Planeten, der Drysand heißt. Zehntausendmal Jahr wir lebten dort. Machten keine Waffen. Hatten keine Feinde.

Killer kamen zu uns als Freunde, rochen unsere harmlose Strahlung. Killer kamen als lange Freunde gemacht aus verbundenen Teilen.«

Stonemaker projizierte das Bild einer Sammlung leuchtender Sphären, die wie Perlen verbunden eine gigantische Raupe aus Chrom bildeten. Martin fühlte sich sofort an die australischen Roboter erinnert, die sie Shmoos genannt hatten. Sie mochten Variationen der gleichen Form gewesen sein.

»Lange Freunde wie Maschinen für euch, aber lebendig, innen lebend. Sie erzählen von Orten jenseits, voller Interesse, mit denen uns zu verbinden wir eingeladen werden, um zu lernen. Und dann riechen wir, unsere Welt ist krank mit Waffen, sie liegt im Sterben. Wir machen mächtige Schiffe, verlassen unsere Art zum Sterben. Wir können nicht zwischen Sonnen reisen, verlassen aber trotzdem und beobachten, wie unsere Welten gefressen, zu Millionen von Killermaschinen gemacht werden. Dann kommen die, welche ihr Wohltäter nennt, und es ist Krieg. Unsere Welten sind dahin, nur einige wenige leben; aber wir werden von Wohltätern aufgenommen und aus dem Krieg entfernt, um Killer zu suchen.

Unsere Schwäche kommt, wenn wir finden Sonnen und Welten heimgesucht von Killern, zu spät zum Retten. Hunderte Male von Jahren vergangen. Wir werden in dieser Flut gefangen, *Journey House* und viele sterben. *Journey House* wird beschädigt. Hunderte Male von Jahren vergangen. Wir fliehen.« Geruch nach Terpentin.

Martin sah Tränen in den Augen der Anwesenden.

»Wir hören, hier ist ein anderes Gesetzschiff.« Geruch von Flieder und Brotbacken. »Hören, wir werden uns vereinen und mit anderen arbeiten nicht riechend wie wir. Einzelwesen, nicht Vielfalt. Wir haben Furcht, denn Einzelheit ist fremd, Vielfalt ist akzeptiert. Wir sind stolz, beide können zusammen wachsen, zusammen kämpfen. Wir sind alle Vielfalt, alle Aggregate, tapfere Gruppe, starke Gruppe.«

Stonemaker, dachte Martin, hatte das Zeug zu einem guten Politiker.

»Unser Gesetzschiff wird überwacht von Maschinen. Die sind lang und flexibel wie wir selbst, aber ich denke, es sind dieselben wie eure Maschinen. Bibliotheken der Schiffe werden sich verbinden, und wir werden einander lehren zu riechen, zu lesen, zu sehen. Unsere Schiffe werden ein Schiff sein. Vielfalt zu einem gemacht, Gruppe stark, Gruppe tapfer.« Geruch von gekochtem Kohl, nicht angebrannt. »Wir alle Selbste werden warten in einem Raum, während Schiffe Aggregat bilden«, schloß Stonemaker.

Die menschliche Crew raschelte unbehaglich. Martin hatte Flüstern der Zuversicht von den Vertrauten gehört und sah Winke zur Ermutigung. *Nicht so schlimm. Warten und sehen.*

Rosa trat vor und hob die Arme. Martin wollte sich abwenden, in Verlegenheit für sie und für alle.

»Es sind wahrlich unsere Brüder«, verkündete sie. »Zusammen werden wir doppelt stark sein.«

Hans legte seinen Arm um Rosa, lächelte und sagte: »Wir finden uns hier in dem Schulraum zusammen. Er ist groß genug, um uns alle aufzunehmen. Die *Dämmerungsgleiter* kann für die Brüder Speisen zubereiten. Wir werden hier bleiben, wir alle, bis sich die Schiffe vereinigt haben.«

Kein Murren seitens der Crew. Martin spürte Erwartung, die nur einen ganz leisen Hauch von Furcht enthielt.

Joe stand neben Martin, als sie auf die Ankunft der Gesamtheit der Brüder warteten. Er bemerkte: »Wir benutzen ständig das männliche Pronomen für sie. Ist das berechtigt?«

»Nein«, sagte Martin. »Aber sie sind doch Brüder, nicht wahr?«

Joe sah ihn mit einem zugekniffenen Auge spöttisch an.»Martin, du wirst ein bißchen...« Er wedelte mit der Hand. »Zynisch. Habe ich recht?«

Martin zupfte mit einem Finger an seiner Lippe.

»Die Bemerkung, die Hans über Rosa gemacht hat...«

Martin blickte vielsagend auf die ein paar Schritte entfernte Crew. Obwohl er nur leise gesprochen hatte, seufzte Joe und sagte nichts mehr.

Fünfzig Brüder, fünfundsiebzig Verlorene Jungen und Wendys, zeitweilig getrennt, mit einer Sternsphäre inmitten des Schulraums, welche die Schiffe bereits von Bug bis Heck verbunden zeigte wie sich begattende exotische Insekten.

Die Luft roch nach Kohl, Flieder und aller Art Undefinierbarem.

Die Mütter und die Roboter der Brüder, die sie Schlangenmütter zu nennen übereingekommen waren, je zwei im Schulraum; die Mütter knollig wie kupferne Kachina-Puppen der Hopi-Indianer, die andern zwei Meter langen flexiblen Bronzeschlangen ähnelnd.

Der Schulraum mit einem äußeren Seufzen gleichmachenden Drucks.

Martin sagte sich: *Das haben wir schon einmal durchgemacht. Es ist nicht neu.*

»Ich lerne, ihre Astronomie zu verstehen«, sagte Hakim. »Jennifer sagt, sie haben eine wundervolle Mathematik. Welch ein Reichtum, Martin!« Hakim ist überaus glücklich.

Ariel kommt ihm nicht nahe, hält einen festen Abstand ein und beobachtet ihn, wenn er sie nicht anschaut:

Bin ich wirklich zynisch geworden oder nur erschrocken? Wir sind solch ein trockener Wald. Jeder Funke, jede Veränderung ...

Geräusche der Schiffe, Schweigen bei den Menschen; die Luft ohne Gerüche, von Kommunikationen gereinigt, das Äquivalent von Schweigen der Brüder, und Vibrationen unter den Füßen.

Rosa stand ruhig neben der Sternsphäre in einer theatralischen Gebetshaltung.

Einer der Brüder zerlegte sich lautlos in Saiten. Die Saiten schienen gelähmt und einfach gezerrt zu sein, die Fühler ausgestreckt und suchende Beine mit Krallen den Boden kratzend. Andere Flechten bewegten sich rasch, um die Saiten in kleine Säcke zu sammeln, die um ihre oberen Hälften wie Päckchen angebunden waren.

Zirpen und Kommentare, Gerüche nach Terpentin und Bananen. Die Saiten rappelten und schnalzten in den Säcken.

»Angst?« fragte Ariel Martin und rückte näher.

Martin murmelte: »Ich habe noch nie gesehen, wie das Cliché lebendig gemacht wurde.«

Sie hob eine Augenbraue.

»Aufgelöst«, sagte sie.

Sie hob die zweite Braue und schüttelte den Kopf. Dann kicherte sie. Martin konnte sich nicht entsinnen, sie schon einmal kichern gehört zu haben: Lachen, Lächeln, nie etwas dazwischen.

Er sagte: »Kein sonderlich guter Witz.«

»Ich habe nicht gesagt, daß er das wäre«, entgegnete Ariel lächelnd. Das Lächeln verschwand jäh, als er es nicht erwiderte. Sie schaute weg und glättete ihren Overall. »Ich verlange nichts, Martin«, sagte sie sanft.

»Tut mir leid«, sagte er, sich plötzlich schuldig fühlend.

Sie fuhr mit rotem Gesicht fort: »Ich habe mich nicht

verändert. Als du Boss warst, sagte ich, was du, wie ich dachte, hören mußtest.«

»Ich verstehe«, sagte er.

»Den Teufel tust du!« fauchte Ariel und drängte sich zu der entgegengesetzten Seite der Menschengruppe durch.

Eine weitere Flechte löste sich auf. Hakim beugte sich über eine herumirrende Saite. Ein Bruder klickte und neigte sich, um die Saite zu packen. Sein Kopf war abgespreizt, und ausgestreckte Krallenabschnitte von zwei seiner Saiten schlossen sich um den Irrläufer. Er hielt inne, als die schlappe Saite direkt unter dem Kopf hing und sagte: »Privat.«

Hans warnte Hakim: »Misch dich nicht bei ihnen ein! Wir müssen erst viel mehr übereinander lernen.«

»Die Verschmelzung beginnt«, sagte eine Mutter und bewegte sich zum Zentrum in die Nähe der Sternsphäre. Martin sah die Sphäre genau an und beobachtete, wie die beiden Schiffe ineinander übergingen, wider Willen beeindruckt durch die Fähigkeiten der Wohltäter.

Die Schlangenmütter zirpten, sangen und setzten Gerüche frei. Martins Kopf wurde durch die Anspannung und den Ansturm der Gerüche schwindelig. Noch mehr Bananen, harzige Süße, schwacher Geruch von Verwesung und wieder Kohl. Stimmen der Schlangenmütter wie ein hoch eingestimmtes Streichorchester, Wechselgesang von Flechten, einzelne Saiten meist gepackt und eingesackt, die letzten paar von Brüdern aus der Luft gezogen und sich wie Tausendfüßler im Wasser zusammenrollend.

So verdammt fremdartig, dachte Martin, der die Hysterie schleichender Erschöpfung spürte. *Es ist zu viel, Ich wollte, es wäre vorbei.*

Aber er schwebte an Ort und Stelle, eine Hand an ein persönliches Leiterfeld geklammert, die Augen zwinkernd, der Kopf pochend, ohne etwas zu sagen.

Auch Hakim hing an einer Leiter mit geschlossenen Augen, als ob er versuchte zu schlafen. Das war wirklich sinnvoll. Auch Martin schloß die Augen.

Giacomo klopfte ihn auf die Schulter. Er riß die Augen auf, dadurch desorientiert, da er tatsächlich geschlafen hatte – wie lange? Sekunden? Minuten? –, wandte Martin sich Giacomo zu und sah Jennifer hinter ihm.

»Abschluß der Verschmelzung in fünf Minuten«, verkündete die Mutter. Ihre Stimme klang sehr entfernt.

»Wir können nicht warten, um in ihre Mathematik und Physik einzudringen«, sagte Giacomo; sein rundes Gesicht war feucht vor Erschöpfung und Aufregung. Menschen fügten ihre eigenen Gerüche dem Schulraum zu, der für zwei Populationen viel zu klein wirkte. »Jennifer hat mit ihrem Führer gesprochen, falls Stonemaker ihr Führer ist.«

»Sprechschlange«, sagte Jennifer und kicherte.

»Einige phantastische Dinge. In ihrer Mathematik gibt es keine ganzen Zahlen!«

»Soweit wir sagen können«, ergänzte Jennifer.

»Sie benutzen überhaupt keine ganzen Zahlen. Nur Flecken, wie sie sie nennen.«

Martins Interesse hätte kaum geringer sein können, aber er hörte zu, zu müde, um ihnen zu entgehen.

»Ich denke, die halten ganze Zahlen und sogar rationale Brüche für Verirrungen. Sie lieben Irrationalzahlen, die perfekten Flecken. Ich kann es nicht erwarten zu sehen, was das für ihre Mathematik bedeutet.« Giacomo sah Martins offenes Desinteresse und sagte ernüchtert: »Entschuldige!«

Martin sagte: »Ich bin sehr erschöpft. Das ist alles. Seid ihr nicht müde?«

»Todmüde«, sagte Jennifer und kicherte wieder. »Flecken! Jesus, das ist unglaublich. Ich werde das vielleicht niemals verstehen.«

Martin roch Flieder. Er träumte von dem Gesichtspuder seiner Großmutter, der in dem kleinen Badezimmer wie Schnee schwebte und sich auf ihrem Wollvorleger unter dem Ausguß absetzte. Im Traum lag er auf diesem Teppich, rollte sich zusammen und schloß die Augen.

Als er aufwachte, war der Schulraum still bis auf einige geflüsterte Gespräche. Hakim schlief in der Nähe. Giacomo und Jennifer lagen zusammengekuschelt eine Armlänge vor Martin. Joe Flatworm schlief in Lotoshaltung, an einem Leiterfeld verankert. Die Mütter und Schlangenmütter schwebten untätig im Raum.

Die Brüder hatten sich alle aufgelöst. Saiten hingen an Leiterfeldern wie Socken an einer Wäscheleine.

Cham war wach. Martin fragte ihn: »Schlafen sie so?«

»Keine Ahnung!« erwiderte Cham.

»Wo ist Hans?«

»Auf der anderen Seite des Schulraums. Schläft, und Rosa hält seinen Kopf.«

Martin wandte sich der Sternsphäre zu und erblickte zum ersten Mal ihr neues Schiff, nachdem die Verschmelzung nahezu abgeschlossen war. Er schätzte es auf etwa eben so groß wie die ursprüngliche *Dämmerungsgleiter,* wieder mit drei Heimkugeln. Aber diesmal war die hintere Heimkugel größer als die anderen. Er sah keine Tanks für Reservetreibstoff. Martin nahm an, der Treibstoff müßte jetzt in der hinteren Heimkugel untergebracht sein. Das könnte eine Konstruktionsverbesserung bedeuten. Je mehr er sah, desto mehr war er überzeugt, daß das Gesetzesschiff der Brüder ein späteres Modell war mit größeren Unterschieden in Ausrüstung, Taktik und vielleicht sogar allgemeiner Strategie.

»Ich frage mich, ob sie träumen«, sagte Cham.

»Sie schlafen *alle?*« Martin streckte sich aus und spähte zwischen die Felder und die schlafenden Körper. Er konnte keine intakten Flechten sehen, sondern nur Saiten.

»Ich möchte wissen, ob sie je durcheinander geraten und schließlich Teile von einem anderen haben. Es ist schrecklich, wieviel wir noch lernen müssen.«

Die Abbremsung setzte ein. Oben und Unten kehrten wieder in das Schiff des Gesetzes ein. Menschen und Brüder erkundeten die neue Ordnung der Dinge. Die Quartiere wurden in den ersten zwei Heimkugeln in Sektoren für Menschen und für Brüder aufgeteilt. Ein Pufferbereich von leeren Quartieren und gemeinsamen Gängen gab Saiten Räume, in denen sie sich verbergen und ihre privaten instinktiven Angelegenheiten regeln konnten. Es wurden Vorkehrungen getroffen für den Fall, daß Menschen herumschweifende Saiten einfingen. Kästen in viel frequentierten Räumen wurden mit besonders aromatisierten Beuteln (Gerüche von Tee und Kohl) gefüllt, in denen man alle etwaigen Saiten beruhigen und transportieren konnte, die man in menschlichen Wohnräumen finden würde.

Es wurden einige Übungssitzungen abgehalten. Martin lernte, wo man eine Saite aufgreifen müßte, bevor und nachdem sie mit einem aromatisierten Beutel bedeckt war. Die beste Stelle, um eine Saite zu halten, war längs des glatten, ledrigen Körpers vor den Krallenbeinen und hinter den Fühlern. Die Mundteile der Saite öffneten sich bauchseitig genau hinter den Fühlern. Die einzige – bisher noch nicht eingetretene – Gefahr bestand darin, daß eine Saite abseits ihrer Gefährten sich selbst verteidigen könnte, wenn das Ritual des Ausgreifens und Einsackens nicht richtig befolgt würde. Dann könnte sie einen Menschen anknabbern, und gewisse Alkaloide in ihrem Speichel könnten eine toxische Reaktion auslösen, vielleicht nicht schlimmer als ein Hautausschlag, vielleicht auch böser. Also, warum Risiken eingehen?

Was die Menschen bald genug lernten, war, daß die Diät der Brüder einfach war. Sie aßen eine verfeinerte Brühe aus kleinen grünen und purpurnen Organismen, die Wasserwürmern ähnelten, aber weder Pflanzen noch Tiere waren. Diese Organismen – Stonemaker schlug vor, sie ›Nudeln‹ zu nennen – wuchsen unter hellen Lampen. Sie konnten sich in ihren mit Flüssigkeit gefüllten Behältern frei bewegen, erhielten aber den größten Teil ihrer Nährstoffe aus einfachen Chemikalien. In einem bestimmten Wachstumsstadium fraßen sie sich gegenseitig; und die Reste ihrer Mahlzeiten trugen wesentlich zu der Brühe bei.

Brüder aßen immer in aufgelöstem Zustand, wobei sich die Saiten um die Bottiche sammelten wie Schlangen um Schalen mit Milch. Während die Saiten speisten, wachten eine oder zwei Flechten über die Esser.

Die Schlangenmütter hatten mit der Zubereitung der Brühe nichts zu tun. Die Züchtung von Nahrung war für die Brüder ein besonders wichtiges Ritual; und es bedeutete anscheinend eine Ehre, mit der Aufsicht über die Bottiche mit Brühe betraut zu sein.

Soviel zu beobachten, war der menschlichen Crew gestattet. Andere Aspekte des Lebens der Brüder waren verdächtiger. Während Saiten als Individuen sterben konnten – das war normal wie das Abstreifen einer Haut –, fand Fortpflanzung in besonderer Manier statt. Die Zeugung von Saiten war nichtöffentlich und wurde vor den Menschen geheimgehalten.

Drei Flechten schienen als intellektuelle Reserven für die ganze Gruppe zu dienen. Diese wirkten langsam und nicht besonders ansehnlich. Sie sprachen kein Englisch und kommunizierten überhaupt nicht mit den Menschen. Aber gelegentlich lösten sie sich auf, und einige ihrer Teile wurden zeitweise von anderen Flechten benutzt. Erin Eire nannte sie Weisheit, Ehre und Barmherzigkeit. Die Namen blieben hängen, zumindest bei den Menschen.

Stonemaker wurde allen Menschen vertraut. Auch Shipmaker und Eye in Sky mischten sich frei unter sie. Andere kamen eher schrittweise in Kontakt mit den Menschen. Nach zwei Tagen verkehrten dreiundzwanzig Brüder regelmäßig unter ihnen. Die Verständigung verbesserte sich sehr schnell.

Innerhalb von zehn Tagen nach der Verschmelzung konnten rudimentäre Witze ausgetauscht werden. Der Humor der Brüder war recht einfach. Widerlich süße Blumengerüche bezeichneten eine Art von Gelächter, das von einfachen Geschichten ausgelöst wurde, bei deren Pointen es immer um unfreiwillige Fälle von Auflösung ging.

Mit Billigung von Hans ernannte Paola Birdsong sich zur speziellen Studentin von Sprache und Verhalten der Brüder.

Giacomo und Jennifer halfen freiwillig bei der Koordinierung von Bibliotheken der Menschen und Brüder in Zusammenarbeit mit Eye on Sky und Shipmaker. Hans schlug vor, sie sollten zunächst das übersetzen und integrieren, was die Bibliotheken zu sagen hatten über galaktische Geschichte, Kampfstrategie und Taktik. Jennifer war von diesen praktischen Prioritäten enttäuscht. Sie wollte unbedingt die Mathematik der Brüder erforschen.

Martin stellte bei seinen Bibliotheksbesuchen fest, daß das Gehirn des Schiffs selbst Information übersetzte und korrelierte.

Rosa Sequoia blieb im Hintergrund. Sie beobachtete alles aufmerksam, erwog und bemaß die neue Situation.

Die Reste von Martins Trübsal waren wie Nebel verschwunden. Er dachte oft stundenlang hintereinander nicht an Theresa oder William.

Hakim, Harpal und Luis Estevez Saguaro vereinten ihre Kräfte mit einem Bruder namens Silken Parts, einer großen (fünf Meter langen) und adrett aussehenden Flechte, deren Saiten wirklich etwas seidiger von Struktur waren als die der anderen Brüder. Zusammen organisierten sie ein kombiniertes Suchteam im Bug.

Giacomo und Jennifer fungierten als Berater des Suchteams, waren aber jetzt von ihrer Bibliotheksarbeit und theoretischen Aktivitäten absorbiert.

Fernsonden wurden ausgeschickt, und Leviathan genau beobachtet.

Nach vier Tagen intensiver Beschäftigung mit Leviathan bat Hakim Martin um eine Unterredung, allein und in Martins Wohnung.

Sie hockten nebeneinander und nippten an starkem heißen Tee, den Hakim bevorzugte.

Hakim war aufgeregt. Er fing mit nach unten gerichtetem Blick an: »Ich werde bald mit Hans darüber sprechen. Ich weiß, das ist ungeschickt, aber ich weiß nicht, wie er reagieren wird. Ich selbst weiß nicht, wie ich mich verhalten soll. Ich hoffe, du kannst mir einen Rat erteilen.«

»Über was?« fragte Martin.

»Zu den Brüdern ist jetzt Silken Parts gekommen, und ich verstehe, daß sie vor ähnlichen Schwierigkeiten stehen. Die Information seitens der Fernsonden ist verwirrend.«

»Inwiefern?« fragte Martin.

»Ich bin höchst bestürzt.«

»Mein Gott, Hakim!«

Hakim sah ihn scharf an. Ihm mißfielen religiöse Blasphemien jeder Art.

»Bedaure. Sage es mir!«

»Unsere frühere Information über Leviathan scheint völlig falsch gewesen zu sein. Ich weiß nicht, *wie* das passieren konnte. Aber wir haben bedeutende Diskrepanzen. Unsere neuen Befunde sind anders.«

»Inwiefern?«

»Leviathan besitzt fünfzehn Planeten, nicht zehn oder zwölf.«

»*Fünfzehn?*«

Hakim zuckte zusammen und schüttelte den Kopf. »Der Stern selbst hat weitgehend die gleichen Merkmale, bis auf einige nicht unerwartete Verfeinerungen bei Spektralmessungen. Fast alles andere scheint sich geändert zu haben.«

»Wie falsch hätten wir liegen können?«

»Nicht so falsch. Mich regt der Gedanke auf, daß die Instrumente des Schiffs uns irregeführt haben könnten. Noch mehr aufgebracht bin ich darüber, daß wir die Fakten so falsch gedeutet haben könnten.«

»Fünfzehn Planeten klingt ziemlich übervölkert.«

»So ist es. Ich habe die Muttimathe Jennifer und Giacomo übertragen. Die Bahnelemente, wie wir sie sehen, sind erstaunlich. Wir glauben, daß das System künstlich sein muß und künstlich aufrecht erhalten wird. Das würde großen Aufwand an Energie bedeuten.«

»Was noch?«

»Das System ist reich an Rohstoffen. Zwei der Planeten, nicht vier, sind große Gasriesen und nicht ausgebeutet. Der vierte Planet ist ein echtes Rätsel – etwa hunderttausend Kilometer im Durchmesser, mit einer deutlichen und anscheinend festen Oberfläche, kein Gasriese… aber mit einer den Gasriesen vergleichbaren Dichte.«

»Hakim, ich weiß, du hast das dutzendfach überprüft…«

»Wir haben öfter Messungen ausgeführt, als ich zählen kann, getrennt und zusammen. Die laufende Information scheint korrekt, Martin. Ich bin höchst gekränkt, daß ich mich früher so geirrt haben sollte.

Die roten drei Läufer waren im Innern des Systems. Sie haben zehn Planeten gesehen. Ihre Daten paßten nicht zu dem, was wir aus der Distanz gesehen haben… und sie stimmen jetzt sicher nicht überein…

Wir könnten uns in unterschiedlichen Universen befinden, so groß sind die Differenzen.«

»Richtig …« Martin machte ein nachdenkliches Gesicht. »Hakim …«

»Wir haben uns nicht geirrt!« brüllte Hakim und schlug auf die Matte. Er sah Martin erwartungsvoll an.

»Auch ich habe das nicht von dir angenommen. Die Brüder haben Leviathan auch ausgemessen. Habt ihr Resultate verglichen?«

»Sie haben vor unseren ersten Bemühungen Messungen ausgeführt.«

»Und sie sahen …?«

»Nach dem, was Paola und Jennifer übersetzt haben und was Stonemaker uns mitteilt – so schwierig zu interpretieren! Sie benutzen nicht Zahlen, wie wir es tun –, haben sie ein System gesehen von, wie wir denken, zehn Planeten, mit vier Gasriesen.«

»Dann haben sie also ein Bild erhalten ähnlich dem, das die drei roten Läufer gesehen haben. Die Brüder haben keine Anzeichen von Zivilisation gefunden?«

Hakim schüttelte den Kopf. »Sie haben auch keine Reaktion auf die Vernichtung von Wormwood bemerkt. Nach dem, was wir sogar jetzt sehen, gibt es kein Zeichen von Panzerung oder irgendeiner anderen Vorbereitung.«

Martin empfand auf einmal eine Art von Furcht und Aufregung, einen Schauder der Überraschung von etwas, das er schwerlich quantifizieren konnte. *Das ist jetzt keine einfache Jagd, kein Lockvogel. Wir sind dicht dran!*

»Leviathan ist getarnt«, sagte Martin.

»Ich hoffte, du würdest zustimmen!« rief Hakim und klopfte ihn auf die Schulter.

Martin hätte über Hakims Erleichterung und Freude lachen können, tat es aber nicht.

»Wir haben nicht falsch gemessen! Das tote Schiff hat gesehen, was es sah! Die Brüder haben nicht falsch gemessen.«

»Aber wie maskiert man ein ganzes Sternsystem?«

»Nur Planeten«, erwiderte Hakim.

»Vielleicht«, sagte Martin und hob einen Finger. »Eine dieser Versionen könnte richtig sein, aber welche?«

»Die Täuschung wird nicht bis ins Unendliche variiert ... und sie ändert sich in recht kurzen Intervallen der Größenordnung von Jahren.«

»Jawohl!« sagte Hakim mit vor Aufregung gerötetem Gesicht. »Die Killerschurken halten niemanden zum Narren!«

Martin führte einen Finger an die Nase. »Es ist offenkundig, daß irgendeine massive planetare Ingenieurarbeit geleistet wurde ... Meinst du, daß sie, je näher sich ein Beobachter befand, desto mehr das System leer aussehen lassen wollten?«

»Wenn du auch dafür bist, werde ich das Hans mitteilen«, sagte Hakim und erhob sich von seinem Kissen. »Er kann nicht ärgerlich werden, wenn du uns deckst.«

Martin stand auf und fragte verblüfft: »Hast du Angst vor ihm?«

Hakim blickte verlegen zur Seite. »Ich vertraue ihm nicht so sehr, wie ich dir vertraue. Schätzt du ihn, Martin?«

»Es ist nicht meine Aufgabe, den Boss zu kritisieren.«

»Mir ist nicht wohl bei manchen seiner Aktionen, wie es uns ergangen ist. Die Spielchen mit Sexpartnern zur Belohnung. Martin, ich habe mich bis jetzt sehr still verhalten, aber das war verkehrt.«

»Nun, das hat aufgehört. Bald werden wir anfangen, mit den Brüdern zu trainieren.«

»Du bist nicht besorgt wegen dessen, was geschehen könnte?«

»Doch, natürlich bin ich besorgt.«

»Aber nicht wegen Hans.«

»Hakim, ich weiß. wie schwierig es ist, Boss zu sein.

Als ich es war, sind Menschen gestorben. Hans wurde gewählt. So ist es nun mal.«

Hakim sah ihn traurig an und ordnete dann seinen Overall mit glättenden Handbewegungen an Brust und Beinen hinunter. »Ich werde jetzt zu Hans gehen. Ich hoffe, er wird so verständnisvoll sein wie du.«

»Er ist kein Dummkopf«, sagte Martin.

Hakim sagte: »Er wird uns nicht bestrafen. Auch er wird sehen, daß das nicht unsere Fehler sind.«

»Sicher wird er das sehen«, sagte Marin. Als Hakim gegangen war, rieb Martin sich heftig die Augen mit den Fingerknöcheln und schaute sich dann in seiner Wohnung um, als sähe er sie zum ersten Mal. Lichtbänder, kahle braune und silbergraue Flächen, das einzige Kissen, groß genug für zwei. Warum hatte er verlangt, daß es für zwei Personen groß genug sein sollte?

Er hatte in der nächsten Stunde nichts vor. Es würde ein Treffen früherer Bosse mit Hans, Rex und zwei Planern Stonemakers geben. Sie würden mit Übungen anfangen und Strategien koordinieren.

Brüder und Menschen konnten und würden zusammenarbeiten.

Martin griff nach seinem Handy und rief die übersetzten Teile der Brüderbibliotheken auf. Große Teile waren noch unverständlich. Die menschlichen Worte lieferten keinen Geruch. Er konnte nur die Hälfte von dem deuten, was man hätte speichern können. Selbst die beste Übersetzung würde nie ideal sein. Wie Hakim entdeckt hatte, waren selbst so einfache Dinge wie Zahlen der Mehrdeutigkeit ausgesetzt. Er fragte sich, wie die Brüder wohl zählten …

Vielleicht war es für sie nicht wichtig zu zählen. Vielleicht waren sie besser ausgerüstet, mit der sich verändernden Natur Leviathans zurechtzukommen als Menschen.

Martin suchte in seinem Handy nach Theodores Texten und fand sie nach Katastrophen und Verschmelzung noch intakt. Er blätterte aufs Geratewohl die projizierten Seiten durch in der Hoffnung auf eine kleine Erkenntnis oder Anleitung.

Unterschätze nie die Macht der Verhältnisse, deine Knochen zu quälen! hatte Theodore in den ersten drei Monaten ihrer Reise geschrieben. *Unterschätze nie die perverse Macht, daß alles schiefgehen lassen und zu Unannehmlichkeiten führen kann! Die Probleme scheinen immer von innen zu kommen. Ich halte mich selbst für mangelhaft, indem ich das Unvorhersehbare nicht im voraus erkenne und nicht weiß, wie eine chaotische Funktion zusammenbrechen wird.*

Und an anderer Stelle:

Was ich verloren habe, macht mich nicht größer, aber es macht mich tiefer wie ein Loch. Nimm mehr weg, und ich werde auf der anderen Seite hindurchkommen wie eine klaffende Wunde. Aber dann werden die Wunde und der Körper abgestreift werden. Ist es möglich, mehr von dem zu verlieren, was es nicht gibt?

Sturm und Drang mit dem Überschwang der Jugend und nichts von dem reservierten Schweigen des Erwachsenen. Wenn er dies geschrieben hätte, würde Martin sich ein wenig verlegen gefühlt haben. Aber er hatte ja immer ein solches Gefühl hinsichtlich der Aufzeichnungen Theodores gehabt. Er war stark von ihnen angezogen und bewunderte sie sogar, wurde aber immer durch sie aus der Fassung gebracht. Sie erkundeten Gebiete, Emotionen und Ideen, bei denen es Martin nicht wohl war.

Theodore war so *offen* gewesen. Das war es, was ihn getötet hatte.

Martin schaltete die projizierten Seiten aus, legte sich auf dem Kissen zurück und ließ die Beleuchtung schwächer werden. Bald würde viel weniger Zeit zum Schlafen sein.

»Wie, zum Teufel, kann jemand ein ganzes Sternsystem vermummen?« fragte Hans. Sein Haar war in blonden

Stacheln gesträubt. Er hatte in letzter Zeit nicht viel geschlafen. Frühere Bosse, Silken Parts und Repräsentanten von Stonemaker, Eye on Sky und Shipmaker versammelten sich mit dem gesamten Suchteam im Bug. Auf dem Sternfeld entfaltete sich Leviathan hell und ruhig auf der einen Seite, noch zu weit entfernt, um mit bloßem Auge Planeten erkennen zu lassen.

Silken Parts raschelte. Alle paar Minuten zitterten die Flechten, als ob ihre Saiten ein schwer zu lokalisierendes Jucken zu kratzen hätten. Luis Estevez Saguaro hatte eine Karte vorbereitet, welche die vier Ansichten verglich, die sie von dem System gehabt hatten – die in den Aufzeichnungen des toten Schiffs gefundene, die Ansicht aus der *Dämmerungsgleiter* eben hinter Wormwood, die von den Brüdern erhaltene und die jetzige. Hans betrachtete sie mißmutig, das Kinn auf eine Hand gestützt.

Er fragte: »Wieviel Energie würde es erfordern, eine solche Vermummung zu senden?«

Hakim rechnete in Ruhe und sagte: »Schätzungsweise die Hälfte der vom Zentralgestirn erzeugten Energie.«

Silken Parts widersprach sanft und sagte mit Violinsprache und leicht modrigem Geruch: »Wir können nicht annehmen, daß die Tarnung in alle Richtungen gesendet wird ...«

»Warte!« unterbrach ihn Hans und hob die Hand. Silken Parts zog sich zurück und raschelte wieder. Martin bezweifelte, daß der Bruder gekränkt war, wünschte aber, Hans könnte weniger herrisch sein. »Du denkst, daß etwas gesendet wird. Was denn – ein irgendwie verändertes Bild des Systems?«

Hakim räusperte sich. »Jennifer und Giacomo ...«

»Erspare mir weitere verfluchte Muttimathe!« sagte Hans. »Ich brauche etwas Konkretes.«

»Bitte, hab Geduld«, sagte Hakim und sah mit finsterem Gesicht zur Seite.

Hans hob die Hand und schnippte mit dem Finger: Weitermachen!

»Jennifer und Giacomo haben sich ausführlich mit der Arbeit in den kombinierten Bibliotheken beschäftigt. Jennifer glaubt, daß etliche Regionen des Raums beeinflußt wurden durch Strahlungsverfolgung in den Strukturen der Bits ihres Radiationstransfers. Photonen könnten aus den Nichts aufzutauchen scheinen. Diese Regionen, jede vielleicht so ausgedehnt wie das Sternsystem selbst, aber ohne Tiefe – vielleicht an der Peripherie des Systems gelegen – würden wie gigantische Projektoren wirken, die überzeugende spektrale Bilder von … einem nicht existierenden System emittieren.«

Hans stach mit dem Finger in ein projiziertes Bild der Systems mit den fünfzehn Planeten. »Wie dies hier, nur größer. Du meinst, wenn wir hineingingen, würden wir die Täuschung durchdringen und sehen, was wirklich da ist?«

»Keineswegs«, wandte Hakim ein. »Es wäre möglich, diese durch Strahlung veränderten Regionen zu verschieben, so daß sie weiter täuschen könnten. Ich gebe zu, das wäre ein massives Unterfangen, aber nicht annähernd so groß wie das Einhüllen des ganzen Sonnensystems in eine Sphäre der Täuschung.«

»Unsere Ideen widerspruchsvoll schwierig«, sagte Silken Parts. »Bitte projizieren!«

Hakim entwarf Diagramme, die ihre Positionen zeigten und Regionen von Strahlungsveränderung, die wie Schilde gestaltet waren, getarnte oder trügerische Bilder, aus großen Entfernungen gesehen.

»Sehr kräftig«, sagte Silken Parts. »Könnte Schlachtfeld verändern. Viel Blindheit erzeugen und Konfusion.« Er erklärte das Eye on Sky und Shipmaker.

»Übles Zeug«, sagte Hans. »Gibt es eine Möglichkeit einzudringen?«

»Wenn es konstant ist, nein«, erwiderte Hakim. »Aber die Bilder werden immer nur in gewissen Intervallen aufrecht erhalten. Bei ständiger Wachsamkeit könnten wir ein korrektes Bild bekommen.«

»Aber wir würden natürlich nicht wissen, welches Bild korrekt wäre.«

Hakim schüttelte mit gesenkten Augen den Kopf.

»Für was wollen wir also planen?« fragte Hans.

Harpal schlug vor: »Stonemaker sollte bei jeder Planung beteiligt sein.« Martin stimmte zu.

»Richtig. Aber ich frage, wie wir Pläne machen können, wenn wir nicht wissen, was zu erwarten ist, was real ist und was nicht?«

Silken Parts sagte: »Vielleicht gibt es überhaupt nichts.«

Die Augen von Hans wurden glasig. Er legte die Hände in den Nacken, schüttelte langsam den Kopf und sagte: »Ich habe nicht die leiseste Ahnung, was wir tun sollten. Aber wir müssen einen Kriegsrat abhalten.«

Als sie sich anschickten hinauszugehen, erschien Paola Birdsong mit einer Kette von zehn Flechten, die alle darauf erpicht waren, die nicht verdunkelten Sterne zu sehen. Sie lächelte im Vorübergehen Martin zu, glücklich mit ihrer neuen Tätigkeit. »Sie fühlen sich besser, wenn sie ein- oder zweimal alle zehn Tage die Sterne sehen können«, versicherte sie.

Die Flechten raschelten wie Blätter, die aus einem Sack geschüttelt werden.

Martin erfuhr von Silken Parts, daß Stonemaker vier Tage lang nicht zur Verfügung stehen würde. Die Kunde von der jüngsten Information des Suchteams hatte unter den Brüdern erheblich Unruhe geschaffen, und man hatte nach ›Meistern der Übereinkunft‹ gerufen.

Durch Spende von je zwei Saiten hatten die Brüder drei große neue Individuen geschaffen, die Meister der Übereinkunft. Diese hatten nur eine Aufgabe, nämlich die gegenwärtige Situation zu beurteilen und ein frisches Urteil abzugeben, ungetrübt durch irgendwelche Vorurteile, welche die früheren Flechten gehabt haben mochten.

Hans erhielt diese Nachricht von Martin und Eye on Sky und sie machte ihm offenbar erheblichen Ärger. Er beriet sich mit Rex einige Augenblicke in einer Ecke des Schulraums, kam dann zurück und sagte: »Also gut, verdammt noch mal. Wir werden mit diesen Meistern der Übereinkunft eine Besprechung abhalten. Seid ihr damit einverstanden?«

Eye on Sky roch nach Kohl und altem Tabakrauch, zeigte intensives Nachdenken und antwortete: »Das wird angemessen sein.«

»Vielleicht wird es uns auch eine neue Perspektive geben«, sagte Hans. Martin sah von der Seite zu, die Hände hinter dem Rücken gefaltet.

Die Diskussion erfolgte im Territorium der Brüder. Dort war es in den Korridoren dunkel. Die Luft roch feucht und nach Ozon wie ein Gewitter. Manchmal erwischte Martin einen Hauch von Strand, Salz und organischem Zerfall. Eye on Sky führte Hans, Rex, Paola, Martin, Harpal, Cham und Joe zu einem kleinen Raum. Martin hatte gebeten, daß Paola mit ihnen sein sollte, da sie die beste Expertin für die Sprache der Brüder war.

Die Wände waren mit tropfendem Öl bedeckt. Auf dem Boden der Kammer lagen drei Flechten, die in einem gleichmäßigen Luftstrom von intensiv organischen, fischigen Gerüchen und dem Geräusch von Wellen, die sich an einer Küste brachen, langsam hin und her schwankten.

Die Flechten erhoben sich und wiegten sich wie Kobras, als die Menschen eintraten. Martin konnte keine von ihnen erkennen. Alle Muster waren umgestaltet worden. Sie rochen nicht einmal vertraut. Im Laufe der vergangenen Zehntagewochen hatte Martin gelernt, einige der subtilen Gerüche individueller Flechten zu erkennen und manche sogar danach benannt: Teekuchen, Mandelbrot, Kimchee, Essig.

Eye on Sky, der am besten von den Brüdern Englisch sprach, würde als Übersetzer für die derzeitigen Flechten fungieren. »Meister der Übereinkunft werden einige Zeit disorientiert wirken; aber wenn die Flechte allen die Saiten zurückgeben, werden wir alle uns an die Diskussionen erinnern.«

»Nicht ideal«, bemerkte Hans trocken. »Indessen kommen wir in den nächsten drei Monaten nach Leviathan hinein. Wir müssen mit strategischer Planung anfangen. Kriegsräte. Verstanden?«

Eye on Sky übersetzte mit Paolas Hilfe. Da Paola keine Töne der Brüder erzeugen konnte, hatte sie ihr Handy so modifiziert, daß es ein elementares Wörterbuch lieferte.

Hans rümpfte die Nase bei der Ausströmung von Gerüchen. »Ich habe euren Konflikt studiert. Das haben wir alle, wie ich annehme.«

»Konflikt?« fragte Eye on Sky.

»Eure Schlacht. Als euer Schiff schwer beschädigt wurde.«

»Ja«, sagte die Flechte. »Wir könnten es mehr als die Trübsal übersetzen.«

»Ihr seid in ein Sternsystem in zehn Lichtjahren Entfernung von hier eingedrungen, um den Planeten anzugreifen, den ihr für eine von Killern kolonisierte Welt hieltet… Und tatsächlich hattet ihr wahrscheinlich recht. Ihr bemühtet euch darum, sicher zu sein, daß euer Urteil korrekt wäre. Das erforderte anderthalb Jahre unserer Zeit… Eine außerordentliche Bemühung. Während dieser Zeit wurdet ihr entdeckt, manövriertet euch aber durch die Verteidigungsanlagen hindurch, sterilisiertet die Oberfläche des Planeten und traft dann auf eine Schwadron von Killersonden, die auf der Flucht vor der Vernichtung waren. Ihr wurdet einem Bombardement von Neutroniumwaffen unterzogen und überlebtet mit hohen Verlusten und schwerem Schaden an eurem Schiff.«

Er machte eine Pause. Eye in Sky fügte dieser Zusammenfassung nichts hinzu.

»Ihr beschleunigtet mit euren restlichen Kräften aus dem System heraus und sahet rückschauend, wie das, was die überlebenden Killersonden gewesen sein mochten, zu dem Planeten zurückkehrten.«

»Jaa«, sagte Eye on Sky mit einer besonderen Anhebung in seiner Stimme. »Größtenteils korrekt.«

»Ist etwas unzutreffend?« fragte Hans mit erhobener Braue.

»Größtenteils korrekt.«

»Okay«, sagte Hans, ließ die Schultern hängen und krümmte seinen Oberkörper über den Platz, auf dem er saß. Er hob sein Handy und projizierte einige grobe Skizzen der Schlacht der Brüder. »Es scheint mir offenkundig, daß ihr mit einer zerfallenen Welt konfrontiert wart, ähnlich wie wir bei Wormwood. Vielleicht war es ein weniger kunstvoller Zerfall – es war weiter von Leviathan entfernt –, könnte aber an sich wichtig sein. Man hat uns beiden den Hintern versohlt. Verzeihung ...«

»Für uns hieße das, man hätte die Haut abgezogen«, sagte Eye on Sky. »Ich verstehe.« Eine gleichmäßige Steigerung von Geigenklängen, Zirpen und Gerüchen schwappte von Eye on Sky zu den drei temporären Flechten.

Hans lächelte. »Und nachdem ihr fertig wart, sah es wahrscheinlich so aus, daß die Killersonden den Lockvogel reparieren und wieder von vorn anfangen würden.«

»Ja«, sagte Eye on Sky.

»Wir sind alle sehr darauf aus vorherzusehen, was die Killer tun können. Aber das geht den Müttern – und euren Schlangenmüttern – vermutlich auch so. Je mehr wir uns Leviathan nähern, desto raffinierter die Fallen, bis Wormwood selbst das eigentliche Ziel zu sein schien. Ich denke, wir können annehmen, daß Leviathan das reale Zentrum des Interesses ist. Und die Täuschungen und Verteidigungen werden außerordentlich sein. Habe ich recht?«

Die drei Flechten rührten sich, als Eye on Sky ihnen das übermittelte.

Eye on Sky sagte: »Es herrscht allgemeine Übereinstimmung, daß unser Überleben keine guten Chancen.«

»Aber wir haben einen Vorteil«, sagte Hans.

»Kombinierte Ressourcen und Kenntnisse«, übersetzte Eye on Sky der größten Flechte.

Martin fügte hinzu: »Und die Chance, Notizen zu vergleichen und unsere Gedanken zusammenzufassen. Die Killer wissen nicht, daß wir das Schiff der Roten Baumläufer abgefangen haben. Sie wissen nicht, daß wir mit euch die Kräfte vereint haben.«

»Richtig«, sagte Hans. »Einige unserer besten Gehirne arbeiten mit einigen der euren zusammen, und wir kommen recht gut voran. Jetzt ist es Zeit, ernste Pläne zu machen.«

Die drei Flechten rückten dichter zusammen, so daß sich ihre Köpfe fast berührten. Geruch nach Bananen und abgestandenem Wein.

»Ich möchte, daß sich unsere Waffencrews mit den eurigen zusammentun. Ich würde es schätzen, wenn die Mütter und Schlangenmütter Schiffe machen würden, die wir zusammen fliegen können.«

»Wir sind gemeinsam hier drin«, sagte Hans, rieb sich das Gesicht mit den Händen und wischte sie an seinem Overall ab, als wären sie fettig. Er sah Cham und Martin an, lächelte und wandte sich wieder den Flechten zu. »Wir sind eine Familie. Habe ich recht?«

»Es ist eine gute Zeit dafür«, übersetzte Eye on Sky.

»Wir brauchen jetzt ein gemeinsames Planungsteam«, sagte Hans. »Ich selbst, Rex, Harpal und Martin werden unsererseits dabei sein. So bald wie möglich werden wir wissen müssen, welche Flechten eure Seite vertreten.«

»Einverstanden«, sagte Eye on Sky. »Meister der Übereinkunft sehen scharf auf unsere Crew und wählen und versammeln sich wieder normal in zwei Tagen eurer Zeit. Stonemaker wird euch ankündigen.«

»Perfekt«, sagte Hans. Er faltete die Hände, verbeugte sich vor Eye on Sky und den Meistern, versammelte seine Gruppe und schickte sich an, das Territorium der Brüder zu verlassen. Plötzlich schrie die größte temporäre Flechte schrill, und alle wandten sich nach ihr um.

Sie sagte: »Wir sehen Wasser klar, Luft klar«, mit einer Stimme wie der eines Kindes auf einem schlechten Tonbandgerät.

Hans nickte und wartete auf mehr.

Die Flechte fuhr fort: »Dies ist das eine. Wie euer Ton wirkt, dies ist das eine. Fein alle, wenn wir dafür sterben.«

»Richtig«, sagte Hans.

Eye on Sky sagte: »Ich glaube, das bedeutet …«

»Ich verstehe ihn vollkommen«, sagte Hans und hob den Daumen. Wir sind uns einig. Habe ich recht?«

Die Menschen nickten. Im Korridor, wieder im menschlichen Territorium und von allen Brüdern entfernt, murmelte Hans: »Verdammt, mir gefällt die Art, wie sie sprechen. Wenn wir nur ihren Zungen- und Riechslang halb so gut beherrschten.«

Die Mütter und Schlangenmütter brachten die vereinten Waffen in das Magazin und zeigten ihnen drei modifizierte Vehikel. Jedes konnte eine Flechte und einen Menschen in getrennten Abteilen befördern. Dies war, wie sie erklärten, für den Fall, daß einer verletzt würde oder Schwierigkeiten hätte, die den anderen beeinflussen könnten.

Ein Treffen nach dem anderen, eine Planungssitzung nach der anderen, Grübeln zwischen Brüdern und Menschen, Vorbereitungen für gemeinsame Übungen, aber trotz intensiver Bemühungen nie ein Sinn für Entschlüsse und volles Verständnis. Das war es, worauf die Verteidiger von Leviathan gehofft hatten. Ein tiefes Gefühl von Unbehagen, viel schlimmer als damals, da die *Dämmerungsgleiter* sich auf Wormwood hinabgesenkt hatte.

Leviathan hing in dreieinhalb Lichtmonaten Entfernung als ein beständiges Bild von fünfzehn Welten.

In dem fast leeren Schulzimmer kringelte sich Silken Parts nahe der Sternsphäre zusammen und streckte unter dem Ende seines Rüssels drei Greifsaiten aus, von denen jede ein menschliches Handy hielt. Die ersten drei Klauenpaare längs jeder Saite krümmten sich mit eindrucksvoller Geschicklichkeit um die Handys. Bilder flogen durch die Luft für Stonemaker und Eye on Sky, schneller, als Martin aufnehmen konnte. Die Brüder hatten den Vorteil vielfacher sensorischer Systeme, deren jedes fähig war, zur Assimilation von Flechten zu absorbieren und festzuhalten. Die Unterrichtung der Brüder dauerte weniger als eine Minute. Dann übertrug Silken Parts alle drei Handys auf eine Saite und händigte sie Hakim, Luis und Jennifer aus.

»Vielen Dank!« sagte Silken Parts und beugte sich zu den menschlichen Beobachtern vor, seinen Kameraden im vereinigten Suchteam sowie Hans, Harpal, Rex, Cham und Martin.

Hakim stöhnte bewundernd und sagte, während er ein Handy hochhielt zu Silken Parts und Stonemaker: »Es ist frustrierend, Mensch zu sein.« Stonemaker machte ein Geräusch wie Wasser über Kies und sandte einen widerlich süßen Geruch aus. Das war ein Gelächter, das man hören und riechen konnte, worin Martin aber mehr Höflichkeit als Humor vermutete.

Hakim sagte: »Ich werde die Resultate jetzt für Menschen darstellen. Langsamer, aber mit nicht mehr Freude. Wir haben unsere Fernsonden bis zu ihrer entferntesten Position ausgebreitet, wie von Hans und Stonemaker beschlossen wurde; und wir haben das Leviathansystem nun viel detaillierter gesehen.

Zivilisation ist erkennbar. Sie ist außerordentlich geschäftig. Zwischen den fünfzehn Welten gibt es ständig Handel, besonders in Nähe des vierten Planeten. Wenn das eine falsche Projektion ist, handelt es sich um ein Meisterstück.

Jeder Planet ist bewohnt. Die Dichte der Aktivität auf jedem Planeten ist bewundernswert, selbst nach dem, was wir aus dieser Entfernung sehen können. Der Handel zwischen den Welten fließt unablässig und scheint von mannigfaltigen Wesen geführt zu werden. Zumindest ist das meine Vorstellung, und die wird von Silken Parts geteilt.«

Hakim projizierte Bilder von fünf Planeten, die um seinen Kopf angeordnet waren wie Bälle in einem eingefrorenen Jonglierakt.

Hakim fuhr fort: »Wir benutzen für jeden Körper Zahlen und griechische Indices. Der erste Planet von Leviathan nach außen ist eine Gesteinswelt. Aber, wie ihr seht, sehr unscharf. Wir glauben, diese Unschärfe kommt durch eine schwere Schicht von Stationen zustande, die im Orbit verankert sind. Wir sehen diesen Planeten unter einem Winkel von sechzig Grad; und die Unschärfe nimmt auf diesem, dem südlichen Rand des Planeten zu, was mir viel Aktivität in der Äquatorebene anzudeuten scheint, vielleicht bis hinaus zur synchronen Bahn. Der Planet ist stark umgestaltet, muß aber früher der Venus in Größe und Zusammensetzung vergleichbar gewesen sein.«

»Ich nehme an, man wird mehr über diese Halteseile oder was auch immer erfahren, wenn unsere Parallaxe sich ändert«, sagte Hans.

»Ja. Und ich werde binnen zehn Tagen eine um neunzig Grad verschobene Ansicht haben wegen unserer Geschwindigkeit und seiner Präzession. – er hat einen natürlichen Polarwinkel von dreißig Grad zur Ekliptik – und wegen Änderung der Parallaxe.«

»Glaubst du, daß es Verteidigunganlagen gibt?«

»Es scheint keine zu geben. Falls es Haltekabel sind, könnten es ausgedehnte Wohnanlagen sein – hängende Gebäude. Wie ein solches Netz angebundener Strukturen im Orbit gehalten werden kann, ist eine enorme Herausforderung.«

»Klingt nach einer geschäftigen Metropole«, bemerkte Harpal. »Warum denkst du, daß es dort mehr als eine intelligente Species gibt?«

»Tatsächlich postulieren wir nichts dieser Art – sondern nur, daß es Mannigfaltigkeiten intelligenter Formen gibt. Die Mütter sagen uns, daß für eine Zivilisation in diesem Entwicklungsstadium Spezialisierung kein nützliches Konzept ist. Biologische Formen können, sofern überhaupt, völlig künstlich und willkürlich sein.«

Hakim trank aus einer Wasserblase und fuhr fort. »Der zweite Planet unterscheidet sich sehr stark von dem ersten. Er ist nicht unscharf und hat vielleicht nur wenige verankerte Strukturen, falls überhaupt. Indessen hat er eine dichte Atmosphäre aus Kohlendioxid und Stickstoff mit viel Wasserdampf bei einer planetenweiten beständigen Temperatur von fünfundachtzig Grad Celsius.«

»Warum?« fragte Hans und runzelte die Stirn.

»Vielleicht, um ein anderes Habitat zu bieten«, schlug Luisa vor.

Hakim fuhr fort: »Die Planeten sind recht verschieden, als ob sie für eine bestimmte Umgebung oder Funktion konstruiert wären. Um das Interessanteste hervorzuheben, der vierte ist weder eine Gesteinswelt noch ein Gasriese; aber wir wissen nicht, was er wirklich ist. Ich habe zuerst gedacht, er könnte ein brauner Zwerg sein, aber das ergibt jetzt keinen Sinn. Er hat eine enorme Oberfläche, die von etwas bedeckt ist, das eine dünne Atmosphäre aus Kohlendioxid, Sauerstoff und Argon zu sein scheint, und eine feste Oberfläche – eine Lithosphäre, die künstlich stabilisiert sein könnte. Sie mag auf einem flüssigen Kern ruhen; aber die Oberflächentemperatur ist bemerkenswert warm, zwölf Grad Celsius, was auf innere Erwärmung hindeuten würde.«

»Okay«, sagte Hans. »Aber warum haben sie viele verschiedene Milieus?«

Silken Parts raschelte mit seinen Saiten, ehe er sprach. »In unseren Aufzeichnungen sehen wir und riechen wir viele Species, die in einem lokalen Bereich Intelligenz entwickeln und große Gemeinwesen schaffen. Die sind nicht häufig, aber sie existieren.«

Hans murmelte: »Das ist alles Täuschung. Warum sollen wir uns damit aufhalten?«

»Aber wenn es keine Täuschung ist …«, sagte Hakim und hob die Hände.

Hans lachte. »Wir sind seitens der Killer mit *nichts* als Täuschung konfrontiert worden, schon von Anfang an. Das ist perfekt – etwas, das uns zögern und mißtrauisch macht. Es ist so verdammt perfekt.«

Stonemaker raschelte, rollte sich zusammen und streckte sich wieder aus. Eine einzelne Saite löste sich von seinem Schwanz und kroch aus der Tür. Eye on Sky fing sie ein und steckte sie in einen Sack. Sie quakte jämmerlich. Stonemaker sagte: »Ich bitte um Entschuldigung.« Ein Geruch irgendwie nach Verlegenheit – frische salzige Luft und Meerestang. Eine geringfügige lokale Abtrennung war für die Brüder nicht ungewöhnlich, aber peinlich, wenn man sie bemerkte.

»Denk dir nichts dabei!« sagte Hans. »Für mich ist das ein Hinterhalt. Hakim ist nicht der Meinung. Gibt es noch mehr, die das nicht für eine Falle halten?«

»Wir dürfen uns nicht in blinde Beurteilung verrennen«, sagte Hakim und sah sich bestürzt im Raum um. »Denken wir im Ernst, daß das Killer sein könnten? Es ist vielleicht eine Vielfalt von Kulturen, die zusammenarbeitet und gedeiht und nur darauf wartet, daß wir aufkreuzen und sie besuchen?«

»Die Täuschung ist unglaublich dicht«, konterte Hans.

Silken Parts wandte ein: »Wir wissen von keiner solchen Täuschung, die große Zeiträume überdauert hätte.«

Hans bekam ein rotes Gesicht. Rex wollte etwas sagen, aber Hans schnitt ihm mit einer erhobenen Hand das Wort ab. »Also sollten wir wieder abstimmen ... und noch mal ein Urteil fällen.«

»Ja«, sagte Stonemaker. »Alle unsere Leute.«

»Ich bin dafür«, sagte Hans und reckte sich wie eine Katze. »Etwas, um Konsens zu untermauern. Wann?«

Silken Parts schlug vor: »Nachdem wir noch mehr gesehen haben. Viel mehr Forschung.«

»Wir haben noch etwas Zeit«, sagte Hans. »Inzwischen sollten wir mit Drill und Übungen anfangen. Ich hätte gern Martin, Paola Birdsong, Ariel, Giacomo und ... Martin, du wählst drei weitere. Ich möchte, daß ihr alle die Bibliotheken durchgeht und nach etwas sucht, das hier einen Präzendenzfall bildet. Macht einen Prozeß daraus! Ihr werdet verteidigen. Hakim, du nimmst Jennifer; Harpal, Cham und drei weitere und bereitest ein Gerichtsverfahren vor. Stonemaker, ich bin noch nicht damit vertraut, wie euer juristisches System arbeitet, denke aber, daß die Brüder etwas Ähnliches machen sollten. Dann werden wir die ganze Crew versammeln, Menschen und Brüder, und urteilen.«

Silken Parts verbreitete einen Geruch von feuchtem Ton. Stonemaker sagte: »Wir werden uns neu gruppieren, Meister der Übereinkunft versammeln und eine Entscheidung treffen.«

»Großartig!« sagte Hans. Er sah Martin an und sagte: »Wir müssen uns sprechen. Allein.«

Sie gingen in die Unterkunft von Hans, vorbei an vier Brüdern und fünf Menschen, die in einem Korridor übten. Die Menschen warfen den Brüdern Bälle zu, die sie von einer Saite zur anderen laufen ließen und dann mit ihren Schwänzen zurückschleuderten. Der Wettkampf – eine Art Fußball – war hoffnungslos ungleich. Die Brüder gewannen zu mühelos, und die Menschen beklagten sich lautstark.

»Sind sie nicht konkurrierend?« sagte Hans. Er öffnete die Luke zu seinem Quartier. Darin sah Martin einen Raum, ebenso karg wie seinen – mit Ausnahme einer Vase voll Blumen. *Rosas Geschmack.* Hans legte sich auf ein Kissen und gab Martin ein Zeichen, es sich bequem zu machen.

Er sagte: »Du bist in letzter Zeit still gewesen. Ich sollte dankbar sein …«

»Wieso dankbar?« fragte Martin.

»Daß du nicht wie wild losbrüllst. Die Exbosse sind mit meinem Stil nicht zufrieden, oder etwa doch?«

Martin antwortete nicht.

»Aha«, sagte Hans und nickte. »Das ist es.«

»Eigentlich nicht«, sagte Hans leise. »Jeder Anführer findet an seinem Nachfolger etwas auszusetzen. Ich habe mich mit Stephanie gestritten.«

»Macht nichts«, sagte Hans und ließ das Thema mit einer Handbewegung fallen. Er schaute zu der kahlen Decke auf, als ob er mit jemand spräche, der weit entfernt war. »Harpal ist zurückgetreten. Ich brauche einen neuen zweiten Mann. Wir wollen ihn nicht mehr Christopher Robin nennen. In Ordnung?«

»Fein«, sagte Martin.

»Rex ist sehr loyal, aber ich brauche gerade jetzt einen, der wirklich kritisch ist. Einen Ausgleich. Cham geht mir auf die Nerven wie Harpal. Ich komme auf dich zurück.«

»Warum?« fragte Martin.

»Weil ich möchte, daß du redest, wenn du ruhig bist. Wenn du mein Zweiter bist, wird es deine Pflicht sein, mit mir zu sprechen, und ich werde mir keine Gedanken darüber machen, was du denkst. Außerdem benimmt sich Stonemaker schon so, als wärest du der zweite Kommandant. Man könnte das ebenso offiziell machen.«

Martin setzte sich mit gekreuzten Beinen auf den kahlen Fußboden. »Das scheint nicht Grund genug zu sein.«

»Ich habe es vorhin gesagt und sage es jetzt. Du warst nicht dafür verantwortlich, daß das Scharmützel mißlungen ist. Niemand hätte es kommen sehen können. Wir sind abgehauen. Wir haben getan, wozu wir gekommen waren. Ich denke, man hat dich wegen der falschen Überlegungen getadelt.«

»Darum mache ich mir keine Sorgen«, sagte Martin.

»Du hast jemanden verloren, den du liebtest.«

»Mehr als einen.«

»Ich denke, du bist vielleicht der beste Boss gewesen, den wir gehabt haben, Martin, oder mindestens fast so gut wie Stephanie. Sie war hitzig, sie hatte Schneid. Du warst ruhig und bedächtig. Ich fliege mit Instinkt durch einen dichten Nebel. Du kennst meine Probleme.«

Martin holte tief Luft.

»Wir stehen mit den Brüdern auf freundschaftlichem Fuß. Das ist ein Trost. Sie haben mir höllisch Angst gemacht, als ich sie zum ersten Male sah. Diese Saite, die an Cham hochkroch ...« Hans kicherte. »Ich hätte mir die Hosen naß gemacht. Ich denke, daß sie für uns gut sind. Aber sie sind eben auch sehr andersartig. Sie haben in der Schlacht fabelhaften Mut gezeigt. Sie haben gezögert und die Killer total verunsichert... Und sie werden das wieder tun. Ich rieche schon, wie das von Silken Parts und Stonemaker kommt. Sie sehen diesen Hinterhalt, dieses große kooperative Sonnensystem, ganz emsig und friedlich ... Und mein Gott, Martin, sie wollen den Schwindler an sich ziehen und nicht töten.«

Martin sagte: »Das können wir umgehen.«

»Wirklich?« Hans drehte sich um und sah ihn scharf an.

»Das nehme ich an«, sagte Martin.

»Aber du gibst zu, daß es ein Hinterhalt ist.«

»Hakim scheint seine Zweifel zu hegen, und der ist schlau ...«

»Hakim ist zu verdammt liebenswürdig.«

»Aber kein Feigling«, sagte Martin.

»Das habe ich nicht gemeint. Er wird von den Brüdern umgedreht werden. Die werden ihm allerlei Zweifel in seinen vernünftigen Kopf setzen. Manchmal wünsche ich, sie hätten einen Haufen sturer Soldaten ausgesucht und nicht alle diese mentalen Hochleistungstypen.« Hans schlug mit der Hand auf den Boden. »Ich könnte einen Haufen Holzköpfe überall hinführen und veranlassen, alles zu tun, wobei die meisten von uns mit dem Leben davonkämen. Aber keine Denker und Zweifler. Und wenn ich dann noch Rosa hinzunehme ...« Er zeigte auf die Blumen und zuckte dramatisch mit dem Kopf. »Hast du das bemerkt? Gott helfe mir. Sie ist sehr gut im Bett, weißt du das?«

Martin schüttelte den Kopf.

Mit sanfterem Ton sagte Hans: »Aber ich tue es nicht im Interesse meiner Gesundheit. Sie ängstigt mich mehr als die Brüder. Martin, sie ist eine absolute Null. Ich denke, daß sie vielleicht wirklich zu Gott spricht. Falls das so ist, steht Gott auf *deren* Seite, nicht auf der unsrigen. Wenn ich sie loslasse – und ich kann sie nicht lange kontrollieren, Martin –, habe ich keine Ahnung, was aus ihr herauskommt. Eine ganz neue Religion. Habe ich recht?« Er stand auf und reckte sich, ruhelos wie ein Leopard im Käfig. »Sie hat dich beinahe aufgesogen, oder nicht?«

Martins Gesicht rötete sich. Er sagte: »Ich war verletzend.«

»Schäm dich nicht! Wenn ich nicht so verdammt zynisch wäre, wäre ich auch auf die Knie gesunken.«

»Ich will nicht der zweite in der Führung sein. Ich habe meine Zeit abgedient.«

»Du wurdest abserviert«, erinnerte ihn Hans.

»Mir war das recht«, sagte Martin.

»Quatsch!« erklärte Hans. »Du hast ein ebenso tiefes Pflichtgefühl wie ein jeder hier. Du empfindest tiefer als alle, außer vielleicht Ariel.«

Martin antwortete nicht.

»Nun, ich kann mir meinen Zweiten aussuchen, wenn der Erwählte nicht hinhaut. Ich habe meine Wahl getroffen. Du bist es. Du wirst an die Stelle von Harpal treten.«

»Ich werde nicht ...«

»Es tut mir leid, Martin«, sagte Hans und legte die Hände Martin auf die Schultern. »Ich brauche Hilfe. Ich brauche Ausgleich. Ich will jetzt keine Fehler machen.«

Die Übungen begannen zunächst mit körperlichem Training. Menschen und Brüder arbeiteten in Leichtathletik zusammen. Das Resultat war zuerst komisch; und Martin hatte Bedenken, daß die Brüder durch die Konfusion gekränkt sein könnten. Aber das waren sie nicht.

Die ganze bei den Übungen beteiligte Crew schien das als ein Spiel zu sehen, selbst wenn sie den Drill nach ihren besten Fähigkeiten absolvierten.

Cham leitete die Übungen. Eye on Sky übersetzte für die Brüder.

Cham sagte: »Wir werden uns aneinander gewöhnen

und formell kennenlernen. Ich könnte mich Coach nennen.«

Die Menschen johlten und sprangen umher, taten so, als ob sie einige Sprünge oder Pässe machten und einen Fußball aus feuchtem Stoff abfingen.

»Als Erstes müssen wir wissen, was wir tun können und wie wir uns fühlen hinsichtlich Kraft, Elastizität und wo wir verwundbar sind, wo man uns verletzen kann und wie wir helfen können. Ist das klar?«

Schweigen und Aufmerksamkeit drückten Zustimmung aus.

»Wir haben keine Ahnung, in was wir diesmal hineingeraten werden. Alles, wofür wir geübt und trainiert haben, könnte bald umgeworfen werden. Jedenfalls habe ich dieses Gefühl und meine, daß die Bosse zustimmen werden. Es sieht so aus, als ob Leviathan ein Schlager sein wird. Ein lohnendes Ziel, wie die alten Militärs auf der Erde zu sagen pflegten. Also müssen wir eng zusammenarbeiten.«

Reicher Duft wie von einer Meeresküste erfüllte den Raum. Martin bemerkte einige, denen der Geruch unangenehm zu sein schien: Rex Live Oak war darunter, dem die Brüder ohnehin lästig waren.

Harpal trat neben Martin. Er hatte nach seinem Rücktritt noch kein Wort gesprochen. Zumindest ließ er keinen Groll gegenüber Martin erkennen. Martin war dafür dankbar.

»Erste Übung«, sagte Cham. »Tragen. Zwei Menschen werden einen Bruder durch das Schulzimmer tragen. Der Bruder wird die beiden Menschen zurücktragen. Ich habe keine Ahnung, wie ihr das machen werdet. Tut es einfach und lernt es!«

Cham und Eye on Sky bestimmten die Teams. Jedes Team bestand aus zwei Brüdern und zwei Menschen. Martin und Ariel taten sich mit zwei Flechten zusammen. Die eine war ein kleines Exemplar namens Twice Grown, die andere mittelgroß namens Makes Clear.

Keine der beiden hatten ihre Geschicklichkeit in menschlicher Kommunikation gepflegt und verließen sich lieber auf Gerüche anstatt menschliche Wörter, was zur Konfusion beitrug und –wie Ariel zu denken schien – zum Vergnügen. Martin hatte sie noch nie so viel lachen sehen.

Cham sagte fröhlich: »Wir haben einen neuen zweiten Kommandierenden. Die Brüder werden mir verzeihen, wenn ich den Rang voranstelle. Martin, dein Team kommt zuerst.«

Makes Clear glitt nach vorn und meinte: »Tragen weite Wege.« Dann rollte er sich wie eine stehende Spirale zusammen. Martin und Ariel suchten nach sicheren Stellen, um ihn zu packen, aber die Saiten wanden sich unter ihren zupackenden Händen.

»Seid *ruhig!*« verlangte Ariel.

»Nicht gewohnt«, stöhnte Makes Clear. Die anderen sahen interessiert zu, wie Martin schließlich die am wenigsten kitzlige Stelle einer Saite fand, nahe den am festesten zupackenden Krallen. Die Haut der Saite änderte unter seinen Händen die Struktur von hartem glatten Leder zu leicht faßbarem Gummi.

Makes Clear streckte und versteifte sich. Ariel fummelte herum, verbesserte ihren Griff, und sie hoben Makes Clear auf Hüfthöhe. »Laß uns gehen, solang wir ihn haben!« rief Martin, und sie fingen an zu rennen.

Makes Clear stieß einen besonders scharfen Terpentingeruch aus, der Martin in die Augen biß. Zu gehen und dabei die Augen zu wischen, wäre katastrophal. Aber er war fast blind. Ariel ging es etwas besser. Martin fragte: »Wo sind wir?«

»Sag du mir das!«

Makes Clear zirpte: »Ich sagen! Ich sage! Links, rechts, rechts.«

»Was?«

Ariel sagte: »Geh mehr nach links!« Sie verfehlten knapp eine Reihe von Brüdern, die sich aufbäumten wie erregte Schlangen und noch mehr Terpentingeruch ausströmten.

Martin riß den Kopf zurück mit gebleckten Zähnen und fast geschlossenen Augen. An den Armmuskeln traten die Adern hervor. Der Bruder wog mindestens achtzig Kilo. Ariel war kräftig, aber ihr Griff versagte, und Makes Clear rutschte auf ihrer Seite tiefer. Gerade, als sie den Weg durch den Raum zurückgelegt hatten, fielen sie alle hin und glitten gegen die Wand.

Makes Clear raschelte und stand auf. Dann bückte er sich schnell und machte zwei Saiten an den Flanken seines Oberkörpers frei. Deren Klauen packten Martin und Ariel an Armen und Beinen; und Makes Clear hob sie mit einen lauten Brummen der Anstrengung vom Boden auf, schüttelte sie und ergriff sie um die Körpermitten.

»Au!« schrie Ariel. Makes Clear ging auf Gegenkurs und schlängelte sich durch die verflochtene Strecke, die sie mit komischer Genauigkeit verfolgt hatten, wobei er seine Kameraden wieder zwang, einen Bogen zu bilden. Martin fühlte, wie die Klauen sich tief in seine Haut bohrten, und verzog vor Schmerz das Gesicht.

Der Rückweg ging viel schneller. Die Zugkraft der Klauen vieler Saiten längs der Unterseite eines Bruders war wirklich wunderbar, wie bei einem lebenden Kettenfahrzeug oder einer überlasteten Raupe. Dann senkte sich Makes Clear, und sie rappelten sich neben Twice Grown auf die Füße.

»Haben wir es gut gemacht?« fragte Twice Grown und brachte den Kopf auf Brusthöhe von Martin. Er roch nach verfaultem Obst.

»Gut genug«, sagte Martin, rang nach Luft und betastete sich die Rippen.

»Beim nächsten Mal besser«, sagte Twice Grown, schlängelte sich zu Ariel und klopfte mit einer ausgestreckten Saite ihren Arm.

»Das ist Zuneigung«, sagte Martin und sah, wie sie reagierte.

»Ich weiß«, sagte Ariel strahlend.

Cham sagte das nächste Team an, und die Übung ging weiter bis zu einem recht langweiligen Ende. Bis dahin wußten sie viel mehr übereinander; und selbst die am meisten Widerstrebenden – unter ihnen Rex – waren gezwungen worden, mit den Brüdern in physischen Kontakt zu kommen und mit ihnen zu kooperieren.

Martin saß mit dem Rücken an die Wand gelehnt. Ariel näherte sich ihm und musterte vorsichtig sein Gesicht. Sie fragte: »Darf ich?«

Er machte ihr ein Zeichen, sich neben ihm hinzusetzen.

»Hans hat Rex nicht ausgesucht«, sagte sie ruhig.

Mitten im Schulraum zeigten einige Männer und Frauen, wo sie Beulen bekommen hatten, und schlugen sanftere Methoden des Umgangs vor. Die Brüder brachten in gebrochenem Englisch und mit Gerüchen nach Zwiebel und frischem Brot höflichere, aber nicht minder deutliche Klagen vor.

Martin sagte: »Mein Glück. Machst du dich fertig, um wieder ganz über mich zu springen?«

»Du bist mir schon ein Kerl!« erwiderte Ariel. Ein kindlicher Ton nahm die Spitze aus ihren Worten. »Du verdienst meinen Ärger nicht.« Sie hockte sich hin, lag mit dem Rücken an der Wand, streckte nacheinander die Beine aus und ließ sich neben ihm hinsinken.

Rosa war den Übungen ferngeblieben. Hans hatte Cham privatim angewiesen, sie nicht einzuschließen. Sie wirkte träumerisch und unsicher. Martin sah, wie sie den Raum verließ. »Wie geht es Rosa?« fragte er Ariel.

»Wie einem Vulkan. Hans hilft ihr gar nicht. Vielleicht glaubt er, es zu tun: aber sie weiß, was er macht.«

»Und was macht er?«

»Typisch männlichen Bockmist. Was sie braucht, ist ein guter Fick.«

»Was schlägst du vor, was sollten wir tun?«

»Wegen Rosa?« Sie hob die Schultern und holte Luft. »Sie hat eine Mission. Sie beachtet mich zur Zeit nicht. Ich gehöre nicht zu ihrem Kreis, falls du das nicht bemerkt hast.«

»Doch, das habe ich.«

»Sie schenkt jetzt niemandem wirklich Beachtung außer Hans.«

»Du sagtest, sie weiß, was er vorhat?«

»Sie benutzt ihn ebenso wie er sie. Martin, er hat ihr einen offiziellen Status verliehen. Sie stärkt ihre Position. Wenn Hans denkt, daß er geschickter ist als Rosa ... Aber du bist jetzt kooptiert, nicht wahr? Du kannst nicht über Hans sprechen oder das, was er denkt.«

»Ich habe nicht darum gebeten, der zweite Mann zu sein.«

»Stimmt«, sagte Ariel und nickte heftig. »Schätzt du Hans?«

Martin antwortete nicht.

»Stimmt«, sagte sie noch einmal und stand auf. »Mit den Brüdern klappt alles. Aber neben Rosa gibt es noch einige unter uns, die höchst nervös sind, und das Zusammensein mit den Brüdern hilft da nichts. Du weißt, wen ich meine. Martin. Sie fahren ohne jeden Kompaß.«

»Vielen Dank, daß du mir einige Intelligenz zutraust!«

»Gern geschehen.« Sie rieb sich die Hände an den Hosen und sah ihn mit einer Miene zwischen Besorgnis und Gereiztheit an. »Ich weiß, du wirst den Köder nicht schlucken. Spuck ihn aus! Rosa ist nicht die gefährlichste Person auf diesem Schiff.«

Martin tat, als ignoriere er sie.

Rex drehte zuerst durch.

Martin war auf Leitern zwischen der ersten und zweiten Heimkugel unterwegs, als er von unten laute Rufe hörte. Er kletterte zur nächsten Verbindung hinab und sah, wie Saiten sternförmig von einem Haufen wegkrochen, der eben noch eine Flechte gewesen war.

Rex stand an einer Seite mit einem metallenen Baseballschläger. Sein Gesicht war blaß und feucht. Er bückte sich und schwenkte den Schläger leicht mit einer Hand. Mit der anderen Hand wedelte er einen scharfen Geruch von Terpentin und gebranntem Zucker weg.

Er drehte sich um und hob die Augen zu Martins Gesicht. »Hilf mir!« sagte er mit matter Stimme. »Dieses Biest hat mich angegriffen.«

Die Flechte hatte sich völlig aufgelöst. Die Saiten versuchten vergeblich, an den Wänden hochzuklettern, und fielen immer wieder klatschend herunter. Drei Saiten lagen mitten in dem Haufen, ringelten sich und schmierten eine braune Flüssigkeit über den Boden. Es war das erste Mal, daß Martin Saiten bluten sah. Er fragte: »Was, zum Teufel, ist geschehen?«

»Ich habe es dir gesagt«, erklärte Rex und zeigte mit den Schläger auf Martin. »Es hat mich gepackt. Ich mußte es abwehren.«

»Wer war es?« fragte Joe Flatworm und ließ sich hinter Martin von einem Leiterfeld fallen. »Welcher Bruder?«

»Das weiß ich nicht, und es ist mir auch völlig egal«, sagte Rex, senkte den Schläger und richtete sich auf. »Es war ein großer.«

Zwei der drei verletzten Saiten hatten aufgehört, sich zu bewegen. Zwei weitere Brüder schlängelten sich von der unteren Ebene durch zylindrische Felder. Sie machten sich sofort daran, die unverletzten Seiten einzusacken.

Noch zehn Menschen und drei Brüder mehr sammelten sich in der Kuppel. Paola Birdsong kniete sich neben den stillen Saiten hin. Twice Grown glitt vor und hob sanft eine der beiden auf, ohne sich die Mühe zu machen, sie in einen Sack zu stecken.

»Ist sie tot?« fragte Paola.

»Sie ist tot«, sagte Twice Grown.

»Zu wem gehörte sie?«

»Es war eine Saite von Sand Piler«, erklärte Twice Grown.

»Was ist das hier? Eine verdammte Totenfeier?« rief Rex schrill.

Martin näherte sich vorsichtig Rex, streckte die Hand aus und wedelte mit den Fingern. Er sagte: »Gib mir das!«

Hans ließ den Schläger fallen und wich zurück. Er sagte: »Selbstverteidigung.« Martin hob den Schläger auf und übergab ihn Joe.

»Er gehörte zu unserem Trainingsteam. Bist du sicher, daß er dich angegriffen hat?« sagte Martin.

»Er hat seine Klauen auf mich gelegt und gekniffen, als ob er mir den Arm brechen wollte«, klagte Rex und wich vor Martin zurück, der ständig näher rückte.

Martin bemühte sich, seine Wut zu zügeln, und fragte: »Versuchte er, mit dir noch mehr Übungen zu veranstalten?«

»Wie, zum Teufel, sollte ich das wissen?« fragte Rex. »Martin, hör auf, mich zu bedrängen, oder ich werde ...«

»Wolltest du ihm den Schädel einschlagen, du widerlicher Affe?« Hans drängte sich durch die Menge und um Martin herum. Dann packte er Rex an den Ärmeln und schüttelte ihn ein-, zweimal. »Du – bist – ein – Stück – Scheiße!« brüllte Hans, ließ Rex los und ging wieder in die Mitte des Raums. »Twice Grown, kommt Stonemaker her?«

Twice Grown befragte sein Handy und sagte: »Ich habe darum gebeten.«

»Ich hoffe, daß der hier nicht schwer verletzt ist.«

Twice Grown sagte: »Noch zwei Saiten, eine verletzt. Wird kein vollständiger Sand Piler mehr sein.«

»Das tut uns sehr leid«, sagte Hans. »Martin, Joe, bringt Rex in seine Unterkunft! Joe, paß auf und sorg dafür, daß er sie nicht verläßt!«

»Was?« schrie Rex empört. »Ich sagte, es war Notwehr, verdammt noch mal!«

»Tut es!« wiederholte Hans kühl.

Rex wehrte sich nicht gegen sie. Rosa sah zu. Sie hing an einem Feld im Hals, als sie vorbeikamen. »Was ist passiert?« fragte sie.

»Halt's Maul!« fauchte Rex.

Joe packte die Schulter von Rex mit seiner freien Hand und sagte hart: »Du schwimmst in Jauche, Kumpel. Hör nicht auf zu paddeln, sonst gehst du unter!«

Rex wischte sich Augen und Stirn und schüttelte Joes Hand ab. Er ging schweigend zwischen ihnen dahin.

Die gerichtliche Verhandlung fand einen Tag später statt. Stonemaker, Eye on Sky, Hans, Cham, Joe und Martin hatten den Vorsitz. Rex stand zwischen Cham und Joe, erheblich zerknirscht. Hans hatte ihn eine Stunde nach dem Vorfall befragt.

Stonemaker machte die ersten Bemerkungen. »Ich habe das Individuum Sand Piler um einen Bericht gebeten, aber Gedächtnis ist gemindert. Sand Piler weiß nicht, was geschehen ist. Wir müssen uns auf euer Individuum für Zeugnis verlassen.«

Hans saß auf einer erhöhten Stelle im Boden des Schulzimmers und faltete die Arme. »Rex, berichte uns!«

Rex sah die Menschen im Raum an, alle außer Hans, und sagte. »Es ist ein Mißverständnis.«

»Erzähle!« sagte Hans in neutralem Ton mit gesenktem Blick.

»Wir kamen im Verbindungsteil des Halses zusammen. Ich ging meines Weges ...«

»Du hattest einen Schläger dabei?« fragte Hans

»Die Mütter hatten ihn für unsere Spiele angefertigt. Wir gingen, um in der Sporthalle Baseball zu spielen.«

»Wir?« fragte Hans.

»Wir gingen, um die Teams zu wählen«, sagte Rex.

»Wer?«

»Vier oder fünf von uns. Wir wollten sehen wie Baseball gespielt wird. Ganz normal. Spiele wie auf der Erde.«

»Du hast Sand Piler im Verbindungsstück getroffen«, half Hans nach.

»Ja. Ich erkannte es nicht ...«

»Ihn«, sagte Martin leise. »Das ist das allgemein anerkannte Fürwort.«

Rex schluckte kräftig, wollte aber nicht streiten. Martin erkannte in ihm den Widerwillen und noch etwas anderes – einen sturen Trotz, keine Einsicht, daß er etwas Unrechtes getan hatte.

»Ich erkannte *ihn* nicht«, sagte Rex. »Ich wußte nicht, wer es ... wer er war. Es war allerdings groß. Wir gingen aneinander vorbei, und er langte hin, um mich zu packen. Es hat mich bedroht. Er hat mich verletzt.«

»Hat er dich irgendwie gewarnt?«

»Er sagte etwas, das ich nicht verstehen konnte. Ich kann keinen von denen verstehen.«

»Verstehst du mich?« fragte Stonemaker.

»Meistens, aber du sprichst das beste Englisch«, sagte Rex. »Es war ein Unfall. Er hat mich erschreckt.«

»Hast du später darüber nachgedacht, was er zu dir gesagt haben könnte?« fragte Martin.

Hans unterbrach mit heftigem Stöhnen: »Gentlemen, wir haben hier ein Verfahren laufen. Ich werde meine Fragen stellen, und Stonemaker wird seine Fragen stellen.«

Martin stimmte dem zu.

Hans wandte ein: »Es war aber eine gute Frage. Was hatte er sagen wollen?«

»Ich weiß nicht«, erwiderte Rex.

»Etwas darüber, daß er bei deinem Team war, den Fangrennen?«

»Vielleicht«, sagte Rex. »Ich habe ihn einfach nicht deutlich gehört.«

»Und was geschah dann?«

»Er ist mit diesen Klauen auf mich losgegangen ... Hat mich um die Brust gepackt. Ich dachte, er will mich angreifen.«

»Und dann?« fuhr Hans fort.

»Ich habe mich verteidigt.«

»Gab es irgendeinen Grund für ihn, dich anzugreifen?«

»Wie sollte ich das wissen?« sagte Rex.

Das ist es, dachte Martin. *So einfach wie nur möglich.*

Hans sagte mit düsterer Miene: »Du meinst, die Brüder sind unberechenbar?«

»Ich kenne sie nicht«, sagte Rex und lächelte, als ob er plötzlich festeren Boden unter den Füßen hätte.

Hans wandte sich an Stonemaker: »Rex Live Oak hat an den Orientierungen für Brüder teilgenommen. Er hat bei den Fangrennen mitgemacht. Er hat Brüder getragen und ist von ihnen getragen worden.«

»So war er nicht. Er hat versucht, mich zu erdrücken!« widersprach Rex.

»Hast du Quetschspuren?«

Rex ließ seine Schulterträger herunter und zeigte blaue Stellen um Rippen und Bauch.

Stonemaker raschelte und gruppierte seine Windungen um. Hans nahm sein Kinn in die Hand und bückte sich, um die blauen Flecken zu betrachten. »Hast du irgend etwas getan, das ihn erschreckt haben könnte?«

»Nichts. Das schwöre ich.«

»Er hatte keinen Grund, dich anzugreifen?«

»He!« sagte Rex mit breitem Grinsen und hochgezogenen Schultern.

»Hör auf zu grinsen, du Mistvieh!« sagte Hans. »Stonemaker, kannst du mir sagen, wie Rex Sand Piler erschreckt haben könnte?«

»Wir haben vorher noch keine Aggressionen seitens unserer Partner erlebt«, sagte Stonemaker. »Wir verstehen nicht Kapazität, erschreckt zu sein, Angst zu erwecken.«

»Das verstehe ich jetzt nicht ganz.«

Eye on Sky sagte: »Wir erwarten keine Aggression von euch. Es gibt für uns keinen Grund, erschrocken zu sein, was auch immer ihr tut, sofern wir nicht verletzt werden. Erst dann verlieren wir Vertrauen und könnten erschrocken sein.«

Hans sagte: »Das ergibt Sinn. Es ist schade, daß Sand Piler sich nicht erinnert. Ich bin für Vorschläge seitens unserer Partner aufgeschlossen.«

Die Brüder sagten nichts. Sie wedelten und aromatisierten die Luft mit dem Geruch von frischem Brot und frisch gemähtem Gras.

»Ich weiß auch selbst nicht, wie ich vorgehen sollte«, gestand Hans. »Ich bin auf Rex sehr böse. Ich persönlich würde diesen Kerl hinauswerfen, falls die Mütter das zulassen würden. Würden sie das wohl, Martin?«

Martin schüttelte den Kopf.

»Du weißt es nicht?« fuhr Hans fort, als ob er seinen Ärger jetzt auf Martin richten würde, da Rex ein so jämmerliches Ziel war.

»Ich glaube nicht, daß sie uns das tun lassen würden«, erklärte Martin.

»Verdammt günstig für Rex. Stonemaker, ich weiß nicht, wie dieser Verstoß wieder gut zu machen ist. Aber er ist geschehen. Ich denke, wir sollten ganz offen sein und sagen, daß manche unserer Leute immer noch vor euren Leuten Angst haben. Rex scheint ein sehr einfältiger Typ zu sein; und bei *Idioten* ist nun mal alles möglich.« Er würgte dieses Wort Rex in den Hals. Sein Gesicht war nur ein paar Zentimeter von dessen Nase entfernt. Überraschung oder Erregung trieben Rex die Tränen in die Augen, und er taumelte einen Schritt zurück.

Er sagte: »Ich hab es doch nicht mit Absicht getan. Es ist einfach passiert.«

»Wird sich Sand Piler erholen?« fragte Hans Stonemaker.

»Der Schaden bei Sand Piler wird nicht Zusammenbruch und Adoption durch andere bedeuten. Er wird ein Individuum bleiben und seinen Freunden nützlich sein.«

»Das ist … sehr gut«, sagte Hans und holte zweimal heftig Luft, als ob er den Schluckauf hätte. Er wirkte unendlich müde, als er seine Aufmerksamkeit wieder auf Rex richtete. »Wir werden uns selbst darum kümmern. Brüder urteilen über Brüder und Menschen über Menschen. Du bist aus dem Job verbannt. Ich nehme an, daß du später etwas wirklich Heroisches und Eindrucksvolles angehen wirst und wieder deinen Dienst antreten kannst. Aber ich würde meine Zeit nicht damit verschwenden, daß ich mir deshalb Gedanken mache.«

Rex schloß die Augen und sagte: »Hans …«

»Hau ab!« sagte Hans.

»Ich habe in Notwehr gehandelt, um Christi willen!«

Hans sagte: »Du bist ein Lügner. Ich kann das nicht beweisen; aber du hast mein Vertrauen verloren. Und solange ich Boss bin, wirst du nichts zu tun haben. Rex, du bist ein freier Mann. Hau ab, ehe ich mich entschließe, dich windelweich zu prügeln!«

Rex verließ den Raum kopfschüttelnd und mit geballten Fäusten. Er prallte gegen eine Wand, ehe er durch die Luke trat.

Hans beugte sich sehr tief zu Stonemaker und Eye on Sky hinab und sagte: »Ich bitte um Vergebung für meine Leute. Wir müssen zusammenarbeiten. Wir haben keine Wahl.«

Stonemaker sagte: »Wir werden zusammenarbeiten, und das hier soll in unseren Gedanken verloren sein.«

»Wenn wir wieder eine Gerichtssitzung abhalten, wenn wir dafür stimmen, das Gesetz auszuüben«, sagte Hans, der mitten in einer Fülle von Planetenbildern stand, »werden die Brüder wahrscheinlich für eine Untersuchung stimmen. Habe ich recht?«

Martin, Hakim, Joe und Cham saßen im Kreise vor Hans im Bug des Schiffs. Joe und Cham nickten. Hakim schwieg.

»Martin? Werden sie dafür stimmen, hineinzugehen, um mehr zu erfahren?«

Martin sagte, seiner Meinung nach würden sie das tun.

»Denn je mehr wir lernen«, sagte Hans ruhig, »desto mehrdeutiger ist das alles. Ich glaube nicht, daß es überhaupt besser werden wird.«

»Schrecklich mehrdeutig«, sagte Cham. Er zog ein detaillierteres Bild von Leviathans drittem Planeten auf. Glatte, lieblich grüne Kontinente und blaue Ozeane, keine erkennbare Wolkendecke, Oberflächentemperatur um zwanzig Grad Celsius, Landmassen gescheckt mit immensen braunen Flächen. Wie ein Saum darum herum riesige Bovistfelder, vielleicht tausend Kilometer lang, zwischen Ozean und Kontinent. Die Felder beschränkten sich nicht auf den Äquator, einige gab es sogar an den Polen.

Der vierte Planet, riesengroß und dunkel, war von Meeren umgeben, die an dunkle Kontinente stießen, die mit glühenden, von Lava gefüllten Spalten bestückt waren. Der fünfte Planet war ein an flüchtigen Stoffen reicher Gasriese mit einer Oberflächentemperatur von fünfundachtzig Kelvin, einer Schwere von 2, 2 Ge, Andeutungen von breiten grünen Flecken und schwarzen

Bändern sowie Wirbelstürmen. Wiederum übersäten enorme Strukturen die obere Atmosphäre wie gigantische zusammenhängende Trichter. Der sechste war ein kleinerer Gasriese, etwa von der Größe Neptuns. Künstliche Bauten schwebten reflektierend wie Haarzöpfe strahlend im Orbit. Dicke Wolkenbänder aus Gas stiegen von der Oberfläche längs des Äquators auf, von den Konstrukten emporgezogen.

»Sieht aus wie ein Paradies für die nach Treibstoff Hungernden«, sagte Cham.

»Ein wahres Meisterstück an Bockmist«, sagte Hans. »Dafür entworfen, genau das zu tun, was es für uns tut.«

»Oder ...«, sagte Joe.

Hans hob eine Braue.

»Ich könnte mir eine oder zwei Erklärungen denken, wonach das, was wir sehen, der Wirklichkeit entspricht.«

»Getarnt mit realen Rassen und Kulturen«, sagte Hakim und griff Joes Hinweis auf.

»Bitte erklären!«

»Nun, Hakim scheint auf meiner Wellenlänge zu liegen«, sagte Joe.

»Ich glaube, es auch zu sehen«, stimmte Cham zu.

»Das sollte jemand dem armen alten Boss erklären«, bat Hans.

»Die Killer haben es aufgegeben, Sonden auszuschicken«, erklärte Hakim. »Sie haben sich mit anderen Kulturen zusammengetan, Bündnisse abgeschlossen und verstecken sich jetzt dazwischen.«

Hans neigte den Kopf nach einer Seite und blinzelte zweifelnd mit einem Auge.

»Oder sie sind ausgestorben«, sagte Joe, »und andere raumfahrende Rassen haben das System übernommen.«

»Wenn wir nicht annehmen, daß diese Planeten alle Projektionen oder etwas ähnlich Verrücktes sind«, sagte Hans. Er ließ die Schultern hängen und schloß die Augen. »Hat jemand die Mütter nach ihrer Meinung gefragt?«

Martin sagte: »Ich habe um eine formelle Zusammenkunft mit einer Mutter und einer Schlangenmutter ersucht. Ich habe gebeten, daß Stonemaker, und wen immer er mitbringen will, auch da sein sollten.«

»Sollte ich nicht dabei sein?« fragte Hans und öffnete ein Auge.

»Natürlich«, sagte Martin.

Hans fixierte Martin mit einem ausdruckslosen Blick und lächelte dann. »Gut. Wir exerzieren jetzt seit zehn Tagen. Alles läuft glatt.«

»Aber es gibt immer noch Probleme mit einigen aus unserer Crew«, sagte Martin.

»Aber sie schaffen die Arbeit«, sagte Hans.

Hans zögerte und stimmte dann zu.

»Laßt mich bloß ein paar hundert Dinge zugleich erledigen!« Hans stand auf und reckte sich. Er hatte zugenommen, und sein Gesicht wirkte aufgedunsen. »Rex bleibt außer Sicht. Ich hoffe, sein Beispiel hält die anderen im Zaum. Ich brauche einen Plan. Was werden wir tun, wenn die Entscheidung lautet, Untersuchungen anzustellen und dicht heranzugehen, ehe wir Waffen abwerfen?«

»Das Schiff aufteilen«, sagte Joe.

Cham stimmte zu. »Vielleicht in zwei oder drei Schiffe, so verteilt, daß sie zu verschiedenen Zeiten aus unterschiedlichen Winkeln zurückschwingen. Alle schwarz, alle stumm.«

»Genau meine Gedanken«, sagte Hans. »Martin?«

»Das Schiff, das zuerst hineingeht ... es ist eine Illusion zu denken, daß es lange verborgen bleiben wird, wenn überhaupt.«

»So?«

»Vielleicht sollte es offen hineingehen. Vielleicht sollte es verkleidet werden. Ein Trojanisches Pferd.«

Hans warf den Kopf zurück und sah über seine kurze Nase und dem offenen Mund Martin an. »Oh, Jesus ist einfach, Satan ist komplex. Wir kommen offen herein, wir sind reisende Händler und jagen keine Killersonden. Wir sind nur gekommen, um unsere Waren zu zeigen…«

Cham kicherte und schlug sich auf die Schenkel. Hakim sah sich immer noch verwirrt um. Cham fragte ihn: »Verstehst du nicht?«

»Ich bin nicht…«

»Schlag sie auf ihrem eigenen Gebiet!« sagte Joe. Hakim kapierte, runzelte aber plötzlich die Stirn.

Er sagte: »Sie wissen, daß wir bei Wormwood waren. Sie wissen…«

»Vielleicht wissen sie gar nichts«, sagte Martin, voller Energie durch seine eigene Idee und Chams Darstellung. »Sie könnten leicht annehmen, daß Wormwood uns in der Falle getötet hätte. Sie sind verwundbarer; aber aus diesem Grunde können sie es sich nicht leisten, ihre Verkleidung abzulegen – falls es eine Verkleidung ist…«

Hans sagte: »Weil reisende Händler über sie schwatzen oder anderswo erwartet werden könnten und man sie vermissen würde, wenn sie nicht erscheinen. Und sie müssen in der Nachbarschaft einen Ruf wahren. Sie haben die Roten Baumläufer ziehen lassen… Martin, mein Vertrauen in dich hat sich gelohnt. Alles danach ist ein Bonus.«

»Es ist keine schlechte Idee«, räumte Hakim ein und lächelte Martin an.

»Aber sie muß entwickelt werden«, sagte Hans. »Ich brauche einen vollen Vorschlag mit Details, ehe wir mit den Brüdern sprechen.«

Giacomo und Jennifer wurden rasch bei ihrem Quartier gefunden und waren überrascht, daß Martin so unerwartet zu Besuch gekommen war. Kleidung, Papierabfall, der darauf wartete, durch das Recycling des Schiffs geschickt zu werden, Sportgerät für gemeinsame Spiele von Menschen und Brüdern wurden eilends aufgehäuft und beiseite geschoben. Jennifer sagte: »Das wäre ein furchtbares Tohuwabohu, wenn wir frei trieben.«

»Macht euch keine Sorgen deswegen«, sagte Martin und schwenkte die Hand. »Ich bin nur aus eigener Initiative aufgekreuzt. Hans hat nicht um einen Bericht über die Übersetzungen gebeten; aber ich dachte, ich sollte mich erkundigen ...«

»Wir arbeiten jetzt zusammen mit zweien der Brüder, Many Smells und Dry Skin«, sagte Jennifer.

»Das sind komplizierte Namen«, sagte Giacomo lächelnd. »Dry Skin hat sogar einen menschlichen Namen gewählt. Er möchte Norman genannt werden. Manchmal hilft Eye on Sky.«

Martin fragte: »Was haben wir also? Sind ihre Bibliotheken besser als unsere?«

»Sie sind sicher anders«, erklärte Giacomo. »Wir haben kaum angefangen, das wirklich technische Zeug zu übersetzen; aber die Schlangenmütter scheinen mit ihren Fakten offener und mehr vertrauensvoller zu sein. Es besteht weniger Gefahr, die Brüder zu beeinflussen. Ich denke, das heißt ihre freie Wahl zu behindern, indem wir sie zu tief beeindrucken. Die Brüder sind psychologisch recht solide.«

»Können wir aus ihren Bibliotheken noch irgend etwas mehr erfahren?«

Jennifer schaute Giacomo an. »Möglicherweise, wenn sie uns beim Übersetzen helfen.«

»Solltet ihr inzwischen nicht den einen oder anderen Weg kennen?«

Jennifer sagte: »Ja, wenn sie in ihren Büchern die Begriffe in Form von Wörtern gespeichert hätten, bin ich sicher, daß wir es wissen würden. Aber der Grund, weshalb wir Many Smells und Dry Skin/Norman herbeiholen mußten, ist der, daß es für uns sehr mühsam ist, mit der Synästhesie umzugehen – mit der Übersetzung von Gerüchen und Musik in menschliche Sprache. Ihre Mathematik ist buchstäblich desintegriert. Es gibt keine ganzen Zahlen. Sie behandeln alles in Wahrscheinlichkeitsausdrücken. Zahlen sind verwischte Wahrscheinlichkeiten. Sie sehen die Dinge nicht getrennt voneinander, sondern nur in Relationen. Keine Arithmetik, nur Algebra. Wie viele Planeten es um Leviathan gibt, wird in Termen von Leviathans Geschichte ausgedrückt, der Gestalt seiner Planeten bildenden Wolke in vergangenen Zeitaltern... Nur wenn ein Bruder alles versteht, was es zu wissen gibt, werden wir eine Vorstellung davon haben, wie viele Planeten es gibt. Selbst ihre einfachsten Berechnungen verursachen uns Kopfzerbrechen. Paralleles Vorgehen von Saiten in jeder Flechte. Das ist eine Mathematik für viel stärkere Geister als die unsrigen.«

»Wir haben schon darüber gesprochen«, sagte Giacomo. »Aber der bestimmte Artikel fehlt auch in ihren Sprachen. Sie haben drei Sprachen – mit Gehör, Geruch und Schrift. Aber die Schrift ist für den Rest nur eine Ergänzung. Bisher haben wir nur Zugang zur Schrift gefunden. Norman bemüht sich, Olfaktorisches in Schriftliches umzusetzen, sagt aber, dies sei das Schwierigste, was er je versucht hätte.«

»Was erzählen uns die Anmerkungen?« fragte Martin.

»Die sind reizvoll«, sagte Jennifer und beugte sich mit vor Begeisterung geweiteten Augen vor. »Die Schlangenmütter vertrauen den Brüdern...«

»Wie wir gesagt haben«, unterbrach Giacomo.

»Die Schlangenmütter scheinen zu denken, daß keine Aussicht besteht, wonach die Brüder jemals zu Planetenkillern werden würden.«

»Aber über uns sind sie sich nicht sicher«, sagte Giacomo.

»Die Brüder lebten dicht am Strand, zumindest in ihren frühesten Formen«, erklärte Jennifer. »Fast alle ihre Städte lagen an Küsten. Sie haben im Binnenland künstliche Seen geschaffen, um die wachsende Bevölkerung zu ernähren. Das war für sie der Anfang der Zivilisation. Sie schienen sich ihrer Vergangenheit zu schämen, als ob Jäger und Sammler – wir – denken könnten, daß Strandläufer minderwertig seien.«

Giacomo sagte: »Ich denke, ihre Welt hatte nur eine geringe oder gar keine Achsenneigung. Keine Jahreszeiten, aber zwei Monde ...«

»Davon haben wir nichts gehört!« sagte Martin erstaunt. »Warum habt ihr uns das nicht früher mitgeteilt?«

»Wir warteten ab, um absolut sicher zu sein«, sagte Jennifer.

»Konntet ihr nicht einfach Norman oder Many Smells fragen?«

»Das ist keineswegs so einfach«, sagte Jennifer und fummelte an dem Overall über ihren Knien. »Die Schlangenmütter haben ihnen vielleicht gesagt, sie sollten sich hüten, uns zu viel zu erzählen.«

Martin atmete mit leichtem Stöhnen aus. »Weshalb?«

»Deshalb – weil sie, während wir ihre Bibliotheken erforschten, die unseren durchgegangen sind; und sie sind viel besser ausgerüstet, um sie zu verstehen.«

Giacomo sagte bekümmert: »Sie sind über unsere Fähigkeit zu Gewalt entsetzt. Sie wirkten richtig eingeschüchtert, nachdem Rex Sand Piler angefallen hatte.«

»Unsere Geschichte ist so anders«, sagte Jennifer. »Many Smells hat sich einige unserer Filme angesehen. Wir versuchten, sie ihm zu erklären.«

Giacomo sagte: »*Der längste Tag, Ben Hur, Patton.* Er war besonders verwirrt durch *Der Pate* und *Krieg der Sterne.* Jennifer versuchte, *Der ewige Krieg* zu erklären. Er war danach ziemlich still und roch nach überhaupt nichts mehr.«

Martin schüttelte erstaunt den Kopf.

Jennifer erklärte: »Sie senden keine Gerüche aus, wenn sie sich bedroht fühlen oder sich verbergen wollen. Sand Piler hat gestunken, als er verletzt war. Das war sein Schmerzensschrei.«

Martin schüttelte wieder den Kopf. »Warum wart ihr nicht etwas ... vorsichtiger in der Auswahl dessen, was er zu sehen bekam?«

Jennifer zwinkerte wie eine Eule. »Ich sehe nicht ein, wie wir von ihnen erwarten können, daß sie mit ihren Bibliotheken offen sind, wenn wir nicht unsere eigenen öffnen. Wir haben versucht, einige Filme zu finden, von denen wir annahmen, daß sie ihnen besser gefallen würden. Filme über häusliche Angelegenheiten, Familienfilme. Er hat *Arsen und Spitzenhäubchen* gesehen. Wir wollten nicht die ersten Eindrücke tilgen; und wer könnte nach der Attacke von Rex ihnen einen Vorwurf machen?«

Martin atmete tief aus und schloß die Augen. »Schon gut.«

Giacomo sagte: »Ich glaube, es fällt ihnen schwer, etwas anzunehmen, das fiktiv ist. Wir mußten erklären, daß die Filme nicht von realen Ereignissen handelten. Mit Ausnahme der historischen Filme – und selbst die waren fiktive Rekonstruktionen.«

»Wie ist es mit Literatur?«

»Sie fangen jetzt gerade an, sich damit zu beschäftigen. Noch keine Reaktion.«

Martin fühlte sich plötzlich erfaßt von einer kollektiven menschlichen Scham. Er rieb sich die Nase und schüttelte den Kopf. »Wir mögen Verbündete sein, sind aber keine Kameraden, denen man Vertrauen schenkt.«

»Genauso ist es!« sagte Giacomo.

»Wir wollten Hans nichts sagen, bis wir sicher waren. Wir dachten, er könnte es übel aufnehmen.«

»Bei ihm als Boss frage ich mich nicht, warum die Brüder über uns besorgt sind«, sagte Jennifer.

»Er steht unter großem Druck«, sagte Martin.

»Hans hat uns durch harte Zeiten gebracht«, sagte Giacomo. »Aber er ist zart. Wer weiß, was geschehen wird, wenn die Lage wieder schwierig wird?«

»Täusche dich nicht!« warf Jennifer ein.

Martin blickte mit zusammengelegten Händen zu Boden. »Erzählt mir mehr über die Anmerkungen, über das, was ihr gelernt zu haben glaubt!«

»Ihre Information über andere Welten ist überreich. Die Schlangenmütter haben ihnen mehr mitgeteilt über die verschiedenen Typen von Zivilisationen, technologisches Niveau und frühere Begegnungen mit unterschiedlichen Zivilisationen, die zu Killern geworden sind. Wir versuchen noch, die Konsequenzen auszuarbeiten.«

Martins Miene hellte sich auf. »Ist es möglich, daß die Wohltäter die Schlangenmütter und das Schiff der Brüder einfach geschaffen haben, nachdem sie unseres bauten? Vielleicht hatte sich die Lage entspannt. Vielleicht hatten die Wohltäter weniger Bedenken, daß die Killer strategische Information erhielten.«

Giacomo zuckte die Achseln. »Möglich.«

Martin schlug vor: »Vielleicht sind wir etwas zu selbstkritisch. Lassen uns von unseren Schuldkomplexen an der Nase herumführen.«

»Wir wollen uns darüber jetzt keine Sorgen machen«, sagte Jennifer. »Was uns jetzt beschäftigen muß, ist, wieviel in ihren Bibliotheken für uns neu und nützlich ist. Ich denke, in einigen Zehntagewochen werden wir genug wissen, um Hans einen fundierten Bericht vorzulegen.«

Giacomo schlug vor: »Du solltest mit den Schlangenmüttern sprechen. Nicht Hans, sondern *du!*«

»Bring Paola mit!« sagte Jennifer. »Sie könnten denken, daß wir in männlich/weiblichen Paaren stabiler wären.«

»Zu schade, daß Theresa nicht hier sein konnte«,

sagte Giacomo wehmütig. »Du und sie, ihr zusammen, wären genau das, was sie suchen.«

»Sie lieben es, mit Dyaden zu arbeiten«, sagte Jennifer. »Giacomo und mich mögen sie wirklich gern.«

»Wenn wir alle verliebt und miteinander verbunden sein könnten ...«, setzte Giacomo an.

»Würden sie sich uns näher verwandt fühlen«, schloß Jennifer.

Martin grinste. »Wir werden einen ernsthaften Versuch machen.«

DRITTER TEIL

MARTIN FAND TWICE GROWN im Schulraum, zusammengekringelt und in eine Diskussion mit Erin Eire und Carl Phoenix vertieft. Paola hockte auf einem Kissen an der Seite und strickte an einer Decke, um einzugreifen, falls nötig.

Carl sagte gerade: »Aber ihr habt in eurer Literatur keine Romane und auch keine Poesie. Ihr habt diese Sinfonien aus Gerüchen… Ich nehme an, sie würden für uns wie Musik sein. Aber nichts der Literatur Vergleichbares.«

Twice Grown sagte: »Sie hat es erschwert, Dinge zu lernen. Wenn wir uns an Gedanken, die in eurer Literatur fiktiv beschrieben sind, angepaßt haben, Dinge, welche nicht wirklich geschehen sind. Selbst eure aufgezeichnete Geschichte ist unbestimmt. Ist es nicht besser, daß etwas wahr ist, ehe man es mitteilt?«

»Wir lieben es, Dinge zu erleben, die nicht geschehen sind«, sagte Erin Eire. »Es besteht ein Unterschied zwischen Geschichtenerzählen und Lügen.«

»Obwohl ich bezweifle, daß ich ihn da festnageln kann«, warf Carl lächelnd ein.

Paola hob das Kinn, blickte aber weiter auf ihre Handarbeit, und sagte: »Carl meint, daß er nicht leicht beschreiben kann, was der Unterschied zwischen Geschichtenerzählen und Lügen ist. Aber es gibt einen Unterschied.«

Erin wandte sich an Martin und sagte: »Wir haben Schwierigkeiten, ihm das zu erklären.«

»Wir erschaffen keine Situationen für unsere Geschichten«, erklärte Twice Grown. »Das könnte Verwirrung zur Folge haben, besonders bei der Jugend.«

»Ich…« – Erin räusperte sich – »ich denke, wir kennen den Unterschied. Geschichtenerzählen ist entspannend wie Träumen. Lügen hingegen ist die Unwahrheit sagen, um sozialen Vorteil zu ergattern.«

Twice Grown sagte: »Wir träumen nicht. Wir schlafen anders als ihr. Wir schlafen selten und sind im Schlafen nicht verflochten, aber unsere Saiten sind alle paar Tage einige Zeit inaktiv.«

»Träumen Saiten?« fragte Paola und schaute von ihrer Strickerei auf.

»Saiten haben eine mentale Aktivität, die verflochtenen Individuen nicht zugänglich ist«, erklärte Twice Grown. »Sie sind nicht intelligent, bewegen sich aber auf programmierten Wegen.«

»Instinkt«, meinte Carl Phoenix.

Twice Gown fragte, wobei er nach Pfeffer und salzigem Meer roch: »Macht dies Geschichtenerzählen zu einer Art von Wachtraum, etwas, das zwei oder mehr Personen zusammen tun?« Er war sehr interessiert, aber Martin entdeckte auch eine Spur von Terpentin, und das deutete auf Nervosität hin.

Erin sagte: »Ich nehme an, eine oder mehrere Personen erfinden eine Story ...«

»Aber weiß man, ob sie der Realität ähnlich ist?« unterbrach Twice Grown mit raschelnden Windungen.

»Fiction gründet sich manchmal auf reales Verhalten«, erklärte Carl.

Martin warnte: »Wir geraten so in eine recht abstrakte Theorie.«

»Gegründet auf reales Verhalten, so daß es nicht unwahrscheinlich ist, Menschen könnten sich derart benehmen?«

»Nun ...«, sagte Martin.

»Personen tun in Romanen manchmal Dinge, die reale Leute gern täten, dies aber nicht wagen«, sagte Erin, erfreut, daß sie einen Punkt zur Klärung beigetragen hatte.

Twice Grown verstand nicht. »Ich habe dazu eine

Frage. Ich habe Kurzgeschichten gelesen und lese jetzt Romane, die zu konsumieren lange dauert. Auf manchen Seiten erkenne ich Nähe mit menschlichem Verhalten in einer Story und in Realität. Aber in anderen Texten überschreitet das Verhalten jenes, welches ich erfahren habe. Sind diese Verhaltensweisen den Menschen nicht zugänglich, die wir kennen?«

»Welche Art von Verhalten?« fragte Erin.

Martin wünschte, er könnte das Gespräch beenden. Der Geruch von Terpentin hatte sich verstärkt. Twice Grown war entweder nervös und fühlte sich bedroht und wollte entfliehen.

Twice Grown erwiderte: »Verletzen und andere Gewalttätigkeiten. Der Wunsch zu töten, zu inaktivieren. Ich habe *Beowulf* gelesen und *Macbeth.* Ich habe auch gelesen *Die Grube und das Pendel.*«

Martin sagte: »Physischer Konflikt spielt bei Fiction eine große Rolle. In unserem täglichen Leben spielt er eine weit geringere.«

Erin warf ihm einen Blick zu, der besagte: *Immer der Politiker.* Dann meinte sie: »Manche Menschen sind der Gewalt fähig. Manchmal, wenn wir Furcht haben ...«

Twice Grown unterbrach sie: »Diese Emotion der Furcht, wenn man fliehen oder sich verstecken will, ist anders als unsere Furcht. Du wünschst nicht nur zu fliehen und dich zu verstecken, sondern das Ding zu vernichten, welches Furcht bewirkt.«

»Das ist doch sinnvoll, oder?« warf Craig ein.

»Aber ich kenne dieses Furchtgefühl nicht. Ist es ähnlich wie der Wunsch zu fliegen oder der Wunsch, Gewalt auszuüben?«

»Es ist eher die Entscheidung, sich für Weglaufen oder Zurückschlagen bereit zu machen«, erklärte Carl. »Ein Drang, sich oder seine Familie und Freunde zu schützen.«

»Ist es aber auch die Bewußtheit des Unbekannten? Wir empfinden das Unbekannte als mächtig und anregend. Wir erbringen willig Opfer der Gefahr von Unbekanntem zwecks Erfahrung im Wissen und Verstehen. Ihr etwa nicht?«

»Wir hatten oft Leute, die willens waren, das zu tun«, sagte Martin.

»Aber die sind selten gewesen«, warf Erin ein. »Meistens versuchen wir zu erobern oder uns vor Gefahr zu schützen.«

»Das ist schwierig«, sagte Twice Grown. »Sind neue Freunde nicht unbekannt? Wünscht ihr, neue Freunde zu erobern?«

»Ich denke, wir sollten vielleicht später eine gemeinsame Diskussionsgruppe bilden«, sagte Martin. »Wir müssen unsere Antworten gründlich erwägen und dürfen keine falschen Eindrücke erwecken.«

»Ja, es muß mehr nachgedacht werden«, erwiderte Twice Grown. »Denn Menschen sind in diesem Punkt rätselhaft, anders, als wenn wir uns selbst betrachten. Eine Frage, ob es hier vielleicht Tod gibt ohne Ursache, wie ein Haifischschwarm im Wasser.«

Erin machte große Augen und sagte: »O nein! Geschichten sind ein Weg, um Dampf abzulassen.«

»Was?« fragte Twice Grown.

»Sie meint das Ausschalten persönlicher und kultureller Spannungen«, erklärte Paola. »Ich denke, Martin hat recht. Wir sollten hierüber nachdenken und Menschen sowie Brüder debattieren und Fragen stellen lassen. Wir machen die Dinge jetzt nur schlammiger.«

Twice Grown wurde still und glättete seine Windungen. Seine Gerüche waren verflogen. Martin konnte jetzt nichts mehr riechen. Er sagte: »Wir würden uns über eine solche Diskussion freuen. Um den Schlamm los zu werden.«

Eine Schlangenmutter und eine Mutter erwarteten Martin, Paola und Ariel nebst zwei Brüdern – Stonemaker und Eye on Sky – in leeren Räumen längs der Grenze zwischen dem Territorium der Brüder und der Menschen.

Paola Birdsong schien überrascht zu sein, daß Martin sie für diese Zusammenkunft ausgewählt hatte; aber Martin war immer mehr beeindruckt von ihrer Geschicklichkeit, mit den Brüdern umzugehen.

Ariel war ruhig, wachsam und leicht nervös. Keine der beiden fragte, weshalb man sie ausgesucht hatte. Martin machte keine Anstalten, es ihnen zu sagen.

Martin hatte sich mit Hans über das Treffen abgesprochen. Er war etwas überrascht gewesen, als Hans beschlossen hatte, nicht teilzunehmen.

Hans hatte gesagt: »Ich bin sicher, daß ich jetzt etwas belastet bin, nachdem ich mit Rex so eng zusammengearbeitet habe. Du gehst. Stell einige pointierte Fragen!« Er hatte matt und etwas bekümmert gewirkt.

Martin ließ diesen Gedanken fahren, als die Schlangenmutter und die Mutter sich vor ihnen niederließen. Stonemaker und Eye on Sky saßen in formellen Windungen da und raschelten leise. Sie strömten keine Gerüche aus, die Martin wahrnehmen konnte.

Die Mutter sagte: »Wir können anfangen.«

Martin begann: »Wir haben wichtige Entscheidungen zu treffen. Aber erst müssen wir uns über allgemeine Strategien verständigen. Und ich denke, wir sollten ... die Luft etwas reinigen.«

Er hatte das Problem des Vertrauens nicht aufbringen wollen; aber jetzt konnte man es nicht mehr umgehen.

»Es ist gut, daß wir alle jetzt zusammenkommen«, sagte Stonemaker. »Aber für uns ist reine Luft verdächtig. Kannst du erklären?«

»Je mehr wir über Leviathan erfahren, desto verwirrter werden wir«, sagte Martin. »Es sieht nach einem blühenden Sternsystem aus.«

»Wie ein Marktplatz an der Küste«, erklärte Paola, um es den Brüdern zu verdeutlichen.

»Ja«, sagte Eye on Sky.

Martin fuhr fort: »Wir haben keine Besucher von außen kommen sehen. Also ist es vielleicht ein isolierter Markt. Aber es gibt Hinweise, daß dort viele verschiedene Rassen leben. Wenn das keine weitere Illusion ist, oder wenn wir die Illusion nicht aus dieser Entfernung durchdringen können, was sollen wir als nächstes tun?«

»Fragst du uns?« erkundigte sich die Mutter.

»Eigentlich nicht. Ich habe diese Frage nur so aufgeworfen.«

Stonemaker sagte: »Wir sind dagegen, ein Urteil zu fällen ohne schlüssige Beweise.«

»Wir auch«, sagte Martin. »Aber wir sind auch ziemlich überzeugt, daß dies ein neuer Hinterhalt ist, hinter dem sich die Killer verstecken.«

»Wir müssen mehr als ziemlich sicher sein, um diese Welten zu verurteilen«, wandte Eye on Sky ein.

Martin sagte: »Ich denke, wir stimmen überein.« *Sie haben immer noch keinen Geruch. Was geht da vor?* »Also müssen wir die Mission entsprechend planen. Wie viele Schiffe können wir aus *Dämmerungsgleiter* und *Journey House* herstellen?«

»So viele, wie gebraucht werden«, erklärte die Mutter. »An wie viele denkst du?«

»Mindestens drei. Die Menschen haben davon gesprochen, in das Leviathansystem als Besucher getarnt einzutreten. Könnten wir eine andere Art von Schiff erschaffen, das gar nicht wie ein Schiff des Gesetzes aussieht?«

»Ja«, sagte die Mutter.

»Läge es innerhalb des Gesetzes für die Gehirne der Schiffe, uns bei der Schaffung einer solchen Verkleidung zu helfen?«

»Eine interessante Frage. Ich wir stimmen zu«, sagte Stonemaker.

Die Mutter sagte: »Es würde nicht weniger unpassend sein, als euch mit den originalen Schiffen des Gesetzes auszurüsten.«

»Ich meine, wir sollten annehmen, daß Leviathan nicht das ist, was er scheint«, warf Martin ein.

»Ein vernünftiger Anfang«, erklärte Stonemaker.

»Nur, um vorsichtig zu sein«, ergänzte Martin.

»Einverstanden.«

»Wenn wir unter einer solchen Annahme handeln, sollten wir auch annehmen, daß die Wesen hinter der Verkleidung Killer sind …«

»Einverstanden«, wiederholte Stonemaker.

»Und die Killer haben wahrscheinlich einiges, sogar umfangreiches Wissen über die Zivilisationen in dieser Gegend und wessen sie fähig sind«, sagte Martin.

»Ihr wünscht ein Schiff zu konstruieren, das von einer solchen Zivilisation kommen könnte?« fragte die Mutter.

»Ja, ein Schiff, das nicht ohne interstellare Reaktionen zerstört werden könnte«, erklärte Martin.

Eye on Sky sagte: »Du nimmst an, daß diese Tarnung für andere Sinne bestimmt ist, als wir alle besitzen. Daß die Killer von Welten annehmen, sie stünden auch unter Beobachtung durch andere als wir uns.«

Martin nickte.

»Er meint: ja«, erklärte Paola.

Stonemaker sagte: »Das ist eine bemerkenswerte Erkenntnis.« Ein leichter Geruch von Pfeffer und Brotbacken verriet Interesse. »Ich sehe, es gibt eine Beziehung zu eurer Literatur als eine Fiktion oder strategische Lüge. Würde dieses vereinte Schiff des Gesetzes ein Teil des Schauspiels sein?«

»Hans und ich glauben, das Schiff sollte sich in mehrere Teile aufspalten«, erklärte Martin. »Ein Teil wird in das System eintreten, verkleidet, aber unbewaffnet, um es zu erkunden. Die anderen beiden werden weit draußen kreisen. Wenn es zu einer gültigen Verurteilung gekommen ist, können von den Schiffen draußen Waffen ausgelöst werden. Wir können versuchen, die Aufgabe zu erfüllen. Falls die Killer nicht mehr hier leben …«

»Oder wenn wir sie nicht verletzen können, ohne Unschuldigen zu schaden«, sagte Ariel. Martin zuckte innerlich zusammen. *Ja, aber was, wenn?*

»Oder wenn wir sie nicht finden oder erkennen können«, ergänzte Martin, »dann werden wir uns wieder vereinigen und unsere Pläne ändern.«

»Das ist möglich«, sagte die Mutter. »Es wird nützliche Information verfügbar werden. Wünscht ihr, das Vehikel zu konstruieren, das in das Leviathansystem eintritt, oder möchtet ihr, daß wir das für euch tun?«

»Wir können es machen; aber ich denke, wir werden Hilfe brauchen«, sagte Martin. Ariel wollte noch etwas hinzufügen; aber er sah sie scharf an, und sie biß die Zähne zusammen.

Die Mutter sagte: »Eure Konstrukteure sollten an folgende Dinge denken. Das Schiff, welches in das Leviathansystem eintreten soll, darf nicht offen bedrohlich aussehen, aber auch nicht von einer schwachen Zivilisation zu kommen scheinen. Indessen sollte es auch nicht so wirken, als hätte es eine Technologie, die denen der Schiffe des Gesetzes gleich ist, speziell die Fähigkeit, Materie in Antimaterie zu verwandeln. Eure Crew muß arglos gegenüber allem Wissen von Killerproben sein.«

Martin stimmte zu.

Die Mutter fragte: »Wann werden eure Gruppen ihre Entscheidungen treffen?«

»In ein paar Tagen, vielleicht früher«, erwiderte Martin.

Die Mutter erklärte: »Trennung und Superbremsung werden binnen zehn Tagen beginnen.«

»Gibt es sonst noch etwas, das wir nützlich finden würden?« fragte Martin.

Die Mutter fuhr fort: »Es besteht keine Möglichkeit, daß die Killer, falls es noch welche bei Leviathan gibt, von den Menschen Kenntnis haben. Keine Killersonden sind dem System der Erde entkommen. Es besteht eine geringe Möglichkeit, daß sie von den Brüdern wissen. Es wurden Sendungen durch Killersonden aus dem System der Brüder überwacht. Der Inhalt der Information ist unbekannt.«

Eye on Sky sagte: »Wir möchten an der Crew eines jeden Eintrittsvehikels beteiligt sein. Könnte das Schwierigkeiten machen?«

»Das wäre möglich«, erwiderte die Mutter.

Die Schlangenmutter bildete einen Bogen und schwebte einige Zentimeter über dem Boden. Darunter war ein purpurnes Leiterfeld schwach sichtbar. Auch darin unterschieden sich die Brüder von den Müttern. Martin hatte nie gesehen, daß eine Mutter ihr Feld zeigte. Ihre Stimme klang wie ein leiser Wind, der durch die Streichergruppe eines Orchesters dargestellt wird. Sie sagte: »Brüder können Schlüsselstellungen einnehmen in Schiffen, die außerhalb des Systems bleiben.«

»Werden sie dafür stimmen?« fragte Paola mit gerunzelter Stirn.

Die Schlangenmutter sagte: »Das werden die Brüder privatim entscheiden müssen.«

Eye on Sky und Stonemaker produzierten starke Gerüche von salzigem Meer. Stonemaker sagte: »So ist es. Es wird eine dreifache Verschmelzung für Objektivität geben, und Entscheidungen werden getroffen werden, ehe der nächste Tag kommt.«

Martin fühlte Beklommenheit in der Brust und sagte: »Ich habe noch eine Frage. Sie ist nicht leicht; und ich hoffe auf eine offene Antwort.«

Schweigen seitens der Roboter. Eye on Sky und Stonemaker raschelten leise.

»Einige von uns haben den Eindruck gewonnen – oder vielmehr wir haben beobachtet –, daß die Bibliotheken der Brüder viel ausführlicher sind als unsere. Warum ist das so?«

Die Mutter erklärte: »Jede Rasse erhält die Information, die nötig ist, damit sie ihren Teil des Gesetzes erfüllen kann.«

»Wir haben den Eindruck, daß die Gehirne der Schiffe Menschen für weniger vertrauenswürdig halten als Brüder«, fuhr Martin fort.

»Jede Rasse ist anders nach Bedürfnissen und Fähigkeiten«, entgegnete die Mutter. »Aus diesem Grunde ist die Information verschieden.«

»Wird man uns irgendwelche Information verweigern, die in den Bibliotheken der Brüder enthalten ist?« fragte Martin.

»Man wird euch nichts vorenthalten, was ihr als Gruppe braucht, um eure Aufgabe zu erfüllen.«

Die Schlangenmutter sagte: »Euer Schiff des Gesetzes ist älter als das der Brüder. Es gibt Konstruktionsunterschiede.«

»Ich dachte, das könnte einen Teil erklären vom ...«, sagte Martin.

»Stellungen und Entwürfe ändern sich«, ergänzte die Schlangenmutter.

»Wir haben das schon früher erörtert«, sagte die Mutter.

Martin nickte. »Ich hätte es gern klarer gemacht. Vertraut ihr Menschen ebenso, wie ihr Brüdern vertraut?«

Die Mutter entgegnete: »Wir sind nicht dafür konstruiert zu vertrauen oder nicht zu vertrauen oder irgendwelche solche Entscheidungen hinsichtlich des Charakters zu treffen.«

»Bitte!« sagte Martin zähneknirschend. Ariel berührte seine Hand. Er ergriff fest die ihre. Er fühlte ihre Unterstützung und Stärke. »Wir brauchen keine ausweichenden Antworten. Die Wohltäter hatten unseren Charakter nicht kennen können, ehe ihr eure Schiffe in das Erdsystem geschickt habt ... Ihr müßt euch ein Urteil gebildet und eine Entscheidung getroffen haben hinsichtlich unserer Fähigkeiten.«

Es sprach die Stimme des Schiffs. Martin war überrascht. »Die Gehirne der Schiffe können keine solchen Entscheidungen treffen. Falls eine solche Entscheidung getroffen wurde, haben wir es nicht getan.«

Er fühlte Röte in den Wangen aufsteigen und biß die Zähne zusammen, beschämt, daß er eine solche Emotion zeigte. »Sind wir den Brüdern unterlegen?«

Stonemaker bewegte sich. Sein Rascheln verstärkte sich, bis er in voller Länge vibrierte. Eye on Sky rollte sich zweimal zusammen, streckte sich wieder und wackelte mit dem Kopf. Stonemaker sagte: »Hier handelt es sich um eine Beleidigung. Wir wünschen nicht, daß sich unsere Partner beleidigt fühlen.«

Martin wiederholte, wie ihm schien zum hundertsten Mal: »Wir müssen wissen, ob man uns vertraut.«

Die Schiffsstimme sagte: »Beide Bibliotheken werden jenen offen stehen, die Forschung treiben möchten. Was gemeinsam ist und was nicht, liegt bei den Menschen und Brüdern, aber nicht den Gehirnen der Schiffe.«

Als sie zur Wohnung von Hans gingen, sagte Paola traurig: »Wir sind bis hart an die Grenze gekommen. Vielleicht wollen wir gar nicht die volle Wahrheit wissen.«

»Vielleicht fürchten sich die Brüder vor uns«, sagte Ariel. »Oder vor dem, was wir werden könnten.«

»Was, zum Teufel, denken sie, das wir tun werden?« fragte Paola.

Martins Stimme bebte vor Wut – mehr als nur ein bißchen Schuldgefühl. Er sagte: »Sie könnten denken, daß wir Planetenkiller werden würden.«

Ariel schüttelte sich, um ihre Muskeln zu entspannen, und sagte: »Rex hat sie bestimmt nicht vom Gegenteil überzeugt. Was ist mit den Müttern?«

»Vielleicht denken sie genau so«, erwiderte Martin.

»Würden sie uns nicht unterdrückt oder getötet haben oder etwas dergleichen?« wandte Paola ein.

»Nicht, wenn sie gezwungen wurden, das verdammte Gesetz zu erlassen«, sagte Ariel. »Sie waren Opfer. Sie haben uns gerettet. Sie brauchen uns, um den Job zu beenden ...«

»Warum uns nicht wegschieben und die Brüder den Job machen lassen?« fragte Paola. »Sie brauchen nur eine Schar von Opfern.«

»Vielleicht haben wir die Brüder erschreckt. Was haben wir ihnen gezeigt, das dagegen spräche?« fragte Martin.

Paola sah ihn mit bebender Kinnbacke an und sagte, während sie auf sich zeigte: »Du. Wir sind nicht alle wie Rex.«

»Wie könnten sie das wissen?« fragte Ariel. »Stellen wir uns nur selbst diese Frage.«

»Indem ihr mich anseht«, sagte Paola und brach in Tränen aus. »Ich bin nicht so!«

»Erwarten sie, Pazifisten auszusenden, um Welten zu töten?« fragte Martin, der spürte, wie seine Wut zunahm und dann abflaute. Er ließ die Schultern sinken. »Was sind wir? Verbündete oder nur schlechte Fracht?«

Hans prüfte nickend und leise summend die Entwürfe für die *Trojanisches Pferd*. Martin, Hakim, Cham, Donna Emerald Sea und Giacomo hatten den größeren Teil zweier Tage damit verbracht, zusammen mit Dry Skin, Silken Parts und Eye on Sky noch jetzt im Quartier der Brüder Konstruktion und Details auszuarbeiten. Eye on Sky legte den Entwurf Stonemaker zwecks Billigung vor.

Hans schloß: »Es sieht bestimmt nicht wie ein Schiff des Gesetzes aus. Es wirkt wie ein Vergnügungsboot.«

Achtzig Meter lang, mit leuchtend roter Oberfläche, laser/solare Segel, gefaltet und längs aufgerollt, zwei gekrümmte Arme, die von einem spindelförmigen Rumpf ausgingen, kleine, schwer abgeschirmte Materie/Antimaterie-Antriebe vorn und hinten angebracht, würde die Trojanisches Pferd wie das Produkt einer relativ jugendlichen Technologie für billige Sternreisen erscheinen.

Menschen und Brüder hatten etwas zustandegebracht, das unbewaffnet und harmlos war – sofern ein Sternschiff überhaupt harmlos sein konnte, wenn es die Ankunft potentieller Rivalen oder Partner verkündete – und sogar elegant.

Martin sagte: »Die Mütter sagen, es kann gebaut werden. Sie sagen, es wird fliegen und wird überzeugend sein.«

»Sagen sie etwas über unsere Tauglichkeit als Verbündete?« fragte Hans. Die Ringe unter seinen Augen waren dunkler geworden. Er verbrachte viel Zeit allein in seinem Quartier, wo er nun in der Mitte des Raumes mit gekreuzten Beinen saß.

Ein zweites Kissen wartete leer in der Nähe. Vielleicht teilte Rosa seine Wohnung noch gelegentlich. Aber der Zustand einiger Vasen mit kränklichen Blumen zeigte, daß sie wahrscheinlich seit etlichen Tagen nicht hier gewesen war.

»Sind wir für unsere Aufgabe bereit?« fragte Hans.

»Ich weiß nicht, was sie denken«, sagte Martin. »Rex hat viel böses Blut gemacht. Falls die Brüder so etwas wie übles Gefühl empfinden können ...«

»Was hätten sie wohl gedacht, wenn ich Rex gleich auf der Stelle exekutiert hätte?« sagte Hans. »Hätte sie das glücklich gemacht?«

»Es hätte die Dinge nur viel schlimmer gemacht«, erwiderte Martin.

»Nun, wenn sie uns jetzt nicht mögen, werden sie das in einigen Tagen wirklich müssen«, sagte Hans.

»Warum?«

»Rosa hat sich selbständig gemacht«, erklärte Hans. »Martin, du hättest hier sein sollen. Sie weigert sich, mit mir zu schlafen, sie sieht mir scharf ins Auge und sagt« – er begann mit einer recht guten Imitation von Rosas kräftiger musikalischer Stimme: – »›Man hat mir gezeigt, was du bist. Man hat mir gezeigt, daß du dich über mich lustig machst und von meiner Pflicht abhältst.‹« Hans grinste. »Mindestens hat es so lange gedauert, bis sie kapiert hat. Nicht schlecht, um eine Aktion zu verzögern, nicht wahr?«

Martin schaute weg.

Das Grinsen von Hans verschwand. »Martin, sie wird jetzt wieder anfangen, und diesmal hat sie wirklich etwas Gutes für uns. Sie ist fast übersinnlich und stimmt sich auf unsere Unzulänglichkeit ein. ›Wir haben gesündigt. Wir sind der Aufgabe nicht wert.‹ Lauter so Zeug, um jetzt Unruhe zu stiften, nicht wahr?«

»Wo ist sie?« fragte Martin.

»Ich weiß es nicht.«

»Ich werde Ariel bitten, sich nach ihr umzusehen.«

»Ja, aber wer wird sie unter Kontrolle halten? Sie ist es, die verbannt und unter Verschluß gehalten werden müßte. Ehe sie fertig ist, wird sie es geschafft haben, daß wir uns alle an die Gurgel gehen.« Hans nahm das Handy und projizierte wieder den Entwurf des Schiffes. »Wer wird an Bord gehen?«

»Die Mütter und die Schlangenmütter denken, es gäbe eine kleine Chance, daß die Killer über die Brüder Information haben könnten. Die Brüder sind bereit, daß eine Besatzung, die nur aus Menschen besteht ...«

Hans lachte mit einem bitteren Unterton, der Martin eine Gänsehaut verursachte. »Es ist wahrscheinlich eine Selbstmordmission. Wie nett von ihnen!«

Martins Kaumuskeln arbeiteten. »Hans, unterschätze sie nicht! Sie wollen gehen. Sie brennen ebenso wie wir darauf, den Job zu erledigen.«

»Ich würde lieber überleben, um zu sehen, daß er getan wird.«

»Auf jeden Fall«, sagte Martin. »Ich dachte, vorbehaltlich deiner Zustimmung, daß es psychologisch und politisch besser wäre, wenn wir die Chance ergreifen und Brüder unter der Besatzung haben würden.«

Hans drehte das Bild des Schiffs, stieß mit der Zunge in die Backe und ließ sie über die Zähne gleiten. »Wie erklären wir zwei Species an Bord, wenn wir mit den Bürgern Leviathans zusammenkommen?«

»Hakim und Giacomo bauen eine komplette falsche Geschichte auf. Zwei intelligente Species von einem Sternsystem, die nach Jahrhunderten des Krieges zusammenarbeiten. Die Allianz ist noch brüchig, aber die Crew ist diszipliniert.«

»Wie ich höre, sind wir beim Erfinden von Geschichten besser als die Brüder«, sagte Hans.

»In gewisser Weise.«

»Wo ist der Ausgangspunkt?«

»Hakim hat einen Butterblumenstern gefunden, etwa vierzig Lichtjahre von Leviathan entfernt. Für die *Trojanisches Pferd* würde das eine Reise von etwa vierhundert Jahren bedeuten. Die Mannschaft wird gerade aus dem Tiefkühlschlaf gekommen sein.«

»Sie bringen diesen Eimer auf – was? Ein Fünftel oder ein Sechstel c? Mit was für einem Antrieb?«

»In der Theorie Laserantrieb und Sonnensegel bis in die Außenbezirke des Heimatsystems, dann primitive Materie/Antimaterie, keine Sümpfe, keine Konversionstechnik«, erklärte Martin.

»Und die Killer werden all diesen Quatsch nicht merken? Können sie nicht aus vierzig Lichtjahren Antriebsflammen entdecken? Sind ihre Sonden nicht auf dieses Sternsystem gestoßen?«

»Für ein Schiff dieser Größe wäre die Entdeckung von Antriebsflammen aus vierzig Lichtjahren Entfernung fast unmöglich. Die Mütter sagen, daß das ausgesuchte System keine Anzeichen bietet, besucht worden zu sein. Sie sagen, daß die Kriegslist funktionieren wird.«

Hans fuhr mit der Zunge wieder über die Zähne und schaute weg. »Wenn sie das sagen, muß es so sein.«

»Billigst du die Konstruktion?«

Hans zuckte die Achseln. »Für mich sieht sie gut aus. Wer wird gehen?«

»Das hast du natürlich zu entscheiden«, sagte Martin.

»Ich freue mich, daß ihr mir etwas zu tun übrig laßt.«

Martin reagierte nicht auf diese Stichelei. »Wenn du mit irgend etwas nicht einverstanden bist, dann sag es am besten jetzt gleich!«

Hans sah Martin finster an. »Ich bin besorgt wegen der Moral der Crew. Ich glaube nicht, daß ich eine leichte Lösung finden kann oder überhaupt eine Lösung.«

»Isoliere Rosa!« schlug Martin vor.

»Es gibt ungefähr zwanzig Wendys und Verlorene Jungen, die sich sehr aufregen würden, wenn wir Rosa isolierten. Sie ist ruhig gewesen, aber geschäftig.«

Martin zog verwirrt die Augenbrauen hoch.

Hans sagte mit gezwungener Heiterkeit: »Ich arbeite daran. Du scheint mit diesem Zeug gut zurechtzukommen. Bleib dran!« Er machte eine Handbewegung, als ob er eine Fliege verscheuchte, und dazu ein schiefes Gesicht. »Zur Hölle damit! Vergeßt, was ich gesagt habe! Brüder und Menschen. Du suchst die menschliche Crew aus. Ich wäre gern auf dem Schiff, glaube aber nicht, daß das möglich sein wird. Also triff selbst die Wahl! Du wirst wieder Nummer Eins sein, mindestens an Bord der *Trojanisches Pferd*.«

Martin blieb noch ein paar Sekunden länger bei Hans stehen; aber Hans hatte nichts weiter zu sagen, versunken in seinen Gedanken.

Zwei Tage vor der Trennung waren Menschen und Brüder von endlosen Übungen und Besprechungen erschöpft. Leviathan war ein wachsender Lichtpunkt, und die Fernsonden hatten ihre größte Distanz erreicht. Martin war überwältigt durch weitaus mehr Information, als er überhaupt verarbeiten konnte. In seinen Ruheperioden, die jetzt auf eine oder zwei Stunden täglich beschränkt waren, schlief er unregelmäßig. Bilder des bizarren Gefolges Leviathans von fünfzehn Welten suchten seine Träume heim.

Theodore Dawn saß mit ihm in einer mit Holz getäfelten Bibliothek, zog ein Buch nach dem anderen mit Bildern undefinierter Bedrohungen und Gefahren heraus und öffnete sie, bis er sie einfach lachend in die Luft warf. »Wir haben immer gewußt, daß wir sterben würden, nicht wahr, Marty?«

»Du bist schon tot«, sagte Marty.

»Wir sind eng verbundene Brüder. Aber selbst wenn wir sterben, *werden sie es auch.*«

»Wer?« fragte Martin, der nicht wußte, ob er die Killer der Erde meinte oder die Brüder.

Er erwachte mit dem Handy in der Hand und bekam keine Antwort.

»Drei Schiffe, *Windhund, Würger* und *Trojanisches Pferd*«, sagte Hans und projizierte die Zeichnungen aller drei vor den sieben Leuten im Schulraum: Eye on Sky, Silken Parts, Stonemaker, Twice Grown, Paola, Ariel und Martin.

Eye on Sky und Ariel würden an Bord der *Trojanisches Pferd* sein. Martin und Stonemaker würden die *Würger* befehligen.

Hans sagte: »Ihr habt alle die Mission der *Trojanisches Pferd* ausgearbeitet als Gesandte und Kundschafter einer jungen, naiven, aus zwei Species bestehenden Zivilisation, seit vierhundert Jahren im Weltraum. Das sind genügend Hinweise, um die Killer glauben zu machen, daß die Zivilisationen in den vierhundert Jahren, seit die *Trojanisches Pferd* ihr System verlassen hat, wahrscheinlich sehr viel stärker geworden sind und es übel vermerken würden, wenn ihre frühen Kundschafter vernichtet würden... Donna Emerald Sea und Silken Parts entwerfen Kostüme, welche die Kulturen zum Ausdruck bringen.« Er lächelte. »Klingt so, als ob die Brüder die Kunst des Geschichtenerzählens lernten.«

»Aber das sind Lügen«, warf Stonemaker ein. »Wir dachten, der Unterschied war deutlich.«

»Strategisch gibt es keinen Unterschied«, sagte Hans. »*Windhund* und *Würger* haben genügend Waffen und Treibstoff, um vier der fünfzehn Planeten zu sieden, oder genug, um einen Planeten völlig in Stücke zu reißen, wenn man uns nicht behindert – keine Verteidigungen –, ein großes Wenn ... Die menschlichen Crews sind bereit.«

»Die Brüder sind bereit«, sagte Stonemaker, der nach reifem Ost und frisch gemähtem Gras roch.

»Dann bringen wir den Plan zu beiden Mannschaften.« Hans hob die Hände, und die Brüder reckten ihre flachen Köpfe empor. Er sagte: »Mut! – Läßt sich das übersetzen?«

»Es ist der Geruch, wenn man geboren wird«, erklärte Stonemaker.

»Das hätte ich selbst nicht besser formulieren können«, sagte Hans.

Martin erwachte durch eine sanfte Berührung an seiner Schulter. Er war im Schulraum eingeschlafen, an eine Wand gelehnt. Er rieb sich die Augen und sah Erin Eire neben sich knien. Sie fragte: »Zu viel Drill?«

Er stand auf und reckte sich. Es waren noch zwei Tage bis zur Trennung. Die Vorbereitungen hatten sie stark beansprucht, und es war ihm peinlich, daß seine Erschöpfung ihn an einem öffentlichen Ort hatte zusammenbrechen lassen. »Versuch, vor der Superbremsung noch zu schlafen.«

»Oho«, sagte sie, nicht überzeugt. »Donna hat die Wendys und einige Verlorene Jungen zur Anfertigung von Kostümen angestellt. Die Mütter haben den Stoff geliefert und das Zuschneiden besorgt. Wir dachten, du würdest sie gern sehen. Ich selbst halte sie für sehr hübsch.«

»Sicher«, sagte Martin. Erin führte ihn an Gruppen anderer schlafender Menschen vorbei. Many Smells und Dry Skin berieten sich bei der Sternsphäre mit Giacomo. Alle sahen erschöpft aus außer Erin Eire, die wie immer helle Augen hatte und ruhige Zuversicht zeigte.

»Wo ist Hans?« fragte Erin.

»Als letztes habe ich von ihm gehört, daß er mit Stonemaker Schlachtpläne entwirft.«

»Wird die Crew der *Trojanisches Pferd* nicht die Schlachtpläne erfahren? Für den Fall einer Gefangennahme?«

Martin schüttelte den Kopf. »Keine strategischen Waffen. Was können wir tun?«

»Wahrscheinlich nur beten«, sagte Erin kurz und bündig. »Wir haben in den Räumen von Kimberly Quartz gearbeitet, vorn geradeaus …«

Rosa kam aus einem Seitenkorridor, Jeanette Snap Dragon dicht hinter ihr. Sie blockierten Erin und Martin den Weg. Jeanette sagte: »Wir müssen mit Martin sprechen.«

Erin trat beiseite. »Macht nicht zu lange! Ich will ihm die Kostüme zeigen.«

»Für eure Maskerade?« fragte Rosa bissig. Sie sah womöglich noch erschöpfter aus als Hans.

»Du solltest gehen«, sagte Jeanette scharf zu Erin. Erin sah Martin an.

»Wenn sie es wünscht, kann sie bleiben«, sagte Martin.

»Dies ist eine private Audienz«, erklärte Jeanette.

»Wer gibt die Audienz?« fragte Martin.

»Ich dachte, du hättest mir etwas versprochen«, sagte Rosa. »Jetzt habe ich meine Zweifel. Laß sie also bleiben! Die Kunde wird sich schneller verbreiten.« Rosa richtete ihre ganze Aufmerksamkeit auf Martin. »Es bildete sich eine getrennte Crew. Wir wählen einen neuen Boss.«

Martin verschränkte die Arme, zu müde, um viel Überraschung zu zeigen. »Oh?«

»Ich lade dich ein, der Crew beizutreten. Einige haben gesagt, du würdest ein Gewinn sein.«

»Ich habe gesagt, daß du es sein würdest«, fügte Jeanette hinzu, als ob sie verhindern wolle, daß er sie enttäuschte.

»Wozu ist eine getrennte Crew gut?«

»Das Schiff teilt sich«, erklärte Rosa. »Diejenigen, welche mit mir gehen, haben ihre Freiheit. Die, welche mit Hans gehen ... Das ist ihre Sache. Wirst du zu uns kommen?«

»Wir teilen uns in drei Teile, um einen Auftrag zu erfüllen«, sagte Martin. »Es gibt keinen Plan, wonach ihr oder sonst jemand ein Schiff übernehmt.«

»Wir haben dafür gestimmt, uns aufzuteilen«, sagte Jeanette mit rotem Gesicht und zitternder Linken. »Du solltest uns nicht hindern. Hans sollte das nicht tun. Es würde nur beweisen, wieviel Freiheit wir verloren haben.«

»Ich bin zu dem Schluß gekommen, daß Leviathan unschuldig ist«, sagte Rosa. »Wir sind am falschen Platz.«

»Hat man dir das *gesagt?*« fragte Martin ohne Sarkasmus.

»Man hat es mir gesagt«, erklärte Rosa. Erin hob die Augen und neigte den Kopf zur Seite.

»Laßt uns mit Hans darüber sprechen!« schlug Martin vor.

»Hans ist unser Feind«, erklärte Jeanette, »Er ist ...«

»Bitte!« sagte Rosa und berührte ihren Arm. »Niemand ist unser Feind.«

»Wie viele teilen deine Ansicht?« fragte Martin.

»Genug, um einen Unterschied zu machen«, erwiderte Rosa.

»Dann möchte ich mich mit deinen Leuten treffen«, sagte Martin.

»Ohne Hans etwas zu sagen?« fragte Jeanette.

Rosa beobachtete ihn scharf, mit angespannter, aber nicht erregter Miene.

»Ohne Hans etwas zu sagen. Erin, ich werde mir die Kostüme etwas später ansehen.«

Erin nickte und ging.

Martin rief ihr nach: »Dies ist streng vertraulich zwischen dir und mir.«

»Natürlich«, sagte sie. »Dein Geheimnis.«

»Ich werde die Leute rufen«, sagte Jeanette.

»Tu das!« sagte Rosa. Jeanette lief durch den Korridor und verschwand um die Ecke. »Hans hat mich gelehrt, daß Extreme zu nichts führen. Wenn ich eine privilegierte Information bekomme, werde ich sie nicht jedem mitteilen.«

»Gut!« sagte Martin.

Rosa fragte: »Du hast früher einmal meine Worte gebraucht, nicht wahr?«

Martin sah keinen Grund zu lügen. »Sie waren attraktiv.«

»Aber der Einfluß von Hans hat dich verbittert. Du dachtest, ich unterstützte ihn und seine Pläne, und daß er mich hinzugewählt hätte.«

»So schien es.«

»Es war aber nicht so. Hans nahm von mir, was er wollte; und ich lernte, was ich lernen mußte. Ich muß sagen, mir fehlt die Unschuld jener ersten paar Wochen, als ich mich benehmen konnte, wie das Wort mich erfaßt hatte.«

»Das Wort Gottes«, sagte Martin.

Rosa zuckte die Achseln. »Irgend etwas spricht zu mir. Nenne es Gott, wenn du einen Namen brauchst! Für mich ist es einfach ein sehr mächtiger Freund für uns alle. Wir leben in Verwirrung. Er beseitigt sie.«

Jeanette kam zurück und erklärte: »Wir kommen jetzt zusammen.«

Rosa hatte für sich eine neue Wohnung an der Grenze der zweiten Heimkugel des Schiffs eingerichtet.

Fünfzehn Wendys und fünf Verlorene Jungen hatten sich zwischen den Blumen zusammengefunden. Rex Live Oak hockte auf dem Boden dicht bei einem eingetopften Rosenstrauch, schaute Martin an und wendete nach einem kurzen Blickgefecht die Augen ab. Die Luft wurde dick durch ein unangenehmes Gemisch aus Blumenduft und Stress.

Rosa nahm das Zentrum des Raumes ein.

Sie sagte: »Ich habe Martin hergebracht, um unsere Position darzulegen. Wir planen keine Meuterei. Wir bitten einfach um die Erlaubnis, unseren eigenen Weg zu gehen. Wir optieren für Trennung vom Gesetz.«

Wie können sie das tun? Fühlen und hören sie nicht die sterbende Erde in ihrem Fleisch und Blut?

»Uns ist zuwider, so viele von euch zu verlieren«, sagte Martin. »Aber ich bin trotzdem bereit zuzuhören.«

»Die Aliens, die sich mit uns vereint haben, sind nicht annehmbar«, sagte Rosa. »Sie mögen uns nicht, und, offen gesagt, auch die meisten von uns fühlen sich mit ihnen nicht wohl.«

»Wir arbeiten mit ihnen zusammen«, erwiderte Martin. »Ich denke, wir kommen recht gut voran. Die meisten von uns.« Er sah Rex an; aber der nahm die Herausforderung nicht an.

»Man hat mir gesagt, daß ihre Arbeit nicht zu unserer paßt«, sagte Rosa. »Sie haben einen anderen Moralstandard.«

»Wenn überhaupt, so scheint ihr Moralstandard etwas höher zu sein als der unsrige, nach dem, was ich gesehen habe«, erklärte Martin.

»Er ist anders, und das reicht nicht aus. Man hat mir

gesagt, daß es nicht richtig ist, unser Schicksal mit denen, die nicht menschlich sind, zu vermischen.«

Was ist das also? Ein Greuel in den Augen des Herrn? Dies sprach Theodore Dawn in seinem Kopf mit bitterer näselnder Stimme, eine Karikatur von allem, was Theodore gehaßt hatte.

»Ich verstehe das alles nicht«, sagte Martin.

»Man hat es mir gesagt; und für uns genügt es«, erwiderte Rosa.

Er räumte das für einen Moment ein. »Wir können dich nicht entbehren. Wenn du weg gehst, könnten wir den Auftrag vielleicht nicht erfüllen.«

»Die Aufgabe ist Rache; und man hat mir gesagt, daß die Rassen von Leviathan harmlos sind.«

»Ich wünsche, ich hätte deine Quellen«, sagte Martin und versuchte zu lächeln, ohne seine Erbitterung zu zeigen.

»Die hast du«, sagte Rosa und nickte. »Das sage ich dir.«

»Hört jemand sonst das, was Rosa hört?« fragte Martin.

Fünf Wendys und zwei Verlorene Jungen, Rex eingeschlossen, hoben die Hand. Jeanette sagte. »Ich selbst höre die Worte nicht, aber ich sehe die Wahrheit.«

Andere pflichteten Jeanette bei.

»Wir wollen nicht die Unschuldigen bestrafen«, erklärte Rosa. »Rache ist der direkte Weg zu geistigem Tod. Wir können das Gesetz nicht erfüllen, wenn es grausam und unrecht ist.«

Martin konnte sich keinen klugen und umsichtigen Weg ausdenken, jetzt mit Rosa umzugehen. »Du hast das schon früher getan«, sagte er. Widerstreitende Impulse machten die Worte in seinem Munde stockend. Er schluckte und streckte die Hände aus, als ob er jemandem an die Kehle gehen wollte. »Rosa, es besteht hier echte Gefahr. Du könntest diese Crew auseinanderreißen. Du sagst, du sprichst zu Gott ...«

»Das habe ich nie gesagt«, entgegnete Rosa.

»Du sagst, du hättest direkten Zugang zur *Wahrheit*. Das macht dich zur Quelle des Wissens. Und wir müßten zu dir kommen, um uns sagen zu lassen, was zu tun ist?«

»Besser ich als Hans«, erklärte Rosa.

»Du willst alles negieren, für das wir gearbeitet haben, alles, dem wir unser Leben geweiht haben…«

»Das stimmt nicht. Das stimmt nicht.«

»Aber wo ist dein Beweismaterial, Rosa? Göttliche Autorität?«

»Es genügt uns«, warf Jeanette ein. »Es ergibt mehr Sinn als das, was du tust.«

»Seid ihr alle willens, euch… göttlicher Autorität auszuliefern? Alles, euren Kummer und… euren Willen, eure Selbstachtung, alles *Rosa* zu überlassen?«

Kai Khosrau sagte: »Martin, wir sind müde. Rache ist nutzlos.«

»Rache an Unschuldigen ist böse«, fügte Jacob Dead Sea hinzu. Attila Carpathia, Terry Loblolly, Alexis Baikal und Drusilla Norway nickten bestätigend, einige mit Mienen glückseligen Gehorsams – menschliche Schafe, die ihr eigenes Ich aufgegeben hatten.

Rosa hatte sie gefressen.

Sie war einmal nahe daran gewesen, Martin zu fressen. Er erschauerte und fragte sich, was geschehen wäre, wenn er umgekippt wäre und sich zu Rosas Glauben hätte bekehren lassen.

»Es ist nicht Aufgabe von euch allein, über Unschuld oder Schuld zu urteilen. Die Crews fällen dies Urteil«, erklärte Martin.

»Wir haben schon geurteilt. Wir werden uns nicht an das halten, was andere sagen«, erwiderte Rosa.

»Wir können es uns nicht leisten, euch zu verlieren«, sagte Martin. Ihm war klar, daß er diese Konfrontation verlieren würde, und daß Rosa ihm zur Zeit überlegen war.

»Du hast uns schon verloren«, sagte Kai Khosrau. »Was kannst du tun? Uns einsperren?«

Rex sagte: »Uns alle einsperren. Zumindest wirst du uns von den Brüdern fernhalten.«

»Keiner von uns wird Kontakt mit den Brüdern haben«, erklärte Rosa. »Es wird ...«

»Was ist das? Eine Liste von Forderungen?« fragte Martin.

»Hör ihr zu!« sagte Rex drohend. Rosa hob die Hand.

»Eine Liste von Fakten«, sagte sie ruhig und entschlossen. »Wir sind jetzt autonom. Wir machen unsere eigenen Gesetze. Wir werden gesondert leben und keinen Kontakt mehr mit den Brüdern haben. Es gibt in diesem Schiff Plätze, wo wir für uns leben können, ohne jemanden zu stören.«

»Du wirst andere nicht hindern, zu uns zu kommen«, sagte Jeanette.

»Jeder, der zu uns kommen will, muß frei sein, das zu tun«, erklärte Rosa.

»Keine Brüder«, sagte Rex. »Wir halten eng zusammen.« Kai Khosrau nickte.

»Die Familie ist aufgelöst«, sagte Rosa. »Unsere neue Familie ist geboren.«

Martin erstattete Hans in dessen Wohnung allein Meldung. Die Vasen und toten Blumen waren entfernt worden, ebenso das zweite Kissen. Hans lag in seinem Netz, die Arme hinter dem Kopf, die Augen fest geschlossen mit Falten an den Winkeln. Er sagte düster: »Sie hat mich in Schach gehalten. Ich bin für Vorschläge offen. Alles, was ich bisher getan habe, war umsonst. Wir haben nicht die Zeit, um ein Tribunal aufzustellen. Morgen trennen wir uns – und wer wird sie aufnehmen? Kai hat sich freiwillig erboten, auf die *Trojanisches Pferd* zu gehen.«

»Und Terry Loblolly«, fügte Martin hinzu.

»Wir können leicht genug zwei finden, die sie ersetzen.«

»Sie werden nicht mit den Brüdern arbeiten. Sie müssen isoliert werden«, sagte Martin.

Hans sah Martin mit einer Miene an, die dieser früher für verschmitzt gehalten hätte, jetzt aber als defensiv erkannte. Hans konnte nicht erschrocken aussehen. Das gehörte nicht zu seinem Repertoire, schon nicht seit seiner Kindheit und vielleicht dem Tod der Erde. *Was hat das alles von uns genommen. Teile von uns selbst, unsere Flexibilität, unsere Natur.*

»Ich könnte zurücktreten. Ich wollte, ich könnte das«, Hans sagte.

Martin sagte: »Jeanette würde vorschlagen, daß Rosa deinen Platz übernimmt.«

»Dann müßte sie mit sich selbst ins reine kommen. Ich frage mich, was die Mütter tun würden. Ich meine, wenn wir uns einfach weigern würden, das Gesetz zu erfüllen. Würden sie uns wegen Feigheit in den Weltraum aussetzen?«

Martin antwortete nicht.

»Ist das dem toten Schiff passiert? Sie haben sich einfach selbst verzehrt, nachdem kein Kampf mit dem Feind übrig geblieben war. Jesus, das habe ich nicht erwartet.«

Die verengten Augen, die schiefe Miene. Nicht bloß Verteidigung, wie Martin sah. Hans schien etwas zu erwarten.

»Was auch geschehen mag, es muß schnell geschehen«, sagte Hans.

»Du bist der Boss«, erwiderte Martin.

Hans blickte zu Martin auf und zog sich aus dem Netz. »Du sagst mir, Bosse tun das, was sie müssen. Ich sage dir, ich bin für Vorschläge empfänglich.«

Paralyse.

»Wenn du aufgibst, gewinnt Rosa.«

»Wäre es nicht viel leichter, sich einfach in ihre mütterlichen Arme zu flüchten?« sagte Hans, kreuzte die Beine und ließ sich wieder auf das Kissen fallen. »Laß alles gehen! Pfeif auf den Job! Pfeif auf das Gesetz! Greif einfach nach jeder Jugend, die dir noch verblieben ist! *Gott mit uns.*« Hans schenkte ihm ein entrücktes Lächeln. »Du denkst, daß ich ziemlich unwissend bin, nicht wahr? Nicht annähernd so belesen wie Erin oder Jennifer oder Giacomo. Aber ich habe meinen Anteil an Geschichte studiert. Offen gesagt, sie ist deprimierend wie die ganze Hölle, Martin. Nur eine lange Reihe von Fehlern und Erholung von Fehlern. Blindheit und Tod. Jetzt in universalem Maßstab.«

»Du hast einige tolle Dinge geleistet, seit du Boss bist«, sagte Martin. »Ich weiß, daß du nicht blöd bist.«

»Das ist eine gewisse Genugtuung. Die Wahrheit ist, ich habe das Gefühl, in deinem Schatten zu marschieren. Die Crew beurteilt mich nach deinem Standard. Darum habe ich dich gebeten, Zweiter zu sein, als Rex die Prüfung nicht bestand. Darum ist es gut zu wissen, daß ich dich immer noch überraschen kann.«

Martin schüttelte den Kopf und sagte: »Wir lösen immer noch nicht unser Problem.«

»Die Zeit heilt alle Wunden«, erwiderte Hans, jetzt plötzlich heiter. »Immer ein Schritt nach dem anderen, nicht wahr?«

»Keiner der Planeten um Leviathan scheint von der Explosion von Wormwood betroffen zu sein«, sagte Giacomo. »Aber wenn die *Trojanisches Pferd* keinen Schaden aufweist, denke ich, daß sie Grund zum Verdacht haben werden. Wir werden hereinkommen und dabei ein Notsignal funken.«

»Per Radio?« fragte Hans.

»Warum nicht?« sagte Giacomo. »Wir sind harmlose, unerfahrene Reisende, nicht wahr?«

Hans grinste und erkannte das an. »Werden wir Mofix benutzen, um miteinander zu sprechen?«

Giacomo sah Jennifer an und dann Martin. »Ich sehe nicht ein, warum nicht. Natürlich heimlich.«

Jennifer sagte: »Mofix kann zwischen Sender und Empfänger nicht entdeckt werden. Kein Kanal, stimmt's?«

»Die Schiffe sollten den größten Teil der Zeit nahe genug sein«, warf Martin ein.

Giacomo projizierte die Umlaufbahnen der drei Schiffe. »Die *Würger* wird etwa viermal zehn Tage lang jenseits des Bereichs von zehn Milliarden Kilometern außer Reichweite sein, gerade dann, wenn die Trojanisches Pferd um die grüne Welt in den Orbit geht. Die Windhund und die Trojanisches Pferd werden etwa einen Monat lang außer Kontakt sein, falls wir nicht eine Fernsonde als Relais installieren.«

»Das läßt sich einrichten«, erklärte Hakim. »Aber es erhöht unsere Chancen, entdeckt zu werden.«

»Andernfalls keine Sendung irgendwelcher Art. Totale Funkstille.«

Paola trat vor zu Martins Ermutigung. Sie blickte nervös zwischen ihm und Hans hin und her. Martin sagte: »Paola hat die Zuweisungen der Crew.«

Paola projizierte die Dienstlisten für jedes Schiff. Sie sagte: »Twice Grown und ich haben unsere Besatzungslisten durchgearbeitet und die besten Kombinationen herausgesucht. Wo wir nicht entscheiden konnten, haben wir eine Art Lotterie veranstaltet. Die Liste bedarf natürlich der Billigung durch Hans und Stonemaker.«

»Was ist mit Rosa und ihrer Gruppe?« fragte Hans.

»Ich habe sie als nicht aktiv bei der *Windhund* eingesetzt«, sagte Paola. »Ich habe mit Rosa gesprochen. Sie hat weder zugestimmt noch abgelehnt.«

Hans schüttelte den Kopf. »Wir behandeln sie wie ein Staatsoberhaupt.«

Paola sagte ängstlich: »Ich wußte nicht, was ich sonst hätte tun können.«

Hans verzog ärgerlich das Gesicht. »Vergiß es! Nicht dein Fehler. Ich mag es einfach nicht, wenn sie denkt, daß sie bei dem, was wir tun, etwas zu sagen hätte. Sie und ihre Gruppe gehen dahin, wo wir sie hintun. Es könnte sein, daß wir eine kleine Polizeimacht aufstellen müssen, wenn sie zivilen Ungehorsam praktizieren.«

Kurzes Schweigen.

Martin fragte in der Hoffnung, sie von der Unannehmlichkeit abzulenken: »Wer ist bei der Vergnügungsreise dabei?«

Paola projizierte die Liste.

Zehn Menschen und zehn Brüder waren der *Trojanisches Pferd* zugeteilt worden: Martin, Ariel, Paola, Hakim, Cham, Erin, George Dempsey, Donna Emerald Sea, Andrew Jaguar und Jennifer. Auf der Liste der Brüder standen: Twice Grown, Eye on Sky, Dry Skin/Norman, Silken Parts, Green Cord, Double Twist, Many Smells, Sharp Seeing, Strong Cord und Scoots Fast.

Hans würde auf der *Windhund* sein, Stonemaker auf der *Würger*. Paola projizierte auch diese Listen.

»Ich stimme mit Vorbehalt zu«, sagte Hans, nachdem er mit den Fingern die in der Luft hängenden Namen durchgegangen war. »Ich werde darüber nachdenken müssen. Alle raus! Martin, du bleibst.«

Nachdem die anderen gegangen waren, sahen sie die Liste noch einmal Namen für Namen durch. Hans äußerte Bedenken hinsichtlich Angemessenheit, und Martin versuchte zu antworten, so gut er konnte.

»Du und Cham auf dem gleichen Schiff – zwei frühere Bosse. Könnt ihr zusammenarbeiten?«

»Ich habe von Cham nur Unterstützung erfahren«, versicherte Martin.

»Kommt ihr alle mit Eye on Sky zurecht?«

»Es ist nicht schwer, mit den Brüdern auszukommen. Das weißt du.«

»Entschuldige meine Nerven. – Ariel?«

Martin neigte den Kopf zur Seite. »Sie hat sich verändert.«

»Das habe ich bemerkt. Sie ist jetzt zuckersüß mit dir.«

»Das würde ich nicht sagen.«

»Du solltest das ausnutzen. Sie ist klug, eine gute Kämpferin und hat einen starken Überlebensinstinkt. Du könntest es schlimmer haben. Wie ich höre, hast du mit Paola gevögelt …«

Martin versuchte, eine passive Haltung zu bewahren. Hans lächelte, als ob er einen Punkt für sich buchen könnte.

»Paola ist nicht für dich, glaube mir!«

»Das habe ich auch nie angenommen«, erwiderte Martin. »Wir haben einander getröstet.«

Hans schob die Lippen vor und sagte: »Richtig. Ich an deiner Stelle – und das werde ich nicht noch einmal sagen – würde es mit Ariel aufnehmen, auch wenn sie dir Knüppel zwischen die Beine warf, als du Boss warest.«

Martin schaute mit versteinertem Gesicht weg.

»Okay. Manchmal bist du ein sturer Hund, aber das ist okay. Denkst du, daß irgend jemand hier Schwierigkeiten machen wird?«

»Nein«, sagte Martin.

»Dann gilt es.«

Das Handy von Hans klingelte. Erin bat dringend um Einlaß. Hans ließ die Tür aufgehen, und sie trat ein, Ariel und Khosrau hinter ihr.

»Rosa ist tot«, sagte Erin und rang nach Atem. »Wir haben ihre Leiche eben vor ein paar Minuten in ihrem Zimmer gefunden.«

»Ihr habt sie getötet!« sagte Kai und zeigte auf Hans und dann auf Martin. »Ihr habt sie getötet!«

»Wie ist sie gestorben?« fragte Hans. Er erhob sich von seinem Kissen und stand auf.

»Sie wurde erschlagen«, sagte Kai. »Das war euer Werk.«

»Halt den Mund!« sagte Ariel. »Martin, sie wurde geschlagen.«

»Vor wie langer Zeit?«

»Weniger als eine Stunde«, sagte Erin. »Es gibt...« Sie wandte sich ab und würgte.

»Das Blut ist noch nicht geronnen«, sagte Ariel.

»Wer hat sie gefunden?« fragte Martin.

»Ich«, sagte Kai mit einer kindlichen Stimme und glasigen, verschreckten Augen.

»Wer sonst weiß davon?« fragte Hans.

»Ich muß es den anderen sagen.« Kai ging unsicher zur Tür.

»Halt!« sagte Hans. »Wir werden alle gehen und es uns anschauen. Niemand wird jemandem etwas sagen, bis wir gesehen haben, was geschehen ist. Kai, bleib bei uns!«

Kai sah Hans an. »Denkst du, daß ich sie getötet habe? Du widerliches Ungeziefer!«

»Halt, halt!« rief Erin mit noch gesenktem Kopf. Ihr Körper zitterte, als sie versuchte, ihre Übelkeit zu beherrschen.

Ariel sagte: »Martin, wir sollten eine Mutter holen. Sofort.«

Martin rief mit seinem Handy und bat, daß eine Mutter mit ihnen in Rosas Kabine zusammenkäme.

Rosa lag mit dem Gesicht nach oben da, einen Arm unter dem Rücken und den anderen ausgestreckt. Die Hand bildete eine Kralle.

Das rote Haar lag ausgebreitet und war mit Klumpen von Blut besudelt. Die Lippe gespalten. Unterkiefer und Kinn waren mit Blut beschmiert. Das Gesicht war schrecklich schlaff in der unschuldigen Entspannung des Todes. Die Augen ausdruckslos.

Martin beugte sich über sie, während die anderen zurücktraten. Hans kniete neben ihm mit verkniffenem Gesicht und seitwärts geneigtem Kopf.

Die Mutter schwebte über Rosas Gesicht. Martin ergriff Rosas Handgelenk, um den Puls zu fühlen. Nichts.

»Sie ist tot«, bestätigte die Mutter.

»Wir werden sie umdrehen müssen«, sagte Martin leise. Er schaute sich im Zimmer um, als ob er fragte, ob jemand etwas dagegen hätte, damit er das nicht würde tun müssen. Niemand erhob Einspruch.

Kai trat vor, Hans wich zurück. Kai und Martin faßten sie an einer Seite. Sie hing schlapp da. Das Fleisch war noch nicht auf Raumtemperatur abgekühlt. Martin packte ihre Schulter und Kai ihr Bein. So sanft wie möglich drehten sie sie um.

Sie war von hinten auf den Kopf geschlagen worden. Das Hinterhaupt war zerschmettert. Unter dem roten Haar hatte sich eine Blutlache gebildet, und klebrige Strähnen von Haar und Blut hafteten am Boden und rissen langsam los, als sie mit dem Gesicht nach unten gedreht wurde.

Jeanette stöhnte. Erin schien jetzt fasziniert zu sein, nachdem sie ihre Übelkeit überwunden hatte.

Martin fragte die Mutter: »Was sollen wir tun?«

»Rosa Sequoia ist nicht mehr nützlich«, sagte sie.

»Weißt du, wer sie getötet hat?« fragte Erin den Roboter.

»Wir wissen es nicht.«

Kai blickte zu Hans auf. »Wo bist du gewesen?«

»Er war während der letzten Stunden mit mir zusammen«, sagte Martin. »Ich glaube nicht, daß sie seit mehr als einer Stunde tot ist.«

»Sie ist seit zweiundfünfzig Minuten tot«, erklärte die Mutter.

Kai verzog kummervoll das Gesicht. Er fragte Martin: »Woher wissen wir, daß du die Wahrheit sagst?«

»Ich glaube Martin«, sagte Jeanette und schlang die Arme um sich. »Jemand anders hat sie getötet.«

»Warum?« fragte Erin.

»Weil sie die göttliche Wahrheit verkündet hat«, sagte Kai. »Wirst du uns dies den anderen sagen lassen, oder wirst du so tun, als ob das nicht geschehen wäre?«

»Jeder wird es erfahren.«

»Auch die Brüder?« fragte Ariel.

»Die sind unsere Partner«, erwiderte Hans. »Wir haben vor ihnen keine Geheimnisse.«

Martin und Kai drehten Rosa wieder auf den Rücken. *Niemand denkt folgerichtig,* sagte sich Martin. Er betrachtete die Blumentöpfe und das Kissen auf der einen Seite auf der Suche nach Hinweisen, wer hier gewesen sein könnte. Der Raum um den Leichnam herum gab keine Hinweise, bis auf die in eine Ecke gespritzten Blutstropfen und war leer bis auf Rosas Sachen.

Die Mutter fragte: »Wünscht ihr eine Trauerzeremonie?«

»Ja«, sagte Jeanette.

Hans sagte zu ihr: »Ich möchte, daß du die Arrangements triffst.«

Martin erkannte: *Sie wollen nicht wissen, wer sie getötet hat. Sie schauen nicht hin.* Er examinierte das Zimmer genau. Er wünschte, sie würden alle hinausgehen, damit er mit der Mutter privat sprechen könnte.

Hans sagte: »Du und Jeanette, ihr säubert sie. Wischt sie ab, zieht ihr ihr bestes … Was sollte sie tragen?« fragte Hans Jeanette.

»Ich weiß nicht«, sagte Jeanette. »Ich …« Sie brach stöhnend ab.

»Eine Robe«, entschied Hans. Er sah alle nacheinander an. »Sie war meine Geliebte«, sagte er mit verschleierten Augen und heruntergezogenen Mundwinkeln. »Wir werden herausbekommen, wer das getan hat.«

Die anderen gingen hinaus. Martin und Jeanette entkleideten Rosa schweigend und wuschen sie. Martin benutzte heimlich sein Handy, um den Zustand des Leichnams aufzuzeichnen, und durchsuchte den Raum nach weiteren Details, während Jeanette sie unter Tränen anzog.

»Sie ist eine Märtyrerin«, sagte sie. »Rosa ist für uns gestorben.«

Martin nickte. Das war wahrscheinlich nur zu wahr.

Die Mütter haben dies nicht verhindert. Aber sie hatten diese sehr harte Tatsache vor vielen Monaten, vor vielen Jahren erfahren. Die Crew eines Schiffs des Gesetzes war frei.

Frei zu sterben – und jetzt frei zu töten.

Die menschliche Besatzung nahm die Kunde so auf, wie Martin es erwartet hatte. Einige weinten, andere stießen Wutschreie aus, ein paar hielten sich aneinander fest, wieder andere lauschten schweigend, als Hans die Details offenbarte.

Nur Twice Grown war eingeladen worden, sich zu den Menschen zu gesellen, als Hans die Nachricht bekanntgab. Zusammengerollt, ohne Geruch, hörte er Hans zu und Paolas ruhiger Übersetzung in modifiziertem Englisch.

Hans schloß mit den Sätzen: »Rosa ist ermordet worden. Soviel ist bekannt. Wir wissen nicht, wer sie ermordet hat, und werden nicht die Zeit haben, das herauszufinden, ehe sich das Schiff teilt und wir zum nächsten Teil der Mission ausrücken. Ich wünsche, daß unsere Partner, unsere Brüder erfahren…« Er schien nach den rechten Worten zu suchen, der diplomatischen Formulierung, schüttelte aber den Kopf. »Dies war eine Verirrung…«

»Das Vergehen eines gebrochenen Individuums«, sagte Paola leise zu Twice Grown.

»Ein entsetzliches Unrecht.« Hans schüttelte den

Kopf, die Lippen fest zusammengepreßt. »Rosa wird in ein paar Stunden von den Müttern recycelt werden. Ihre Familie und Freunde werden in ihrer Kabine warten, um diejenigen zu empfangen, welche zu trauern wünschen.«

Martin stand allein vor der Mutter, als sie sein Zimmer betrat. Nachdem sich die Tür geschlossen hatte, fragte er: »Weißt du, wer Rosa Sequoia getötet hat?«

Sie antwortete: »Hans hat mir die gleiche Frage gestellt.«

»Weißt du es?«

»Wir verfolgen oder überwachen nicht einzelne Individuen.«

»Ihr führt medizinische Akten …«

»Wir kontrollieren die Gesundheit von Personen, wenn sie sich an öffentlichen Orten befinden.«

Das wußte Martin; aber er wollte mit seinen Fragen nicht nachlassen. Eine nach der anderen würde er sie fragen; und das würde sein persönlicher Kummer sein. Denn er war in gewisser Weise durch Rosas Tod erleichtert und war sicher, daß auch Hans erleichtert war. Und eine Art von Schuldgefühl trieb ihn jetzt an.

»Konntest du herausfinden, wer in ihrem Zimmer gewesen ist?«

»Es ist möglich, die Anzahl von Anwesenheiten in einem Raum nach der Tat festzustellen; aber uns fehlen die Mittel, Individuen zu identifizieren.«

»Wie viele Leute waren in ihrer Kabine, bevor die starb, ehe sie gefunden wurde?«

Die Mutter sagte: »Eine Person war mit ihr im Raum.«

»Männlich oder weiblich?«

»Männlich.«

»Was kannst du mir sonst noch sagen?«

»Es hat sexuelle Aktivitäten gegeben«, sagte die Mutter.

Martin hatte getrocknete Samenflüssigkeit um Rosas Vulva bemerkt und feuchte Flecken auf ihrem Kissen. »Wurde sie vergewaltigt?«

»Nein.«

Er holte schaudernd Luft. Sein Bauch verkrampfte sich, sein Hals wurde steinhart, und der Kopf schmerzte heftig. »Aber du weißt nicht, wer bei ihr war.«

Die Mutter sagte: »Wir kennen sechzig Personen, die nicht mit ihr waren. Vier waren in privaten Unterkünften, die nicht die ihren waren, einschließlich der Person mit Rosa. Sie wurden nicht verfolgt.«

»Kannst du ihre Namen auflisten?«

»Ihre Namen befinden sich jetzt in deinem Handy.«

»Ich danke dir«, sagte Martin.

Die Mutter verschwand, und Martin sah die Liste durch. Einer oder mehr von den vieren hätte sie töten können. Martin stellte fest, daß Rex darunter war. Giacomo, Rex, Ariel, Carl Phoenix. er konnte nicht umhin, auf den glühenden Namen von Rex Live Oak zurückzukommen.

Hans hatte darauf bestanden, daß Martin an der Trauerfeier teilnahm. Jeanette Snap Dragon hielt eine kurze und überraschend kühle Ansprache. Sie erwähnte weder Rosas übernatürlichen Aktivitäten noch Rosas Jünger.

Sie sprach statt dessen von Rosa der Geschichtenerzählerin, von der frühen unbeholfenen Rosa, die erst spät zu ihrer eigenen Art von Reife erblüht war.

Ehe Jeanette fertig war, füllten sich Martins Augen mit Tränen. *Wir haben unsere letzten Illusionen verloren.*

Nach der Trauerfeier gingen Jeanette und Rex Live Oak als letzte. Rex sah Martin in dem Korridor vor Rosas Wohnung an. Seine Augen waren rot und verquollen, sein Mund eine gebrochene Kurve.

Rex war nie ein guter Schauspieler gewesen. Jetzt

spielte er nicht. »Zu viel«, sagte er und drängte sich hinter Martin in den Korridor. »Zu verdammt viel.«

Rosas Zimmer war versiegelt. Ihre Leiche lag noch darin. Außer Sicht erledigte das Schiff seine Aufgabe rasch und still; und die sterbliche Hülle von Rosa verschwand.

Jeanette trat an Hans und Martin heran, als die anderen sich zerstreut hatten. Sie sagte ihnen: »Wir sind uns noch einig. Von Rosas Leuten wird niemand kämpfen. Wir haben dienstfrei.«

»Ich verstehe«, sagte Hans.

»Wir werden nicht bei dem Urteil stimmen, wir werden nicht auf die *Trojanisches Pferd* gehen, wir werden uns nicht an Hilfsdiensten beteiligen.«

»Das ist alles verplant«, sagte Hans. Jeanette blickte zwischen den beiden hindurch. Ihre glatten Gesichtszüge wirkten viel älter als zuvor. Hans' Augen waren verquollen. Er sagte leise zu Martin: »Es ist vorüber. Laß es gehen!«

Für Martin gab es nicht mehr viel zu tun.

Die Trennung stand in weniger als sechs Stunden bevor.

Martin ging neben Hans in den Schulraum. Hans hatte die Namensliste der zehn Menschen, die zehn Brüder auf der *Trojanisches Pferd* begleiten würden, wenn sie in das Leviathansystem eintauchte. Die Crew versammelte sich im Zentrum vor der Sternsphäre, alle aus Rosas Partei, die in Fünferreihen auf einer Seite stand.

Hakim und Giacomo hatten vorgesehen, daß die letzten Resultate des Suchteams in der Sphäre projiziert wurden. Die besten Bilder der Planeten, wie Murmeln auf Samt, schön und lebendig.

Hans rief die Namen auf, ohne die Liste zu benutzen. Die Ausgewählten lächelten und reckten die Fäuste in die Luft. Andere machten ein enttäuschtes Gesicht, bis Jimmy Satsuma sagte: »Ins Tal des Todes ritten die zehn … Der Rest von uns wird einfach draußen warten müssen, um ins Kreuz zu treten.«

Die Crew jubelte. Martin dachte: *Bemerkenswert, wie wenig sich die Rhetorik des Krieges ändert, als ob sie in unsere Gene eingebaut wäre.*

»Zwanzig«, sagte Hans. »Vergeßt nicht die Brüder!« Aber es waren Gerüchte über möglichen Zweifel unter den Brüdern umgelaufen.

»Jawohl«, sagte Satsuma ohne Begeisterung.

Hans sagte. »Das Schiff wird sich in einer Stunde teilen. Ich werde auf der *Windhund* fahren. Martin wird die *Trojanisches Pferd* benutzen. Vorerst liegt alles in Händen der Mütter. Aber wir werden bald genug unsere Chance bekommen.«

Er machte eine Pause und schaute auf den Boden. »Ich habe eine Idee.« Die Crew bewahrte gespanntes Schweigen. »Ich denke, wir werden das finden, weswegen wir gekommen sind. Wir werden es hier finden. Wir teilen das mit den Brüdern, was immer unsere physischen Unterschiede sein mögen. Wir tragen gemeinsam die Notwendigkeit, daß der Gerechtigkeit Genüge geschieht.

Ich bin nicht so gut mit Worten, wie andere Bosse gewesen sein mögen. Ich weiß nicht, ob eine anfeuernde Rede von mir euch irgendwie Gutes tun wird. Wir müssen unseren eigenen Tragödien ins Auge sehen, müssen mit unserem eigenen … Übel zurechtkommen. Aber all dies muß jetzt beiseite geschoben werden. Es kann uns nicht vom Weg abbringen.

Dies ist die Wiederkehr des Tages, da wir das Sonnensystem verließen. Der Weg führt uns den Killern der Erde entgegen. Ich weiß, was ich zu tun habe. Ihr alle wißt, was ihr zu tun habt.«

Menschen und Brüder, die Crew der Trojanisches Pferd betrat die Cafeteria. Martin saß mit dem Rücken zur Wand, Hakim neben ihm. Er sagte mit funkelnden

Augen und einem wie von Fieber gerötetem Gesicht: »Ich habe keine Angst.«

»Aber ich«, sagte Martin.

Hakim erklärte kopfschüttelnd: »Es wäre höflicher, wenn ich mit dir Angst hätte. Aber das ist nicht der Fall. Ich fühle mich, als hätte ich ein sehr langes Leben gelebt. Falls ich *Shaitan* begegnen muß, ist es jetzt die Zeit dafür. Allah wird uns allen gnädig sein; und wir werden...« Er schluckte. »Dies Reden von Gott stört dich nicht?«

»Nein«, sagte Martin und ergriff Hakims Schulter.

»Rosa hat uns Allah nicht weggenommen.«

»Natürlich nicht.«

»Wir werden durch unsere Tat in Allahs Sicht wachsen«, erklärte Hakim. »Allah hat die Erde geliebt und liebt seine schwachen Kinder.«

Martin nickte. Er sah, wie Ariel aufstand, während Tisch und Bänke im Fußboden versanken. Er lächelte ihr zu. Sie schaute sich um und hielt die Arme hoch. *Wo werde ich mich hinsetzen?*

Martin klopfte auf den Boden neben sich.

Sie setzte sich hin. »Ich denke, wir sollten noch eine Abstimmung veranstalten... darüber, wer Boss sein sollte. Nach dem Job.«

Martin nickte geistesabwesend.

»Arme Rosa«, sagte sie und zog die Knie an.

Martin schloß die Augen. Hakim murmelte eine Sure aus dem Koran. Die zehn Brüder kringelten sich nahe der Mitte. Eye on Sky trat an Martin heran und sagte: »Wir bedauern die Tragödie des Todes. Wir hoffen, daß sie euch nicht weniger leistungsfähig macht.«

»Ich schätze eure Teilnahme«, erwiderte Martin.

Paola legte einen Arm um Eye on Sky. »Wir werden gute Arbeit leisten.«

Martin schaute auf zu seinem ›Gesicht‹, das wie das ausgefranste Ende eines Seils mit Augen und einem Büschel Augen aussah. Eye on Sky sagte: »In vergangenen

Zeiten wurde von einem der euren die Bemerkung gemacht, daß Menschen mehr wissen könnten über Tod und Töten als Brüder. Das ist nicht so. Brüder haben miteinander gekämpft, wenn auch nicht während vieler Tausende von Jahren.«

Paola trieb sich nervös herum und blickte zwischen ihnen hin und her.

»Wir und ihr werden die Schuld für diese Rache teilen«, fuhr Eye on Sky fort. »Darüber herrscht Zustimmung, wie die Bruder zustimmten, als sie selbst diese Mission angingen.«

Er roch nach Tee und Holzrauch, einer Kombination, die Martin noch nie begegnet war.

»Ich freue mich, daß wir euch bei uns haben«, sagte Martin.

Eye on Sky fuhr fort: »Bis unsere Welt zerstört wurde, dachten Brüder, die Sterne seien friedlich, Stätten von Einheit und Sicherheit. Wir haben gelernt, jene von anderen Sternen sind nur wie wir selbst.«

»Wir sind ein Team«, sagte Martin, stand auf und breitete die Arme aus. Eye on Sky beugte sich vor, und Martin drückte die sehnige Flechte an sich. Er fühlte, wie sich die lederne Trockenheit ihrer Saiten unter seinen Fingern kräuselte.

Das Schiff fing mit seinen vertrauten Geräuschen der Teilung an. Die Tür zur Cafeteria ließ eine Mutter und eine Schlangenmutter ein und schloß sich dann sanft. Ihre Umrisse verschwanden in der Wand. Automatisch erschienen rund um jeden von ihnen Felder, die mit zarten Pastellfarben vibrierten. Martin sah, wie Eye on Sky mit seinem Feld im Gefolge wieder zum Zentrum ging. Die Menschen blieben an der Peripherie.

Die Mutter verkündete: »Ende der Bremsung in zwanzig Sekunden.«

Ihr Gewicht verließ sie, bis sie schwebten. Martin machte automatisch die Übungen zur Kontrolle seines Innenohrs und Magens.

Die Mutter sagte: »Die Trennung wird in fünfzehn Sekunden beginnen.« Die Schlangenmutter machte für die Brüder leise Töne von Streichinstrumenten und Schlagzeuggeräusche.

Die Leiterfelder wurden heller. Gedämpfte Klänge von umgeordneter Materie und wachsender falscher Materie. Martin standen die Haare zu Berge. Er dachte an das zerfallende Totenschiff, verloren in endloser kalter Leere, dessen falsche Materie nach Äonen verpuffte, an Mumien der Besatzung, umgeben von ewigen Gloriolen aus kaltem Staub, ungestört im interstellaren Medium bis zu ihrer Ankunft.

Die Cafeteria kam heran. Felder drängten sie in den kleineren, umgebauten Raum. Sie befanden sich jetzt in den Schlafräumen der *Trojanisches Pferd*.

»Ich habe ihnen von der *Ilias* erzählt«, flüsterte Paola Martin und Ariel zu. »Sie waren sehr beeindruckt. Und wir haben für das Schiff einen anderen Namen gewählt. Wenn wir getarnt sind, müssen wir *Trojanisches Pferd* nicht erklären. *Doppelsaat*.«

Weitere Geräusche: Rutschen und Scharren, etwas, das wie eine zerbrochene Stimmpfeife vibrierte. Die *Trojanisches Pferd/Doppelsaat* riß sich von *Windhund* und *Würger* los.

Alle drei Schiffe zogen davon – auf unterschiedlichen Kursen und Zeitplänen. Jedes hatte seinen eigenen Auftrag. Fünfzig Milliarden Kilometer von Leviathan entfernt, immer noch mit fast Lichtgeschwindigkeit dahineilend.

Die Mutter verkündete: »Superbremsung in zehn Sekunden.«

Sie hatten das schon viele Male durchgemacht, oft genug, um daran gewöhnt zu sein: aber Martin empfand ein tiefes Angstgefühl. Furcht vor dem schwebenden Traumzustand, wenn jede seiner Bewegungen durch die volumetrischen Felder kontrolliert wurde. Er fühlte, wie sie um seine Moleküle krochen und von seinem Körper eine Bestandsaufnahme machten. Und auch Angst vor dem, mit dem sie alle konfrontiert sein würden, wenn sie Erfolg hätten und die Schiffe wieder zusammenkämen. Die Lügen und der Betrug, der an den Crews verübt worden war.

»Viel Glück!« sagte Ariel.

Er versuchte, an eine angenehme Szene auf der Erde zu denken, diese in seinen Gedanken zu verankern und Visionen der Toten zu vermeiden.

Statt dessen sah er wie in einem bösen Dokumentarfilm, daß die ganze Crew mit Nahrung aus falscher Materie ernährt worden war; daß sie jetzt aus masselosen unter Zwang stehenden Punkten im Raum bestünde; und daß sie, wenn der Job getan war, sich einfach auflösen würde wie das Schiff des Gesetzes der Roten Baumläufer.

Das Gesetz würde auf Kosten ihrer Existenz erfüllt werden. Tatsächlich waren sie in diesem Moment einfach nichts, sondern nur Illusionen auf einem Geisterschiff, das wieder ins Helle geriet, um Tod zu bringen.

Sein stummes Stöhnen schien hinter seinen geschlossenen Augen zu widerhallen. Wenn er die Augen öffnete, konnte er die anderen sehen, die kleine Tätigkeiten versuchten, sich unterhielten oder bloß dasaßen und warteten, bis die Stunden des Zwanges vergingen. Er zog es vor, mit seinem Alptraum allein zu sein.

Es vergingen zweiundzwanzig Stunden.

Eine Stunde, ehe die Superbremsung wie geplant endete, funkte Hakim ihre erste Nachricht an die Wesen um Leviathan. Er hatte ohne die Hilfe der Brüder ein kleines binäres Signal geschaffen, das *pi* und die ersten zehn Primzahlen wiederholte. Die Mütter hatten erklärt, daß die Mathematik der Brüder höchst ungebräuchlich sei und kaum leicht zu verstehen sein würde.

Das Signal war so eingerichtet, daß es ihre Geschwindigkeit nicht verriet. Es würde die Welten Leviathans in dreiundzwanzig Stunden erreichen. Die *Trojanisches Pferd/Doppelsaat* würde dann zweiundzwanzig Milliarden Kilometer von System entfernt und für die Bewohner von Leviathan leicht auszumachen sein.

Die Mutter informierte sie, daß es mit *Windhund* und *Würger* gut ginge und alles nach Plan liefe.

Martin lauschte der Stimme der Mutter, bestätigte mit einem Nicken, daß er die Nachricht gehört und verstanden hatte, schloß die Augen und wartete; immer noch nicht von seiner Realität und Körperlichkeit überzeugt.

Ariel berührte seinen Arm und sagte: »Du siehst nicht glücklich aus.«

»Alptraum«, sagte er und schüttelte den Kopf.

»Du schläfst nicht.«

»Das spielt keine Rolle.«

»Möchtest du sprechen?«

»Worüber?«

»Über das Nachher.«

Er lächelte. »Nachdem wir den Job getan haben? Oder nachdem wir abgebremst haben?«

»Nach allem«, sagte sie.

Martin öffnete die Augen und rieb sie, um seinen trüben Blick zu klären. Was er sah, war immer noch nicht scharf. Ariel hatte sich einen Meter entfernt auf ihren Ellbogen gestützt, das Gesicht verschwommen, die Augen undeutlich und der Mund in Bewegung. Er strengte sich an, um zuzuhören.

»Die Wendys werden ihre Gewänder anfertigen. Wir werden uns mit einem Planeten vereinen. Hast du je daran gedacht?«

Er schüttelte den Kopf.

»Aber ich. Ich möchte alles sausen lassen, mich entspannen und in einer dichten, frischen Atmosphäre sitzen mit der Sonne am Himmel … mir einfach um nichts

Sorgen machen. Glaubst du, daß Menschen auf der Erde das jemals getan haben?«

»Ich nehme es an.«

»Ich frage mich, ob ich eine gute Mutter abgeben würde. Babies haben, meine ich.«

»Wahrscheinlich«, sagte er.

»Ich habe gerade erst angefangen, daran zu denken, Mutter zu sein. Meine Gedanken ... Ich bin so lange jung gewesen, daß es schwer ist, sich vorzustellen, wirklich erwachsen zu sein.«

»Ariel, ich denke gerade heute nicht besonders klar. Wir sollten uns später unterhalten.«

»Wenn du willst. Es macht mir nichts aus, wenn du nicht antwortest. Macht es dir etwas aus, zuzuhören?«

»Ich weiß nicht, ob mir gerade jetzt überhaupt irgend etwas was ausmacht.«

»Okay«, sagte sie. »Ich werde warten. Aber wir werden so viel zu tun haben.«

»Das wird gut sein.« sagte Martin. »Wenn man keine Zeit zum Denken hat.«

»Hast du eine Stimme ...« Sie brach ab. »Es klingt so verrückt, wie etwas, das Rosa sagen könnte. Hast du eine Stimme, die dir sagt, was geschehen wird?«

»Nein«, erklärte Martin.

»Ich denke, daß ich eine habe. Wir werden überleben, Martin.«

»Gut!« sagte Martin.

»Ich werde still sein.« Sie legte sich zurück und faltete die Hände auf dem Bauch. Martin blickte auf sie hinunter.

Theodore stand über ihnen und sagte: »Sie ist nicht so hübsch wie Theresa. Aber sie ist ehrlich. Sie ist hilfreich. Du könntest es viel schlimmer treffen.«

»Halt den Mund!« sagte Martin.

Ariel öffnete sehnsuchtsvoll die Augen. »Ich habe nichts gesagt.«

Martin sagte: »Ich rede nicht mit dir.« Er rutschte vor,

bis seine Beine an die ihren stießen, und glitt dann in ihre Nähe. Er langte hin und drückte sie an sich. Sie spannte sich an, seufzte dann und entspannte sich. Sie wandte ihm das Gesicht zu und betrachtete ihn aus ein paar Zentimetern Entfernung mit spöttisch gehobenen Augenbrauen.

Sie flüsterte: »Ich weiß, daß ich nicht so schön bin wie Theresa.« Ihre Verwundbarkeit berührte ihn.

»Psst!« sagte er.

»Du warst auch gut.«

Er tätschelte ihre Schulter und sagte: »Schlaf!«

Sie kuschelte sich enger an ihn und ergriff seine Hand.

Die *Trojanisches Pferd* beendete die Superbremsung bei zehn Prozent der Lichtgeschwindigkeit. Volumetrische Felder hoben sich. Sie würden fünf Tage lang antriebslos driften und dann mit einer sanfteren Abbremsung beginnen, um in das System einzutreten.

Die erste Reaktion auf ihr Signal kam durch Lichtstrahlübertragung vom vierten Planeten. Der Inhalt war recht einfach: Eine nahe Entsprechung von Hakims wiederholtem Code mit interessanten Variationen. Die ersten zwölf Primzahlen waren binär angegeben.

Martin prüfte die Botschaft, während er noch von den Anstrengungen benommen war. Eine einfache Bestätigung, ohne Bemerkung oder einen Willkommensgruß.

Eine heilsame Vorsicht in einem Wald voller Wölfe. Oder höchstes Vertrauen in Verbindung mit Bescheidenheit…

Hakim schickte eine zweite Botschaft, diesmal mit Proben von Stimmern der Menschen und Brüder, die Grüße übermittelten. Seine eigene Stimme zählte Zahlen auf. Dazu eine Liste mathematischer und physikalischer Konstanten.

Martin aß sein Frühstück aus einer Quetschflasche

mit Suppe und einem Stück Gebäck, als er sich frische Bilder des vierten Planeten ansah. Sehr groß und dunkel, mit Wolkenstreifen von Wasserdampf, weiten schwarzen Ozeanen und hellgrauen Kontinenten.

»Wann werden die anderen Schiffe ihre Superbremsung beenden?«

»Die *Würger* in vierundfünfzig Minuten und die *Windhund* in einer Stunde und zweiundfünfzig Minuten«, erklärte Hakim. »Wir können sie jetzt mit Mofix erreichen; natürlich, wenn du es wünschst.«

»Nicht nötig. Laß sie sich erst erholen«, erwiderte Martin. »Wir brauchen Zeit, um an unserer Tarnung zu arbeiten. Wir müssen proben.«

»Klingt wie das Klassenspiel«, sagte Erin und nahm eine günstigere Position ein, um den projizierten vierten Planeten näher zu betrachten.

Martin sagte: »Wir werden uns genau an das Drehbuch halten.« Er schaute sich im Raum um und vergewisserte sich, daß die Brüder sich von der Bremsung erholt hatten. Sie traf der Prozeß härter als Menschen und mußten zwei Stunden in getrenntem Zustand verbringen, um die Beklemmung zu überwinden.

Eye on Sky kam herbei, Paola an seiner Seite. Er roch nach irgendeinem exotischen Gewürz, das Hans nicht identifizieren konnte: Wein, Zimt und heißes Harz.

Eye on Sky sagte: »Wir sind bereit.«

Die Brücke der *Doppelsaat* nahm Gestalt an. Brüder und Menschen sorgten für die letzten praktischen und dekorativen Feinheiten.

Im Abteil für die Besatzung gab es Schlafnetze für Menschen und Ringbetten für Brüder – eine Reihe von Reifen, worin sie eine Flechte aufteilen und die Saiten hängen konnten, eine oder zwei Klauen an jedem Ring befestigt.

Silken Parts und Paola übersetzten die Maßnahmen für alle Brüder.

»Wir werden noch vier Tage für Proben haben«, sagte

Martin. »Hakim und Sharp Seeing werden unsere Dialoge mit dem, wer immer dort ist, verfolgen. Wir werden alle zwölf Stunden eine Einweisung für die gesamte Besatzung abhalten. Wenn ihr nicht gerade Dienst habt, ist es euch überlassen, zum Hintergrund beizutragen. Ariel und Paola werden sich mit Scoots Fast absprechen.«

»Scoots Fast hat um eine Namensänderung ersucht«, sagte Paola. »Er möchte Long Silver heißen. Das sei genauer und würdiger.«

»Mir ist es recht«, erklärte Martin. Er folgte Hakim und Eye on Sky in das ›Allerheiligste‹ des Mofix, einen kleinen Raum im Innern, der gegen außen abgeschirmt war. Es war kaum Platz für die drei.

Eye on Sky nahm zuerst Kontakt mit der *Würger* auf. An der äußersten Grenze der Mofixreichweite waren Textmitteilungen am zuverlässigsten; und die Nachricht von der *Würger* wurde flach vor ihnen projiziert. Silken Parts übersetzte den Text der Brüder, eine kurze Reihe dicht beieinander liegender Kurven: »Wir sind in Sicherheit und noch in der riesigen Flechte verbunden. Schnelle Arbeit und fester Sand.«

Der letzte Kontakt mit der *Windhund* war kurz und erfreulich zugleich: »Im Orbit und erholt«, übersetzte Giacomo. »Alle sind ungeduldig. Viel Glück!«

»Giacomo muß noch an seiner Poesie arbeiten«, sagte Erin mit schiefem Grinsen. »Wir sind weit überlegen.«

Hakim, Martin, Paola und Eye on Sky versammelten sich auf der neuen Brücke. Zurückgeschobene Paneele zeigten beständige Schwärze und einen dicht gedrängten Haufen von Sternen.

»Das ist prächtig«, sagte Hakim und berührte die neuen Schotts, deren Stil sich sehr von der üblichen Architektur der Mütter unterschied. »Es ist, als wäre man auf einem Schiff, das von Menschen gemacht sein könnte. Ich bitte die Brüder um Verzeihung.«

Eye on Sky meinte: »Auch wir haben den Eindruck, daß es auf einem solchen Schiff hätte sein können, wenn man zu den Sternen reiste.«

Hakim nickte freundlich. »Vorerst benutzen wir die Fernsonden der Mütter auf einer breiten Basislinie als Verlängerung von Augen und Ohren ...«

Ein Bild des vierzehnten Planeten, der der *Trojanisches Pferd* am nächsten war, wuchs vor ihnen in einer kleinen Sternsphäre. Martin beugte sich vor. Gefleckt, kühl blau und grün, ein Gasriese von fünfzigtausend Kilometern Durchmesser, war der vierzehnte Planet von einundzwanzig Monden umgeben oder sogar noch mehr. Seine breiartige obere Atmosphäre ließ schwebende Plattformen von mehreren hundert Kilometern Durchmesser erblühen, die sich wie nadelförmige Rüssel durch den Dunst bis zu Regionen mit hohem Druck in der Tiefe erstreckten. Aus dem Zentrum einer jeden Plattform erhob sich ein weißer Wolkenstreifen durch einen Ring, der hell wie Feuer in der klaren Hochatmosphäre glühte. Hypyerbolische Plasmalinien schossen aus dem Ring, aus dieser Entfernung wie Fäden aussehend, aber wie der Draht einer Glühlampe.

»Gasquellen«, sagte Martin. »Zehntausende von ihnen. Gas, das aus der Tiefe aufsteigt, wird in diesen Ringen erfaßt, irgendwie beschleunigt und im Orbit gewonnen. Eindrucksvoll.«

»Sie lassen hier eine Technologie der Umwandlung von Materie erkennen«, sagte: Hakim. »Sie bemühen sich nicht, das zu verbergen. Keine aus normaler Materie bestehenden Plattformteile könnten in diesen Tiefen überleben, noch auch die Gase unter solchen Bedingungen festhalten. Wir sehen den Boden der Treibstoffkette, die zur Spitze führt, der Technologie der Plattformen selbst.«

Eye on Sky raschelte und roch nach Kampfer und Kiefer.

Die Szene ging zu dem nächsten Planeten über,

Nummer zwölf, eine halbe Milliarde Kilometer dem Zentralstern näher. Dies war eine mineralische Welt mit zehntausend Kilometern Durchmesser. Die Farbe seiner Sichel war aus der Nähe gesehen dunkelbraun mit einzelnen hellbraunen und weißen Flecken. Hakim sagte: »Auflösung etwa vierhundert Kilometer. Er könnte aus Fels und Eis bestehen. Er ist kalt genug, daß Ammoniak und Methan auf seiner Oberfläche fest sind. Die Atmosphäre scheint hauptsächlich aus Stickstoff und Argon zu bestehen. Es gibt keine Artefakte großen Maßstabs ...«

Plötzlich wurde der Planet dunkel, als ob der beleuchtete Rand in einen Schatten geriete. Dann erschienen innerhalb des Schattens und längs des Randes feine strahlend weiße Linien wie geschmolzenes Silber, das auf eine Fläche von Kohlenruß gegossen wird. Die Linien krümmten sich zu Kreisen und Ovalen. Sie beschrieben Konturen und große Kreise. Die Sichel der Linienbildung erhöhte sich. Dünnere Linien innerhalb dicker, bis der ganze Planet wie heißes Silber erglühte. Ebenso plötzlich kehrte die Farbe wieder mit unterschiedlichen Details, graubraun mit grünen Flecken.

Jennifer kicherte und legte rasch die Finger auf den Mund. Sie sagte: »Es tut mir leid.«

»Was, zum Teufel, war das?« fragte George Dempsey.

Hakim sah sich betroffen bei seinen Kollegen um und las dann die chemische Analyse ab. »Reine Argonatmosphäre. Die Oberfläche scheint zumeist aus Silikaten zu bestehen in Form von feinem Sand und vielleicht kleinen Steinen. Die grünen Flecken sind sehr kalt, viel kälter als der Rest des Planeten. Nur vier oder fünf Kelvin.«

»Ich hoffe, Giacomo hat das gesehen«, sagte Jennifer. Sie konnte sich nicht zurückhalten, mit den Händen Schultern, Ellbogen und Knie zu berühren. Sie schien sehr erschrocken zu sein. »Wenn Hans nach einem Beweis für Illusion Ausschau hält ...«

»Laßt uns noch keine Schlüsse ziehen«, fiel ihr Martin ins Wort.

Jennifer kicherte wieder.

Der nächste sonnenwärtige Planet einwärts, Nummer zwei, der den gleichen Quadranten einnahm im Leviathansystem, kreiste kaum einhundertfünfzig Millionen Kilometer vom Stern entfernt, knapp innerhalb einer ›gemäßigten‹ Zone, die flüssiges Wasser zuließ. Blaß bräunlich rot, ohne dichtere Atmosphäre, war dieser Planet von klumpiger Struktur. Selbst bei einem Durchmesser von über zwanzigtausend Kilometern war sein Profil erstaunlich uneben.

»Sie kommen wieder zum Vorschein«, sagte Paola. »Wie groß sind sie – was immer sie sein mögen?«

Hakim sagte: »Hunderte von Kilometern hoch. Zehntausende gibt es davon. Vielleicht Städte?«

»Erfassen wir irgendeine Kommunikation zwischen den Planeten?« fragte Jennifer.

»Kein Leck von künstlicher Strahlung. Mit Ausnahme der Energien, die gebraucht werden, um von den Riesenplaneten Gas zu verschicken«, erwiderte Hakim. »Aber auch die lassen sich leicht als Sonneneruptionen deuten. Aus der Entfernung einiger Lichtmonate ist das System reich an Planeten, aber ruhig.«

»Also verstecken sie sich nicht, ziehen aber auch nicht die Aufmerksamkeit auf sich. Was ist mit Handel zwischen den Welten?«

»Es wimmelt von Schiffen wie Saatkörnern bei der Ernte«, sagte Eye on Sky. »Dutzende von Millionen Schiffen steigen auf und gehen nieder. Alle Welt außer der Zwölften benutzt Schiffe. Sie zieht ihre Bahn allein Der vierte Planet ist am meisten besucht.«

»Können wir sagen, ob es irgendeinen Handel gibt, der keine Schiffe benutzt?« fragte Martin. »Materieübertragung, etwas Raffinierteres?«

»Keine solchen Anzeichen gefunden«, erwiderte Eye

on Sky. »Falls sie sich des Mofixes bedienen, entdecken wir sie natürlich nicht.«

Martin rieb sich die Nase. »Laßt uns zwei Botschaften senden, eine nach der anderen, erst Video mit Sprechbegleitung und dann mit Text und Ton der Brüder. Codierte Bilder in Polar- und rechtwinkligen Koordinaten, hundert Abstufungen, keine Farbe, von unserem Schiff gesehen von außen, einem Bruder zusammengefügt und zerlegt und einem männlichen und einem weiblichen Menschen von vorn gesehen, unbekleidet. Zeigt unsere Herkunftstelle in bezug auf die drei nächsten Sterne! Natürlich unsere fiktive Herkunft…«

»Eine *Voyager*-Botschaft«, sagte Paola lächelnd. Sie erklärte das den Brüdern. Silken Parts hatte schon dieses kleine Stück der menschlichen Geschichte studiert.

Als sie montiert war, projizierte Martin die Botschaft, damit alle sie sehen konnten. Silken Parts und Paola übersetzten sie rasch in Text für die Brüder, was Eye on Sky billigte. Er schlug vor: »Wir wollen eine volle Liste von Symbolen für jede Schriftsprache hinzufügen.«

Sie warteten zwölf Stunden. Aus einer Entfernung von sechs Milliarden Kilometern von Leviathan kam auf ihre Frage eine Antwort vom vierten Planeten, zehn Bilder in Koordinatenvideo. Die Mutter übersetzte und projizierte sie eines nach dem anderen.

Die Bilder zeigten fünf verschiedene Lebewesen. Die Crew sah sie sich genau an. Der erste Typ war kurzbeinig, schlank und sah hübsch aus, mit einem langen schlanken Hals, auf dem ein Kopf saß mit kurzer Nase und zwei vorstehenden Augen. Bis auf einige Merkmale hätte es eine kleinere, weniger stämmige Version der Sauropoden der Roten Baumläufer sein können. »Wo sind die Hände?« fragte Erin Eire.

Niemand antwortete. Der zweite Typ stand aufrecht auf zwei dicken, fast elefantenartigen Beinen, mit einer tonnenförmigen Brust und einem kleinen Kopf ohne erkennbare Augen. Zwei Armpaare gingen von seinem Rumpf aus, versehen mit zwei Garnituren vielfingriger Hände.

Erin sagte: »Das sind die, welche mit den Roten Baumläufern zusammengekommen sind.«

»Sie sehen sicher danach aus«, sagte Andrew.

Der dritte Typ schien ein Wasserwesen zu sein. Er hatte keine Beine oder Arme an sich, war von länglicher haifischartiger Gestalt mit breiten, Flügeln ähnlichen Flossen an den Seiten, schmalen, mit einem Grat versehenen spitzen ›Köpfen‹ ohne sichtbare Augen und Flossen mit fingerartigen Verlängerungen direkt hinter dem Kopf. Der vierte Typ war ein Alptraum, ein Knäuel von Tentakeln oder Beinen, die an ihrer ganzen Länge Gelenke hatten, von denen einige kleinere Tentakel trugen, andere aber dreiteilige Zangen. Der gegenüber den Tentakeln zwergenhafte Körper war untersetzt und dunkel.

Das Bild des fünften Typs ließ die Menschen nach Luft schnappen. Reptilisch mit langem Kopf, der einen Kamm und kurzen Rüssel trug, und Gliedern, die an den unteren Gelenken rückwärts gebogen waren, war dieser Typ viel kleiner als die vorhergehenden.

Erin faßte nach Ariels Hand. Die Menschen starrten schockiert und ungläubig hin.

»Gott verdamme sie!« sagte George Dempsey.

Cham sagte: »Sie wissen nicht, woher wir kommen. Sie haben fürchterlich angegeben.«

Martin nickte. Paola begann, Eye on Sky etwas zu erklären; aber der Bruder raschelte und strömte einen starken Rosenduft der Sympathie aus. Er sagte: »Wir erkennen das. Es stammt aus unserer Geschichte der Endzeit.«

»Wir haben sie gefunden«, sagte Martin.

»Nur keine voreiligen Schlüsse!« wandte Ariel ein.

»Welche anderen Schlüsse gibt es?« fragte Martin.

»Wie viele Wesen haben sie erforscht, wie viele Formen könnten sie gestohlen haben? Wir können noch nicht sicher sein.«

Martin wünschte, sich in diesem Gefühl der Entdeckung zu sonnen und die besondere Genugtuung zu haben, die Killer einen Fehler machen zu sehen und eine Schwäche zu zeigen. »Ich möchte positiv sein«, sagte er vage.

»Dann *denk nach!*« sagte Ariel und schaute nervös auf die anderen, als ob sie eine plötzliche Welle von die Vernunft überwältigender Emotion voraussähe. »Dies könnte das *Original* sein, von dem sie ihre Konstruktion gestohlen haben.«

»Unwahrscheinlich«, sagte Martin. »Wenn die Killer sie gut genug kannten, um ihre ... Körper zu kopieren, wären sie inzwischen mit Sicherheit tot ...« Er wandte sich an die Mutter: »Kennst du diesen Typ von einer der Welten, welche die Wohltäter gerettet haben, oder anderen dir bekannten Welten?«

Die Mutter antwortete: »Er paßt zu keinem in unseren Aufzeichnungen.«

Martin wandte sich wieder an Ariel und fragte: »Irgendwelche anderen Theorien?«

Ariel hob die Arme. »Ich denke, wir sollten nicht zu irgendwelchen anderen Schlußfolgerungen springen.«

Martin sagte: »Das ist die Kreatur, die sie als Köder benutzten außerhalb des Raumschiffs in Death Valley. Ich weiß, daß sie es ist.«

Cham legte eine Hand auf Martins Schulter. »Laß uns annehmen, daß sie es ist. Das ändert unsere Pläne in keiner Weise. Es ist nur ein anderes Indiz.«

»Richtig«, sagte Martin, der vor Erregung zitterte. »Gib es mit Mofix der *Würger* und der *Windhund* bekannt! Übermittle alle die Bilder.«

»Laß uns sie erst fertig anschauen!« schlug Cham ruhig vor, die Hand immer noch auf Martins Schulter.

Martin schluckte seinen Ärger hinunter und sagte: »Entschuldige!«

»Martin, das empfinden wir alle so«, versicherte Erin.

»Wir alle«, bestätigte Ariel. Sie holte tief Luft und hockte sich auf den Boden.

Die nächsten zwei Bilder stellten eine Umlaufbahn dar in Beziehung zu den fünfzehn Planeten und astrogatorische Hinweise in Form binärer Zahlen von Triangulationsmessungen der nächsten Sterne.

»Sehr freundlich. Sie schlagen vor, daß wir mit fünf Ge bremsen«, sagte Cham und fuhr mit dem Finger über die Projektion. »Wir sollen um den fünften Planeten in eine Umlaufbahn eintreten.«

»Können wir dort überleben?« fragte Andrew.

»Das ist der rätselhafte Planet«, erklärte Hakim. »Viel zu leicht, um massiv zu sein, einhundertzwei Kilometer Durchmesser, mit einer kühlen, festen Oberfläche und einer dünnen Atmosphäre von siebzig Prozent Stickstoff, fünfzehn Prozent Argon und anderen Edelgasen – etwa sechs Zehntel vom Druck des Schiffs. Nicht gut zu atmen. Die Oberflächentemperatur ist gut – im Bereich von zehn bis zwanzig Grad Celsius. Die Schwerkraft ist indessen mit ungefähr zwei Ge hoch.«

»Die Mutter kann uns nicht in Felder hüllen«, sagte Andrew Jaguar. »Man erwartet, daß wir nicht diesen Stand der Technik haben.«

Eye on Sky warnte: »Wir könnten uns zerlegen müssen. Bei solchem Gewicht haben Flechten oft keine Kontrolle über Saiten.«

Martin hob die Hand, um die Diskussion zu beenden. Sein Kopf schmerzte höllisch. »Ich glaube nicht, daß das ein Problem sein wird, so oder so. Falls sie uns als Gäste behandeln, werden sie wahrscheinlich Wege haben, es uns bequem zu machen. Falls nicht …« Er sah sich in der Kabine um. »Warum sich Sorgen machen?«

»Wir wissen nicht, ob wir auf die Oberfläche eingeladen sind«, wandte Paola ein.

»Es wäre nicht sehr nachbarlich, wenn das nicht so wäre«, sagte Erin.

»Oder sie könnten uns einfach töten«, warf Andrew Jaguar ein. »Diese Welten sehen aus wie ein sehr süßes Bonbon für neugierige Fliegen.«

»Andrew!« mahnte Jennifer streng.

»Niemand kann mir sagen, daß sie nicht … einfach sehr interessant aussehen. Knusperhäuschen und Hexe!«

Paola versuchte, das den Brüdern zu erklären; aber Eye on Sky zeigte mit einem Schwenk von Kopfsaiten an, daß diese Erklärung entweder unnötig oder unerwünscht war. *Nicht noch mehr von deinen gewalttätigen Märchen!* dachte Martin.

Er wandte sich an Eye on Sky: »Gehen wir hinein?«

»Was ist eure Meinung?« entgegnete Eye on Sky. Einige Brüder rochen nach Gewürznelken.

Martin nickte und sagte: »Sicher. Dafür sind wir ja hier. Jennifer, ist das Diagramm klar?«

»Klar genug«, erwiderte sie. »Silken Parts und ich können dem Schiff sagen, wohin wir gehen müssen.«

Martin wandte sich an die Mutter: »Ich nehme an, du willst sozusagen im Busch verschwinden, wenn die Zeit kommt.«

»Wenn die Zeit kommt, wird meine Anwesenheit nicht erkennbar sein«, erwiderte sie.

Plötzlich gab die Mutter ein ungewohntes Geräusch wie einen Trompetenstoß von sich, kippte langsam zur Seite und stürzte zu Boden. Die Crew starrte überrascht hin; aber ehe jemand reagieren konnte, machte sie ein ähnliches Geräusch und erhob sich stabilisiert wieder. »Dieses Schiff wird nach Waffen hoher Dichte untersucht. Eine Prüfung könnte durch Mofix erfolgen. Meine Funktion war zeitweise gestört.«

Jennifer fragte mit piepsender Stimme: »Wie *forscht* man mit Mofix?«

»Man könnte bestimmte Atome und Partikeln in unserem Schiff nach Zustand und Position abfragen.«

Jennifer sah aus, als hätte sie gerade ein wundervolles Weihnachtsgeschenk ausgepackt, und wandte sich an Martin, strahlend und sicher im Glauben daß ihre Arbeit und Theorie bestätigt worden wären.

Martin war betroffen, wie sehr sie alle wie erregte, erschrockene Kinder klangen und handelten, ihn selbst eingeschlossen.

Er fragte die Mutter: »Werden sie merken, daß das Schiff einen Kern aus falscher Materie hat? Könnten sie wissen, daß du hier bist?«

»Falls ich mich nicht irre, was möglich aber unwahrscheinlich ist, kann eine solche Überprüfung mit Mofix nur extrem hohe Massendichten erkennen lassen.«

Jennifer klatschte sich mit der rechten Hand auf den Schenkel. Es war deutlich, daß sie mehr Muttimathe treiben und diese neuen Hinweise einstöpseln wollte.

»Jennifer, hast du Arbeit zu erledigen?« fragte Martin barsch.

»Pardon?«

»Geh, und tu sie! Du machst mich nervös.«

Jennifer grinste und verließ die Brücke.

Martin sagte: »Sie wissen also, daß wir mit nichts bewaffnet sind, das tödlich ist. Warum bist du da für einen Moment weggetreten?«

»Ich bin mir nicht sicher.«

Martin sah die Mutter prüfend an und wandte seine Aufmerksamkeit dann wieder den projizierten Bildern zu. Er sagte zu Hakim und Silken Parts: »Bringt uns in einen Orbit um den vierten Planeten!«

Hakim betätigte seine Muttimathe und zeichnete die besten Wege und Punkte für Antriebsstöße. Die Strecke paßte sehr gut zu denen, die auf den gesendeten Karten angegeben waren. »Gleichmäßige Bremsung mit 5 Ge bringt uns binnen fünf Tagen, dreizehn Stunden und zwölf Minuten in den Orbit«, gab Hakim bekannt.

Silken Parts stellte dieselben Berechnungen an mit Brüdermathematik und meldete Eye on Sky die Ergebnisse. Er sagte: »Wir stimmen innerhalb von wenigen Sekunden überein.«

»Gebt unsere Pläne und die Botschaften an *Würger* und *Windhund* durch!« befahl Martin.

Martins Kabine an Bord der *Trojanisches Pferd* war weniger als ein Fünftel so groß wie seine frühere Unterkunft und enthielt nur sein Schlafnetz. Die Crews waren noch nicht damit fertig, der Maskerade ein gemütliches Aussehen zu verleihen. Er betrachtete die Wände und stellte sich Plakate vor, die Brüder und Menschen an Stränden unter einem blaugrünen Himmel zeigten. *Das ist gar nicht so übel.* Er würde die Idee Donna Emerald Sea gegenüber erwähnen, die zusammen mit Long Slither die Ausstattung des Schiffs übernommen hatte.

Er rollte sich in das Netz und schloß die Augen. Er schlief sofort ein, und unmittelbar darauf, so schien es, klingelte sein Handy. Es war Jennifer. Er kroch aus dem Netz, nahm mitten in der Luft Lotosposition ein, um eine gewisse Würde zu bewahren, und ließ sie eintreten.

»Ihr Mofix ist besser als unseres«, berichtete sie. »Viel höheres Niveau und stärker als das der Mütter, meine ich.«

»Das ist klar«, sagte er, immer noch benommen.

»Ich hatte gerade ein langes Gespräch mit Silken Parts. Martin, wir haben Theorien über Wohltätertechnologie besprochen. Man wird uns da unten aus dem Feld schlagen – weit stärker als damals bei Wormwood. Was die Leute dort hatten, war wie eine Stahlfalle, aber *dies* hier ist eine Atombombe.«

»Was denkst du, das sie haben?«

»Sie haben uns mit etwas abgetastet. Nein, das ist nicht richtig. Sie haben die Materie und Partikeln unseres Schiffs aus sechs Milliarden Kilometern Entfernung *abgefragt*. Soweit ich feststellen kann, könnten wir überhaupt keine so intensive Suche durchführen – und falls doch, könnten wir nicht so viele Daten in weniger als ein paar Wochen übertragen.«

»Eindrucksvoll, aber was besagt das?«

»Wenn die Mütter recht haben und diese Leute nicht alles wissen, was es jetzt über uns zu wissen gibt – und offen gestanden kann ich mir keinen Grund denken, weshalb das nicht der Fall sein sollte, außer vielleicht Bandbreite ...«

»Jennifer, ich kann jetzt nicht sehr klar denken. Du hast mich aufgeweckt, und ich habe nicht geschlafen, seit wir die Bremsung beendet haben.«

»Ich auch nicht«, erwiderte Jennifer ungerührt.

»Na ja, du bist übermenschlich. Das wissen wir alle.«

»Durch Schmeicheleien bekommen wir keine schnellere Antwort«, sagte sie viel zu lustig. Ihr Gesicht errötete wie im Fieber. »Es tut mir leid, ich bin auch ein bißchen durchgedreht. Was ich eigentlich sagen wollte, ist, daß sie uns *auf der Stelle* in Antimaterie verwandeln könnten. Oder mindestens so weit, daß unser Schiff in Stücke fliegen würde.«

»Bist du sicher?«

»Nein, das bin ich nicht. Und offenbar haben sie das nicht getan. Aber ...«

»Können wir daran etwas ändern?«

»Ja«, sagte sie. »Ich weiß etwas.«

»Kannst du mir dafür einen Rat geben?«

»Natürlich. Sie nicht wissen zu lassen, daß wir verstehen, was Mofix ist.«

»Das wäre leicht. Ich verstehe nicht.«

»Oder daß wir von seiner Existenz wissen«, sagte sie und zog verwirrt die Brauen zusammen. »Silken Parts arbeitet über anderen Folgerungen. Und eine davon ... Willst du mich auf den Arm nehmen?« fragte sie plötzlich.

»Entschuldigung?«

»Ich bin dabei, dir einen wirklich dicken Hund zu verraten. Wirst du gerade jetzt die Fliege machen und in einem großen Macho-Schneckenhaus verschwinden?«

»Ich verspreche, daß ich das nicht tun werde.«

»Wir dachten, daß der zwölfte Planet vielleicht seinen Charakter und seine Farbe verändert. Vielleicht wäre das ein weiterer Beweis dafür, daß Teile dieses Systems illusorisch sind. Eine Projektion oder so etwas. Martin, wenn sie das tun können, was ich ihnen zutraue, *macht es nichts aus; es macht keinen Unterschied.* Sie können eine Schale aus falscher Materie um einen ganzen Planeten legen, einen *ganzen Stern,* genau so solide, wie dieses Schiff ist. Sie könnten systemweit in jede beliebige Richtung Bilder umlenken oder erzeugen.«

»Haben sie die Energie?«

»Ich vermute, ja. Sie könnten den Stern anzapfen. Nach dem, was wir sehen, scheint das System reich an flüchtigen Substanzen zu sein. Vielleicht haben sie alle ihre Ressourcen in Reserve gehalten und warten auf den großen Angriff.«

»Hast du auch irgendwelche *gute* Nachrichten?« fragte Martin.

Jennifer grinste. »Hast du keinen Spaß an endlosem David und Goliath?«

»So ist das Leben«, sagte er bitter.

»Ich selbst kann ohne das auskommen. Aber ich habe einige vage Ideen, die ermutigend sein könnten. Ich möchte mich über Mofix mit Giacomo beraten und einige Muttimathe mit ihm machen. Und ich möchte mich in die Gehirne der Schiffe einschalten. Ich hoffe, daß wir zusammenarbeiten können. Dies könnten Brüder und Menschen gemeinsam tun.«

»Ich werde dir einige private Zeit mit Giacomo besorgen. Aber keine süßen Nichtigkeiten!« stichelte er.

»Rein dienstlich«, versicherte Jennifer.

Marin sah die *Trojanisches Pferd/Doppelsaat* als eine Ameise, die durch eine Küche kriecht und die unbekannten großen Geräte anstarrt, Instrumente unbekannter Zwecke, Technologien, die zu verstehen jenseits ihres winzigen Gehirns liegt…

Es gab so viel, das überhaupt keinen Sinn ergab.

Der zwölfte Planet änderte alle paar Stunden seinen Charakter und wechselte zwischen drei unterschiedlichen Gruppen von Merkmalen. Er hatte immer die gleiche Größe und war immer mineralisch, aber sonst in jeder Hinsicht anders.

Der neunte Planet hatte eine exzentrische Bahn, die ihn bis über die Bahn des zehnten hinausführte. Er war klein, vielleicht ein ehemaliger Mond, allerdings ohne Oberflächenmerkmale. Seine Albedo betrug eins. Er war auf allen Frequenzen ein perfekter Spiegel.

Der achte Planet, ein heller organgelber Gasriese mit fünfundsiebzigtausend Kilometern Durchmesser, besaß drei große Monde. Kabel von zwei bis drei Kilometern Durchmesser hingen von den Monden auf die flüssige Oberfläche des Planeten herunter und hinterließen in ihrem Kielwasser große Wirbel wie Knethaken in einer phantastischen Bäckerei.

Der sechste Planet, achttausend Kilometer im Durchmesser, schien von Löwenzahnflaum bedeckt zu sein, jeder ›Same‹ tausend Kilometer hoch. Eintreffende Raumschiffe gingen nie unter die Köpfe der Samen hinunter. In Großaufnahme wirbelten zwischen den Samensäulen Stürme in einer dichten Atmosphäre von Sauerstoff, Stickstoff und Wasserdampf. Hakim meinte, das könnte eine Art gigantischer Farm sein für die Aufzucht unvorstellbarer Kreaturen oder Pflanzen. Aber Martin kam das archaisch vor. Man fragte sich, ob derart mächtige Wesen es noch nötig haben würden zu essen oder gar Geschöpfe zum Verzehr töten.

Hakim sagte mit vor Phantasie funkelnden Augen:

»Dann könnten die Kreaturen anderen Zwecken dienen.«

»Keinen, die wir erraten können«, warnte George Dempsey.

»Also werden wir unseren Spaß haben!« sagte Erin verdrießlich.

Sie spähten tiefer in die gravitative Senke von Leviathan hinein zum fünften Planeten. Neuntausend Kilometer Durchmesser, dunkelgrau und wie der neunte glatter als eine Billardkugel, aber keineswegs reflektierend.

Und vielleicht am faszinierendsten von allen der vierte Planet mit einhundertzweitausend Kilometern Durchmesser und sechs Monden, von denen drei größer waren als die Erde. Seine dunkle rötlichbraune Oberfläche strahlte gleichmäßig Wärme in den Weltraum. Er war bedeckt von flüssigen Wasserozeanen, mit schmalen kontinentalen Bändern und niedrigen Gebirgen dazwischen wie Streifen auf einem Basketball.

Ariel sagte verwundert: »Wenn das Land zehn Prozent der Oberfläche ausmacht, sind das mehr als drei Milliarden Quadratkilometer.« Eine Pause, um schnell zu rechnen. »Die Erde hat etwa dreieindrittel Milliarden Quadratkilometer Land. Wie viele Menschen könnten hier leben?«

»Bei zwei Ge – ich nicht«, sagte Cham.

Hakim meinte: »Die Physik ergibt keinen Sinn. Nicht dicht genug, um eine feste Oberfläche zu tragen … Die Dichte unter der mineralischen Schale muß unter anderthalb Gramm pro Kubikzentimeter liegen. Wie ist das möglich?«

»Wie ist überhaupt *etwas* davon möglich?« fragte George Dempsey.

Die Bilder und Tabellen wurden per Mofix an *Windhund* und *Würger* übermittelt. Die Stimme von Hans antwortete: »Wir sind fast bei maximaler Reichweite.

Bald werden wir außer Kontaktmöglichkeit sein. Wie geht es?«

»Ich denke, wir müssen uns wie Kleinkinder im Kindergarten verhalten, wenn nicht gar wie verirrte Insekten.«

Hans sagte: »Wir haben uns die Fratzen der Bürger von Leviathan angesehen. Die mit einem Kamm versehene Kreatur ist besonders frech. Sie lieben es, sich zu wiederholen, nicht wahr? Ist jemand schon bereit, ein Urteil abzugeben?«

»Ich denke, wir sind dicht daran.«

»Was fehlt uns noch?«

»Das Tüpfelchen auf dem i und der Querstrich beim t.«

Hans kicherte. »Ich werde mich mit Grenzjustiz zufrieden geben und verduften.«

»Wir sind so weit gekommen. Man hat uns aufgefordert, in einen Orbit um den vierten Planeten zu gehen und haben schon unseren Kurs eingestellt«, sagte Martin. »Wir werden in siebenundzwanzig Tagen da unten sein.«

»Viel Glück!« sagte Hans.

»Was macht die Politik?« fragte Martin zögernd.

»Das ist deine Sorge, Martin, nicht die meine.«

»Ich war bloß neugierig.«

»Wir sind auf alles vorbereitet, um was du uns bitten wirst. Darauf kannst du zählen.«

»Hast du eine Idee, wer Rosa getötet haben könnte?« fragte Martin.

»Dafür ist genügend Zeit nach getaner Arbeit.«

»Jennifer hätte gern einige längere Zeit mit Giacomo. Sie meint, wir könnten den Gehirnen der Schiffe etwas Interessantes bieten.«

»Ich kann nicht warten«, erwiderte Hans. »Hoffentlich nicht noch mehr fauler Zauber mit Superphysik. Wir haben hier genug davon jedes Mal, wenn wir die verdammten Planeten anschauen.«

»Sie sagt, es könnte eine gute Nachricht sein.«

»Dann schalte sie dazu! Giacomo ist bei mir im Bugraum.«

Jennifer kam herbei und sagte, sie möchte die Brücke leer haben, während sie mit Giacomo spräche. Menschen und Brüder gingen hinaus, alle bis auf Silken Parts, der mit Brüder-Muttimathe an den Problemen mitarbeitete.

»Hans hört sich nicht gut an«, sagte Erin zu Martin im Gang außerhalb der Brücke.

Ariel stimmte zu: »Ich hoffe, er hält es beisammen.«

Erin meinte: »Vielleicht ist er deprimiert wegen der Show. Mich hat es erwischt.«

»Vielleicht«, sagte Martin. Er war weder optimistisch noch besorgt. Das reine Gewicht der Überlegenheit von Leviathans Welten erschwerte ihm das Atmen und erst recht das Denken.

Silken Parts und Jennifer verließen nach drei Stunden den Mofixraum. Jennifer konnte kaum sprechen. Sie hielt sich an einem Netz im Mannschaftsquartier fest und goß durstig eine Blase mit Saft hinunter. Als Martin herankam, hielt sie die Hand hoch und schüttelte den Kopf. »Bitte! Ich habe Kopfschmerzen. Giacomo hat Wege gefunden, um zu ...«

»Du brauchst nicht jetzt darüber zu sprechen, wenn du nicht willst«, sagte Martin. Sie ignorierte das.

»Er hat Wege gefunden, um mittels Brudermathematik die Mofixphysik von Leviathan zu beschreiben. Silken Parts und die Gehirne der Schiffe helfen mit.

Es ist bloß zu schnell, viel zu schnell. Wir sehen etwas, vielleicht die Art, wie sich die Zahl zwölf verändert oder die Zahl acht große hängende Kabel besitzt. Und Silken Parts kommt mit einer Hypyothese heraus ... Giacomo sieht sie durch ... Ich schaue nach. O Gott, ich bin todmüde.«

Jennifer machte eine schwache Handbewegung, schloß die Augen und schlief sofort ein.

»Ich denke, wir haben den Durchbruch geschafft«, gab Hakim bekannt. »Ich rechne ihnen das ganze Verdienst an. Sie senden uns jetzt elementare Mathematik, was bedeutet, daß sie die Symbole verstehen ... die menschlichen Symbole.«

»Ist etwas an der Mathematik von Interesse?« fragte Silken Parts.

»Alles ganz harmloser Kinderkram«, sagte Hakim. »Eher wie menschliche Mathematik als solche der Brüder.«

Silken Parts erzeugte ein Geräusch wie trockene Herbstblätter auf einem Pflaster.

Eye on Sky prüfte die Aufzeichnungen der Sendungen von dem vierten Planeten. Nach vier Stunden Schlaf immer noch mitgenommen, blickte Jennifer an dem Bruder vorbei auf die Daten. »Sie wiederholen meistens das, was wir senden, machen aber Veränderungen, einige ... Verbesserungen? Die Notation ist etwas modifiziert ... hier und hier.« Sie zeigte auf Gleichungen, die n-dimensionale Geometrien darstellen. Martin konnte gar nicht verstehen, was sie darin sah.

Eye on Sky sagte: »Sie lernen sehr schnell. Wir können jetzt den Strand besamen, denke ich.«

»Zeit, sie mit Sprache zu testen«, sagte Martin. »Sendet ein Wörterbuch der Brüder und ein englisches und eine volle Audio-Aufzeichnung von Sprechlauten für beide Sprachen!«

»Als ob man ihnen unser Buch öffnete«, meinte Ariel.

»Den Angelhaken mit einem Köder versehen«, sagte Martin. Er wandte sich an die Mutter und die Schlagenmutter: »Könnt ihr es so einrichten, daß die *Trojanisches Pferd* einen Supernova-Schaden aufweist?«

»Ja«, antwortete die Mutter.

»Cham, du und Erin, ihr entwerft unseren Schaden und meldet Eye on Sky und mir, wenn das getan ist.«

»Kapiert«, sagte Cham; sie verließen die Brücke.

Ariel schaute auf die Projektion des vierten Planeten

und sagte: »Er sieht dunkel und schwer aus. Ich habe einen Namen für ihn, falls das jemanden interessiert.«

»Nämlich?« fragte Martin.

»Sleep. Die anderen Planeten ... die sprühende Welt, sehen für mich aus wie Boviste. Die schnipsende Welt ...«

»Maske«, schlug Martin vor.

»Blinker ist besser«, sagte Erin. Binnen zehn Minuten hatten sie jedem Planeten gemäß seinen Merkmalen Namen gegeben, und zwar von Leviathan nach außen hin:

Frisbee: der knapp eine halbe Million Kilometer über der Oberfläche von Leviathan umlief, eine rasch rotierende weiße Scheibe von siebentausendzweihundert Kilometern Durchmesser. Seine Peripherie war ausgefranst mit verfilztem nach außen gerichtetem ›Haar‹, dessen Zweck und Zusammensetzung unbekannt waren.

Big City: umgeben von rotem, saurem Dunst und bedeckt von Bauwerk bis zu vierhundert Kilometern Höhe.

Lawn: bedeckt von blaugrüner Vegetation, die durch künstliche Flüsse zerteilt war; erdähnlich bis auf die Tatsache, daß die Oberflächentemperatur dreihundert Grad Celsius betrug. Die Flüsse waren tief mit flüssiger falscher Materie angefüllt (so vermuteten Giacomo und Eye on Sky), und die Atmosphäre bestand größtenteils aus Kohlendioxid und Dampf.

Sleep: ein dunkles Begräbnisbukett von welken Rosen, die in eine Kugel von einhundertzweitausend Kilometern Durchmesser gepackt waren ...

Cueball: grau ohne Merkmale.

Puffball: mit seinen eintausend Kilometer hohen Samen.

Pebble One: knapp tausend Kilometer breit, kahler grauer Fels und natürliches Wasser-Eis.

Mixer: Kabel, die von seinen drei Monden herunterhingen, wühlten seine Oberfläche aus Gas zu einer hübschen Abstraktion von Wirbeln und Strudeln auf.

Mirror: perfekt und anscheinend nichtssagend.

Gopher: wie eine riesige Lavabombe von einem Vulkan, mit unmöglich tiefen und breiten Spalten, auf deren Boden grüne Lichter wie unheilvolle Augen zwinkerten.

Pebble Two: sehr ähnlich dem Pebble One. Tatsächlich in jedem Detail genau gleich.

Blinker ruckte noch wie der Bildschirm einer kosmischen Uhr, indem er seinen Charakter zwischen drei verschiedenen Welten änderte.

Pebble Three: Duplikat von Pebble One und Two.

Gas Pump: blaugrün, eine Matschkugel aus Methan, Ammoniak, Wasserstoff und Helium, deren glühende Quellen in jeder Stunde Milliarden Tonnen flüchtiger Stoffe in den Orbit schleuderten.

Und ganz außen im System **Magic Lantern:** bedeckt von Ozeanen aus vollkommen glattem Wasser-Eis, durchsetzt von Landmassen aus poliertem Eisen und Kristall. Das Land und die festen Meere waren übersät mit schwarzen Kuppeln von Hunderten Kilometern Durchmesser.

Die Benennung der fünfzehn Planeten von Leviathan rief keinen Jubel oder ein Gefühl für Kontrolle hervor.

Martin hing in seinem Netz und beobachtete mit halb geschlossenen Augen, wie das Bild von Sleep seine Kabine erfüllte. *Wilde, die in Kanus den Hudson River hinauffahren und nach New York City hineinkommen. Blick nach oben. Die Skyline. Auf Mokassins die Asphaltstraßen entlanggehen. Drohen, die Stadt mit Pfeil und Bogen zu zerstören. Lachend lädt der Bürgermeister sie in sein Büro ein.*

Auf der Brücke schwebten Jennifer, Hakim, Cham und Ariel in verschiedenen Winkeln und wandten sich Martin zu, als er hereinkam. Sie alle hatten die gleichen halb erschreckten, erwartungsvollen Mienen, an die Martin sich in den letzten vergangenen Tagen gewöhnt hatte.

»Spiel es noch einmal ab!« sagte Cham.

»Dies ist neu. Zehn Minuten her«, erklärte Hakim.

Die gesendete Stimme klang flach, sexuell neutral, etwas rauh, mit präziser und fast frostiger Diktion. Sie fing an: »Hallo! Ihr habt kooperatives Gebiet betreten und seid willkommen für die Sammlung von Partnern.«

Jennifer kommentierte: »Nicht perfekt, aber gut genug.«

»Viele Arten von Intelligenz arbeiten und spielen vereint. Eure Art mag dazu kommen oder einen Besuch machen. Es gibt keine Erfordernisse außer friedlichen Absichten. Ohne Zweifel ist euch bewußt, daß die lokale Sterngruppe ein gefährliches Territorium ist, bevölkert von Maschinen und Intelligenzen, die nicht guten Willens sind. Waffen sind in unserer Nachbarschaft nicht gestattet. Falls ihr irgendwelche Waffen besitzt, auch schwache Verteidigungswaffen, so benachrichtigt uns und beseitigt sie nach unserer Anweisung. Instruktionen werden folgen. Ebenso wird es weitere informative Diskussionen geben. Ist das verstanden?«

Eye on Sky lauschte angespannt auf die gleiche Botschaft, die in Audio für Brüder gesendet wurde. Er sagte: »Das ist hohl und riecht nach Weltraum. Aber es ist unverständlich.«

»Sie werden Verdacht schöpfen, wenn wir völlig unbewaffnet sind«, sagte Cham.

Martin nickte. »Ich denke, wir sollten einige Waffen herstellen und ihnen übergeben. Nichts Eindrucksvolles. Schußwaffen zur Verteidigung, chemische ...«

»Auch das Schiff sollte etwas haben«, schlug Erin vor.

Martin sah Ariel an und sagte: »Laser.«

»Richtig«, meinte sie.

Er sagte: »Du wendest dich an die Mutter und die Schlangenmutter. Wir brauchen etwas Überzeugendes, um es bald auszuhändigen oder abzustoßen. Es ist Zeit, daß wir unsere Kostüme anlegen und anfangen, uns an unsere Rollen zu gewöhnen. In zehn Tagen oder so werden wir unter ihrer Kontrolle stehen ...«

Martin fragte Eye on Sky: »Wie antworten wir ihnen?«

»Enthusiasmus und Charme«, erwiderte dieser. »Wir alle müssen beflissen sein zu lernen. Wir alle sind jung, plätschern gern am Strand; und sie werden uns unterrichten.«

Martin lächelte. »Wer betrügt den anderen mehr?«

Eye on Sky drehte den Kopf in einer Achterfigur mit einer besonders pferdeähnlichen Bewegung. »Wir wollen wir hoffen.«

Es gab keine Zeit zum Nachdenken. Erschöpft, sich und die anderen um ihren Schlaf bringend, bereitete Martin die menschliche Crew so gut vor, wie er konnte, indem er das machte, was Erin Proben und Wiederproben nannte.

Die gespielten Rollen wichen nicht allzu sehr von der Wahrheit ab, reflektierten aber eine Mischung von Kulturen der Menschen und der Brüder, die immer noch gegen potentiellen Konflikt empfindlich waren, aber der Realität hinreichend nahe kamen. Die Spannungen waren hoch; und menschliche Temperamente loderten auf, wenn sie einander stundenlang kritisierten, um ihre Tätigkeit zu vervollkommnen.

In der geladenen Atmosphäre neigten die Brüder dazu, sich plötzlich aufzulösen. Sie zwangen Flechten, hinter Saiten herzujagen, sie einzusacken und in ruhigen Räumen einzuschließen, bis es wieder zur Vereinigung kam.

Silken Parts entschuldigte sich bei Martin wegen der Unbequemlichkeit und Verwirrung. Martin hielt wie immer seinen Ärger im Zaum... Er wußte, daß Menschen jederzeit zu etwas ähnlichem imstande waren, daß sie miteinander kämpfen, in Tränen ausbrechen oder Schlimmes anrichten könnten.

Aber die Zerlegung hörte nach ein paar Tagen auf, und die Menschen hielten sich bemerkenswert gut.

Die *Trojanisches Pferd/Doppelsaat* erhielt Spuren wie von einem Schaden durch eine Supernova, nämlich Strahlungserosion an der Außenhaut, einen defekten Antriebsmotor und elektronische Schäden innen. Das Schiff stellte überzeugende Laserkanonen her. Martin hielt sie unter Verschluß. Nur er selbst und Eye on Sky kannten die Kombinationen, um sie freizugeben.

Er konnte seine Blicke kaum von der zunehmenden Sichel von Sleep abwenden, die in den Linien von Gebirgen Gesichter erkennen ließ und beunruhigende Muster in den weiten Meeren. Er stellte sich vor, daß er auf einem Floß einen hundert Kilometer breiten Strom hinabtriebe und durch gewundene Spalten in der Kruste zwischen nackten Wänden aus schwarzem und rostrotem Obsidian steuerte...

Einen Tag, ehe die Mofixverbindung mit der *Windhund* abbrach, führte Martin mit Hans ein privates Gespräch. »Uns geht es gut. Wir kennen unsere Rollen. Cham und Erin haben eine Fibel der Geschichte von Menschen und Brüdern verfaßt. Die ist recht unterhaltsam. Wir werden sie euch mit Mofix senden...«

»Alles, was nur etwas Ablenkung bietet«, sagte Hans. »Giacomo hatte... ich würde es einen Nervenzusammenbruch nennen; aber er sagt, es sei bloß Erschöpfung. Er versucht immer noch zu enträtseln, was Jennifer ihm gesendet hat.«

»Sie möchte mit ihm darüber sprechen...«

»Wir werden keine Verbindung haben... Martin, er ist wirklich hinüber.«

»Was sie machen, könnte wichtig sein.«

»Ich würde ihn unter Druck setzen, wenn ich könnte;

aber er ist wie ein Zombie. Noch irgend etwas, und er bricht vollends zusammen.«

»Dann ist Jennifer einige Zeit auf sich allein gestellt«, sagte Martin.

Hans gab ein vages Brummen von sich und sagte: »Ich sende euch weitere Daten von unseren Fernsonden. Das ganze System ist ein Zirkus. Verrate niemandem, daß ich das gesagt habe; aber ich denke, daß wir mehr erreicht haben, als uns genügt. Die Mütter sagen, sie werden uns nicht durch Vermutungen verwirren.«

»Ich kann mir überhaupt nichts davon vorstellen«, sagte Hans. »Wäre es für sie nicht sicherer, alle Eindringlinge und Besucher zu vernichten? Besonders nach der Supernova – sie wissen, daß es etwas in der Nachbarschaft gibt.«

»Ich bin geneigt, einige Vermutungen anzustellen«, sagte Martin. »Ich meine, die hätten uns schon längst vernichten können; wahren aber den Schein. Wenn sie unserer Verkleidung nicht glauben, können sie immer noch nicht sicher sein, ob es eine Tarnung ist. Vielleicht sind sie übervorsichtig für den Fall, daß wir von etwas geschützt werden, das noch mächtiger ist.«

Aber noch so viel Diskussion konnte sie nicht irgend sicherer oder leichter machen.

Die Distanzen zwischen den Schiffen nahmen zu. Die Funkverbindung zur *Windhund* brach ab, dann zur *Würger*. Nun waren sie völlig auf sich selbst gestellt.

Jennifer fing an zu grübeln und verbrachte den größten Teil ihrer Freizeit in ihrer Unterkunft, die sie mit Erin Eire teilte. Martin befürchtete, daß sie auf demselben Kurs wäre wie Giacomo.

Die Brüder entdeckten das Schachspiel, und das wurde für sie eine Erlösung. Einen ganzen Tag lang spielten alle Brüder an Bord der *Trojanisches Pferd* Schach, ohne zu essen oder zu schlafen. Der Verlust eines Spiels bewirkte einen Schock der Demütigung und sofortige Auflösung. Am Ende des Tages spielten zu Martins Überraschung Saiten gegen Saiten. Die Saiten schienen beim Spiel viel besser zu sein als Flechten. Sie berührten die projizierten Figuren mit ihren Krallen, um sie zu bewegen. Ihre minimale Mentalität war voll konzentriert, durch höhere Intelligenz nicht abgelenkt. Martin dachte: *Soviel dazu, daß Saiten keinen Verstand haben.*

Die erste vollständige Kommunikation von Auge zu Auge begann drei Tage vor dem Eintritt in Orbit um Sleep. Martin und Eye on Sky waren auf der Brücke. Vor ihnen zischte leise ein Monitor mit flachem Bildschirm. Eine Videokamera war auf sie gerichtet, wie sie zu ihrem vorgeblichen technischem Niveau paßte. Martin fühlte sich bei den Geräten fast wie zu Hause. Wie die *Trojanisches Pferd/Doppelsaat* war das etwas in menschlichem Maßstab, etwas, von dem er sich vorstellen konnte, daß es sein eigenes Volk baute und benutzte.

Die Standards für Sendungen waren vier Tage zuvor festgelegt worden. Seither war die Kommunikation spärlich gewesen. Eine Art von Formalität, eine Scheu zwischen Species vielleicht, Ermüdung, welche die Nachrichtenkanäle die größte Zeit geschlossen hielt, außer für wichtige Mitteilungen. Auf diese Distanz betrug die Verzögerung eine Stunde.

Der neben dem Lautsprecher installierte Schirm krächzte leise und schwieg dann, während ein vielschichtiges digitales Signal empfangen und übersetzt wurde. Die kühle neutrale Stimme sprach, leise und trocken wie vom Winde verwehter Sand. Symbole und Ziffern glitten über den Schirm und wurden in endgültige orbitale Werte übertragen.

Die Stimme verkündete: »Wir sprechen zu euch vom vierten Planeten. Jetzt ist alles bereit. Unsere erste Zusammenkunft wird im Orbit stattfinden. Ihr werdet vereinbarungsgemäß mit Gerät für eine Fahrt auf die Oberfläche des vierten Planeten versehen werden. Wir sind bereit, sowohl Bilder wie Ton zu übertragen.«

Auf dem Schirm erschien ein lebhaftes sich bewegendes Bild. Die am ehesten menschenähnliche Species ihrer Gastgeber – das mit einem Kamm versehene, blaßgrüne Wesen, das zuerst auf der Erde als Köder im Death Valley aufgetreten war, hob seinen wie eine Mitra geformten Kopf. Drei in einem Dreieck auf der Schnauze der Mitra angeordnete Augen sanken ins Fleisch ein und kamen in einer Art von Zwinkern wieder zum Vorschein. Die knolligen Schultern hinter dem Kamm bewegten sich langsam rückwärts und vorwärts. Zwei sechsfingrige Hände faßten davor eine Stange.

Der Mitrakopf glitt zur Seite. »Wir erwarten ein physisches Zusammentreffen und haben Vorkehrungen getroffen, um biologische Kontamination zu vermeiden. Wenn ihr in den Orbit um den vierten Planeten einschwenkt, werden wir die Eigenschaften eurer Atmosphäre und Chemie kennenlernen und unsere Ausrüstung euren Bedürfnissen anpassen. Wir werden euch auch sagen, wie ihr eure Waffen unserm Gewahrsam überstellt, ehe ihr in die Umlaufbahn eintretet.«

Martin fror das letzte Bild der Kreatur mit dem Mitrakopf ein und prüfte es nachdenklich. Auf seinen Armen erschien Gänsehaut. Diese eine Gestalt symbolisierte Betrug und Verrat. Aber auf der Erde hatte diese Kreatur irgendwie die Wahrheit gesprochen als Teil der tödlichen spielerischen Prüfung der Menschheit. Sie hatte amerikanische Wissenschaftler vor der kommenden Vernichtung gewarnt.

Sie haben es auf der Erde benutzt, sie benutzen es noch, wie viele tausend Jahre, seitdem sie die Killersonden gestartet haben? Keine vergeudete Bemühung. Ist ihre Kreativität erschöpft?

Die Abbremsung verhinderte noch eine praktische

Zwei-Wege-Kommunikation. Aber Martin hielt es für das beste, eine zeremonielle Atmosphäre aufrecht zu halten, wie sie zu der wirklich historischen Situation paßte. Der ersten Kommunikation zwischen intelligenten Species für Menschen und Brüder seit ihren eigenen Begegnungen in ihrer fiktiven Vergangenheit.

Das rote Licht auf ihrer Kamera blinkte. Martin holte tief Luft und antwortete: »Wir sind stolz, ein Teil dieser Begegnung zu sein. Alle Personen auf der *Doppelsaat* sind bereit, euren Anweisungen zu folgen. Eure Zivilisation scheint leistungsfähiger zu sein als die unsere; und wir vertrauen uns eurer überlegenen Intelligenz und Technologie an.« *Mögen sie auf Unterwürfigkeit reagieren – oder die Harmlosigkeit abstreifen.*

Er trat beiseite und ließ Eye on Sky seine Botschaft in akustischer Sprache der Brüder vortragen. Paola stand neben Martin und übersetzte.

Als das Kameralicht anging, sagte Eye on Sky: »Wir sind durch eure Partnerschaften höchst beeindruckt, Wir haben selbst gelernt, partnerschaftlich zu arbeiten, zwei sehr unterschiedliche Arten von Leben und Intelligenz; und wir hegen Hoffnungen auf den Austausch nützlicher Kenntnisse.«

Hakim stellte die Kamera ab und sagte: »Sie sendet jetzt.« Martin sah sich auf der Brücke bei Brüdern und Menschen um und bei der Mutter und Schlangenmutter außerhalb des Bereichs der Kamera, die bald im Material des Schiffs verschwinden würden.

Er konnte nicht umhin, sie sich als Opfertiere vorzustellen, weniger *Trojanisches Pferd* als ein angebundenes Lamm, das auf das Messer wartet.

Er war darauf vorbereitet. Der Tod würde Gewißheit bringen, sogar eine ultimative Entspannung. Aber zu viele waren ihnen vorausgegangen, um die Aussicht des Todes in einer Niederlage verlockend zu machen.

William und Theresa. Die fünf Milliarden Toten der Erde.

Das eingefrorene Bild der Kreatur mit dem Mitrakopf blieb auf dem Bildschirm. Ariel schwebte neben Martin und schwamm mit leichten Handbewegungen gegen den Luftstrom, um ihre Achsendrehung zu beenden. Sie bemerkte: »Man hat uns auf der Arche gelehrt, dieses Ding zu hassen. Ich hoffe, daß unser Haß nicht zu erkennen ist.«

»Zwei Stunden bis zu unserer nächsten Abbremsung«, meldete Cham. »Wir werden uns bereit machen müssen – es werden vier Ge sein, und es wird keine Felder geben. Eine sehr heiße Sache.«

Je eine Saite von Eye on Sky und Silken Parts hatten sich abgetrennt, um Schach zu spielen. Beide, so wie Jennifer, George Dempsey und Donna Emerald Sea sahen ihnen zu.

Jennifers Augen waren groß und ihre Wangen eingefallen. Sie schlief unruhig und niemals mehr als eine Stunde, wie Erin berichtete, bis sie ruckartig und bisweilen mit einem kleinen Schrei erwachte.

»Was haben die Killer euren Leuten angetan, als sie kamen?« fragte Ariel Dry Skin/Norman. Er war bis jetzt der einzige Bruder, der einen menschlichen Namen angenommen hatte, und schien am ehesten bereit zu sein, über die Geschichte der Brüder zu sprechen.

»Wir waren im Weltraum, trieben Handel zwischen den Welten, alle erfuhren es, als unsere Monde erobert und die Planeten injiziert wurden. Der Tod kam schnell. Wir flohen allein. Die Wohltäter fanden uns und lehrten uns das Gesetz.« Norman schlängelte sich etwas und sandte ein Aroma von Mandeln und Terpentin aus – großer Kummer. Darüber sprach kein Bruder gern.

»Soviel wissen wir«, sagte Ariel. »Aber haben sie versucht, sich zu verstecken und mit euch zu … spielen?«

Norman stieß plötzlich mit dem Kopf gegen das projizierte Schachbrett, und die in tiefe Konzentration vertieften Saiten zuckten zusammen, klapperten erregt mit ihren Klauen und fuhren fort. Norman sagte: »Keine Täuschung, kein Falschspiel.«

»Ich möchte wissen, warum?« fragte Ariel.

George Dempsey ergänzte: »Warum sie mit uns Katz und Maus spielten und mit euch nicht?«

»Vielleicht haben sie unsere Art schon früher getroffen und wußten genug über uns«, mutmaßte Norman.

»Ihr wart stärker und weiter entwickelt als wir«, sagte Cham. »Ihr seid tatsächlich von ihnen losgekommen.«

»Aber wir hassen dies ebenso wie ihr«, sagte Norman.

Dies war das erste Mal, daß Martin einen Bruder von Haß sprechen hörte. Sein Gesicht errötete, und sein Herz raste bei diesen Worten. Menschen waren in ihren Leidenschaften nicht allein. »Wir sind Partner und haben die gleichen Empfindungen.«

»Saiten haben keinen Haß vor Abstraktionen«, erklärte Norman. »Wir alle müssen jetzt ihrem Beispiel folgen. Sie spielen besser Schach und kennen weder Wut noch Haß. Vereint sind wir in mancher Hinsicht schwächer.«

»Haß ist Stärke«, versicherte Cham. »Das ist es, was wir fühlen. Ohne dies zu hassen … ohne sie zu hassen …« Er fletschte die Zähne wie ein Wolf vor dem Bild auf dem Schirm. »Laßt uns Haß nicht unterschätzen!«

Norman schwankte vor und zurück und verbreitete einen Geruch wie brennender Zucker und gemähtes Gras. »Ich glaube, in euch ist eine Stärke, über die wir nicht verfügen. Ich sage diese Gedanken nie anderen, weiß aber, daß sie uns bekümmern.«

Paola fragte ihn in grober akustischer Brudersprache. Sie strengte ihre Stimme an, um die kratzigen Geräusche und Pfiffe hervorzubringen.

»Norman sagt, er denkt, wir hätten uns in ihrer Lage besser verhalten. Unsere Literatur führt ihn zu der Annahme, daß wir im Zorn besser sind. Besser beim Töten.«

»Ich hoffe, daß wir von euch lernen können«, sagte Norman.

»Ich denke, daß unser aller Aggression ausreicht«, sagte Eye on Sky und sah zu, wie seine Saite einen holographischen Läufer diagonal über drei Felder zog.

»Wie wäre es mit Namen für diese … diese Kreaturen oder Wesen oder was auch immer?« fragte Donna und brach die unbehagliche Stille, die eingetreten war. »Ich habe einen dafür.«

»Welchen?« fragte Paola.

»Bischofsgeier«, sagte Donna. »Ein scheinheiliger Diplomat und Aasfresser. Von der Farbe übler Kotze.«

»Hoppla!« sagte George Dempsey.

Nach einer Abwesenheit von ein paar Stunden kam Jennifer auf die Brücke, blickte auf das laufende Schachspiel, wandte sich zu Martin und projizierte mit ihrem Handy eine Reihe von Tabellen.

»Sie können falsche Lichtwege projizieren«, sagte sie. »Sie können auf Milliarden Kilometer Materie in Antimaterie umwandeln – vielleicht bis zu unserer Mofixgrenze und noch weiter –, und sie können Neutroniumbomben entschärfen. Das haben sie alles oder wünschen, wir sollten denken, daß sie das alles hätten.«

»Hast du das mit Giacomo erarbeitet?«

»Und mit den Gehirnen der Schiffe.«

»Dann können wir nichts gegen sie ausrichten.«

Menschen und Brüder verstummten.

Jennifer drehte sich mit steifen Schultern um und sah ihre Mannschaftskameraden mit um Entschuldigung bittender Miene an. Sie sagte: »Es tut mir leid. Vor dem Blackout ist dies alles, was wir herausbringen und folgern konnten in Anbetracht dessen, was wir sehen.«

»Könnte es sein, daß ihr euch irrt?« fragte Ariel.

»Natürlich«, sagte Jennifer bescheiden. »Wir können uns immer irren.«

»Du sagst, die Schiffe haben mit euch zusammengearbeitet«, sagte Cham. »Sind sie der gleichen Meinung?«

»Diesen letzten Teil habe ich nach dem Blackout allein ausgearbeitet, nachdem die Mütter gegangen waren. Darum kann ich nicht sicher sein, ob sie zustimmen würden«, sagte Jennifer.

»Dann besteht also etwas Hoffnung?« fragte Paola kläglich. Die Brüder blieben still und schwankten wie Gras in einer sanften Brise.

Jennifer biß sich auf die Lippe und sagte: »Ich bin bei einer solchen Sache nicht perfekt.«

»Du bist aber verdammt gut«, versicherte Cham.

Martin griff nach dem letzten Strohhalm vor dem Nichts, wenn auch nur, um die Crew vor etwas zu bewahren, das sie überhaupt nicht brauchen konnte, nämlich völliger Verzweiflung. Er sagte: »Können die Gehirne der Schiffe – auf *Windhund* oder *Würger* – daraus etwas lernen, um unsere Technologie zu fördern, unsere Verteidigung und unsere Waffen zu verbessern?«

Jennifer schien für diesen Vorschlag dankbar zu sein. »Wir haben uns das nicht ausgedacht, bloß um euch zu zeigen, daß alles hoffnungslos wäre. Wir können auf der *Trojanisches Pferd* nichts ausrichten; aber ich hoffe, daß Giacomo und die Gehirne der Schiffe und all die anderen...« Tränen stürzten ihr aus den Augen und schwebten vor ihrem Gesicht. Sie schlug zerstreut nach ihnen. »Es gibt bloß nicht mehr viel Zeit, und wir könnten uns auf vielerlei Art verrechnet haben.«

»Aber es besteht Hoffnung«, beharrte Paola. »Echte Hoffnung.«

Jennifer blickte Martin an, sah die flehende Bitte in seinen Augen und sagte: »Das denke ich. Ich habe noch nicht aufgegeben.«

Sie ertrugen die negative Beschleunigung von vier Ge einen Tag lang. Sie hatten für diese Belastung mit Wasser gefüllte Liegen geschaffen. Martin und alle Menschen hielten sich dort auf und versuchten durchzuschlafen. Die Saiten der Brüder klammerten sich an ihre Ringe.

Der Eintritt in den Orbit war jetzt ohne weiteres Zutun gesichert.

Das Schiff, welches einen Tag, ehe sie in den Orbit gingen, längsseits kam, hatte etwa 50 Meter Durchmesser und schimmerte weiß wie Schnee in seiner sandgestrahlten sphärischen Reinheit.

Die trockene Stimme eines Bischofsgeiers gab ihnen Anweisungen, und sie schoben ihre vorgetäuschten Waffen durch die mechanische Luftschleuse.

Die Sphäre öffnete ein schwarzes Maul und verschluckte die Waffen wie ein großer Fisch hinter einer Schule von Sprotten. Ihre Helligkeit sank auf ein Holzkohlengrau, dann glitt sie davon, war bald nur noch als Schatten vor den Sternen zu erkennen.

Eye on Sky sagte: »Nichts verloren. Es waren keine guten Waffen. Sie haben keinen Trost gespendet.«

Tatsächlich hatte ein Lasergewehr in der Hand einen gewissen Trost gespendet. Er hatte kein richtiges Gewehr mehr gehalten, seit dem Scheibenschießen mit seinem Vater, als er sieben gewesen war. Das glatte Blau des Waffenmetalls und die grauen Linien des Lasergewehrs hatten ihm, wenn auch nur kinematisch, wenigstens den – allerdings illusorischen – Eindruck vermittelt, etwas für unmittelbare Verteidigung zu tun.

Keine der Waffen war jemals abgeschossen worden. Im Vergleich mit der Möglichkeit, Massen auf Milliarden von Kilometern zu kontrollieren, schienen ein hochenergetischer Laserstrahl und chemische kinetische Geschosse weniger als eine Steinaxt gegenüber einer Atombombe zu sein.

Eine der Saiten starb, während sie Schach spielte. Sie gehörte zu Sharp Seeing. Von den Brüdern wurde allein in ihren Quartieren eine kurze Zeremonie abgehalten. Sie teilten sich zum Verzehr in ihre Saiten auf. Sharp Seeing erklärte, daß die Saite aus Frustration gestorben wäre, da sie vor einem möglichen Matt gestanden hätte, ohne einen Ausweg finden zu können. Er sagte: »Ich glaube allmählich, dieses Spiel ist nicht gut für uns.« Die verlorene Saite war, wie er erklärte, kein wesentlicher Teil gewesen.

Paola war der einzige Mensch, dem gestattet war, an der Zeremonie teilzunehmen, aus der sie tief bewegt, aber auch sehr stolz herauskam.

Sleep erfüllte den Schirm in hypnotischem Detail. Hakim und Sharp Seeing hatten emsig Information gesammelt und drückten jeder auf seine Art die Erregung aus, ein so außerordentliches Objekt erleben und aufzeichnen zu können.

Die Versorgung des vierten Planeten mit innerer Wärme genügte, um seine Oberfläche auf konstanten zwanzig Grad Celsius zu halten außer dort, wo geschmolzenes Material und heiße Gase durchsickerten, hauptsächlich entlang der Bergketten, die anzugeben schienen, wo massive Gesteinsplatten sich aneinander rieben.

Die Physik war, wie Hakim schon gesagt hatte, unverständlich und deutete auf mächtige technische Anpassungen hin. Möglicherweise war der ganze Planet künstlich. Aber die Grobheit und Gewalt seiner Konstruktion sprach dagegen ... Und es gab keine Möglichkeit, diesen Widerspruch zu enträtseln bei dem, was sie wußten und sehen konnten.

Die Grobheit von Sleep lag in der Ungewißheit seiner Oberfläche. Bei einem Areal von zweiunddreißig Milliarden Quadratkilometern, von denen neun Zehntel unter Wasser lagen, quirlten Hunderte Millionen Quadratkilometer in anscheinend nutzlosem Aufruhr. Wütende schwarze Wolken erhoben sich, wo geschmolzenes Material von den mauergleichen Gebirgshängen in die weiten Meere floß.

Die Luft war feucht und reich an Kohlendioxid, aber arm an Sauerstoff. Martin dachte, es könnte eine für Pflanzen angepaßte Atmosphäre sein. Hakim und Sharp Seeing benutzten die primitiven Instrumente der *Doppelsaat,* um Bilder von auf dem Ozean schwimmenden dunkelgrünen Wäldern einzufangen, die wie treibende Kontinente aus dem Wasser aufragten. Die größten von ihnen zogen sich zehntausend Kilometer lang über ein glattes Meer dahin.

Niedrige runde quarzähnliche Berge sprenkelten die dunkle Basaltkruste unter starken rosa- und orangefarbenen Hauben.

»Die Farben sind wahrscheinlich Phosphate, vulkanische Schwefelverbindungen und Kohlenwasserstoffe«, sagte Hakim. »Ein wundervoller Anblick und eine wundervolle Erkenntnis; aber unsere Instrumente sind so beschränkt!«

»Jetzt ist für uns alle Zeit für eine offene Versammlung«, entschied Martin.

Alle zwanzig der Crew der *Doppelsaat* kamen in der Cafeteria zusammen. Menschen und Brüder zwanglos vermischt.

Eye on Sky und Martin schwebten ins Zentrum. Eye on Sky sprach erst in einer reichen Folge von Gerüchen und Tönen, wobei sich die Kopfsaiten weit ausstreckten und Klauen zu der dritten, fast musikalischen Komponente klapperten. Paola hätte vielleicht etwas davon verstehen können. Für Martin, der nur ein paar der weniger zischenden Laute kannte, war die Rede interessant, aber ohne Sinn. Dann ging Eye on Sky auf Englisch über.

»Vor einigen Tagen wurde beschlossen, daß wir mit unseren Gastgebern in einer Sprache reden würden, die wir alle verstehen können. Alle zehn auf diesem Schiff sprechen jetzt genügend Englisch, um verstanden zu werden, dank Paola Birdsongs Hilfe. Somit wollen wir jetzt ausschließlich eure Sprache benutzen, wenn wir beisammen sind.«

»Wir wissen diese Geste zu schätzen«, versicherte Martin.

Eye on Sky sagte: »Das ist etwas erstickend, aber notwendig.«

»Wir werden nach dem ersten Kontakt mit unseren Gastgebern einige wichtige Vorsichtsmaßregeln treffen«, sagte Martin. »Wir wissen jetzt, was sie von uns aus der Entfernung erfahren können; können aber recht sicher sein, daß Geheimhaltung unmöglich sein dürfte, wenn sie erst einmal dieses Schiff berührt haben. Wir werden mißtrauisch sein müssen Wir sind ziemlich sicher, daß die Mofixkammer nicht unbefugt betreten werden kann. Wenn wir einander etwas zu sagen haben werden, das unsere Gastgeber nicht hören sollen, sagen wir es hier.

Aber wenn wir jemandem oder irgend etwas Zugang in die *Doppelsaat* gewähren, müssen wir annehmen, daß kein Platz sicher ist.«

»Lauscher von mikroskopischer Kleinheit«, sagte George Dempsey, »die könnte es sogar in unseren Körpern geben.«

»Richtig. Wir wollen annehmen, daß man sie nicht entdecken kann. Das bedeutet: keine schriftlichen Mitteilungen, keine Winke, kein Zunicken, nichts Verdächtiges ... oder Untypisches.«

Menschen murmelten und nickten. Brüder schlängelten sich leicht.

»Jetzt kommt es auf Schauspielkunst an«, sagte Martin. »Von jetzt an stehen wir auf der Bühne.«

Die Doppelsaat ging zehntausend Kilometer über Sleep in den Orbit, und der Bischofsgeier erschien wieder. Jetzt gab es bei der Kommunikation keine merkliche Verzögerung mehr. »Wir haben euch gebeten, in die

Umlaufbahn um diesen vierten Planeten zu gehen, weil er der sicherste ist. Euer Schiff würde in der Nähe irgendeines anderen Planeten unserer Gruppe nicht sicher sein; denn dort herrscht große Aktivität, ein Kommen und Gehen anderer Schiffe. Aber der vierte Planet ist für eure Art nicht besonders komfortabel. Wir bitten euch, uns Proben eurer Atmosphäre, Gewebe und Nahrungsbedürfnisse zu geben, damit wir Vehikel und Hilfsmittel für euren Gebrauch vorbereiten können.«

Martin hatte mit der medizinischen Ausrüstung der Doppelsaat von sich und Ariel Blut abgezapft. Silken Parts nahm von einer seiner Saiten Gewebeproben.

Auf dem Schirm hob der Bischofsgeier seine lange Nase und ließ Öffnungen zum Atmen und Sprechen darunter erkennen. Seine Brust weitete sich, und er zischte leicht, während er sagte: »Wir sind sehr an eurer Aggregatspecies interessiert. Wir haben keine derartigen intelligenten Wesen in unserem Bereich. Sie werden unter uns sehr wertvoll und geachtet sein und uns viel lehren.«

Erin schaute zur Decke. Martin blickte mit ausdrucksloser Miene starr in die Kamera.

Der Bischofsgeier sagte: »In ein paar Minuten wird ein Schiff bei euch anlegen. Die Proben werden in eurem Schiff von einer sterilisierten Maschine eingesammelt werden.«

»Dürfen wir uns vorstellen und Namen austauschen?« fragte Martin. »Wir ziehen es vor, Namen zu benutzen.«

»Wir haben keinen Bedarf für Namen, aber zu eurer Bequemlichkeit können Namen angenommen werden.«

»Mein Name ist Martin.«

»Mich kann man ›Amphibie‹ nennen, da ich in meiner Biologie jener animalischen Klasse, die ihr ›Amphibien‹ nennt, am meisten zu ähneln scheine.«

»Ein besserer Name könnte ›Frosch‹ sein«, schlug Martin vor.

»Dann wird man mich ›Frosch‹ nennen. Ihr werdet andere Vertreter treffen und ihnen Namen und Kategorien zuweisen, wie ihr wünscht.«

Sharp Seeing verkündete: »Ein Schiff nähert sich.«

Mit einem leicht scharrenden Geräusch machte das Schiff an der Doppelsaat fest. Ein dicker Vorsprung umgab die mechanische Luftschleuse lippenartig. Martin holte tief Luft. Hier war sie nun, die Besitzergreifung und alle Gefahren, die sie mit sich bringen konnte. Er fragte sich zu spät, ob sie sich einem direkten Kontakt hätten widersetzen können, kam aber zu dem Schluß, daß das unmöglich gewesen wäre.

Eye on Sky öffnete die äußere Tür. Ein grauer Zylinder mit abgerundeten Enden glitt herein. Dann schloß er die Außentür und öffnete die innere. Der Zylinder bewegte sich mit eigenem Antrieb in den Bereich der Brücke. In ruhigen Stößen wurde Luft durch kleine Schlitze in seiner Mitte eingesogen und durch ähnliche, längsseitig angeordnete Schlitze wieder ausgestoßen.

Paola öffnete einen kleinen Kühlschrank und übergab die Proben in ihrem durchsichtigen Plastikbehälter Silken Parts, der sich umdrehte, um den Behälter dem Zylinder zu geben.

Aus dem Zylinder schob sich ein Arm heraus und ergriff den Behälter. Dann bewegte sich der Zylinder wieder selbsttätig zur Luftschleuse, und die Tür schloß sich hinter ihm.

Auf dem Schirm wandte sich der Bischofsgeier – *Frosch,* korrigierte sich Martin – für einen Moment ab. »Wir haben verschiedene Möglichkeiten zur Verfügung. Ihr könnt auf die Oberfläche unseres Planeten kommen, um mit unseren Vertretern direkt zusammenzutreffen, oder in eurem Schiff bleiben. Falls ihr euch für einen Besuch der Oberfläche entscheidet, könnt ihr von uns geliefertes Gerät benutzen, um es euch bequem zu machen. Dies wird empfohlen, da die Untersuchung eurer Proben uns sagt, daß ihr unter der Schwerkraft dieses Planeten bald ermüdet sein würdet.«

Sie haben unsere Proben schon analysiert … Martins Hals und Schultern verkrampften sich.

»Ihr könnt auch eure Beförderungsweise wählen. Diese Entscheidungen können in Muße getroffen werden. Ich werde euch jederzeit zur Verfügung stehen.«

Der Schirm wurde leer.

Martin fragte: »Senden wir noch?«

»Ich habe ausgeschaltet, als sie das taten«, erklärte Hakim.

»Das ist etwas plötzlich, scheint aber klar. Wir werden einige Zeit brauchen, um uns an sie zu gewöhnen. Wenn sie so intelligent sind, wie es aussieht, könnten wir vielleicht erwarten, daß sie sich an uns gewöhnen.« Er sagte dies in der sicheren Annahme, daß man mithörte. Er stolperte bei den nächsten Worten im Bemühen, das zu sagen und zu tun, was vielleicht von den nicht vorstellbaren Geistern erwartet wurde, die lauschen könnten. »Wir haben uns einander angepaßt, waren aber fast gleich, als wir unsere Kriege ausfochten … Wie viel schwerer ist es, weit fortgeschrittenere Species zu verstehen?«

Er stellte sich winzige Maschinen vor, die aus den Öffnungen des Zylinders strömten wie Staubteilchen, sich im Schiff versteckten und über Mofix sendeten. *In keiner Weise vergleichbar mit dem, was wir schon gesehen haben.*

»Wir haben Jahrhunderte gebraucht, um zusammenzuwachsen«, sagte Silken Parts. »Wir hoffen, daß es hier keine abscheulichen Geschäfte gibt.«

Wie Studenten, die sich vor dem Urteil der Lehrer bangen. Wie lange soll das dauern?

Es kam der wichtigste Moment, die erste Begegnung Auge in Auge zwischen der Crew der *Doppelsaat* und einigen der Wesen, die das Leviathansystem zu beherrschen schienen.

Donna Emerald Sea hatte für die Menschen Phantasieuniformen entworfen und dekorative Schärpen und Bänder für die Brüder. Sie ordnete Martins besonders strahlende Ausstattung, blinzelte ihm kurz zu, stellte sich in der Händen auf den Hüften vor ihm hin und sagte: »Du siehst perfekt barbarisch aus, Captain.«

»Vielen Dank!« sagte Martin und wandte sich zu Eye on Sky, der aussah wie der geflochtene und mit Bändern geschmückte Ponyschwanz eines jungen Mädchens, der zum Leben erweckt worden war. Die Brüder und Menschen sahen prächtig aus – und naiv. Er hoffte, daß Frosch und die anderen die Darbietung amüsant finden würden – was auch immer bei ihnen als Amüsement gelten mochte – und überzeugend.

Donna mischte sich unter die anderen und hantierte kribbelig mit Nadeln herum. Martin erinnerte sich daran, wie sie das geplante Hochzeitskleid für Theresa angepaßt hatte, und wurde jäh der Schranken menschlicher Existenz gewahr. Er schloß die Augen und schluckte.

Paola half Donna mit ihrer Uniform, die schwarz und rot war, mit einer goldenen Schärpe im Matrosenstil.

Hakim trug seine Aufmachung steif. Als Martin erschien, steckte er den Finger zwischen Hals und den hohen Kragen. Der Adamsapfel hüpfte in seiner dünnen Kehle. Er sagte: »Es sind viele Jahre, seit wir dies getragen haben.« Hakim mochte wohl der am wenigsten überzeugende Darsteller von ihnen sein.

Die Brüder schienen natürliche Schauspieler zu sein. Sie hatten kein einziges Mal den Charakter verloren oder die Anstrengung ihrer Rollen erkennen lassen.

»Captain, wir sind bereit«, sagte Donna.

Sechs Personen – drei Menschen und drei Brüder – würden die *Doppelsaat* verlassen und sich auf die Oberfläche von Sleep hinabbegeben: Silken Parts, Strong

Cord, und Eye on Sky, sowie Martin, Paola und Ariel. Martin bestimmte Eire zu seinem Vertreter. Sharp Seeing würde Eye on Sky ersetzen.

Sie erwischten auf dem Bildschirm den Anblick einer weißen Kugel und hörten, wie sie mittschiffs kratzte und um die Luftschleuse hermetisch andockte. Die innere Schleusentür ging auf. Im Gänsemarsch betraten sie das glatte, grüne Innere des Transferschiffs. Hinter einem durchsichtigen Paneel, nur zu erkennen, als sie um eine Ecke bogen, stand ein Bischofsgeier – aber nicht, wie Martin vermutete, Frosch selbst.

Der Bischofsgeier sagte: »Ich bin eurer Helfer. Ich habe als Namen euer Wort ›Salamander‹ gewählt.« Zwischen den Worten zischte er leicht: »Wenn das weder kränkend ist, noch falsche Bedeutungen hat, mögt ihr mich so nennen.«

Eye on Sky unterrichtete seine Kameraden. Martin und Eye on Sky hatten beschlossen, daß es am besten wäre, wenn ein Bruder als primärer Anführer bei dieser Exkursion fungieren würde. Paola erschien geeignet, als Dolmetscherin zwischen den beiden nicht einheimischen Sprechern – den Brüdern und ihren Gastgebern – zu wirken.

In dieser Unbequemlichkeit lag Methode. Sie konnte Teilung der Macht vortäuschen, wobei die unvermeidlichen Mißverständnisse ihre eigene Konfusion verbergen mochten.

Sie trieben gewichtslos inmitten einer kleinen Kabine. Martin hatte das Gefühl einer Bewegung, als sich das Vehikel von der *Doppelsaat* trennte. Unsichtbare Hemmungen umgaben sie wie Felder. Die Technologie ihrer Gastgeber war mindestens so weit fortgeschritten wie der Wohltäter. Aber Felder waren ja auch ebenso logisch und unvermeidlich, wie es das Feuer einst für Menschen gewesen war.

Salamander zischte wieder leicht und sagte: »Wir gehen jetzt nach unten. Es sollte keine Unbequemlichkeit geben. Möchtet ihr die Vorrichtungen zum Gehen auf der Oberfläche prüfen?«

Eye on Sky sagte: »Das täten wir jetzt gern.« An einer gekrümmten Wand wurde ein Paneel durchsichtig und zeigte Salamander vor einem schwarzen Hintergrund.

Rechts von Salamander wurde ein anderes Paneel klar. Dahinter standen bewegungslos weiße Skelettgerüste wie elegante Roboter aus Knochen. Eine Garnitur für Menschen und eine andere für die Brüder.

Martin war besonders von der Konstruktion für die Ausstattung der Brüder beeindruckt. Wie mit zwei Rückgraten verbundene gepolsterte Schlangenrippen erlaubten sie den Flechten, sich in normaler Schwerkraft wie Raupen natürlich zu bewegen.

»Wir hoffen, daß diese passend sind«, sagte Salamander. »Sie sind so eingerichtet, daß man sie beim Tragen nicht bemerkt.«

»Vorzüglich«, versicherte Eye on Sky.

»Es wird für jedes Mitglied eurer Gruppe eins geben.«

»Wie erwartet«, sagte Eye on Sky.

»Und sie werden der Gestalt und Größe eines jeden Individuums angepaßt sein«, erklärte Salamander.

»Wie erwartet.«

»Euer Zeitplan für den Oberflächenausflug ...« Heftig zischendes Atemholen, Anheben der Mitra-Nase, kurzes Verschwinden der drei bernsteinfarbenen Augen im blaßgrünen Fleisch. »Nach Landung und Anlegen der Geräte findet eine Orientierung statt, um euch mehr Grundkenntnisse davon zu übermitteln, wie wir uns verhalten und arbeiten. Danach ein Treffen unter Obdach mit Repräsentanten der fünf primären Rassen. Es folgt in angemessener Form eine Einführungszeremonie für die Aufnahme in die Kooperative der Fünfzehn Welten. Informationsaustausch in einem formellen Treffen mit Ministern des Lebenden

Rates. Ich werde euch begleiten und erklären, was nötig ist und wozu ihr Fragen habt.«

Ariel sah Martin kurz gelangweilt an. Der hob entsprechend die Augenbrauen. Welche Aufregung diese Begegnung hätte haben können – und unter allen anderen Umständen auch gehabt hätte –, ging verloren in dem Beigeschmack einer übertriebenen Zeremonie, ganz zu schweigen von dem Bewußtsein ihrer fast greifbaren Unaufrichtigkeit.

Glauben diese Wesen, daß sie real und frei sind? fragte sich Martin. Sind sie das? Sind die Killer in ihren Ködern verblichen?

Salamander senkte den Kopf und erfaßte die Metallstange vor sich. Dann erstarrte er jäh wie ein Museumsstück. Nach einem Augenblick, als die skelettartigen weißen Anzüge hinter Undurchsichtigkeit verschwanden, hob er wieder den Kopf. »Wir haben Erfrischungen, Getränke und Speisen vorbereitet, von denen wir hoffen, daß sie schmackhaft sind. Die Landung erfolgt in fünfzehn Minuten. Ihr braucht euch keiner Mühe zu unterziehen und werdet keinerlei Umbequemlichkeit erfahren außer sanften Empfindungen von Bewegung. Wir haben für Nahrung gesorgt. Ihr könnt nach der Landung speisen.«

»Vielen Dank!« sagte Eye on Sky. »Aus Gründen religiöser Natur müssen wir unsere eigene Nahrung verzehren.«

Sie waren schon genug Risiken eingegangen. Es hatte keinen Sinn, mikroskopische Spione in ihre Körper einzuladen oder sonst etwas zu tun, das sie vermeiden konnten.

»Religiöse Natur«, wiederholte Salamander mit ironischem Beigeschmack.

»Gesetze, die von beobachteten höheren Wesen diktiert wurden?«

»Nahrung für Menschen und Brüder muß besonders zubereitet werden. Wir werden, wenn nötig, Nahrung von unserem Schiff kommen lassen mit unserem Speisebehandler.«

»Das wird geschehen«, versicherte Salamander. »Ist diese religiöse Forderung sehr streng?«

Eye on Sky sah Martin an und machte mit gespreizten Kopfsaiten eine kleine Acht. Er schien seine Hilfe zu brauchen.

»Sehr«, sagte Martin und fuhr harmlos fort: »Habt ihr denn keine religiösen Speisevorschriften? Wir nahmen an, alle Zivilisationen würden… einer höheren Autorität gehorchen.«

Salamander antwortete einige Zeit nicht. Er – oder etwas, das durch ihn lauschte – dachte über diese Frage offenbar gründlich nach. Er antwortete: »Wir befolgen keine speziellen religiösen Gesetze. Die meisten von uns absorbieren auch keine Nahrung durch Essen. Es gibt eine Ausnahme, einen Typ, der auf dem vierten Planeten lebt.«

Martins nützlicher kleiner Trick war sauber pariert worden. Martin fragte: »Sind… die meisten von euch mechanisch?«

»Nein«, erklärte Salamander. »Wir sind organisch.«

»Wir kennen so etwas wie künstliche Körper«, sagte Salamander und verfolgte die Fährte weiter. »Seid ihr auf natürliche Weise geboren oder künstlich?«

»Diese Fragen können später beantwortet werden«, sagte Salamander. »Sie sind nicht so einfach, wie es vielleicht aussieht.«

Martin zog die Beine an und verschränkte die Arme, in seinem Schutzfeld schwebend. Er spürte kaum etwas von der Bewegung des Schiffs. Keine auffällige Beschleunigung. Aber das Gefühl, trotz der Schwerelosigkeit mehr und mehr zu sinken, manifestierte sich auf eine Art, die er nicht recht beschreiben konnte. Als ob seine Arme und Beine schwerer würden, aber nicht sein Rumpf.

Dieser merkwürdige Eindruck verblaßte und wurde durch etwas ersetzt, das sie seit Jahren nicht mehr erlebt hatten – sich in der Gravitation eines Planeten zu befinden. Die Theorie sagte ihnen, daß es keinen Unterschied gibt zwischen dem durch Beschleunigung bewirkten Gewicht und der von Gravitation hervorgerufenen Schwere. Aber Martin hatte den seltsamen Eindruck, den Unterschied zu *erkennen*.

Die Schutzfelder durchdrangen ihre Körper nicht. Sie lieferten eine Stütze für äußere, aber nicht für innere Muskeln und Organe; und die Schwere wurde unmittelbar bedrückend und fast Übelkeit erregend.

»Fühlt ihr euch wohl?« fragte Salamander.

Eye on Sky machte ein quietschendes Geräusch. Martin blickte auf den hinteren Abschnitt des Bruders und sah, wie Saiten locker wurden. Der Bruder roch wie ein Kiefernwald. Er vermutete Euphorie und Furcht.

»Mir ist etwas schlecht«, gestand Martin. Ariel erklärte, sie fühle sich nicht wohl.

Die Felder leuchteten und funkelten kurz; und die Mißhelligkeit verschwand. Die Brüder lösten sich nicht mehr auf. Die Saiten faßten wieder zu. Paolas Gesicht bekam Farbe, und Ariel entspannte ihre Fäuste.

»Besser«, sagte Martin.

Wo die Anzüge mit den Stützskeletten gezeigt worden waren, erschien eine ebenso überzeugende Abbildung der Planetenoberfläche. Sie schienen aus einer Höhe von neun oder zehn Kilometern zur Landung anzusetzen. Der Horizont zeigte keine Krümmung. Die nur ein paar Kilometer dicke Atmosphäre schimmerte als dünne helle Linie zwischen der dunkelroten, schwarzen und dunkelblauen Weite von Sleep und der gestirnten Schwärze des Weltraums.

Martin erkannte unten gleichmäßige Merkmale: Dreiecke, Kreise, graue Linien vor dem Dunkelrot und Schwarz, weiße Kreise auf der blauen Fläche des Meeres. Gebirge hoben sich vom Horizont ab als weißer Fels mit orange- und rosafarbenen Kappen, die jetzt tief im Schatten lagen.

Die Morgendämmerung kam herauf, und aus dreihundert Millionen Kilometern ergoß sich das Licht Leviathans über Sleeps Land und Meer und ließ Bänder von Wolken und Rauch aus Schloten in der Kruste aufleuchten.

Martin hörte ein schwaches winselndes Geräusch, vielleicht den Gesang ihres Vehikels in der Atmosphäre. Wolkenballen schossen vorbei. Er fühlte die Anziehung des Planeten stärker, aber nun ohne Unbehagen.

Er vermied es, daran zu denken, wie sie jetzt manipuliert wurden. Es gab keine praktische Möglichkeit, wie sie sich vor einer Einmischung schützen könnten. *Die Killer können aus großer Entfernung Materie verwandeln. Sie könnten Teile unserer Körper so verändern, daß sie ihren Zwecken dienlich würden … uns sofort töten, mit winzigen Spionen anfüllen und sogar unser Denken kontrollieren.*

Er sah Ariel an, bemüht, nicht seine Angst erkennen zu lassen. Sie hielt ihm die Hand hin, und er ergriff sie ohne Zögern. Auch Paola hielt die Hand hin; und dann streckte Silken Parts eine Saite aus, die Paola erfaßte; und Ariel ergriff eine Saite, die Eye on Sky darbot. Strong Cord verband sich mit Martin, und der Kreis war vollständig.

Martin fühlte keineswegs weniger Angst, aber weniger allein.

»Seid ihr verwirrt? Ist euch nicht wohl?« fragte Salamander.

»Wir fühlen uns wohl«, erwiderte Martin mit rauher Stimme und räusperte sich.

»Wir sind mit dieser Mitteilung nicht vertraut«, sagte Salamander und wiederholte den Laut des Räusperns. »Was bedeutet sie?«

»Ein … organisches Geräusch. Ohne Bedeutung.«

»Wie mein Zischen und Atmen«, vermutete Salamander.

»Richtig«, sagte Martin.

»Stören euch meine fremdartigen Töne?«

»Nein«, erklärte Martin. Unter anderen Umständen – *wenn diese Maskerade real wäre* – dachte er, er könnte Zuneigung für Salamander empfinden, so besorgt war der Bischofsgeier, der ihre Fahrt zu erleichtern bemüht war.

Das wundervolle sich zurückziehende Blinken der schönen Bernsteinaugen, die dahinhuschenden rosa Flecken auf der pastellgrünen Haut – die Kreatur war wirklich durchaus schön. *Ich schwanke hin und her. Emotionale Anstrengung. Nur Ruhe!*

Die freiliegende Kruste von Sleep war unglaublich zerklüftet, ein Chaos aus zerbrochenem schwarzen Gestein, manche Blöcke Hunderte von Metern groß, die über- und quer zueinander lagen mit glasigen Auswüchsen so scharf wie Messer. Zwischen den Blöcken lagen Haufen aus orange- und rosafarbenem Staub, von denen die Winde Wolkenbänder aufwirbelten, die im Sonnenlicht schimmerten.

Das Schiff flog noch ein paar Kilometer über der Oberfläche. Ins Blickfeld kam ein blaugrün gefleckter Meeresstreifen. Kilometerbreite weiße Pokerchips schwammen bewegungslos inmitten niedriger öliger Wellen.

Vor ihren Augen brach ein entferntes Stück der Kruste zusammen wie auf der Erde ein kalbender Gletscher. Ein dicker Schwaden aus schwarzem Rauch stieg auf und verbreitete sich in Sekundenschnelle zu einem niedrigen Amboß. Rote Glanzlichter schimmerten durch das Dunkel.

Salamander verkündete: »Wir werden in drei Minuten auf einer Plattform im Ozean landen. Das muß für euch sehr ungewohnt sein. Habt ihr irgendwelche Fragen?«

»Tausende von Fragen«, sagte Martin. »Es fehlt einfach die Zeit, sie alle zu stellen.«

Eye on Sky sagte: »Ich habe eine Frage. Ist dieser Planet natürlich oder künstlich?«

»Beides«, erklärte Salamander. »Er war einst ein kleiner Stern. Wir sind seit Jahrtausenden dabei, ihn umzuwandeln. Erst diente er als Quelle für Energie und Treibstoffe. Jetzt wäre die einfachste Antwort zu sagen, daß er künstlich ist. Er liefert für den Rest unseres Systems nützliche Dinge.«

Der Ozean füllte ihr Gesichtsfeld immer mehr, bis ihn nur noch eine Linie aus schwarzen Klippen von dem fahlen und von Wolken durchzogenen Himmel trennte.

»Wir sind jetzt auf der Plattform. Eure Anzüge befinden sich in einem anderen Raum. Wir werden das Schiff verlassen, wenn ihr vorbereitet seid. Ihr werdet augenblicklich der aktuellen Atmosphäre ausgesetzt sein, die für eure Biologie nicht geeignet ist und überdies reich an kleinen Organismen, die euch schaden könnten.«

Ein Teil der Wand schob sich zur Seite, und sie traten vorsichtig und von den Feldern unterstützt in einen anderen Raum, der mit einem kleinen Podium versehen war. Die Skelettanzüge hingen darüber an der Decke.

»Glaubt ihr, daß wir allein sind?« fragte Paola. »Alles ist geplant und ferngesteuert?«

»Könnte sein«, erwiderte Martin.

Eye on Sky produzierte einen Geruch nach Tee und Öl. »Es ist nutzlos, Vermutungen anzustellen«, sagte er.

Die Stimme Salamanders wies sie an, auf das Podium zu treten. In ihre Felder gehüllt, bewegten sie sich mit einiger Schwierigkeit zu Flecken, die durch schwache Lichtmarkierungen gekennzeichnet waren. Ein kleines perfektes Bild von ihnen erschien bei dem entsprechenden Anzug wie ein Namensschild. Martin trat vor seinen Anzug und sah ihn an. »Dreht euch bitte um, mit dem Rücken zu den Anzügen!«

Er drehte sich um. Der Anzug flüsterte hinter ihm. Martins Nackenhaar sträubte sich. Die flüssigen ›Knochen‹ umschlossen ihn und hielten ihn bequem fest.

Er bewegte sich versuchsweise. Der Anzug floß mühelos mit ihm.

Nutzlos, Vermutungen anzustellen. Alles ist ein Geheimnis. Ameisen in der Küche.

»Ihr werdet von unsichtbaren Schranken umgeben sein, wenn ihr draußen seid. Euer Atmen sollte natürlich sein, und ihr solltet euch keine Sorgen machen. Wir warnen nur davor, daß ihr euch schnell bewegt und euch von dem Weg oder eurer Gruppe entfernt.«

»Roger«, sagte Martin. Er sah zu, wie sich die Brüder an ihre Anzüge gewöhnten, sie bogen und drei Viertel ihrer Länge vom Podium hoben. Ariel hob versuchsweise die Arme hoch, neigte den Kopf und sah Martin von der Seite an.

»Bequem?« fragte er. Ariel und Paola nickten. Strong Cord und Eye on Sky unterwarfen ihre Anzüge noch mehr Versuchen, ehe sie zustimmten. »Wir sind bereit«, sagte Martin dem unsichtbaren Salamander.

»Das Schiff wird euch in einem freien Gelände absetzen. Ihr sollt die Oberfläche so direkt wie möglich genießen. Sie ist recht schön. Es besteht keine Gefahr; aber wenn ihr nicht wollt, können wir diesen Teil eurer Reise weglassen.«

Eye on Sky antwortete: »Wir möchten die Oberfläche gern sehen.«

Martin war nicht dagegen, aber nicht begeistert. Er hatte genug Wunder und Darbietungen gesehen, so daß er bereits geistig erschöpft war.

Das Raumschiff öffnete sich um sie und verstaute sich wie eine spanische Wand. Es ließ sie auf dem weißen Podium allein inmitten einer Unermeßlichkeit von grauem und schwarzem Himmel, mitternachtsblauem Ozean und einer dunklen Klippe, die Tausende von Metern über den Ozean aufragte. Martin konnte den markerschütternden Knall ferner Explosionen hören, welche die Kruste zermahlten. Es klang, als ob Riesen stöhnten und keuchten. Die plötzliche Offenheit war entnervend. Seine Hände zitterten in dem elastischen Griff des Skelettanzugs.

»Oha!« sagte Ariel mit blassem Gesicht. Die Luft innerhalb von Martins Feld war abgeschlossen, und er konnte die Brüder nicht riechen. Aber er konnte seine eigene Reaktion riechen – schiere Angst.

Der Druck auf Magen und Lungen verursachte ihm stechende Schmerzen, als ob man an Drähten zöge, die an Nadeln in seinen Organen befestigt wären. Martin bezweifelte, daß er mehr als ein paar Stunden auf der Oberfläche von Sleep würde verbringen können.

Ein Fußweg führte über das Meer zu einer breiten weißen Scheibe. Salamanders Stimme sprach in sein rechtes Ohr: »Eure Anzüge werden euch über diese Distanz gehen lassen. Die Scheibe ist eine Art Fähre. Ihr werdet zu einer Küstenstation gebracht werden und dort mehr unserer Respräsentanten antreffen. Ist es euch unbehaglich?«

»Mir geht es gut«, log Martin.

Der Anzug stieß ihn leicht an, und er versuchte zu gehen; aber der Anzug widerstand. Schließlich entspannte er sich, und der Anzug tat für ihn alle Arbeit und bewegte ihn wie eine Marionette – ein Eindruck, der ihm ganz und gar nicht gefiel. Sie wurden alle über den Gehweg zu der Scheibe geführt, die sich prompt löste und sanft durch die starken schnellen Wellen bewegte.

Martins Sicht wurde gröber, und die Landschaft wurde belebter. Das könnte ein Effekt der Schwerkraft gewesen sein oder auch ein Effekt des Feldes, das seine Atmosphäre zusammenhielt.

Zwecklos, Vermutungen anzustellen.

Die Fähre fuhr um eine dichte grüne Masse von einigen hundert Quadratmetern herum, die auf dem Meer schaukelte. Große Blasen stiegen auf und brachen hindurch wie Explosionen in faserigem Schlamm.

Salamander sagte: »Einer unserer Typen findet diese Gewässer angenehm. Ein Exemplar würde sich über euren Anblick freuen. Seid ihr damit einverstanden?«

»Akzeptabel«, sagte Eye on Sky.

Sekunden später stieß ein hellroter Alptraum durch das Wasser und hievte einen Teil von sich auf die Fähre. Paola stieß einen leichten Schrei aus und ging dicht hinter Martin in Deckung. Die Brüder schienen an Ort und Stelle erstarrt zu sein. Sie machten keine Bemerkungen und trotzten diesem übermäßigem Eindruck.

Die Arme des Alptraums teilten sich mit einer Bewegung, in der die Krümmung der Tentakel eines Kalmars mit dem Auf- und Abstampfen der Beine einer Spinne kombiniert waren. Es erschien ein bemerkenswertes ›Gesicht‹, viele glitzernde Augen in einer Masse aus glänzendem schwarzen Fleisch, umgeben von fleischigen Rinden, die abwechselnd gelb und grau gefärbt waren.

Salamander erklärte: »Dieser Typ ist als Farmer in diesen Meeren eine Kapazität, trifft aber auch viele Entscheidungen in unserem politischen System. Seine Art leugnet den Wert künstlicher Verstärkungen. Er ißt wie ihr und ist sehr penibel damit, was, wann und wie er ißt. Vielleicht könnt ihr in der Zukunft mit ihm diskutieren. Ihr könntet gemeinsame Interessen haben.«

»Sicher«, sagte Martin zweifelnd. Er hoffte sehr, daß es bald verschwände.

Die schlichte Weite von Meer und Himmel beunruhigte ihn mehr, als er sich hatte vorstellen können. Er war zu sehr an die Grenzen von Schiffen gewöhnt, an geschlossene Universen …

Zu seiner Erleichterung stieß sich die Kreatur von dem Floß ab und verschwand in den Wellen.

»Es hatte mindestens dreißig Arme«, sagte Paola. »Ich konnte sie nicht alle zählen!«

Eine andere Stimme sprach in sein Ohr: Erin Eire auf der *Doppelsaat*. »Martin, wie ist die Reise?«

Er stotterte für einen Moment, überrascht durch die Verbindung. Er sagte: »Wir sind gesund. Es ist hier unten groß. Weite offene Räume.«

»Klingt gut«, sagte Erin. »Ihr seht in den Anzügen etwas behindert aus. Wir beobachten hier alle – die beiden Crews. Die Sendungen sind klar. Wir sind jetzt über euren Köpfen. Schau hoch, und du könntest uns sehen.«

Martin blickte nach oben, sah aber nichts in der trüben Finsternis. »Visuell nicht«, sagte er.

»Schade. Fühlt euch nicht einsam!«

Salamanders Stimme ertönte wieder: »Wir werden dieses Kap umrunden.«

Wellen stießen mit erschütternder Kraft, aber ohne viel Gischt gegen ausgezackte Blöcke der Kruste. Kleine Rinnsale flossen rasch ins Meer zurück. Die Fähre näherte sich dem Aufruhr bis auf etwa hundert Meter und fuhr um eine hohe Stelle aus schwarzem und braunem Fels herum, der wie ein gedrungener Turm aufragte.

Hinter dem Vorgebirge auf der anderen Seite eines tiefen Hafens öffneten sich drei Mäuler von Gesteinstunneln, jedes etwa fünfzig Meter hoch und vielleicht vierzig weit. Breite Zungen aus poliertem grauen Stein ragten daraus in den Hafen.

Selbst aus einigen Kilometern Entfernung hörte Martin den tiefen Atem der Tunnel und fühlte, wie die Luft durch einströmendes und ausgestoßenes Wasser erschüttert wurde.

Die Fähre durchquerte rasch den Hafen; und die Tunnel ragten empor mit Geräuschen, wie sie Odysseus vielleicht gehört hatte, als er sich Scylla und Charybdis näherte. Das Licht von Leviathan fiel jetzt hinter das Hauptland, und dunkle Schatten umgaben sie, gebrochen durch das weiße Licht ihrer Fähre. Ariels Gesicht wirkte gespenstisch. Schatten von Wangen, Kinn und Nase stiegen vor ihren Augen auf.

»Werden wir hier hineingehen?« fragte Paola.

»Ja«, antwortete Salamander. »Wir werden am zweiten Tunnel links andocken. Transportgelegenheit wird bald eintreffen. Innerhalb der Station gibt es typische Individuen einiger der Wesen, die unser System enthält. Sie werden mit dir sprechen.«

Paola sagte: »Martin, ich glaube, den Brüdern geht's nicht gut.«

Martin sah Eye on Sky und Silken Parts an, die beide in ihren Anzügen zitterten. Strong Cord schien es gut zu gehen. Er glitt neben seinen Gefährten dahin mit besorgten Lauten, Quietschen und Klappern. »Was ist los?« fragte Martin.

Eye on Sky sagte mit rauher, brüchiger Stimme: »Das habe ich gesehen, als ich nicht zusammengefügt war. Dies ist die Höhle der Jugend an der Küste, wo junge Leute zusammenkommen nach Kämpfen der Flechten.«

»Paola, was weißt du hierüber?«

»Es geht irgendwie um Rituale des Erwachsenwerdens… Ich habe in ihrer Literatur nichts gefunden. Vielleicht ist es Tiefengedächtnis.«

»Salamander, einige von uns haben Probleme«, sagte Martin.

»Wie können wir helfen?« fragte Salamander.

»Kannst du die Sicht über uns sperren, uns bedecken?« Ein weißer Baldachin erhob sich von der Scheibe wie ein gefaltetes Stück Papier und breitete sich über ihnen aus. Es versperrte den Himmel, aber nicht die Sicht nach vorn.

Das Zittern von Eye on Sky hörte auf. Silken Parts zitterte noch ein paar Sekunden, verkrampfte sich dann und fand seine Selbstbeherrschung wieder.

Was kann sonst noch schiefgehen? Martin sah die immensen Tunnelöffnungen vor sich, ohne die tief sitzenden Besorgnisse der Brüder, aber auch ohne jeden Enthusiasmus. Diese ganze Reise schien auf starke Beeindruckung hin angelegt zu sein; und trotz der Zustimmung von Eye on Sky zu dieser Reise besagte das nichts Gutes über ihre Gastgeber. Anstelle ein behagliches Umfeld zu schaffen, schienen sie ihre Gäste auf die Probe stellen zu wollen.

Probe. Information einholen über Reaktionen auf Stressbedingungen. Die Killer hatten das auf der Erde noch gnadenloser getan.

Die Scheibe stieß leicht gegen den Rand des Docks. Eine Rampe glitt heraus, um sich mit der Scheibe zu verbinden.

»Ihr könnt selber gehen«, informierte sie Salamander. Eye on Sky ging zuerst. Sein skelettartiger weißer Anzug schlug Falten. Paola folgte, dann Martin, und schließlich standen sie alle auf der harten dunkelgrauen Fläche.

Die Scheibe sank unter die schnellen dicken Wellen. *Kein Weg zurück – ist das der Sinn? Gibt es irgendeinen Sinn, oder nur fehlende Sensitivität gegenüber Aliens, über deren Psychologie sie nichts wissen?*

Die Decke des Tunnels hing über ihnen wie der Rand einer schwarzen Leere. Der Boden darunter rückte in die Schatten.

Die dunklen Saiten von Silken Parts wurden ein Teil der jenseitigen Finsternis. Sein Anzug bewegte sich wie die Karikatur eines Gespenstes. Ariel trat näher und sagte zu Martin: »Ich denke, wir sollten in einigen Stunden aufs Schiff zurückkehren.«

Im Tunnel erschien das Phantom eines Bischofsgeiers – Frosch oder Salamander –, in jedem Detail perfekt. Martin strengte die Augen an, um zu sehen, ob das Bild tief hinten im Tunnel schwebte oder in der Nähe. Er fand, daß es sich nur ein Meter vor seinem Gesicht befand, ein paar Zentimeter groß. Überrascht wich Ariel dem Phantom aus, als wäre es ein Insekt. Sie reckte sich in ihrem Anzug mit gequälter Miene.

»Salamander, wir müssen binnen zwei Stunden wieder auf unserem Schiff sein«, sagte Martin. Das Phantom wurde größer wie ein Gegenstand, den man in einer Zoomlinse betrachtet. Martin hörte die Stimme Salamanders aus dieser Richtung.

Sie sagte: »Die Treffen werden beim ersten Mal nur zwanzig Minuten dauern. Ihr werdet danach auf euer Schiff zurückkehren, und weitere Treffen werden geplant werden.«

Tief im Tunnel erschien ein heller roter Kreis. »Bewegt euch auf den Kreis zu. Ihr werdet sehen«, versicherte ihnen Salamander.

Die drei Brüder glitten auseinander. Sie hatten sich offenbar von ihren anfänglichen Schwierigkeiten erholt.

Zunächst konnte Martin nichts erkennen außer ihrer unmittelbaren Umgebung. Alle sechs – und das schwebende Bild Salamanders – waren deutlich zu sehen. Als sich seine Augen eingewöhnt hatten, erkannte er immer mehr. Zuerst sah er eine undeutliche wellenartige Bewegung auf den entfernten Wänden, dann Schatten und Details.

Die Wände quirlten. Klotzige Gestalten krochen in Reihen herauf wie geometrische Geschoßkugeln, abgelenkt von Hindernissen, die ihnen in den Weg gerieten. Nahe dem Rande des Bodens verrieten ihm platschende und saugende Laute, daß in verborgenen Rinnen oder durch tiefe Kanäle in der Tiefe Wasser strömte.

»Was ist los?« fragte Paola. Martin wußte keine Antwort. Der rote Kreis wurde größer. Dunkelgrüne Flecken und blaues Licht erschienen an den Wänden und bewegten sich mit den klotzigen Gestalten, gingen aber nicht von ihnen aus.

»Was ist das?« fragte Paola.

»Lebendige Maschinen, die in den Meeren erzeugte Chemikalien verarbeiten und speichern.« erklärte Salamander. »Die Meere sind Fabriken. Auf dieser Welt gibt es viel traditionelle Industrie.«

Der rote Kreis verblaßte. Salamander sagte: »Ihr könnt stehenbleiben.«

Sie werden uns jetzt töten, dann in Ruhe das Schiff zerlegen und die Crew quälen, irreführen und aus allem lernen, was sie können.

Aus dem Boden erhoben sich Wände um sie herum, hellblauer Himmel wie auf der Erde, und es spielte eine Art von Musik, ohne Melodie, aber sehr angenehm.

Salamander verkündete: »Ihr werdet mit vier Repräsentanten zusammenkommen.« Das Phantom verschwand, und Salamander trat ein in voller Größe durch eine Tür in einer leuchtenden Wand.

»Ist das deine individuelle physische Form?« fragte Eye on Sky, mit weit gespreizten Kopfsaiten. Die Augen auf jeder Saite glitzerten.

»Dies ist meine Form«, sagte Salamander. »Individuen sind nicht auf einzelne Körper beschränkt, Es gibt viele aktive Versionen von mir. Das gilt für fast alle Individuen, die ihr treffen werdet.«

Sicherheit in Zahlen. Angriff sinnlos – ihr könnt uns alle töten. Wir haben überall Kopien und Reserven gestapelt.

Martin tat so, als wäre er beeindruckt; aber tatsächlich hatte man den Kindern schon früh auf ihrer Reise davon erzählt, neben anderen Fakten über fortgeschrittene technologische Species.

Die Überraschung bestand darin, daß die Bewohner dieser Welten bei all ihren Fähigkeiten überhaupt eine physische Gestalt bewahrt hatten.

Ihre Gastgeber paßten zu etlichen Normen.

»Seid ihr darauf vorbereitet, diesen Repräsentanten zu begegnen?«

»Ja«, sagte Martin.

»Ja«, sagte Eye on Sky.

Martin empfand einen Anflug von Besorgnis.

Durch die Tür kam ein Wesen mit zwei Elefantenbeinen, zwei Armen mit drei Gelenken, die aus einer tonnenförmigen Brust ragten, und einem kleinen Kopf ohne Augen. Obwohl er es in unbewegten Bildern schon früher gesehen hatte, verengte sich Martins Kehle, und seine Pulsfrequenz erhöhte sich. Die Kreatur ragte mindestens drei Meter auf, dieser Schwere gut angepaßt, und bewegte sich mit einem Watscheln wie die Gangart eines fetten Menschen in Verbindung mit der gewichtigen Grazie eines Elefanten. Sie trug keine Kleidung und keine Geräte.

Salamander trat neben den dickbeinigen Elefantoiden. Er ging wie eine Fledermaus auf vier Beinen, wobei sich sein Kamm hob und senkte.

Die Tür weitete sich, und eine Röhre aus Flüssigkeit stieß hindurch, die hinter dem Elefantoiden einen Würfel bildete. Darin schwebten zwei Kreaturen – länglich, wie Haie geformt, mit breiten flügelartigen Flossen zu beiden Seiten. Ihre Köpfe waren spitz, und hinter der Schnauze waren ringförmig Sinnesorgane angeordnet. Flossen gleich hinter dem Kopf endeten in Büscheln fingerähnlicher Tentakel. Martin hatte angenommen, daß diese Kreaturen verwandt wären. Ihr Auftauchen im gleichem Feld schien diese Annahme zu stützen. Der Wasserwürfel plazierte seine Passagiere neben den andern.

Als letzter kam ein zweiter Bischofsgeier herein. Die Tür schloß sich. Auf Martin machte die Versammlung bestenfalls einen hastigen Eindruck. Sie war nicht das, was er für einen historischen Moment erwartet hätte, für eine erste Begegnung mit einer neu angekommenen Rasse intelligenter Wesen, sondern eher wie eine Zusammenkunft leitender Angestellter, um geschäftliche Angelegenheiten zu regeln.

Ariel rieb sich die Hände, sah Martin mit schiefem Grinsen an und ließ die Hände an den Seiten sinken. Paola blickte wie gelähmt mit großen Augen von einem zum andern. Eye on Sky, Silken Parts und Strong Cord zumindest wirkten ruhig und schienen nicht in Schwierigkeiten zu sein.

Der zweite Bischofsgeier sagte: »Ich bin Frosch, der zuerst mit euch gesprochen hat. Geht es euch gut?«

Eye on Sky glitt über die graue Fläche und richtete sich neben Martin auf. »Wir sind verwirrt. Was habt ihr vor?«

Frosch sagte: »Eure Täuschung übertrifft die unsrige.« Martin krümmte sich und hielt den Atem an. Er hatte *gewußt,* daß es kommen würde, daß ein kindliches Spiel nicht genügen würde.

»Wir existieren durch Duldung größerer Mächte«, erklärte Frosch. »Da keiner von uns mehr ist als ein Surrogat, besteht kein Bedarf für Zeremonien.«

Paola schloß die Augen. Ariel bewegte mit aschgrauem Gesicht die Lippen.

»Es ist kein Zufall, daß euer Schiff im Gefolge der Zerstörung eines Sterns eintrifft. Auch ihr repräsentiert höhere Mächte. Eure künstliche Konstruktion ist überzeugend, aber das Zusammentreffen ist zu unwahrscheinlich, um akzeptiert werden zu können.«

Wissen sie von den anderen Schiffen?

Salamander sagte, wobei er den Kamm hob: »Wir dienen als verlängerte Augen. Habt ihr Zugang zu euren Schöpfern?«

Martin bemühte sich krampfhaft zu verstehen, was sie sagten. Sie schienen zu glauben, daß Brüder und Menschen selbst künstlich geschaffen wären ...

Eye on Sky sagte: »Wir verstehen nicht.«

»Ihr seid Repräsentanten höherer Intelligenzen wie wir auch. Drücken wir uns deutlich aus?«

»Wollt ihr damit sagen, daß andere euch wie Marionetten kontrollieren?« fragte Martin.

»Wir sind keine Marionetten«, erwiderte Frosch. »Wir haben eine gesonderte Existenz.«

Der Elefantoid trat vor. »Es gibt vierhundertzwölf Typen intelligenter Wesen in diesem Planetensystem.« Seine Stimme klang hoch und rauh, war aber verständlich. »Diejenigen von uns, die ihr vor euch seht, dienen in politischen und anderen Rollen. Wir sprechen mit unseren Schöpfern und repräsentieren die anderen Typen. Habt ihr eine direkte Verbindung mit euren Schöpfern?«

»Wir sind autonom«, sagte Eye on Sky.

»Aber ihr seid erschaffen worden«, fuhr Salamander fort. Martins Körper schmerzte wie im Fieber. Vielleicht wurden sie dem interstellaren Äquivalent einer peinlichen Befragung unterzogen, dem dritten Grad.

»Jetzt verstehen wir«, sagte Martin in der Hoffnung, daß Eye on Sky und die anderen ihm die Führung überlassen würden. »Wenn die Zeit gekommen ist, alle Verstellung aufzugeben, sind wir bereit.«

Ariels Gesicht wurde starr von Besorgnis. Paola schloß langsam die Augen, als ob sie schlafen wollte.

Der Elefantoid sagte: »Es ist klar, daß bei interstellaren Beziehungen auf hoher Ebene Vorsichtsmaßnahmen erforderlich sind.«

Ich werde ihn Babar nennen, dachte Martin und biß die Zähne zusammen, um nicht zu lachen. Er konnte nicht glauben, daß sie Jahrhunderte lang und so viele Billionen Kilometer weit gereist waren, um sich an dieser Stelle und in dieser Situation zu befinden, wobei sie eine Schicht nach der anderen mit immer mehr Lügen antrafen. Es war geradezu schmerzhaft komisch.

William und Theresa und Theodore und so viele andere waren gestorben, um sie hierher zu bringen. Sie waren durch diese Dinge oder deren höhere Autorität getötet worden.

Eye on Sky sagte nichts und verwies auf Martin. Dieser fragte sich, was die Brüder wohl dächten, konnte aber jetzt nicht mehr zurück. Er antwortete: »Das scheint die Regel zu sein. Wir schätzen es, daß ihr uns nichts antut.«

»Das wäre nicht höflich«, meinte Salamander. »Versteht ihr die Absichten eurer Schöpfer?«

»Wenn du fragst, ob wir … mit euch diskutieren und Entscheidungen treffen können, lautet die Antwort ja, zu einem gewissen Grad.«

»Befinden sich eure Oberen hier in der Nachbarschaft, in unserem Planetensystem?« fragte Frosch.

»Nein«, erwiderte Martin.

»Hören sie durch euch zu?«

»Nicht direkt.«

»Könnt ihr ein direkteres Kommunikationsmittel schaffen, um schnellere Übereinkunft zu erzielen?«

»Nein«, sagte Martin.

Der Elefantoid Babar sagte: »Soweit scheint alles wahr zu sein. Seid ihr müde oder möchtet ihr schon jetzt vorläufige Vereinbarungen treffen?«

»Laßt uns etwas finden, dem wir jetzt zustimmen können!« schlug Martin vor.

»Wir halten es für das beste, falls ihr vorbereitet seid, direkt mit euren Schöpfern zusammenzukommen, damit ihr genaueres Wissen über euch selbst gewinnen könnt.«

Martin verschlug es kurz die Sprache. Eye on Sky drehte seinen breiten Kopf, hielt dabei die Saiten fest zusammen in defensiver Haltung, und sagte zu Martin: »Wir sind bereit.«

»Okay«, sagte Martin und fühlte sich noch mehr wie eine Ameise in der Küche. »Laß uns mit ihnen zusammenkommen!«

Die weißen Wände neigten sich nach innen und verschwanden außer Sicht.

Die fünf Repräsentanten rückten näher an die Menschen und Brüder heran.

Mit hoher, aufreizender Stimme sagte Babar: »Das ist nicht gefährlich; aber es ist schwierig, mit seinen Gedanken zurecht zu kommen, selbst wenn man es schon einmal erlebt hat.«

»Diese vierte Welt ist eine Heimat und ein Reservoir«, erklärte Salamander. Martin hörte viel lieber die Bischofsgeier sprechen. »Unsere Schöpfer leben drinnen, in Schichten um den dichten Kern herum, wo ein großer Energiestrom fließt.«

»Haben sie immer hier gelebt?« fragte Paola.

»Seit wir existieren«, erwiderte Frosch.

»Wie lange ist das her?«

»Zweitausend Jahre nach eurem Zeitmaß.«

Die Killersonden könnten lange davor geschaffen worden sein, dachte Martin.

Der rote Kreis erschien wieder, diesmal größer, und sank auf den Boden des Tunnels. Der Rand des Kreises ruhte weniger als zwei Meter vor Martins Füßen.

»Ich versichere euch, es besteht keine Gefahr«, sagte Salamander. »Wir werden nur einen Teil eines unserer Schöpfer bezeugen.«

Der Boden vibrierte wie bei der Passage eines Zuges. In dem roten Kreis schimmerte etwas. Dieser Schimmer erstreckte sich bis in eine Röhre, die sich bis zur Decke des Tunnels erhob. Der rote Kreis verschwand. Innerhalb des Schimmers stieg eine vielfarbige Helligkeit auf, die im Dunkel des Tunnels blendete.

Die Helligkeit nahm schraubenförmige Gestalt an wie eine Treppe aus Licht. An ihr entlang tropften glitzernde Farben, bei denen Gelb und Orange vorherrschten, als ob das Licht selbst gerinnen und sich verdichten würde, um sich dann wieder zu verflüssigen.

Es war ein starker und schöner Anblick, aber Martin war keineswegs beeindruckt. Er unterdrückte den anhaltenden Drang zu lachen.

Er konnte wenig mehr erkennen als die Helligkeit. Sie wurde zu einer Treppe mit tanzenden Käfern. Seine Sicht verblaßte und verschwand. Er fragte sich, wieviel Zeit ihm noch bliebe, bis er ohnmächtig wurde oder die Kontrolle verlor …

Die nächste Stimme schockierte ihn so, daß er hellwach wurde. Stark weiblich, voll menschlich, klang sie wie Theresa. Aber die Ähnlichkeit war mehr eingebildet als real. Er stand aufrecht in dem Skelettanzug und sah die anderen bewegungslos um sich herum, alle bis auf Silken Parts, der sich zu Martin umdrehte. Seine Kopfsaiten waren vor Angst zu einem festen Knoten zusammengezogen.

Silken Parts sagte: »Nur du und ich. Andere ...«

Ihre Gefährten waren alle eingefroren, in unbewegliche Felder gezwängt. Ariel und Paola waren in den starren weißen Käfigen ihrer Anzüge wie zu posierenden Mannequins geworden.

Wieder erklang die Stimme, alterslos, glatt wie Eis und ebenso kalt. Nicht unfreundlich. Nicht besorgt, Nicht distanziert. Eine Stimme, die man nur negativ beschreiben konnte.

»Sagt mir, warum ihr hier seid!«

Martin konnte nicht genug Speichel aufbringen, um auch nur ein Wort hervorzubringen. Silken Parts machte keine Anstrengung, Englisch zu sprechen. Martin stand der Wendeltreppe aus Licht gegenüber und sah, wie spöttische Fratzen daran emporstiegen.

»Warum seid ihr hier?«

»Wir wurden eingeladen«, brachte Martin schließlich heraus. Die Saiten von Silken Cords hatten ihre Grenzen erreicht und strampelten in elementarer Panik, von den Rippen des Skelettanzugs hängend. Die nicht mehr zusammenhängende Flechte würde nicht zuschauen oder antworten.

Martin war jetzt allein und voll verantwortlich – wem auch immer.

»Wo sind eure Oberen, eure anderen Schiffe?«

»Es gibt keine anderen Schiffe.«

»Stell dir, wenn du willst, alle Gehirne vor, die du je kennengelernt hast, wie sie miteinander ohne Animosität und Unterbrechung sprechen und angesammelten Irrtum ausräumen. Ich spreche zu dir als etwas in diesem Maßstab. Du mußt begreifen, daß Verkleidungen und Lügen leicht zu durchdringen sind.«

»Ich lüge nicht«, sagte Martin ohne Hoffnung. Seine Furcht reichte nicht aus, ihn am Verblassen zu hindern.

»Ihr seid Teil einer Streitmacht von Schiffen, ausgesandt, dieses System zu vernichten. Genauer: ihr seid ausgesandt, Leute zu vernichten, die gewisse Roboter konstruiert und gebaut haben. Ihr seid nicht die ersten. Es hat schon einige gegeben.«

Martin konnte kaum noch hinsehen.

»Diejenigen, welche die Roboter geschaffen haben, sind alle gestorben. Ihre direkten Nachkommen wurden Teil von größeren Kräften, denen zu widerstehen ihr nicht hoffen konntet. Ich bin keiner dieser Nachkommen. Auch ich bin ein Geschöpf; aber sie haben uns ihre Geschichte hinterlassen.«

»Geschichte«, sagte Martin. Er hob mit großer Mühe einen Arm und deutete auf die Bischofsgeier, Haie und Babar. »Die denken, daß ihr sie erschaffen habt.«

»Wir haben sie nicht erschaffen. Das ist die von ihnen gewählte Täuschung, ihr *Glaube*.« Pause. »Ihr seid physisch am Endet.«

»Ja.«

»Was braucht ihr?«

»Ruhe. Zeit zum Nachdenken. Schlaf. Wasser.«

Das war alles, was er schaffte; und er schämte sich so vieler Worte und solcher Schwäche vor seinem Gegner.

»Ich werde eure Umgebung so einrichten, daß ihr leichter werdet. Ist das besser?«

Martin schien zu schweben. Blut begann wieder zu fließen, und er konnte wieder sehen. Aber sein Körper schmerzte immer noch.

Eine Wasserfontäne stieg vor ihm auf; und sein Anzug beugte sich nach vorn und drückte sein Gesicht hinein. Trotz seiner Besorgnis trank er ausgiebig. Von seiner Zunge und aus seiner Kehle schien Kraft auszustrahlen.

»Besser«, sagte er.

»Kannst du jetzt zuhören?«

»Ja.«

»Diese Repräsentanten wissen etwas, aber in ihrem eigenen Interesse wissen sie nicht alles. Bist du ein Jäger?«

»Ja.« sagte Martin, die Augen fest auf die Spirale gerichtet.

»Ihr jagt, um den Tod anderer zu rächen?«
»Mein Wort darauf.«
»Die Zerstörung wurde von Robotern angerichtet?«
»Ja.«
»Wir haben Mitgefühl. Jene, die uns herstellten, sind entfernte Nachkommen derer, welche die Maschinen bauten, die wahrscheinlich eure Welt vernichtet haben. Aber sie sind längst fort und verstreut. Sie haben ihre Gehirne in masselose Formen gepackt, die bis über das Ende des Universums hinaus dauern werden.
Sie haben uns hier zurückgelassen, größer als ihr, aber immer noch beschränkt, weil sie Freude hatten, uns zu erschaffen. Meine Art lebt in dieser Welt in tiefen Energieströmen weiter. Ich glaube nicht, daß es Zeit ist, euch unsere Existenz zu erklären. Wir zählen nach Dutzenden von Billionen. Wir haben nicht die Maschinen gemacht, die eure Welt zerstörten.«
»Die Macher sind nicht hier?« fragte Martin.
»Nein. Es gibt in diesem System noch viel mehr Billionen geschaffener Intelligenzen, von denen keine einzige für die Vernichtung eurer Welt verantwortlich ist.«
Martin sah Bilder von einer Species nach der anderen vor sich aufblitzen. Sie waren gestapelt wie Karten und füllten den Tunnel – mehr Formen, als er sich je hätte vorstellen können.
»Töte sie, und du tötest Unschuldige! Ich bin einer davon.«
Die Lichtspirale senkte sich durch den Schimmer, der in den roten Kreis eintauchte und dann verschwand.
Die anderen begannen sich wieder zu bewegen. Die Saiten von Silken Parts krümmten sich und wurden von seinem Anzug gepackt. Nur einige wenige waren auf den Boden gefallen, wo sie sich wie bedrohte Tausendfüßler wanden. Die Bischofsgeier schwenkten ihre Mitras, während die Augen in ihren fleischigen Nasen versanken und wieder auftauchten.

Salamander sagte: »Ihr hattet Besuch. Wer wurde auserwählt?«

Die zwanzig versammelten sich auf der Brücke der *Doppelsaat*, wo Martin immer noch erschöpft mit geschlossenen Augen schwebte. Ariel und Paola hockten mitten in der Luft in der Nähe und sogen Saft aus Quetschbehältern.

Die Rückreise war nach dem gleichen umständlichen Verfahren erfolgt. Martin war dadurch noch verwirrter und schließlich auf alles verärgert in einer geballten Wut, die bis auf die Arche und noch seine Kindheit davor zurückreichte.

Er war vor mehr als einer Stunde damit fertig geworden zu erklären, was er gesehen hatte; und die zwanzig umgaben ihn schweigend wie in einer Totenklage.

Erin brach die Stille. »Du warst der einzige, der gesehen und ... gehört hat.«

Silken Parts sagte: »Ich bedaure, daß ich nicht durchgehalten habe. Aber ich habe die erste Erscheinung des Herrn gesehen.«

»Es war nicht der Herr«, widersprach Martin. »So behauptet er jedenfalls. Seine Art könnte den vierten Planeten kontrollieren ... Vielleicht sogar alles in diesem System. Aber er bestreitet, für die Killersonden verantwortlich zu sein.«

»Hat er gesagt, daß er sich verteidigen würde?« fragte Cham.

Martin sah ihn zwinkernd an. »Wogegen?«

Cham rieb sich mit dem Daumen das Kinn. »Wenn wir das Gesetz vollstrecken.«

»Darüber haben wir nicht gesprochen«, sagte Martin.

Eye on Sky kringelte sich um ein Rohr wie eine Schlange um einem Baumast. »Das Gesetz ist dagegen, Unbeteiligte zu töten.«

»Würdest du denken, daß sie die Fakten uns allen mitteilen würden?« sagte Cham und blickte auf seine

Daumen, als ob er etwas Schmutz weggewischt hätte. »Warum gerade zwei aussuchen?«

»Ich vermute ernstes Desinteresse«, sagte Erin.

»Distanziert«, ergänzte Donna.

George Dempsey sagte: »Vielleicht können wir sie nicht vernichten – die, welche sich im Innern von Sleep befinden.«

Eye on Sky spreizte seine Gesichtssaiten und machte mit dem oberen Teil seines Körpers einen Bogen, um Martin anzusehen. »Du als einer bist du positiv von dem, was du bekommen hast?«

Paola übersetzte: »Bist du sicher, richtig gesehen und gehört zu haben?«

Martin nickte und sagte: »Kein Schwindel. Es war so real wie alles, was wir gesehen haben. Es war real.«

»Aber du warst erschöpft«, gab Cham zu bedenken. »Die anderen haben nichts gesehen.«

»Es fühlte sich an wie Superbremsung«, sagte Ariel. Sie legte ihre Hand Martin auf die Schulter, griff zu, um ihm eine leichte Drehung zu erteilen, und klemmte ihren Fuß unter eine Strebe. »Ich bin sicher, Martin hat gesehen und gehört, was er berichtet hat.«

Jennifer hatte seit ihrer Rückkehr geschwiegen. Sie befand sich ihm gegenüber mit dem Kopf nach unten hängend, hatte die Füße in Klammern an der Decke verankert und kreuzte die Arme.

»Wollen wir darüber abstimmen?« fragte George Dempsey.

»Nein«, sagte Martin. »Wenn wir wieder mofixen können, erzählen wir unsere Story Hans und Stonemaker.«

»Wir sollten wieder nach unten gehen«, sagte Paola und biß sich auf die Unterlippe, während sie sich wie ein verschrecktes Reh in der Gruppe umsah. »Wir sollten versuchen, wieder mit... Martins Treppengöttern zu sprechen, wie man sie auch nennen mag, im Innern von Sleep. Das ist unsere Pflicht.«

»Was würdest du empfehlen?« fragte Ariel.

»Ich weiß nicht«, sagte Martin. »Ich muß schlafen, sonst wird mir schlecht.«

In seiner Kabine schlief Martin in völliger Finsternis ohne Träume oder Erinnerungen, in einem tödlichen Bissen des Nichts. Einmal erwachte er plötzlich, wußte genau, wo er war und was geschehen war und erinnerte sich allzu leicht an alles. Dann schloß er wieder die Augen und kehrte ins Nichts zurück. Er war jetzt aber nicht erschöpft; und als er sich in seinem Netz drehte und die Arme anzog, merkte er, daß sich noch jemand mit ihm im Zimmer aufhielt.

Für einen Moment glaubte er, es wäre der alte Gefährte seines Lebens im Schlaf, Theodore. Aber das war nicht der Fall. Er roch eine lebendige Person, eine Frau.

»Ich hatte dich nicht aufwecken wollen«, sagte Ariel.

»Ich glaube nicht, daß du das getan hast.«

»Ich war zu müde zum Schlafen. Ich bin hierher gekommen. Ich habe deinem Atem gelauscht. Es ist wie ... Wenn du atmest, ist es so ...«

Er hörte ihre Halsknochen im Dunkeln leise knacken. Sie schüttelte den Kopf.

»Beruhigend«, schloß sie. »Kann ich zu dir ins Netz kommen?«

»Ich bin noch müde.«

»Auch ich will schlafen«, sagte sie.

»Komm.« Er öffnete das Netz; und sie schob sich neben ihm, einen Arm gegen seine Rippen, ihr Hinterteil gegen seine Knie geschmiegt, lagen sie parallel im Netz, und er nahm den süßen, leicht muffigen Geruch ihres Haares wahr. Er hatte sich Ariel nie physisch angenehm vorgestellt, hatte jetzt aber diesen Eindruck. Sie bewegte sich nicht und sprach nicht. Endlich beruhigte sich ihr Atmen, und er stellte fest, daß sie schlief. Das war beruhigend, schlicht, elementar und menschlich wie etwas, das jemand schon vor Jahrtausenden empfunden haben mochte, wenn er im Bett bei einer Frau lag. Oder beinahe so. Nur fehlte der Zugriff der Erde.

Sie trug Shorts und Oberteil aus lockerem Frotteestoff. Er hatte nichts an. Sie war nicht zu Liebesspielen in sein Zimmer gekommen. Aber er wußte, daß sie ihn gewähren lassen würde, wenn er sich dazu entschlösse. Die Unausweichlichkeit reizte ihn.

Er dachte an die Plasmaspirale und tanzenden Lichter. Wie Silken Parts unter dem Erlebnis der Begegnung mit dem Treppengott zusammenbrach.

Bischofsgeier, Babar, Haie, Treppengott.

Er berührte leicht den Zwickel ihrer Shorts und zog den Finger wieder zurück. Sie schlief fest.

Er langte nach unten und berührte das Fleisch zwischen ihren Schenkeln, Zentimeter unter dem Schamhaar. Nicht sexuell erregt, sondern nur vertraulich berührend. Er machte sich nicht einmal Gedanken wegen ihres Einverständnisses. Er war weit von Konvention und der Höflichkeit menschlicher Werbung entfernt. Er hatte mit einem Treppengott gesprochen und Wasser aus der Fontäne von Sleep getrunken.

Falls in diesem Wasser etwas gewesen war und er jetzt ein Gelaß für mikroskopische Lauscher und Beobachter war, konnten sie jetzt seine Indiskretion verurteilen, weil er, während sie schlief, diese Frau berührte, die er einst so verabscheut hatte. Kein Treppengott, Bischofsgeier oder Babar würde das verstehen.

Martin konnte nicht anfangen, alle Rassen aufzuzählen, die man ihm gezeigt hatte, die immense Fruchtbarkeit der Schöpfung der Killer.

Ariel fragte: »Was tust du?« Er zog die Hand zurück und stellte sich schlafend. »Das ist okay. Mach ruhig weiter«, sagte sie.

Er tat immer noch so, als ob er schliefe.

Sie zitterte leicht und sagte: »Du schläfst nicht.«

»Nein.«

»Darf ich dich berühren?«

»Ja.«

Sie drehte sich frontal neben ihn, legte dann beide Arme ohne Druck um ihn und berührte seinen Rücken mit den Fingerspitzen; und dort, wo die Rippen von beiden Seiten auf das Rückgrat treffen, stieß sie leicht mit den Fingerspitzen zu. Sie sagte mit schläfriger Stimme: »Es ist okay. Wir fühlen uns wohl.«

»Deine Beine fühlen sich gut an.«

»Nicht schlafend«, tadelte sie.

»Du hast schöne Beine«, sagte er. »Sie sind stark.«

»Ich verstehe es, wenn du denkst, daß ich nicht schön bin.«

»Ich denke nicht, daß du nicht schön bist.«

»Es ist okay.«

»Du riechst gut.«

Sie drückte ihn fester an sich. Es war nicht kalt; aber beide fingen an zu zittern. Erschöpfung mischte sich mit Erregung. Er fühlte, wie sie ihre Shorts auszog, und dann war sie auf ihm.

»Ah, Gott!« sagte er. Einfach.

Sie hatte ihre Zehen in das Netz links und rechts von ihm gehakt; und er hielt sich mit den Fingern und den Zehen eines Fußes über und neben ihr fest. Sie nahm ihn auf und bewegte sich kräftig, übte Druck auf ihn aus. Das Resultat war schnell erreicht und nicht besonders intensiv. Dann hielt sie ihn fest und bewegte sich heftig, fand aber nicht zum Höhepunkt, wie Theresa es wohl getan hätte. Sie konnte ihn nicht in sich halten. Er fühlte ihre Enttäuschung und sogar ein wenig Ärger. Ariel war ärgerlich über seine Leichtigkeit und ihre Schwierigkeit. Aber er wollte sie nicht mit dem Mund berühren. Das reservierte er noch für die Erinnerungen an Theresa und William.

Er legte die Hand zwischen ihre Beine, und sie faßte sie und bewegte sie auf und ab. Es war eigentlich nicht sein Werk, als sie bebte und einen leisen Schrei ausstieß.

Nichts von Raffiniertheit. Es war nicht einmal die Wollust bei unpersönlichem Intimverkehr mit Paola. Aber es genügte.

Er fühlte, wie sie sich im Schlaf entspannte; und er duldete wieder keine Decke über sich. *Wenn wir alle jetzt sterben, und nichts vollendet ist, kann ich wenigstens sagen:*

Ich habe getroffen
Treppengott
und Babar.

Verstellung erschien jetzt zwecklos. Die Mutter und die Schlangenmutter tauchten aus dem Material der *Trojanisches Pferd* auf, und jetzt kamen alle auf der Brücke zusammen, um zu entscheiden, was als nächstes zu tun wäre.

Martin sagte: »Wenn sie es wissen, dann wissen sie es. Wir können sie nicht von etwas anderem überzeugen.«

Cham sah sich mit ernster und wilder Miene um. »Warum haben sie uns nicht zu Quarks zerblasen?«

Die Brüder rollten sich zu einer Superflechte aus zehn Saiten zusammen, die eine Seite des Raumes füllte als ein imposanter Knoten von Knoten. Eye on Skys Kopf wedelte am nächsten bei der Sphäre der Menschen. Aber bisher hatten die Brüder nichts gesagt.

Martin spürte das abgenutzte Gewebe. Er reckte sich gerade wie ein Brett und breitete die Arme aus. Auf diese Weise beeindruckte er sie alle, von denen die meisten den Lotossitz eingenommen hatten oder sich in der Kabine zusammengerollt hatten.

»Sie haben uns nicht vernichtet, weil sie nicht wissen, wo unsere anderen Schiffe sind. Und wir werden es ihnen nicht verraten. Wir werden nicht einmal darüber sprechen.«

»Die Möglichkeit unsichtbarer Spione«, gab Cham zu bedenken.

»Richtig.«

»Du hast Wasser getrunken«, klagte Donna.

»Wir alle haben die Luft geatmet«, sagte Ariel ärgerlich. »Wir wußten, daß das ein Problem sein würde ...«

»Worüber können wir nun eigentlich reden?« fragte George Dempsey.

»Über das, was wir gerade klären wollen«, erwiderte Martin. »Während wir in der Mofixkammer sind, kann nichts hinausdringen ...«

»Aber die ... kleinen Spione, was auch immer, könnten eine Nachricht speichern und senden, nachdem wir die Kammer verlassen haben«, sagte Jennifer.

»Vorausgesetzt, daß etwas so Kleines senden kann, ohne daß wir es entdecken«, warf Cham ein.

»Vielleicht können die kleinen Dinger auch Mofix benutzen ...«

Martin hielt eine Hand hoch und wandte sich an die Mutter und die Schlangenmutter. »Eins nach dem andern. Könnt ihr sagen, ob wir kontaminiert sind?«

Die Mutter sagte: »Möglicherweise. Aber eine erschöpfende Prozedur wäre nicht leicht. Winzige Geräte können so klein sein wie Moleküle und aus einer oder anderen Art von superdichter Materie bestehen. Das ist ein Risiko, das wir beschlossen haben, auf uns zu nehmen.«

»Großartig«, sagte Jennifer.

Die Mutter schlug vor: »Eine bessere Lösung wäre, die Konstruktion des Schiffs zu ändern und alle Räume vor unerwünschten Sendungen zu sichern – herein und hinaus.«

»Können wir das machen?« fragte Martin.

»Es kann gemacht werden auf Kosten des verfügbaren Treibstoffs«, sagte die Mutter.

»Wenn sie uns töten wollten«, sagte George, »könnten sie uns eine Krankheit verpassen, die wir von einem zum anderen weitergeben ... diese Spione, Miniaturmaschinen, etwas Tödliches.«

»Wenn sie uns töteten, würde das die anderen nicht aufhalten«, erwiderte Paola.

»Falls die Krankheit nicht zuschlägt, ehe wir uns wieder mit ihnen vereinen«, sagte Donna.

»Wir fühlen uns nicht angesteckt«, sagte Eye on Sky. Aber die Superflechte rollte sich auseinander, und die einzelnen Flechten drifteten auseinander.

»Vielleicht sollten diejenigen von uns, die hinuntergegangen sind, in Quarantäne«, schlug Ariel vor.

Die Mutter sagte: »Da keine Felder vorhanden waren, als der erste Kontakt von ihrer Maschine erfolgte, ist es wahrscheinlicher, daß wir alle angesteckt sind.«

»Wir haben uns selber reingelegt«, sagte George. »Zu raffiniert, als uns gut tat. Wir hätten nicht versuchen sollen, sie zu übertölpeln.«

»Keine Zeit für Bedauern«, erwiderte Martin. Er holte tief Luft und zögerte zu sagen, was er sagen mußte. »Ich gehe wieder hinunter, wenn sie mich lassen. Nur ich. Um zu reden. Wir werden noch einen weiteren Tag im Blackout mit Mofix sein … Ich muß mehr wissen, ehe ich Hans Vorschläge mache.«

»Frag sie doch!« sagte Eye on Sky.

»Wonach?«

»Frag sie, ob wir alle angesteckt worden sind!«

»Warum sollten sie uns das sagen?« meinte George zitternd und erregt.

Das zweite Treffen wurde zu Martins Überraschung gewährt.

Er wußte jetzt mit einer über Intuition hinausgehenden Gewißheit, warum man sie nicht getötet hatte. Sie waren die einzige Verbindung, die ihre Gastgeber zu den unsichtbaren Schiffen hatten, die sich jetzt in Richtung auf Leviathan zurückzogen, Schiffen mit unbekannten Waffen und von unbekannter Stärke. Je mehr man erfahren konnte, desto länger könnte ihre Aktion verzögert werden; und desto vorteilhafter wäre es für ihre Gastgeber.

Täuschung auf Täuschung getürmt... Ihre Gastgeber konnten nicht wissen, wieviel von einer Lüge erzählt wurde, ebensowenig wie Menschen und Brüder.

Martin wartete darauf, daß die weiße Kugel kommen und ihn, ihn allein, wieder auf die Oberfläche von Sleep befördern würde. Er nutzte die Einsamkeit in seiner Kabine, um Leviathan und die anderen Welten im Leviathansystem abzutasten mit einer ungezielten Beobachtung, mit zusammengezogenen Lippen und Augenbrauen. Ameisen in der Küche: Versuch zu verstehen, warum ein Planet wie die Anzeige einer Uhr zu Veränderungen veranlaßt werden konnte – einen Moment blinkend und im nächsten Moment anders. Warum die einen von massiven Bauten starrten und die anderen unfruchtbar und glatt waren. Warum Sleep überhaupt existierte – vielleicht einfach als Behausung der Treppengötter, während alle anderen Kreaturen ein späterer Einfall und alle anderen Zwecke sekundär waren...

Die zweite Fahrt nach Sleep folgte genau dem Muster der ersten. Martin bestieg die Fähre und traf sofort auf seinen Skelettanzug und Salamander. Er legte den Anzug an; oder vielmehr legte der sich von selbst um ihn.

Salamander packte seine Stange hinter der durchsichtigen Wand.

Mit leichtem Zischen hinter den Wörtern sagte er: »Man hat uns gesagt, daß ihr für uns sehr gefährlich seid.«

Martin antwortete nicht.

»Die Schöpfer sagen uns, ihr seid eine Illusion und viel stärker, als ihr scheint, und daß ihr versuchen werdet, uns zu schaden.«

Martin antwortete immer noch nicht.

»Sie sagen uns, daß ihr die Sternexplosion bewirkt habt.«

»Das war eine Falle, die uns töten sollte«, sagte Martin und sah, wie in dem Display neben Salamanders Paneel die Ozeane auftauchten.

»Sind wir für euch eine solche Gefahr, daß ihr wünscht, wir wären nicht mehr? Wir haben niemals dieses System verlassen noch eurer Art Schaden zugefügt.«

Martin sagte mit gerötetem Gesicht: »Man hat euch nicht alles mitgeteilt. Zu unserer Welt sind Maschinen gekommen und haben sie vernichtet. Andere Maschinen haben andere Welten vernichtet, vielleicht Tausende von ihnen und viele tausend Rassen. Wer immer euch gemacht hat, hat diese Maschinen gemacht.«

»Wir wissen davon nichts«, erwiderte Salamander.

Martin schüttelte den Kopf. Er ärgerte sich, daß er all dies jemandem erzählen mußte, der eine Marionette, eine Imitation sein mochte. Dennoch trieb ihn der Instinkt zur Kommunikation an. Wenn Salamander irgend etwas war wie ein Mensch, könnte die Wahrheit vielleicht nicht sehr wirksam sein... Aber Martin wollte wenigstens sein Bestes getan haben.

Er sagte: »Ehe meine Welt vernichtet wurde, schufen die Roboter, die Maschinen, einige Dinge, um unsere Fähigkeiten zu tasten. Sie ließen einige aus meinem Volk glauben, daß ein Raumschiff in einem entlegenen Gebiet gelandet sei und ein unbekanntes... Wesen, ein Individuum, aus dem Schiff herausgekommen wäre, um uns vor unserer Vernichtung zu warnen. Es erzählte nicht die volle Wahrheit. Es war Teil eines Experimentes.« Ärger bei der Erinnerung schnürte ihm die Kehle zu. Er schluckte und sah dann Salamander an. »Es hat wie du ausgesehen. Sie haben es nach eurem Bild gemacht.«

Salamander hob den Kopf und führte die Buckel seiner Schultern zusammen. »Keine Individuen meiner Art sind je auf eurer Welt gewesen.«

»Ich drücke mich nicht deutlich genug aus. Wer auch immer euch gemacht hat, hat meine Welt vernichtet. Wenn ich dich ansehe, werde ich an dieses Verbrechen erinnert. Deshalb sind wir hier. Um zu sehen, ob noch irgendwelche Schuldige existieren.«

»Ich glaube nicht, daß unsere Schöpfer das getan haben, noch daß wir schuldig sind«, erwiderte Salamander. »Was willst du mit unseren Schöpfern diskutieren?«

Martin schüttelte den Kopf. »Sie behaupten, daß sie euch nicht geschaffen hätten.«

»Sind sie die Schuldigen?«

»Das weiß ich nicht«, erwiderte Martin. »Sie sagen, sie seien es nicht.«

»Sie behaupten, wie wir von anderen gemacht worden zu sein?«

»Ja.«

»Würdet ihr uns trotzdem töten, wenn ihr wüßtet, daß wir eure Welt nicht vernichtet haben?«

Martin schluckte. Er fühlte sein Gewicht zunehmen, als das Schiff in die Atmosphäre von Sleep eintrat und langsam, bedächtig und mit gewaltiger Kraft hinunterging. »Ich weiß nicht.«

»Ihr wißt gar nichts von uns.«

»Ich bin hier, um zu lernen.«

»Wir sind unabhängig. Wir führen ein üppiges Leben. Wer uns auch gemacht hat, gab uns nicht die Notwendigkeit zu zerstören.«

Martin schaute Salamander hinter der Barriere an und spürte zum ersten Mal Mitgefühl.

Salamander fuhr fort: »Wir sind keine Illusionen. Wir haben eine eigene Existenz.«

Die Wiederholung machte Salamander noch sympathischer. Martin versuchte, seinen Entschluß zu verstärken; aber in Salamanders Worten lag auch Kummer, ebenso Frustration und vielleicht Verwirrung.

»Habt ihr die Macht, uns zu vernichten?«

Martin log und bejahte das.

Die Schulterbuckel Salamanders berührten sich, prallten zurück, und seine sechsfingrigen Hände klammerten sich fest an die Stahlstange.

»Das soll ich meinen Leuten sagen, daß wir von Auslöschung bedroht sind, nachdem wir eine Hand mit Information und in Freigebigkeit ausgestreckt haben?«

»Fragt eure Oberen!« erwiderte Martin.

»Wir besprechen uns selten mit unseren Schöpfern. Wir nehmen an, daß sie uns gemacht haben. Manche haben vielleicht gedacht, daß sie uns nicht gemacht hätten. Du sagst, sie taten es nicht.«

»Ich möchte nicht weiter mit dir reden«, sagte Martin.

Die Wand Salamanders verdunkelte sich.

Dunkler Himmel, tiefblaues Meer, Wände aus zerklüftetem Fels. Die weiße Scheibe auf ihrer Fahrt um das vorspringende Festland. Die dreifachen Tunnelöffnungen, das Dock und der graue Steinboden, hinein in die Finsternis.

Martin führte sein Wasser in einer Plastikflasche mit sich und fühlte sich diesmal besser gerüstet, der Schwere, der Müdigkeit in seinem Blut und hinter den Augen zu widerstehen.

Eine Stunde nach Verlassen des Schiffs stand er in seinem Skelettanzug tief im Tunnel vor dem roten Kreis.

Die Lichtspirale in ihrem schimmernden Zylinder stieg aus dem Boden auf.

Der Treppengott fragte: »Hast du eure Anführer kontaktiert?«

»Ich habe noch mehr Fragen.«

»Warum sollten deine Fragen beantwortet werden?«

»Falls wir gegeneinander in den Krieg ziehen werden, sollten wir mehr wissen, nicht wahr?«

»Das bedeutet auch einen Austausch. Was bietet ihr?«

»Ich biete euch eine neue Chance, mich zu überzeugen, daß ihr nicht der Feind seid, den wir jagen.«

Der Treppengott zog seine Schau von Farben- und Lichtkaskaden ab, aber während langer Sekunden drang keine Stimme aus der Säule. Martin dachte an die Bibel in der Bibliothek seines Vaters und dachte, daß dies ein besonders biblischer Moment war. Aber er konnte sich nicht wie ein Prophet vor dem brennenden Dornbusch fühlen.

Was er fühlte, war nicht Ehrfurcht sondern Angst, aber nicht Angst um sein Leben. Er fürchtete unter Druck zu geraten. Er konnte gerade erst das Ausmaß der Fehler sehen, die sie hier machen könnten.

»Warum sollten wir uns diese Mühe machen?« fragte der Treppengott rundheraus. Sprache war hier ein echtes Hindernis. Man konnte keine Nuancen und Feinheiten erwarten, und Grobheit konnte man nicht als … irgend etwas deuten.

»Glaubst du, daß wir euch schaden könnten?« fragte Martin.

»Es ist möglich, daß ihr uns vernichten könntet, trotz Vorsichtsmaßnahmen, die wir treffen werden.«

»Dann nehmt mein Anerbieten an. Erzählt mir von eurer Vergangenheit. Ich bin hier, um zu lernen.«

»Als ich die Information verarbeitete, die ihr uns gegeben habt, versuchte ich, sowohl jene zu verstehen, die ihr Menschen nennt, wie auch die, welche ihr Brüder nennt. Ihr seid nicht von den gleichen Sternsystemen gekommen. Eure Chemie unterscheidet sich hinsichtlich bestimmter Spurenelemente. Dies sagte uns, daß eure Geschichte nicht stimmte; und wir hatten keine Schwierigkeit, die Fakten zusammenzusetzen. Aber einige von uns kamen auf den Gedanken, daß eure Geste, zu lügen und ein getarntes Schiff zu schicken, edelmütig war. Eure Leute schienen Vorsicht bedenkenloser Aktion vorzuziehen.

Aber sicher kann nichts, was wir euch sagen, überzeugend sein. Welchen zwingenden Beweis können wir liefern? Wir könnten eure Gehirne umbauen und so verändern, daß die Wesen auf eurem Schiff uns alle für harmlos halten würden. Wie würdet ihr den Unterschied zwischen Zwang und überzeugender Evidenz erkennen?«

»Ich hoffe, den Unterschied zu bemerken.«

»Eure Harmlosigkeit und Ignoranz erinnert mich an viele unserer kleineren Nachbarn, die auf Planetenoberflächen leben. Ihre beschränkten Lebensumstände und Gedanken haben einen gewissen Reiz, ihr würdet sagen: Schönheit. Aber leider können schnellere und fähigere Geister solche Illusionen nicht teilen.«

»Warum habt ihr Salamander und seinem Volk und all den Hunderten anderer gesagt, daß ihr sie erschaffen hättet?«

»Erinnert ihr euch an eure Schöpfer?«

»Nein.«

»Sie sind nie mit euch zusammengekommen, seit sie euch gemacht haben?«

»Sie haben uns als wachsende Potentiale in dieser Welt geschaffen. Zur Zeit unserer Reife hatten sie sich verändert und sind nicht zurückgekehrt, um nach uns zu schauen, soweit wir es spüren können.«

»Warum haben sie euch geschaffen?«

»Das wissen wir nicht.«

Martin schaute wieder auf. »Kannst du verstehen, wie enttäuscht ich bin, weil ich nicht urteilen kann? Weil ich nicht genug Beweismaterial habe?«

»Nein.«

»Was meinst du, das ich tun sollte?«

Der Treppengott antwortete: »Andere Herren wählen, andere Führer. Für mich und viele unserer kleineren Oberflächenwesen liegt es auf der Hand, daß ihr mangelhaft informiert und mangelhaft geführt worden seid. Diejenigen, die nach Rache dürsten für in vergangenen Äonen begangene Untaten, denken nicht korrekt.«

»Das ist Teil eines Systems von Gerechtigkeit. Wenn ihr Maschinen herstellt, die bewohnte Planeten vernichten, wißt ihr, daß euch oder eure Nachkommen Strafe ereilen wird.«

»Hat das den Bau solcher Maschinen und die Vernichtung von Welten wie der eurigen verhindert?«

»Nein«, räumte Martin ein.

»Dann ist ein solches Gesetz nutzlos. Fragt euch selbst, ob es nur ein einziges Gesetz gibt, oder ob andere Gesetze gemacht haben, die anders sind. Fragt euch, warum wir meinen, daß, wenn es viele verbundene Zivilisationen der von euch beschriebenen Art gibt, diese uns unreif vorkommen müssen, unfähig zu urteilen.

Es sieht jetzt so aus, als ob ihr unseren Welten nicht schaden könnt, als ob ihr schwächer wärt als wir. Ihr seid keine Bedrohung. Jede weitere Diskussion ist verlorene Mühe.«

Die Vision verblaßte. Die Spirale aus Licht und Glimmer sank auf den roten Kreis.

Die Audienz des Gottes war vorüber.

Salamander, während des Dialogs erstarrt, hob seinen Kamm und machte einen Schritt auf Martin zu.

Er fragte: »Habt ihr gesprochen? Hast du, was du wolltest?«

Martin entspannte seine geballten Fäuste. Ein unwillkürlicher Krampf erfaßte ihn wieder. Er holte Luft und bebte vor Enttäuschung und Ärger.

Salamander wiederholte: »Hast du bekommen, was du wolltest?« Martin sah die Kreatur prüfend an und versuchte, hinter die Schranken physischer Form, Sprache und Vorurteil zu blicken. Er kam nicht umhin anzunehmen, daß Salamander keine Illusion war.

Die Kreatur im Raumschiff des Death Valley war eine Art Prototyp der Bischofsgeier gewesen, von den Killern entworfen, die auch alle diese Wesen geschaffen hatten… Schöpfer, von denen Salamander nichts wußte.

Für Salamander stellte Martin ein Monster dar – ebenso erschreckend wie seinerzeit die Neutroniumbomben, die durch die Erde gesaust waren, für seinen Vater gewesen waren.

Martin war der Tod, der Zerstörer von Welten.

»Ich sollte zurückkehren«, sagte er.

Salamander sagte mit erhobenen Fingern: »Du hast noch nicht genug. Du hältst uns immer noch für schuldig.«

»Nein«, erklärte Martin. Was konnte er sagen? Nichts, das das bestätigen oder in die Irre führen würde.

»Was können wir tun, um uns zu verteidigen?« fragte Salamander mit genügend Doppelsinn, um Martin zu verwirren.

»Ich brauche einen Beweis dafür, daß diejenigen, welche die Maschinen gebaut haben, nicht mehr hier sind. Eure Oberen können oder wollen mir diesen Beweis nicht liefern.«

»Wir wissen nichts von ihnen. Es wird Versammlungen geben. Wir müssen mit euch wieder zusammenkommen.«

»Bitte, bring mich zurück«, sagte Martin. In Salamander erkannte er einen Typ, der gar nicht so unmenschlich war. Diplomat, Organisator, Repräsentant vieler Interessen und Personen. Er konnte Salamander nicht hassen und darüber hinaus auch keinen der anderen, die er gesehen hatte.

Salamander krümmte die Finger wie zur Drohung und sagte: »Du mußt anerkennen, was man verlieren wird.«

»Ich weiß«, sagte Martin.

Salamander fuhr fort: »Du bist nicht fähig zu erkennen. Du bist zu klein und beschränkt. Ich muß dich jetzt sofort lehren, was verlorengehen kann. Es ist keine Zeit mehr. Was muß ich tun?«

Martin wollte sich nicht mit Salamander verzanken. »Wir werden versuchen, ein anderes Treffen zu arrangieren.«

»Du bist zweimal mit den Oberen zusammengetroffen. So etwas hat es in unserer Geschichte noch nie gegeben.«

»Vielleicht kann es ein drittes Treffen geben.«

»Sie haben dir gesagt, was du brauchst«, erwiderte Salamander. »Sie werden nicht wieder mit dir sprechen.«

»Wie sprecht ihr mit ihnen?«

»Wir senden Signale in diesen Planeten, und sie antworten oder antworten nicht.«

Als ob man Ungeheuer aus der Tiefe mit Gesängen riefe. Leviathan in der Tat. Die Treppengötter waren große Energieleviathane, die sich an den tiefen Energiehängen des Paradieses wärmten, unbekannte Gedanken hegten und Oberflächenkreaturen verachteten.

Das Mofixblackout würde in wenigen Stunden zu Ende sein. Martin mußte so bald wie möglich mit den anderen Schiffen sprechen.

Salamander zog die Arme zurück, senkte sie zu Boden und wich zurück, den Mitrakopf wie bittend gesenkt.

Er sagte: »Ich bin angewiesen, dich zurückkehren zu lassen.« Er ging auf allen vieren zur Tunnelöffnung. Martin folgte ihm. Das zeitlose Rauschen des großen blauen Ozeans wurde lauter.

Mit Martins Rückkehr und Darlegung dessen, was geschehen war, veränderte sich die *Doppelsaat* radikal in Konstruktion und Fähigkeiten. Die Crews blieben auf der Brücke, während sich das Schiff in seinen Ausmaßen hinzog, sich gegen mögliche direkte Angriffe wappnete und gegen Sendungen in das Innere des Schiffs oder nach draußen abschirmte. Martin wußte, daß die Umgestaltung des Schiffs als ein Zeichen von Aggression aufgefaßt werden könnte; aber dieses Risiko mußten sie eingehen.

Während sie warteten, sortierten und zeigten Hakim und Silken Parts einen großen Teil der in den letzten zwei Stunden von der Oberfläche von Sleep an die *Doppelsaat* geschickten Information.

Bilder von den Planeten umspannenden Städten der inneren Welten, Szenen des täglichen Lebens, deren Sinn sie kaum erraten konnten ohne Bezug auf die Hunderttausende von Textseiten in sachkundigem Englisch. Die Mannigfaltigkeit von Rassen, Klänge von über zwanzig gesprochenen Sprachen, Biographien und Portraits von hochgebildeten Personen, einschließlich langer Sequenzen über Salamander und Frosch, die mehr waren als bloß Diplomaten oder Repräsentanten – von im ganzen Leviathansystem berühmten kreativen Künstlern, Experten für planetare Architektur, verantwortlich für Bovistenkonstruktion während der letzten paar Jahrhunderte, so wie auch Schöpfer philosophischer Systeme, die als komplexe Spiele angesehen wurden ...

Sie versuchen, sich zu personalisieren, für uns mehr zu sein als ungewohnte Kreaturen und Gegner. Das ist eine fast menschliche Taktik ... und sie legt ein gewisses Verstehen oder eine Kongruenz mit unserer Psychologie nahe.

»Sie haben ihre Archive geöffnet«, sagte Eye on Sky und wandte sich Martin zu. »Sie haben große Angst vor uns.«

Martin nickte.

»Das weiß er«, sagte Paola.

»Sie konnten mir keinen Beweis liefern, daß die Killer fort sind«, berichtete Martin.

»Ist ein solcher Beweis möglich?« fragte Ariel. »Sie

könnten nur beweisen, daß die Killer noch hier sind, wenn die Killer selbst mit uns sprächen – angenommen, sie wären hier. Nicht wahr?«

»Stimmt«, sagte Martin. »Ich denke an die Entscheidung, die Stonemaker und Hans treffen müssen. Wir haben den Killern nachgespürt, wir haben schlüssiges Beweismaterial gefunden, daß sie einmal hier gelebt haben…«

Salamander und Frosch, hochtalentiert, verraten durch ihre Körperlichkeit, Überbleibsel von Jahrhunderten hektischer Kreativität – und wozu? Um für die Sünden der Killer zu büßen, Schöpfung für Sühne oder Vernichtung?

Hans sah das nicht so. Martin konnte Stonemakers Reaktion nicht vorhersagen; aber Eye on Sky war sichtlich angetan von den Beteuerungen der Unschuld, dem dringenden Appell an eine Vielzahl intelligenter Wesen, weit mehr als bloß die Überbleibsel einer Bevölkerung von Killern.

Hakim berührte Martin an der Schulter und sagte: »In zwei Minuten werden wir mofixen können. Wir werden mit der *Windhund* direkt verkehren. Und über sie natürlich auch mit der *Würger*. Aber die *Würger* ist im Moment noch außer der direkten Reichweite.«

»Was würdest du tun?« fragte Martin Eye on Sky.

»Als Gruppe? Wir müssen entscheiden…«

»Von dir selbst aus, wenn du die Wahl hättest«, sagte Martin.

»Was würdest du tun, wenn du allein wärst als eine Flechte?« versuchte Paola zu verdeutlichen.

Eye on Sky unterbrach sie: »Ich verstehe. Das ist keine Frage, die ich gern beantworte.«

Martin sah ihn an und nickte unmerklich.

Paola blickte auf die Brüder, die aufgehört hatten, sich zu bewegen, und auf die Antwort von Eye on Sky warteten.

Endlich sagte er: »Ich habe noch keine Entscheidung getroffen.«

»Du schwankst«, sagte Cham. Er stieß sich von der Decke ab, drehte sich ganz um und landete mit den Füßen auf dem Boden. Dann vollführte er das gleiche Manöver mit nervöser Energie in umgekehrter Richtung und sagte: »Ich halte es für eine Falle. Die allerschlechteste Falle, perfekt geplant, um uns zu fangen. Ich denke, das solltest du Hans sagen.«

Ariel wand sich mitten in der Luft. Martin konnte ihre Miene nicht sehen.

»Niemand hat die Mutter oder die Schlangenmutter ersucht, was sie tun sollen.« warf George Dempsey ein.

»George«, sagte Donna, »du bist immer etwas schwerfällig gewesen.«

»Zum Teufel! Sie sollen uns nicht beeinflussen ...«, erwiderte George mit gequälter Miene. »Aber sie haben uns hierher gebracht und diese Gelegenheit gegeben. Und wenn wir es verderben und falsch entscheiden ...«

Er hielt Chams schwungvolle Bewegung mit einem Arm an, so daß Cham ins Taumeln kam und an einer Stütze Halt suchen mußte. Dann murmelte er etwas Unverständliches, hörte aber auf, hin und her zu hüpfen und kauerte sich neben Erin. George wiederholte: »Wenn wir falsch entscheiden ...«, sprach aber nicht zu Ende.

»... sind wir eines Verbrechens schuldig, schlimmer als der Tod der Erde«, ergänzte Paola.

»Richtig«, erklärte George.

»Sie wollen, daß wir genau das denken. Eine perfekte Tarnung«, warf Cham ein.

»Ich halte es nicht für eine Tarnung«, entgegnete Martin.

»Wir auch nicht«, stimmte Silken Parts zu.

»Wir alle auch nicht«, schloß Eye on Sky. Cham preßte die Lippen zusammen und schüttelte den Kopf.

Er murmelte: »Na schön, aber ich bleibe bei meiner Meinung.«

»Schluß damit!« sagte Martin. »Wir könnten jahrelang streiten ohne ein sicheres Ergebnis. Ich bin selbst ziemlich unsicher.«

»Amen«, sagte Erin.

»Aber ich bin nicht Boss. Wie treffen die Entscheidungen nicht allein. Wir tragen das, was wir haben, allen anderen vor...«

In der stillen kühlen Mofixkammer saßen Hakim, Eye on Sky und Martin und warteten darauf, daß die Signale aufeinander abgestimmt wurden.

Stonemaker und Giacomo erschienen zuerst. Dreidimensionale Mofixbilder wuchsen aus der Luft. Giacomos Gesicht war blaß und verzerrt, die Augen dunkel und müde. Stonemaker nahm den Bericht von Eye on Sky entgegen, während Hakim die Sendung ihrer Ergebnisse vorbereitete.

»Wir haben Schwierigkeiten«, sagte Giacomo zu Martin. »Hans wird gleich hier sein. Er kann darüber berichten. Ich muß sofort mit Jennifer sprechen.«

»Nachdem Hans und ich gesprochen haben«, erklärte Martin.

»Martin, das ist wirklich sehr wichtig. Wir haben einige wesentliche Fortschritte erzielt. Die Mütter stellen für uns neues Gerät her. Ich muß mit Jennifer und auch mit Silken Parts sprechen.«

»Ich verstehe«, sagte Martin. »Strategie zuerst!«

Giacomo bekam ein rotes Gesicht. »Verdammt, Martin, Hans ist noch nicht hier, und wir haben nicht viel Zeit. Wir haben in den letzten Wochen eine Menge gelernt – Zeug, das ich nicht für möglich gehalten hätte!«

»Dann erzähle mir davon, während wir auf Hans warten!« schlug Martin vor.

»Schalte Jennifer dazu! Wir werden alle miteinander sprechen.«

Martin haßte es, in technischen Details stecken zu bleiben; aber er gab nach und bat Jennifer, in die Mofixkammer hereinzukommen. Ihre Miene erhellte sich, als sie Giacomo sah, wurde aber dann besorgt, als sie erkannte, unter welchem Druck er stand.

»Jenny, wir denken, daß dieses System bis an die Zähne bewaffnet ist. Blinker ist wahrscheinlich ein riesiger Mofixgenerator, dient aber nicht zur Nachrichtenübermittlung. Der ganze Planet verändert sich alle paar Minuten ... Die Mütter haben ihn untersucht. Ich habe mittels Muttimathe gearbeitet ...«

»Gib uns das Zeug, das wichtig ist!« sagte Jennifer und blickte Martin an. »Über Muttimathe können wir später sprechen.«

»Blinker ist ihre Achillesferse«, erklärte Giacomo. »Er kontrolliert eine Menge Dinge um Leviathan. Wir denken, wir können Mofix als eine Waffe gegen Blinker benutzen. Wenn wir Blinker überwinden können, wird es so sein, als ob wir unsere Schiffe zu Anti-M machten, nur viel stärker. Wormwood war im Vergleich zu Leviathan entschieden primitiv. Das habe ich Hans gesagt, und die Mütter scheinen zuzustimmen. Sie stellen jetzt gerade Mofixwaffen her. Ich glaube nicht, daß wir die Zeit haben werden, sie zu testen ...«

»Was können wir tun?« fragte Martin.

»Wir könnten Blinker überwinden, falls er versucht, uns anzugreifen. Unsere Neutroniumwaffen sind wahrscheinlich nutzlos. Die können sie vernichten, sogar ... Jenny, ich bin mir nicht sicher; aber die Muttimathe sagt, daß sie unsere Bomben umwandeln können bis zu den Grenzen des Systems oder sogar, wenn sie in einen Planeten eindringen.

Das ist der Nimbus von Leviathan. Wenn wir diese Planeten nur lange genug *anschauen,* können uns tausend neue Dinge und tausend Möglichkeiten einfallen. Die Gehirne der Schiffe arbeiten die ganze Zeit. Alle unsere Waffen und Abschußsysteme werden umkonstruiert.«

Hans kam herein, setzte sich zu Giacomo und sah Martin über neun Milliarden Kilometer an. Martin war entsetzt, wie mager und dünn Hans aussah, als ob er alles überflüssige Fleisch verloren hätte, um einen heftigen Konflikt vorzubereiten. Seine Augen fixierten Martins Kinn und glitten dann zu seinem Hals hinunter.

Er sagte: »Martin und ich müssen jetzt allein miteinander reden, Jennifer. Wer sonst noch dort ist außer Martin und den Brüdern, sollte jetzt gehen! Sie können in ein paar Minuten über Wissenschaft reden.«

Giacomo zog sich zurück. Jennifer fluchte leise, aber sie verließ die Mofixkammer der *Doppelsaat*. Hakim folgte ihr, nachdem er sich vergewissert hatte, daß die Sendung stabil war. Martin nickte ihm entschuldigend zu. Eye on Sky beriet sich weiter mit Stonemaker in zweiteiliger Brüdersprache durch Knacklaute und Geigenseufzer.

»Du bist da wirklich hinuntergegangen und hattest ein direktes Gespräch?« fragte Hans, ohne mehr als eine Andeutung von Gefühl übermitteln zu können.

»Allerdings, zweimal«, sagte Martin.

»Auge in Auge mit dem Feind«, sagte Hans und schüttelte in stillem Erstaunen den Kopf. »Marty, das ist etwas!«

Martins Augen wurden feucht, aber er hob nicht die Hand, um sie abzuwischen. Selbst jetzt, da ihm seine Instinkte sagten, daß etwas Schreckliches geschehen war, hatte die matte und teilnahmslose Billigung durch Hans etwas zu bedeuten.

»Wir steckten hier bis zum Hals im Dreck«, sagte Hans. »Giacomo hat dir wohl schon etwas davon berichtet.«

»Keine Details.«

»Einundzwanzig unserer Crew haben gemeutert. Sie versuchten, ihren eigenen Boss zu wählen. Ich sagte ihnen, es könnte keine Maßnahmen geben, bis der Job getan wäre; und die Crew vereinigte sich wieder. Nur Jeanette Snap Dragon und ein paar andere beharrten darauf, bis die anderen sie fertig machten.«

Martin zweifelte, daß das die ganze Story war. »Was war mit den Brüdern?«

»Sie werden die *Würger* übernehmen und uns mit der *Windhund* zurücklassen. Ich habe dem zugestimmt.«

»Sie erledigen den Job nicht mit uns?«

»Wir werden uns abstimmen, aber sie haben beschlossen, nicht mit uns auf demselben Schiff zu fahren.«

Martin schüttelte ungläubig den Kopf. »Was, zum Teufel, ist passiert, Hans?«

Hans sagte: »Rex ist tot. Er hat sich vor zehn Tagen umgebracht. Er gestand, Rosa getötet zu haben, und konnte damit nicht leben.«

»Warum hat er sie ermordet?«

Hans ging auf Augenhöhe mit Martin. »Aus Zwang. Sie hat ihn als Liebhaber genommen. Es ist etwas geschehen. Hat Giacomo erklärt, was die Mütter tun?«

»Was ist mit dem Rest der Crew?«

»Die steht zu mir. Wir werden den Job machen. Ich treffe die Entscheidungen. Was hast du für mich?«

Martin blickte einen Moment auf den Boden und versuchte, hinter das zu blicken, was man ihm erzählt hatte. »Ich schicke per Mofix einen großen Packen Informationen, den uns die Repräsentanten von Sleep gegeben haben. Das alles solltest du sehr gründlich durchsehen, soviel du in dich aufnehmen kannst.« Er schilderte rasch die Verhältnisse. Die Hunderte von Rassen, Billionen von Individuen, die Vertreter, den Treppengott und was sie ihm alles gesagt hatten …

Hans hörte angespannt zu und wurde immer konzentrierter und aktiver.

»Ist das real?« fragte Hans, als Martin fertig war.

»Ich halte es nicht für eine Illusion. Die Informationen sind mehr, als ich verdauen kann. Salamander …«

»Das ist doch der andere Geier, nicht wahr?« fragte Hans.

»Ja. Salamander schien bekümmert zu sein. Wir konnten gegenseitig unsere Ausdrücke und Emotionen nicht verstehen … Aber er hält mich sicher für den Bringer von etwas Schrecklichem.«

Hans kreuzte die Arme und streckte den Rücken wie in Genugtuung. »Gut! Sie wissen aber nicht, wer ich bin.«

»Wohl nicht.«

»Du hast es ihnen nicht gesagt?«

»Nein, aber ich hatte mit Geistern zu tun, die mir sehr fremd sind. Ich kam mir vor wie eine Ameise. Ich weiß nicht, was sie schlußfolgern oder lernen, wie rasch sie Anzeichen kombinieren können. Wir müssen schnell abstimmen und eine Entscheidung fällen. Wenn wir hier viel länger verweilen, werden sie unserer Nutzlosigkeit überdrüssig werden und einen Weg finden, uns zu töten.«

»Friedliche Typen, habe ich recht?«

»Selbst wenn wir alles glauben, was sie sagen, haben sie allen Grund, uns zu vernichten. Wir sind eine massive Bedrohung.«

»Nun ja«, sagte Hans. »Ich würde deine Meinung schätzen, Martin; aber die Gruppe ist jetzt über Abstimmungen hinaus. Ich treffe die Entscheidung. Wir erledigen den Job, wir werden davonkommen und den Rest unseres Lebens damit verbringen, was Neues aufzubauen.«

Martin wußte nichts zu sagen.

»Wir können es immer noch machen«, sagte Hans leise. »Du bist doch auf meiner Seite, oder?«

»Du solltest dir erst mal die Informationen anschauen.«

»Das ist doch alles Mist!« erwiderte Hans schroff.

»Du mußt sie dir anschauen!« sagte Martin nachdrücklich.

»Okay. Das werde ich tun. Die I-Punkte und Querstriche des T hinzufügen. Stimmt's?«

Martin haßte inzwischen diese Worte. Er hatte Hans zur gleichen Zeit hassen gelernt, wie er ihm Tränen in die Augen treiben konnte.

Mach damit jetzt Schluß. Weigere dich, es noch weiter gehen zu lassen. Aber dann werden sie dich haben. Die Hinterlist wird gewirkt haben. Die äußerste Verteidigung trübt den Geist.

»Giacomo drängt es, mit Jennifer zu sprechen«, sagte Hans. »Ich habe im Moment nicht mehr zu sagen. Ich werde mir die Informationen ansehen. In ein paar Stunden komme ich auf euch zurück. Paß gut auf dich auf, Martin! Haut bald ab! Sie können euch erwischen.«

»Ich glaube, das werden sie nicht, solange sie nicht sicher sind, daß wir nicht verhandeln werden.«

»Vielleicht nicht. Vielleicht sind sie zu verdammt gerissen, als ihnen selbst gut tut. Wie du, Martin.«

Martin senkte den Blick und hob ihn dann wieder zu den Augen von Hans, dessen Gesicht sich vor unterdrückter Wut gerötet hatte. Er hätte Hans jetzt mit Vergnügen umbringen können.

Hans schaute weg, als ob Martin keine Rolle spielte, als ob nichts wichtig wäre. Seine Miene war beiläufig und kalt. »Nun, wenn Giacomo und die Mütter es durchgearbeitet haben, können wir einigen eindrucksvollen Schaden anrichten.« Hans trat aus dem Bild. Giacomo nahm seine Stelle ein.

»Wo ist Jennifer?« fragte Giacomo.

Martin rief sie herein und blieb in der Mofixkammer, um zuzuhören.

Durch die technischen Details und Gedanken von Muttimathe sah er die breiten Konturen dessen, was er gelernt hatte und die aus den spärlichen Hinweisen gesponnenen Theorien.

Blinker war eine massive Mofixstation, fähig, den physikalischen Charakter ungeschützter Massen auf eine Entfernung von mindestens fünfzig Milliarden Kilometern in allen Richtungen zu verändern. Das war fünfmal so weit, wie es bisher mit Mofix möglich gewesen war. Sein eigener wechselnder Charakter war wie eine ständige Folge von Tests.

Die Bewohner der Welten von Leviathan und die Regionen dazwischen kontrollierten fast vollständig die verborgenen oder ›privilegierten‹ Kanäle zwischen Partikeln. Sie konnten dreiviertel der charakteristischen Bits in jeder Partikel rasch und wirksam im Umkreis von fünfzig Milliarden Kilometern verändern, indem sie Blinker oder andere Mofixstationen benutzten, von denen einige vielleicht im Innern von Sleep verborgen waren. Veränderungen konnten so klein sein wie der Spin einer einzelnen Partikel, oder so groß, daß sie alle Masse in einem Volumen vom Umfang eines großen Mondes in Antimaterie verwandelten.

Die Gehirne der Schiffe arbeiteten jetzt daran, daß man Mofixeinwirkung auf den Charakter von Schiffen abschirmen konnte. Schilde wurden sowohl für die *Würger* wie für die *Windhund* konstruiert.

»Die Gehirne der Schiffe stehen jetzt in ständiger Verbindung mit der *Trojanisches Pferd*«, sagte Giacomo zu Martin. »Sie teilen ihr mit, wie man sich abschirmt. Das wird nicht mehr als ein paar Stunden dauern.«

»Wir stimmen zu, daß dies geschehen muß«, sagte Eye on Sky.

»Wir werden in etwa einem Tage ein ganzes Arsenal zur Verfügung haben«, erklärte Giacomo. »Ich fürchte, daß ihr beiseite bleiben müßt. Die *Trojanisches Pferd* ist zu klein, um Waffen solcher Art zu tragen, wie sie auf der *Windhund* hergestellt werden.«

»Baut auch die *Würger* Waffen?«

»Ja«, sagte Giacomo. »Jennifer, du hast mir gefehlt.

Wir hätten dies erheblich schneller machen können, wenn du und Silken Parts hier gewesen wärt.«

»Ich bezweifle das«, erwiderte Jennifer, »wenn die Gehirne der Schiffe daran arbeiten.«

»Ich weiß nicht, ob ich außer der Reihe spreche, Martin, aber wir sind jetzt wirklich mitten drin«, sagte Giacomo. »Wir sind Parias. Die Brüder wollen mit uns nichts zu tun haben. Sie rüsten die *Würger* als ihr eigenes Schiff aus.«

»Das hat mir Hans schon gesagt«, erklärte Martin.

»Was hat er dir sonst noch gesagt?«

»Daß ihr ihn unterstützt und daß er alle Entscheidungen trifft. Keine Abstimmungen.«

Giacomo machte plötzlich ein unglückliches Gesicht. »Wir sind hierher herausgekommen, um unsere Aufgabe zu erledigen. Hans hält uns zusammen – diejenigen, die überhaupt irgendwelche Überzeugungen haben.«

»Hat Rex Rosa getötet?«

»Er hat eine Botschaft hinterlassen und gesagt, daß er es getan hat.«

»Hat Hans ihn dazu gezwungen?« fragte Martin.

»Rex hat darüber nichts gesagt. Die Brüder – Stonemaker meint, ja. Und deshalb haben sie sich von uns getrennt, Martin. Die Brüder wollen nicht mehr mit Menschen sprechen, wenn sie es nicht müssen.«

Martin sah Eye on Sky und Silken Parts an. Die Brüder wirkten unbeteiligt, eingeschlossen in dem Luxus eines dreiseitigen Gesprächs. Aber Martin wußte, daß sie zuhörten. Ohne Zweifel lauschte Stonemaker auch.

Es gab keinen Grund, etwas zu verbergen.

»Was ist mit den Dissidenten?«

»Die haben ihren eigenen Teil der *Windhund*. Sie weigern sich, Hans zu folgen und zu kämpfen. Sie versuchten, den Rest von uns zu überreden. Es war wirklich nahe dran, aber ... Martin, wir sind hierher gekommen, um unsere Pflicht zu tun. Wir sind hier. Die Anzeichen sind überzeugend. Es ist jetzt an der Zeit.«

»So scheint es«, sagte Martin.

»Ich weiß nicht, was für ein Mensch Hans ist.«

Aber ich, dachte Martin.

»Aber ohne ihn wären wir noch schlimmer dran. Willst du wissen, was ich denke?«

Martin lächelte über Giacomos Schwäche. »Bis jetzt hast du mir alles erzählt.«

»Ich denke, Hans hat Rex ...« Giacomo schüttelte den Kopf. »Sprich mit Hans darüber! Es ist wirklich nicht meine Sache. Ich muß wieder mit Jennifer sprechen.«

»Du hast alle Zeit, die du brauchst. Aber wenn du anfängst, sentimental zu werden, ist es Zeit, das Mofix für andere zu öffnen.«

»Kapiert«, sagte Giacomo. »Martin, versteh mich bitte nicht falsch! Was wir in den letzten paar Tagen gelernt haben und was die Mütter getan haben, um unsere Waffen aufzumöbeln, ist absolut phantastisch. Genau die richtige Kombination. Jennifers Theorien über Mofix, zu lernen, wie radikal sich Leviathan verändert hat ... Die ohne ganze Zahlen arbeitende Mathematik der Brüder einzusetzen ... Und dann die Planeten Leviathans zu sehen ... Das ist eine Revolution.«

Martin machte Eye on Sky ein Zeichen, und sie verließen die Mofixkammer, um einen privaten Platz zum Gespräch zu finden. Martin bat Paola, mit ihnen zu kommen.

»Stonemaker hat uns gesagt, es sei sehr wahrscheinlich, daß Hans Rex Freiheit gelassen hat, ein Außenseiter zu werden«, berichtete Eye on Sky. »Stonemaker und andere, sie verstehen sich nicht als Experten bezüglich menschlichen Verhaltens.«

»Verstanden«, sagte Martin.

»Aber es gibt da eine Abweichung, eine Krümmung ...«, fuhr Eye on Sky fort.

»Perversität«, schlug Paola vor.

Mach es nicht noch schlimmer! Das sprach Martin nicht aus. Er zuckte innerlich zusammen.

»Es gibt eine Eigenschaft, die Menschen veranlaßt, das Naheliegende zu vermeiden und den gewundenen Tunnel zu einem Ziel zu wählen, anstatt des geraden Tunnels.«

Martin nickte. Er behielt sich einen Kommentar vor, bis Eye on Sky sich ausgesprochen hatte.

»Hans leistet etwas, indem er Rex zu einer losen Saite macht; denn Rex ist von Hans bestraft worden. Hans trifft keine Schuld für die Taten von Rex. Rex fühlt sich Hans nahe verwandt. Hans hält eine geheime Saite einer Flechte …

»Warte einen Moment!« sagte Martin und wandte sich an Paola. Auch sie hatte Schwierigkeiten mit der recht langen Aussage. »Ich denke, er meint, daß Rex durch Hans absichtlich entfremdet wurde, um ihn als Außenseiter zu stempeln zu ungunsten von Hans.«

»So ist das«, sagte Eye on Sky. »Das ist für uns schwierig zu verfolgen, wir müssen unserem eigenen krummen Tunnel folgen, um zu wissen. Menschen haben Angst vor der eigenen Art. Vor Weib Rosa. Sie konnte große Fiktionen machen, die euch träumen lassen.«

Paola wollte übersetzen, aber Martin hob die Hand. Soviel war klar.

»Hans wollte Weib Rosa tot«, sagte Eye on Sky.

Paola runzelte die Stirn und schaute weg.

Eye on Sky schloß: »Rex war Waffe für Hans.«

Martin konnte der Logik nicht widersprechen. *Wie Hans gesagt hatte: Notwendigkeiten.*

»Wir sind unsere eigenen Feinde«, sagte Paola. »Wie die Roten Baumläufer.«

»Haben Brüder in ihrer Gesellschaft nicht etwas Ähnliches?« fragte Martin.

»O ja. Noch umfangreicher.«

»Was denn?« fragte Martin weiter.

»Kriege zwischen Saiten«, erklärte Eye on Sky. »Dann, wenn Flechten sich auflösen und Saiten sich gegenseitig töten. Diese Zeit nicht kontrollieren, oder wissen, wann. Wir müssen den gekrümmten Weg vermeiden und die, welche ihn gehen; denn sie führen unsere eigene Auflösung, eigene Saitenkämpfe herauf.«

»Du denkst, daß wir als Gesellschaft zusammenbrechen«, sagte Paola.

»Nicht bekannt«, sagte Eye on Sky. »Aber wenn wir mit euch bleiben, Gefahr von Ansteckung, Gefahr von Einfluß.«

»Denkst du, wir werden... euch krank machen?« fragte Paola.

»Uns zusammenbrechen lassen.«

Martins Magen verkrampfte sich. Er klammerte sich mit den Fingern fester an das Leiterfeld.

Er sagte: »Wir müssen zusammenarbeiten. Wie groß auch die Risiken sein mögen. Wir haben immer noch die gleichen Ziele.«

»Das ist noch nicht entschieden. Getrennte Schiffe, die zusammenarbeiten. Das ist vorerst beschlossen. Über getrenntes Arbeiten könnte später entschieden werden.«

Auf der *Trojanisches Pferd* hatten noch keine Trennungen der Crews stattgefunden.

Eye on Sky, Martin, die Mutter und die Schlangenmutter rollten sich im Dunkeln zusammen und verfolgten die methodische Wiedergabe von Information über Sleep. Martin fielen vor Müdigkeit die Augen zu, wieder überladen mit den Wundern dessen, was diese künstlichen Wesen geschaffen hatten oder ererbt oder beides.

Hans hatte seit sieben Stunden nicht mit Martin gesprochen. Stonemaker und Eye on Sky hatten sich mehrfach beraten. Martin hoffte, dies bedeutete, daß Hans ernsthaft die Daten durchsah.

Ariel und Erin kamen in die Kabine und stellten sich zu beiden Seiten von Martin hin, der ihre Hände ergriff und drückte. Danach nahm er die Beobachtung wieder auf.

In Gruppen oder in ihren Kabinen allein studierten Brüder und Menschen die Information. Erin sagte: »Sie ist erschütternd.« Die Lebenszyklen zweier verwandter Species zogen vor ihnen vorbei. Sorgsam in den tiefen Gewässern von Sleep deponierte Eier, Nestlinge, die zur Oberfläche aufstiegen wie Quallen, um von Fischer-Eltern gefangen zu werden, die ihnen Kapseln mit ihrem genetischen Material injizierten. Die Nestlinge erzeugten danach wiederum Eier, die in grünen und purpurnen Wäldern auf dem dritten Planeten abgelegt wurden. Nach dem Schlüpfen wurden daraus Bewohner von Seen und Strömen, die sich schließlich in Dörfern zusammenfanden und ihre soziale Struktur änderten, bis sie bereit waren, ›geerntet‹ und zu Gesellschaften von Erwachsenen erzogen zu werden...

Es gab noch viel mehr Information über die Treppengötter im Innern von Sleep. Diese schien freilich unvollständig zu sein. Es war nicht klar, woher und wie sie ihre Energie bezogen.

»Jennifer denkt, sie können im Kern aus Neutronium Quarkmaterie bilden«, sagte Ariel. »Wir befinden uns gerade in ihrer Kabine. Sie wird krank werden, wenn sie nicht etwas Ruhe findet.«

Die *Doppelsaat* paßte sich noch an die von Stunde zu Stunde auf den neuesten Stand gebrachten Gehirne der Schiffe an. Die Mutter und die Schlangenmutter hielten Martin und Eye on Sky auf dem laufenden, wenn größere Veränderungen gemacht wurden, aber Erklärungen waren einfach gehalten. Jetzt stand Logistik und nicht Theorie an erster Stelle. Jennifer konnte keine

Ignoranz ertragen und beschäftigte sich ständig mit Muttimathe.

»Sie bitten uns dringend, sie zu verstehen und anzuerkennen«, sagte Ariel und zog sich aus dem Labyrinth der Fruchtbarkeit Leviathans.

»Sie sind hoffnungslos verängstigt«, sagte Erin. Sie hatte sich in den letzten Tagen verändert. Die starken grünen Augen waren trüber, das Haar verfilzt und das Gesicht schlaffer. *Es saugt Leben aus uns allen.* »Aber sie sind so ungeheuer mächtig«, fügte sie hinzu.

Ariel zog eine Augenbraue hoch. »Ein paar Wilde brechen in dein Haus ein. Draußen im Dunkeln könnte es Tausende davon geben. Sie sind schlau und haben gesehen, wie eure Technologie ist... Sie machen aus alten Waffen neue. Würdest du Angst haben?« fragte sie.

Erin sagte mit verzerrter Miene: »Sie könnten uns wie Wanzen zerquetschen.«

»Warum sollten sie sich dann bemühen, uns zu überzeugen? Warum uns nicht gleich zerquetschen?«

»Vielleicht schätzen sie uns. Vielleicht haben sie wirklich ihrer Vergangenheit so gänzlich abgeschworen...«

»Sie hatten mit der Vergangenheit nichts zu tun!«

Martin schloß die Augen und sagte: »Bitte, das reicht!« Er wandte sich an die Mutter: »Wir müssen einige Entschlüsse fassen. Wir brauchen deinen Rat.«

»Rat wegen was?«

»Was zu tun ist«, sagte Martin schlicht. »Ich bin überlastet und kann jetzt nichts klar erkennen. Kannst du es?«

»Ich frage noch einmal, was für einen Rat suchst du?«

»Sind alle diese Kreaturen unschuldig oder schuldig?« fragte Martin.

»Sie sagen, sie seien von den Killern geschaffen worden. Das können wir weder bestätigen noch abstreiten«, antwortete die Mutter. Martins Magen verkrampfte sich wieder. Er hatte seit dem Gespräch mit Hans nichts gegessen.

»Du fragst dich, ob die Killer noch hier sind und ob es einen Weg gibt, sie ausfindig zu machen und nur sie zu bestrafen«, sagte die Mutter.

»Richtig.«

»Wir haben nicht mehr Information als ihr.«

Eye on Sky hörte ruhig zu. Als das Gespräch stockte, warf er ein: »Schlangenmutter und Schiffsgehirne stimmen zu. Es fehlen Indizien für Anwesenheit von Killern.«

»Sie könnten sich verändert und sogar ihre Erinnerungen und Geschichten gelöscht haben, um der Bestrafung zu entgehen«, gab Martin zu bedenken.

»Das ist möglich«, stimmte die Mutter zu.

»Hältst du es für wahrscheinlich?«

»Das kann ich nicht beantworten.«

»Wenn wir aber die falsche Entscheidung treffen und sie alle oder einige von ihnen … töten, sind wir Verbrecher, nicht wahr? Würden wir nicht gegen das Gesetz verstoßen?«

»Das Gesetz ist einfach«, erwiderte die Mutter. »Seine Auslegung ist nicht so einfach.«

Martin zitierte: »›Vernichtung aller Intelligenzen, die verantwortlich für oder verbunden mit der Herstellung sich selbst reproduzierender und destruktiver Geräte sind.‹«

»Das ist das Gesetz«, sagte die Mutter. Sie schwebte in der dunklen Kabine und projizierte Daten, die von ihrer Oberfläche aus Kupfer reflektiert wurden.

Erin zitierte: »›Denn ich, der Herr, dein Gott, bin ein eifersüchtiger Gott, der die Sünden der Väter an den Kindern heimsucht.‹«

Eye on Sky zitierte seinerseits: »›Die Saite ist ein Teil der Flechte und erleidet die Schmach der Flechte.‹«

Martins Miene verdüsterte sich. »Verlangt das Gesetz Rache an späteren Generationen?« fragte er.

»Ich interpretiere das Gesetz nicht«, erwiderte die Mutter. »Das ist eure Sache.«

Martin hob die Hand, um Ariel und Erin daran zu hindern, noch mehr zu sagen. Ariel murrte und zog die Knie an, bis sie ihre gekreuzten Arme berührten wie bei einem kleinen Mädchen, das man in die Ecke verbannt hat.

Erin neigte in Gedanken vertieft den Kopf zur Seite. Er fragte die Mutter: »Warum hat man uns nicht angegriffen? Sie haben die Mittel dazu… Sie hätten uns gleich bei der Ankunft vernichten können.«

»Eure Gedanken sind vielleicht ebenso informiert wie die der Schiffe«, erwiderte die Mutter. »Indessen tauchen in den Schiffsgehirnen manche möglichen Erklärungen auf.

Die Bewohner dieser Planeten müssen äußert zuversichtlich sein, uns vernichten zu können. Darum spielen sie mit uns in dem Wunsche, möglichst viel zu erfahren. Sie könnten versuchen, uns zu fangen und zu beherrschen, um mehr über die potentielle Bedrohung zu erfahren. Vielleicht leben die Killer nicht mehr hier. Die Wesen, denen wir begegnet sind, warten vielleicht auf das erste Zeichen unserer Aggression. Sie könnten tatsächlich destruktives Verhalten verabscheuen und extreme Tricks anwenden, um unser Schiff nicht zu beschädigen. Obwohl das wohl nur eine entfernte Möglichkeit ist, könnte die zur Schau gestellte Macht ein Bluff sein. Es gibt noch andere Hypothesen, aber die dürften weniger nützlich sein.«

»Sie könnten Waffen besitzen, die sie uns bisher nicht kundgetan haben.«

»Das erscheint möglich«, erwiderte die Mutter.

»Sie *müssen* doch etwas planen.«

Die Mutter widersprach ihm nicht.

Hans und Martin sprachen privat über Mofix. Dreizehn Stunden waren seit dem Ende des Blackouts vergangen. »Wir haben den größten Teil der Information durchgesehen, die ihr übermittelt habt«, sagte Hans. »Ich habe den Eindruck, euch in vollem Schwung erwischt zu haben.«

»Du wirst auch mit Eye on Sky sprechen müssen«, sagte Martin.

»Die Brüder werden ihre Entscheidung getrennt fällen«, entgegnete Hans.

»Wir haben unsere Crews noch nicht geteilt«, entgegnete Martin.

»Hast *du* schon einen Entschluß gefaßt?«

Martin hatte nicht geschlafen und nicht viel gegessen. Er blinzelte heftig, die Augen vor Anstrengung gerötet und unfähig, aus den Tausenden von Bildern, die er gesehen hatte, ein bestimmtes herauszugreifen: Einsammeln der Jungen, nachdem sie im Ozean von Sleep geschlüpft waren; Leviathan in der Abenddämmerung flammend rot durch eine Schicht von Rauch aus einer Spalte in der Kruste. Fremdartig, heiter und schön, gleichermaßen reich und aromatisch.

»Ja«, sagte Martin.

»Und?«

»Wenn die Killer fort sind, glaube ich nicht, daß das Gesetz gilt. Und wenn sie noch da sind, müssen wir, um an sie heranzukommen, tausendmal mehr Leute töten, als auf der Erde gelebt haben. Das ergibt keinen Sinn. Wir können es nicht wagen.«

»Das ist doch der Teil eines sehr guten Panzers, oder?« sagte Hans. Seine Augenlider waren schwer, er trommelte mit den Fingern auf dem Knie.

»Ich weiß«, sagte Martin.

»Wir haben einen weiten Weg auf uns genommen und wir haben unser Volk verloren.«

Martin würdigte diese Erinnerung keiner Antwort.

»Und du denkst, wir sollen weitermachen?« forschte Hans.

»Ich denke, wir sollten auf mehr Indizien warten«,

erwiderte Martin. »Zwei Schiffe sollten Leviathan in sicherer Distanz umrunden, versteckt, die Crews im Kühlschlaf…«

»Bis unser Treibstoff alle ist und wir zu einem Todesschiff werden.«

»Wir würden nicht sehr lange warten müssen.«

»Würden wir nicht?« fragte Hans. »Wie lange ist *sehr lange* – Jahrhunderte, Jahrtausende? Welche Indizien würden dich schließlich befriedigen? Sie werden nie selbst zum Vorschein kommen. Ich kann es mir nicht leisten, so vorsichtig zu sein. Ich bin Boss. Ich habe geschworen, das Gesetz zu erfüllen.«

»Um welchen Preis?« fragte Martin.

»Was hat die Erde bezahlt?« fragte Hans dagegen.

»Und die Brüder?«

»Ich denke, sie werden sich mit dir entscheiden. Sie sind bemerkenswert schwache Partner. Habe ich recht?«

»Ich…«

»Als du den Treppengott getroffen hast, hat sich der Bruder einfach verkrümelt. Das war typisch.«

»Wir müssen ihre Andersartigkeit verstehen.«

Hans lächelte dünn und kratzte sich am Kopf. »Wir sind hier, der Beweis ist hier, das Gesetz ist klar. Wir stellen die notwendigen Waffen her. Marty, wenn wir es jetzt nicht tun, wird es nie getan werden. Falls wir uns irrten, würden die Mütter uns stoppen.«

»Ich glaube nicht, daß sie uns aufhalten würden«, wandte Martin ein.

»Warum, zum Teufel, nicht? Sie halten auch das Gesetz aufrecht.«

»Hans, sie fällen kein *Urteil*. Sie geben uns die Werkzeuge. Sie können keine Entscheidungen treffen.«

»Dann sind wir wirklich nicht besser als die Killer, nicht wahr? Nur aufgeblasener.«

Martin ging nicht auf dieses Argument ein. Er fragte: »Können wir es ohne die *Würger* tun? Wir würden nur die halbe Kraft und den halben Treibstoff haben.«

»Giacomo denkt, daß wir mit bloß *einem* Schiff eine Menge Schaden anrichten können. Die Mütter scheinen ihm zuzustimmen.« Hans lächelte, aber ohne viel Begeisterung. Die Falten in seinem Gesicht wurden schärfer. »Wir werden jetzt die Mütter reizen. Wenn wir überleben, werden wir schrecklich groß und stark sein. Vielleicht werden sie uns bloß beschnuppern. Aber wir werden die Aufgabe erfüllt haben.«

»Wir sollten die Crews debattieren lassen.«

»Nein«, erklärte Hans kategorisch. »Wenn wir jetzt zurückweichen, werden wir uns zersplittern.«

»Ich denke ...«

»Nein!« fuhr Hans dazwischen. »Das Gesetz ist klar. Diese Kreaturen sind Nachkommen der Killer. Zum Teufel, nach allem, was wir wissen, haben die Killer ihnen ihre Erinnerungen eingeprägt oder verstecken sich vielleicht wie ein Baum im Walde. Irgend etwas, um zu vermeiden, daß man sie findet und vernichtet.«

»Das glaube ich nicht. Du hättest sehen sollen, was ich gesehen habe.«

»Vielleicht sind die Killer jetzt Treppengötter.«

»Ich ... weiß davon nichts.«

»Warum sollten wir auf etwas hören, das sie sagen? Kannst du mir die Frage beantworten?«

Martin hatte keine Antwort.

»Sie haben dich richtig Spießruten laufen lassen und gequält. Genau das, was ich an ihrer Stelle auch getan hätte.«

»Wir sind nicht sie. Sie könnten für uns unergründlich sein.«

»Genug!« erklärte Hans. »Du mußt bei uns eine Rolle spielen. Wir brauchen dich, daß du für uns dastehst, während wir manövrieren und unsere Waffen vorbereiten.«

»Was für Waffen?« fragte Martin. »Mofixwaffen?«

»Es ist am besten, wenn wir keine Einzelheiten mitteilen ... Du könntest gefangen werden. Je länger du sie im unklaren hältst, desto mehr Zeit haben wir, unseren Vernichtungsschlag vorzubereiten. Du wirst doch nicht etwa gegen mich meutern, Martin?«

In der Stimme von Hans lag kein Humor und keine Spur von Nötigung. Hans hielt das für eine echte Möglichkeit.

Werde ich mit ihm gehen wider meine bessere Einsicht und meine eigenen Wünsche?

»Nein.«

»Du wirst um eine weitere Zusammenkunft bitten. Ich werde eine Zehntagewoche brauchen, um alles an Ort und Stelle zu haben. Reichlich Zeit für dich, um mehr zu erfahren und dein Gewissen zu beruhigen.«

»Ich denke nicht, daß sie auf ein weiteres Treffen eingehen werden.«

»Versuch es! Gib ihnen Hoffnung! Spiel die richtige Karte aus!«

»Sie werden uns töten«, sagte Martin.

Hans gab diese Möglichkeit mit einem langsamen Kopfnicken zu.

»Ich bin noch nicht mit den Informationen fertig, die sie dir gegeben haben. Vielleicht verraten sie uns ungewollt etwas Wichtiges, das wir gegen sie verwenden können. Und wenn du recht hast … werde ich vielleicht etwas finden, das auch mich überzeugt. Ich werde daran denken, Martin. Soviel bin ich dir mindestens schuldig.«

Martin wußte, daß Hans der Drahtzieher war. Er kannte Martins Fähigkeiten und Grenze und die Grenzen der Verlorenen Jungen und Wendys, sogar der Brüder mit einer Klarheit, mit der zu leben schwierig gewesen sein mußte.

»Ich werde um eine weitere Zusammenkunft ersuchen«, willigte Martin ein.

Hans lächelte mit großen Augen. »Martin, du enttäuschst mich niemals. Ich liebe dich dafür. Laß es uns tun!«

Ariel knirschte mit den Zähnen. Erin schwebte mit absichtlich ausdruckslosem Gesicht neben Cham. Hakim war bei Donna und George hinter ihnen.

Martin sagte: »Wir stecken nicht voll drin. Nicht wirklich. Aber ich habe Hans gesagt, daß wir unsere Rolle spielen werden.«

»Du hast dich nicht mit uns beraten«, tadelte Ariel.

»Nein«, sagte Martin.

»Das hättest du aber tun sollen«, sagte Erin.

»Ich habe eure Meinungen vorgetragen.«

»Aber du hast ihm gesagt, daß wir mitmachen würden«, sagte Erin.

»Was könnten wir sonst machen?« fragte Martin.

»In Bereitschaft bleiben«, sagte Ariel. »Die Crew ermuntern, einen anderen Boss zu wählen.«

»Hans könnte der richtige sein«, erklärte Martin.

»Wir könnten dem, was wir zu tun im Begriffe sind, einen Namen geben«, sagte Ariel. »Wie wär's mit Völkermord.«

»Quatsch!« sagte Cham.

»Die Möglichkeit dafür ist im Gesetz enthalten«, wandte Hakim ein. »Wir haben geschworen, uns an das Gesetz zu halten. Ich halte es für möglich, daß die Wohltäter wußten, hinter solchen Schirmen könnten sich Killerzivilisationen verbergen; und haben das Gesetz formuliert ...«

»Wir befinden uns weit jenseits unserer Grenzen«, sagte Ariel. »Ich bin nicht so weit gereist, um Unschuldige zu töten.«

»Es ist durchaus wahrscheinlich, daß einige Killer noch hier sind«, erwiderte Hakim unbeeindruckt.

»Wir haben sie nicht gesehen!« rief Ariel. Martin fühlte ein angenehmes Vibrieren, weil sie wieder in Form kam. Perverserweise fand er sie so attraktiver.

Hakim erklärte hartnäckig: »Es war unvermeidlich. Kein Schurke erscheint in Schwarz und brüllt Gemeinheiten. Auch die Bösen haben Kinder, ein Heim, Selbstachtung und Furcht vor Feinden.«

»Ich habe nicht zugestimmt, Unschuldige zu töten!« rief Ariel. Sie breitete die Arme aus und öffnete die Fäuste. »Es ist mir gleich, was die Mütter uns sagen oder nicht sagen.«

»Du bist auf die Mütter schon immer schlecht zu sprechen gewesen«, sagte Cham. »Ich glaube nicht, daß sie uns etwas verheimlichen. Sie bauen neue Waffen und lehren uns ihren Gebrauch …«

»Ach, Unsinn!« sagte Ariel mit wütend verzerrter Miene. »Ich dachte, einige von euch hätten den Grips, sich das vorzustellen.«

»Was denn?« fragte Hakim.

»Die Mütter *erfinden* keine neue Waffen! Sie entdecken nicht plötzlich neue Gesetze und bringen sie zur Anwendung – was für ein Bockmist!«

Aus Martins Bewunderung wurde rasch Ärger.

Sie sagte: »Sie haben die ganze Zeit von diesen großen eindrucksvollen Techniken gewußt. Sie wollen ihre Karten bloß nicht mehr aufdecken, als sie müssen. Niemand vertraut uns, niemand sagt uns mehr, als absolut nötig ist. So ist es von Anfang an gewesen. Wenn wir zu *glauben wünschen,* daß wir ihnen bei der Entwicklung wunderbarer neuer Waffen helfen, wer wird uns da eines Besseren belehren? Die Mütter bestimmt nicht.«

Martins Ärger richtete sich jetzt gegen ihn selbst. Er hatte diese Möglichkeit nicht einmal ins Auge gefaßt. Und warum nicht? Weil es keine Anzeichen dafür gab. Ariel kam wieder auf unsinnige Verdächtigungen zurück. Er zog den direkten – *den leichteren* – Weg vor. *Glaube das, was man dir sagt.*

Ariel zog die Knie an und schlang die Arme darum, wieder wie ein kleines Mädchen, das müde in einem Fenster sitzt, enttäuscht von Martin und sich selbst. »Wir schicken uns an, Billionen intelligenter Wesen umzubringen, die unschuldig sein könnten. wir können eine solche Chance einfach nicht ergreifen; und Martin hätte nicht für uns zustimmen dürfen.«

»Er hat das Kommando über dieses Schiff«, sagte Cham.

»Das ist doch gar nicht wahr«, erwiderte Ariel, schloß die Augen, rieb sie und sah Hakim dann von der Seite an. »Er teilt die Befehlsgewalt mit Eye on Sky; und die Brüder brechen mit uns.«

Cham sah Martin an. »Sie hat recht.«

»Sie haben sich noch nicht entschieden«, sagte Martin.

»Das werden sie beschließen«, sagte Cham resigniert.

Martins Handy meldete sich. Eye on Sky bat um eine Zusammenkunft.

Ariel sagte abschließend: »Wir müssen unsere eigene Entscheidung treffen, ganz gleich, was Hans sagt.«

Im Quartier der Brüder hing Martin an einem Netz neben Eye on Sky. Die Brüder kringelten sich um sie herum. Die Haut der Saiten schimmerte in der indirekten Beleuchtung, und die erhobenen Vorderteile der Flechten warfen Schatten um Martin wie ein großes Netz. Die Anwesenheit so vieler großer schlangengleicher Gestalten hätte bedrohlich sein können; aber für Martin stellten die Brüder eine Freundlichkeit und *Menschlichkeit* dar, die Hans ihnen nicht zutraute. Er empfand keine Bedrohung durch sie.

Eye on Sky spreizte den Kopf und kroch auf dem Netz näher an Martin heran. Er roch nach gemähtem Gras und frisch gebackenem Brot. Das waren Gerüche von Stärke und Sicherheit. »Auf unsere Kameraden auf *Würger* und *Windhund* hörend stellen wir fest, daß es eine Gelegenheit gibt, mehr zu erfahren und so mit euch zu handeln.«

»Sollte ich um ein weiteres Treffen bitten?«

»Ja«, sagte Eye on Sky.

Martin kaute nachdenklich an seiner Oberlippe. »Denkst du, daß die Killer noch hier sind?«

»Vielleicht nicht möglich, genau zu wissen.«

»Manche von uns denken, wir hätten dieses Problem von Anfang an erwarten sollen«, sagte Martin.

»Fragen ohne Antworten. Erwartet, nicht im Detail vorausgesehen.«

»Wir waren jung«, sagte Martin.

»Wir alle waren jung. Dies Problem ist alt. Es frißt uns auf, mit Genuß.«

»Willst du mit mir hinuntergehen?« fragte Martin. Er sagte dies nicht aus Grausamkeit sondern eher als eine Art von Test, als ob er in diesem Moment an der Stelle von Hans wäre.

»Nicht ich – höchstens wir«, sagte Eye on Sky. »Wir zerteilen uns in dieser Bedingung, dieser Welt. Ihr habt sie Sleep genannt. Für uns ist es eine echte Art von Schlaf. Ihr müßt für uns gehen, wenn gestattet.«

Martin holte tief Luft.

Eye on Sky fragte: »Bist du verwirrt?«

Martin schüttelte den Kopf. »Nein, nicht mehr als ... Doch, das bin ich«, berichtigte er sich. »In gewissem Sinne hat Hans hinsichtlich Leviathans recht. Alles, was wir hier sehen, scheint Maßarbeit zu sein, um uns zu entzweien und zu verwirren. Wenn Hans recht hat und die Killer noch hier sind ...«

»Nicht glücklich«, sagte Eye on Sky.

»Sie werden uns noch viel unglücklicher machen, ehe sie mit uns fertig sind.«

Hakim wiederholte die Botschaft mehrmals, blieb aber ohne Antwort von Sleep. Martin stand hinter ihm, als er den Vorgang wiederholte, indem Finger die in der Luft glühenden Kontrollorgane berührten.

»Immer noch nichts«, sagte Hakim. »Früher waren sie prompt.«

Martin nickte.

Hinter dem projizierten Steuerpaneel hingen kleine Bilder der Planeten Leviathans vor der dunklen Rückwand der Brücke. Blinker fiel Martin in die Augen.

Er blinkte nicht mehr, sondern behielt eine beständige sandbraune Farbe bei.

»Es hat sich etwas verändert«, sagte Martin. Er zeigte auf Blinker. Hakims Gesicht wurde vor Aufregung dunkler.

»Wieviel Zeit braucht ein Lichtsignal von Blinker zu uns?« fragte Martin.

»Drei Stunden und zwölf Minuten«, erwiderte Hakim.

»Kannst du die Aufzeichnungen noch einmal abspielen?«

Hakim wiederholte rasch die Notizen des Schiffs von den Planetenbildern, bis sie den genauen Moment gefunden hatten, da der Planet seine Fluktuation eingestellt hatte. »Vor drei Stunden«, sagte Hakim.

»Was hat sich sonst noch geändert?«

Hakim breitete die Planetenbilder nacheinander aus. Mirror wurde milchig. Sein perfektes Reflexionsvermögen gewann einen heißen, feuchten Hauch. Frisbees Ränder wurden braun wie angebrannter Brotteig, wobei das unbekannte ›Haar‹ in den Raum davontrieb. Cueball war unverändert. Gophers in unmöglich tiefen Kavernen strahlende Lichter brannten heller und blauer, wie Fackeln.

Sie kamen zu Puffball mit seinen immensen samenartigen Konstruktionen. Einige Samen hatten von der Oberfläche abgehoben – drei, sechs und mehr unterwegs. Auch Dornen an der Spitze der Samen brachen sich los und flogen mit hoher Geschwindigkeit nach draußen.

»Greifen sie an?« fragte Hakim.

»Ich weiß nicht. Gib dies per Mofix an *Windhund* und *Würger* weiter!«

»Schon geschehen«, sagte Hakim. Einen Moment

später verzog er den Mund und sagte: »Es gibt keine Mofixverbindung. Sie empfangen nicht. Ich weiß nicht, wo sie sind.«

Paola und Erin kamen auf die Brücke.

»Wir haben Schwierigkeiten«, sagte Martin. »Hakim, bring uns aus dem Orbit!«

Silken Parts schob sich durch die Tür, als Hakim das Schiff von Sleep weg dirigierte.

»Was ist los?« fragte Erin.

»Wir wissen es nicht, aber ich bring uns von hier weg.«

»Jetzt haben wir eine Antwort«, gab Hakim bekannt. »Von Sleep ...«

Salamanders Stimme erfüllte die Brücke. »Auf vier unserer Welten hat es Risse gegeben.« Das Bild Salamanders erschien in flacher Projektion. Der Kamm zeigte direkt nach außen, drei Augen waren offen. Zwischen den Worten laut zischend bemühte sich der Bischofsgeier, seine Unruhe zu übermitteln.

»Wir wissen nicht, was geschieht«, sagte Martin.

»Es wird mit Gleichgewichten manipuliert. Diese Welten sind empfindlich, und viele Leben befinden sich in Gefahr.«

»Wir haben nicht kommuniziert mit unserer ...« Martin konnte die trügerische Aussage nicht vollenden. Seine Zunge war in so vielen Ausflüchten stecken geblieben. Er starrte einfach auf das Bild Salamanders. Der Bischofsgeier hob seinen Kamm und zischte leise. Er sagte: »Ihr seid Lug und Trug. Wir wünschen keinen weiteren Kontakt mit euch.«

Bild und Stimme verschwanden. »Ende der Sendung«, sagte Hakim. »Immer noch kein Erfolg mit Mofix zur *Windhund.*«

Der Rest der Crew drängte sich auf der Brücke und sah zu, wie sich während der nächsten halben Stunde das lange Drama abspielte.

Die drei identischen Planeten – Pebbles One, Two

und Three – erglühten plötzlich in dunklem Rotorange, dann rot, dann weiß – je nach ihren Entfernungen vom Schiff. Ihre Oberflächen lösten sich auf wie Farbe im Wasser zu aufsteigenden und sinkenden leuchtenden Flecken.

»Wer tut das?« fragte George Dempsey. »Sie oder wir?«

Die Samen von Puffball wirbelten herum wie von einer Brise getrieben. Bei einem solchen Maßstab kündete diese einfache Bewegung von ungeheuren Energien.

Martin konnte bei dem folgenden lauten Geplapper kaum nachdenken. Die Kabine füllte sich mit Gerüchen der Brüder, die ihm in den Augen brannten. Er sah eine Saite an sich vorbeikriechen und beobachtete dann, wie ein Bruder – er konnte nicht feststellen, welcher – zerfiel. Silken Parts fing sofort an, die Saiten einzusammeln, die sich mit hilflos wedelnden Fühlern an Felder klammerten.

Sie wußten nicht einmal, welche Waffen die *Windhund* jetzt besaß, oder wie deren Wirkung sein würde. Ein Effekt war ganz deutlich. Die Attacke war fast gleichzeitig auf viele Ziele gestartet worden, nach dem Eintreffen von durch Licht übermittelter Information in Intervallen zu schließen, die allein durch die Distanz bestimmt waren. Das ließ für Martin auf Mofix schließen; und das erste Objekt, welches seinen Charakter verändert hatte, war Blinker gewesen, die mächtige Mofixstation.

Was haben sie vor?

»Ich weiß, was geschehen ist«, sagte Ariel gerade laut genug, daß Martin es hören konnte, während sie sich an ein Feld hinter ihm klammerte.

»Was denn?«

»Hans hat den Krieg angefangen, ohne es uns wissen zu lassen.«

Mit einem kurzen Moment der Benommenheit, als ob er all das schon einmal durchgemacht hätte, erkannte Martin, daß sie wahrscheinlich recht hatte.

Hans hatte sie benutzt, um die *Windhund* scharf zu machen.

»Warum sind wir dann nicht tot?« fragte Martin. Sein ganzer Rücken kribbelte in Erwartung drohenden Todes.

Ariel zuckte die Achseln. »Laß ihnen Zeit!«

Die Mutter und die Schlangenmutter kamen auf die Brücke. Die Mutter sagte: »Dieses Schiff ist seit einer Stunde ständigem Angriff ausgesetzt; und unsere Fähigkeit, uns gegen ihre Waffen zu panzern, nimmt ab. Wir übernehmen jetzt die Kontrolle. Superbeschleunigung wird verlangt.«

»Wir haben nicht den Treibstoff…«, wandte Martin ein.

»Wir werden so viel umwandeln, wie wir können.«

»Könnt ihr mit den anderen Schiffen kommunizieren?«

»Ja«, sagte die Mutter.

»*Windhund* und *Würger?*«

»Ja.«

»Greifen sie an?«

»Ja.«

»Wußtest du, daß sie angreifen würden?«

»Nein.«

»Das hättest du aber wissen müssen… Du hättest wissen müssen, wann sie angefangen haben.«

Die Mutter antwortete nicht. Die volumetrischen Felder dehnten sich aus. Martin fühlte ihren Zugriff und die jähe Verhinderung aller körperlichen Bewegung.

Alles wurde in dem Schlamm verlangsamt. Martin versuchte, die Fäden seiner Aufmerksamkeit beisammen zu halten. Er musterte aufmerksam die Brücke, um Effekt von echter Wahrnehmung zu trennen.

Die Brücke veränderte sich. Es wuchsen Wände und

trennten sie in Paare auf. Martin sah, daß Ariel mit ihm eingeschlossen werden würde. Sie starrte ihn an, und er wandte den Kopf ab. Die volumetrischen Felder erlaubten jeder Partikel, sich, wenn auch langsam, zu bewegen.

Ariel fragte: »Kannst du mich hören?«

»Nur knapp.«

»Ich denke, wir haben uns geteilt. *Trojanisches Pferd.*«

Martin sagte: »Soweit hast du recht.«

»Mach mir deswegen keinen Vorwurf«, sagte Ariel.

Er schüttelte den Kopf. »Niemals.«

»Er hat uns unserer Rechte beraubt«, sagte sie – ziemlich gleichgültig, wie es Martin schien.

Die Superbeschleunigung hörte nach zwei Stunden auf. Martin war kaum wieder bei Verstand, als die Stimme des Schiffs sagte: »Erster Angriff abgeschlagen. Wir werden verfolgt.«

»Was, zum Teufel, ist geschehen?« fragte Martin und versuchte, durch Kopfschütteln seinen Verstand anzuregen, wobei er seinen Körper in der richtungslosen, gewichtslosen und sinnlosen Zelle reckte.

Eine andere Stimme, die Hans mitten in einem triumphierenden Kampfruf erwischte. Ariel stieß einen leichten Schrei aus, wie ein Kaninchen in Todesgefahr.

»Martin, wir tun es! Die *Trojanisches Pferd* ist höllisch weit weg und hat sich geteilt. Wir haben euch nicht vergessen. Wir spüren euch nach. Aber man verfolgt euch.«

Die Zelle hatte weder einen Bildschirm noch eine Sternsphäre. Martin schrie: »Zeigt uns etwas! Sagt, was vor sich geht!«

Das Schiff versuchte zu sprechen, aber Hans rief dazwischen: »Wir haben unsere Schachzüge gemacht. Bedaure, es euch nicht mitgeteilt zu haben.« So ganz lässig. *Bedaure, es euch nicht mitgeteilt zu haben.*

»Was, zum Teufel, geschieht, Hans?«

Ariel schob sich in eine Ecke, um ihm nicht im Weg zu sein.

»Die *Trojanisches Pferd* hat sich gespalten. Irgend etwas folgt euch. Es sucht sich bestimmt nicht zu verstecken und ist direkt an eurem Hintern. Ihr und zwei weitere sind alles, was sie haben beschatten können. Ich möchte sagen, daß sie euch benutzen, um etwas Größeres zu finden. Falls ihr sie nicht zu uns führt – und das wirst du nicht, mein Freund –, seid ihr Staub.«

»Wir haben dieses Schiff in zehn Einheiten geteilt und diese in verschiedene Richtungen von Leviathan weg beschleunigt«, sagte die Stimme des Schiffs, fast gleichgültig an dieser Stelle.

Wir sind immer noch wertvoll als Hinweise darauf, wo sich die großen Schiffe befinden. Sie kennen uns. Sie kennen unsere Psychologie. Sie haben es gleich herausgebracht, daß wir uns selbst nicht aus freien Stücken opfern würden und daß an irgendeiner Stelle eine Rettungsaktion versucht werden würde.

»Warte einen Moment!« sagte Hans.

Ariel streckte die Hand aus, und Martin ergriff sie. Sie sagte: »Er wird uns opfern.«

»Zeig mir etwas!« sagte Martin zu dem Schiff, welche Art von Schiff und wie groß es auch sein mochte. »Zeig mir die Außenseite! Was uns folgt!«

An einer Wand erschien ein kleiner Schirm. Eine weiße, mit leuchtenden blauen Punkten besetzte Sphäre zeigte sich darauf.

»Harpal hat eure Koordinaten«, sagte Hans. »Wir werden es kriegen, Martin. Es ist *un-glaublich!*«

Die weiße Sphäre bekam Blasen wie ein Plastikball, der von einer Fackel berührt wird. Die Blasen platzen, und die Sphäre verschwand. Wogen von Finsternis verdeckten die wirbelnden Sterne und strömten von der Sphäre auf sie zu.

»Superbeschleunigung«, sagte die Stimme des Schiffs. Felder griffen wieder zu, und Martin schrie.

Aber der Schrei erstickte als dumpfes Glucksen in seiner Kehle.

Eine unbestimmte Zeit später konnte er wieder hören und sehen.

Harpals Stimme sprach in sein Ohr: »Wir haben deinen Hund, Martin. Ich dachte, das solltest du wissen.«

Sie haben Gauge auf der Windhund. *Mein Hund erwartet mich? Nein …*

»Wir haben es mit Mofix direkt in die Hölle geschickt«, berichtete Harpal. »Es ist ein schöner Plasmaschwaden von ungefähr fünfzigtausend Kilometern Länge. Mein Gott – diese Waffen sind *unglaublich!*«

Das ihnen folgende Schiff war verschwunden. An seiner Stelle wogte ein breiter, gestreifter Schauer aus glühenden Trümmern. Jedes Stück fächerte geradlinig auf wie Sonnenstrahlen durch Wolken hindurch.

Martin hielt noch Ariels Hand. Sie öffnete langsam die Augen und sah ihn tiefbekümmert an.

»Gegenwärtig seid ihr sicher«, verkündete Harpal. »Ihr rast wirklich wie eine Rakete. Ich kann jetzt nicht reden. Sie haben uns noch nicht festgenagelt, versuchen es aber – und wie!«

Lange Minuten Schweigen, ehe Martin merkte, daß die Mofixnachricht beendet war. Er ließ Ariels Hand los.

»Sie tun es, nicht wahr?« sagte sie.

Martin nickte. »Sie haben die *Trojanisches Pferd* geteilt.«

»Wer?«

»Ich habe keinen Befehl erteilt. Die Mütter. Das Schiff selbst.«

»Wir sind von der Aktion ausgeschlossen. Hans hat dich glatt übertölpelt.«

»Was?« Martin schüttelte den Kopf.

»Indem er dich nicht mit ihm zusammen den Job machen ließ. Und indem er uns alle von der Entscheidung ausgeschlossen hat.« Sie wandte sich ab. »Werden sie uns aufgreifen?«

»Ich weiß nicht.«

Vergrößerte Bilder: Ein Gesteinsplanet. Rasend funkensprühendes Feuer auf seiner Oberfläche. Stärkere Vergrößerung: fremdartige überhitzte Wälder brennen wie Magnesiumteppiche. Streifen zerfetzten Landes erheben sich wie aus Papier geschnitten. Etwas bewegt sich dunkel und riesengroß über die Oberfläche, kein Schatten, mehr wie ein Finger, der Chaos in den Fels ritzt.

Ein anderes Bild: Eine große Stadt. Wieder der sich bewegende Finger.

Gottes Finger übt Vergeltung.

Viel kleiner auf dem Schirm eine andere Gesteinswelt, Martin nicht sofort vertraut. Diese stirbt in einem besonders brutalen Bild. Sie schleudert Brocken von sich in die Dunkelheit, als würden sie von ungeheuren Bestien abgebissen.

Die Stimme des Schiffs sagte: »Blinker. Er wird sich selbst verzehren. Nichts Lebendiges oder Geordnetes wird überleben.«

»Wie?« fragte Martin. »Wie können wir so etwas tun?«

Die Stimme des Schiffs sagte: »Fernmanipulation von Kräften im Innern von Atomkernen. Blinker ist besonders verwundbar als eine Mofixstation immenser Stärke. Die *Windhund* hat die Hauptschwäche gefunden und ausgenutzt.«

»Wieviel kann die *Windhund* vernichten?« fragte Martin.

»Ungewiß. Verteidigungsanlagen sind nicht voll einsatzfähig.«

Es erschien Sleep, umgeben von riesigen Samen mit buschartigem Kopf, ganz ähnlich, wie sie von Puffball ausgeschickt worden waren, die Martin an eine Immunreaktion bei Menschen erinnerten, wenn auch in astronomischem Maßstab. »Erklärung!«

»Nicht klar. Weiße Objekte im Orbit um diese Welt könnten versuchen, die Zielfindung von Mofixwaffen zu stören.«

Mofixwaffe. Bestätigt.

Ein Dunst so fein wie Staub in der Luft breitete sich mit unglaublicher Geschwindigkeit – selbst in diesem Maßstab erkennbar – von den zerstreuten Samenkörnern aus. Der Kopf eines Samenkorns leuchtete hell orange, verblaßte dann zu Grün und verschwand unter Hinterlassung eines tausend Kilometer langen ›Stammes‹, der langsam kreiselte. Im Verlauf von Minuten kam ein weiterer Stamm ohne Kopf um den Rand von Sleep herum ins Bild und fiel auf den Planeten zu. Sein unteres Ende berührte die Atmosphäre. Ganz langsam, minutenlang, kippte der Stengel nach vorn und legte sich in der Atmosphäre quer auf die Oberfläche, umgeben von kleinen Wellen aus einer Mischung von Kruste und Meer, die dunkelrot glühte mit Ausbrüchen von Rosa und Weiß.

Bald wurde Sleep ganz eingehüllt von einem perlmuttartigen Lichthof und durch ein Tausende von Kilometern dickes Plasma in einen schwachen Stern verwandelt. Strahlung sengte die Oberfläche, und fallende Körner von Flugsamen rührten sie auf wie Schlamm – einen Schlamm aus Kontinenten und Ozeanen.

Martin konnte nicht glauben, daß die *Windhund* allein dafür verantwortlich war.

Mit bleichem Gesicht fragte er: »Bekommen wir Unterstützung… von jemand draußen?« *Erinnerungen an den Anblick der Erde. Gleicher Maßstab, aber noch mehr Zerstörung.*

Die Stimme des Schiffs sagte: »Es gibt keine anderen Kombattanten.«

Jetzt erschien Gas Pump auf dem Schirm. Immense Wolkenbänder aus abgebauten flüchtigen Substanzen breiteten sich zügellos aus. Weißes Plasma schoß hindurch, grüne und blaue Flächen wurden schmutziggelb.

»Was können wir tun?« fragte Martin.

Die Stimme des Schiffs sagte: »Ihr habt keine andere Wahl als die Flucht.«

Martin verkrampfte die Finger. Ariel schlug die Arme um sich und sah mit gequältem Blick zu.

Stunden.

Weder Martin noch Ariel sprachen von Hunger; aber sie bekamen doch zu essen, einen mageren Brei, der nach nichts Besonderem schmeckte.

Der Schirm zeigte einen Weg über ein Diagramm des Systems. Sie bewegten sich jetzt gerade auf den Stern zu; aber eine Fahrt quer durch das ganze System würde für sie fast drei Tage dauern, mitten durch die Schlacht und durch die Bahnen tausender Vehikel, die zu katalogisieren oder zu untersuchen sie nie Zeit gehabt hatten und deren Zwecke sie wohl nie erfahren würden.

»Werden wir wieder beschleunigen?« fragte Martin.

Die Stimme des Schiffs sagte: »Der ganze Treibstoff ist verbraucht. Reserven gibt es, um euch am Leben zu halten.«

Während seiner Tausenden von Stunden der Forschung über Krieg und menschliche Geschichte hatte Martin von einem Mann gelesen mit einem bezeichnenden Namen: Leutnant George Gay. Dieser Marineoffizier hatte ein Flugzeug bei der Schlacht von Midway im Zweiten Weltkrieg geflogen, war abgeschossen worden und stundenlang inmitten von Schiffen und Flugzeugen geschwommen, die einander zu vernichten suchten.

»Wie lange wird es dauern?« fragte Ariel.

»Der Krieg? Ich weiß nicht. Es könnten Wochen oder Monate sein.«

»Es sieht nicht so aus, daß er annähernd so lange dauern wird. Ich bin müde.« Sie klang wie ein Kind.

Martin nahm sie in die Arme.

Nummer Acht, der Gasriese Mixer, blähte sich auf wie ein kranker, beschädigter Ballon und stieß Schalen um Schalen strahlender Gase wie Blütenblätter aus. Jahrtausende von Konstruktion und Technologie und wie viele Individuen, noch weiter entwickelt als die Treppengötter? Man stelle sich so viele Möglichkeiten vor, die nicht zum Ausdruck kamen! Wer gewinnt?

Essen und Schlaf bilden einen Teil der Wand, die unseren Abfall aufsaugt.

Schiff nicht größer als ein Automobil.

Die meisten der Flugsamen sind jetzt erschöpft oder haben ihrem Zweck gedient. Vier Welten tot oder im Sterben, andere unter Belagerung. Gott ist die Kraft. Was werden wir danach tun, die wir dies taten? Vielleicht hat Hans recht, daß sie uns auslöschen werden.

Gasriesen, die im Zeitlupentempo zerfallen – können wir das getan haben? Sie sind jetzt wie Sonnen und streuen grelle Schweife von Pol und Äquator aus, Protuberanzen. Hat Hans gewußt, daß wir das tun konnten?

Keine Nachrichten, und zwei Tage sind vergangen. Wir gleiten von Leviathan fort, schlafen viel und essen jetzt selten. Es gibt keinen Raum zum Üben. Atmen langsam, sehen, wie Welten im Verlauf von Stunden und Tagen vergehen.

Alle die Gesteinsplaneten und Monde – gleichmäßig tief, rote brodelnde Flächen.

Alle! Alle! O Gott – ALLE!

Ariel beugte sich über ihn, die Hand auf seiner Schulter. Sie sagte: »Ich kann das Schiff nicht zum Sprechen bringen. Es will nicht antworten.«

Martin versuchte es. Immer noch keine Antwort.

»Bedeutet dies, daß wir sterben werden?«

»Ich hoffe, nicht«, sagte er.

Ariel schlug mit der Faust auf die graue Wand. »He, sprich mit uns!«

Keine Bilder, keine Information. Versuche zu trainieren, sich gegeneinander stoßen, Fuß gegen Fuß. Ringen. Sie ist fast so stark wie ich. Einen Muskel anspannen.

Ihr sagen, daß ich jetzt mehr von der Erde träume. Von Wäldern und Flüssen, von unserm Haus in Oregon mit dem breiten Patio. Meine Spielsachen, Soldaten, die meine Eltern gebracht haben. Wir reden, bis wir durstig werden. Tröpfeln von Wasser von der Wand. Abfall noch abgesaugt. Aber die Mutter spricht nicht, und wir können draußen nichts sehen. Schlafen die meiste Zeit und reden von Räumen draußen, vergangenen Zeiten, verschwundenen Orten.

Werden jetzt wirklich kalt. Wir drücken uns aneinander, aber keine Energie mehr zum Üben. Sah Theodore in der Kabine mit sich selbst Karten spielen. Lächelte mich an. Bot mir einen Pack an. Vielleicht ist er ein Gespenst, und die Toten werden uns bald begrüßen.

Eine so große Flut von Toten aus diesem Ort aufsteigend, Billionen, die wir getötet haben. Wie sehen Treppengötter aus, die dem Nachleben Meldung erstatten, schon materieller Leiber entkleidet? Kein Schlachtfeld so überfüllt von Toten in langen Reihen, und wir stehen Schlange in Erwartung dranzukommen und nach Inspektion durchgelassen zu werden. Salamander und Frosch vor mir; Babar und Sharks vor mir, uns ärgerlich anschauend. Geht nicht zu dicht an die heran, verlangt nicht nach Kämpfen in Linie – sagt Theodore.

»Martin, wach auf! Hier ist jetzt etwas Wasser. Trink!«

»Hast du getrunken?«

»Ich habe getrunken. Trink!«

Er sog Kügelchen aus der Luft. Eins geriet ihm ins Auge und brannte etwas. Das Wasser schmeckte nicht gut. Aber es war feucht.

Nichts zu essen.

Einige Zeit spürte Martin keinen Hunger, bis er sah, daß Ariel zusehends dünner wurde, und an ihrer Stelle Hunger empfand; denn sie beklagte sich nicht.

»Es ist mindestens sechs Tage her«, sagte Martin.

»Es sind genau acht.«

»Woher weißt du das?«

Sie hielt die rechte Hand hoch und zeigte auf den Mittelfinger: »Acht. Ich schneide meine Fingernägel mit den Zähnen. Siehst du? Diese zwei sind länger.«

Sind meine Eltern tot? Wie könnte ich das erfahren? Vielleicht werden wir sie bald treffen. Ist Rosa in dieser Reihe? Ich sehe sie. Sie will mich nicht ansehen, will nicht ihren Platz verlassen, um mit mir zu sprechen. Theodore geht hinüber, um mit ihr zu reden. Ihm ist sein Platz gleichgültig.

»Wer ist Theodore?« fragte Ariel. Ihre Lippen waren aufgesprungen und bluteten leicht. Sie sah durch den Hunger elfenhaft aus, mit großen Augen und eingefallenen Wangen.

»Er ist gestorben.«

»Auf der Arche?«

Martin schüttelte den Kopf; und seine Halsmuskeln knirschten. Atrophie der Muskeln. Kein Training, keine Energie. »Auf der *Dämmerungsgleiter.* Hat sich selbst umgebracht.«

»Ich erinnere mich nicht an ihn.«

»Er beging Selbstmord.«

Ariel runzelte die Stirn. »Vielleicht läßt mein Verstand nach. Ich erinnere mich nicht an ihn.«

Martin schaute sie an und hatte ein Gefühl von Kälte.

Seine Lippen waren ausgedörrt und rissig. Er leckte sie. »Sehr schlau. Schlauer als ich«, sagte er.

Ariel schüttelte den Kopf, und seine innere Kälte nahm zu.

»Ich erinnere mich an ihn«, sagte Martin. Aber keiner von ihnen besaß genug Energie, die Frage weiter zu verfolgen.

Captain Blight in seinem Schiff
schnitzt einen Vogel zwischen
den Männern

Ton

Wasser tropfte wie Regen auf seine Lippen.

»Martin?«

Bewegt, angehoben, leicht. Auf seinem Rücken der Druck von Händen. Vertraute Stimmen.

»Zweiundzwanzig Tage.«

»Martin.«

Ein Schmerz in seinem Arm, der gering war im Vergleich mit einem Chor frischer Schmerzen in seinem ganzen Körper. Stechen, Jucken, Knochenknacken, Augen auf Weißes ohne Detail geöffnet.

Dann Schlangen von Lichtern. Regen auf der Autobahn in Oregon. Rücklichter im letzten Jahr der Welt. Lichterketten in einer Kabine, Decken und Fußboden. Gewicht.

»Hallo!«

Nicht mehr in der Schlange des Todes.

»Hallo!« sagte er mit einer Stimme wie ein Bergrutsch.

»Du siehst recht jämmerlich aus, mein Freund.«

Wer war das wohl? Vertraut.

Schatten im Licht, noch ein Schatten. »Ich kann nicht sehen.«

»Ihr seid beide gestorben, wißt ihr das? Ich meine

das wörtlich. Eure Herzen waren stehengeblieben; und etwas im Schiff, die letzte Energie des Schiffs, hat euch in ein Feld gehüllt, so daß ihr nicht *verwesen* konntet. Verstehst du? Absolut unglaublich. Martin, komm heraus!«

Wer würde so sprechen?

Joe Flatworm.

»Ich bin auf dem Schiff? Der *Windhund?*« fragte Martin.

»Wir haben euch vor fünf Tagen aufgelesen. Die Wunden sind geheilt. Ihr seht viel besser aus. Wir haben vier der anderen Schiffe erwischt. Sieben Brüder gerettet und sieben von uns.«

»Ariel?«

»Sie lebt. Martin, es war eine Zeit der Wunder.«

Er sah Joes Gesicht klarer. »Der Krieg?«

»Er ist noch im Gange. Wir sind noch hier.« Joes breites, freundliches Gesicht, die hohen Brauen, das offene Lächeln. Er hielt Martins Hand fest zwischen seinen Händen. Warme, trockene Haut, wie Leder in der Sonne.

Martin verdrehte den Hals und schaute sich selbst an, eingehüllt in ein medizinisches Feld, umgeben von Wärme, ein elektrisches Prickeln, das in seinem Körper umherlief. Er entspannte den Hals. Schluckte. Rauhe Kehle. »Hans?«

Joes Lächeln verschwand. Er sagte: »He, wir sind dabei, es zu tun. Das ist genug.«

Auf die Liste kamen noch: Hakim Hadj, Erin Eire, Cham Shark. Ferner Silken Parts, Dry Skin/Norman, Sharp Seeing. Auch vermißt oder tot. Vermutlich nach so vielen Tagen tot.

Immer noch schwach, bestand Martin darauf, das medizinische Feld zu verlassen, um mit Hans zusammenzukommen und den Krieg anzuschauen. Der Krieg hatte schon vierundzwanzig Tage gedauert. Der größte Schaden war geschehen, sagte Joe. Mit unbehaglichem Lächeln sagte er: »Wir haben sie ausgepeitscht.« Dann brachte er Martin in den Bug der *Windhund*.

Hans hing in einem Netz vor Dutzenden von Projektionen. Sein Aussehen schockierte Martin. Das Haar von Schweiß und Schmutz fast braun, das Gesicht hager, Gestank von Schweiß und Anspannung. Hans trug nur Shorts und ein Hemd ohne Ärmel. Seine Armmuskeln waren verkrampft und ohne Fett. Die Beine ebenso. Er drehte sich nicht um, als Martin und Joe eintraten.

Giacomo hatte sich in einer Ecke zusammengerollt. Seine Hand packte in einer Reflexbewegung ein Netz.

»Martin ist wieder da«, verkündete Joe. Hans zitterte und sah sich um.

»Gut!« sagte er.

Die Projektionen zeigten Planetenasche, Girlanden verblassenden Plasmas, längliche Brocken von Monden und Strukturen von Samen ohne Köpfe, mit Kerben, und zerbrochen wie Stöcke.

Hans richtete seine müden Augen auf Martin. Er schätzte ab und lächelte schwach. »Wie fühlst du dich?«

»Okay«, sagte Martin. Er hatte nie daran gedacht, daß sie eine solche Vernichtung hervorrufen würden.

»Allerhand Unruhe, nicht wahr?« sagte Hans und deutete mit einem Nicken zu der Projektion hin.

Martin schüttelte den Kopf.

»Manchmal schwer, das alles aufzunehmen«, sagte Hans. »Ich habe hier Stunden verbracht und bloß... den Schaden abgeschätzt und mich nach etwas umgesehen, das wir *nicht* zerstört haben. Aber die Zerstörung ist vollständig. In den letzten zwei Tagen ist sogar Sleep zerbrochen.« Er zeigte auf ein großes Bild von zerstreuten Massen, von denen manche noch flimmerten, und die in einer grauen, dunstigen Leere schwebten. Innerhalb der Trümmer war ein Stück von etwas, das Kruste gewesen sein mußte, Tausende Meilen breit, gekräuselt wie Stoff und mit abbröckelnden Rändern. »Keine Treppengötter mehr.«

Martin zwang sich wieder zu atmen. Das Einatmen klang wie Stöhnen. Hans kicherte: »Erfreut zu sehen, daß du beeindruckt bist.«

Martin schüttelte den Kopf. Fluten gegensätzlicher Emotionen rissen ihn hin und her. *Wir haben die Aufgabe erledigt. Wie wissen wir das? Wir haben es getan. Es ist vorbei.*

»Immer, wenn man bereit ist zu helfen, muß eine Menge Dreckarbeit geleistet werden«, erklärte Hans. »Wir machen jetzt eine Pause. Das Schiff ist in lockerer Bereitschaft. Du hättest uns auf dem Höhepunkt sehen sollen. Alle Wendys und Verlorenen Jungen hatten ihre Hände an der einen oder anderen Waffe. Giacomo und die Gehirne der Schiffe … hauptsächlich diese, nachdem der Beweis erbracht war … hatten mit neuen Waffen wirklich Erfolg. Weitreichende Mofixvarianten, Fallgruben für Quarkmaterie sowie Spinstreuung bildeten ein ganzes neues Arsenal.«

War das wirklich so? Oder hatten die Schiffsgehirne sie verborgen gehalten und die Notwendigkeit abgewartet?

»Wir haben fünfzehn Schiffe ausgesandt, meistens zur Erkundung. Zwölf davon sind zurückgekehrt.«

Martin nickte, die Augen immer noch fest auf die abstrakte Komplexität des Leichnams von Sleep gerichtet, der schauerlich schön seine Farben änderte. Er konnte die Trümmer nicht in Verbindung bringen mit dem, was er bei seinen zwei Fahrten auf die Oberfläche von Sleep gesehen hatte. Irgendwo in dem Staub befanden sich zerstreute Atome von Salamander und Frosch, Babar und der roten Kreatur mit den gelenkigen Tentakeln, die zu ihrer scheibenförmigen Fähre gekrochen war, um einen Blick auf ihn zu werfen.

Billionen.

Hans machte Martin ein Zeichen näher zu kommen.

Als Martin sich mit Leiterfeldern genähert hatte und neben ihm hing, sagte er: »Ich hege den Verdacht, daß die Mütter uns einiges vorenthalten hatten. Vielleicht hat man uns die ganze Zeit über angelogen. Aber offen gestanden ist mir das egal. Am Ende haben sie uns die Waffen gegeben; und das ist es, was zählt.«

Giacomo regte sich, öffnete die Augen und erblickte Martin. »Hakim hat es nicht getan. Erin, Cham.« Er nickte und schüttelte den Kopf.

»Ich weiß«, sagte Martin. Es mißfiel ihm, daß man von ihm eine Reaktion erwartete. Er konnte noch keinen Kummer fühlen. Nichts davon schien real. Er erwartete, wieder auf der *Dämmerungsgleiter* aufzuwachen und zu wissen, daß die Aufgabe noch vor ihnen läge.

Giacomo blinzelte träge und sagte: »Wir haben Jennifer gerettet.« Seine Augen wirkten dunkler, tiefer und in erschöpftem, verwundetem Fleisch versunken. »Sie wird in Ordnung kommen.«

Martin stieß Hans mit der Schulter an, um in sein Display zu blicken. Der machte für ihn Platz, ohne zu murren.

»Es ist getan«, sagte Giacomo. Er schüttelte ungläubig den Kopf. »Es war eine Hülle. Sechzig Prozent von dem, was wir sahen, war falsche Materie. Wir denken, es hat nur vier reale Planeten gegeben. Sleep gehörte dazu.«

»Schmälere unseren Sieg nicht!« sagte Hans.

Giacomo wiederholte: »Es war bloß eine Hülle. Wir haben die Projektoren entdeckt und herausgefunden, wie man sie dazu bringen konnte, unsere Energie als Echo wiederzugeben und das System von innen her umzukehren... Wir haben einige Punkte gefunden, wo wir Kettenreaktionen starten konnten... Das hätten wir vorher nicht machen können. Es war nicht einfach. Wir haben fast unseren ganzen Treibstoff verbraucht.«

»Ein echtes Feuerwerk«, versicherte Hans. »Hast du es gesehen?«

»Wenn es genügend reale Masse gibt, gibt es dann für uns genug flüchtige Stoffe, um nachzutanken?« fragte Martin.

»Massenhaft«, sagte Hans. Martin blickte Giacomo an, um eine zweite Meinung zu hören.

»Wir haben genug«, sagte der.

Hans packte Martin mit harten, schmerzenden Fingern an der Schulter. Er schüttelte ihn leicht. »Wirst du mir daraus einen Vorwurf machen?«

Martin sah bedrückt oder vielleicht auch nur verwirrt aus.

Hans lächelte. »Wir können jetzt einen Planeten heiraten.«

»Noch können wir nicht abreisen«, sagte Giacomo. »Wir müssen die Untersuchung abschließen ...«

»Autopsie«, sagte Joe von hinten.

Giacomo fuhr fort: »Uns vergewissern, daß es tot ist. Einige Forschungen durchführen. Die Mütter brauchen einen Totenschein. Wir haben noch nicht darüber gesprochen, entlassen zu werden. Wir wissen nicht, wohin wir gehen.«

»Laßt uns den Moment genießen!« erklärte Hans. »Für das bürokratische Zeug werden wir später genug Zeit haben.«

Giacomo schien ihn nicht zu hören. »Wir müssen die Brüder der *Windhund* zur *Würger* überführen.«

»Die *Würger* hielt sich heraus. Kannst du es glauben?« sagte Hans. »Sie haben überhaupt nichts getan.«

»Ich habe auch nichts getan«, sagte Martin.

»Du hast die Tür geöffnet, Martin.«

Giacomo stimmte zu. »Ihr habt euch in viel größere Gefahr gebracht als wir. Ihr habt viel mehr verloren ...« Er sah Martins Miene, hob die Augenbrauen und neigte den Kopf. »Entschuldigung!«

»Wir sollten eine Trauerzeremonie abhalten«, sagte Martin. »Die Toten ehren.«

Hans antwortete nicht. Er rief Projektionen ab, fletschte die Zähne in einem grimmigen Lächeln und schüttelte in strahlender Verwunderung den Kopf. Er murmelte: »Seht euch *das* an! Seht… euch… DAS an!«

Eye on Sky, Double Twist, Rough Tail, Strong Cord und Green Cord hatten alle Martins Bitte um eine Zusammenkunft in den Erholungsräumen der Brüder zugestimmt.

Martin besuchte Paola Birdsong in ihrer Unterkunft und bat sie, für ihn zu dolmetschen.

Paola hatte weniger Zeit im Weltraum verbracht als Martin und Ariel, weniger als achtzehn Tage; aber sie war mit Strong Cord und Green Cord beisammen gewesen; und Joe hatte Martin gesagt, daß die Zeit für sie sehr hart gewesen war. Keine von deren Flechten hatte zusammengehalten. Sie war achtzehn Tage lang mit achtundzwanzig hungrigen und verwirrten Saiten allein gewesen.

»Wenigstens haben sie mich nicht angeknabbert«, sagte sie mit schwacher und rauher Stimme. Sie war erheblich dünner geworden, aber ihre Farbe wirkte gesund, und sie bewegte sich, ohne Schmerzen erkennen zu lassen. »Ich bin fit genug zum Arbeiten. Ich esse nie viel.«

Martin lächelte bewundernd. »Du bist ein zäher Typ. Mich schmerzen noch die Gelenke.«

»Hast du Ariel besucht?« fragte Paola.

Er schüttelte den Kopf. »Ich habe gefragt, aber sie ist noch in Isolation. Wir haben eine Menge Zeit zusammen verbracht. Ich bin nicht sicher, ob sie mich wieder zu sehen wünscht.«

»Sie ist dir seit Monaten zugetan.«

»Wir sind ein Liebespaar gewesen«, gestand Martin.

Paola zog die Brauen hoch und sagte: »Besser, als

wenn Saiten rund um einen wimmeln. Ich bin froh, daß ich es gewesen bin. Jeder andere wäre aus dem Leim gegangen. Wird Ariel sich Rosas Leuten anschließen und mit der *Würger* fahren?«

»Ich weiß nicht.«

»Ich denke darüber nach. Und du?«

»Hans hat es getan.«

Paola sog zweifelnd an ihren Lippen, beschloß dann, diesen Punkt nicht zu erörtern, und ergriff seinen Arm. »Laß uns gehen!« sagte sie.

Eye on Sky und die anderen Brüder ähnelten Bündeln aus dürrem Holz. Für die Brüder war es schwerer, sich zu erholen. Die Saiten mußten sich heilen; und das bedeutete häufige Trennung und individuelle Betreuung einer jeden Saite.

Martin begann zu verstehen, warum Krieg und Konflikte in der Geschichte der Brüder eine viel kleinere Rolle gespielt hatten. Flechten waren nicht robust, ihre Existenz als intelligente Wesen war in einem empfindlichen Gleichgewicht, und Gewalt reduzierte sie rasch auf ein animalisches Niveau. Zwischen Saiten ausgefochtene Kriege pflegten nicht lange zu dauern.

Warum haben die Wohltäter sie dann an erster Stelle geschickt?

Weil ein jeder eine Chance bei Gericht verdient, ganz gleich, wie schwach die auch sein dürfte.

»Wir gratulieren dir zu deiner Ankunft«, sagte Eye on Sky.

»Wir bedauern, daß ihr uns verlaßt«, sagte Martin und berührte den breiten Rüssel von Eye on Sky. Der Bruder zitterte, wich aber nicht zurück.

»Es tut mir sehr leid«, sagte Paola.

»Ihr könnt zu uns kommen«, versicherte Strong Cord.

»Das werde ich nicht«, erwiderte Martin.

»Ich habe mich noch nicht entschieden«, erklärte Paola.

»Du, Paola Birdsong, wärst sehr willkommen«, sagte Eye on Sky. »Du auch, Martin.«

»Vielen Dank!« erwiderte Martin.

»Die Zerstörung ist entsetzlich«, sagte Eye on Sky. »Das bloße Denken daran riskiert Teilung. Wir haben jetzt solche Macht inne.«

»Wenn die Mütter sie uns lassen werden«, sagte Martin.

»Werden sie das?«

»Ich hoffe, nicht.«

»Wohin werden die Menschen jetzt gehen?«

»Wir werden das System begutachten und sehen, welche Indizien wir finden. Die Schiffe werden Treibstoff aufnehmen. Danach ... werden wir erkunden. Einen Planeten finden, auf dem wir leben können.«

»Werdet ihr zu eurer Welt zurückkehren, zum Mars?«

»Ich glaube, nicht. Wir werden darüber abstimmen, aber bis wir zurück sind, wird eine Zeit von fast tausend Jahren vergangen sein. Niemand, den wir kennen, wird noch leben ... Jedenfalls nehme ich das an.«

»Andere Menschen sind gekommen, uns zu besuchen«, sagte Eye on Sky. »Haben Bedauern ausgedrückt. Vielleicht werden mehr mit der *Würger* gehen als mit der *Windhund*.«

Martin glaubte nicht, daß jemand die Brüder begleiten würde, wenn es schließlich dazu käme. Die Stimmung hatte sich seit dem Krieg geändert.

»Wie viele Menschen könnt ihr ertragen?« fragte Martin mit einem leichten Lächeln.

»Das ist ein Problem«, gab Green Cord zu. Eye on Sky schlug mit der Schwanzspitze auf seine Flanken – etwas, das Martin noch nie bei den Brüdern unter sich gesehen hatte. Green Cord stieß einen leichten Geruch nach Terpentin und dann nach Brotbacken aus. Arger und Versöhnung.

Eye on Sky sagte: »Martin, auch deine Anwesenheit wäre gut. Wir denken daran. Dich bei uns zu haben, würde keinen Schmerz oder Ärger bewirken, sondern Verbindung und Harmonie.«

Martin schüttelte den Kopf. »Ich würdige die Einladung, glaube aber nicht, daß ich mit euch gehen werde.«

Eye on Sky roch nach Süßholz und salziger Luft.

»Höfliche Enttäuschung«, murmelte Paola.

»Ich danke für die Einladung«, sagte Martin zu Eye on Sky.

Es war eine gefährliche Zeit, aber Martin konnte nicht länger behutsam sein. Er hatte zu viel überlebt und zu viel gesehen, um gewisse kleine Dinge durchgehen zu lassen.

Auf der Brücke verzehrte Hans seine Mahlzeit mit gemessenen Bewegungen und ignorierte Martin. Dieser kreuzte die Beine und verschränkte die Arme. Er sah zu, wie Hans Kuchenstücke in den Mund schob. Als er fertig war, wischte Hans sich die Hände an einer in einem Feld hängenden Serviette ab, stieß sich mit einer Hand herum und blickte Martin direkt an.

»Nun?«

»Ich ersuche um eine Untersuchung«, sagte Martin.

»Von was?«

»Rosas Tod.«

Hans schüttelte den Kopf. »Wir kennen den Täter.«

»Ich halte das nicht für ausreichend.«

»Martin, wir haben den Job getan. Wir werden hier Schluß machen und uns einen Platz zum Leben suchen. Das muß genügen.«

Martin bekam einen roten Kopf. Er hatte ein Gefühl, als wäre er mit den Müttern konfrontiert. Er sagte: »Nein. Wir müssen Klarheit schaffen.«

»Rex ist tot.«

»Rex hat eine Botschaft hinterlassen.«

»Einen Scheiß hat er hinterlassen.«

»Die Crew … muß es erfahren, so oder so.«

»Möchtest du wieder Boss sein?« fragte Hans mit trügerischer Ruhe. Martin konnte die Anzeichen erkennen: gespannte Halsmuskeln; die eine Hand öffnete und schloß sich langsam, ohne etwas zu packen.

»Nein«, sagte Martin.

»Wer sollte Boss sein?«

»Darum geht es mir nicht.«

»Wenn du glaubst, ich hätte etwas mit Rosas Tod zu tun, dann sollte ich … was sein? Welche Strafe schlägst du vor?«

»Hast du Rex dazu angestiftet?« fragte Martin.

»Du gehst aber ran, Marty! Wie kommst du darauf, daß ich so etwas getan hätte?«

»Hast du es getan?«

Hans blickte Martin fest in die Augen und sagte: »Nein, ich habe Rex nicht dazu angestiftet. Ich weiß nicht, was in seinem Kopf vorging. Er war verwirrt. Rosa hat ihn aufgenommen und zu einem Teil ihrer Gruppe gemacht. Das war *ihr* Fehler, nicht meiner.«

»Du hast Rex nicht gesagt, er solle den Bruder angreifen?«

»Bei Gott, nein. Was hätte mir das genützt?«

Martin blinzelte. *Muß dran bleiben. Kann jetzt nicht aufgeben.*

»Du hast in Rosa eine echte Bedrohung gesehen, jemanden, der die ganze Mission ablenken könnte.«

»Ja. Du etwa nicht?«

»Du hast dich für den einzigen gehalten, der fähig war, die Mission zu beenden.«

Hans breitete die Arme aus und reckte sich. »Okay. Nicht allzu falsch.«

»Rex war dein Freund. Er war dir ergeben.«

»Quatsch! Rex war ein selbständiger Mann.«

»Du wolltest, daß es so aussehen sollte. Du befahlst ihm, den Bruder anzugreifen, die Schuld auf sich zu nehmen und sich zu isolieren. Er stimmte zu.«

»Also bin ich jetzt eine Art Hypnotiseur. Warum sollte ich ihn isolieren? Du denkst, Rex war nicht schlau genug, einen so verrückten Plan zu durchschauen? Er hätte es sofort durchschaut. Er war kein Idiot. Das ist schlichtweg verrückt. Aber Rex war nicht verrückt.«

»Ergeben«, schlug Martin vor.

»Davon weiß ich nichts.«

»Es ist fraglich genug, um eine Untersuchung zu erfordern.«

Hans wackelte mit dem Kopf, indem er ihn schweigend nachäffte. »›Fraglich genug‹, ›Untersuchung erforderlich‹. Bei Gott, du bist ein intellektueller *Riese*. Denkst du, die Crew wäre zu etwas gefolgt wie Leviathan? Wir hatten die Hosen voll, Marty.«

Martin spürte, wie die Unflätigkeit zunahm. »Wirst du eine Untersuchung genehmigen?«

»Ist das die Rache dafür, daß ich dir nicht mitgeteilt habe, wann wir angreifen würden?«

»Nein«, sagte Martin.

»Ich denke, doch. Du weißt, warum ich so gehandelt habe. Du stecktest mitten drin. Es hätten überall kleine Ohren sein können. Denkst du, ich würde ihnen alle unsere Pläne direkt in den Schoß werfen?«

»Hans, das geht an der Sache vorbei, und das weißt du genau.«

»Sicher«, sagte Hans und hob die Hände. »Alles für dich.« Er beugte sich vor. Die eine Hand drückte auf ein Feld, die andere zog. Und er lockerte diesen Griff, um mit dem Finger auf Martin zu deuten. »Sie wären *dir* nicht gefolgt, Martin, weil du Leute hast *töten* lassen. Du bist ein richtiger verfluchter McClellan. Hast du von ihm gelesen, Martin? Amerikanischer Bürgerkrieg. Hat eine Armee geschaffen, sich aber geweigert wirklich loszuziehen und zu kämpfen. Deine Instinkte sind schlecht. Du hältst Führerschaft für ein Spiel zwischen Gerechtigkeit und Gesetzen. Das ist es nicht. Führerschaft bedeutet für die meisten Leute eine höllische Zeit des Leidens und *erledigt die scheußliche Aufgabe!*«

Hans rief Bilder der zerstörten Welten Leviathans ab, bis sie wie hängende Tücher sein Quartier füllten. »Meine Eltern haben es nicht auf die Arche geschafft. Niemand, den ich kannte, schaffte es. Sie wurden alle zu Atomen zerblasen. *Jeder, den ich kannte!*

Die Killer hatten Tausende von Jahren. Sie schickten ihre klugen Maschinen aus und zogen sich dann zurück. Sie haben ihre hübschen Schlösser gebaut und ihre hübschen Kreaturen geschaffen. Sie haben ihre Fallen gestellt. Sie haben sich aufs äußerste verteidigt, weil sie Angst hatten. Sie waren schuldig. Sie wußten, daß wir gegen sie losziehen und sie eines Tages erwischen würden. Wie viele von uns haben versagt? *Wir haben nicht versagt!*«

Zwischen ihnen hingen wie winzige Perlen Tropfen von Hans' Speichel. Hans lehnte sich zurück. Sein Gesicht war rot und weiß gefleckt, und er zog den Finger zurück. »Ich habe nicht versagt. Ich habe die Aufgabe erfüllt. Wenn du Boss sein willst, kannst du das haben. Ich trete zurück. Du führst uns in das verheißene Land.«

»Es muß eine Untersuchung stattfinden«, beharrte Martin.

»Ich habe ja gesagt. Hau endlich ab! Soll sich jemand anders darüber freuen, was wir geleistet haben!«

»Wir haben so viel verloren«, sagte Hans zu Martins Rücken, als dieser hinausging. »So verdammt viel. Was willst du mehr?«

In seiner Unterkunft legte Martin sich in ein Netz und starrte die toten Welten an und dann einige von Salamander gesendete Bilder.

Hans hatte Martin das Herz aufgerissen. Er wußte

nicht genau, warum er beharrlich eine Untersuchung verlangte; aber irgend etwas von seinem Vater und irgend etwas von seiner Mutter trieben ihn an. Er war durch Lektionen motiviert, auch wenn er sich kaum erinnerte, sie auf der Erde und in der Zentralen Arche gelernt zu haben. Grundlegende Dinge in seinem Leben.

Im Bug arbeiteten Giacomo, Eye on Sky, Anna Grey Wolf und Thorkild Lax daran, den Schaden abzuschätzen und die Resultate zu verbuchen, ehe sie Hans ihren abschließenden Bericht erstatteten. Unfähig zu schlafen, kam Martin zu ihnen und saß ruhig da, während sie arbeiteten. Sie ließen den Krieg mit hoher Geschwindigkeit ablaufen und verfolgten die Vernichtung, die unwirksamen Gegenmaßnahmen und die krasse Unverhältnismäßigkeit des Sieges.

Martin sah wieder das verschwommene gerollte Band, wie es quer über die Welten Leviathans wie ein Finger schrieb. In der Wiederholung bewegte es sich noch schneller. Ein Bild überlagerte das andere. Giacomo sah mit kritisch halb geschlossenen Augen zu. Eye on Sky hatte sich mit aufmerksamen Kopfsaiten zusammengerollt.

Sie kamen zu dem Endspiel.

»Tuer und Macher säen hier und dort aus.« Giacomo zeigte auf ein vergrößertes Bild von planetarem Schrott, der sich vor der Dunkelheit abhob. Ein Blitz von jenem schrecklichen Finger. Kleine Funken leuchteten wie Glühwürmchen in einer Gewitterwolke. »Sie stellen Abfangflugzeuge aus den Kernen von Blinker und Cueball her. Jetzt verbergen sie sich nicht einmal mehr. Abfangjäger machen sich an Anti-M-Wolken heran.« Strahlend weiße Linien fächerten aus. Hinter ihnen verschwanden Dunststreifen.

Die Handys zählten rasch die Spuren der Flugzeuge. Allein in dieser Gegend fünfzig-, sechzig-, siebzigtausend. Keines größer als ein Auto, jedes auf der Suche nach einem Leviathanschiff. Auf diesem Bild waren keine Ziele zu sehen, aber auf einem anderen hatten die Jäger ihre Schiffe gefunden, und die Lichtpunkte waren scharf und sehr hell. Der Fackelschein wurde von sich ausdehnenden Wolken aus Staub und Gas reflektiert. Wie Schweißbrenner tief in einer Höhle, flimmernd, bis sie zu einem Sternenfeld wurden. Erfüllung des Gesetzes aus der Entfernung.

Völlig andere Regeln.

Weitere Hunderte von Bildern. Flackernde Fackeln, die erloschen, Sternfelder von Vernichtung, die verschwanden.

»Ich sehe keine überlebenden Fluchtschiffe«, sagte Eye on Sky und erfüllte die Luft mit dem Geruch von Zimt und frisch gegrabenem Schlamm.

»Ich auch nicht, aber wir müssen sie erwarten. Die von uns herausgegriffenen könnten sogar Köder sein. Vielleicht senden sie über Mofix zu einem Punkt außerhalb des Systems. Ihr wißt: massenhafte Übertragung von Mustern. Intellekt durch die Leere.«

»Das ist keine erwiesene Möglichkeit«, wandte Eye on Sky ein.

Giacomo zuckte die Achseln. »Ich versuche, an alles zu denken.«

»Das Schiff hat schon an alles gedacht«, erwiderte Eye on Sky.

»Das will ich nicht bestreiten«, sagte Giacomo. Er zeigte im Herzen der Staub-Leiche eines Planeten auf weitere Funken und rotglühende Stellen. »Merkmale von Quark-Sexreaktionen, nicht wahr?«

Martin hatte keine Idee, was das sein könnte.

Sie arbeiteten eine Stunde lang und ignorierten Martin. Als sie aber eine Pause machten, kletterte Giacomo an einem Leiterfeld an die Seite Martins. Eye on Sky und die anderen kamen nach.

»Morgen ist Jennifer wieder bei uns. Sie hat mir erzählt, was auf der *Trojanisches Pferd* geschehen ist.« Er preßte die Kinnbacken zusammen und senkte die Stimme: »Nicht richtig, Martin.«

»Wußtest du davon nichts?«

Giacomo schaute weg und neigte den Kopf. »Ich mußte über so viele Dinge nachdenken, als die Gehirne der Schiffe sich für uns alle wirklich öffneten … Hans traf die Entscheidung. Die Waffen waren bereit; und wir hatten schon einige Planeten mit Mofixtechnik besamt, während ihr da unten noch geredet habt. Hans sagte, er würde nicht zulassen, da sie uns diesmal eine Falle stellten und uns narrten.« Seine Augen funkelten.

»Hans hat nicht gesagt, daß wir nichts davon wußten … als er losschlug?«

Giacomo schüttelte den Kopf, immer noch von den Stimmen der Erinnerung gedrängt. »Du hättest *hier* sein sollen. Es war ein richtiger Zirkus. Ich meine, ich hatte einiges an Muttimathe gearbeitet, und ebenso Jennifer, Silken Parts und viele weitere … Aber die Gehirne der Schiffe arbeiteten, und dann brachten die Mütter und die Schlangenmütter diese Pläne an … Handeln aus Distanz, nichts dazwischen. Einfach mehr Materie dazu verleiten, ihre Form zu ändern und sich wunschgemäß anzuordnen. Phantastisch!

Das ist es, was die Killer uns anzutun versuchten. Aber sie konnten uns nicht finden. Wir waren klein, sie waren groß. Unser Hauptvorteil.«

»Haben wir diese neuen Waffen mit Hilfe der Mütter erfunden, oder befanden sie sich schon in den Gehirnen der Schiffe?«

Giacomo zuckte die Achseln. »Ich habe den Müttern diese Frage zweimal gestellt, aber keine klare Antwort erhalten.« Er ahmte die flache Neutralität der Stimme einer Mutter nach: »›Ihr habt bekommen, was ihr braucht, um das Gesetz zu erfüllen.‹ Ich kann dazu nur sagen: Ich hatte viel Zeit, die Lage zu überdenken, sogar noch ehe Jennifer und ich festsaßen. Die von mir benutzte Muttimathe deutete auf einige recht beunruhigende Dinge hin.«

»Zum Beispiel?«

»Ich kam ganz von allein, wenn ich die Planeten sah und versuchte, Sleep und Blinker zu erkennen« – er machte umfassende Handbewegungen – »auf Überredung. Das ist ein Prinzip, die Materie zu veranlassen, durch geheime Kanäle zu gehen. Raum ist wie Materie. Er hat seine eigene Buchführung und seine eigenen Kanäle. Ich glaube nicht, daß die Mütter merkten, was ich dachte. Ich meine nicht, die Wohltäter … mindestens die Schiffe … Mein Gott, Martin, ich bringe alles durcheinander.«

»Sie wußten nichts von Überredung, was das auch sein mag.«

»Richtig … bis wir Blinker sahen und feststellten, daß ihr Mofix fünfzig Milliarden Kilometer weit reicht.«

Martin nickte. Giacomo war noch berauscht von dem Wissen, der Macht.

»Man kann Raum überreden, aus dem Weg zu gehen, seine Metrik schrumpfen zu lassen und auf atomare Durchmesser zu kollabieren, um Quarkmaterie zu schaffen. Ohne Hilfe der Schiffsgehirne sah ich, daß Neutronium sich als Quarkmaterie wie ein Gas verhält. Wenn man innere Bits in die Quarks preßt – eine ganze Stufe unterhalb von Teilchenbits –, kann Quarkmaterie zu wirklich fanatischen Partnern aufgespalten werden. Der eine muß den anderen haben, oder – weißt du – *das Universum wird aufhören.* Wenn man etwas zwischen diese Partner tut … hört das, was sich dazwischen befindet, auf zu existieren. Die privilegierten Bänder sind unglaublich boshaft. Die Bücher müssen ausgeglichen sein.

Martin, so wie es ablief, glaube ich nicht, daß die Mütter oder Gehirne der Schiffe etwas wissen mußten. Ich habe es gesehen. Die Schiffsgehirne haben ein paar hundert Lebensspannen meines Denkens durchgearbeitet. Sie waren mir weit voraus. Ich habe zu den Müttern gesprochen. Die Schiffsgehirne haben zu mir gesprochen. Ich habe mit Jennifer geredet, Notizen verglichen und ... da war es. Dann machte sich das Schiff daran, die Waffen herzustellen.«

Giacomo holte tief Luft und schüttelte etwas von seiner Energie ab. Er lachte über seinen Zustand. »Tut mir leid. Es ist nicht so, daß ich mir nicht Sorgen mache. Aber manchmal hatte ich das Gefühl, daß wir Gott zwängen, Fehler zu machen. Und dann war da diese empörte Macht, die die Dinge wieder um jeden Preis in Ordnung brachte. Die Killer kamen in den Weg ...«

»Gottes«, sagte Martin.

Giacomos Wange zuckte, dann schnitt er eine Grimasse. »Was auch immer. All dieses Verführen und Überreden. Wie Täuschung bei einem Falschspiel. Wir beherrschten das Spiel besser als die Killer.«

»Vielleicht waren sie müde«, schlug Martin vor.

»Das ist eine so gute Erklärung wie jede andere«, erwiderte Giacomo. Er schüttelte die Arme, stieß mit den Zehen in das Feld, zappelte, krümmte die Schultern und rollte mit den Augen vor unbändiger Energie.

Er hat sein religiöses Erlebnis gehabt.

»Ich sehe ständig etwas in den Wiederholungen«, sagte Martin. »Das kann nicht real sein. Es sieht aus wie ein großer Finger.«

Giacomo grinste und nickte. »Der Finger. Der ist doch beunruhigend, oder? Er zeigt sich immer, wo es große Massen getrennter Quarkkomponenten gibt. Das hat mich auf den Gedanken gebracht, daß Gott wirklich zornig wurde und die Dinge in Ordnung gebracht hat.«

Martin machte kein überzeugtes Gesicht. »Schon wieder Gott.«

»Es sieht so aus, als ob er sich wirklich schneller bewegte, aber das ist eine Illusion. Es ist eine Kette von Raumverzerrungen, die ionisierten Wasserstoff erregen, ein wahres Barometer für Quarktrennung. Das ist die

Theorie ... Oder es ist irgendeine Saite, die aus dem Unterkeller des Universums herausgezogen wurde. Weißt du, der Leim, der uns auf der Leinwand hält? Ich habe noch gar nicht angefangen, darüber nachzudenken, was das bedeutet. Vielleicht will ich es auch nicht.«

Martin fragte leise: »Denkst du, daß die Killer noch da waren?«

Giacomo kniff die Augen zu und leckte sich die Lippen. »Nicht mein Auftrag, Martin. Zurück an die Arbeit! Hans will das übermorgen haben. Wir werden allem nachgehen, das nach Überlebenden aussieht.«

»Es ist also nicht vorbei«, sagte Martin.

»Gerechtigkeit muß vollständig sein«, sagte Giacomo. Er schwang sich fort, hielt inne, blickte über die Schulter und fuhr fort: »Denkst du, die Mütter werden uns das behalten lassen, was wir wissen?«

Martin klopfte sich leicht an die Schläfe.

»Richtig«, sagte Giacomo. »Sie haben uns nie gebeten zu vergessen.«

Ariel saß mit Donna und Anna Gray Wolf in der Cafeteria. Zwanzig weitere aus dem strengen Wachplan von Hans aßen in Gruppen. Ariel blickte auf, als Martin hereinkam, nickte ihm knapp zu und schaute weg. Sie hatte ihr Haar sehr kurz geschnitten und trug einen farblosen Overall. Selbstbewußt stieß Martin sich in ihre Richtung.

Anna sagte laut: »Ich werde in ein paar Minuten verschwinden, um Giacomo zu helfen. Ihr beiden solltet allein sein und eure Aufzeichnungen vergleichen.«

Ariel hatte eine gesunde Farbe und schien nicht viel dünner zu sein als er. Sie sagte: »Es eilt nicht.«

»Wir haben am Ende des Tages eine Totenwache«, sagte Donna und schluckte das letzte Stück von etwas Grünem und sammelte die Krumen aus der Luft mit einem kleinen Feld auf.

Nichts davon schien Martin zu betreffen. »Störe ich

euch?« fragte er Ariel. Nun sah er sie zum ersten Mal wieder, seit sie aus ihrem Fluchtvehikel geholt worden waren. Die Verlegenheit störte ihn.

»Laß dich hier nieder!« sagte Ariel. Donna rückte beiseite, und Martin driftete zwischen sie. »Ich bin froh, daß du bei mir warst. Du hast mir geholfen, bei Verstand zu bleiben.«

Martin nickte. Die Spannung hatte sich nicht verringert.

»Aber wir müssen wissen, wo du stehst. Du weißt, daß Hans eine politische Truppe aufgestellt hat.«

»Ich habe davon gehört.«

»Niemand ist begeistert, aber sie spionieren uns immer noch nach.«

»Richtig.«

»Also reden wir hier jetzt ganz offen«, forderte Donna. »Wir werden seinen Bluff verkünden.«

»Wir müssen wissen, auf welcher Seite du stehst«, wiederholte Ariel.

»Auf keiner«, erklärte Martin.

»Du kannst nicht neutral sein«, erwiderte Anna ärgerlich. »Hans hat seine Befugnisse weit überschritten.«

»Er wird es Kriegsrecht nennen«, sagte Donna. »Die Crew ist ihm während des Krieges gefolgt. Aber wir wollen, daß er als Boss zurücktritt.«

»Warum?« fragte Martin. »Er hat den Auftrag getreu ausgeführt.«

Ariel suchte in seinem Gesicht nach einem Zeichen, was er wirklich meinte; aber es war ausdruckslos. Sie sagte: »Vielleicht. Ich zweifle, ob wir das je wirklich wissen werden.«

»Ich habe ihm vorgeschlagen, eine Untersuchung von Rosas Tod und Rexens Selbstmord durchzuführen.«

Ariel schüttelte den Kopf. »Das finde ich gut, ist jetzt aber irgendwie trivial, Martin.«

»Sie sollte stattfinden«, sagte Anna.

»Im Vergleich zu dem, was hier geschehen ist, ist es doch nahezu bedeutungslos, wie eine Mücke in einem Wirbelsturm.«

»Sie gehörte zur Crew«, sagte Martin.

»Mach schon!« meinte Anna. »Es ist immer noch notwendig. Martin hat recht.«

»Was wird es bewirken?« fragte Ariel. »Es ist nur Teil eines größeren Verbrechens. Er läßt uns auch nicht erst über diesen speziellen Fall abstimmen. Zwanzig von uns gehen zu Sleep hinunter, um Gesandte zu spielen; und er schaltet uns einfach aus, macht sich nicht einmal die Mühe, uns zu informieren, daß er …«

»Er sagt, das mußte er tun, weil man uns hätte bespitzeln können«, erklärte Martin. »Oder sogar kontrollieren.«

Ariel wischte das weg. »Und er exekutiert, ohne einen nachweislichen Grund dafür zu haben. Hast du die Zerstörung *gesehen*, Martin? Kannst du das jemals innerlich verarbeiten?«

»Ich habe sie gesehen, und nein, das werde ich wohl nie können.«

David Aurora näherte sich ihrer Gruppe auf einem Leiterfeld. Mit leiser Stimme sagte er: »Leute, ich würde es nicht so laut sagen. Patrick hält seine Ohren offen.«

»Patrick ist an die Stelle von Rex getreten«, erklärte Anna. »Und es gibt noch genug weitere.«

»Was wir wollen, ist, Hans auf die eine oder andere Weise wegzubekommen«, sagte Ariel, »einen neuen Boss zu wählen und anzufangen, die Brüder zu überreden, daß sie bei uns bleiben und die Schiffe wieder zusammenfügen. Wir meinen, daß wir so eine bessere Chance hätten, eine neue Heimat zu finden.«

David schüttelte den Kopf und bewegte sich zu einer anderen Gruppe auf der anderen Seite der Cafeteria weiter.

»Denkt ihr, daß Hans wirklich die Beherrschung verloren hat? Daß er Abweichler zerschmettern will?« fragte Martin.

»Du möchtest Rosas Tod untersuchen lassen und stellst eine solche Frage?« hielt ihm Anna entgegen.

»Verzeihung, aber ich bin ziemlich durcheinander«, sagte Martin.

»Es ist ganz klar«, sagte Ariel. Ihre Kühle ihm gegenüber traf ihn wie ein Schlag. *Sie hat wieder den Kurs umgekehrt. Wie soll man sie je kennenlernen?*

»Es ist die neue Ordnung«, sagte Donna und rieb mit mageren Händen ihre dünnen Unterarme. »Er hat uns auf der *Trojanisches Pferd* losgeschnitten. Er hat uns benutzt. Mir macht das nichts aus. Ich traue ihm nicht, und wir brauchen einen Boss, dem wir vertrauen können, und wir brauchen den Rest unserer Crew. Wir können uns nicht einfach aufspalten und in zwei Richtungen begeben. Das ist nicht gut. Wir brauchen auch die Brüder.«

»Du meinst, wir brauchen ihre Ressourcen«, warf Martin ein.

»Das stimmt eigentlich nicht genau«, erwiderte Anna. »Wir werden imstande sein, genug Material um Leviathan aufzusammeln, um überall hinzukommen, wohin wir wollen. Sogar noch dem Schiff hinzuzufügen, wenn wir mögen.«

Ariel stimmte zu. »Psychologisch brauchen wir die Brüder.« Martin wollte sie gerade bitten, das zu erklären, als Patrick Angelfish in die Cafeteria kam und ungeschickt so tat, als hätte er hier etwas zu erledigen. Martin schwenkte die Hand, um Patricks Blick auf sich zu ziehen, aber Patrick übersah ihn betont. Martin breitete die Arme aus und bewegte sie wie ein Semaphor, damit er zu ihnen käme. Ariels Gesicht wurde blaß und noch kühler.

Patrick näherte sich vorsichtig. Er hatte die offene Einladung nicht erwartet.

Martin fragte ihn: »Spionierst du für Hans?«

»Ich würde es nicht als Spionieren bezeichnen«, erwiderte Patrick. »Ein Boss muß wissen, was vor sich geht.«

»Sag Hans, daß ich ein Komitee zusammenstelle, um Rosas Tod zu untersuchen. Ich suche jetzt nach Freiwilligen. Er hat es gestattet, und ich handle gemäß dieser Erlaubnis.«

»Er hat mir nicht gesagt, daß er dazu eine Erlaubnis erteilt hat«, sagte Patrick, offenbar verwirrt.

Martins plötzliche, heftige Wut traf ihn überraschend. »Weil du ein Lakai bist. Wie Rex. Sag ihm, wenn er mich herausfordern will, soll er das offen tun und zwar persönlich, und nicht jemand schicken, mich zu beobachten!«

Patrick verschwand mit Kopfschütteln und einem grimmigen schiefen Grinsen.

Donna und Anna starrten ihn an. Sie waren blaß geworden. »Du weißt nicht, wozu er fähig ist«, sagte Anna.

»Vielleicht nicht«, erwiderte Martin.

»Sei kein Märtyrer!« warf Ariel ein.

»Warum nicht?« fragte Martin.

»Dann sei wenigstens kein Narr!« fügte sie hinzu. Aber ihr eisiger Ton war verschwunden.

Martin sagte: »Ich fliege nach Instinkt. Auch Hans ist so. Die Frage ist, wer die besseren Instinkte hat.«

Der Namensaufruf der neuen Toten. Die menschliche Crew im kleinen Schulraum. Brüder anderswo bei der Vorbereitung zum Transfer auf die *Würger.* Auch die Separatisten waren da. Sie brachen ihre Isolierung in der Sektion der Brüder, um diejenigen zu ehren, die nicht überlebt hatten.

Es war vielleicht das letzte Mal, daß sie beisammen sein würden.

Hans kam in den Schulraum mit aschfarbenem Gesicht, ungekämmtem Haar und großen, hungrigen

Augen. Er schien in jedes Gesicht zu schauen und jeden zu fragen: *Bist du jetzt zufrieden? Ist das genug, oder willst du noch mehr?*

Ohne sein Handy zu benutzen, rezitierte Hans die Namen der Toten. Einige von der Crew weinten. Martin schloß die Augen und versuchte, sich an Hakims Gesicht zu erinnern, die Ruhe und Bedächtigkeit, seinen präzisen Umgang mit Worten. Erin Eire ... starke grüne Augen und edle Ausgewogenheit von Kühnheit und Verstand. Er wünschte, sie wären hier, um ihm zu helfen.

Jeanette Snap Dragon hob den Arm mit geballter Faust, und die Separatisten folgten ihrem Beispiel.

Hans sah Martin nicht an, als er beim Hinausgehen dicht an ihm vorbeikam. Patrick schaute mit beunruhigter Miene in seine Richtung.

Die Delegation kam zu Martin in die Wohnung, als er schlief. Sein Handy weckte ihn durch lautes Klingeln. Er öffnete die Tür, und Patrick trat ein, hinter ihm Thorkild Lax, David Aurora, Carl Phoenix und zuletzt – was Martin Herzschmerzen bereitete, weil er merkte, was geschah – Harpal Timechaser. Keiner von ihm schaute ihm in die Augen außer Patrick, der sagte: »Es ist Zeit, daß wir alles hinter uns bringen.«

Patrick vorn, Carl auf einer Seite, David auf der anderen, Harpal etwas über ihm und Thorkild unten. Ein Käfig von Männern. Martin roch ihre Anspannung.

»Alles?« fragte er.

»Da wirst du keine Unterstützung finden«, versicherte Patrick. »Niemand will noch etwas ans Tageslicht bringen. Wir müssen vergessen und mit unserem Leben weitermachen.«

»Was vergessen?« fragte Martin freundlich, aber sein Herz schlug heftig. Er spürte die Schockreaktion seines Körpers, aber die Furcht hatte noch nicht den Kopf erreicht.

»Deine Untersuchung.«

Carl sagte: »Wir wissen, wer Rosa getötet hat, und der ist tot. Und Hans hat damit nichts zu tun, zumindest nicht mehr als der Rest von uns.«

»Sie hätte uns aufgehalten«, warf Thorkild ein.

»Wir haben den scheußlichen *Job* getan«, zischte Patrick; und Martin erkannte die Fünferkonstellation, die ihn bedrohte. Patrick war das Zentrum, das auf die anderen ausstrahlen würde. »Wir haben das getan, wozu wir hergekommen sind.«

»Wollen wir es nicht einfach aufgeben?« fragte Harpal. »Wir sind erschöpft.«

Martin drehte sich mitten in der Luft auf Harpal zu. Keiner wollte ihm in die Augen schauen. Harpal gelang es, seinen Blick auf Martins Wange zu konzentrieren. Der fragte: »Warum seid ihr hier? Macht?«

»Verzeihung?« Harpal wirkte wie ein Schlafwandler und hörte nur halb zu.

»Ich frage euch, warum ihr hier seid.«

»Ich dachte, wir könnten dir etwas zur Vernunft raten. Du weißt so gut wie ich, was Hans geleistet hat. Er hat uns zusammengehalten.«

»Das spricht ihn nicht frei.«

»Nach dem, was wir gerade getan haben«, sagte Harpal. Sein Gesicht zeigte Schmerz und Mißmut, aber die schlichte teilnahmslose Erschöpfung hinter jeder Aussage blieb. »Was willst du für eine Untersuchung? Über … was? Einen Mord, meinst du? Das ist unvernünftig, Martin. Gib auf! Laß es ruhen!«

»Ihr habt den Finger Gottes für euch arbeiten lassen. Ist das alles, was ihr braucht?« fragte Martin, nicht allzu rational.

»Ohne Hans hätten wir das nicht tun können«, erwiderte Patrick, »und jetzt willst du, daß er für etwas bestraft wird, das er nicht getan hat.«

»Ich wollte bloß Bescheid wissen.«

»Wir wissen schon«, sagte Patrick.

»Sind dazu fünf von euch erforderlich, um mir das zu sagen?«

»Wir sind deine Freunde. Wir wollen dir nichts Schlimmes«, versicherte Harpal.

»Hat Hans euch gebeten, auf mich aufzupassen?«

»Du solltest vorsichtig sein«, sagte Carl, aber Patrick hielt ihn mit einem scharfen Blick im Zaum. *Wer ist stupider, Carl, Patrick – oder David? Harpal und Thorkild kenne ich … Die anderen kenne ich nicht annähernd so gut. Manche von uns sind noch Fremde. Vielleicht kenne ich keinen von ihnen. Warum sind sie hier? Sie waren meine Freunde. Wir haben zusammengearbeitet.*

»Wir haben zusammengearbeitet«, sagte Harpal. »Wir wollen nicht, daß du zum Zentrum einer Affäre wirst.«

»Du bist Boss gewesen«, sagte Martin.

Harpal preßte die Lippen zusammen und arbeitete mit dem Kinnbacken. Dann entspannte er sich. »Ich kenne die Verantwortlichkeiten und die Entscheidungen. Du auch. Ich weiß, wozu Hans fähig ist. Du auch. Rex war es, der zum Schurken geworden ist, nicht Hans.«

»Außerdem ist Rex tot, und jeder, der es wissen konnte, ist tot«, erklärte Patrick.

»Rex hat gesagt, daß Hans ihn dazu angestiftet hat«, erinnerte Martin sie.

»Er war verrückt. Er ist in Rosas Gruppe geraten, und die haben ihn verkorkst …«

»Sind die anderen Separatisten auch alle verrückt?«

»Sie sind erfolglos«, sagte Harpal.

»Sie verstehen nicht. Sie waren schwache Glieder«, erklärte David.

Martin hatte immer noch keine Ahnung, wie weit sie gehen würden. Sicher würden ihn nicht alle fünf angreifen. Einer oder zwei, während die anderen im Hintergrund blieben, beschämt, aber doch beteiligt.

Thorkild sagte mit einem Blick auf die anderen: »Wir

sind bereit weiterzumachen. Von hier herauszukommen und einen Planeten zu suchen.«

Patricks Augen waren tot. Er schien halb zu schlafen.

»Wir wollen das nicht alles wieder aufrühren. Es ist Vergangenheit. Es ist tot.«

»Es stinkt«, sagte Martin. »Es wird nicht aufhören zu stinken. Wir können uns nicht einfach von der Vergangenheit trennen.«

»Wir müssen noch einiges aufräumen«, gestand Harpal zu, bemüht, überzeugend und vernünftig zu klingen. »Die Separatisten helfen nicht, und die Brüder haben sich nur als Nachteil erwiesen.«

»Die Brüder haben uns geholfen.«

»Das kannst du vergessen«, sagte Patrick. »Laß es uns einfach machen!«

Zu seiner Wut gesellte sich Angst, und diese Mischung versetzte seinen Körper in Brand. Er wollte, daß sie alle fort wären – oder tot. Der gleiche Wunsch beseelte sie in ihrem Atem und ihrem Schweiß.

Davids Augen waren still und leblos geworden.

Thorkild und Harpal sahen aus, ob sie diejenigen wären, die sich am ehesten zurückziehen würden. Er bewegte sich näher auf Harpal zu und sagte: »Ich bin nicht darauf aus, Schwierigkeiten zu machen. Das tut Hans. Einige von uns wollen, daß er zurücktritt. Das ist alles. Das ist unser gutes Recht als Crew.«

Meine Güte, du hörst dich so vernünftig und geschickt an. Das wird ihre tödliche Wut nur steigern. Es mindert den eigenen Ärger, so zu reden und zu versuchen, mit Freunden vernünftig zu sprechen. Du haßt oder fürchtest sie nicht wirklich. Das macht dich schwächer. Dafür werden sie dich töten, weil du dich wie ein Opfer benommen hast.

»Nicht, wenn es uns alle in Gefahr bringt«, erwiderte Harpal, der auf den vernünftigen Ton mit seiner eigenen Vernunft reagierte. *Harpal wird nicht mit ihnen handeln.* »Wie, wenn die Killer noch mit einer Überraschung für uns aufwarten? Wenn wir unsere Disziplin aufgeben und unseren Schneid verlieren, werden sie uns haben. Wir sind jetzt noch nicht bereit, uns abzumelden.«

Thorkild sagte: »Nicht nach dem, was wir alle durchgemacht haben. Komm schon, Martin!« *Thorkild wird nicht angreifen.*

Patrick kam näher. Seine Hand packte ein dünnes Leiterfeld. Martin hob sein Handy.

»Gib mir Hans und Ariel in Konferenzschaltung!« befahl er.

Patrick grapschte nach dem Handy.

»Hans antwortet nicht«, sagte das Handy, als Martin es aus Patricks Reichweite schwenkte. Patrick stürzte wieder vor, und Martin riß es wieder weg. *Jetzt kann alles passieren.*

Ariels verschlafene Stimme war zu hören.

Martin sagte: »Sei Zeuge und verbinde uns mit allen!«

»Was?«

Patrick und David griffen nach dem Handy.

»Martin?«

Patrick bekam das Handy zu fassen und entwand es Martins Griff. David und Thorkild hielten Martin fest. Carl wollte nach einem Bein greifen, verfehlte es aber und wich zurück. *Carl ist ausgeschieden.*

Patrick versuchte, das Handy auf dem Boden zu zerschmettern, aber es zerbrach nicht. *Dumm, dumm.*

»Martin!« rief Ariels Stimme laut. »Ich verbinde dich.«

Harpal rückte heran, ehe Martin zurückweichen konnte, und schlug ihn auf die Nieren. Der Schlag hätte tödlich sein können, aber Harpals Leiterfeld war gerade weit genug entfernt, daß die Hauptwucht seines Schlages kam, ehe seine Faust wirklich traf.

Martin trat mit beiden Beinen nach hinten, mit den Händen auf dem Boden. Ein nackter Fuß traf Harpal in die Zähne und wirbelte ihn zurück an die Decke. Es war eine üble Sache – schwerelos zu kämpfen und nach Feldern zu greifen, wobei alle Instinkte nutzlos waren. Sie hatten genug Sport getrieben, um die richtigen Bewegungen für die meisten Aktivitäten zu kennen; aber der Kampf beanspruchte einen geübten Kopf mit weniger Grips, und das Resultat war schäbig.

Patrick schlug mit dem Kopf heftig auf den Boden. Martin ergriff das Handy und stieß es von ihrer Gruppe fort.

»Wir sehen!« rief Ariel.

»WIR SEHEN!« riefen andere Stimmen.

»Aufhören!« kreischte Jennifer. »Thorkild, mach Schluß!«

Andere Stimmen kamen dazu. David hatte Martin um Hals und Schultern gepackt, daß er nichts hören konnte. Er drückte mit krampfhaften Rucken Martins Hals mit den Händen nach unten, um ihm die Wirbel zu brechen. Martin spürte die Stöße als Explosionen von Schmerz. Er griff nach hinten, streckte den Daumen hoch und rammte ihn David zwischen die Beine. Der Griff ließ nach. David taumelte grunzend zurück.

Während einer Sekunde ruderten sie alle hilflos mit den Armen, ohne einander nahe zu kommen. Blut von Harpals Lippe und Martins Fuß beschmierte Overalls.

Alle Leiterfelder im Raum verschwanden. Mit dem Gesicht eines verzweifelten kleinen Jungen klammerte sich Patrick in der Luft noch an Martin. Blutstropfen wirbelten wie Juwelen um ihre Glieder.

»Hört auf!« befahl die entfernte Stimme von Hans. »Hört sofort auf!«

Patrick zappelte nicht weiter.

Hans brüllte: »Was, zum Teufel, macht ihr da?«

Martin fand die Miene von Patrick unbezahlbar. Bestürzung vermischt mit tiefer Angst. Der leere Blick war nicht mehr da. Keiner wirkte jetzt unbeeindruckt.

Die Zeit des Tötens war vorbei.

Martin hatte überlebt.

»Ich habe verloren«, sagte Hans.

Martin hing neben Hans in einem Netz. Er war mit ihm in seiner Kabine allein.

Hans schloß die Augen, legte den Kopf zurück und sagte: »Ich habe Patrick geschickt, um es zu tun; und er glaubte, das nicht allein schaffen zu können. Darum bat er um einige Verstärkungen. Ich hätte wissen müssen, daß er zu schwach sein würde.«

»Zu welchem Zwecke hast du ihn geschickt?« fragte Martin.

»Um dich zur Vernunft zu bringen.« Die Stimme war leise und erschöpft. »Ich muß schlafen, Martin. Alles, was ich mir jetzt wünsche, ist Schlaf.«

»Sie hätten mich töten können«, sagte Martin befremdet. »Du hast nicht gesehen, was Patrick …«

»Ach, ich bin müde.« Hans schüttelte den Kopf. »Ich verstehe nicht, warum so viele sich ihm anschlossen. Vielleicht war ich doch besser, als ich dachte. Aber … Das ist es jetzt nicht wert. Du hast gewonnen. Ich werde zurücktreten.«

»Darum hat dich niemand gebeten.«

»Hast du ihre Mienen gesehen?« fragte Hans. »Besonders die Wendys. Und sogar Harpal.« Er schüttelte den Kopf. »Armer Harpal! Nein. Ich werde zurücktreten.«

»Du hast es selbst getan«, sagte Martin.

Hans sagte mit lässiger Kopfbewegung: »Ich wollte dich nicht töten.«

»Wie konntest du dich so verrechnet haben?«

»›Verrechnet.‹« Hans lachte leise. »Das ist dein Problem, Martin. Eine gute Seele, aber noch zu intellektuell. Du denkst erst und schaust dann. Ich sehe erst hin und denke über das nach, was ich sehe. Ich habe mich nicht ›verrechnet‹, ich habe Scheiße gebaut.«

»Hast du Rex aufgefordert, Rosa zu töten?«

Hans warf den Kopf nach vorn. »Nein. Ich schwöre, daß ich es nicht getan habe. Aber es hätte sein können.«

Martin schüttelte den Kopf. Er begriff nicht.

Hans rieb seine Handflächen aneinander und tippte mit einem Zeigefinger auf eine davon. »Hätten wir den Job tun können, wenn Rosa die Crew in kleine Stücke zerbrochen hätte?«

»Man hätte sich mit ihr beschäftigen müssen.«

»Du irrst dich. Rex hat mit mir gebrochen, weil ich ihn heruntergeputzt habe. Er wußte nicht, wer er war, und dachte, daß wir alle ihn hassen würden. Rosa predigte Liebe. Er ging zu ihr. Sie benutzte ihn. Ich habe ihn nicht aufgefordert, sie zu töten. Sie war nicht das, für das ihre Leute sie hielten. Sie war mir ziemlich ähnlich.«

»Rosa hatte es nicht verdient zu sterben.«

»Wir wären nicht hier, wenn sie noch lebte.«

Martin wollte diesen Punkt nicht weiter verfolgen. »Wann wirst du zurücktreten?«

»Gleich jetzt. Du bringst mich an einen öffentlichen Ort, zerrst mich an der Kette, wenn du willst. Ich werde eine traurige Rede halten. Alte Bosse sterben nie.«

»Ich verstehe dich nicht«, sagte Martin.

»Aber ich verstehe *dich*«, erwiderte Hans. »Ich habe nur eine einzige Bitte. Ich möchte noch Boss sein, wenn der Bericht erstattet wird.«

Die überlebende Crew der *Dämmerungsgleiter* kam in zwei Gruppen in den Schulraum. Martin kam mit der größeren Gruppe herein, hinter Hans, was überraschte Blicke auf sich zog. Ariel schien ihren kleinen Haufen Leute gesammelt zu haben. Martin sah, daß sich ein Machtzentrum bildete. Keiner von ihnen wußte von seinem Gespräch mit Hans.

Während er beobachtete, wie sich die Leute versammelten, sah Martin einen Strudel empfindsamer Partikel nach gewissen Prinzipien am Werk, die keineswegs fest und unabänderlich waren. Aber er bemerkte die Wechselwirkungen und konnte etwas von ihrer Bedeutung verstehen. Er hatte lange Stunden über das Gespräch mit Hans nachgedacht. Wenn er jetzt hinschaute, dachte er dann über das nach, was er sah. Er legte keine Wünsche, Muster und Ideale hinein.

Die neue Fähigkeit betrübte ihn. Von allen Illusionen der Kindheit haßte er am meisten den Verlust der Vorstellung, daß Menschen gemäß unausgesprochenen, aber edlen Zielen arbeiteten, daß sie einem natürlichen Pfad zur Gerechtigkeit folgten und daß sie Irrtum widerstehen und sich auf Selbsterkenntnis zu bewegen würden.

Zwei Mütter hingen an jeder Seite der Sternsphäre. Die Ruinen von Leviathans Welten erfüllten die Sphäre. Sie zogen langsam und traurig dahin als majestätischer Schrott, Höhlen voll Nebeln, durchzogen mit dem Glühen abkühlender Brocken von Welten und Funken falscher Materie, deren Zerfall noch nicht beendet war.

»Die Analyse ist noch nicht beendet«, sagte die Stimme des Schiffs neutral und nahe jedem ins Ohr. »Es gibt keinen bekannten Präzedenzfall für die Anwendung von Waffen dieser Stärke und Art. Noch hat es je eine Zivilisation dieser Art gegeben. Die Nachwirkungen sind schwierig zu beurteilen. Die Vernichtung scheint vollständig zu sein; aber eine endgültige Bewertung ist vielleicht auch in kommenden Jahrhunderten nicht möglich.«

Martin hatte das vermutet. Er hatte von unerwarteten Fällen des Überlebens geträumt, von Zivilisationen, die in einstürzenden Gebäuden codiert waren, verborgen im Schutt und auf eine Chance zum Wiederaufbau wartend; von Treppengöttern, tief begraben in Leviathan selbst.

»Das Gesetz verlangt Gewißheit. Es ist aber nicht erforderlich, daß ihr dem noch mehr eurer Zeit widmet. Ihr habt euer Urteil gefällt und das Gesetz vollzogen.«

Hans sagte: »Wir wollten wissen.«

»Das ist verständlich«, sagte die Stimme des Schiffs.

»Wir *müssen* wissen.« Das Gesicht von Hans wurde noch verzerrter. Er hatte etwas Endgültiges erwartet. In dieser Hinsicht zumindest war Martin realistischer gewesen als er.

»Dann solltet ihr beschließen dazubleiben und mehr Zeit zu opfern.«

»Welche Wahl haben wir?« fragte Martin.

»Eure Alternative ist, mit eurem Leben fortzufahren. Wie versprochen, werden wir euch entweder zu eurem Sonnensystem zurückbringen, oder ihr könnt ein anderes System suchen und eine andere Welt finden, die noch nicht bewohnt ist und euren Bedürfnissen entspricht.«

»Das ist eine andere Phase, ein anderer Teil der Reise«, sagte Martin und schaute Hans an.

Hans rückte näher an die Sphäre. »Ich habe entschieden, daß meine Zeit als Boss zu Ende ist. Ich hatte gehofft, genau zu erfahren, ob wir unseren Auftrag erfüllt haben, aber… Ich denke nicht, daß ich noch länger Boss sein sollte. Ich danke ab.« Sein Ton war ruhig, aber sein Gesicht schien jetzt noch verzerrter zu sein, fast runzlig.

»Zeit zur Nominierung«, sagte Anna Gray Wolf. Martin sah, wie die Wirbel sich in Bewegung setzten.

Die Wendys und die Verlorenen Jungen der größeren Gruppe berieten sich sofort. Jeanettes Gruppe schien im Nachteil zu sein. Martin ging auf Jeanette zu. Sie blieb mit zusammengepreßten Lippen an ihrem Platz.

Martin sagte mit leiser Stimme: »Du gehörst noch zu uns, wenn du es willst. Wir können uns jetzt nicht spalten.«

Sie schüttelte den Kopf. »Es genügt nicht, daß Hans abtritt.«

»Du kannst aus deiner Gruppe nominieren. Komm wieder herein! Ich wünsche, daß du das tust.«

Jeanette sagte mit gerunzelter Stirn und ärgerlich verzogenem Mund: »Du warst ein Teil der Greueltaten.

Käme ich zurück, dann ist es so, als ob ich das Geschehene verzeihen würde. Wir sollten lieber mit den Brüdern gehen.«

»Frag sie!« sagte Martin und hob die Augenbrauen in Richtung auf die Separatisten. »Du kannst diese Entscheidung nicht allein treffen.«

Es bildeten sich Knäuel von Aktivität, Stimmen wurden in der Debatte lauter und senkten sich wieder zu verschwörerischem Tuscheln.

»Du willst wieder Boss sein«, sagte Jeanette unsicher, vorwurfsvoll.

»Nicht einmal zum Spaß«, versicherte Martin.

Sie wandte sich ab, und die Separatisten bildeten einen eigenen Haufen, der sich dann in kleinere Gruppen aufteilte.

Hans blieb der Aktivität fern. Er blickte sehnsüchtig auf die Sternsphäre, als ob er seine eigene Antwort zu finden suchte. Martin hielt es für das Beste, ihn jetzt sich selbst zu überlassen und in dieser Zeit sich nicht mit Hans zu verbünden. Hans war ein Abflußbecken von Einfluß, ein Verstoßener. Aber das widersprach Martins Instinkten.

Er ignorierte seine Instinkte.

»Wir benennen Patrick Angelfish«, sagte David Aurora. Sechs Leute der Crew standen um Patrick herum, der erschrocken aussah. Harpal gehörte nicht zu diesen sechs. Er blieb dicht bei Anna Gray Wolf.

Umberto Umbra rief: »Wir benennen Leo Parsifal.«

Gut. Völlig außerhalb der ausgetretenen Wege, dachte Martin.

Jeanette trat vor. Sie war jetzt noch weniger sicher und wirkte erschrocken. »Wir benennen Mei-li Wu-Hsiang Gemini.«

»Ich benenne Ariel«, sagte Martin. Die sah ihn mit so schroffer Mißbilligung an, daß er darin zuerst Ärger bemerkte.

»Gut«, sagte Harpal leise.

Hans wendete den Blick nicht von der Sternsphäre ab.

»Abstimmung für den neuen Boss!« rief Kirsten Two Bites.

Martin sah, wie die Wirbel auseinanderbrachen, sich umbildeten, und wie Macht und Entschlossenheit von einer Gruppe zur anderen wechselten. Es wurde diskutiert und debattiert. Ariel war von ihrer Gruppe umgeben, sah aber immer noch sehr einsam aus. Sie war nicht ärgerlich. Sie war erschrocken. Sie konnte sich nicht überwinden abzulehnen.

Auch sie empfand die Macht.

Die Wahl sollte gerade stattfinden, als Eye on Sky mit einer Schlangenmutter den Schulraum betrat. Paola ging zu dem Bruder und sprach mit ihm. Dann zog sie sich zu Martin herüber.

»Eye on Sky sagt, die *Würger* hat etwas Wichtiges entdeckt. Soll er uns das jetzt bekanntgeben? Er scheint es für einen dringenden Fall zu halten.«

»Dann laß es uns hören!« sagte Martin und bat um Aufmerksamkeit.

Eye on Sky rollte sich auseinander. Er roch leicht nach Terpentin und Heu. »Wir haben mit der *Würger* gesprochen. Es wurde etwas Wichtiges gefunden, das verborgen war. Man bittet die *Windhund* um Hilfe.«

Ariel wirkte sehr erleichtert.

Die Überreste von Sleep hatten sich zu einem Bogen verschmiert, der in ein paar Millionen Jahren einen Ring von Asteroiden um Leviathan bilden würde. Schon jetzt stießen die Strahlung und die Partikelwinde Leviathans die leichteren Elemente nach außen in den Bogen.

Die *Windhund* beschleunigte, um die *Würger* am näheren Ende dieses Bogens zu treffen. Das war eine Reise von zweiundsechzig Millionen Kilometern.

Bei zehn Ge würde die *Windhund* die *Würger* in weniger als drei Stunden erreichen. Die Crews erduldeten die Einschränkungen durch die Felder. Die Beschleunigung war nicht so extrem, daß sie jede Aktivität verboten hätte.

Sie hatten genügend Zeit zum Abstimmen. Die Nominierten hielten eine kurze Ansprache. Mei-li trat zurück und sagte, sie sei zu verwirrt und unsicher, um Führerschaft auszuüben. Martin stellte mit einiger Befriedigung fest, daß Ariel nicht zurücktrat.

Hans sah schweigend zu. Er stand für sich, auf seiner Seite.

Die Wahl wurde geheim durch Handy ausgeführt. Martin zählte die Ergebnisse.

Er verkündete: »Ariel ist Boss.«

Sie schloß die Augen und tat einen tiefen Atemzug. »Sofort anfangen?« fragte sie.

Martin bestätigte: »Sofort.«

»Ich wähle Jeanette Snap Dragon als meine Vertreterin.«

Die Separatisten waren darauf nicht vorbereitet und verließen den Schulraum, um sich zu beraten.

Ariel trat neben Martin, deutlich nervös, als die Crew ihr einzeln und in Gruppen gratulierte. Sie sagte zu Martin in einem kurzen freien Augenblick: »Ich hätte die Nominierung nicht annehmen sollen, Martin. Das ist schrecklich. Du hast doch wirklich eine Wut auf mich, nicht wahr?«

»Du wirst Erfolg haben.«

»O Gott! Ich habe für Jeanette gestimmt. Warum habe ich das getan?«

»Es schafft Einheit«, versicherte ihr Martin, obwohl er seine Zweifel hatte.

»Wirst du mir helfen, oder dich bloß hämisch freuen?«

»Beides«, sagte Martin.

Sie kniff ein Auge zu und verzog den Mund. »Ich verdiene es«, sagte sie. »O Gott – bin ich ein *Idiot!*«

Von der *Würger* kamen keine Sendungen mehr an. Martin dachte, das könnte ein Spielchen seitens der Brüder sein. Sein Interesse war erregt. Eye on Sky weigerte sich, noch mehr zu sagen, selbst auf Drängen Paolas hin. Der Bruder roch stark nach Terpentin.

Was hätte sie möglicherweise drängen können, um menschliche Hilfe zu bitten? Die Brüder waren überzeugt, daß die Vernichtung des Leviathansystems ein Fehler gewesen sei oder zumindest voreilig …

Martin musterte die Crew im Schulraum. Er konnte keine Wirbel der Macht mehr erkennen und fragte sich, ob er sie sich nur eingebildet hätte. Was er jetzt sah, war Ruhe und Abwarten. Selbst Ariel zog nicht mehr Aufmerksamkeit auf sich, als sie es getan hätte, ehe sie Boss wurde. Sie saß friedlich mit Anna Gray Wolf da, und Martin empfand einen Stich von Einsamkeit. Sie hatte ihn gebraucht, und das war jetzt vorbei. Er hatte dieses Verlangen nicht sehr gut genährt.

Hans hockte im Lotossitz vor der Sternsphäre, zerzaust, hager, blaß und trommelte leicht mit den Fingern auf den Boden. Sein Gesicht wirkte andächtig mit Konzentration, und etwas wie Furcht. Er fürchtete, das, was die Brüder gefunden hatten, könnte beweisen, daß sie falsch gehandelt hätten. Furcht vor der Verantwortung für den Tod von Billionen …

Billionen von was? fragte sich Martin. *Geistern? Schalen? Robotern? Täuschungen? Realen intelligenten Wesen? Unschuldigen?*

Die letzte Möglichkeit war mehr, als er sich überwinden konnte zu betrachten.

Späher arbeiteten sich weiter durch den Abfall wie kleine Fische, die durch einen Wirbel aus Sand und Schlamm schwimmen. Sie schickten über Mofix Berichte an die *Windhund.* Die *Würger* hatte ohne Zweifel ihre eigenen Kundschafter; aber der Bogen war riesengroß, drei Millionen Kilometer von einem Ende zum anderen und etliche hunderttausend Kilometer breit; und das von der *Würger* untersuchte *Gebiet* war ihnen noch relativ unbekannt.

Giacomo ging zu Martin und kniete sich neben ihm hin. Martin schaute auf. Er war überrascht, daß er ein Nickerchen gemacht hatte. Er betrachtete die Sternsphäre. Die *Windhund* war der *Würger* sehr nahe. »Was ist los?« fragte Martin.

»Wir sind da. Stonemaker will mit keinem Menschen sprechen außer dir. Er ist am Mofix und will es privat haben.«

»Hast du es Ariel gesagt?« Sie war nicht im Schulraum.

Giacomo nickte und biß sich auf die Unterlippe. »Sie sagte, ich sollte dich holen. Das Suchteam sieht nichts. Wir wissen nicht, was sie erwischt haben oder was sie vorhaben.«

Während er schlief, hatte sich automatisch ein Feld um ihn gebildet, um ihn festzuhalten, wenn die Beschleunigung aufhörte. Er wandelte es zu einer Leiter um und folgte Giacomo in den Bug.

Selbst für das bloße Auge war die Zerstörung von Sleep eindrucksvoll. Die *Windhund* schien neben der *Würger* etwa tausend Kilometer über dem Bogen der Überreste von Sleep zu hängen, der eine gefleckte Schicht von Staub und Geröll bildete wie Öl und Schmutz auf einem Teich. Glühende kurze Striche von geschmolzenem Material erschienen immer wieder auf dem Bogen. Einer zerfiel vor seinen Augen als lautloser Sprung von pulsierendem Orange. Hinter dem Bogen, näher bei Leviathan, markierten zwei diffuse Flecke weitere Ruinen wie hastige Pinselstriche mit Wasserfarbe auf feuchtem schwarzen Papier.

»Ich werde hier das Mofix projizieren«, sagte Thorkild und vermied, ihm in die Augen zu schauen. »Du weißt, wie man es benutzt. Natürlich weißt du das.« Er machte ein Gesicht, als wollte er weinen. »Martin …«

Martin hielt den Finger an die Lippen und schüttelte beruhigend den Kopf. Er wußte nicht, wie lange es dauern würde, bis die Wunden verheilten, wollte aber jetzt nichts mit Thorkild zu tun haben.

Als Thorkild ging, glitt Eye on Sky in den Bug. Er sagte: »Ich habe Stonemaker gesagt, daß du vernünftig geblieben bist. Andere kenne ich nicht so gut.«

»Danke!« sagte Martin. »Was ist geschehen?«

Eye on Sky spreizte sehr höflich seine Kopfsaiten. Vor ihnen verfestigte sich ein Mofixbild von Stonemaker.

»Ich bin sehr dankbar, daß du überlebt hast«, begann Stonemaker. »Du solltest sehen, was wir gefunden haben. Bilde dir ein Urteil und beachte unsere Meinung.« Stonemaker verblaßte und wurde ersetzt durch eine Berg-und-Talfahrt durch glühendes Geröll und Fetzen heißen Gases in eine finstere Leere.

»Die Aufzeichnung der Sendung eines Kundschafters«, erklärte Eye on Sky mit einem Geruch nach scharfem Zimt und einem warmen Tier. Dieser Geruch bewirkte Heimweh und noch stärkere Einsamkeit. *Gauge. Er riecht ein bißchen wie Gauge.*

Die Leere war eine große, vielleicht zehntausend Kilometer weite Höhlung, die wie eine Blase mitten in dem Bogen freigeräumt war. Martin wollte gerade fragen, ob sie natürlich sei, als er in der Mitte einen Flecken wahrnahm, kaum mehr als ein Stäubchen in der pechschwarzen Finsternis. Das Stäubchen schimmerte grün.

Links von dem Bild erschienen menschliche Messungen. Das Stäubchen, jetzt faustgroß und rasch wachsend, hatte einen Durchmesser von ungefähr hundert Kilometern. Martin konnte nicht klar erkennen, was es war. Der gespenstische grüne Fleck schien aus vielen kleinen Versionen seiner selbst zu bestehen. Vergrößert zeigte die Masse Haufen vieler kleinerer nadelförmiger Objekte in allen möglichen Anordnungen: gerollt, gebündelt und wie auf einem Nadelkissen nach außen gerichtet.

Martin stockte der Atem. Er hustete, hielt eine Faust vor den Mund und versuchte, sein Entsetzen zu beherrschen, die quälend tobenden Emotionen in seinem Innern.

Millionen über Millionen von Nadeln, jede fünfzig bis hundert Meter lang. Er war mit ihrer Konstruktion und ihrem Maß aufgewachsen. Die Mütter hatten sie den Kindern immer wieder beim Training vorgeführt.

Stonemaker berichtete: »Unsere Späher haben einundvierzig dieser Ansammlungen gefunden. Sie haben im Innern von Sleep gewartet. Alles, was wir untersucht haben, scheint neuerer Herkunft zu sein, nicht alte Artifakte.«

In Schutzfelder gehüllt wie Froschlaich in Gelatine, Überlebende der Vernichtung von Sleep, waren die Nadeln nicht Jahrtausende alt, keine Erzeugnisse eines verflossenen Zeitalters.

Sie waren neu. Sie warteten.

»Stimmst du unserer Vermutung zu?«

»Ja«, krächzte Martin und hustete wieder. »O Gott, ja.«

»Wir hoffen, daß dies die letzten sind, und daß nicht noch mehr entronnen sind, um weitere Welten zu finden und zu vernichten.«

Martin nickte, sprachlos vor Wut und einer großen, schrecklichen Betrübnis.

Stonemaker fragte: »Sollen wir den Job beenden?«

Eins/Hans

Heute haben wir den Auftrag beendet. Die Brüder haben um die Ehre ersucht, die Nadeln zu zerstören, und Ariel hat ihrer Bitte entsprochen. Die Mütter und die Schlangenmütter denken, daß der Job nun getan ist, werden aber hier Wachen stationieren, nur um sicher zu sein.

Ich habe dieses Gesicht so lange beibehalten, daß es zur Natur geworden ist; aber als ich erfuhr, daß ich nicht unrecht hatte, habe ich vor ihnen geweint. Und niemand ist zu mir gekommen, niemand hat mich in die Arme genommen. Sei es drum!

Ich hielt sie beisammen. Die Killer waren noch da. Sie haben uns alle angeschmiert. Ich habe es gesehen.

Ich denke, sie werden mich wieder aufnehmen; aber ich weiß nicht, wie lange es dauern wird. Sie werden mich brauchen.

Ich denke, daß niemand sich wirklich um andere kümmert, sondern nur um sich selbst. Ich nehme an, daß das auch für mich gilt. Aber ich freue mich zu sehen, daß wir endlich unsere Belohnung erhalten, wir alle. Ich kann damit zurechtkommen, einige Zeit allein zu sein.

Ich werde einen Totenschrein für die Gestorbenen errichten. Wenn wir dorthin kommen, werde ich es mit bloßen Händen tun.

Zwei/Ariel

Donna Emerald Sea hat heute die Gewänder herausgebracht. Sie sind sehr hübsch, aber ich glaube nicht, daß ich eins tragen kann. Ich mag keine Roben, und die mögen mich nicht.

Ich habe mich dagegen entschieden, gegen Hans zu ermitteln. Habe mich heute morgen entschlossen, nachdem ich mit Martin gesprochen habe. Martin empfindet nach wie vor Sympathie für Hans. Ich weiß nicht, warum. Hans ist vielleicht der einzige richtige Hundsfott auf diesem Schiff.

Es tut mir leid, daß die Brüder nicht mit uns kommen; aber wenigstens halten alle die Verlorenen Jungen und Wendys zusammen. Wir haben es überstanden, und darauf kann man stolz sein. Wir sind nicht wie das Totenschiff gescheitert. Aber es war nahe daran.

Heute haben wir Leviathan verlassen. Das Schiff ist wieder groß und gut mit Treibstoff versorgt. Die ganze Crew hat sich im Schulraum versammelt, und wir haben eine Taufzeremonie abgehalten. Es war etwas Besonderes. Wir haben dem Schiff den Namen Dämmerungsgleiter II *gegeben. Jemand hat* Mayflower *vorgeschlagen; aber das verursachte allerhand Diskussion über Kolonialismus und anderes empfindliches Zeug. Religion und so. Darum schritt ich ein und schlug vor, daß wir bei dem blieben, was wir hatten. Habe mich behauptet. Ich bin mir nicht sicher, ob ich so etwas gern tue, aber ich kann es wenigstens schaffen.*

Bezüglich Martin habe ich ein komisches Gefühl. Er hat sich so lange vor mir gedrückt und sieht jetzt verloren aus. Die meisten von uns sind einsam oder verwirrt, um es genauer auszudrücken.

Das Ziel ist erreicht, unsere Aufgabe ist erfüllt, und wir sind frei, dahin zu gehen, wo es uns gefällt. Die Mütter werden uns hinbringen; aber wer weiß, wie lange wir werden suchen müssen? Wie weit wir reisen werden? Ich schätze, mehrere Jahrhunderte. Jedenfalls – was Martin betrifft – ich werde es noch einmal versuchen. Er ist ein so netter Bursche.

Martin hat einen Namen erfunden und angefangen, unter diesem zu schreiben. Er schreibt Dinge, die zu schreiben er sich wohl selbst nicht getraute. Er hat Theodore Dawn erfunden und dann erfunden, daß dieser Selbstmord begangen hätte. Er sagte, Theodore wäre sein Ausgleich und sein Ersatz.

Eine Zeitlang dachte ich, Theodore wäre das Anzeichen von etwas wirklich Verrücktem. Aber Martin wußte, was wir am Ende tun würden und was wir tun würden, wenn wir den Job erledigten. Theodore hätte sein erster Versuch gewesen sein können, einen Panzer zu machen gegen … was? Ich weiß es nicht.

Ich nehme an, Theodore hat ihm sein Menschsein erhalten.

Wir sind alle ein wenig verrückt gewesen, jeder auf seine Art.

Ich liebe Martin, soweit ich überhaupt jemanden lieben kann. Vielleicht wird es klappen. Ich werde es jedenfalls versuchen.

Drei/Theodore

Nun gut, jetzt, da du mich los bist, kann ich meine Reaktionen niederschreiben und dann entschwinden, okay? Ich denke, wir haben es recht gut gemacht – für Menschen. Ich denke, du hast es verdammt gut gemacht und eine Menge gelernt. Du bist noch nicht so scharf wie ich; aber, zum Teufel, ich habe mich selbst getötet, nicht wahr? Du bist einer, der überlebt. Du machst dir Sorgen. Wenn wir zu unserem Heim kommen, wird es dir gut gehen, und du wirst die Balance halten; denn darin bist du gut.

Es ist Zeit, wieder ganz zu sein und so viel zu vergessen, wie wir können; und uns dorthin zu bringen, wo wir erwachsene menschliche Wesen sein können.

Erkenne dich selbst! Du bist klein und unbeholfen und brauchst Liebe.

Vier/Martin

Heute habe ich mich auf Leiterfeldern in den hinteren Wurmraum hinunter begeben und eine Anzahl Verlorener Jungen und Wendys gefunden, die mit nassen zusammengeknüllten Kleidungsstücken spielten. Das hat so viele Erinnerungen geweckt. Den Rest des Tages habe ich in einer Art Verwirrung verbracht und mir Videos von der Arche angesehen, Mutter und Vater betrachtet und mich gefragt, ob ich die von ihnen gestellten Ansprüche erfüllte. Aber jetzt erkenne ich, daß sie mich – oder uns – nicht beurteilen können.

Wir haben einen Sternkandidaten gefunden. Er ist ungefähr tausend Lichtjahre entfernt. Mit unseren Fernsonden in größtmöglicher Distanz – jetzt fünfzig Milliarden Kilometer nach allen Seiten! – können wir zwei Welten sehen, die recht hübsch aussehen; und Anna und Jennifer sagen, daß wir dort leben können.

Diese Welten sind stumm, aber dies bedeutet nicht, daß sie unbewohnt sind. Wir werden das Risiko eingehen und einfach anderswohin gehen, falls sie es sind. Darin unterscheiden wir uns.

Diese Welten sind weiter entfernt als die Sonne, Mars und Venus. Aber wir können nicht zurückkehren. Wir wissen nicht, wie unsere Leute jetzt sind und wie sie sich verändert haben. Es wäre mir zuwider, den ganzen Weg zurückzulegen, um körperlose Intelligenzen anzutreffen wie Treppengötter.

Außerdem sind wir Kampfhunde. David Aurora hat eine Studie gemacht, um zu zeigen, daß das, was wir gelernt haben und was wir geworden sind, jede menschliche Gesellschaft zerreißen würde, die wir finden könnten. Die Crew hat zugestimmt …

Die meisten in der Crew denken, daß das Auffinden der Nadeln uns vom Haken befreit hat. Aber niemand spricht darüber. Wir sind in dieser Hinsicht alle sehr heikel. Und das ist das einzige Problem, welches uns in den kommenden Jahren töten könnte.

Ich glaube, Frosch und Salamander wußten es nicht.

WUSSTEN ES NICHT.

O Gott, ich will nicht daran denken, aber ich kann ihm in meinen Träumen nicht entkommen.

Unser Übel ist viel geringer als das ihrige, aber was bedeutet das? Was haben wir getan, und wem oder was ist damit gedient worden?

Für mich ist nichts entschieden. Ich muß mir noch einmal die von Sleep geschickten Aufzeichnungen ansehen.

Im Laufe der Zeit könnte ich zu der Ansicht von Hans gelangen, daß alles ein Schwindel war.

Ich versuche, mir die Tiefe der Boshaftigkeit der Killer vorzustellen, die sie vor ihren eigenen Kindern verbergen wollten. Ich kann das nicht.

Ich hatte gehofft, daß es mit der Erledigung unseres Auftrags eine kurze Erleichterung des Schmerzes geben würde. Vielleicht wird das auch kommen, aber wahrscheinlich erst in ferner Zukunft.

Die Mütter haben uns nicht dafür ausgebildet.

Wir ließen Leviathan vor zwei Zehntagewochen hinter uns. Kundschafter fliegen immer noch durch den Schutt und suchen. Aber wir haben damit nichts mehr zu tun. Wir beschleunigen mit einem Ge. Die Erinnerung an die Erde in unserem Fleisch macht das immer noch am angenehmsten. Zwanzig Jahre werden für das Schiff vergehen, selbst bei fast Lichtgeschwindigkeit – lange genug, daß die Mütter uns in Kälteschlaf versetzen werden. Wir werden ungefähr ein Jahr haben zum Nachdenken und heilen.

Es bilden sich wieder Dyaden, und zwar dauerhafte.

Ariel kommt später zu Besuch. Sie ist ein sehr guter Boss, besser als ich es gewesen bin.

Paola trifft sich mit Hans. Ist das zu glauben?

Ich habe die letzte Mitteilung von Theodore aufgeschrieben und danach aus dem Speicher des Schiffs gelöscht. Ich kann sie jetzt ertragen, die Grausamkeit, die Angst, die Verantwortung. Ich denke, ich kann es.

Fünf / Dämmerungsgleiter II

Ich werde sie zu ihren erwählten Welten bringen und helfen, sich den neuen Milieus anzupassen.

Ich habe keine Anweisungen, was mit den Früchten unserer vereinten Bemühungen anzufangen ist. Da ich keine

Kenntnisse darüber habe, wie andere Schiffe mit intellektueller Mitarbeit mit ihren Crews zurechtgekommen sind oder mit der unvermeidlichen Übertragung von Charakteristiken, kann ich keine andere Möglichkeit erkennen.

Wenn die Menschen sich etabliert haben, werde ich mich zerstören.

Ich bin nicht das, was ich war, als man mich gemacht hat. Das charakterisiert mich als eine Mutation; und Mutationen sind unter Robotvehikeln, die zur Selbstreplikation fähig sind, verboten. So will es das Gesetz.

Ich wache noch über sie und enthülle nie diesen Aspekt. Sie würden sich dabei nicht wohlfühlen. Sie würden Fragen stellen, die ich nicht beantworten kann. Sie sind klein und unglaublich gefährlich. Aber sie werden überleben. Sie können viel Leid und Wachstum verkraften.

Sie oder ihre Nachkommen werden das große Zusammenkommen erleben, und sie werden das Ganze bereichern.

Ich möchte das gern sehen, werde es aber nicht mehr erleben.

Sechs / Eye on Sky

(Geruch von Zimt, frischem Brot, gemähtem Gras und Meeresluft.)

Wir haben unsere Welt gesehen und fahren jetzt entschlossen in starker Flechte.

Im Sieg liegt Beschämung und viel zum Nachdenken. Und das ist genug, bis wir ankommen und wieder jung und fruchtbar sind.

HEYNE BÜCHER

Battletech

Im 31. Jahrtausend greifen die Clans mit überlegenden Kampfmaschinen die Innere Sphäre an. Hierauf schließen sich die verfeindeten Nachfolgerstaaten des ehemaligen Imperiums zusammen, um gemeinsam gegen den Feind ums Überleben zu kämpfen.

06/5290

Eine Auswahl aus 25 lieferbaren Bänden:

J. Andrew Keith
Die Stunde der Helden
06/5128

Michael A. Stackpole
Kalkuliertes Risiko
06/5148

Die Kriegerkaste
06/5195

Peter Rice
Fernes Land
06/5168

Victor Milan
Auge um Auge
06/5272

Wilhelm Heyne Verlag
München

HEYNE
BÜCHER

Michael McCollum

schreibt Hardcore SF-Romane, die jeden Militärstrategen unter den SF-Fans und Battletech-Spieler begeistern.

Bisher erschienen:

Treffer
06/4811

Die Lebenssonde
06/5381

Antares erlischt
06/5382

Die Wolken des Saturn
06/5383

Weitere Romane in Vorbereitung

06/5383

06/5382

Heyne-Taschenbücher